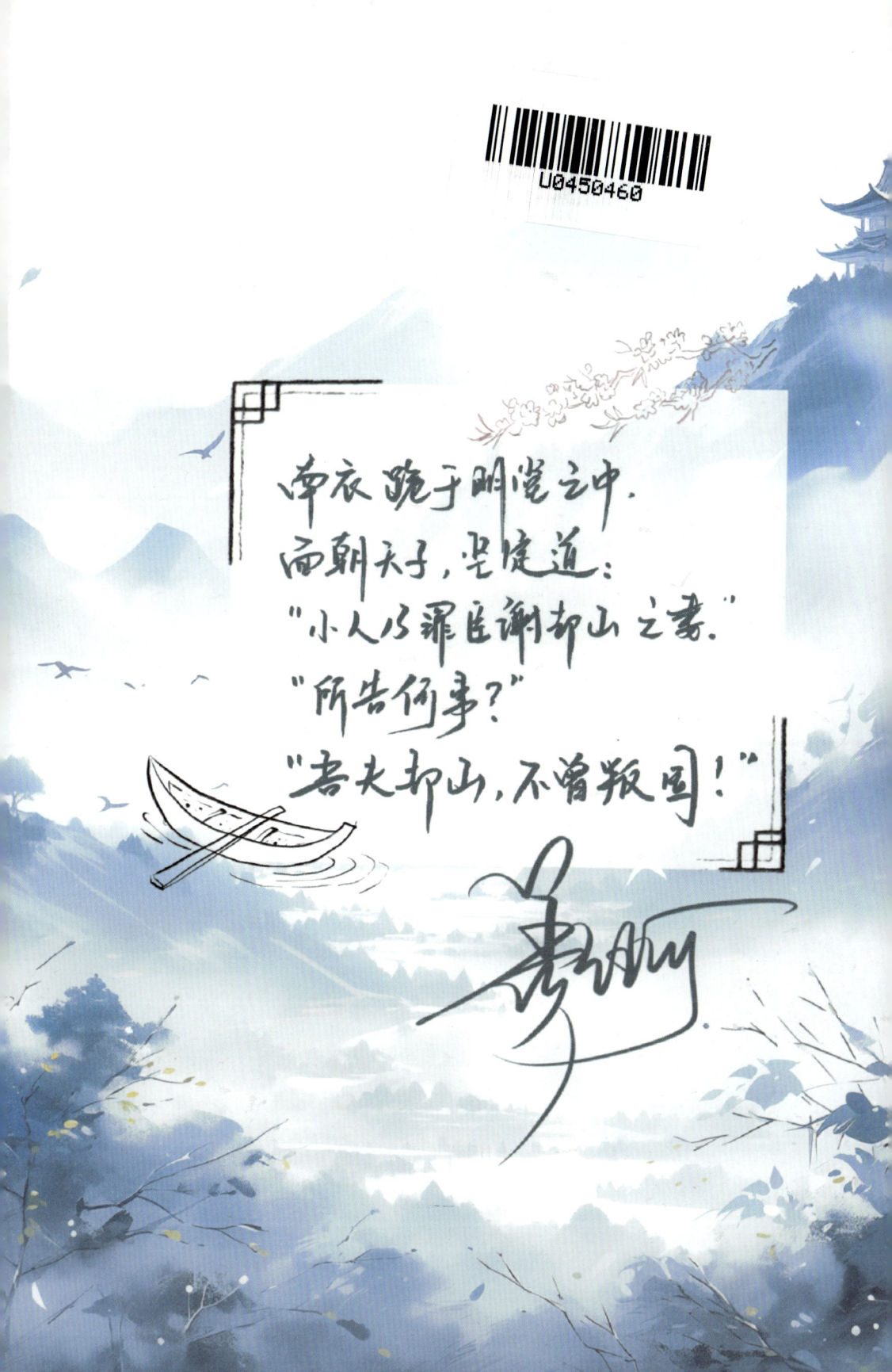

南衣跪于明堂之中，
面朝天子，坚毅道：
"小人乃罪臣谢却山之妻。"
"所告何事？"
"吾夫却山，不曾叛国！"

何不同舟渡

上

羡鱼珂 著

北京联合出版公司

他们坦诚却不交心，共舟却不相依，一同随着江水去往未知的前程。

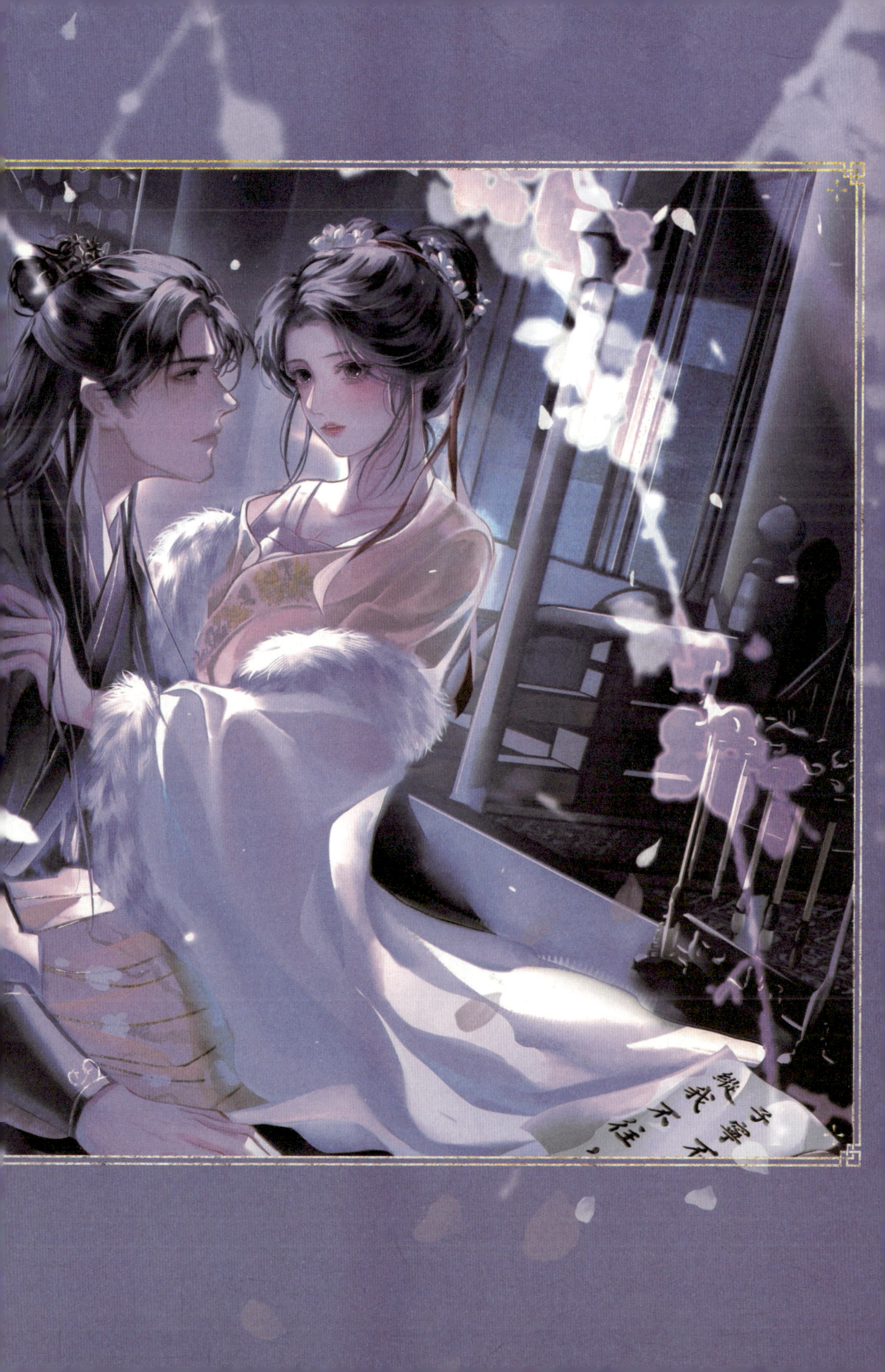
纵我不往，
子宁不

目录

第一卷
天下谁悲失路人 001

第 一 章 萍水客 002
第 二 章 寒江雪 005
第 三 章 夜归人 008
第 四 章 忠将骨 014
第 五 章 生死题 017
第 六 章 秦家女 020
第 七 章 花轿错 025
第 八 章 婚事丧 029
第 九 章 凛冬水 034
第 十 章 猜忌起 036
第十一章 秉烛司 040
第十二章 入陷阱 043
第十三章 请家法 046
第十四章 无处逃 050
第十五章 贞烈妇 053
第十六章 驯兽法 056
第十七章 雁字谜 062
第十八章 风云变 066
第十九章 少年游 069
第二十章 安身处 072

第二十一章 做内鬼 077
第二十二章 不可辱 080
第二十三章 怀中春 085
第二十四章 长街晚 087
第二十五章 风雨来 092
第二十六章 借虎威 095
第二十七章 帝姬耻 099
第二十八章 饴糖香 102
第二十九章 求生机 106
第 三十 章 共谋划 109
第三十一章 战鼓擂 113
第三十二章 无尘雪 116
第三十三章 花影乱 121
第三十四章 共昼夜 124
第三十五章 忆往昔 129
第三十六章 诗中意 133
第三十七章 完璧身 136
第三十八章 故人来 139
第三十九章 人间世 143
第 四十 章 何所去 146

第二卷
离亭雁归浮生艰 233

第四十一章 她与海 149
第四十二章 菩萨心 153
第四十三章 除夕夜 157
第四十四章 妾心意 161
第四十五章 归来堂 165
第四十六章 酒盈樽 168
第四十七章 杀机现 171
第四十八章 林深处 175
第四十九章 不思量 179
第 五 十 章 有客来 183
第五十一章 锦绣灰 189
第五十二章 局中人 194
第五十三章 天道悲 198
第五十四章 雾色浓 203
第五十五章 打雪仗 207
第五十六章 上元节 211
第五十七章 花灯俏 215
第五十八章 毫厘间 219
第五十九章 向清溪 223
第 六 十 章 朽木折 227

第六十一章 何所生 234
第六十二章 欢情薄 239
第六十三章 尘满面 243
第六十四章 翠玉碎 247
第六十五章 寻生天 251
第六十六章 暗中意 255
第六十七章 豪赌局 259
第六十八章 瞒天计 263
第六十九章 立身本 267
第 七 十 章 东风恶 271
第七十一章 与君错 276
第七十二章 笼中鸟 280
第七十三章 意中人 285
第七十四章 曾记否 289
第七十五章 修罗场 293
第七十六章 大梦醒 298
第七十七章 胆小鬼 302
第七十八章 终徘徊 306
第七十九章 春花别 311
第 八 十 章 锦帷温 317

目录

第八十一章 莫回首 321
第八十二章 老狐狸 325
第八十三章 烛光微 330
第八十四章 诏书藏 334
第八十五章 谎言者 339
第八十六章 闯龙潭 343
第八十七章 伪装者 348
第八十八章 险中逃 352
第八十九章 旧地游 357
第 九 十 章 虎山行 361

第三卷
几回魂梦与君同 367

第九十一章 水中月 368
第九十二章 真面目 372
第九十三章 竹影掩 377
第九十四章 不见王 381
第九十五章 寒食节 386
第九十六章 无解题 390
第九十七章 春夜暖 394
第九十八章 长公主 399
第九十九章 温情灭 404
第 一 百 章 险象生 409
第一百零一章 箭在弦 413
第一百零二章 逆风局 418
第一百零三章 化敌计 423
第一百零四章 苦昼短 428
第一百零五章 春雨骤 432
第一百零六章 点茶道 436
第一百零七章 以命搏 440
第一百零八章 雨夜客 444
第一百零九章 你和他 449
第一百一十章 山水间 453
第一百一十一章 花月夜 458
第一百一十二章 金陵夜 462
第一百一十三章 光与影 466
第一百一十四章 笑中泪 471
第一百一十五章 赌徒心 476
第一百一十六章 东逝水 480
第一百一十七章 阿修罗 485

第一百一十八章 破局者 489
第一百一十九章 矫情怪 493
第一百二十章 古刹风 498
第一百二十一章 前尘旧 503
第一百二十二章 天不助 507
第一百二十三章 别离晚 512
第一百二十四章 困兽斗 517
第一百二十五章 红袖刀 521
第一百二十六章 终涅槃 527

第四卷
孤舟共赴东逝水 533

第一百二十七章 迎春来 534
第一百二十八章 雁南归 538
第一百二十九章 卷土来 543
第一百三十章 不容世 547
第一百三十一章 比翼鸟 551
第一百三十二章 千古恨 556
第一百三十三章 兵家事 560
第一百三十四章 风波起 564
第一百三十五章 孤城闭 569

第一百三十六章 人言畏 573
第一百三十七章 帐下春 578
第一百三十八章 夜宴图 583
第一百三十九章 大捷归 587
第一百四十章 付浊流 592
第一百四十一章 登闻鼓 598
第一百四十二章 文死谏 603
第一百四十三章 尽人事 607
第一百四十四章 洗铅华 611
第一百四十五章 归去遥 618
第一百四十六章 同舟渡 622
终章 626

番外篇
浮云散尽平生欢 629

番外一 月落乌啼霜满天 630
番外二 奔流到海不复回 634
番外三 也无风雨也无晴 638
出版番外一 绿酒一杯歌一遍 641
出版番外二 欲买桂花同载酒 646

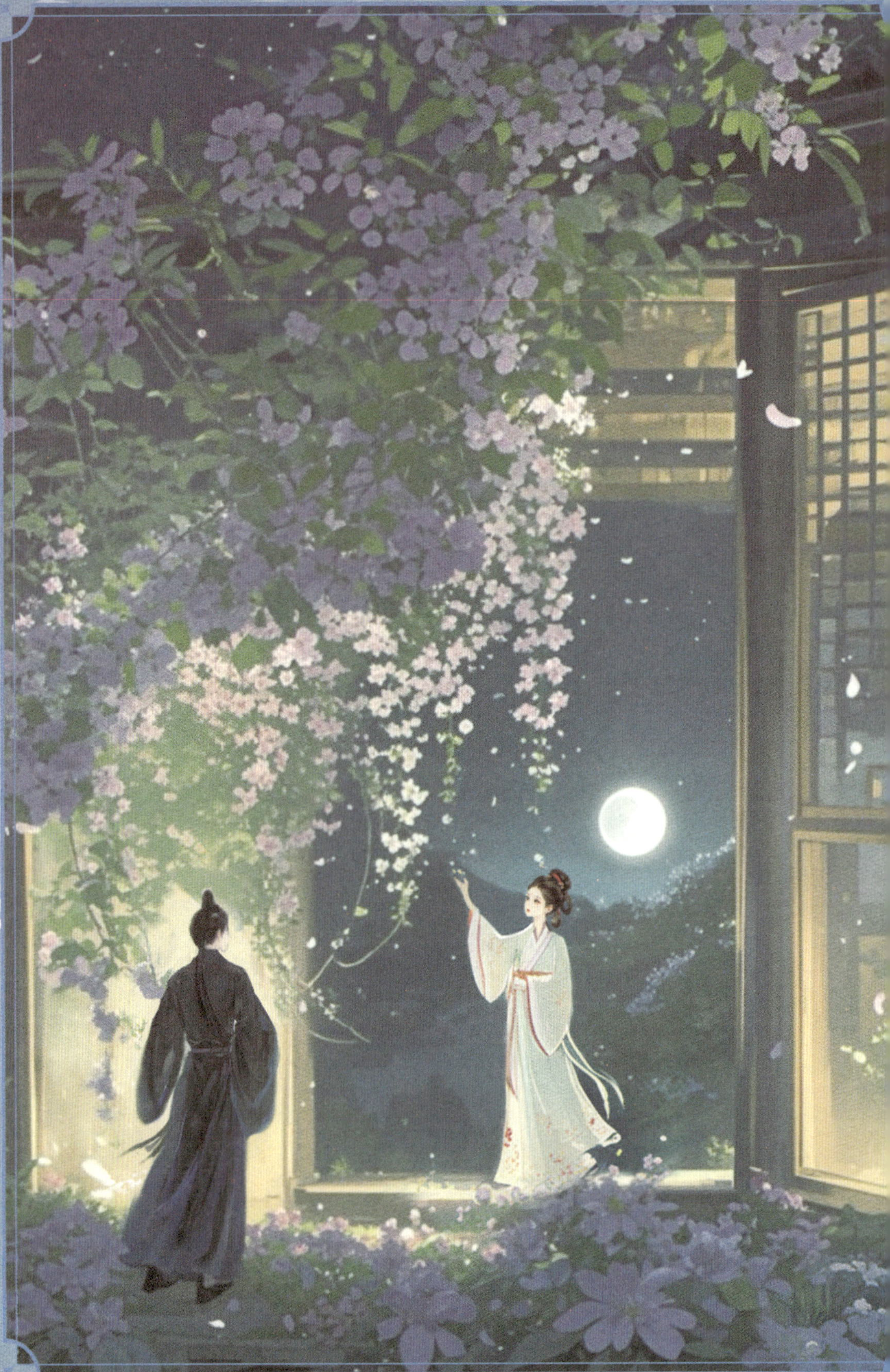

第一卷

天下谁悲失路人

第一章 萍水客

很多年以后，人们依然不愿再翻开永康二十八年的那页史书。

那一年，旧都汴京城被岐人攻破。那是个秋高气爽的大晴天，殿后有棵黄了一半的银杏树，一片落叶纵身一跃，离开栖身的树梢，穿过九重深宫的明黄瓦、琉璃顶，最后轻飘飘地落在满宫被屠的鲜血里。

皇帝、宗室皆成俘虏，消息跟着逃难的流民传遍大江南北。

匆匆十年梦，故国黯销魂。说至伤心处，人人都是声泪俱下，泪水涟涟。

天下自此大乱，群龙无首，昱王朝生死悬于一线。幸而仍有一名宗室皇子生还，在群臣的护送下南逃至新都。

新帝死，则王朝灭；新帝登基，则王朝得一线生机。

岐人搜山检海，对新帝穷追不舍，而昱朝的忠臣良将乃至普通百姓都在帮助新帝南逃，一场关系王朝生死存亡的角力正在这片土地上展开……

沥都府是南渡的必经之路，出了这个地方便要顺长江而下，直至金陵。追捕和护送的双方都知道，沥都府是最后围堵陵安王的决战之地。

一座只有一个出口的城，一个几乎不可能完成的任务。黑暗中，总有人扶大厦之将倾，挽狂澜于既倒，知其不可为而为之。

上至达官贵人，下至贩夫走卒，每个人都可能是计划中的一环，战场无处不在。谍者、谍报便成了这场角力的胜负关键所在。

乱世里，人人都披着一张皮，揭开那张皮，成为那张皮。

※

鹅毛大雪铺天盖地，家家户户门窗紧闭，通往渡口的路上瞧不见一个行人。雪地上十分安静，零星有几串脚印延伸向远方。

"站住！"

突兀的追逐声打破了冷清，衣衫褴褛的少女南衣抱着一个包袱没命地往前跑，后头跟着几个凶神恶煞的小厮。

有小厮拉了弹弓，横空飞来的石头打中南衣的腿，南衣踉跄跌倒，松垮垮的发髻散了，乌黑毛躁的头发落了满肩。

南衣还想站起来跑，毫不留情的一鞭子便狠狠地落到了她的背上，叫她根本站不起身。她吃痛，人往前跌去，怀里的包袱散开，里头是一些金银细软，乱糟糟地缠在一起。

大腹便便的中年男人气喘吁吁地走过来，将地上的包袱拢到自己怀里，破口大骂。

"小毛贼，敢偷到我家店铺来！"那商贾劈头盖脸地给了南衣一个耳光，忽而眼尖发现她右手腕上有只玉镯，立刻不分青红皂白地伸手去褪，"还偷了我家夫人的首饰？拿来！"

南衣急了，扣住自己的手腕："这是我自己的！"

"还敢骗人？你一个贱民怎么可能有这种镯子？"

南衣小小的身子却爆发出惊人的力气，死死护着手上的镯子。几番争执后，商贾竟拗不过南衣，气得招呼他的小厮："给我把她的手掰开！"

小厮们都是五大三粗的壮汉，下手毫无轻重，几个人一拥而上，有人狠狠地踹了一脚南衣的肚子。南衣痛得趴倒在地，便立刻有人趁机抓住她的右手要去褪玉镯子。她挣扎着，手紧握成拳，不肯让人得手。

一只脚毫不留情地踩在了她的手背上，还用力蹑了蹑。寒冷、刺痛和羞辱感一并涌来，南衣眼中泪水涌出，但她死死咬着牙不肯松手："这真的是我自己的……"

为什么没有人相信？她拥有过那么好的过去。那个少年微笑的脸庞浮现在她的脑海。

夕阳下，田垄上，白衣长衫的少年握着她的手，将一只玉镯套在她的腕上。

他说："好好生活，等我回来。"

这是章月回从军的前一天，用大半家财换了这只镯子，给南衣留下的信物。虽然他们之间没有更多的山盟海誓，但南衣坚信等他回来，他就会娶她。可仗打了一年又一年，她还是没能等回她的心上人。

在这几年的时间里，她家的茅草屋被酷吏推平了，她流落街头，居无定所，决定带着所剩无几的家当去前线找自己的心上人。世道艰难，她一介女子，只能靠偷、靠骗、靠跪地求人行路。

玉镯不能丢，这是他们唯一的信物。

见自己的几个手下联手都抢不回一只镯子，那商贾此刻在意的也不是镯子到底是谁的，他只觉得脸上挂不住，恼羞成怒，吩咐左右："把小骗子给我吊起来打！让她受点教训！"

003

南衣被吊在枯树的树枝上，衣衫单薄、身形消瘦，犹如一片会被风吹走的叶子。

腕口粗的马鞭落在她身上，震得枯树上的雪都簌簌往下落。一道血痕在南衣身上绽开，她痛呼出声，脸上涕泗纵横，但哪怕连声音都破碎了，她依然不肯妥协："镯子……不是偷的……"

忽然，远处传来一声惊恐的呼喊，混在凛冽的风声里："岐兵来了——"

商贾一听这话便慌了，他欺软怕硬，绝不敢跟岐兵打照面，忙不迭地扔了鞭子，抱着包袱带着小厮跑了，根本没管南衣的死活。

南衣被商贾放过，但她一点都没有感到庆幸，她知道落到岐人手里的下场，只会比现在糟糕一百倍。

但她被吊在树上，只得着急地用力扭动身子，想要将枯枝折断。

远处的脚步声渐近，是一队十来人的岐兵。

树枝咔嗒一下折断，南衣砰的一下摔到了地上。她忍着浑身的剧痛，试着用牙齿咬开手上的绳子，踉跄着爬起来逃跑。

可四下无人相助，家家户户闭门自守，她又能跑到哪里去呢？

"嚯，还是个女子啊。"

岐兵们长得高大强壮，天性野蛮粗暴，看到如惊兽般的南衣，满眼都是玩弄之意。他们捉弄她犹如耍猴，故意给她留条缝逃跑，又堵截她。

南衣慌不择路，一不小心撞到一个岐兵身上。

"来，别跑了，留点力气，爷疼你。"

岐兵们大笑起来。

那个岐兵直接将南衣拖到树后。

此刻南衣就是任人宰割的砧上鱼肉，她听到身上衣帛被撕裂的声音，寒风一下子便钻进了肌肤。她瞬间只觉得浑身汗毛竖立，脑子一片空白。

南衣哭着胡乱挣扎，手摸到了一块石头，她几乎是下意识地抄起石头用力往岐兵头上一砸。

岐兵被砸得蒙了，踉跄着后退几步，然后软软地倒在地上，额角渗出大片血迹。树后暂时还无人注意，南衣拔腿飞快地往江边跑。

此处是曲绫江下游渡口。曲绫江从虎跪山中流出，两岸群山环抱。

只是近日江上往返的乌篷船变少了，漫天的雪扑向江面，压弯了江边的枯枝，像是一张密密麻麻的网几乎要裹住这片山河。

天近黄昏，山头依然没有一丝日光，空气里那片肃杀的白隐约有暗下来的趋势，呈现出某种灰寂。

南衣跑到渡口处，才看到岸边坐着一个男子。男子头戴斗笠，手拿鱼竿枯坐着,身边放着一个鱼篓。

南衣满心急切,也没想太多,直直朝着男子奔了过去,跪在他身边求助:"公子,救救我。"

水面上一圈一圈的涟漪传过来,谢却山连头都没抬,只是置若罔闻地盯着鱼漂,等待着他的鱼上钩。

第二章 寒江雪

南衣这时才觉得有些古怪。

这公子似乎在这里钓了很久的鱼,而此处离她方才被商贾打、被岐兵欺辱的地方并不远。

那么大的动静,他不可能听不见,他若愿意救,早就出手了。

谢却山的鱼漂一动,他猛地提竿,只见一条大鱼咬着钩扑腾——这是他近日来钓到的最大的鱼了。他神情舒展,伸手准备将鱼从鱼钩上取下。

南衣回头望了一眼即将追上来的岐兵,渡口一览无余,没有遮挡和藏身的地方,她已经走投无路,最后一点希望只能寄托在这个男人身上。

她满眼哀求地仰头望着他,试图唤起他的怜悯:"公子,求您救我。"

谢却山平静地垂眸,目光落在南衣脸上。

衣衫褴褛、浑身血污的少女,乍一看灰头土脸,然而一双眼睛亮得惊人,破碎的衣衫贴着肌肤,刚长开的身段若隐若现,像是方才化了形的小兽,有种无知、茫然的美感,也怪不得那几个岐兵见色起意。

偏偏谢却山最厌烦这种柔弱无骨的女人,眼中没有一丝情感,继续手里的动作,将他的鱼放入鱼篓。

"既然不想委身岐人,那不如自戕明志吧。"

谢却山淡淡地从袖中掏出一把匕首,掷在地上。

南衣愣了愣,盯着那把匕首,脑子有点蒙。面前的男人无动于衷,她从他眼里看不到一点慈悲。

身后凌乱的脚步声逐渐靠近,她知道自己能选择的路不多,她哆哆嗦嗦地朝匕首伸出手,却怎么也没有勇气握紧它。

"还敢跑,不想活了?"

岐兵的手按在南衣肩头，南衣猛地转身，用尽浑身的力气将匕首插到岐兵手臂上。

　　岐兵嗷地痛呼一声，捂着手臂退开几步。

　　南衣拔回匕首，坚决地扭头跳入江水中，江面浮起几丝血痕。

　　岐兵气急败坏："臭娘儿们！快来人！给我追！"

　　少女的举动微微出乎谢却山的意料，江面上溅起的巨大水花也终于激起了他的一丝怜悯。

　　谢却山抬起头，最后的天光落在斗笠下的那张脸上，他的容貌一览无余。他没有表情地看向骂骂咧咧的岐兵。

　　拥上来的岐兵们看到谢却山忽然愣住了，在他们张口之前，谢却山吐出一个字："滚。"

　　这个字有如千钧重，竟让那群岐兵落荒而逃。

　　南衣攀着水边的乌篷船，从江水里探出头猛吸一口气，刚准备重新潜回水里，却看到江边的岐兵都跑了，只剩下谢却山一人，突然有点傻眼。

　　"会摇橹吗？"

　　谢却山看着水里的南衣。

　　南衣愣愣地点点头。

　　"渡我去虎跪山。"

　　谢却山将身上的大氅脱下，扔在乌篷船的甲板上。

★

　　乌篷船在江上拨开长长的水痕。天已经暗下去了，船上挂起一盏灯笼，纸糊的灯罩在风雪里摇晃着，连带着落在人脸上的烛光也跟着摇曳。

　　南衣与谢却山对坐着。南衣披着谢却山的大氅，坐在甲板上摇着橹。她不时抬眼偷看坐在船篷里的谢却山。

　　他是位年轻的公子，一袭玄色圆领袍衫，腰系宽玉带，玉带上坠着一个飞鱼祥云纹的深色荷包，倒不是多么富贵的打扮，但周身透着贵气。明明是长相温润如玉的人，偏偏冷着一张脸，眉眼之中透着生人勿近的寒意。

　　谢却山将鱼篓里的鱼虾沿船舷倒回江中。

　　南衣好奇地问道："既然钓上来了，为何又要放掉？"

　　"小鱼小虾，不堪入目。"

　　南衣一阵寒噤，她直觉认为自己就是这鱼篓里的小鱼小虾，生死不过在他的一念之间，她现在能活下来，只是因为他不屑踩死她。

南衣岔开话题:"公子不像是这里的人,您去虎跪山做什么呀?"

"收兽皮。"

"今年冬天生意可不好做。"

南衣嘀咕了一句,但谢却山没有接话。南衣识趣地闭了嘴。

南衣身上的衣服还未干,大雪之中只能瑟缩着身子。她裹在谢却山宽大的大氅下,整个人看起来小小的,脸上泛着被冻出来的红印子,烛光笼罩下竟有几分娇俏。

谢却山的目光在她脸上停留了片刻,又落在她摇橹的手上。

她每摇一下橹,袖口便往后缩一些,露出一截藕白的手腕。

她腕上戴着一只玉镯,成色不错,但并非罕见,只是刚浸过水,上头还滚着光滑的水珠,玉色显得剔透,衬得她的手腕更加细嫩。这种娇贵的首饰,与她的打扮有些格格不入,可盯着看久了,倒也不觉得违和。

雪花落在她的肌肤上,转瞬即逝。四周是如此寂静,群山环抱的曲绫江中只有咿呀咿呀的摇橹声,凭空生出几分暧昧。

谢却山忽然意识到自己发了好一会儿呆,不动声色地收回目光,开口:"你是哪里人?"

"沥都府。"

南衣撒了个谎,她只是一路走到了沥都府,在这里多停留了一些时日,她没有出入关口的公验,若是官府细查起来,是会被定罪的。她总觉得眼前这个男子非富即贵,自然说话也更小心了些。

"沥都府里谁管事?"

南衣愣了愣,思考了一下才回答:"沥都府知府管三分,世家谢氏管三分。"

"剩下的四分呢?"

"自生自灭。"

谢却山没有再说话了。两人就这么沉默地对坐着,直到乌篷船靠近甘溪村的渡口。

谢却山起身要上岸,南衣也跟着起身,船身摇晃了一下。身量高大的男人刚迈出脚,便这么冷不丁地晃了一下,略有踉跄。

南衣忙上前扶住谢却山:"公子,小心脚下。"

谢却山下意识地抗拒任何人的靠近,不动声色地避开了她的动作,自己大步跨上岸。

南衣脱下大氅,追上去将大氅和匕首一起递到谢却山面前:"多谢公子今日相救。"

"脏,不要了。"

谢却山甚至都没有低头看一眼，负手扬长而去。

南衣盯着谢却山的背影，心里跟打鼓似的狂跳，见到人走远，连背影都消失之后，她才长舒一口气。

南衣的手里赫然多了一个荷包，这是方才从谢却山身上顺的。她打开看了一眼，里面有十两纹银。

乱世之中钱财方能开路，此时南衣还天真地以为，这笔钱能助她顺利前往扶风郡前线去找她的心上人。她并不知道，这才是她一切劫难的开始。

第三章 夜归人

万物凋敝的雪夜里，山里的客栈也没什么住客，客栈的掌柜都准备打烊歇息了，这时进来一个女子。

女子裹着明显不合身的大氅，浑身遮得严严实实，她扔了一两银子到柜台上："掌柜，帮我准备一间客房、干净的衣服和伤药。"

掌柜收了银子，多打量了南衣一眼，好奇地问了一句："姑娘可是遇到岐人了？"

南衣惊讶地抬头："您是怎么知道的？"

"姑娘还没听说吗？沥都府不战而降，知府大开城门让岐兵入城，虎跪山也来了好些岐兵，也不知道他们在搞什么名堂，弄得人心惶惶的。你近日可千万得小心，能不出门尽量别出。"

南衣心有余悸地点了点头，朝着掌柜手指的方向转身上楼。

掌柜叹了口气："这世道，是越来越乱了。"

不管外头多乱，今晚南衣总算能洗个热水澡，处理一下身上的伤口了。

洗去一身的狼狈后，她趴在温软的床上，四肢张开，像一个"大"字，贪婪地占据这张床的每一寸空间。

这是连日来她第一次住客栈，其中的美妙滋味不言而喻。她心中对偷别人荷包的最后一丝忐忑和害怕也被此刻铺天盖地的舒适压过。

她侥幸地想，一个荷包而已，那公子看着就有钱，丢了想必也不会计较。

感谢那位公子，让她拥有了片刻的栖身之处，这间客房简直就是她梦寐以求的地方。一直以来，她都太想生活在一个能遮风挡雨的屋顶下，这样她便不用流浪。烛灯下她端详着手腕上的那只镯子。她坚信，只要见到章月回，她就能拥有这样的生活了。

无处可去、无亲可依的乱世之中，这是她唯一能相信的东西了。

南衣盖上被子入睡，今晚，应该能做个好梦。

★

凌晨时分，天方蒙蒙亮，客栈外传来急促的敲门声。

掌柜睡眼惺忪地披着衣服出去开门，门外站着一位一身贵气的公子，肩头落着雪，眉目冷如霜。

"见过一个女孩吗？身量不高，披着一件不合身的大氅，身上有伤。"

掌柜愣了愣，他显然想起有这么个女孩，看着是有些古怪，他在犹豫要不要告诉这位公子。

掌柜将手里的油灯举了举，想看得更清楚一些，这才看到这公子身后还站着一个岐人士兵，显然是他的属下。

这么一个中原人为首领、岐人为属下的怪异组合，他直觉认为招惹不起。

"官人……请随我来。"

掌柜不想把事情闹大，引来搜查就麻烦了，于是转身带谢却山上了楼，打开南衣所住的房间的门。

但房间里空无一人。

谢却山掀开被子探了探，被窝还是热的，人刚走没多久。他吩咐身后的贺平："立刻去大营调兵来搜，务必将此人找到。"

贺平顿了顿，他没想到一个小偷值得这么多兵力去搜，但公子素来运筹帷幄，想必那荷包里有什么重要的东西，一刻不敢耽误。

"是！"

贺平立刻飞奔出客栈。

★

南衣惊魂未定地跳窗逃到后院寻躲藏之地，心里叫苦不迭——不就是一个荷包吗？他至于天都还没亮就寻过来吗？

幸亏她风餐露宿惯了，素来警觉，听到一点外面的动静便立刻醒了，透过门缝看到是同舟的那位公子，立刻明白他来干什么，于是跳窗跑路，堪堪躲过一劫。

可那位公子身后为什么还跟着一个岐人？他明明是个中原人……他会是什么身份？为什么非要寻回荷包……难道是荷包里有什么重要的东西？

这个念头一闪而过，南衣正好看到院中有一口井，井盖虚掩着，她便顺着绳子钻到井中躲避。

没想到竟然是口枯井，井不深，南衣直接松了绳子跳下去。刚想往幽深的井底探索，她忽然感觉到一把冰冷锋利的刀刃贴在了她的脖子上。

南衣身子一僵，手上的动作顿住。

"别出声。"一个男子的声音传来。

井底有一条地下河，但河水已经干涸，露出了被冲刷得无比光滑的河床。河边的岩壁上，放着一盏灯光微弱的烛灯。

南衣贴着刀刃缓缓地侧脸，借着微弱的火光，她这才看清井底忽然出现的男子。

他胸口有一个巨大的伤口，虽已包扎好，但仍在往外渗血，似是伤得不轻，他的脸色看上去亦十分苍白，握着匕首的手都在微微颤抖。

"外面有人在追我，我只是想躲一会儿……求公子收留我片刻。"

庞遇上下打量南衣，这样一个少女确实很难让人起疑心，他缓缓将匕首收了回去："谁在追你？"

南衣犹豫了一下，觉得来龙去脉没必要全与一个陌生人说，想到随那公子上楼的还有一个岐兵，便舍了重点："岐人。"

没想到听到这两个字，庞遇立刻紧张起来，撑着几分力气攀到井口看了一眼。

客栈的院子里已经灯火通明，岐兵很快就赶到将此处围住了。岐人中央站着的男子，正是谢却山。

庞遇退了回来，看向南衣的神情也变得十分严肃，语气急促："你招惹上了谢却山？你是什么人？"

南衣一头雾水："谁是谢却山？"

"岐人当中的那个中原人！"

南衣想到在渡口的时候，她从水里探出头，那些岐兵已经落荒而逃，当时她只当那公子有些武艺，将人赶跑了，如今她心里却隐隐有了一个荒唐的猜测。

"他为何能遣动岐兵？"

"你当真不知道谢却山是谁？"

南衣诚实地摇了摇头。

"那你可知道惊春之变？"

"这我倒是听说过。永康二十二年春分日，因为有个叛将投降，岐人轻而易举就攻破了幽都府——"南衣反应过来，"不会……"

庞遇脸上浮现隐隐的恨意，但骨子里的修养让他将语气克制得很好："对，谢却山他本是昱朝臣子，却投敌卖国降了岐人，导致幽都府、昭戌关失守，朝廷屈辱地割地求和，用大量的岁贡换了几年的和平。如今他是大岐丞相韩先旺的心腹大臣，为岐人鞍前马后，他出现在这里，就是专门南下来搜捕陵安王的。"

南衣有些发愣——一个昱朝人，得靠出卖多少同族人的性命才能在一众岐人中脱颖而出爬到高位？他有的是对付同族人的阴狠招数，落在他手里绝对没有什么好下场。

一想到这里，南衣顿时脸色煞白。

"你到底是怎么惹上他的？！"庞遇再次严肃地质问南衣，"你若不告诉我，我们都会死在这里，而且，死无全尸。"

南衣不敢说谎了，诚实地回答："我偷了他的荷包。"

庞遇一愣："区区一个荷包而已，谢却山不至于……荷包呢？给我瞧瞧。"

南衣将荷包递过去。庞遇迅速翻开荷包，里头果然不只几两银子，还有一卷被束好的绢信，绢信看着不起眼，只有指节般长，展开来后却有一拃宽。

庞遇看了一眼绢信上的字，脸色大变，南衣见状也凑过去看，上头的字倒是工整，但她一个字也看不懂。没等她多看几眼，庞遇立刻将绢信卷到了手心，神情十分古怪。

南衣直觉认为这荷包里的东西意义重大，也开始警惕起来："你又是什么人？受了伤为什么要躲在这里？难不成，你也在躲岐兵？我将这荷包还给那谢却山就行了，未必会丢小命，你可别拖我下水。"

"谢却山此人心狠手辣，睚眦必报，你以为他会对一个小贼有什么慈悲之心？"

南衣无法反驳，她想起在渡口边她哀求谢却山救她，他脸上却没有一丝常人该有的同情。她知道这男子说的是对的。

"你跟我走。"

庞遇披上外袍，不由分说地沿着河道往深处走。

"去哪儿？"

"跟我走，你才能保命。"

说着，庞遇却停下了脚步，他弓着腰捂住胸口，想来是伤口又裂开了，他扭曲的五官昭示着他在忍受巨大的疼痛。

南衣此时也来了些脾气，不肯挪动脚步："你自己都小命难保，我凭什么信你？"

庞遇回头深深地看了南衣一眼："听你的口音是鹿江人吧？为什么来沥

都府？"

"我要去扶风郡前线找我的一个朋友，我和他三年没见了。"

"我叫庞遇，在殿前司任职，不久之前我们经过了扶风郡，那时说不定见过你的朋友。"

"真的吗？"南衣忽然有些雀跃，光跃上了眼睛，"他身量很高，这几年想来是晒黑了吧，啊，对了，他虎口上有个疤……"

说着，南衣意识到了什么，乖乖地闭了嘴。

"啊……军中那么多人，想来你也不会记得，抱歉了。"

庞遇亦抱歉地朝南衣笑了下。

南衣忽然意识到了什么，惊讶道："你是殿前司的人？那你……"

庞遇没有否认，往前走去，这会儿南衣跟上了他的脚步，脸上却是心事重重的样子。

南衣一路流浪，关于那位新帝的消息，她在街头巷尾已经听过了无数遍。

几月前汴京沦陷，皇帝、宗族尽被俘，朝臣逃往长江以南的金陵避祸，欲建立新朝，然而国无君，各地群龙无首。

皇子之中只剩一位陵安王徐昼因居于封地而逃过一劫，成了昱朝最后的独苗。

中书令沈执忠安排将士和暗卫秘密护送徐昼南下，但岐人如何肯放过这将昱朝皇室正统赶尽杀绝的机会？这一路上岐人穷追不舍，设下天罗地网缉拿陵安王。

但这些事从来都在传闻中，南衣没想到会离自己这么近。

庞遇回头看了南衣一眼："你猜得没错，陵安王如今就藏在虎跪山中，所以岐兵连日搜山。沥都府中的世家收到中书令密信接应陵安王，接应计划便是我负责传递的，我受伤也是为了在山中引开岐人而中了一箭。"

"那绢信上到底写了什么？你为什么忽然这么紧张？"

南衣好奇地问，但庞遇只顾闷头往前走，并没有回答。

滴答，滴答，石缝里渗出来的水不紧不慢地往下漏，被狭窄的甬道裹出了回声，显得周遭更加寂静了。

岐兵们已经将这小小的山中客栈围了个水泄不通，谢却山站在客栈的后院之中，锋利的目光环视着院中的一切。

贺平来禀报："公子，里里外外都搜了好几遍，确实没有找到那个小贼。"

一个五大三粗的岐兵将领从外头走进来，眉目之中含着一股戾气，他掸掸肩上的雪，看向谢却山："却山公子，丢了什么东西，这么兴师动众的？"

谢却山淡淡地看了一眼鹃沙，回答道："沥都府里刚送来的谍报，上面写着接应陵安王的计划，被一个小贼偷走了。"

鹃沙顿时紧张起来，嗓门都大了起来，呵斥周围的岐兵："这么多人，连个小贼都找不到？人还能遁地跑了不成？"

谢却山没有说话，却似乎被这"遁地"给点了一下，望向院中那口不起眼的井。

*

庞遇捏着绢信的手紧了紧。这上面写的正是他们的接应计划。

恐怕沥都府内出了奸细，他们的计划泄露了，而谢却山势必会将计就计抓陵安王。

幸好，被他误打误撞知道了，他必须将这个消息送出去，否则陵安王就会成为岐人的瓮中之鳖。

但其中牵扯甚广，越少人知道越好，他坦明身份是为了获得这女孩的信任，但他不打算将更多的事情告诉她。

"知道太多容易没命，你还是少知道一些为好。"

"那你为什么要带着我？"

"我的身体未必能撑到那个时候，若我死在半路，请你去往鹰嘴崖下面的破道庵，院中有一棵古树，你将绢信埋入树下的土中。"

庞遇的语气十分平静，南衣却听得胆战心惊。怎么会有人能将死亡说得如此稀松平常呢？

"你为何觉得我能做到？岐人若抓到我，别说严刑拷打了，几鞭子下去我就会全盘招供。"

"王朝的生死看似维系一人之身，实则背后有千万人的共同努力。你以为，这千万人的心志靠什么联结？"

"靠菩萨保佑？"

庞遇脸上终于露出一丝笑意，他摇了摇头："是家国之情。你我是同胞，生在这片土地，长在这片土地，所以我相信你。"

交谈间，两人已经快走到尽头了。出口是一座隐蔽的山洞，南衣已经隐隐约约地看到了光亮，她的脚步都加快起来。

她比庞遇先走出山洞，一看到眼前的情形，登时浑身僵住。

岐兵已经将山洞口团团围住，谢却山坐在一截枯木上，毫不意外地看着南衣，然后他的目光挪到了她身后的庞遇身上。

他就这么安静地看着，却带来极大的压迫感。他的瞳仁漆黑，藏着不动声色的杀气，让人有种错觉，仿佛在这双眼睛里，世间的一切都无处遁形，会被他全部看穿。

第四章 忠将骨

庞遇将南衣拉到自己身后，捏着她袖子的时候，不动声色地将绢信塞到她手里，然后迎着谢却山寒冷的目光上前。

两人无言的对视之中，情绪在其中翻滚。

但南衣没有注意到其中的异样，只觉得双膝发软，这必然是逃不过了。

电光石火间，南衣迅速审时度势，改变了立场，在庞遇开口之前，她冲了出去，扑通一声跪在了谢却山面前。

"大人，我错了，我不该偷您的荷包——"南衣将荷包和揉成一团的绢信都递给谢却山。

谢却山饶有兴致地打量着南衣。

南衣心一横，抬手指向庞遇："这个人，他说他叫庞遇，是殿前司的人，他知道陵安王藏在哪儿！"

南衣清亮的声音一出，在场的人都愣住了。大家都以为只是来抓个小贼，没想到还能钓到这么大一条鱼。

庞遇脸上露出难以置信之色，紧接着怒意盈上面庞："你——"

南衣哀求地望着谢却山："大人，我只是想活命，我不想和他一起死在这里，我给您提供这么大一条线索，算不算将功补过？求您饶我一命！"

谢却山垂眸淡淡地扫了眼南衣，目光又落到庞遇身上，正式地打了个招呼："庞子叙，好久不见。"

子叙是庞遇的表字，友人、父母、师长都叫得，唯有谢却山叫，落在他耳里显得格外刺耳。

六年前自他叛岐之后，庞遇就发誓要亲手了结他，但庞遇也在心里祈祷不要再见到他。

直至今日，两人狭路相逢。

庞遇咬牙切齿："我立过誓，此生若和你再见，不是你死，就是我亡。"

谢却山微笑："那你觉得今日会是什么结果？"

庞遇不再多言，直接拔剑迎战。

都不用谢却山动手，岐兵们便一拥而上，围攻庞遇。

庞遇的一招一式都带着鱼死网破的决心，一时竟无人能近他身。但这种自杀式的爆发根本维持不了多久，加上他受了重伤，很快便体力不支。

庞遇一剑劈向谢却山，但被他身边的贺平用剑鞘便轻松地截住。庞遇踉跄一下，身后的岐兵一刀割开他的脚筋，他被迫跪在了地上。

岐兵立刻将他团团围住，他已是强弩之末，再无一战的可能。

谢却山走到他面前，掀开他的外袍，看到了他胸口的伤："若那天知道山里的人是你，这箭我该射得偏一些，好让你留着足够的实力来杀我——只可惜，世上的对决大都不公平，在对决之前，早就有了强弱之分。"

"谢却山，别废话，杀了我！"

谢却山摇摇头："子叙，年少时你我有过几年交情，我不想杀你。你将陵安王的藏匿地点告诉我，我便保你不死。"

"滚！叛国弃家之贼，你不得好死！"

"这世道，大家都是为了活命，何必牺牲你自己的性命去换徐昼呢？不值当。"

庞遇跪着，脊背却挺得笔直，他厌恶地扫了眼谢却山，又看向南衣，咬牙切齿道："有些人贪图自己的性命，但我不会。"

南衣一激灵，却仍不敢抬头。她能感觉到那道目光的痛心、厌恶，更有决然之意。南衣知道，他的话是说给自己听的。她心虚地低头，挪到枯树后，让自己尽量离这场纷争远一点。

这时，鹊沙押着客栈的掌柜和众伙计来了："这么好的一出戏，怎么能少了观众呢？这些日子想必就是他们在照顾受伤的庞殿帅，我便将他们一并带过来了。"

庞遇眼睛猩红，他恨不得能用目光杀了谢却山和鹊沙。

客栈的掌柜和众伙计被五花大绑着，瑟瑟发抖。

谢却山在庞遇面前蹲下，平静地看着他："子叙，沥都府的接应计划泄露了，徐昼已是我们的囊中之物，抓到他，或早或晚。你现在若能说出他藏在山中何处，功劳便是你的，高官厚禄，我都许给你。"

"我呸！"

"这一客栈人的死活，全都在你的一念之间。你慢慢回忆，想起来了便告诉我。只是一炷香时间死一个人，这客栈里有八个人。"

庞遇朝谢却山嘶吼："谢却山，你这个畜生！"

这时，客栈掌柜忽然朝庞遇大喊："庞殿帅！吾等小民，死了便死了，不用顾念我们的性命！"

岐兵的将领鹘沙一脸不耐烦，直接拔出刀，径直捅入掌柜的腹部："娘的，话这么多。"

刀刃刺破血肉的声音并不响，南衣却听得清清楚楚，她险些惊呼出声，忙捂住了嘴。

鹘沙拔出刀，掌柜便软软地倒地，死不瞑目。

谢却山没说话，只是看了一眼香炉里的香，鹘沙也顺着他的目光看去，哦，香还没烧完。他刀刃一转，直接将香拦腰砍断。

"嗯，香灭了。"鹘沙挑眉，看了一眼谢却山。

"子叙，你瞧见了，鹘沙将军很没有耐心。"

庞遇看着死去的掌柜，他浑身剧烈地颤抖着，喉咙中发出野兽般痛苦的嘶吼。

岐兵过来往香炉里换上一炷新的香，还没插上，鹘沙便直接抬脚踩灭，手起刀落，又杀了一个伙计。

血溅了谢却山和庞遇一身。

谢却山看着庞遇："子叙，你还想看着更多的人死吗？"

庞遇竟癫狂地笑了起来，堂堂七尺男儿，此刻眼中也含了热泪。

"陵安王，他不只是一个宗室皇子，而且是人们望向昱朝的一面旗帜，只要他能顺利登基，这群龙无首的天下又将万民归心，昱朝的大旗将重新傲立于中原之巅。为了守护这面旗帜，赴死又有何妨？！未来总有一天，官家将会带着他的子民们重整旗鼓，将你们岐人赶出汴京！"

庞遇挺着脊背，哪怕知道这里无人在意他究竟是站着死还是跪着死，他字字铿锵，哪怕知道这些话很快就会消散在荒郊野岭的大雪中。

众人一时哑然。

庞遇又笑了起来，这次的笑是十分平静的："官家，臣先去了。"

庞遇已成强弩之末的身体里忽然爆发出惊人的力气，竟连三个岐兵都按不住他，他挣脱开岐兵的束缚，往前扑去。他伸手要去抢谢却山的佩刀，两侧的岐兵忙眼明手快地拉开谢却山，下意识地拔出佩刀朝向庞遇。

谢却山连忙呵斥："住手！"却已经来不及。

"天佑我大昱！"

庞遇高呼着，然后一头撞到了岐兵的刀刃上。寒刃割破血管，热血洒在雪地，溅到衣襟上。人转瞬便倒了下去，像是浮到水面上的气泡，噗的一声便要消散了。

谢却山失态地推开身边的岐兵，扑上去探庞遇颈边的脉搏。

他的脉搏以惊人的速度在消失。

庞遇用最后一丝力气抓住了谢却山的衣袖，他已经完成了他的大义，慷慨赴死，他望向远方的目光终于可以停歇。他在这个世上的最后一个眼神放纵了自己的私心，悲伤而不解地望着自己少时的挚友："谢朝恩……我……从不负……少时誓言。"

"却山"是他去国离乡后为自己取的字，而谢朝恩是他真正的名字。已经有很多年没有人再喊过他的名字了。

庞遇说的是"你死我活"的誓言，还是桃园结义的誓言？

他再也不得而知。

第五章 生死题

谢却山任由溅到脸上的血从额角淌到眼里，再顺着眼窝流下。

他像个没有悲悯之心的修罗，只是望了一眼这一地的狼藉，目光绕了一圈，最后落在南衣身上。

南衣捂着嘴震惊地看着这一幕，她脸上淌下两行泪，连她自己都没有察觉到，不知道究竟是害怕，还是震撼，抑或惋惜。

鹘沙紧张地握住了手里的刀，他直觉认为谢却山此刻的情绪有些诡异，担心谢却山会突然做出什么过激的举动。

"尸体扔去乱葬岗。剩下的人，带回去拷问。"

然而谢却山依然十分冷静，似乎毫无被触动之意。

鹘沙还想说什么，但谢却山的话不容反驳。

他虽有领兵的实权，官职上却是谢却山的属下，这会儿刚杀了陵安王身边的重要人物庞遇，也算大功一件，他便不再多话，带着人离开。

岐兵们将尸体拖走，鹘沙亦带着客栈的伙计离开。现场只留了谢却山的心腹贺平和几个守卫的岐兵。

谢却山只是坐在那截枯木上，好像看着地上的血迹在发呆，不知道在想什么。

四周一下子又安静下来，仿佛只有飘雪的声音。过了一会儿，谢却山抬头朝南衣招招手。

南衣极力克制着自己面对谢却山的害怕，慢慢挪到他面前。

"庞遇都跟你说了什么？"

"他看到绢信后就说要带我去一个地方，我不相信他，他便说自己在殿前司任职，负责传递接应陵安王的计划。但他没告诉我陵安王在哪儿，也没告诉我绢信上到底写了什么，他只说知道太多会死得很快。"

"他从一开始就想让你置身事外，他在保护你，你后悔出卖他吗？"

"我只是后悔偷了你的钱包。人在世上各自为了各自的生死，我不欠他。"

谢却山脸上的表情很冷，嘴角却浮起一丝笑："你看过绢信，我不能留你。"

南衣急得跪下来："大人，我不识字，我是看过绢信，但我不知道上面写了什么。"

谢却山没有回应。南衣又用膝盖往前挪了几步，抓着谢却山的衣角，脸上哭得梨花带雨，极尽可怜地哀求："求大人留我一命，我愿意给大人做牛做马，为奴为婢。"

"愿意给我做奴？"谢却山捏起她的下巴，逼她直视自己，他的笑容消失了，没有一点表情，"你已知道我是什么人，你没有骨气吗？"

"骨气几斤重，又抵不过人命。"

南衣眼中含泪，被迫对上他幽深的眼，此刻她非常恐惧，全凭本能回答。

谢却山没有忍住眼里的厌恶——让人讨厌的回答。

无骨的女人就如浮萍，只能这样仰着头苦苦哀求，把自己的性命交到别人手上，但是你又能指望一个小毛贼说出什么惊天动地的话来呢？

她的本能全都是为了活命，什么家国大义，什么君子守节，她一概不知。

这种人，甚至都没有动刀杀的必要，但他还需要最后再确认一次。

谢却山松了手，将人拂开："既然你说你不识字，那你便听天意，自己择生死吧。"

谢却山在雪地上写下几个字——死、薨、卒、殁、夭。

"这几个字里，你选一个，若选到了生，我便放你走。"

"当真？选对了，真的能放我走？"南衣眼里燃起了一点希望，但方才的香让她心有余悸。

"鹘沙是岐人，岐人做事随心所欲，不重信用，但我自小读圣贤书，有些道理还是刻在骨子里的。大部分时候，我都言出必行。"

"大部分时候……是什么时候？"

"掌握别人生死的时候。"

"那无法言出必行的时候，又是什么时候？"

"无法掌握自己生死的时候。"

他说得很有道理，南衣被说服了。当下，她也只能被他牵着鼻子走。她沉下心，认认真真地开始在那几个字里头挑选。

谢却山盯着南衣的神情，她若识字，便会知道这里没有"生"，只有"死"，无论选什么都是死。可她脸上看不出一点犹豫，认真地在赴这场赌局。

"这个字是生。"南衣指着"薨"字。

"你确定？"

南衣肯定地点了点头。

"为什么？"

"这个字最复杂。我想，生应该比死难很多，所以应该就是这个字。"

生比死难很多——谢却山脸上一顿，微微出神。

薨，是王侯之死，是比黎民百姓的生死更为复杂的博弈，所以这一笔一画如此难写。

"我选对了吗？"南衣仰着头，忐忑地望着谢却山。

谢却山望向这双清澈的眼睛，他觉得她就是这个世间轻飘飘的一片叶子，她的生死没有被赋予太多其他的意义，甚至连善恶好坏都没有。

她就是这么卑微地想活。

这一刻他相信，她是真的什么都不知道。

可他脑海中闪过一丝邪恶的念头，他想要掐灭这丝清澈，让这个世界永远地混浊下去，但又有一个瞬间他觉得，偶尔有这么一丝愚蠢的清澈也未必是坏事。

谢却山捡起地上灭了的香，重新用火折子点燃，插在地上："你选对了，但也不全对，所以——"

淡淡的烟气腾起，象征着某种狩猎游戏的开始。南衣不知道他葫芦里卖的什么药，可清楚自己的小命不过在他一念之间。

"我只给你一炷香的时间跑，不要被我找到，否则——"谢却山站起身，居高临下地看着南衣，"万劫不复。"

*

南衣拼了命地往前跑，凛冽的风灌入喉中，连呼吸之间都有一股铁锈的味道。雪越来越大，山路越发难走。

她和庞遇的对话仍在她脑海里震耳欲聋。

"如果我们被岐兵找到了怎么办？这封绢信肯定就保不住了。"

"那你就出卖我。"

"什么？"

"出卖我，你才有可能获得岐人的信任活下来。即便发生最坏的情况，你我之间也必须活一个，将消息传出去。我本就是将死之人，所以我死，你活。"

"可就算我活了，我又能做什么？"

"你只需要去沥都府的过雨楼中，一字不漏地告诉掌柜，'买一份澄沙团子，做成桃花模样。桃花素来只有五瓣花，但我要六瓣的形状。'"

南衣有些蒙："然后呢？"

庞遇停下脚步，十分认真地看着南衣："然后，找个地方躲起来，永远永远都不要被谢却山找到。"

第六章 秦家女

邻近的官道上有辆马车驰过，南衣想要追上去求助，脚下一急，却被埋在雪中的藤蔓绊得跟跄了一下，整个人栽倒在地上。

马车里的人好似感应到了什么，一只纤长的手掀开布帘，车内的男子往外面看了一眼，但四处只有白茫茫的雪，也没瞧出什么异样来。

寒风灌进来，谢衡再忍不住咳了几声。同座的乔因芝立刻紧张地伸手，忙帮他放下帘子，替他拢了拢大氅，心疼地看着他。

谢衡再对她露出一丝苍白的笑容，然后握住了她的手。

马车就这么驶了过去。

南衣艰难地从雪里爬起来，她远远瞥见车里的男子似乎掀开布帘往外看了一眼，但她甚至还没来得及跑过去，马车便行远了。

南衣欲哭无泪，后面是追兵，而前面是没什么遮挡的官道，她几乎已陷入孤立无援、走投无路的地步。一瞬间她有些惶然，她能不能逃出他的五指山呢？

此刻南衣并不知道，时间的线已经开始收拢，她与之擦肩而过的马车里，坐着一个足以影响她命运之人。

★

潞阳镇在虎跪山的山阴处，穿过一条山谷就是沥都府。

秦家祖上有大儒，后代却连个考上进士的都没有，到了这一辈逐渐没落，放在沥都府里不算起眼，但在潞阳镇依然算得上大户人家。

这一日，秦家紧闭的大门被迭声叩响。

秦府在潞阳镇中心，宅子占了几亩地，胜在闹中取静。连日的大雪，街上来往的行人稀疏，这个时辰，也不像会有客来访。

管家哈着热气疑惑地出来开门，却看到是一个小乞丐在敲门。小乞丐蓬头垢面，也看不出男女来，脏兮兮的衣服上甚至还有血污。

管家嫌弃地从袖子里掏出几文钱，丢在地上："别在秦家门口要饭，走远点。"

已经奄奄一息的南衣抓住管家的裤腿："我找秦岳。"

管家一愣，多看了南衣几眼："你找我们家老爷做什么？"

"你去跟他说，我是小莺仙的女儿。"

管家一听兹事体大，忙不迭地转身往院里跑。

★

南衣是个私生女，她是一个妓子的女儿。妓子没有名字，只有个艺名，叫小莺仙。

年轻的时候她在风月场也算个角，却信了一个纨绔愿意给她赎身、让她做外室的鬼话，一厢情愿地为纨绔生下一个女儿。

纨绔却有一个厉害的夫人，决不允许这上不得台面的私生女进家门，还叫人将妓子和她女儿都赶出镇子。

妓子生完孩子没钱调养，又挨了顿毒打，落下了跛脚的毛病，一下子便苍老许多，美貌不再，靠着给人浆衣谋生，饥一顿饱一顿地将女儿拉扯大。

但小莺仙对南衣的爱也仅仅是饿不死南衣，她将自己人生所有的不如意都怪罪到南衣身上。

南衣从小听到最多的话便是——"要不是生了你，老娘现在不知道有多逍遥快活呢。"

顺带着，南衣也听到很多小莺仙咒骂秦岳的话，在这些描述里，南衣大概也知道自己那个素未谋面的爹在潞阳镇过着体面的生活，儿女双全。

即便知道自己的爹是谁，南衣依然无法拥有一个姓氏。她习惯了在这个世道做一片浮萍，若非走投无路，她不会去敲秦家的门。她不敢，也不指望。

可她凭着自己的双脚实在是走不远了，她太害怕被谢却山抓到，只能抱着一丝希冀，希望秦家看在血缘的分上伸出援手。

管家将门留了一条缝，南衣透过这条门缝望见秦家的大院子。

外头的雪铺天盖地，寸步难行，里头却有人将院子里的雪扫得干干净净，方便行走。里面的世界看起来太温暖了。

南衣就这么等着，过了很久，管家急匆匆地回来了："小娘子，里面请。"

他们愿意帮我了？南衣还有些难以置信，但冻麻了的脚先她的意识一步迈了出去。

太好了，她能活了。

南衣一下子便松懈下来，然后她眼前一黑，往前栽去，便不省人事了。

☆

谢却山回到军营，身后的贺平还带回来一具面目模糊的女尸。

"追回来了，杀了。"

他言简意赅地告知鹊沙。

鹊沙没仔细看过那个女孩长啥样，草草地扫了一眼女尸，确实是刚死不久，就放心地让人将尸体扔到乱葬岗去。

待回到无人的营帐里，贺平不解地问谢却山："公子，那个小偷有什么值得救的？为什么非得费那么大劲从乱葬岗找一具尸体回来掩人耳目？"

"游戏，要遵守规则。"谢却山站在水盆边仔仔细细地洗手，用皂角将指甲缝里的血迹都洗了一遍。

贺平递上毛巾，一脸困惑。

"还没结束呢。"谢却山笃定地说。

☆

南衣醒来时，有种自己身处蓬莱仙境中的错觉，房间里香气缭绕，温暖如春，身下的被褥柔软，仿佛云朵。

她动了动身子，这会儿才觉得四肢百骸的酸痛一下子都涌了上来，她试着爬起来，却根本没力气。

"醒了？"

一个妇人扶着南衣坐起来，她的手很软。南衣下意识地躲了一下，保养得当的手就代表着长年养尊处优，她害怕自己脏了那双手。

南衣挪到床角，紧张地看向妇人。妇人的笑容一丝不苟，虽然眼角已经有些皱纹了，鬓角也藏着一丝半缕白发，但仍能瞧出大家闺秀的美貌和端庄来。

"我是你的嫡母，你唤我母亲就好。你叫什么名字？"

南衣脑子里嗡嗡的，愣了会儿才回答："南衣，南方的南，衣服的衣。"

秦大娘子注视着南衣。

刚来的那天她整个人像从泥里捞出来一样又臭又脏,但此刻洗去了尘垢,这张俏丽的脸庞便完全展露出了它的明艳之处。

她用那黑漆漆的瞳孔胆怯地瞧着你时,眸里光影千回百转,像有一片呼之欲出的海。连秦大娘子都不得不承认,这是一个美人。

"南衣,大夫说你好像是走了很久的山路,浑身力气都透支得厉害,需静养一些时日。"

南衣摇摇头,跪坐起来,缩着头小声说:"秦……秦大娘子,我不是想来打扰你们的,也不想要求什么身份地位。我只是想去扶风郡找我的朋友,但我实在是走投无路了……你们不用收留我,借我一些银钱便好,日后我一定会还的。"

秦大娘子还是那样微笑着,不动声色地打量着南衣:"朋友?是公子还是姑娘?"

"是一位可靠的公子,叫章月回,我与他在鹿江相识,三年前他去参军了,如今应该在扶风郡大营里,只要能找到他,他会收留我的。"

"他可是你的情郎?"

南衣犹豫了一下,点了点头。

诚然,她与章月回之间并没有婚约,也没有过山盟海誓,他走的时候很仓促,只留下一只价值不菲的玉镯和只言片语,但她确信自己在那些小桥流水的岁月里察觉到了他们之间是有不同寻常的情愫的。不然,他怎么会给她这么贵重的信物呢?

哪怕她对爱情尚且懵懵懂懂,但也认定了自己要嫁给章月回,他是她在这个世界上最后的亲人了。

靠着这样的信念,她行了千百里路去找他,若是连这个念想都没有,她便真的无处可去了。

她不想跟秦大娘子解释太多,便认下他是自己的情郎,省去一些口舌。不管秦家人面目可憎还是和蔼,她都不想跟他们有太多的牵扯。

"那母亲派人去找他,你便安心待在秦府里养养身子,"秦大娘子伸手慈祥地摸了摸南衣的脸庞,"当年我年轻气盛,亏欠了小莺仙,也让秦家的血脉流落在外多年。幸好你平安长大,出落得亭亭玉立。如今……我想弥补,你愿意给母亲这个机会吗?"

南衣对这个慈眉善目的妇人有着天然的抗拒,在她娘亲多年的咒骂中,这个大娘子有着老妖婆一般的面孔和蛇蝎似的心肠,大娘子的话她只信一半,可章月回是她的软肋。

"当真……能帮我去找他吗?"

"自然。你父亲也是点了头的,你想要什么,他都会帮你实现。"

南衣仍怀着一丝警惕,可这个饵实在太大太香了,她还是点了点头:"秦大

023

娘子，我还有一事。我想去一趟沥都府。"

"沥都府已经被岐人占领了，虎跪山中也都是岐兵，加上这些日子还有大雪，过去一趟可不容易。你告诉母亲，你想去沥都府做什么？"

南衣眨了眨眼睛，迅速地思考着，编了一个说辞："……我娘死前有一个遗愿，她想去沥都府的过雨楼里买一份点心，我想这应该是她很重要的记忆吧，我想帮她完成这小小的心愿，替她尝尝那味道。"

"这样吧，你告诉我想买什么，我同你父亲说，让他差人去帮你买。"

"大娘子，您能拿纸笔记下吗？我怕有点复杂，会忘。"

秦大娘子和气地取来纸笔。

南衣复述道："买一份澄沙团子，做成桃花模样。桃花素来只有五瓣花，但我要六瓣的形状。"

几日后，南衣看到父亲秦岳的时候，终于知道为什么她没有任何信物，但秦家人对她的身份毫不怀疑。

以前街坊邻居都说她长得像小莺仙，但她其实只有脸形像娘，她的眉眼更像秦岳，眉骨高，眼睛端正、深邃，因此也没有小莺仙的狐媚之相。

这就是血缘的强大吧，即便他们素未谋面，但仍在她身上打下了一个顽固的烙印。

只可惜，他们一点都不熟，见了面甚至还有点尴尬。

秦岳还有点紧张，打开了面前的食盒，脸上挂着生硬的笑容："你要的澄沙团子，我直接吩咐下人从沥都府给你买来了。不过这来回路途不短，点心都凉透了。"

"这是从过雨楼里买的？"

"是，你母亲还特意写字条交代过了——你瞧，这食盒上还刻着过雨楼的招牌呢。不过六瓣的桃花模样没有模子，所以并不好做，这团子里的馅都露出来了。"

馅料露了？也许六瓣桃花的澄沙团子就是不好做，所以也象征着计划泄露吧。南衣脑海中迅速闪过这个念头，她瞅瞅食盒上的字，装作看懂了，点点头，心想这应该错不了，想必话是送到了，她心中的大石头也落地了："多谢秦老爷。"

一句生分的"秦老爷"，让秦岳更僵硬了，但他不像自家大娘子有着春风化雨的本事，只能打哈哈，装没听到："南衣啊，还有一事，巧得很。我正想派人去扶风郡寻你未婚夫的踪迹呢，便得知扶风郡大营有一支队伍到了虎跪山，我和沥都府知府那是喝过酒的交情，便托他打听了一番，得知这支队伍里头正有一名校尉叫章月回。"

"真的？"

南衣惊得一下子站了起来，然后意识到自己似乎太唐突了，又尴尬地坐了回去，但眼里脸上满是期盼。

秦岳迅速地扫了一眼南衣的脸庞，然后移开了目光，指了指南衣手腕上的镯子："当然是真的，我还专门去同他见了一面，他说，他送过你一只镯子做信物，就是你手上的这只吧？"

拘谨的南衣脸上露出了连日来最灿烂的笑容："是！真的是他。我可以见他吗？"

"你和他都是要成婚的人了，怎能私下见面？"

人还没到，秦大娘子的声音先飘进了屋中。听到这个声音，秦岳似乎松了口气，连忙起身迎自家夫人坐下。

"什么成婚？"南衣一头雾水。

"来，让你母亲同你细说。"

"一来，他在军中，不方便独自外出，不过他三日后有休沐。"

"那三日后我先去见他。"

"你这孩子，怎么这么心急呢？二来，母亲想着，如今这乱世，相逢已是不易，过完今天没明天，不如就趁着他三日后休沐，你们成婚，有了夫妻之名，日后你们想见面也会容易些。"

南衣瞪大了眼睛，情郎的事是她编的，怎么就一下到了成婚这一步？这真的是章月回的意思？他愿意娶她？

秦大娘子见她神情仍没有放松，和蔼地从食盒中取出一个澄沙团子，塞到她手里："来，先吃点心，我们慢慢说。你便从秦家出嫁，我们给你准备嫁妆，绝不让你被他们家看低一头。"

南衣刚想说什么，忽然察觉到了不对劲。

她手里澄沙团子的表皮竟然还是软乎的。从潞阳镇往返沥都府，中途经过虎跪山，那么大的风雪，纵然食盒外裹着棉布，那澄沙团子也该冻硬了，怎么可能还是软的？

第七章 花轿错

南衣很快就反应过来，这点心不是从沥都府买的，只是装在了过雨楼的食盒里。

也许根本就是家里厨房做的，放凉了就拿来唬人而已——这些大宅子里养尊处优的人根本不知道在风雪里冻了三四个时辰的食物是什么样的。

瞬间，南衣的心已经凉了，如果澄沙团子是假的，那么和章月回的婚事多半也不是真的。

但南衣按下了神色上的异常，试探道："三天……这么快？来得及吗？他家人也不在这里，这么大的事，我还是想和他先见一面。"

"这就是为了让你们能尽快见面呀，"秦大娘子的手扶到了南衣的肩上，"军中有军中的规矩，若是将士随便就能跟别人见面，那细作们不就有了可乘之机？"

南衣装作懵懵懂懂地点了点头，心里却更加确定，这是一个骗局。

"他说，他也很想见你，愿意一切从简。章家郎君，个子很高，长得一表人才，他虎口还有个牙印，据说，是你咬的呀。"

南衣震惊，短短几天时间，秦家竟然连这些细节都查到了。

但是仔细想想这也并不难，鹿江并不大，只要派人去鹿江打听，便能将他们的过往掌握得七七八八。

脑子里盘算着这些事，但南衣的表演信手拈来，她低头咬了一口澄沙团子，垂眸掩饰了眼里的思量，然后一行泪熟练地落下来："真的是他，太好了，父亲，母亲，你们为我圆了三年的梦……我都听你们的安排。"

说到动情处，南衣脸上不自觉地泪水纵横，她自知失态，忙抬袖去擦，可眼泪越擦越多。最后她索性放弃擦拭，流着泪跪到地上，给面前的父母磕了三个头。

秦大娘子和秦家老爷见南衣如此诚恳地信了，终于松了口气。

接下来几日，南衣配合秦家忙着诸多成婚的事宜，暗地里用她在市井生存耳听六路眼观八方的本事打听到了事情的原委。

原来是沥都府的大望族谢家请了媒人来求亲，希望秦家把女儿嫁过去做谢氏嫡长子的填房夫人。

也不知道大望族是怎么看上秦家这小门小户的，大家都猜，谢家嫡长子是个病秧子，也许他身体越发不行了，希望用门亲事冲喜，所以门当户对的世家都不愿意把女儿嫁过去，好事才轮到秦家。

但秦家嫡女秦筝与人私通有了身孕，如今肚子已经遮不住了，秦家又不愿放弃与大世家攀亲的机会，存了找人替嫁的想法，正好这时候南衣撞上门来，落入了秦家的圈套。

南衣清楚秦家花这么大的功夫骗她，就绝不会让她轻易逃跑。

她若是撕破脸，到时候也依然是胳膊拧不过大腿，被看管得更严而已。

她心里仍装着庞遇交托给她的任务，这是如今的头等大事，她只想尽快到沥都府,亲自将那消息递出去。

秦家骗她说,章月回的家在鹿江,太远了,便只能临时在沥都府的客栈里成婚。

南衣琢磨,客栈应该是假,但目的地是沥都府错不了。她可以借着秦家的安排靠近沥都府,反正上了花轿就离开了他们的视线范围,途中再找机会逃跑。

三日后的正午,秦府门口已经锣鼓喧天。

上轿前,秦家大娘子还命女使端来一杯茶,递给南衣。

秦大娘子满脸笑意:"南衣,路途遥远,免得口干,先喝一杯家里的热茶再出发吧。"

南衣乖巧地接过茶,一饮而尽,然后不动声色地将茶水都吐在喜袍宽大厚实的衣袖里。

这杯茶就是秦家最后的计划,茶里有药,即便她到沥都府发现自己被卖了,也没有力气再挣扎了。

而南衣不动声色地骗过了秦家所有人的眼睛,乖乖上了花轿,等待着逃跑的时机。

她总是想起庞遇死时的场景和交代她的话,她希望自己没有晚,事态还来得及等她将消息送过去。

花轿摇摇晃晃地在风雪里启程了,载着命运飘摇的南衣,众人都以为又有一个女子要去世家里享受荣华富贵了,却不知这一个女子身上竟连着使王朝摇摇欲坠的细丝。

★

望雪坞是谢氏府邸的雅称,位于沥都府西北方,占地足足有百亩。

今日望雪坞张灯结彩,好不热闹。原本续弦是要不了这么大的排场的,但自从入冬之后,谢衡再的身体便越来越差,为了给他冲喜,才弄得热闹了一些。

家里难得有这么大的喜事,谢氏太夫人早早就坐在正厅玄英堂里张罗了,婢女、家丁们进进出出,繁忙但有条不紊。

倒是新郎谢衡再自己的槐序院这会儿显得冷清,甚至透出几分肃杀之气。

谢衡再坐在书房中,不停地摩挲着手边的笔搁,脸上的焦虑已然在动作之间流露。

一个月前,他接到中书令沈执忠的密信,要他负责接应陵安王过沥都府。

沥都府是南渡的必经之路,曲绫江汇入长江,岐人不善水战,只要到了长江,便是昱朝的势力范围,岐人想要追人就更难了。

追捕和护送双方都知道，沥都府是最后围堵陵安王的决战之地。

沥都府地形特殊，曲绫江从城中穿过，南下出城的渡口只有一个，只要守住那渡口，任何人都插翅难逃。

岐人早就在沥都府布下眼线，监视城中的一举一动。

谢衡再拟了许多计划，最后决定借娶妻之名，用迎亲队伍掩人耳目，接应虎跪山的陵安王，让他们一行人跟着迎亲队伍神不知鬼不觉地进沥都府。

为了让迎亲队伍能经过虎跪山山谷，这门亲事，他必须从潞阳镇找。

大望族续弦也不能将就，潞阳镇里能够得上他家门楣，且家中有适龄女儿的，竟然只有秦家。好在秦家很愿意，亲事很快就定了下来。

但谢衡再如今担忧的是，上一次跟殿前司的殿帅庞遇交代完接头计划后，便再也联系不上他了。

岐兵逼得紧，陵安王一行人在虎跪山内东躲西藏，所有消息来往的路径都被切断了。就算有什么变故，双方也通知不到彼此。

这样的情形，最忌接头计划泄露。谢衡再已经做得极其小心谨慎了。今日就是执行计划的日子，成败就在一瞬间。

在谢衡再焦虑之时，乔因芝端着药进入书房。她发现谢衡再的手竟凉得厉害，忙用自己的手去焐热他的手，心疼地安慰："官人，再等等，会有好消息的。"

谢衡再叹了口气，看向乔因芝的目光不无愧疚："芝娘，只是苦了你，还要跟我一起担惊受怕……我本答应过你，有你在，我不会再续弦。如今，却是言而无信了。"

乔因芝连忙摇摇头："夫君，我都懂的，大敌当前，小家可舍。"

谢衡再感激地握住了乔因芝的手。他的先妻早亡，这么多年都是乔因芝陪在他身边，十余年日夜相随，她是这个世上最懂他喜怒哀乐的人。

她的陪伴让他稍稍安心了一些，可紧接着，谢穗安便火急火燎地冲进了书房。

谢穗安是谢家六姑娘，不爱女红，偏爱刀枪，谢衡再也不拘束她，纵着她练武，这在沥都府的世家女子中，也算得上是惊世骇俗的。不过到了乱世的时候，她这一身武艺便派上了用场。

"大哥！"

乔因芝见谢穗安神情不对，忙施了礼离开房间："我去外面守着。"

房门关上，谢穗安着急地开口："大哥，有人今晨在虎跪山的甘溪桥头插了三根秸秆，这是暗桩最紧急的联络方式，我们的人赶去接头地点却没有等到人，对方亦没有传出任何消息，我想此事蹊跷，便赶紧过来知会大哥。"

谢衡再眉头紧锁，脸色越发苍白起来，他沉默了很久才做决定："你去过雨楼调出秉烛司所有死士,前往虎跪山接应。"

谢穗安大惊,以为自己听错了:"大哥,所有的死士?"

"是,所有。"

"可是对方没有传出任何消息啊。"

"没有消息反而意味着这是最紧急的情况,否则对方不会启用这种联络方式。恐怕行动计划已经被泄露,今日的虎跪山山谷就是岐人为我们布好的陷阱……喀喀……"

谢衡再强行顺了顺胸腔的气,接着道:"已经来不及通知殿下了,只能和岐人硬拼。我们的人可以折损,但绝不能让殿下出任何差错。"

"大哥,若和岐兵在山谷交战,等于直接跟岐人王庭宣战,怕是整个沥都府都会遭殃。"

"知府大开城门,让岐人不费一兵一卒进了城,我们战与不战,沥都府都已经沦陷了。"

"可是大哥……先前你不是说,现在兵力正弱,不是交战的时机,最好不要跟岐人撕破脸吗?"

"若新帝折损于此地,那要这脸面还有何用?!"

谢衡再急火攻心,竟咳出一口血来。

谢穗安见到此景还有些心惊、犹豫,但谢衡再已全然顾不上自己了:"快去!"

第八章 婚事丧

"停一下!"

少女清脆的声音从花轿里传出来。

迎亲队伍已经行至虎跪山山谷,空旷的山谷似乎只有风雪与树林碰撞的声音。

四下看似平静,而暗处其实藏着两股势力的死士。他们都在等待,等着那位新帝露出一角衣袍,一场猎杀一触即发。

队伍没有停下来,随行的媒人隔着轿帘询问南衣:"娘子,你要停轿子做什么?山谷里风雪大,快些走出去才好。"

"我想解手。"

南衣委屈巴巴地回答。

在她的计划里,逃跑最佳的地方就在靠近沥都府的这片山谷里。山中易躲藏,而城里人多眼杂,难免会被谁的耳目发现。

"娘子,再忍一忍。"

"可我忍不了了……总不能让我在拜堂的时候丢人吧……"

南衣的声音听起来都快哭了,媒人确实有些犹豫。

南衣坐在花轿中,握紧了袖子里的匕首,这还是谢却山不要了她才留下的那把武器,成了她此刻壮胆的东西。她只等着媒人一答应,轿子停下来,她便冲出去,头也不回地跑。

媒人没有回话,轿子却停了下来,外头的队伍有些异样的安静。南衣有些狐疑,但还是准备伸手掀开轿帘。

正在这时,有一只手先她一步撩起了轿帘。

风雪瞬间涌入轿内,一粒雪花落在南衣的指尖,寒意长驱直入人心。

她不知道来者是谁,但直觉告诉她危险,她立刻举扇遮面。

谢却山扫了一眼轿内,逼仄的空间里只有一个少女拿着喜扇乖觉地坐着。

他们隔着一面薄薄的喜扇再次相遇了,只是他们都没意识到彼此近在咫尺。谢却山未看出异样,很快便放下了轿帘。

"有个我们追捕的通缉犯混进来了,我们要检查队伍。"

鹘沙一声令下,也不顾迎亲者的意愿,岐兵直接开始粗暴地搜查队伍,检查一箱箱的嫁妆和随行的人。鹘沙如鹰隼般的目光扫过队伍中的每一个人,但没有瞧出什么异样。

这是下策。现身即暴露,我在明,目标便在暗。

可他们迟迟没有等到陵安王出现,而迎亲队伍就要离开山谷了,尽管谢却山拦着,鹘沙却一意孤行要上去搜,不肯放过最后一丝可能。

他清楚山谷里有枕戈待旦的死士,只要搜到陵安王,双方必然会交战。

但到了这一刻,他们也只能铤而走险,不能错失良机。

只是,他们什么都没搜到。他们的计划失败了,陵安王没有出现。岐兵空手而归,只能放迎亲队伍离开。

不过,不甘心的鹘沙仍点了几个岐兵跟着队伍。

岐兵的马蹄声阴魂不散地跟在后面,南衣断不敢在这个时候下轿,她也曾是岐兵追过的人。保命为上,南衣就这么被迫错过了她的最佳逃跑地点。

她只能再等时机。

谢却山和鹘沙目送着远去的迎亲队伍,他们都知道,平静并非本该平静,而是各方势力的博弈相互抵消，导致了此刻的平静，暗流依然在奔涌，这场角力还没有结束。

可恨的是，他们还不知道问题到底出在哪里，到底是陵安王没出现，还是陵安王在他们的眼皮子底下神不知鬼不觉地混入了迎亲队伍？

若是在沥都府抓不到陵安王，任他南渡，抓捕就会变得漫长而困难。

谢却山十分冷静，认为这还没到最糟糕的局面，他跟鹬沙分析道："不管陵安王如今在哪里，他一定没出沥都府，至少我们现在知道，谢家是这场护送的主力，盯紧谢家，就还有转机。"

"那就杀了谢衡再。他一死，部署就会乱。"

鹬沙盯着谢却山的眼睛。

★

同样的消息亦被快马加鞭送到了谢衡再跟前。

谢衡再先是诧异，然后稍稍松了口气。这已经是最好的结果了。但他亦有不安，陵安王为何没有出现？

难道是有人提前通知他此行危险，不要前往？

那之后他又该如何接应陵安王呢？千头万绪又涌上他的心头。

不过此刻，迎亲的喜轿已经快到望雪坞了，今晚的仪式，他还是得前往参加。

街上一扫萧条之色，鞭炮声震耳欲聋，白地红皮一路逶迤。微雪相送，喜轿入谢氏的望雪坞时，雪停了。

最后一粒晶莹的雪花落在屋檐下的红绸上，瞬间便化了，洇了一团小小的深色水痕。

南衣从喜轿中下来，她的目光被喜扇挡去大半，只能看到人影攒动，却谁的脸也瞧不清。她隐隐约约看到有个穿着喜服的男子站在堂中，他有些消瘦，但身形挺拔，有宾客道喜，他便拱手回礼，周身气度温润。

南衣甚至还不知道他的名字。

这一刻，周遭的喧嚣和热闹给了南衣成婚的实感。

先前满心都是逃跑，但她错失了所有的机会，当下是最无法逃跑的，她索性放弃了，心中的惶惶之意也跟着退去，取而代之的是一种茫然感。

她开始意识到，这是嫁人，是女子一生中最重要的时刻，拜了堂，她就是他的妻子。以后，她真的能逃掉吗？

可是她已经站在这里，站在这个男子的身边了。

暮鼓声从半山处遥遥传来，吉时就快到了。

谢家是沥都府的大姓世家，影响力不言而喻，喜堂之中自然宾朋众多，然而，也有浑水摸鱼进来的岐人细作，有一人扮作谢家小厮，一人扮作城中富商，混在人群里毫不显眼。两人对了一个眼神，准备按计划对谢衡再下手。

正在这时，门外迎客的管家高喊一声："黄知府到——"

随沥都府知府黄延坤一起来的还有谢却山和几个岐兵，在场很多人都不认识谢却山，窃窃私语，这面生的男子是谁，竟然连沥都府知府都客客气气地请他先踏入院门，那几个岐人士兵又是怎么回事……

但谢家人一见到谢却山，脸上都有不同程度的僵硬和难看，一时都愣在原地，竟没人记得礼节要去张罗迎接。

还是谢太夫人最先反应过来，直接无视了谢却山，招呼知府坐上席。

黄延坤却让了让身子，做了一个请谢却山坐上座的动作，脸上堆着殷勤的笑。

岐人士兵们将带来的贺礼往地上一放，虽说是道贺，可个个都跟煞神似的，霸道得很。

一个唱白脸，一个就开始唱红脸了，黄延坤对谢太夫人解释："太夫人，却山公子是大岐王庭派来的使者，他们不远千里而来，想与谢氏交个朋友，还特意带来许多贺礼道喜，理应让却山公子坐上座，方能展现谢家的待客之道。"

听到"却山公子"这个名字，南衣脑子嗡的一声有什么炸开了。

"不要被我找到，否则，万劫不复。"

那日他语音落下的瞬间，南衣就开始拼命地逃跑，跑到秦家，跑到一个陷阱里，最后为了能求平安而错失逃跑的机会，命运却还是把她送到了这个魔头面前。

南衣紧紧地握住了手里的喜扇，希望这薄薄的扇面能将自己的脸遮住，不要被谢却山发现。

而众人在听到"却山公子"后，心里也都明白了大半。在场大多数人都听说过臭名昭著的谢却山，他是谢家三子，也是个为人所耻的昱朝叛臣，自惊春之变后，谢家便与他断绝了关系。

此刻即便各人心里如何炸开锅，但没人敢不合时宜地说什么，说什么也都略显生硬和尴尬。

更何况还有岐兵在这儿，王朝被岐人打得百孔千疮，大家对岐人的恐惧都是刻入骨髓的，谁也不想在这喜庆的时候跟岐人起冲突，一时整个喜堂安静极了。

场面的寂静让那两个细作不得不暂时收手，另觅良机。

最该尴尬的谢却山反而旁若无人，黄延坤请他坐上座，他道了一声谢，便坐了上去。

南衣用余光瞧了瞧谢衡再，他方才还温润的脸庞此刻显得非常灰暗。

谢太夫人终于绷不住脸，重重一拍桌面，呵斥谢却山："谢却山，难道你想让你大哥拜你不成？你心中还有没有一点长幼尊卑？！"

谢却山笑了笑，礼貌地反问谢太夫人："这话，您是以谢太夫人的身份在问我，还是以祖母的身份问？"

谢太夫人一时语噎。

"祖母莫要动气，大岐愿意与我们谢家结交，是我们谢家的荣幸。继续仪式吧，莫误了吉时。"

最后还是谢衡再神色自若地平息了这场争执，他看了一眼自己的弟弟，两人的目光交会了瞬间，似有千头万绪，但难以捕捉。

满头大汗的司仪官得到了继续的指令，恨不得马上将婚礼推进完，迫不及待地高喊一声："吉时到——一拜天地——"

南衣僵硬地跟着谢衡再一起转身，敬拜天地，她在心里祈求这一切快点结束。

"二拜高堂——"

南衣熟练地弯腰、起身，头上珠翠微微摇晃作响，然后在抬头的那一瞬间，她的目光不自觉地飞出了喜扇遮挡的边缘，于高朋满座的热闹之中望了一眼堂上坐着的谢却山。

她对上了那双如深潭一般充满寒意的眼睛，而那双眼睛的视线也正好落在她身上。对视的那一瞬间，所有的声色在她耳畔都顿住了。风雪明明停了，却有彻骨的寒意席卷了她的整个胸腔。

南衣被他寒冷的目光攫住了。雪地上溅着的殷红血迹，关于"生"和"死"的考题……所有关于他带来的死亡恐惧全都清晰地涌入了南衣的脑海。

"夫妻对拜——"

南衣愣愣地看着谢却山，僵硬着，忘了转身完成礼节的最后一拜。

变故就是在这个时候发生的，最大的岔子却不是出在南衣身上——她身边的谢衡再突然吐出一口血，无声地倒了下去。

"夫君！"

乔因芝惊呼一声，最先冲上去抱住自己的夫君。

喜堂一下子便乱了，原本站在谢衡再身边的南衣被挤到了边缘，所有人都围着倒下的谢衡再。

谢却山亦惊讶地站了起来。

"有刺客！"混乱之中知府高喊了一声，候在望雪坞外的随行士兵闻声而动，铿锵的铁甲撞击声越来越近。

谢衡再脸色苍白，已经了无声息，无论众人怎么唤他，他都没有回应。

第九章 凛冬水

望雪坞里的大夫拎着药箱匆匆忙忙挤进人群，给谢衡再把了脉，又试图掐人中唤醒他，最后就地施了几针，却全是徒劳："回禀太夫人，大公子心脉俱损，已是回天乏术……还请……诸位节哀。"

听到这句审判，乔因芝再也绷不住，抱着谢衡再的尸体悲怆地痛哭起来。

白日还活生生的一个人，就这么死了。

人群中的两个细作疑惑地对了一下眼神，他们还没找到机会动手，并不是他们杀的人。

谢太夫人悲痛欲绝地跌坐到椅子上，颤巍巍地伸出手，愤怒地指着谢却山："你大哥是被你活活气死的！"

此话一出，堂中悲痛的众人义愤填膺地望向谢却山。谢却山迎着众人的怒火站着，面上依旧维持着平静。

他望向自己愤怒的祖母，声音里竟有几分疲惫："祖母如此断案，是否草率了一些？"

黄延坤见话头不对，连忙高声喊道："谢大公子死因不明，仍需彻查刺客。今日堂上之人，查明身份前不许离开。"

话音落下，士兵便将喜堂团团围住。

慌乱的众人一时没有注意，堂上不知何时竟少了一人。

*

南衣以为秦家的宅院已经很大了，但远不及这望雪坞的十分之一。

这里院落挨着院落，连廊叠着连廊，屋檐之外还是屋檐，仿佛是九曲十八弯的峡谷河流，怎么也跑不到尽头。

逃跑，永远是她人生的第一选择。

她是在听到大公子回天乏术时趁着无人注意偷偷溜出喜堂的，她意识到无论是站在她身侧暴毙的夫君，还是高堂上那个活着的魔头谢却山，今晚她遇到的所有事都足以让她死个千万次不足惜。

她必须逃出谢家，将消息送到过雨楼，不能再等了。

可这个九重院落就是一个巨大的牢笼，进到里面的人插翅难逃。南衣这才隐约意识到自己做了一个很蠢的决定，可她不敢停下来。

忽然，慌不择路的南衣撞到了一个人身上。她一抬头，谢却山的脸就毫无防备地撞入她的眼里，她吓得连连后退几步，忙举起手里的喜扇遮住脸。

四下忽然静得要命，南衣只能听到自己几乎要跃到嗓子眼的心跳声。

她也知道举扇的动作犹如掩耳盗铃，谢却山必定是看到她了，但她心里还存了一点侥幸，她今日浓妆艳抹，与当时小乞丐般的样貌已经有些不同了——万一呢，万一他没认出来呢。

南衣看到那双靴子朝她进了一步，她只能怯怯地后退一步，他再进，她再退，然后她就撞到了连廊边上的矮栏，身子险些往后仰去。

连廊下就是花园中的湖，月光在水里影影绰绰。

他的手揽住了她的腰，阻止了她后仰的趋势。他手掌的温度顺着衣料传至她后背，却让她不寒而栗，她被禁锢在了方寸之间，无处可逃。

"嫂嫂应该去为我大哥守灵。"

他的声音就像连廊下的湖水，十分平静，但你分明知道这湖水在冬日的凛冽里浸染了许久，该是如何冰冷。

谢却山松了手，南衣立刻逃也似的往旁边挪了几步，仍用喜扇死死挡着脸。他不费吹灰之力便扣住了她的手腕，硬生生将她举着扇子的手拉下来。南衣攥着拳同他僵持着，在他压倒性的力量之下却全是徒劳。

扇面一点点被放下，她的面庞在他眼前一览无余。

谢却山只依稀记得那个小乞丐有着漂亮的眉眼，倒没想到小乞丐洗去泥垢，换上华服，竟有一张明艳动人的脸庞。

此刻她清澈的眼睛里盈满泪水，连同着慌张和恐惧几乎就要溢出来了。

这是猎物和猎人的攻守，这面喜扇是其中的盾牌，可很久很久以后，谢却山回想这一幕，才忽然想起却扇这个动作的意义。

"大……大人，您认错人了。"南衣结结巴巴地为自己狡辩。但这话显然是此地无银三百两，她已经紧张得失去了章法。

"哦？嫂嫂以为，我将你认成谁了？"

南衣被问得哑口无言，张了张嘴，却什么声音都发不出来，她太紧张了，以至于忽然打了一个不合时宜的嗝。

五官一震，含着的眼泪终于忍不住哗哗地流了下来，南衣不战而败，溃不成军。再铁石心肠的人，此刻也该被这个少女的楚楚可怜打动，但谢却山不为

035

所动。

"大人，求您饶了我吧。"

"摇身一变成了秦氏，你本事不小。"

"我也是被逼的！"

"你到底是什么人？"他的语气咄咄逼人，狠戾起来。

"我……我确实是秦氏，但只是他家的私生女……是您让我逃的，我怕被您抓住，走投无路就去秦家求助，没想到他们骗我嫁到谢家来。"

"他们自己有女儿，为何要人替嫁？"

谢却山越问越快，不给南衣任何的思考空间，逼她立刻回答。

"他们家嫡女有身孕了……"

这时，隔着一个湖的对面连廊上一阵脚步声传来，士兵手中的火把如火龙一般沿着长廊腾跃："那边有人！"

谢却山抬眸朝那边望去，士兵们很快就会赶到这里。

南衣也意识到发生了什么，越发可怜巴巴地看着谢却山。

而他只是玩味地朝南衣挑挑眉："就算我饶了你，别人也不会饶你。"

谢却山一副隔岸观火的样子，南衣知道指望不上他了。她甚至有点恼火，她以为她乖乖回答他的问题，他就会饶自己一命，结果他就是空手套白狼。

南衣视死如归地瞪了谢却山一眼，然后心一横，竟直接转身翻上栏杆。

"夫君，我要为你殉情！"

南衣高喊了一声，然后扑通一声跳入水里。

这一系列行云流水的动作就发生在转瞬间，谢却山甚至都有些错愕，女人真的会变脸，前一秒还楚楚可怜地看着他，后一秒就能为自救而眼都不眨地投湖。他面无表情地看着湖面上的涟漪，神色却好似一点点松弛下来。

紧接着，平静的湖面如同下饺子似的，士兵、小厮纷纷跳下去救人。喧嚣从湖心开始蔓延，死寂的望雪坞沸反盈天起来。

第十章 猜忌起

南衣在湖水里挣扎，她水性并不差，但这样毫无准备地跳入冰冷的水中，一时间动作也慌乱起来，湖水涌入鼻腔，刺骨的冷传至四肢百骸。

这样的冷，让她瞬间回到了冰天雪地的虎跪山中。那几日，她就是披着满身的雪在山中奔跑，直到跑到那个破道庵里。

虽然庞遇告诉她只要去过雨楼传句话就行，但南衣担心自己没命到沥都府里，想多做一手准备。

道庵中只剩废墟，一个人都找不到，院中确实有一棵枯树。

南衣不识字，但她有着过目不忘的记忆力，她只望了一眼那绢信，若把每个字都当成一个图案，她一眼便记下了绢信上所有的图案。

南衣寻来一张符纸，却找不到笔墨，索性将手指头咬破，用指尖的血在上面一笔一画复刻下绢信上的字，然后将符纸埋到大树底下。

做完这一切，她才去潞阳镇敲响了秦家的大门。

可这些天过去了，她甚至不敢回忆这件事，计划到底是什么？成功了吗？她埋在树下的信息被陵安王看到了吗？如果陵安王被抓，她会是那个千古罪人吗？她很恍惚，她只是一个小贼而已，从来没想过和任何惊天动地的大事扯上关系。

直到此刻刺骨的湖水把她置身于相似的寒冷之中，她忽然又想起了这些事情。

★

很快，南衣就被捞上了岸，候在一旁严阵以待的女使立刻将厚毡子给她裹上，又递上热姜茶为她暖身。饶是如此，南衣还是连着打了好几个喷嚏。

"快，快带少夫人去换衣服。"

在一旁差使人的女人是谢家长房小姨娘陆锦绣，她长相温婉，动作之中却透出几分爽利和决断。

南衣稀里糊涂地被女使们簇拥着往前走，一张张全是极其陌生的面孔。

大概是感受到了南衣的惶然，陆锦绣主动上前，对她宽慰地笑了笑："方才官兵在喜堂里搜查刺客，唯独少了少夫人，大家都以为……"陆锦绣点到为止，"却没想到少夫人是个如此贞烈的女子，竟要为了大公子殉情。"

南衣心里的石头稍稍放下来，她的这番表演，至少有人信了。可她环顾四周，已经没了谢却山的身影。

★

鹃沙站在高处的城墙上，这个位置正好能眺望到碧瓦朱甍的谢氏望雪坞。

曲折的走廊连着庭院，模模糊糊的人影穿梭在屋檐下，即便出了巨大的变故，大世家的气势和端庄也依然在。

那两个混入喜堂的细作回来了，正在对鹃沙汇报："将军，谢衡再已死。"

"你们动的手？"

"说来也奇怪，知府和却山公子忽然到来，我们没找到合适的机会下手，但谢衡再就这么暴毙了，大夫说他是死于急火攻心，身上没有任何外伤，也不知是否有别的隐情……"

鹃沙并不惊讶，嘴角反而露出一丝意料之中的冷笑。

"知府借追查谢衡再的死因带兵包围了望雪坞，但里里外外搜查了一遍，并没有找到陵安王的痕迹，如今士兵们都已经撤出来了。"

"看来谢家也没有接应到陵安王……"鹃沙若有所思，"应该是有人通知了陵安王山谷里有埋伏，但来不及通知谢衡再，所以谢衡再也不知道陵安王不会出现，不然不会增派那么多死士，一看就是要鱼死网破的样子。"

"但是……谁通知了陵安王？难道我们军中有奸细？"

鹃沙闭眼，脑子飞快地思索着。

他深知情报的往来影响着战局的走向，从他们拿到谢衡再接应计划的谍报，决定将计就计瓮中捉鳖开始，他便有意封锁消息，除了极少数心腹知道计划的地点和时间，其他士兵都是到出发前才知道要去哪里。

看上去鹃沙是个火急火燎的糙汉，实际上他心细如发，观察力敏锐。

他脑海中将随军的所有人都过了一遍，越想越觉得每个人都可疑，尤其是谢却山。

说实话，即便谢却山为岐人王庭效忠多年，但鹃沙对这个中原人还是没多少信任，非我族类，其心必异。

可从谢却山接触到那份沥都府的情报开始，鹃沙便用各种理由监视着谢却山，盯着他的一举一动。他确实没有任何契机往外递消息。

鹃沙想到那天谢却山的荷包被偷，可那个小偷、接触过情报的庞遇，甚至客栈里的所有人都已经死了……

那到底谁是奸细，是谁通知了陵安王？

势必要揪出这个人，千刀万剐，否则以后的行动步步都会受掣肘。鹃沙面色一狠，一拳狠狠砸在砖墙上。

★

谢却山站在灵堂里，注视着灵柩里毫无生机的男人。望雪坞上下为他的喜事挂上红绸，又为他的丧事换了白烛，而这变故不过在一夜之间。

"大哥，冒犯了。"

谢却山俯身掰开谢衡再的嘴，将一根银针探入他的喉中，银针并没有反应。

他朝一旁的贺平招招手，贺平立刻上前，帮他扶住银针。

谢却山解开谢衡再的上衣，用一条浸满了热糟醋的毛巾从他的腹部慢慢往喉间氤洗。藏在他体内极深的毒气受到熏蒸散发，银针上的黑色始现。

贺平观察着手里的银针，惊讶地低呼一声："大公子是中毒身亡！"

"且此毒入体已深，需长年累月服用，才能神不知鬼不觉地造成今晚急火攻心暴毙的假象。"

谢却山收回毛巾，飞快地用另一条准备好的干毛巾擦拭了尸体上的水痕，又重新系好他的衣服，让一切看起来毫无异样。

贺平想到了什么："那大公子这几年的恶疾不会也是……"

谢却山点点头，分析道："下毒之人就藏在谢家，否则无法神不知鬼不觉地下毒。"

"那人……是鹃沙安插在谢家的细作？"

"是。"

"那鹃沙还派两个死士进喜堂来动手，他还有后着，也不跟公子知会一声……"

"他信不过我，"谢却山自嘲地笑了笑，"我到底是流着异族的血，即便在大岐王庭多年，也仍是外人。"

贺平为自家公子鸣不平："宰相都对公子深信不疑，他一个小将军凭什么质疑您？！"

"鹃沙可不是小将军。他一年便立了别人五年才能建立的战功，若此趟抓捕陵安王成功，回到王庭，他的地位甚至堪比宰相。"

贺平不服地撇撇嘴，但也无可辩驳。

"大公子中毒的事，不要对任何人说起。"

"不说的话，谢家岂不是会一直误会是您气死了大公子。您想回谢家，总不能让谢家的人一直如此怠慢您。"

"他们厌恶我，难道是从今晚大哥死才开始的？"

贺平哑口无言。

叛国弃家，他的路本就比别人难走许多。不必争辩，一直走下去就行了。

说话间，谢却山已经将谢衡再的衣服重新穿好了，他郑重又小心地将大哥衣服上的褶子抚平，然后抬起脸，脸上是惯常的平静："你先将这些物什带回去收好，我在这里再待一会儿。"

贺平拱手道："是，公子。"

第十一章 秉烛司

女使引着换好素衣的南衣来到灵堂院门口:"少夫人,您便在此守夜。"

南衣往里看了看,满院的白幡在风中飘摇:"就我一个人?"

"乔姨娘本该一起的,但她伤心过度昏厥了,大公子也没有子嗣,今晚您只能独自守在这里了。"

女使行了个礼便退下了,南衣独自往院子里走去。稍微走了几步,她才看到灵堂里还站着一个人。

他就站在灵柩前,长身玉立,阒寂无声。

白幡晃动着,那人的身影在风中看得并不真切。

士大夫——这个词忽然不知不觉地浮上南衣的心头。

她也没见过几个士大夫,只是听章月回描述过,在她心里,那代表着世上最崇高的人,像天上的月亮般皎洁。

"大哥。"

他低低地开口。

南衣认出了这个声音,是谢却山。她懊悔自己的眼拙,怎么敢将"士大夫"跟这个叛臣联系在一起?

"我的第一把弓,是你送我的。你说百无一用是书生,士大夫先要有自保之力,才能张口为世道说话……然后我上了战场,却降了大岐。我想问你,这么多年,你后悔让我变成那样的人吗?"

南衣第一次听谢却山用这样的语气说话,他明明是平静的,也并不懊悔、愧疚,但是他语气里藏着某种鲜少外露的情绪,似在追忆,似在服软,似离家多年的游子风尘仆仆地回来,却在门框外踌躇了片刻。

南衣不由得愣了一下,她忽然有些好奇,这些年,他到底是如何从一个世家子变成一个卖国贼的。

一阵穿堂风吹过,白幡扬起,遮住了南衣的视线。白幡落下时,那个男人不知何时回了头,与她隔着满院的白幡对望。

此刻他周身似乎柔和下来,眼神也没有那么可怕:"过来。"

南衣踌躇了一下，还是乖乖地挪了过去。她的目光冷不丁扫到供桌上的灵牌，忽然觉得上面有三个字很眼熟。

上面写着：亡夫谢衡再之灵牌。南衣认得"谢"字，望雪坞里各处都有这个字，并不难猜，那后面两个字应该就是他的名，明明在哪儿见过……

谢却山顺着南衣的目光望去，不动声色道："他叫谢衡再，你应该见过这个名字。"

南衣想起来了，那封绢信上就有这三个字。

南衣马上便猜到了大概，这说明谢衡再参与了接应陵安王的计划，很可能他就是计划的制订者。这并不难猜，沥都府谢氏是昱朝数一数二的大世家，在沥都府里更是有着绝对的影响力。

不对，谢却山怎么会知道她见过这个名字？

南衣恐惧地望向谢却山。

谢却山从袖中掏出绢信，在南衣面前展开。

南衣强作镇定，道："大人，我不识字。"

谢却山直接念了出来："腊月初六，谢衡再迎娶潞阳镇秦氏，届时迎亲队伍将穿过虎跪山山谷，以此接应陵安王殿下。我军可于山谷中设下埋伏，瓮中捉鳖。"

南衣张大了嘴巴，她以为自己本是个过客，没想到冥冥之中早就是局中人了。

"这个消息，是你传出去的吧？"

既然他来兴师问罪，那就说明陵安王并没有出现。南衣心里莫名松了一口气。

"大人你为什么会这么问？我就只是一个不识字的小乞丐而已，庞遇也不可能将这么重要的消息告诉我。"

"你听说过枢密院的秉烛司吗？"

南衣茫然地摇了摇头。

"谍者，就如秉烛夜行，那是朝廷培养间谍的地方。秉烛司的暗网就像中原大陆上遍布的河网，无处不在。一个消息会同水流一般，悄无声息地流到你想让它去的任何一个地方——庞遇是不是让你去什么地方，传了什么话？"

"没有。"南衣否定。

谢却山笑笑，垂眸拈起点心盘里的一块糕点——南衣瞪大了眼睛，竟是一块桃花状的澄沙团子！

谢却山将澄沙团子递到她嘴边："五瓣的桃花就好做多了，六瓣的形状要蒸成糕点就容易露馅。"

南衣手脚冰冷地僵在了原地，谢却山见她不张嘴，直接掐住了她的下巴，逼

041

她张嘴吞下整块糕点。

南衣被噎得满脸通红，猛咳了一通才缓过来，她心有余悸地看着谢却山："你什么都知道……为什么不直接杀了我？"

"杀你？"谢却山嗤笑一声，"我说过要让你万劫不复，又怎么会让你死得那么容易？"

南衣愣住了，后背浮上一层冷汗。她毫不怀疑谢却山说的话，她扑通一声跪了下来，抓着谢却山的衣袖求饶。不求人定然一点余地都没有，她膝下又没黄金，遇事先跪先求总是没错的。

"大人，小人就是一个想活命的小百姓而已，有些事情，我只是无意间被卷了进去，但绝没有要坏大人计划的意思，求您大发慈悲，饶我一命……"

"你很喜欢求人吗？"谢却山无动于衷。

南衣被问得愣住，眼泪停在眼眶里。

"你知道吗？"谢却山平静地叙述着，"旧都被攻破时，宗室女子尽数被掳到大岐，沦为婢妾，沦为军妓，那些女子比你更高贵、更有价值，也更为貌美和楚楚可怜。她们也这样跪在地上，求别人高抬贵手……她们多活了那一时一刻之后，死得却更凄惨。因为求人，只会让人更想玩弄你。"

他说最后一句话时，语气骤然变冷，南衣毛骨悚然。

谢却山抬手托起她的下巴，用指腹拭去她脸上的泪，动作并不重，但她能清晰地感受到他手上粗粝的茧子。他居高临下地笑了一下。

"你既然逃到了谢家，便好好地做我的长嫂吧。世家里的事，可比你想的要有趣多了。"

他的茧子磨过她脸庞时留下痛感，既像宽慰，又像警告。

谢却山将她扔到地上，然后起身离开。

南衣整个人脱力地坐在地上，愣愣地看着谢却山的背影。冷汗已经浸透了她的衣衫。

什么意思？他还有什么折磨人的招？世家里有趣的事……指的又是什么？

※

谢却山走出灵堂，候在门外的贺平便跟上了他的脚步。行至庭院的廊桥，谢却山忽然停下脚步，转头问贺平："嫡母前几年殁了，太夫人年纪也大了，你去打听打听，谢家后院如今哪房掌事。再寻个机会，将秦家私生女替嫁的事告诉她。"

贺平顿了顿，似在思索主人此举的意图，但一时间没想通，不过主人所有举动自有他的妙用，不必深究。贺平拱手领命："是。"

第十二章 入陷阱

一夜之间谢家的喜事办成了丧事，谢氏痛失嫡长子，年岁本就高了的谢太夫人一下子便垮了，卧病在床，昏昏沉沉。

午后谢太夫人好不容易清醒了一会儿，陆姨娘命厨房备了上好的药膳，还亲自去督着火候。

可到了该上膳的时候，陆姨娘迟迟未来。谢太夫人知道陆小娘做事细心谨慎，若非出了什么事不会如此，但如今的她也没什么心力再去过问，疲惫地合上眼准备歇下。

陆锦绣此刻正在松鹤堂的院子里踟蹰。

今晨也实在是蹊跷，秦家陪嫁来的女使忽然鼻青脸肿地跪到她院中，将秦家私生女替嫁的事一五一十地告知了她。

女使的样子像是被逼的，但问她是谁将她打成这样，她却一个字都不肯透露。

不过陆锦绣也来不及追究这些了，兹事体大，如今府里老爷不在，她才当了几年的家，如何敢做主？

府中能拿事的只有太夫人了。

想到这里，陆姨娘心一狠，准备推门进入房中，可手刚扶到门框上，她又犹豫了，太夫人这身子，万一听完受了刺激……

就在她徘徊之际，有人越过了她，率先推门进入太夫人房中。

她下意识地要张嘴呵斥，却看清来人是谢却山，生生将嘴边的话吞了进去。

陆锦绣往后头一看，无措的婢女、家丁拦不住谢却山，也不敢拦，求助似的望向陆锦绣。

陆锦绣已经算是个精明能干、手段利落的后院妇人了，她少时被退过婚，迟迟蹉跎到二十二岁才嫁到谢家做妾。陆锦绣知道自己先天条件一般，年纪大更是她的劣势，以貌侍人的路子走不通，于是她比别的女子更努力、勤快，侍奉夫君、公婆，用心辅佐嫡夫人打理后院。

她脾气好，动作爽利，上懂得察言观色，下明白恩威并施，颇受谢家众人的

043

喜爱。嫡夫人去世后,太夫人便将整个望雪坞都交给她打理。

可她到底是个后院女子,面对谢却山这样的魔头也会犯怵。她知道,谢却山一定是恨谢家的。

十多年前岚州沦陷,谢家仓皇南逃时,竟忘了通知这房不太受宠的母子,将他们丢在了战火里。

但后院的事错综复杂,谢家究竟是忘了,还是故意忘了,再也无从考究。

就是从那个时候起,谢却山与谢家有了隔阂,仇恨的种子在他心里种下了。

谢却山要去见太夫人,陆锦绣拦不住,又怕出什么事,只能小心翼翼地趴在门上听里头的动静。

谢却山捧着礼盒入了祖母的房间,恭敬地行了一礼:"祖母,孙儿来问您好。"

谢太夫人半坐着,闭目休息,仿佛没有听到谢却山的话,迟迟没有回应。

谢却山递上手中的锦盒,继续道:"祖母,大哥已去,还望您节哀顺变,保重身体。这盒中装的是暹罗犀角,乃千金难求的珍贵药材。"

谢太夫人终于睁开了眼睛,却连看都不看谢却山一眼:"拿走,老身不吃歧人拿来的药。"

"祖母,您看不上孙儿,但不必跟自己的身子赌气。暹罗犀角入药煎服,可救急症于即时,挽垂危于顷刻。"

谢却山自作主张地将锦盒递给一旁的侍女,侍女不敢违抗谢却山,只能接过。

"老身是死是活,跟你都没有关系。你既已投了大歧,便不再是谢家人了。"

"祖母,"他顿了顿,面上神色仍是寻常,"当年你们将我和我娘丢在岚州的烽火里时,可把我们当作谢家人?"

他说得不动声色,像在叙述一件稀松平常的事情,落在听者耳里却格外刺耳。

"当年的事,你父亲、你嫡母、你的兄长,甚至整个谢家上下都已经跟你道过歉了,你却执意要入歧途!喀喀……"

"祖母,你们这么会道歉,那又为何不对我娘亲道歉?"

"她是自寻短见,有辱门楣,怎能道歉?"

"门楣?"谢却山极尽凉薄地冷笑起来,"谢家的门楣既然那么重要,当初你们哪怕虚情假意地道个歉,也未必会催生出我这么一个败尽谢家名声的逆臣。"

"父母之恩,昊天罔极,无论如何你都不该对家族心生怨怼!"

"我娘也是这么说的,"谢却山盯着祖母的眼睛,"世家里的女人可真奇怪,心甘情愿地把自己的性命交到别人手里任人宰割,明明受了委屈,却还要感恩戴德,甚至心怀愧疚,生怕自己麻烦了别人。"

"这是老祖宗传下来的礼！"

"这样的礼，在这世道行不通。"

一时房间里寂静万分，谢太夫人胸膛起伏，显然是气结。

陆锦绣在外头听到里面情况不对，急匆匆地推门进去："母亲，妾有要事同您商量。"

陆锦绣走进去，打断了谢却山和太夫人之间凝固的气氛，她的目光落在谢却山身上，神情如常地行了个礼："谢使节，打扰了，实在是后院的事有些紧急……"

一声"谢使节"，将谢却山和谢府的关系撇了个干净，亦是下了逐客令，谢家后院的事跟你一个外来的使节没什么关系。

谢却山识趣地退了一步，拱手行了一礼："祖母，大哥殁了，我便是谢家的长子，理应回谢家尽孝。往后我会在望雪坞住下，还望您保重身体，孙儿先告退了。"

"逆子，你，你——"

陆锦绣连忙上前宽慰老夫人："母亲，莫要同那逆子计较，伤了自己的身子，如今老爷还未归家，我们不得不看几分岐人的眼色，等老爷回来，自有办法处置这逆子。"

陆锦绣一边说，一边轻轻拍着谢太夫人的后背帮她顺气。

好不容易缓了口气，谢太夫人的脸上也恢复了一些血色。她拍拍陆锦绣的手背，疲惫地问道："陆姨娘，你要同我商量什么事？"

陆锦绣心一横，便说了出来："母亲，都怪妾疏忽大意，事先没有查清楚，如今酿成大错，还请母亲责罚……"

谢太夫人有些疲惫，不想再兜圈子："最大的错不都已经酿成了吗？谢家还有什么风风雨雨老身没见过，你尽管说便是。"

"昨日与衡哥儿成亲的，其实是秦家外室的私生女。按理说衡哥儿已经去了，这件事也不必再追究了，但……当初和大公子合八字的是秦家嫡女，并无问题，嫁过来的这个私生女八字却是命带孤星，凶煞异常。仵作说大公子没有外伤，就是病逝的，妾心里难免琢磨，莫不是这个女子将衡哥儿克死的。"

听完一席话，谢太夫人的脸色已经越来越差。她还没来得及说上一句话，一口瘀血便吐了出来。

"母亲，母亲！"陆锦绣慌了，手忙脚乱地扶着老夫人的身子，给她奉了一杯茶，"您千万得保重身体呀。"

谢太夫人喝下一杯热茶，才缓过劲来。陆锦绣紧张地看着老夫人，她清楚地知道，接下来老夫人嘴里说出的话，将决定那个私生女的命运。

第十三章 请家法

按照习俗，谢衡再的灵柩会在家中停放七日后再出殡。

而南衣无时无刻不在计划着逃跑，她本想着，等出殡那天跟着殡葬队伍出谢府时再寻良机，但第三日午后，她察觉到一些异样，被迫将计划提前。

昨日乔因芝来了灵堂，叫婢女去厨房提了食盒来，让南衣吃上了一顿颇为丰盛的晚餐。她还陪着南衣一起在灵前守了许久，同南衣说了许多谢衡再过去的事情。

南衣和乔因芝聊天的时候胆战心惊，生怕她问到什么自己家中的事情，她答错了会露馅。但乔因芝半句都没有问。南衣总觉得，她的眼神里充满了悲悯。

她还对南衣道歉。她说，谢衡再娶填房夫人，是万不得已之举，他本意从未想让一个妙龄少女为他蹉跎一生。

听起来，谢衡再是个极其善良的人。

南衣很想对乔因芝说，没事，反正她会逃出谢家，去找章月回，她才不会为任何人蹉跎一生。但这话大逆不道，断不能说出口。

然后又过了一夜，小姨娘陆锦绣来了，也带了一些菜肴，还问南衣有没有什么话要托人捎回秦府。

南衣没什么话要说的，但若不说显得她跟秦府关系异常，于是说了一些问好的话。

这些人的眼神都很奇怪，南衣直觉认为一定发生了什么，谢却山怎么会让她这么容易地活着。

她警觉得像只猫，当即便从灵堂溜出去打听消息，然后便听到婢女们在议论太夫人决定让她去给谢衡再殉葬的事。

"听说秦氏是个养在街头市井的私生女，是个贱民……让这样的人进谢家，怕是要污了老祖宗的眼。"

"这秦家内宅的事，是如何传出来的？"

"好像是秦家的陪嫁丫鬟自己在后院议论，被陆姨娘的人听去了。"

"那这事可怎么办？"

"礼都已经成了，秦氏已经是大公子的正妻，退也退不成，只能认下她的身份让她去殉葬，也不追究秦家，这是太夫人能给的最大的体面了。"

"谁让她存了飞上枝头做凤凰的贪心，谢家岂是那么容易骗的？"

婢女们的议论声逐渐远去，南衣已经听明白了，自己如今板上钉钉就是谢家的罪人，死路一条。

这一定是谢却山干的！他口中世家里的事，原来说的是世家的名节，而她就要成为名节的殉葬者。她马上就得跑，一刻都不能多待。

好在这几日南衣都在准备着，想尽办法掌握望雪坞的地形。

她打听到望雪坞最深处是谢氏祠堂，那里往常无人敢去打扰，守备自然最弱。她准备在祠堂里藏到天黑，再翻墙离开谢家。

正在这时前院传来动静颇大的喧嚣声，引得家丁、奴婢们纷纷赶去那里，趁着望雪坞中一片混乱，南衣便往深院的高墙处溜去。

*

前院，谢穗安竟舞着软剑与谢却山打了起来。

谢穗安是陆姨娘所出，虽是庶女，但明艳大方，颇受太夫人宠爱，就养在太夫人房里，生活中的一应用度都与嫡女无甚差别。

谢衡再生前虽然体弱，但谢家的大事都由他定夺，他纵着谢穗安习武，没人敢有什么说辞。谢穗安也被宠得泼辣、正直、疾恶如仇，眼里揉不得沙子。

对于谢却山这个叛国的三哥，她一直都是恨得牙痒痒，今日她听到谢却山竟然要在望雪坞住下，气得拍案而起。

敬爱的大哥骤然离世，她本就悲愤交加，又被这一激，再也顾不上什么礼节，抄起自己的软剑就要去赶人。

谢却山没有还手，轻巧地躲过谢穗安游龙般朝他甩来的剑："谢小六，你的剑法一点长进都没有啊。"

谢穗安一点便宜都讨不到，打得越来越着急，嘴上同时还在痛骂："你害死那么多同族人，你还有脸回我们谢家！我呸！卖国求荣的狗贼！你以为仗着背后有岐人就没人敢动你了？我谢穗安今天不杀你，我就跟你姓！"

谢却山躲藏之际，善意提醒道："你跟我姓，也还是姓谢。"

谢穗安本就是气得上了头，骂人的话一句没过脑子，被指出破绽之处更加恼怒了。身边的女使、小厮没人能拦得住她，她一剑狠狠地刺了出去。

这一剑却被人出手拦住了。

紧接着管家一声高呼，打破了院中僵持的局面："主君回来了。"

长宁公谢钧已经穿过了二进院,他素服禅衣,身后只带着两名贴身的侍卫,省去了原本该有的排场,但脸上仍能瞧出不言而喻的威严。
　　"主君。"
　　"爹爹。"
　　院中众人纷纷行礼。
　　陆锦绣看到谢钧回来,眼中都忍不住盈出热泪——太好了,这乱糟糟的家里总算有了主心骨。
　　谢钧的目光温和地扫视一圈家中众人,最后落在谢却山身上。瞬间,他的目光冷了下来,脸上甚至有了几分杀气。
　　"父亲。"
　　谢却山不卑不亢地朝谢钧行了一礼。
　　谢钧进家门之前已经听内知将这几日发生的事情说了一遍,心中已有了个大概:"既然是岐人使者,留在我望雪坞做什么?"
　　"父亲,儿子归乡,自是想留在家中住。"
　　"我谢家世代忠良,没有卖国投敌之辈。"
　　"儿子从小未得过父亲教诲,从不知谢家人该是怎样的人。"
　　谢钧顿了顿,脸上的肌肉微微抽搐,是气急了却极力忍下的样子:"你是说,你犯的罪过,是我谢钧没有教导好你的错?"
　　"儿子没有这么说。"
　　谢钧冷笑一声:"好,你要回谢家,那就得守谢家的规矩。"
　　"父亲教训的是。"
　　谢钧的声音冰冷,对着自己的儿子,像看着仇人:"开祠堂,请家法。"
　　南衣刚在供桌下藏好身,浩浩荡荡的人便进了祠堂。南衣不敢往外看,只能屏息听着外面的动静。
　　"我再跟你说一遍,今日你若是岐人使者,谢氏上下都敬畏你三分,但也请你回到你该在的地方,若你要回望雪坞做谢氏子孙,那便先在祖宗面前领罚认罪。"
　　"儿子甘愿领罚。"
　　谢却山一掀衣袍,在祠堂中跪下。
　　听到谢却山的声音,南衣一惊,犹豫了一下,还是轻轻拨开桌布的一角,从缝隙中望了出去。
　　无论在怎样的变故中,谢却山永远是那副波澜不惊的表情。
　　谢钧有些怒意地喊了一声:"褪衣!"
　　两个小厮上前褪去谢却山的上衣。

南衣有些胆战心惊，连她也感受到了雷霆之怒，生怕这样的怒气会波及自己，忙收回手躲回黑暗里。

然后外面传来木杖打在皮肉上的声音。木杖打得很重，每一下都发出一声皮开肉绽的闷响。

受刑的人却一声不吭。

他不会疼吗？

南衣绞紧了手里的衣角。木杖没有落在她身上，跟她又没什么关系，有人能制住大魔头，她应该幸灾乐祸才是，可是她为什么会紧张呢？

鬼使神差之下，南衣再次掀开一道缝隙，望了出去。

谢却山赤裸着上身，趴在长凳上。他的手紧紧抓着长凳边缘，手背几乎青筋暴起。他低着头，额角密密麻麻的全是冷汗，饶是平日里再冷静的人，此刻脸上也克制不住痛意。他的后背全是触目惊心的血痕，但他依然未出一声。

祠堂中无人敢言语一声，饶是谢穗安都被这个场景冲击到，脸上的表情从一开始的大快人心，慢慢地也有了些于心不忍。她想说什么，却被陆锦绣拦住。陆锦绣警告地看了她一眼，然后摇了摇头。谢穗安只能按下嘴里的话。

陆锦绣退到人群后，悄悄地出了祠堂。

谢却山的目光本定在一个地方，所有的注意力都被他的意志死死地控制住，但又一下重重的杖击，让他终于忍不住闷哼一声，目光也涣散地瞟到了别处。他忽然看到桌布的缝隙后有一双眼睛，那双眼睛正望着他。

他竟看不穿这双清澈见底的眼睛。

他们就这么对望着，整个喧嚣的祠堂中，只有他知道她的存在，也只有她正面看到了他眼里的脆弱。他们在一个谁也伤不到谁的安全距离内，此刻他们竟然是平等的，仿佛两个溺水的人共同沉沦。许是身上太疼了，他脑海中忽然闪过一个荒诞的念头，如果人间这么苦，如果西方极乐是个骗局，那他想拉着她一起坠落地狱。

砰的一声，木杖被打断了。

谢钧不为所动，吩咐左右："继续。"

谢却山喘着气，嘴里含着浓烈的血腥味，却笑了起来："父亲，是想打死我吗？"

"你这个逆子死千万次，也不足以在祖宗面前谢罪！"

"虎毒尚不食子，父亲便有脸去见祖宗吗？"

"继续！"

小厮们有些犹豫，但主君如此吩咐，他们只能执行，复举起木杖，重重地打了下去。

第十四章 无处逃

"停手!"

中气十足的声音从祠堂外传来。

一个身着官袍的中年男子大步流星地进入祠堂,陆锦绣和几个女使随后跟了进来。

陆锦绣看情况不对,生怕出事,连忙将府中的三爷——谢钧的弟弟谢铸请了过来。

若说这府中的长宁公还得看几个人的面子,那一位是病榻上的谢太夫人,另一位则是谢铸。谢钧归隐后,谢铸就代表着谢家在官场的面子,他为人仁厚、忠义,是沥都府中有名的儒士。

谢铸一进来便看到了谢却山皮开肉绽的后背,不忍地闭上了眼睛。到底是血浓于水啊,打断骨头连着筋,他嘴上天天骂,可真看到自家侄儿这般模样,心里到底还是软的。

"三叔。"

"三大爷。"

众人朝谢铸行礼。

"大哥,适可而止吧。"

谢钧板着脸没有回话。

"他到底是大岐的人,若死在谢家,你要怎么交代?大哥,难道你要为一时怒火,将整个谢家都断送吗?"

谢钧闭上眼睛,仰头深深吸一口气:"这是造的什么孽啊……"

谢钧看都没看谢却山一眼,径直转身离开了。

谢铸痛心地看着谢却山:"你有如此视死如归的精神,却为岐人卖命……何至于此啊?"

谢却山垂眸,置若罔闻,想要站起来,却踉跄地跌了回去。谢铸想伸手扶他,却被他避了避。谢铸叹了口气,没有再说什么,也离开了。

刚才聚满了人的祠堂转瞬便散了个干净。谁都不想跟谢却山这摊污糟事有牵扯。

★

所有的动静都远去了，南衣才敢从桌子底下爬出来。她手里紧紧握着谢却山给她的那一把匕首，白晃晃的刀尖朝着他，慢慢走近。

他们的安全距离没有了，她又被迫披上坚硬的外壳，向他露出野兽的獠牙，表演着她的勇敢和脆弱。

谢却山只是平平地看了她一眼，不躲不闪，没有任何反应，仿佛她和她造成的威胁都不存在。

他试着稍稍活动了一下筋骨，将衣服草草地披了回去，这一番动作下来，浑身都是钻心的痛。

他忽然想确认一件事，于是拖着伤痕累累的身子，缓慢地往祖宗牌位处走去。他无视了南衣，最后站在祠堂一侧的架子前，取下了搁在上头的族谱。

他一页一页地翻，终于翻到了他这一辈。"谢朝恩"这三个字被显眼的朱砂笔划去。

谢却山笑了起来，这并不意外。

今日站在祠堂里的每一个人，都是跟他血脉相连的亲人。他生来并非孤零零一个人，却硬生生地将自己活成了一个独行者。

"你不怕我杀你吗？"

谢却山没有回头，仍旧盯着族谱上的那一页："你敢杀我吗？"

南衣握着匕首靠近谢却山，这利刃给了她一些勇气："是你告发我私生女身份的？"

"是啊。"

"你真无耻！"

谢却山回头看着南衣，人都是欺软怕硬的，见他伤痕累累，她也有了冒犯他、唾弃他的勇气了。但谢却山并不恼："世人皆知我无耻。"

南衣朝族谱上瞟了一眼，她记得"谢衡再"这三个字，在"谢衡再"旁边的是一个被朱砂笔划去的名字："这上面是你的名字吗？"

"是。"

"既然逃跑了，为什么还要回来受罪呢？"

"蠢货——"谢却山讥笑了一声，"你还没有发现吗？逃跑根本没有用。"

南衣愣住。

她习惯了逃跑，被追逐，然后死里逃生。她的选择非常有限，她从来没有想过逃跑有没有用。

但她意识到，谢却山说得没有错，她每一次的逃跑反而让她陷入更深的泥潭。就算今天离开这里，她也逃不出世家的震怒，逃不出沥都府。

"逃跑，就是将后背完全交给敌人。"

祠堂之中陷入死寂，昏黄的烛火摇曳在他们的眼底。

南衣的声音充满了困惑和犹豫："那不逃跑，难道等死吗？"

"对，你只能等死。"

谢却山忽然上前一步，抓住南衣的手腕，硬生生拉着她的手往前送了一寸，她的刀尖就抵着他的心口。

南衣一惊，反而想竭力收回自己的手。

"你明明都对我拔出了匕首，可你不敢杀我。你永远只能做个懦弱的女子。"

他似乎在激起她的怒意。

"谢家都不敢做的事，我更不敢！"南衣愠怒地盯着谢却山，"但是谢却山，我不怕你了。"

谢却山面色一狠，抓着南衣的手腕一拧，将她整个人按在立柜上。转瞬间，她手中的匕首就架在了自己的脖子上。

这番动作也确实耗费了他仅存的一些力气，他一手扣着南衣的手腕，另一只手抵着立柜的架子，手上青筋暴起，极力支撑着他的身形。他口中的血腥之气隐隐约约扑在她的脸上。

"你是个有趣的玩物，所以我留你一命，但你好像忘了自己的位置。"

刀刃就这么抵着脖颈，南衣不可能不害怕，但她依然迎着谢却山的目光，回望他："你敢在谢家祠堂杀我吗？"

两人对峙了许久，谁也没有动。

"我不怕你，因为你比我也好不了多少，我们都是丧家之犬。"她的话含着颤抖，却字字句句打在他脸上。

谢却山松了手，退了几步，仰头望向林立的祖宗牌位，光影落在他眼底，似有闪烁的泪光一闪而逝："滚。"

南衣走了，一切归于寂静。

谢却山望着空荡荡的照壁，人终于支撑不住，身形晃了晃，缓缓地滑坐下来。

一抹苦笑浮上他的嘴角。

★

夜幕已沉，整个沥都府都被笼罩在宁静的月光之中。

街头打更的梆子被敲响，借着风传出去很远，连望雪坞深院的祠堂里都能听见。

谢却山仍在祠堂里，他席地而坐，从袖中取出一套工具，竟是一套袖珍的笔墨纸砚。墨是特制的无色墨，蝇头小楷落在纸上，很快就消失了，信笺上毫无痕迹。

写完信后，谢却山将信笺封入蜡丸中，随后用袖中的弩机射向高墙外。

细微的动静没有引起任何人的注意，仿佛一切都没有发生过，但一切又在暗中悄无声息地发生着。

打更人于高墙外捡到了蜡丸，若无其事地揣入怀中，继续敲着梆子打更。

第十五章 贞烈妇

几日后，谢衡再出殡。几乎大半个沥都府的百姓都来送这位宅心仁厚的谢氏嫡长子。

送葬队伍从望雪坞蜿蜒到城门口，漫天飘扬的纸钱犹如一场声势浩大的雪。

这个冬日狡狯地以各种各样的形式将寒冷送到人的心底，没有人能在这场大雪里望到尽头。

南衣被夹在队伍的中间，四面八方都有能堵她的人，她无处可逃。

谢却山独自走在队伍外围，无人愿意跟他同行。走着走着，队形就散了，他不动声色地行至南衣身边："怎么还乖乖留在这里，不是要逃跑吗？"

他的声音不大，只有她能听到。

南衣抬眼看谢却山，连日的守灵让她脸上有了几分憔悴，但并没有颓丧之色："不是大人您说的吗？逃跑没有用。"

"你这会儿倒是听话。"

"既然跑不掉，我想我得死在您面前才是，不然不是让您觉得无趣了吗？"南衣的表情很是乖巧，语气却有些阴阳怪气。

说完，南衣加快了脚步，甩开谢却山。

谢却山看着她的背影，勾唇淡淡一笑——她可不像准备赴死的样子。

送葬队伍刚出城，鹘沙便带着一队岐兵紧紧地跟上了。

多亏知府的倒戈，岐兵如今在沥都府出入自由，占据了极大的主动权。

053

尽管没有收到任何情报，但鹈沙还是多留了个心眼。所有人多混杂的场合，都有可能成为混淆眼球的接应之地。但礼不伐丧，他们不能霸道地阻止世家的葬礼，只能多派人手盯着。

*

谢氏陵墓在虎跪山的风水宝地，众人在一路的哀乐中攀登山路，行至谢氏祖坟前。

漫长的仪式开始了，起、跪、拜、颂，繁文缛节多到几乎让人麻木，然后灵柩终于下土了，紧接着众人识趣地让出一条路，一杯毒酒送到了南衣面前。

司仪官唱道："潞阳谢秦氏，生而莹慧，容仪修洁，性忠贞，与夫君谢氏衡再伉俪情深，至于义理大处明辨确守，愿与夫共赴黄泉，来世再结夫妻缘，其苦心血忱，神祇可质，金石可透也。"

文绉绉的话南衣并不能听懂，但大概也知道，无非是先把她夸一番，再让她乖乖送死。

南衣感觉到人群中投来无数同情的眼光，但那些沉默的眼光背后，还意味着大家都认为应该如此。她握紧了袖中的匕首。

几日前，她没有选择逃跑，就是要在此刻赌一把。但她也并没有那么笃定，人在面对碾压式的力量之下，偶尔也会心生"好麻烦，不如死了"的倦怠。

"少夫人，请与大公子共赴黄泉。"

见南衣迟迟没有接过毒酒杯，女使低声提醒南衣。

女使的话一下子把南衣拉回了现实，南衣缓缓地接过酒杯，看着杯中那方小小的水面，水面上映出她的眼。她就是那池中鱼。

"我尚有遗愿未了。"南衣缓缓抬头，一字一顿地朗声说。

不等人问她，她便忽然抽出了藏在袖中的匕首，将毒酒全都淋在了白刃上。她发狠地将酒杯往地上一掷，无瑕的白玉杯碎了一地。

"少夫人！你要做什么？"

南衣晃着匕首吓退想要制止她的人，世家之中连女使们都是娇生惯养的，哪见过什么亡命之徒啊，不敢迎着白刃向前，尖叫着躲开了。

得了一个空隙，南衣直接朝谢却山冲了过去。她心里只有一个念头——挟持谢却山。

众人对南衣的路径毫无防备，更无人下意识地要护着谢却山。岐兵远远跟在送葬队伍后面，也根本来不及赶到这里。

谢却山杖伤未愈，行动缓慢，这一下天时地利人和，竟让南衣把匕首架到了他的脖子上。

南衣喘着气高喊着:"是谢却山这个乱臣贼子气死了我的夫君,我要为我夫君报仇!"

谢家众人都惊呆了,送葬队伍中还有许多自愿来送的百姓,他们并不知道南衣要为谢衡再殉葬,只听到这么一句慷慨激昂的话,众人对岐人、对叛徒的愤怒立刻被点燃了,人群之中像炸了锅似的沸腾起来。

"忠烈之女啊!"

"杀了谢却山!"

"杀了叛徒,为谢大公子报仇!"

谢却山淡然垂眸,看到南衣费力地踮着脚,才能将匕首横在他的脖颈,竟不合时宜地觉得滑稽,嘴角浮起一丝转瞬即逝的笑意。

鹘沙很快便领着岐兵围了上来。但毕竟敌众我寡,百姓们挡着岐兵,鹘沙又不好大开杀戒,一时竟受了掣肘。

"让开!这是我们大岐的使者!"

他越强调大岐,百姓们就越愤怒。

知府黄延坤也带着人围上来了,他像个跳梁小丑,急得团团转,着急地劝说南衣:"别冲动,别冲动!杀了大岐使者,大岐必定会对沥都府开战,你有什么要求,都好说!"

趁着知府劝说南衣的工夫,鹘沙挽弓搭箭,对准了南衣。

南衣看到了那支箭,她还要再添一把火。

"夫君!妾这就来陪你了!"南衣猛地抬手,作势要将匕首刺入谢却山的脖颈。这时那支箭已经破空而来,谢却山忽然一侧身子,带着南衣一起偏了偏,箭头擦着南衣的手臂而过,生生钉入后面的岩石中。

南衣受了伤,匕首脱手。岐兵立刻一拥而上将她制伏,四面八方的剑刃将她困住。

鹘沙走到谢却山身边,见他无恙,松了一口气。

鹘沙嫌恶地看了眼南衣,她披麻戴孝,帽子遮住了大半张脸,加上当日小乞丐般的样貌只是匆匆一见,与此刻相去甚多,鹘沙并没有认出她,转身询问谢却山:"却山公子,这女人,你想如何处置?"

人群窃窃私语起来,但惧于岐人的刀枪,无人敢做那个出头鸟。唯有谢铸拨开人群,从谢氏族人中站了出来,挡在南衣身前。

南衣抬眼,望到了儒士的那角素白衣袍,在凛冽的寒风中如松柏般屹立。

谢铸像定海神针,只消往那儿一站,人群便安静下来。连南衣都有了某种莫名的安心,虽然她不认识谢铸,但她觉得,他说的话一定代表着公道和人心。

谢铸注视着谢却山,不卑不亢道:"谢却山,这是我谢家的妇人,轮不到你来处置。"

谢却山回视自己的三叔:"三叔,她冒犯的是我,我杀她不得吗?"

黄延坤在其中紧张地打圆场:"诸位诸位,今日是谢大公子的葬礼,大家都抱着送他一程的心来,不宜起冲突,其中一定有误会,解释开便好了嘛!"

黄延坤走到谢却山身边,压低了声音劝道:"却山公子,民愤已起,若你坚持要杀谢大公子的孀妇,这不就是坐实了你气死大公子的嫌疑吗?为了日后您能在沥都府和谢家行事便宜,今天无论如何,她都得活着。"

谢却山皱眉,做出一副不满之色。

跪在地上的南衣低着头,等待最后关于她的审判。

她在拿自己的性命做一场豪赌,赌自己能把谢却山置于进退两难的地步。此刻的她已经不是那个生死如草芥的小乞丐了,而是代表着世家的气节,站在忠义的高点,他若想留在谢家和沥都府,就不能把事情做绝,将她杀害。

若是谢却山都允许南衣活着,那谢家更没有道理让她死了,否则会显得比岐人还不近人情,世家更要面子。

"罢了,"谢却山妥协了,"秦氏是个烈女,对我兄长用情至深,因而对我有些误会。我不会计较,就让此女继续为我兄长守寡吧。"

判词落定,刀下留人。

瞬间,南衣整个人都垮了下来。

她已经押上了全部,甚至没有为自己留一丝劫后余生站起来的力气。她都忘了自己是怎么回到谢家的,只依稀记得,整个送葬队伍沸反盈天,混乱的程度似乎有些超出她的想象。

那时她被女使们扶起来送到轿子里,余光瞥到谢却山好像对她笑了一下。那个笑是什么意思?还是她看错了?

许多模糊的念头在她的脑海里一闪而过,但她没有心思细想。她脑海中只翻涌着一个巨大而混乱的念头——

总算活下来了。

第十六章 驯兽法

回到谢府的南衣成了一个尴尬的存在。

论身份，南衣是谢家嫡长房的少夫人，可论出身，她是个连家中女使都不如的贱民。

她若本本分分地赴死，这个错误还能忍受，可她不仅没死，如今还堂而皇之地回到了谢府。

该怎么处理这个错误？这是一件棘手的事，但也没那么棘手。

陆锦绣只让女使将南衣带到谢衡再生前住的槐序院中，让南衣等待乔姨娘安排。这样，不管乔姨娘如何安排，都跟她没什么关系了。

南衣在院中的石凳上坐着，她以为在灵前同自己聊天的乔姨娘是个和善之人，她从白天等到黄昏，也不敢到处乱走，生怕哪一时刻乔姨娘来了找不到她。她眼睁睁地看着日头西斜，沉入屋檐，都没等来乔姨娘的安排，乔姨娘甚至都没有出现。

她小心翼翼、极尽卑微又坐立不安地在这张石凳上度过了一天，看到不远处的屋舍亮起温暖的烛火，她终于明白乔姨娘不会再出现了。

不有意苛待是世家的体面，但世家中人也无法容忍这个贱民与大家平起平坐。于是大家选择了沉默。

所有人都默契地忽略她，将她当成一个透明人，眼不见为净，这样既不会沾上半点晦气，也不会落得个虐待女眷的污名。

这偌大的望雪坞中有大大小小十二座院落屋舍，分别以十二个月的雅称命名，亭台楼阁，雕梁画栋。可这广厦之中，没有南衣的容身之地。

乔因芝并非刻薄的人，她对南衣也曾施以善意，但那善意仅限于南衣要为谢衡再殉葬的前提才存在。

南衣都能理解，她为了活着不择手段，破坏了世家之中的秩序。但那又如何？她就是要活着。没人管她，她就自己找地方睡觉，院子里这么冷，她总不能枯坐一夜。

她也不想引人注意，避开了亮着灯火的房间，沿着墙根四处走，终于找到槐序院中的一间空厢房。她一推开门，尘土扑面而来，引人连连咳嗽了几声。

房间里黑灯瞎火，连根蜡烛都找不到，床榻上没有铺盖，只有硬邦邦的木板条，冻得冰凉。

南衣又饿又冷又渴，不过幸好她身上的衣服是厚实的，便直接和衣在木板上睡下了。睡着了，就什么苦难都感觉不到了。

*

南衣以为自己会睡得很好。从前在路边流浪时，更恶劣的环境她都待过，如今这屋子有瓦遮风挡雨，已经算不错了。

可南衣只浅眠了小半个时辰，便迷迷糊糊地被冷醒了。她辗转反侧，身下的木板硌得她后背生疼。

明日该去找些稻草来铺在木板上。

南衣这么想着，试图再次入睡，却越来越清醒。

她想起章月回，有一年入冬的时候，他不知从哪里抱来一堆棉花，要为她做一床棉被。

他们都不擅长这个活计，做出来的棉被东头厚西头薄，极不均匀。但这不妨碍那床棉被很暖和，只是后来被恶吏用刀划了个稀烂，漫天的棉絮像冰冷的雪，在空中扬了半天不肯落下。

她没能守住那床棉被，在那之后，她便鲜少有过觉得温暖的时候了。

南衣又转了个身，虽然闭着眼，但她恍惚察觉到房里似乎有光。她皱着眉头，眼睛开一条缝，看到屋中之景，一激灵坐起身，这下困意全无。

谢却山就坐在屋中，桌边放着他提来的一盏灯笼。烛火的微光笼着寂静的小屋，光影在他的脸上明灭。他杖伤未好，脸色略显苍白。

要不是南衣确定自己此刻是清醒的，这个时辰，这个场景，她真的会以为这是个噩梦。

愣了几秒，南衣几乎是条件反射地翻下床，扑通一声跪在地上："您怎么跟个鬼似的悄无声息地就来了……"

她的声音发颤，她瑟瑟发抖，半是寒冷，半是真的害怕。但话脱口而出，她就后悔了，这话听着像在骂人。

好在他似乎并不在意，脸上毫无波澜，就这么垂眸看着她："睡在这里，冷吗？"语气也谈不上关心。

"……冷。"她犹豫了一下，还是如实回答。

"闹出这么大动静活下来了，但依然活得像草芥。"

南衣以为这是谢却山的责难，连忙解释："公子，您知道的，白日里的那一出只是我的缓兵之计，我并没有真的想伤您。对不起，公子，若有说什么冒犯到您的……还请您大人有大量，别放在心上。"

谢却山许久没回话，南衣伏在地上等了一会儿，疑惑地抬起一点儿头，观察他的神色。

对上她试探的目光，他蓦地笑了起来："白日里还骂我乱臣贼子，晚上就换了一副嘴脸，你还真是能屈能伸。"

"那……那只是戏的一部分，不然给我一百个胆子，我都不敢骂您。"

南衣知道自己的辩驳非常无力，黑灯瞎火，不速之客，谁知道他会不会忽然起意将她杀了。

他好像能看穿她的小心思:"起来吧,我不杀你。"

南衣仍不敢起:"那您来这里……是做什么?"

南衣看着沉默的谢却山,总觉得他脸上的神情有几分落寞。

谢却山望向窗外,薄薄的窗纸透出外头的光亮,一抹淡淡的余光铺在窗棂上。其实谢却山也不知道自己为什么会来这里,就是想到这个偌大的望雪坞里灯火通明,唯独这一处晦暗,也许只有她和他一样,都被遗落在黑暗里。

他脑海中这个念头盘旋着,脚步竟不自觉地寻了过来。

但那一丝一毫的情愫,断不能宣之于口。

谢却山从袖中拿出一只木盒子,道:"帮我个忙。"

那木盒子散发着浓重的药膏味,再看看谢却山尚且苍白的脸庞,南衣已经明白过来。

但她仍是困惑地嘟哝:"您不是有贴身侍从吗?"

贺平夤夜出府为谢却山办一些事,他手边确实没有能使唤的人,望雪坞里别的女使、小厮,他也不会让他们近身。放眼整个大宅院,他唯一敢将后背交出去的人,竟然只有她。

并非信任,而是他清楚她依附着他捡回一条命,只有她不敢杀他,也不会杀他。

谢却山懒得多解释,斜睨了南衣一眼。南衣不敢再多话,只当这又是大人物的一时兴起,哪敢置喙,乖乖地站起身,取过药膏。

药膏浓重的味道传入鼻中,南衣忽然想到一个问题,他伤在后背,涂药岂不是要脱了外袍?她有点傻眼了。

谢却山已经旁若无人地解了腰带,褪下衣袍。

就着桌上那盏灯笼的微光,他伤痕累累的后背在她眼前暴露无遗,带来另一种冲击感。

几天过去了,有些小的伤口开始结疤,但还有很多纵横的伤口仍在往外渗血。

南衣也不知道心里到底是什么滋味。

人先是同类,然后再分敌人、友人。她的心还没坚硬到百毒不侵,难免共情到不该共情的人。她挑出药膏,小心地为谢却山上药。

她冰凉的手指涂着厚腻的药膏,划过伤口的触感也是清凉刺骨的。

她像在他的后背提笔写字,横、竖、撇、折、捺,合起来却是一些看不懂的符号,将这个秘而不宣的黑夜揉进了伤痕里。

很疼,谢却山抓着桌角的手已经青筋暴起了。

看到谢却山绷紧的手背，南衣实实在在地紧张了一下，手不自觉地一重，谢却山终于忍不住闷哼了一声。

"继续。"

在南衣下意识地缩回手之前，谢却山便冷静地给她下达了一个毋庸置疑的指令。

南衣只能继续为他涂药，手上的动作更小心了。

这么寂静了半晌，谢却山忽然开口："虽然立场不同，但我很敬重我兄长，所以我不会亏待他的旧人。"

"但我……名不副实，也算不上他的旧人。"她回道，手上的动作在继续。

"名比实更重要，"他说得十分笃定，"不过，你与其他人还是有些不一样的。"

"哪里不一样？"

"你的命是我给的。"

这句话的分量很重，压得南衣有点喘不过气。

终于帮他将伤口都涂好了药，南衣乖巧地绕到他身前，复低头跪着，不敢再直视他："公子，上好药了。"

谢却山穿上衣服，注视着南衣："你叫什么名字？"

"南衣。南方的南，衣服的衣。"

"南衣，你知道达官贵人们最喜欢买走斗兽场里的哪种野兽吗？"

南衣想了想，犹豫地回答："最强壮的？"

谢却山摇头："未必是最强壮的，但一定是求生欲最强的。为了活下去，它们会爆发出无限的潜能来扭转战局。这才是斗兽最精彩的时刻。"

南衣抬眼望他，不寒而栗。

"你就是我买回来的那只野兽，"谢却山站起身，他的阴影沉沉地压了过去，"所以，你要在我的斗兽场里，努力地活着。"

谢却山倾身将南衣扶起来。南衣只能依着他的力起身，站定后，她想缩回自己的手，却发现手臂仍被他牢牢地抓着。

"记住自己的身份，南衣。你如今是板上钉钉的谢家少夫人，除了长辈，你不需要跪任何人。从今天开始，学着怎么做主子，不要再想着逃跑，也不要再去偷东西。"

"我如今的境况，什么都没有，哪里能做什么主子？"南衣有些恼，她认为他在戏弄自己。

"在世家里，别人不给你的东西，你得学会去要。你连自己的命都要回来了，还有什么是要不来的？"

起风了，风咣咣撞着门窗，沿着缝隙挤进本就寒凉的房间。一时，只有凛冽的风声盘旋在四周,寂静无言。

在内心深处,他是可怜她的。诚然,他如今有足够的地位,随手就能给她荣华富贵,但乱世之中她守不住,只会跌得更重,这没有用。他要教她自己将活着这件事堂堂正正地挣出来。但他不会苦口婆心,亦不需要她马上就懂。

过了许久,南衣才抬头看他的眼睛。他的话,她听懂了一些,但还是半信半疑。

"那……你能把灯笼里的烛火留下来给我吗?"

她问得小心翼翼,现学现用,像试探,像验证。

他没回答,只是松了手,她的手臂垂落下来,冰冷的指节碰到他的掌心。

两人都顿了顿。

他的手实在是太温暖了,在能汲取到的温度面前,她一瞬间也不记得什么男女授受不亲,不记得他是一个怎样的大魔头,她的手几乎是下意识地在他掌心停顿了片刻。

然后,她才恢复了理智,依依不舍地将手缩了回来。

"好。"他回答。

他径直出了门,没有带走他的灯笼。

南衣恍惚地挪到桌边,手覆在灯笼壁上,灯笼已经被烛火烘得很暖和了,正好能暖手。

她不过是乱世浮萍,被他带到哪里,就栖身在哪里,由不得自己选择。

她真的能活下来吗?

★

谢却山回到自己的房间,里面空无一人。清冷的月光从窗棂投入,将案上的黑白棋子照得分明。

下了一半的棋局,眼看着胜负已定。谢却山就着月光,拈了一颗黑子,在棋盘的一角落下。

啪的一声,落子无悔。

黑子几乎是必输之势,但现在,右上角多了一颗棋子……黑子竟生生多了好几口气。

一颗棋子,能盘活一局棋。

"能否胜到最后,现在下结论为时尚早。"谢却山幽幽地自言自语。

第十七章 雁字谜

难得雪停了，出了太阳，左右屋里和外头的温度一样，南衣索性坐到院子里晒太阳。

女使们来来往往，仿佛都没看到南衣似的，默契地忽略了她。

南衣一直坐到午后，实在是太饿了，她想到谢却山的话，心里盘算起来，谢家这么大个地方，总不能让人在院子里饿死吧。

她决定试一试，鼓足了劲，拦住一队女使，用吩咐的口吻命令道："给我拿一壶水——再……再拿一碗羊肉面来。"

南衣以为还要跟女使们纠缠一番，没想到她们只是面无表情地福了福身子，道了一声"诺"。南衣满肚子的话都被堵了回去——竟然就这么简单？

很快，她要的东西就被送来了。热的水、热的羊肉面，一样不差，但她没要的东西，她们也是绝不会多给的。

"名比实更重要"，谢却山的话在南衣脑海里盘旋着，她在小心翼翼地践行时，才发现他说的每一句话都是对的。

风卷残云地将这一整碗热腾腾的羊肉面吸入胃中，南衣才觉得自己好像活了过来。生存于她而言，就是一顿饭、一夜觉，这样一点一点过来的。

每活一天，她都觉得很好。

南衣摸摸自己撑得浑圆的肚子，决定在院子里稍稍活动一下，正起身时，传来女使的通报。

"六姑娘安。"

南衣一回头，看到一个红衣少女风风火火地朝她走过来。南衣也不知道谁是六姑娘，只觉得是个贵人，连忙跪在地上行礼："六姑娘。"

谢穗安吓了一跳，连忙把南衣扶起来："嫂嫂这是折杀我了，自家人，行这么大礼做什么？"

"不用……跪吗？"在世家里，南衣自觉低人一等，有人突然对她这么客气，她有些惶恐。

谢穗安亲切地拉着南衣坐到亭中，吩咐周围的女使："你们都下去吧，我和嫂嫂有事要说，不许叫任何人进到这院里来。"

谢穗安扭过头对南衣笑："我叫谢穗安，家中排行第六，嫂嫂，你喊我小六就行了，哪有嫂嫂对妹妹行礼的道理？"

谢穗安手肘往桌上一撑，倾过身满眼好奇地打量南衣。

南衣也小心翼翼地看看谢穗安。

她看上去年岁和自己差不多大，但周身散发着蓬勃的朝气，一双月牙似的笑眼上却长了一对浓密的剑眉，尽管用黛螺将眉尾往下压了压，但依然掩不住脸上的英气。

"六姑娘，你……看我做什么？"

"是你吧，嫂嫂？"

南衣一头雾水。

"大哥生前提过，秉烛司有一颗绝密的暗棋，代号'雁'，是你吧？"

"六姑娘说的话，我听不懂。"

谢穗安一副"我懂"的表情："嫂嫂好谨慎，不过我是自己人，我也为秉烛司做事，你大可对我放心。若不是你传出情报，说你会在葬礼现场制造混乱，让我们的人趁机接应陵安王，陵安王哪能这么顺利入沥都府。"

这个消息从谢穗安嘴里轻巧地说出来，落到南衣耳朵里却如晴天霹雳。

原来是这样！

她劫持谢却山的时候，所有的岐兵都围了上来，自然也就没人监视整个送葬队伍了，应该就是趁着那个时候完成了接应。

可是她准备劫持谢却山的念头没有跟任何人说过，是谁把她算计进了计划？

谢却山？

若不是那日祠堂里的对话，她不会改变念头留下来等待殉葬的这一日。可谢却山又怎么确定她会做什么？就算他惯会拿捏人心，他又为什么要帮陵安王？他明明是昱朝的叛臣。

难道……

不可能。南衣脑子里闪过一个荒诞的念头，但很快被她自己否定了。她猜想，也许有人设计了别的意外，结果她闹了这么一番，也误打误撞帮他们完成了计划。她不是"雁"，可那个"雁"也没现身不是吗？

"名比实更重要"，谢却山的话再次回荡在她脑海里，她迅速做出了决定。

"对，我是。虎跪山的接应计划，我也知道。"

"果然是你啊！"谢穗安更惊喜了，"嫂嫂真是好计谋！那你秦氏的身份也是假的？"

"身份自然是假的，这些，都是我与大公子商量好的。他当然不可能随便找一个女子,就利用她的迎亲队伍从虎跪山接应新帝,我坐在喜轿中,才能帮他眼观六路,耳听八方。"

南衣张口就来。

谢穗安看起来明艳灵动,颇为受宠,若能博取谢穗安的好感,会帮她更快在谢家立足。她暂时又逃离不了这个地方,得想办法让自己过得好一点,更何况,谁知道谢家会不会什么时候又嫌她不吉利,给她安排个新的死法呢?

谢穗安此刻已经对南衣的身份深信不疑了。

若她不是"雁",怎么会知道用迎亲队伍接应陵安王这么重要的消息,又怎么会恰好在葬礼现场制造混乱呢?

谢穗安动容地握住南衣的手:"太好了,嫂嫂。别看谢家在沥都府是高门大户,一呼百应,但我们所行之事,是把命悬在刀尖上,不能为人所道,就如独木过江,势单力薄,多一个伙伴,便是多一分胜算。"

南衣心里叫苦不迭,她可没有什么家国大义,一点都不想豁出命去干什么事。她认下这个身份,本意只是想找个靠山,没想到对方要拉她一起下水。

但她面上仍表演得滴水不漏,对谢穗安微笑着。没办法,谢穗安是她当下最好的选择。

至少成为谢穗安的伙伴,有了秉烛司的庇佑,谢家人不会再轻易要她性命。就算她认下"雁"这个身份,但她就躲在望雪坞后院,也未必会有什么大事找上她。

刚这么想,谢穗安接下来的话就打破了南衣的幻想。

"嫂嫂,接下来的任务,只会更艰难。"

南衣一愣:"什么任务?"

"沥都府是陆路到水路的中转,现在陵安王被安置在城中一处绝密之地,接下来我们要做的,就是想办法把他送上渡口的船。"

"上船而已……能有多难?"

"曲绫江从沥都府中穿过,故而城里只有一个南下的渡口,那个渡口本在沥都府虎跪军的势力范围内,但知府黄延坤是个小人,他见岐人势如破竹,吓破了胆,便向岐人投诚,大开城门让岐兵进来。所以如今,唯一的那个渡口已经落入岐人之手,那里有重兵看守,想送人离开难如登天。"

谢穗安眼巴巴地看着陷入沉思的南衣,对她充满了期待:"嫂嫂你足智多谋,你有什么好法子?"

南衣和谢穗安大眼瞪小眼。

南衣脑子在飞速地转动——她想说出一些有价值的话,可她就是一个局外人,她能知道什么啊?

忽然，南衣想到了谢却山和那封绢信，计划是怎么泄露到谢却山那里的？谢衡再身边一定有个内奸。

她刚想开口，这时，外头隐隐传来骚乱的声音，谢穗安立刻警觉起来："我去看看出什么事了。"

说罢，谢穗安风风火火地便要离开，南衣连忙跟上去，她可不想再被扔在这里当个透明人："六姑娘，我同你一起吧。"

一走出院门，南衣和谢穗安便看到一队官兵押着一个中年男人经过。

没等南衣问出口，只听噌的一声，谢穗安的软剑已经拔了出来，她直接横剑拦在官兵前："你们凭什么抓我三叔？！"

被官兵押走的人正是谢铸。谢铸有官身，如今是沥都府船舶司的知监，他正要去船舶司衙署，身上还穿着官袍，却被扣上了镣铐，很是狼狈。

为首的官兵还算客气，回答谢穗安："吾等奉知府大人之命，将命案嫌疑人押解回衙门。"

"什么命案？"

"昨夜酒楼里死了一个岐人，有人看到当晚谢大人从酒楼里出来。"

"胡言乱语！谁看到的？叫他来当面对质！"

谢穗安不依不饶，她不能让三叔就这么被带走。死了一个岐人，不过是欲加之罪，一定是出什么更紧急的事了，否则知府不敢动到谢铸头上。

官兵并不接她的话，也不退让，态度颇为强硬："还请谢六姑娘配合官府办事。"

"小六——"谢铸制止了谢穗安，朝她摇了摇头，目光里似含有深意。

谢穗安按下心中的火气："刑不上士大夫，我三叔有官身，容不得你们拿镣铐羞辱他。"

为首的官兵们交换了一下眼神，拱手朝谢铸施礼："是小人冒犯了。"

官兵刚拿出钥匙，便被谢穗安一把夺过："毛手毛脚的，我自己来。"

谢穗安上前为谢铸解开镣铐。她深深地给谢铸递了一个眼神，示意他可以将话交代给她。

谢铸打开了握着拳的右手，四指张开，大拇指仍扣在掌心，顿了顿，随后将手拢入袍中。

这是秉烛司特有的暗号，代表着"有内奸，消息泄露"。

谢穗安神色一震。

第十八章 风云变

须臾的变故里，南衣已经猜到了一些端倪。

整个沥都府上下对谢氏族人都是尊敬有加，连谢家的女使、小厮在外都不会被亏待，更何况是还在任上有官身的谢家三叔。

前脚陵安王进了城，后脚谢铸就被带走，再看谢穗安如此紧张的样子，恐怕谢铸也是秉烛司的人。

消息这么快就到了岐人那里，秉烛司内部必定出了问题，而这与她掌握到的信息正好不谋而合。

她的人生从偷了谢却山的荷包、遇到庞遇开始发生了天翻地覆的变化，而她经历了那么多磨难和曲折才死里逃生，也因此手里握住了一点点微不足道的筹码，她要好好用这些筹码帮自己获得谢家人的信任。

南衣侧眸看向谢穗安，谢穗安忧心忡忡的目光紧紧跟随着谢铸被带走的身影。南衣上前，拉住谢穗安的手："六姑娘，你可知道，先前于虎跪山中接应陵安王的计划，也被泄露给了岐人？若不是我及时通知陵安王，他们必会被岐人抓捕。你们之中，必有一个内奸。"

谢穗安震惊："我们内部竟然早就跟个漏了风的筛子似的，我却浑然不觉。嫂嫂，你是怎么知道的？"

"我……自是有我的办法，须得保密。"

谢穗安足足沉默了半晌，才消化这个信息："难怪……那日大哥要我派出全部的死士去接应，我还以为是他小题大做。那个时候，大哥应该就察觉到身边有内奸了。那个内奸还把三叔出卖给了岐人，岐人定是想从三叔那里得到陵安王的下落……"

"六姑娘，你知道都有哪些人接触过这个消息吗？你觉得谁最可疑？"

谢穗安茫然地看着南衣，摇了摇头："我只帮大哥跑外面的事，他如何制订的计划，都跟谁说过，我向来都懒得过问。大哥死后，沥都府的秉烛司也是群龙无首，幸好嫂嫂传出消息，我们才能接应陵安王入城。每个计划的执行者众多，环节上的每一个人都可能是内奸，我也难有定论。"

南衣眉头一皱，忽然想到谢穗安是个头脑简单的，谢穗安都能将她认成"雁"，那别的人不会怀疑她的身份吗？那个内奸会盯上她吗？

谢穗安看出南衣脸上的惶惶，忙解释："嫂嫂放心，'雁'的事情，大哥只告诉过我，谁都不知道。我同他们说，你就是一个不想死的孀妇，你的行为是受我诱导，不会有人怀疑到你身上。"

"多谢六姑娘了。"南衣松了口气。

"谍者、谍事，拼的不过就是谁掌握的信息更多。嫂嫂，如今只有你在暗，我们都在明，所以你才是最出其不意的一张底牌，就算我暴露了，我也会对你的身份守口如瓶。"

谢穗安这番信誓旦旦的话让南衣安了心，但她又隐隐有些不是滋味。

乱世中她不择手段为求自保，但也不愿欠别人人情。

正如庞遇，她是被他的大义感动，可也不会就此追随他的道，她帮他递出消息，大半只是因为他舍命给了她一线生机，她答应过他的事必须做到。

如今面对这般诚恳的谢穗安，南衣也无法全然袖手旁观，在安全的范围内，她还是想帮谢穗安一把的，虽然她不知道自己能做什么。

"六姑娘，当务之急还是先救出三叔，接下来的任何计划，在找到内奸之前，都尽量不要告诉别人。"

谢穗安思忖片刻，拿定了主意："我去求父亲。"

南衣随谢穗安前往正厅玄英堂，这一路上，不知为何鲜少见到女使、小厮，整个院落透出一股肃杀之气。

谢穗安抿着嘴沉默，只管闷头往前走。南衣紧紧跟在谢穗安身边，如此寒冷的天，她的后背竟不自觉地被捂出一层薄汗。

南衣心里忽然生出一种无底的恐惧，一些遥远的事情……开始跟她息息相关了。

谢衡再用自己的死完成了接应计划的第一步，将陵安王迎入沥都府。他把自己铺成路，渡他的君主前行了一程，他终于可以长眠于黄土之中了。沥都府，也因此在无声中成了一个巨大的战场。帝王的生与死，即将在这座城里展开最激烈的博弈。

而世道崩坏，百鬼夜行，秉烛之光焉能等到黎明？

南衣一时心觉茫然，猛地抬头，才发现通往玄英堂的抄手游廊被岐兵堵住了。

谢穗安正要发作，谢家的内知邓叔忙上前拦住她，生怕她冲动。邓叔将两人带到角落，才低声透露了前头的情况："六姑娘，少夫人，主君同……那位岐人使者在玄英堂里议事。"

"谢却山？他们议什么事，要派这么多岐兵围着？"

谢穗安远远看了一眼，玄英堂被岐兵围得水泄不通。

邓叔犹豫地看了南衣一眼，还将她当成外人，不知该不该说。

"嫂嫂是自己人，邓叔但说无妨。"

"谢却山"的名在谢家仿佛是个禁忌，谈及他的称呼十分别扭，邓叔只能喊作"他"："三大爷被带走了，主君想让他帮忙去岐人那里讨还，保三大爷出来，但他要主君交出族印，由他接管谢家，否则，岐人会将三大爷犯的错迁怒于整个谢家……"

"他凭什么？！"谢穗安气得语调都高了几分。

邓叔叹了口气，不敢再多言。

南衣听得胆战心惊，谢却山此人……已经到只手遮天的地步了。

★

玄英堂中，只有谢钧和谢却山两人，谢却山跪在父亲面前，气势却咄咄逼人。

他又强调了一遍："父亲，请交出族印。"

谢钧气得将面前的桌案一掀："你有什么资格接管谢家？"

"父亲长年礼佛，不管家事多年，如今大哥没了，二姐已经嫁人，我在家中排行第三，按照辈分，我接管谢家合情合理。"

"谢家不认你这个逆子！"

"父亲开了祠堂，让我在祖宗面前受了训，我就是谢家人。"

谢钧难以置信地瞪大了眼睛，气得满脸通红，指着谢却山的手也跟着颤抖起来："原来你甘愿被打得半死也要回谢家，就是为了现在这一刻！你——你——岐人到底许了你什么泼天的富贵，让你舍去皮肉筋骨都愿意为他们卖命？！"

谢却山握紧了袖中的拳头："对，就是泼天的富贵。大岐兵强，中原变天是早晚的事，识时务者为俊杰。"

谢钧怒极，直接拔了剑指向谢却山："污言秽语！你这个卖国贼臣！脏了我谢氏的清流之风！"

可剑尖只是横在谢却山的颈上，谢钧嘴上厉害，却下不去手。

谢却山无所畏惧地迎着剑锋站起身，谢均颤抖着往后挪了一步。谢却山目光沉沉地看着自己的父亲："仁义？你们满嘴仁义道德，唾弃我，要将我千刀万剐，可你们真的敢杀我吗？"

谢却山直接握住剑刃，轻而易举地将谢钧手中的剑夺了过来，掷在地上：

"你们不敢。因为你们畏惧大岐，又没有能力抵抗他们，只能靠一张嘴皮子、一支笔杆子骂，以为这样就能守住你们的百年王朝。可昱朝从里到外都要亡了！黄延坤开了沥都府的城门放岐人进来，现在大街小巷都是岐人的士兵，您以为如今沥都府还是您长宁公说了算的地界吗？清醒一点吧，父亲。"

谢钧哑口无言，颓然地往后退。

"三叔的事，我保不了，他是秉烛司党人，岐人不会放过他，但我能跟您承诺，只要您配合，我不会殃及谢氏其他人。"

"那若我，若你的亲族都是秉烛司党人，你要全都杀了吗？"

"那父亲最好祈祷，就算你们是，也不要被我发现。"

"我是造了什么孽，竟生出你这么一个魔头来！"

谢却山笑了笑："可如今只有我这个魔头才能护住谢家。我愿意用皮开肉绽的方式回谢家，说明我还顾念血缘亲情。我叫您一声父亲，是我还愿意叫——不要撕破脸，弄得最后无法收场，全族人的性命，我无所谓，可您赌不起。"

半晌后，谢钧踉跄地坐在一片狼藉的地上，无言。他好像一下子变老了，从袖中拿出一只精巧的匣子，却随意地掷在地上。

里面就是族印，他就这么丢盔弃甲地交了出去。

谢却山拱手，手上的血滴落在地上："普济寺您就别回去了，儿会送您去望雪坞的后山礼佛，您就算逃到佛门里，也得亲眼看看……这个世道是怎么一点点磨灭你们的礼教的。"

第十九章 少年游

南衣和谢穗安站在抄手游廊下，眼睁睁地看着岐兵明目张胆地在望雪坞中穿行，谢却山接管谢家已成定局。

谢却山从玄英堂里出来，南衣拦不住谢穗安，她直接冲了上去。南衣哪敢直面谢却山，犹豫了一下，还是驻足在了不起眼的角落。

谢穗安拦在谢却山面前，猩红着眼瞪着他。在她心里某个角落还有一丝祈盼，祈盼谢却山说点什么解释的话，解释一下他的大逆不道，但他就这么静静地与她对视，理直气壮，事不关己。

谢穗安终于忍无可忍，啪的一声，一记响亮的耳光扇在谢却山脸上。

岐兵们一惊，想要去拦谢穗安，谢却山一抬手，阻止了众人的行动。

"谢朝恩，"谢穗安极力抑制着胸膛的颤抖，可一开口，眼泪还是簌簌流了下来，她没有办法，她只有那丁点抑制不住的怒气，这也在昭示着自己的无能为力，"你对谢家有多少恨，都冲我来行不行？"

没有人看到，谢却山宽大袖袍下的手紧紧地握成拳。他须得更用力，才能装得若无其事。

他出生那年，先帝登基，大赦天下，"朝恩"，意为感念朝廷恩泽，自他叛国后，这名字也成了一个笑话。

他的本名像一句咒语，每念一次，就在他心上剜一刀。

谢却山顿了顿，置若罔闻，径直要走，谢穗安红着眼倔强地挡在他面前："你把我杀了吧，我来给你娘偿命，你不要再恨了，放过三叔，放过爹爹，不要毁掉谢家好不好？"

谢却山脸上冷若冰霜，他似乎也在生气，甚至都没有看哀求的谢穗安："谢穗安，跟你没有关系，你只要好好待着，什么都不要做。你敢死，我就会让你亲娘给你陪葬。"

谢却山拂袖离开，留谢穗安徒劳地站在原地。

谢穗安怔怔地望着谢却山的背影，连南衣何时到了她身边都未曾察觉。

她喃喃道："那一年，父亲就不该做那个决定……让谢家全家死在岚州，都好过现在亲不像亲，仇不像仇……"

★

永康十五年，十三年前的岚州。

那年谢却山十五岁，谢穗安才十岁。

岐人举重兵攻城的消息被秘密送往长宁公谢钧手中，朝廷已经打算弃岚州，保大定关，而人们未知未觉，岚州城内仍是一片歌舞升平。

犹豫再三，谢钧决定举家南迁。

但朝廷弃岚州是绝密的消息，大军已经被调往大定关，只留部分精锐军士留在岚州消耗岐人兵力，主力部队全力保关隘。

谢家若是动作太大，必然瞒不住，会引得城中军民人心惶惶，乱作一团，岐人也会因此得到岚州城空的消息，转而攻打大定关。

最后谢钧借出城郊游之名，只带亲族坐三辆马车从山道离开，将所有仆从都留在家中，维持谢家表面上一切如常。

此举无异于将岚州城的百姓、谢家所有仆从都扔在了岐人的刀枪之下，但谢钧确实没有更好的选择。

天下海晏河清之时，人能对街边的乞丐都施以同情，但乱世中非得取舍生命之时，远近亲疏，立见高低。

那日离家时，谢府中也是乱糟糟的，大家都以为通知了不太受宠的三姨娘那院，但偏偏谁都没有通知。等大家发现马车中少了谢却山和他母亲时，已经离开岚州百里地了。

马车折回去是不可能了，谢钧只能派出心腹侍卫回去接谢却山母子，但岚州城外，岐人已经兵临城下。

岐人花了三天就大破城门，发现岚州不过是一座名存实亡的"空城"，更加恼怒，大肆屠杀。

城内究竟发生了什么，谢穗安已经不得而知。

大家都以为那对母子死在了战火中，甚至都准备为他们立衣冠冢，然而就在一年后，谢却山带着他娘亲来到了沥都府的望雪坞。

锦衣玉食的世家少年历经沧桑，衣衫褴褛，这一年里发生了什么，他缄口不言，但身上的伤口昭示着这一路的苦难和磋磨。

事情至此，还不算没有挽回的余地。

谢却山毕竟年轻气盛，心中难免怨恨父亲，但其中尚有他的娘亲反复劝诫，说不能对父母心生怨怼，能活着回家就是菩萨保佑了。又有谢太夫人在其中调和，让谢钧亲自去对谢却山道歉，父子二人勉强握手言和。

谢却山在谢家终归是待得不自在，这一路的逃亡也让他有了新的见识和志向。

他曾在逃亡的路上得到过时任昱朝枢密使的沈执忠的帮助，回家不久后，他就投入沈执忠麾下，入军抗岐。

他参军三载，屡立战功，一时少年将才的声名风头无两。但朝廷与岐人议和，沈执忠被召回朝。百年昱朝重文，宣扬万般皆下品，唯有读书高，因此武将并不受重用，于是谢却山打算跟着恩师沈执忠回东京城，考科举入仕做文官。

而谢家此时不知从哪里传出流言，说三姨娘在岚州沦陷的时候曾经被土匪掳去过，身子已经不干净了。三人成虎，越描越黑，在一个风和日丽的春天，三姨娘吞金自绝以证清白。

谢却山得到消息回家奔丧，只看到一辈子温顺的娘亲的棺木。自杀者，不能入祖坟，只能葬于野外的孤冢。

这一年，谢却山才十九岁。怒极的他一剑劈开谢家祠堂的牌匾，从此与谢家断绝关系。

同年，谢钧心力交瘁，自知罪孽深重，辞去所有官职，遁入空门，专心礼佛。

那时，谢穗安心里还是向着谢却山的，她甚至还偷偷从沥都府跑去东京汴梁看望自己的哥哥，信誓旦旦地说，他永远是她的三哥。谢衡再亦多次拖着病体往返东京与沥都府，与谢却山把酒言欢。

谢却山更是结交了两名挚友——庞遇与宋牧川，他们三人经常在烟雨桥上月下醉酒作赋，声名传遍东京城，被称为"烟雨三杰"。

谢却山虽然与家族决裂，但在东京的那三年里，有他的师长、他的好友，以及他的兄妹，他还是一个意气风发的少年。

所有人都以为，只要时间过去，他就会慢慢忘记仇恨。

但随着岐人卷土重来，刚考完省试的谢却山来不及等到开榜的那日，临危受命前往幽都府抗岐。

一个月后，惊春之变发生，谢却山投岐的消息传回京城，他的名字被官家亲自从殿试榜中划去。谁也不知道，那个文武双全的天才少年考得如何，如果他平安回京城，又会是一个怎样的人生。

★

少年波澜起伏的前半生，就这样寥寥几笔徐徐在南衣面前展开。闻者只觉得惊心动魄。

南衣恍惚间抬头，已是日落西山。

在谢穗安讲的故事里，她听到了庞遇的名字。那是一个风花雪月、知音相惜的故事，和她所见的挚友反目成仇的惨烈之景是截然不同的两个世界。

南衣心里有种不知名的酸楚。没有人知道，他对酒当歌、壮志凌云的那三年，心里到底在想什么，他是如何能舍弃掉过去拥有的一切，头也不回地当一个乱臣贼子的。

"他……会有什么苦衷吗？"

南衣不确定地问道。

第二十章 安身处

"他没有，他就是丧心病狂。"

谢穗安的声音冷了下来，她从回忆中抽身，逼迫自己面对令人窒息的现实。

南衣无言以对。在过去那么久的岁月里，想必谢穗安无数次地对自己挚亲的兄长抱以希望，然后失望，才能决然地说出这样的结论。

"嫂嫂，不说他了。天色已晚，你刚来望雪坞，人生地不熟，我送你回槐序院吧。"

南衣点点头，沉默地跟在谢穗安身边。

谢穗安试图开启一些别的话题："嫂嫂，你房中可有什么缺的？你别磨不开面子，需要什么就同我说，我来给你添置。你和乔姨娘相处得如何？她为人和善，应当不会为难你。"

南衣还在恍惚中，一抬头，眼里噙着的泪竟不自觉地落下。

连南衣自己都愣住了，她不知道这滴泪何时在眼里酝酿着，但这似乎是为谢却山的故事而落。谢穗安却误会了，立刻紧张起来："嫂嫂，你怎么哭了？是不是乔姨娘欺负你了？"

阴错阳差，正中南衣下怀。她接近谢穗安，不就是为了改善自己在谢府的处境吗？她索性顺水推舟，抬手做抹眼泪状，欲拒还迎地摇了摇头。

谢穗安已经自己脑补完了一出戏，见南衣一副逆来顺受的样子，火气一下子便腾了起来。

这火气八成是为南衣抱不平，剩下两成……是她无处安放的正义感，急需一个地方释放。

谢穗安的人生一路顺遂，她疾恶如仇，心怀大义，愿意为不公和黑暗出头，世道的恶却从未降临到她的身上。在和平年代，这是生而为人的福气，到了乱世，却成了她的诅咒。

她所倚靠的大树正一棵一棵轰然倒下，她以一己之力无法改变现状，却又不能接受这个秩序颠倒的世界。

于是她将所有的希望都寄托在了南衣身上——她坚定不移地认为这个带着神秘身份来的女子，将会是破局的关键。她做不了军师，那就要做那把守护的剑，谁也别想伤害她的嫂嫂。

★

谢穗安冲进槐序院，不由分说地就将乔因芝拽了出来："乔氏，今日我们便来好好分说分说，你这端的是什么做妾的道理？"

谢穗安拉着乔因芝便往初阳院走，那是陆锦绣住的院落，她掌管后院大小事务，又是谢穗安的亲娘，找她吵是最有效的。

南衣低着头跟在谢穗安身后，觉得自己像一只无耻的缩头乌龟。她利用谢穗安帮自己在谢家立足，可面对如此明目张胆的偏帮，她还是有些心虚。六姑娘是个坦坦荡荡的好人，她骗的是六姑娘一颗干净纯澈的真心。

愧意已经在南衣胸膛里膨胀起来。

只是她在心里唾弃自己一百遍，生存的念头还是占据了上风。她不可能放弃这个在谢家立足的机会。

谢穗安人还在走廊，都没踏入门，只透过窗纱瞧见屋里有人，她就大咧咧地开始嚷嚷："娘，嫂嫂不管怎么说都是大哥明媒正娶的正妻，你和乔氏怎能如此苛待她？"

谢穗安一脚迈进门里，忽地愣住了。南衣刚跟上谢穗安，往里探了眼。

竟是谢却山坐在书房中，陆锦绣毕恭毕敬地站在一旁。她瞪了眼谢穗安："大吵大闹，成何体统，还不跟你兄长问安。"

谢却山抬眼看了眼陆锦绣，他分明记得不久之前她还疏离地叫他"谢使节"，不肯认他作谢家人，这会儿甚至不消他多说，她倒戈得倒是快。

陆锦绣是个精于计算利弊的女子，她听到如今谢却山掌家、家主被软禁到后山礼佛的消息后，十分识时务，没半分犹豫便配合了谢却山的一切要求。他要来看后院的账册，她便全拿出来让他翻阅。

她希望自己这个性子烈的女儿也能和她一样识时务，但显然谢穗安绝不可能低头。

谢穗安抿着嘴不说话，假装没看到谢却山。她本想扭头就走，但今天的事还未有个定论，她只能硬着头皮留下来。

谢却山并不在意，仿佛刚才与谢穗安的冲突没有发生过，他的目光越过谢穗安，看向低眉顺眼站着的乔因芝，最后落在南衣身上。

"乔氏如何苛待你了？"他问。

南衣低着头，心里飞快地盘算着——他这是明知故问！昨晚他去过，看得清清楚楚，却非要这么问她，难道是给她挖坑？

南衣一边想着，一边捏起楚楚可怜的语气，道："没有苛待，是我还来不及安顿好自己……六姑娘，算了，我们回去吧。"

软软糯糯的声音落在耳中，谢却山微微眯起了眼。

她倒是学得很快，即便是自己伸手去要，也知道以退为进不得罪人。

陆锦绣连忙接话："是我疏忽了，我以为槐序院里的事情，乔氏会安排好，就没多吩咐一句，让南衣受苦了。"

陆锦绣不动声色地将责任推到了乔因芝身上。

乔因芝是个极其温顺的人，此刻却一点都不接话茬，径直跪下，伏在地上道："是妾没有安排。大郎品行高洁，当配得一明珠贵女为妻，而非此欺上瞒下之女，她不配住在槐序院里。"

——那我只配去死吗？

南衣硬生生地将涌到嘴边的话吞了回去。

南衣觉得委屈，乔因芝也觉得委屈，她虽为妾，但一心要为自己的夫君守身后名，不允许任何不洁污了他的生平。

在场的每一个人好像都是受害者，连谢衡再也没有错。

堂上一时寂静。

连谢穗安也说不上话来，她没想到，平日里没有半点主意，什么都听大哥话的乔氏此刻会这么刚烈。在她心里本不过就是住哪儿、怎么住的事，被乔氏这么一说，却上纲上线成了一桩大事。

谢却山低低地笑了一声，声音五分低沉，五分慵懒："我可是当着沥都府百姓的面承诺过，要她好好给大哥守孝，若是让别人知道嫂嫂在望雪坞里受到苛待，打的可是我的脸。乔氏，你给我出了好大的难题啊。"

乔因芝跪在地上，低低地抽泣着，一言不发。

陆锦绣怕谢却山会处置乔因芝，连忙打圆场："家主，后院的小事怎好劳烦您忧心，大郎尸骨未寒，乔氏心里有怨气也情有可原。望雪坞里除了槐序院，还有别的院子，不如——我让女使们把柘月阁收拾出来给少夫人住。"

谢却山淡淡地斜睨了陆锦绣一眼："早如此安排，也就没有今日这一出了。"

陆锦绣心里咯噔一下，察觉到危险，怎么火还引到了自己身上？

"我看后院的事，陆小娘你也别管了，整理出来，都交给南衣吧。她是大哥的孺妇，嫡长房掌管后院，你辅佐她，合情合理，你觉得呢？"

此言一出，房里所有女人都瞪大了眼睛。

陆锦绣更是涨红了脸，谢却山这一番不动声色的话着实是啪啪打她的脸。

南衣心惊，连忙跪下推辞："我刚来谢家，什么都不懂，什么都不会，担不起这么大的事。"

"那就跟陆小娘好好学。嫂嫂，你当守寡是来享福的吗？"

南衣哑口无言。

乔因芝更是愤怒地抬头："她怎么配做谢家的主母？！"

"她不配，那你来？"谢却山平静地看着乔因芝。

乔因芝嘴唇嗫嚅，终是一句话也答不上。

"那便这么定了。"

谢却山的这个决定像随口一说，又像深思熟虑过的。他今天刚做了谢家主君，夺后院的掌事权并非意外，可交给南衣，实在是出乎所有人的意料。

只是今天谢穗安来闹并非计划之中，若不是正好撞到他在陆锦绣的书房里，他哪来的契机宣布这个事情？

难不成，谢穗安和南衣的一举一动都在他的计划之内？他出现在初阳院中，就是为了等这出戏？

他到底想做什么？！南衣看着波澜不惊的谢却山，内心充满了困惑和不安。

★

"他这是捧杀！"谢穗安咬牙切齿地判断。

离开初阳院，谢穗安带南衣前往她的新住处柘月阁，两人提灯行在连廊下，避着守卫的岐人，低声私语。

"捧杀？"南衣不敢相信。

"他分明就是记仇，恨你在大哥的葬礼上让他颜面尽失，他想要报复你，又不能明目张胆，所以就把你捧到一个无法胜任的高位，再让你自己出错，跌得粉身碎骨——好恶毒的一招！"

"可对付我，何必这么大费周章……"

"谢却山就是一个疯子！他为了能回谢家，硬生生挨了那么多杖，他对自己都能下狠手，还有什么事做不出来？"

"那我该怎么办？"南衣惶然。

"嫂嫂，你别担心，我绝不允许他对你动手，你虽是不为人知的暗子，但你的背后，是整个秉烛司。"

谢穗安本意是想安慰南衣，却让南衣心虚了一下，她怕谢穗安再多聊几句秉烛司的事她便会露馅，连忙岔开了话题："多谢六姑娘。我的事小，当务之急，还是得想想怎么救三叔。"

廊下，谢穗安握紧了拳："谢却山别想伤害谢家任何一个人，我会跟他斗到死。"

死，是可以随便下的决心吗？

南衣迷茫地注视着谢穗安脸上决绝的神情，似懂非懂。她感激谢穗安，但并不想做谢穗安的同路人。她不愿意跟谢却山斗，只想有一个安身处，好好活着。

第二十一章 做内鬼

南衣忧心忡忡地独自进了柘月阁。

她一推门，温暖的气息扑面而来。

盆中的上好银炭安静地烧着，一缕烟、一丝火星都看不见，房里暖烘烘的。小阁雅致、温馨，每一处装饰都恰到好处，透着大世家的矜持和端庄。

这里将是未来她生活居住的地方。

她高兴不起来，总觉得这里像一只温暖、精致的牢笼。

她本不该被卷到望雪坞的云谲波诡里，可这哪由得她愿不愿意，她只是谢却山的一颗棋子。

谢却山所有的举动她都捉摸不透，他明明将她当成玩物般折磨，可细看结果，都是他有意无意推着她往好的结果去，若说他在帮她，他却时时将她置于一个难堪的境地。

还有谢穗安口中的"雁"，也是南衣心里的一团疑云，谢却山的立场到底是什么？

不行，她得找他问个清楚。可叔嫂深夜在大宅里私会……不妥的念头一闪而过，很快就被她自己按下了，反正他们在不为人知的时候已经单独有过很多次交集了，也不差这一回。

※

谢却山住在景风居中，从位置来看景风居其实就在柘月阁的斜前方，中间隔了一个箭道。原本有个朝箭道开的小门，但那扇小门被木条封死了。

想要去景风居，就得绕过大半个望雪坞。南衣不想引人注目，当贼时飞檐走壁的本事便派上了用场。

南衣从窗口跳进景风居时，房间里昏暗无光，只弥漫着一股浓郁的药草味。她还以为谢却山不在。环顾四周，她才发现谢却山坐在书房中，桌上只点了一盏小小的烛火，一半的身子都浸在阴影里。

他似乎很喜欢坐在暗处，脸上又出现了那种寂寥的神情。他今日成为谢家主君，又给陆姨娘好大一个下马威，此刻明明应该得意才是。可他的反应并不像个得逞的坏蛋，反而像一个被遗弃的小孩。

听到动静，谢却山抬眼看南衣，并不惊讶。

倒是南衣觉得奇怪："你知道我要来？"

谢却山轻轻一笑，不置可否。

南衣不想跟他虚与委蛇，单刀直入："你到底想做什么？"

"你已经获得了谢穗安的信任。日后，她和你说了什么，做了什么，都来汇报给我。"

南衣惊得后退了一步，一些疑团须臾间在她脑子里通了。

从头到尾，她都是谢却山的棋子。在祠堂中，他点拨她，给她指了一条生路，其实是利用她在帮陵安王进城。只有陵安王进了城，他们才能堵住出入口，完成瓮中捉鳖。他知道谢穗安和谢铸都是秉烛司的一员，抓走那个老狐狸，留下一只心思浅的小白兔，之后谢穗安有什么都会来跟她心目中的"雁"，也就是南衣商量。

而谢却山在其中只是拿捏了南衣想活着的心而已，四两拨千斤的几句话，就让她不自觉地成了计划中重要的一环。

最终秉烛司的信息都会流向南衣，再从南衣流向谢却山。

可她怎么能出卖谢穗安呢？更何况，出卖谢穗安就是出卖陵安王，新帝的平安是庞遇和谢衡再，还有无数她没看见的人用命换来的，她不想做那个内鬼。

见南衣沉默，谢却山只是轻笑，并不着急："没关系，我素来不喜欢强迫和威胁别人，你慢慢想，想好了再回答我。"

这时，外头传来贺平的通报声："公子，鹘沙将军来了。"

"请他稍等。"

听到鹘沙这个名字，南衣就恐惧地抓紧了衣袖——此刻她脸上没有任何可遮挡之物，万一她被鹘沙认出来……谢却山哪里是不会威胁人！他只是不喜欢沾血，懒得亲自拿刀罢了。

南衣对于鹘沙和谢却山两人是不一样的恐惧。鹘沙就是白刀子进红刀子出，粗暴残酷，但谢却山是钝刀子磨人，他不会马上杀了你，并且你会有种错觉，也许自己可以在哪个环节逃脱。

谢却山若无其事地拿起桌上那支残蜡，将房间里的烛火一一点亮。一时间，房间里灯火通明，再无一处阴影。他再抬起头时，房里已经不见南衣的影子，唯有一扇窗户虚虚地掩着。

跑得可真快，像只悄无声息的猫。

谢却山走到窗边，窗外也看不着半个身影。

"不是每次逃跑都有用。"他沉声像自言自语，随手将窗户关上。

南衣就躲在窗外的墙脚，将他的话尽收耳底。

——管它有没有用，能逃一次是一次。

南衣弓着腰贴着墙根往外走，听到墙内传来脚步声，门一开一合，应该是鹘沙进了屋。她不敢再动，生怕一点点动静都会惊动鹘沙。

夜里万籁俱寂，南衣本一点都不想听，但墙内的声音还是传入了她的耳中。

"谢铸骨头硬得很，咬死说自己不是秉烛司的人，更不知道陵安王藏在哪里。上重刑的话，多少会弄得有些难看，那毕竟还是你三叔，我来问问你的意思。"

"我三叔忠肝义胆，要从他嘴里套话没有那么容易，不妨让他成为一个诱饵，钓秉烛司的同党出来，一网打尽。"

南衣眼皮一跳，立刻想到了谢穗安——万一，跳入陷阱的人是谢穗安呢？

不自觉地，南衣把身子往窗边挪了挪，这样能听得更清晰。

房中，鹘沙沉思片刻，认同了谢却山的方案："行，就按你说的做。"说完，他又从怀中拿出一卷羊皮纸，放在矮几上，"沥都府中的城防守备我已重新安排，各处都放入了我们的军士，这城防图是机密，只有两份——一份给公子保管，另一份留存在军中。"

"好。"

谢却山言简意赅，将城防图收入抽屉中，再抬头看看鹘沙，已有了逐客的意思。

见鹘沙没有要走的意思，他抬眉："还有事？"

鹘沙顿了顿，还是问道："……我听说你让那个刚进谢家的孀妇掌管谢家后院，这是为何？"

竟然听到他们在议论自己，南衣顿时紧张起来，想把耳朵再贴过去一些，脚下稍稍一挪，竟发出一声摩擦声。

南衣动作一滞，惊出一身冷汗。

喵——一声微弱的猫叫传入房中，如临大敌的鹘沙松了口气，谢却山亦微不可察地笑了一下。

他的声音却没有半分情感："谢家的秩序，我要从里到外推翻，越是一个什么都不懂的外人，越能摧毁他们。"

一字一句清清楚楚落在南衣耳中，她浑身汗毛如列兵阵。

每每她对谢却山生出一丝共情的时候，他都会用现实毫不留情地抽她一耳光。

难怪他要将她一个低位者扶到这么高的位子，原来他就是要颠倒人伦纲常，就是要挑战百年礼教,以此来报复谢家。

谢穗安一点都没说错,他是一个疯子。

第二十二章 不可辱

关押谢铸的牢房里,迎来了一位不速之客。

虽是牢房,倒还算过得去,里头搁着炭盆,不至于在大冬日让人冻着,也没让谢铸穿囚衣,只给他换了一身寻常的棉服。

谢铸闭目盘腿坐着,未束发冠,发丝稍显凌乱,两鬓细看竟多了不少白发。被无休止地审问磋磨了一夜,谢铸脸上略有疲色,但周身气度不减半分。

"我说了,我不认识什么秉烛司的人,更不知道陵安王的所在。"

谢铸连眼睛都没睁,再次声明了自己的立场。

"三叔,我所来不为此事。"

谢铸睁开了眼睛,看到谢却山端着一个茶盘进入牢房中。

谢却山将茶盘放在案上,席地坐下。

茶盘上搁着两杯刚点好的茶,茶汤上浮着云雾般细腻的沫子,腾起丝丝缕缕的热气。

"这里杯盏简陋,只能点出这两杯茶,三叔尝尝。"

谢铸沉默片刻,伸手端起茶盏细品,半晌后放下茶盏,似欲言又止,再望向谢却山时,目光中百感交集。

谢却山平静地迎上他的目光。

他知道,在这杯久违的茶中,他们都回到了永康二十年的秋天,银杏叶黄,桂花飘香,彼时还在京城为官的谢铸邀他到自己的府邸,不厌其烦地教他点茶。

点茶是那时汴京城里最为流行的风雅之事,点好一盏茶,须得静心于茶道,花上好几年的功夫。偏偏谢却山少时流落在外,后又从军,别说点茶,他甚至不会好好品一杯茶。

哪怕他文武双全,可不会点茶,在京城的公子哥儿中也落了遭人奚落的把柄。

谢却山要强又倔强,闷头苦练点茶,始终不得其法,又不肯求助于人,有意无意地便不再参加汴京城里那些风雅的聚会。

后来还是谢铸看破了自家侄子的心思，将他叫到府中，借着让他来品茗之名教他点茶，也帮他守住了少年的那一点自尊心。

说起来，谢铸教谢却山的东西远比他的父亲教的东西更多，他们的关系如师如父。

只是在惊春之变的前一年，谢铸被贬沥都府，汴京城外折柳相送竟成了过去几年中他们的最后一面。

后来，谢铸也曾试过给谢却山去信，劝他迷途知返，但都如石沉大海。

如今已物是人非。

谢铸长叹一口气，道："你来，为的不只是请我喝这杯茶吧？"

"我一路随岐兵南下，看到岐人屠了许多城。暴虐是他们的天性，但三叔可知道，为何他们不屠沥都府？"

枯坐许久，直至茶凉，谢铸才平静道："船舶司中的造船图纸，已经被我付之一炬。"

聪明人之间过招，从不需要点破太多。

沥都府是造船重镇，专门设有船舶司。

岐人的祖辈发迹于长白山山脉一带，他们身材魁梧，精于骑射，却不善水战，不会造船。而昱朝如今仅存的势力都南渡到了金陵，一旦岐人攻到南方，水系纵横，交战必定吃亏。

所以岐人必须尽快造出自己的龙骨船，培养自己的船员，这也就成了沥都府最有价值的地方。

在沥都府里，岐人得用怀柔政策收买人心，若非到了城民抵死相抗的地步，岐人不会选择屠城。

抓谢铸并不仅仅是细作的出卖，更是为了能控制船舶司，造出龙骨船。谢铸早就想明白了其中利害，于是在岐人入沥都府当日，便将所有造船图纸都烧了。

他已言明自己的立场，但谢却山仍要扮演那个说客的角色。

"图纸是死的，人是活的。岐人想造船，还得倚仗船舶司的人上下齐心，但船舶司里那些匠人和文人，着实不好管束，三叔若愿意在此事上相助，与秉烛司勾结的事，可一笔勾销。"

砰的一声，他衣袖一拂，杯盏碎了一地，茶沫四溢，沸沸扬扬，像一层白霜。

"谢却山，士可杀，不可辱！"谢铸已是满脸的怒意。

谢却山已料到他的反应，纹丝不动："三叔，这么多年，我当您身上的锐气都被磨平了，没想到您还是这么意气用事。"

谢铸在汴京为官的时候，主张推行新政，极力反对朝廷割地求和，同一众新党一起被排挤出朝堂，才被贬到沥都府的船舶司为知监。

这些年谢铸远离朝政，好似闲云野鹤，野心全无。

"再软的一摊泥，也有铸到墙里矗立着的一日。"谢铸面色冷凝。

"三叔，龙骨船与陵安王，岐人都势在必得，"谢却山平静地起身，拱手行了一礼，"岐人的耐心有限。脊梁再硬，也是会被打碎的。"

★

谢却山离开牢房，外头倾泻的日光洒入眼底，有些刺目。

他眯了眯眼，看到贺平慌慌张张地跑过来。

"公子，太夫人……怕是要不行了。"

此时，望雪坞里已经乱作一团。

谢铸与谢钧一母同胞，本就是太夫人最疼惜的小儿子。谢氏族人散落在天南地北，能日日在太夫人跟前尽孝的也就只有谢铸。他对太夫人的意义不言而喻。

如今他被岐人下狱，谢钧又被软禁在后山，本就旧疾缠身的谢太夫人一口气没喘过来，病危了。

松鹤堂外已经守了满府的女眷。

府里的大夫们抱着医箱进进出出，各色药材流水般送入松鹤堂，也未听到什么见好的消息传出来。

南衣站在女眷之中，左顾右盼，疑心谢穗安为何迟迟不来。

她一大早就被女使们薅起来拉到松鹤堂外，本以为能在这里碰到谢穗安，好借机提醒谢穗安小心岐人的圈套。但谢穗安一直不露面，莫非是直接行动了？

目光在人群中焦急地打转，南衣看到了一张有点陌生的面孔。来谢家这些时日，后院里的人她认了个七七八八，但这个少女，她平时很少见到。她才想起这应该就是谢铸的独女谢照秋，先前在谢衡再的葬礼上她们有过一次照面。

谢小六提起过，说秋姐儿是个画痴，一心埋在纸墨之间，不爱出门，更不爱与人打交道。

秋姐儿看上去确实与旁人有些不同，她就这么安安静静地站在枯树下，宽袍的衣袖上沾染了几点没洗净的墨色，她与人群隔了一些距离，偶尔目光与人群交会，会露出一丝小鹿般的怯意。

谢铸在家的时候，应该把她保护得很好吧，她清澈得似深林里的一泓清泉，可现在谢铸出了事，她便成了一个在这世间独自惶惶、不知所措的小女孩，仿佛这世上随意一粒尘埃都会像山一样落在她身上。连南衣都对她生出一丝怜惜之情。

这时，一阵脚步声传来，南衣抬头，见是谢却山来了，心里更觉不妙。若是谢却山发现六姑娘不在，非要派人去寻……谢穗安又正在执行什么任务，被抓个正着，可就完蛋了。

她提心吊胆了须臾，好在谢却山只瞥了一眼人群。他们的目光短暂交会，她隐约觉得他似乎是专门看了她一眼，但仿佛又只是错觉，他便匆匆进了房中。

南衣心里又咯噔了一下，谢却山这个大罪人现在去太夫人跟前，那不是火上浇油吗？

她自然是盼着太夫人病情能有好转，那她就不必守在院子里，能去寻谢穗安了。岐人用三叔做诱饵抓秉烛司党人，这个消息她必须尽快传给谢穗安。

南衣踮着脚望去，只能透过窗纸上的人影隐约瞧见他入了内室。

太夫人尚有一丝意识，见到谢却山来了，用力张了张嘴，大约是喉中卡着一口痰，只能发出呀呀的破碎音节，说不出一句完整的话。

谢却山握住了她苍老的手，却是一言不发。

太夫人着急了，但她动作的幅度已经变得极其微小，她只能望着他，眼里含着祈盼的混浊的泪。

谢却山知道谢太夫人想说什么，她想求他给句不杀谢铸的承诺。

但他给不了。

"祖母，"他沉沉地叹了口气，"您得活着，我才不敢动三叔，您若死了，没人再护得住他。还有秋姐儿，也不会好过。"

谢太夫人的瞳孔缓缓放大，手剧烈地颤抖起来。

大夫们见情况不妙，立刻围上去施针。

谢却山自觉地退到角落，药草的烟气熏了一身，他就这么如孤魂一般立着。

*

这一日格外煎熬漫长，直至日头西斜的时候，松鹤堂的那扇门才从里面打开。

谢却山走了出来，径自疾步离开。

没人敢拦他，可众人脸上都写着茫然和急切，想知道里头到底是什么情况。

紧接着太夫人身边的女使就出来了，说太夫人已经渡过了难关，但还需静养。众人这才松了口气，有序地散去。

秋姐儿仍这么立在树下，目光似是空洞的，也不知道在想些什么。南衣多看了她几眼，本想上前搭话，但又想眼下还是找谢穗安的事情重要，便匆匆离去了。

南衣找了女使们问，却都是一问三不知。六姑娘一直都是来去自如，不受管束，能干涉她行踪的人屈指可数，纵然今日没出现，大家也并不觉得很奇怪。

最后，南衣总算从一个出门买药的小厮嘴里打听到，他好像看到六姑娘进了花朝阁。

花朝阁是沥都府中最负盛名的酒楼，达官贵人们在此宴客，穷天下之珍馐美酒，极尽奢靡，一桌席面甚至能高达千钱。

南衣想不通谢穗安为什么要去花朝阁，但只能硬着头皮先去打探打探。

她上了街，才发现街头已经翻了天了。

谢铸是沥都府中德高望重的儒士，他无端被抓走，在文士之中是件大事。船舶司所有的工作全都停了，工匠和太学生们聚集起来上街为谢铸请愿，试图逼知府出面让岐人释放谢铸。

岐人是和平入城的，明面上与知府共管沥都府。太学生们不知天高地厚，以为知府还能在岐人面前卖点面子。但黄延坤压根不出来见这些儒生，他们只能在街头闹，闹得满城风雨也无济于事。

南衣没心思留意太学生们的主张，逆着人群闷头走，只想快些找到谢穗安，刚走到半道，却发现请愿的人群竟朝着花朝阁的方向来了。

她茫然地抬头，看到一辆豪华的马车在花朝阁门口停下，本该在牢里的谢铸此刻却穿戴整齐地从马车上下来，在几个岐人的簇拥下被迎进了花朝阁。

岐人宴请谢铸的排场很大，将整个花朝阁清场，今日只设一桌。

儒生们议论纷纷，有疑心谢铸被策反的，也有坚定地认为谢铸是被逼的，两拨人差点要吵起来。南衣在七嘴八舌中总算明白过来了——既然谢铸是沥都府的精神领袖，那岐人就摆一出戏，让这精神领袖看起来倒向了大岐，扰乱团结的民心。不管民间如何猜测，总有人信，也总有人不信，偏偏谢铸在岐人的股掌之中，百口莫辩。

而把诱饵放出来，也能引秉烛司的人上钩。花朝阁今日为岐人备宴，这事想要传出去并不难——谢穗安就是那条即将咬钩的鱼！

南衣急了，这明显就是个陷阱，她得阻止谢穗安。正门都由岐兵看守，根本进不去，她只能掉头从后院的高墙翻进去。

花朝阁有一栋五层高的主楼，周围有三栋副楼，中间架设着凌空飞桥，彼此相通，歌女、小厮穿行其中，一览无余。

楼中灯烛晃眼，金碧辉煌，岐兵驻守着各个角落的楼梯，将酒楼中的情况尽收眼底，稍有异常，便会将人拦下盘问。

幸亏南衣有些偷鸡摸狗的本事在身上，她打晕了一名歌伎，偷换上歌伎的衣服，戴上流苏面帘，才得以光明正大地行走在花朝阁之中。

她在一些可能藏人的地方找了一圈，依然没找到谢穗安。正一筹莫展时，她却被花朝阁的妈妈叫住了:"你在这儿磨磨蹭蹭做什么?还不将酒送去千秋居中?"

南衣才知道自己换上的是今日要去宴席上侍候的歌伎的服装。但此刻众目睽睽之下,她不敢做出什么异样的举动,只能稀里糊涂地跟着一众歌伎,端着酒进入了千秋居中。

一进门,她便看到了谢却山。

第二十三章 怀中春

烛光摇曳,美酒佳肴,满屋奢靡。谢却山发束玉冠,换了一身赴宴的宽袍襕衫,白底云纹,领袖间绣有绿竹,衬得整个人越发俊朗挺拔,气度不凡。

南衣惯常只见谢却山穿着暗色常服,不苟言笑,老气横秋,第一次见他于宴上言笑晏晏,仿佛只是一个翩翩世家贵公子,她有些恍神。

他们的目光不期而遇。

南衣惊得险些手一抖,将托盘里的酒倾倒出去,好在立刻稳住了心神,没闹出什么动静来。

谢却山的目光只在歌伎之中停留了一瞬,并没有任何多余的反应。

南衣心想自己还有流苏面帘,能将容貌掩去大半,她又生出侥幸,低头将自己藏在花枝招展的歌伎们身后,草草往席上瞥了一眼。

席上有谢却山、鹘沙和其他几个岐军将领,谢铸离众人稍远一些,他双手被反绑在身后,脊背笔挺,怒目圆睁,但一句话都说不出来,应是被下了哑药。

方才南衣在街头听了不少诽谤谢铸的话,说他已经投了岐,她也拿不准真假,此时一见,才知道文人亦有铮铮铁骨,身居龙潭虎穴依然无所畏惧。若是换成她,早就膝下一软,跪得比谁都快了。

岐人这一招置三叔于不义,可谓杀人诛心,南衣也难免愤怒。可在这沥都府里岐人只手遮天,饶是她有这个心,当下也不是营救三叔的好时机。

谢铸坐的位子十分微妙,他坐在半开的窗户前,若是有人来营救,这个位置是最方便逃离的,不过这在南衣的眼里,就更像一个请君入瓮的陷阱了。

如果谢穗安有备而来的话,她很有可能就藏在窗外,等待时机下手。

但岐人的埋伏一定也在附近!

鹘沙手一挥，招呼歌伎们入座，笑道："你们可要伺候好谢知监，让满城的腐儒们都看到，知监在我们大岐的照顾下，吃香喝辣，日子过得好不逍遥。"

谢铸神色怒极，却一点办法都没有。

歌伎们三三两两熟练地坐到宾客的身旁，南衣刚想去谢铸身边抢占窗边的位子，却被一个声音喊住。

"你过来——"谢却山似无意地随便唤了一个歌女，正好点到南衣，他垂眸示意了一眼自己手中的酒杯，"倒酒。"

南衣本想去窗边，借关窗的机会给谢穗安传递消息，却被谢却山硬生生打断。她毫不怀疑自己肯定是被认出来了，小命恐怕都难保，更别提还想救谢穗安了。

她极其不情愿地挪到谢却山身边坐下，依言为他倒上酒。

酒斟满了，谢却山没有去端酒杯，又递了一个淡淡的眼神过来。

南衣觉得莫名其妙，扫了一圈才发现其他歌伎都快贴到宾客身上了，喂酒的喂酒，夹菜的夹菜，好不殷勤。

南衣的迟钝显得慢了一拍，为了让自己显得不那么格格不入，只能端起酒杯，学着其他歌伎，僵硬地喂到谢却山嘴边。

谢却山配合地张嘴喝酒，面上端的依旧是不动声色。

喝，喝死你——南衣察觉到了戏弄之意，有些生气，又不敢声张，索性生了摆烂之心，手上的力道重了几分，将杯子往前送了送。

谢却山猛地被灌酒，呛了一下，连连低咳几声。

看到他狼狈的样子，南衣总算有了那么一点点报复的快感，刚想收回手，却被他扣住手腕，冷冷地盯住眼睛："小娘子怕我？手抖得这般厉害。"

南衣使劲想抽回自己的手，装成委屈巴巴的模样："官人别逗奴家了，奴家只是觉得有些冷……这大冬日的，奴去关窗好不好？"

谢却山盯着她腕上的那只玉镯，他不松手，反而借力一把将她拽过来，任她跌坐到自己怀里："小娘子莫不是在怪我不懂怜香惜玉？"

堂上一片哄笑，南衣只觉得撞入一个炙热的怀抱，他的气息裹了她满身，她脑子顿时一片空白，眼神慌乱地一抬，看到了他近在咫尺的脸庞，像新修过的面，下巴的胡楂仍留了微不可察的青色的根，离得这么近时，她看得十分分明。她莫名觉得生硬，却又觉得这让他更像个活生生的人了。

他修长的指节虚握着她的腰肢，温度隔着手掌传过来。她此刻乱得很，似有无数五彩斑斓的线条掠过脑海，连呼吸也变得紊乱起来。

这么坐在他腿上，她总觉得摇摇欲坠，被迫揪住了他的衣袖。

谢却山坐怀不乱，面上带着三分讥诮，朝桌上的佳肴抬了抬下巴。

"喂我。"他命令道,一副熟练狎妓的姿态。

既然要演,南衣也豁出去了,抄起筷子,面前有什么,通通夹起塞入他嘴里。她这才注意到桌上的席面,各色山珍海味,蜜煎食雕,应接不暇,饶是如此局促的情境下,她都忍不住咽了口口水。

她的每一个微末反应都落在他眼里,只是他不动声色。

一旁的歌伎调笑道:"官人怎的这般偏心,奴家坐在下风口,奴家也冷。"

谢却山抬了抬眉梢,满脸的漫不经心:"那你去关窗。"

歌伎自讨没趣,只能起身去关窗,但南衣瞬间清明过来——若是别人去关窗,她便失去了这唯一可能与谢穗安交流的由头。

此刻,谢穗安确实就躲在檐下的墙根,将屋中的情形观察了个七七八八。

屋里这些岐人加一个谢却山,打起来虽然费力,但只要速战速决带走三叔,她还是能应付的。

她在花朝阁中的内应已经往酒里下了药,等宴上酒过三巡,便是她出手的时机。

可她不知道,那内应早就被岐人拿下了,酒里根本没有药,她需要对付的也不仅仅是屋里这些岐人,整个花朝阁上下都布满了埋伏。

南衣再不给谢穗安递消息,谢穗安将成瓮中之鳖。

说时迟,那时快,就在歌伎要关上窗的时候,南衣忽然惊恐地叫了起来:"啊——窗外好像有人!"

南衣一边惊呼,一边揽住了谢却山的脖子,佯装害怕地将头埋到了他怀里,实则为了叫他在此刻动弹不得,给窗外的人多留一点逃跑时间。

除了谢铸,谢却山是离窗口最近的,坐在门口的鹊沙立刻走到窗口探身看出去,窗外已经空无一人。

第二十四章 长街晚

电光石火间,谢穗安一翻身躲到了屋顶。回过神来后,她反应过来那个熟悉的声音似乎是南衣的。

谢穗安意识到屋内情况有变,她来不及多想南衣是怎么混进宴席的,里头到底发生了什么,既然南衣选择用这么冒险的方式"打草惊蛇",定然是有巨大的风险。她不敢多停留，立刻离开。

鹊沙有些恼怒，他也知道这下鸡飞蛋打，诱敌深入不成了，便对南衣怒斥："哪儿来的人，你这贱人胡说什么？"

"奴家……奴家就是恍惚看到有个黑影……"

她还在装，声音软得像掐成了一条线，委屈巴巴地回着，热气都呼在了谢却山的颈边。

谢却山忽然有点烦躁起来，她倒是不必什么事都学得那么快，连歌伎那股勾人的妖魅都学了七八成。

他冷着脸，毫不怜香惜玉地将她推下去："多事之徒——滚。"

南衣被摔到地上，他用的力道刚刚好，倒是不疼。她有点闹不明白了，他能这么轻易就放了她？但他尊口既开，她岂有不跑的道理。她连忙起身，一抬眼却意外看到谢铸身边的歌伎神情有点不对，似乎往谢铸手上塞了什么东西。但众人的目光都落在她身上，没人注意他们。

那个歌伎——是秉烛司的细作！

南衣意识到要发生什么了，她想迅速离开现场，但就在她推门即将出去的瞬间，雅间外新鲜的空气刚涌入鼻间，一声惊呼便从她身后传来。

绑住谢铸的绳子不知道何时被解开了，他竟趁众人不备，直接从窗口跳了下去。

南衣回头看，亦是惊了。

她本想的是谢穗安撤离了，但房中那细作还不甘心，想继续营救谢铸，没想到歌伎只是帮谢铸松开了绳子，好让他做出这个以死明志的动作。

谢铸从花朝阁雅间跳下去，就是于众目睽睽之下向整个沥都府言明，他没有叛岐。岐人想要营造的假象自然也就不攻自破。

雅间中乱作一团，歌伎们花容失色地尖叫起来，那名细作故意引着众人往外拥，南衣也趁乱离开了房间。

鹊沙顾不上这群女子，从窗口看出去，气得七窍生烟。

这个高度，谢铸死不成，花朝阁门前还有岐兵驻守，也不可能有人营救他，但附近的街巷挤满了围观的人，这一幕被民众们看得清清楚楚，楼下议论的声浪越来越大。

"一群废物！还不去把围观的贱民赶走！立刻将这条街清出来！"

房中的岐人将领们得了命令，忙不迭地奔下楼。

谢却山端坐着纹丝不动，淡淡地看了一眼鹊沙："鹊沙，你搞砸了。"

语气里带着几分阴阳怪气。

鹊沙扯了扯嘴角，咬牙切齿道："他娘的，是我小看谢铸了，他倒是有骨气。"

"无妨，唱红脸的马上就来了。"

"谢却山，什么意思？！"鹘沙暴怒，对谢却山吼道。

谢却山不答，将杯中酒饮尽，起身要离开。他刚打开门，却看到花朝阁的妈妈慌里慌张地出现在门外。

"官……官人……奴家方才发现柴房中有一名被打晕的歌伎，身上的衣服也被换走了……"

这消息简直是火上浇油，鹘沙气得一脚将面前的椅子踢开，漆木椅子承受不住这么大的力道，顿时散架。他强自沉下一口气，反应过来："那狗东西必定还没跑出花朝阁！"

"封锁花朝阁，找人。"谢却山平静地命令道。

南衣以为只要离开那个房间，自己就安全了，然而她还没出后院，岐兵就将花朝阁封锁了，再想翻墙出去怕是难了。若是回不到望雪坞，在这里就被抓住，落到鹘沙手里……后果她都不敢想，新仇旧恨，怕是得一起算到她头上。

难怪谢却山这般戏弄她，原来是料定她这趟有来无回。

岐兵整齐列队穿过连廊的脚步声传来，南衣心下茫然起来，环顾四周，后院倒是停着一辆马车。

★

马车是谢却山的。

抓人是鹘沙的事，他不必留在现场，于是准备回望雪坞。刚掀开马车的毡帘，满房檐灯笼的光泻进昏暗的轿厢内，他看到了里面蹲着一个少女。

她摘掉了流苏面帘，脸上还抹着浓妆，有种别具一格的娇艳。

贺平惊讶，刚想出声，却被谢却山制止。

南衣与谢却山对视着，眼里掠过决绝的神情。她心一横，扑通一声顺势跪下了："我的命是公子给的，我愿意给公子卖命，公子您让我做什么我就做什么。"

南衣绝对是一根合格的墙头草。

那时谢却山让她盯着谢穗安，她没有答应，可为了解决当下的危机，她便只能豁出去了，先卖弄一波忠心。左右她今天都是逃不过，还不如在谢却山这里想想办法。

谢却山不置可否，踩上脚凳进入马车。

车帘一落，逼仄的空间内只剩下两人。

谢却山落座，南衣便跟着他的方向挪了挪膝盖，眼巴巴地看着他，要多乖巧

089

有多乖巧。

"当真?"谢却山挑眉。

"千真万确,否则天打雷劈!"南衣当场起誓,反正她攒下的天打雷劈都够神仙度劫了,她也不缺这一次"真诚"。

"你要知道,在我这里应下的事,就不能只是说说而已。"

南衣哑然。她知道雷不会真的劈到她身上,所以敢随便起誓,但她知道一旦谢却山发现她背叛他,他是真的会弄死她的。

外头岐兵的脚步声越来越近。

谢却山悠然地往后一靠,闭目养神,指节轻轻点着膝盖,不紧不慢:"想不明白的话,那就出去想明白。"

南衣终于知道,谢却山说的那句"不是每次逃跑都有用"是什么意思了。

此时她就插翅难逃,她只能牢牢扒着谢却山这叶孤舟,一旦松手,就会被卷进怒海惊涛之中。

可这也不是她说了算的,她想上他的船,还得他点头许可。她的生死不过就在他的一念之间。

她就没办法有一点主动权吗?

须臾之间,一个大胆的念头撞入了南衣的脑海。

"你若让我下去,我就同鹕沙说,是你让我来花朝阁的,你不希望你的亲妹妹有危险,又不能出面。"南衣的声音急促起来,此刻算是捅破了那层窗户纸,语气里含了几分鱼死网破的坚决,"还有在虎跪山中,是你放了我,谢衡再出殡,是你指使我大闹。你到底是哪边的人,那就看鹕沙怎么看你了,反正我是你的人,死也是你的鬼,我们要么就一起在岸上,要么就一起下水。"

谢却山睁开了眼睛,凝视着南衣。

说完一番话,南衣只觉得口干舌燥,浑身抖得厉害,也不是冷,反而有些焦热起来,大约是把所有的力气都注入了这番大逆不道的话中。

她也没有十足的把握。

可能谢却山会一剑杀了她,再把她踹出马车,不给她任何开口的机会。

但她还是想赌一把,她在谢却山这里还有那一丝斗兽场里"玩物"的价值。

半晌,谢却山开口,扬声道:"贺平,回望雪坞。"

马车动了起来,窗帘摇晃着,从薄毡透进来的烛光渐渐暗了下去,应该是出了花朝阁,到了街上。车轱辘轧过青石板,颠得人也跟着起起伏伏。

南衣知道自己逃过一劫,长长地吐出一口气,整个人也跟着松弛下来。

"你今天来花朝阁做什么?"

南衣不敢得了便宜还卖乖,如实回答:"六姑娘说要去营救三叔,但昨夜我在公子房外听到你们说要设下陷阱，我怕六姑娘有危险，就想来提醒她。"

"你怎么知道小六要来花朝阁？"

"有个小厮看到了。"

"还有谁知道这件事吗？"

南衣一愣，她确实没细想这个问题。若是那小厮嘴巴不严，望雪坞中很多人都会知道。她之前推断望雪坞里有个岐人的细作，想必谢穗安的行踪也被泄露了出去，花朝阁里才会有等待谢穗安的天罗地网。

"我……不清楚。"

"盯着小六，把她的动向汇报给我。"这次他不是商量，而是命令。

"你会伤害六姑娘吗？"

"她是我亲妹妹。"

听到这个回答，南衣竟有些高兴，原来他不是一个泯灭人性的人！想来也是，她能顺利给谢穗安传消息，其中也有他的默许。

"但她若和秉烛司勾结太深，拦了我的路，我也没有办法。"

他的声音出奇地冷，像一盆凉水兜头浇下，让南衣瞬间清醒。

南衣沉默了。许久，她忽然想到了什么，问："所以那天在雪地里，我选的字，是'生'吗？"

"不是。"

"那个字，是什么意思？"

"薨，王侯之死。"

"我选错了，可你依然放了我——那几个字里面，是不是根本没有'生'？"

"是。"

"你真可怕……"南衣喃喃，"我千不该万不该，不该偷你的荷包。"

"记住了，在望雪坞里，你是少夫人，是后院的掌院，一言一行都会备受瞩目，把你偷鸡摸狗的那套收起来。"

"知道了。"南衣诚恳地回答。她意识到他不准备杀她的时候说的大部分话都是为她好。

然后他再也没有说话。逼仄安静的轿厢里，他们都能听到彼此的呼吸声。

很多时候南衣都不敢看谢却山，但此刻她也不知道哪来的胆子，定定地凝视着他，看着帘缝中透进来的光影在他脸上变幻。

马车往前行驶，夜色笼罩下的长街仿佛是一段向前奔腾的滔滔江水，两侧拥挤的房屋是墨色的群山，他们挤在一叶小小的扁舟上，身上都披着皎洁的月光。

他们坦诚却不交心，共舟却不相依，一同随着江水去往未知的前程。

然后，小舟停了下来。

她身子不自主地往前冲了一下，眼见要磕到轿厢，最后碰到的却是他宽厚的掌心。

他伸手为她挡了一下，目光短暂地与她交会，然后便收了回去，又是一副事不关己高高挂起的样子。

"公子，望雪坞到了。"

贺平掀开帘子，马车已经停在了望雪坞的后院里。

南衣嘴唇嗫嚅一下，最终将那句道谢咽了回去。她刚准备起身，却被谢却山按住。她迷茫地抬头看，一件大氅兜头盖在了她身上。

谢却山未置一词，扬长而去。

南衣看看大氅，又看看自己身上艳丽的衣服，顿时明白过来，这个样子在望雪坞里行走，怕是会被端庄的世家中人戳脊梁骨骂死。她忙将大氅披上，再下马车的时候，谢却山与贺平已经走在回景风居的连廊下了。

目送谢却山的身影消失在转角处，一种奇异的感觉在南衣心里荡漾开。

马车停了，他们回到各自的位置上，可江水还在奔腾，她好像还在那叶孤舟上。

第二十五章 风雨来

花朝阁一夜后，谢穗安对南衣的信任更甚，她不敢再轻举妄动，对望雪坞里存在的那个内奸开始草木皆兵。

她当下的处境有些尴尬，虽然一心想营救三叔，可更怕行动泄露把自己也搭进去，在找到内奸之前，不敢再动用秉烛司的势力。

单枪匹马，如何能救三叔？不过如今的局势亦让她有了一丝祈盼，也许真的像大家说的那样，岐人会释放三叔。

但南衣对此事很难乐观。

在花朝阁中，她听到谢却山说的那句"唱红脸的马上就来了"，总觉得事情发酵至此依然在谢却山的计划之中，他们似乎还有后着。

她不敢对谢穗安说，怕谢穗安冲动，只能憋在心里，隐隐不安。

饶是外面天翻地覆，望雪坞里仍是井然有序，平静，琐碎。即便各人心里如何焦灼，但大家都拿捏着分寸，为了那份修养，也不敢随意将情绪宣泄出来。

好在谢铸跳楼时被彩绸挡了一下，只是受了些皮外伤，这些消息传回太夫人房中，大家都宽慰她说，民意和天意都在护着三大爷，岐人迟早会顶不住压力将他释放。

太夫人的病情虽不见好，但没有再恶化下去了。

不过让南衣更头疼的还是她如今空有的掌院之名。

即便有谢穗安撑腰，南衣也很难服众。谢家众人表面上客客气气地喊她少夫人，但没人真的把她当回事，甚至对她还有点怨气。

陆锦绣操持后院好几年，好好的位子坐着忽然被剥夺了，饶是她算家中长辈，也知道南衣本人无辜，但依然咽不下这口气，对南衣不冷不热。

不过，陆锦绣不能什么事都不交给南衣管，显得她太过小气，她更怕南衣把家里的事管得一团糟，便挑了件还算容易的，让南衣去城里收租。

这日谢穗安正好有事，南衣对沥都府并不熟悉，身边也没个能信任的女使，没办法，只能自己带着一张沥都府的地图上街。

出发前，南衣信誓旦旦地要将所有店铺和佃户的租金都收上来，可真到了这些面朝黄土背朝天的小老百姓面前，她竟说不出半句要钱的话。

按理说粮价飞涨，佃户和商户应该都赚到了钱，但佃户手里根本没有粮能卖，秋收的粮食被军队征收，入冬后又连日大雪，想去虎跪山采些药卖钱的路都被堵死了。

商户表面上日入百金，可在战火的影响下，商品的进价也贵，有时候即便给了高额定金，货物半道被劫走的事也时有发生，多出来的那些利润多半要给官府交保护费，剩下的堪堪维持店里伙计的开销。

想到自己穷得吃不上饭的日子，南衣深深共情，面对这些求她宽限的人哀求的脸庞，她心软得一塌糊涂，咬咬牙，自作主张免了所有人的租金。

一分钱都没收上来，南衣忐忑地琢磨着回去要怎么跟陆姨娘交代。

南衣的脚步放缓了，有意无意地拖延自己回望雪坞的脚程，她心里多少有点没底。

忽然周遭莫名地喧嚣起来，百姓们一股脑地往城墙方向拥去，不知道出了什么事。

南衣被沸腾的人群挤到街上，她料想是太学生们又在闹事。

自谢铸跳楼后，士大夫风骨感动全城，民众在太学生们的带领下，到府衙外聚集请愿，人群越发壮大。

知府黄延坤继续做缩头乌龟，衙役们出动，满城抓人，驱散为首的太学生。但也挡不住悠悠之口。

船舶司持续罢工，原先造好的船部件也被他们自己砸烂烧光，坚决不肯留给岐人。城民们对岐人的态度从起初的畏惧到如今的厌恶反抗，愈演愈烈，岐人的压力也越来越大。

街头巷尾都乱得很，南衣不想凑这个热闹，只想快点离开。

恍惚间，她听到了一个断断续续的声音："这位娘子……别往前挤了，小心踩踏……"

这个声音如一道惊雷劈入南衣的耳中，唤起了她久远的记忆——

南衣疯魔似的回头，急切地逆着人流循声找过去，人群像溢过大坝的奔腾水流，一波一波，要将她淹没，她拼命地浮上水面，试图寻找记忆里章月回的那张脸庞，可掠过她的一张张都是陌生的面孔。

在人群中挤得发髻微松，衣衫不整，浑身狼狈，南衣才停下来，接受了这个现实。怎么可能在沥都府见到章月回呢……她定是听错了。

南衣失落地站着，伸手去摸腕上的玉镯。玉因体温变得温润，少年的面庞在她呼啸的记忆里再次清晰。她太想念他了，抑或是想念过去不必提心吊胆的日子。

人的精神总是需要一个栖身之处，而他就是她这个无依无靠之人在这个世上最后的念想。可就算再见到他，她又能对他说什么呢？恳求他带自己走？谁能斗得过谢却山那个魔头，谁又能保证在这乱世之中能保全彼此呢？

南衣落寞地转身，忽然，有人拉住了她的手。

南衣一瞬间吊起的心在听到谢穗安熟悉的声音后又落了下去。

"嫂嫂——"

南衣回头看，愤怒和焦急盈于谢穗安的面庞。她意识到，出事了。

谢穗安一张口，语气里却有几分凄凉："三叔他……"

南衣顺着谢穗安的目光望去，城墙上挂了一个人，远远望去，他衣衫单薄，遍体鳞伤，飘飘摇摇。

城墙下，衙役宣读了公告："谢铸其人，曾任船舶司知监，乃秉烛司叛党，密谋杀害岐人，破坏两朝往来情谊，其心可诛！故悬于城墙示众三日，择日问斩！"

大家都以为这几日岐人的沉默是迫于压力准备妥协，没想到岐人非但没有顺应民心，还用如此野蛮的行动回应。谢铸是沥都府的儒士之首，被这样粗暴地吊在城墙上，堪称奇耻大辱，引得群众哗然。

半城百姓都聚到了城墙下，纷纷抗议。

沥都府的衙役们隐身了，由岐兵直接出面将人群驱散。昱朝重儒，读书人地位超然，衙役们不太敢对太学生们动粗，很多时候也都是做做样子，可岐兵就不一样了，他们是真刀真枪地赶人。

冲突起来，不多时便见了血，场面一发不可收拾。

谢穗安的手已经死死握在了腰侧的软剑上，南衣毫不怀疑下一秒她就会冲上去和岐兵血拼。

但她是谢家女，也代表着世家的态度，若她卷入冲突，只会让事情更麻烦。南衣紧张地按着她的手，生怕她冲动，将她往远离冲突的方向拖。

面对这样的混乱，南衣开始心生无力，她下意识地就想逃跑，带着谢穗安跑，离开这一发不可收拾的混乱……

血腥味弥散在空气中，风雨欲来。

第二十六章 借虎威

就在场面混乱不堪的时候，一阵玉珂鸣动传进城中，马蹄声渐近，似有一支隆重的车队要入城了。

百姓们竟默契地安静下来，因为他们看到了一顶金舆銮驾，前后簇拥着红罗销金掌扇，四面挂着珠帘和绣幄，那是皇室帝姬的仪仗。然而，金舆被岐兵簇拥着，跟在一辆奢华的马车之后。

有宦官高唱道："恭迎完颜将军、令福帝姬入城——"

闻者却无不泫然泪下。

百姓们都有耳闻，汴梁城破时，岐军掳走了皇帝，掳走了宗室贵女，还举行了献俘仪式，命令皇帝褪袍服，其他人则无论男女全部去上衣、身披羊裘、腰系毡条，祭拜岐太祖的宗庙。献俘仪式后，皇宫中原本的嫔妃、帝姬、宗室命妇被分赐给岐人，或为贵族妾，或为军营妓，或为人下奴，无一幸免。

可谓百年未曾有之奇耻大辱！

这位令福帝姬亦是当时的俘虏之一，如今出现在沥都府，她的帝姬仪仗是岐人给的，虽金舆依旧，可在众人视线看不到的背后，她究竟遭遇了什么，可想而知。

马车于城门处停了下来，轿厢内的男人撩起轿帘，扬声问道："令福帝姬归国，汝等就是这般迎接她的吗？"

万众无有回应者。

男人继续道："汝等都是令福帝姬的臣民，今日闹事之人，只要停止反抗，

095

便不再追究过错。"

面对曾经的帝姬，他们不能不让。哪怕知道这是岐人无声的耀武扬威，他们也要以臣民之礼迎接他们的帝姬。

乌泱泱对峙着的人群竟寂静无声，浪潮在人群中沉默地涌起、退去，一条入城的路被让了出来。

南衣明白过来，原来，这就是谢却山说的"唱红脸的人"。沥都府又来了一位大岐的高官，岐人的车队就这么踩着昱朝百姓的脊梁骨，浩浩荡荡地进了城。

"我要杀了他们。"

谢穗安的话极轻，却极其坚定，一字不落完整地飘入了南衣耳中。说罢，她不再逗留于人群中，扭头就走，浑身腾起杀气。

南衣连忙追上谢穗安："小六！"

"嫂嫂，别拦我。就算去死，我也必须救三叔。岐人都踩到头上来了！不做点什么，活着也是苟且偷生！"

"难道你要白白送死吗？城里到处都是盯梢的兵。"南衣不懂，谁强谁弱，分明一目了然。

"岐人不是满城布防吗？好，那我就去偷他们的城防图，谢却山手里肯定有。知道他们的守卫分布，我再去营救三叔，便能顺利脱身。"

说得轻巧，但每一步实现起来，都难如登天。更何况这次行动，谢穗安孤立无援，在内奸被找到之前，她不能将计划告知秉烛司的任何一个人。

这次谢穗安坚定地走了，南衣欲言又止，没有拦她。

人要作死，谁也拦不住。

她是绝不会把自己置于如此危险的境地的，南衣反复告诫自己。

可她回头望了一眼城墙上吊着的谢铸、街边跪迎帝姬的太学生和百姓们，以及那位坐在金舆之中，却身不由己的可怜帝姬，胸中似有一股难以名状的情绪在翻腾。

这种情绪让南衣清醒又无措。她并不想马上回望雪坞，于是跟着车队漫无目的地往前走，任由人群将自己淹没。

不知道走了多久，周边的人群逐渐散去。

"狗秀才，还想偷袭我们？嫌小命太长了是不是？！"

一阵辱骂声传入耳朵，南衣循声望去，看到几个岐兵在围殴一个书生。

书生一身白袍，被打趴在地上，还想护着手边散落的几卷书。岐兵大笑着踩住他的手，往泥里踩了踩，他显得更加狼狈又无力。

"昱朝的腐儒，哈哈哈！命都快要没了，还想读书啊？不如把你的眼睛挖了，叫你什么都读不了——"

岐兵大笑着，抽出匕首。

南衣胆战心惊地站在巷外看着，实在不忍，心中涌起制止的冲动，脚下却犹如灌了铅一般，没有往前的勇气。

就在南衣踟蹰的时候，有只粗暴的手抓住了她的衣领，将她往前一提溜。她一个趔趄险些没站稳，回头一看，来的竟是一个人高马大的岐兵首领。

"臭娘儿们想看？来来来，站这儿看，看清楚，一会儿就轮到你。"

那岐兵直接夺过另一人手中的匕首，要去挖地上书生的眼睛。

"住手！"

眼看着匕首就要戳下去了，南衣的喝止声脱口而出，清脆、嘹亮。

几个岐兵被她这一声震住了，都顿了顿，回头瞧她。

南衣心里是虚的，出声之后她就后悔了，她本来可以趁岐兵欺辱书生的时候跑的，但如此暴行，她实在做不到置之不理。可就算这一刻制止了，以她的能力……又能怎么帮书生和自己逃跑呢？

"名比实更重要"，谢却山的话再次在她脑海中响起。

"哎哟，小娘儿们还挺有脾气，就你也敢管爷爷我的闲事？！"

岐兵上下打量南衣，显然没把她放在眼里，目光里甚至还有几分毫不遮掩的猥琐。

啪———记响亮的耳光落在岐兵首领的脸上。

南衣先发制人，迅速将自己的气场撑起来了："你又是个什么东西，连我谢家的账房先生都敢欺负？"

她故意挺直腰杆，学着谢却山那副谁也瞧不上的模样，面上端的是理直气壮。

岐兵被打蒙了，捂着脸瞪南衣，一时又怒又惧，说不上话来。

跟随他的两个狗腿子倒是反应快，围上来护着自己的小首领，对南衣道："胡说八道！现在什么人都能报谢家的名号，也得看你们有没有资格！"

南衣冷笑一声，从袖中取出今日带出来的收租账簿："我乃谢家少夫人，奉我们家主之命，今日带账房先生来城里收租——"她的手用力一抖，将账簿摊开，"睁大你们的狗眼看清楚了，这上头是谢家的族印。"

岐兵半信半疑地凑上前看，果然是谢家的大印。

南衣看到首领额角有道疤，忽然认出这张脸来了，这是一个月前在曲绫江渡口欺辱她的岐兵，这疤还是她为了逃脱拿石头砸的。

如草芥一般被欺辱的记忆涌上来，骨子里的恐惧让她忍不住腿软，但她藏在袖中的手用力掐了一下自己，让自己站得更直一些。她已经不是那一日的她了。

此刻南衣才隐约明白为什么那些士人总是要把脊梁挺得笔直，这是一种勇气

097

的宣告。

南衣的眼风扫向岐兵："我们家主是谁，不用我提醒你们吧？"

说罢，南衣收了账簿，也不再搭理岐兵，朝那书生走去。

她在他身前站定，朝他递出一只手。

惊魂甫定的书生仰头，很多年后的他再回想这一幕，都能清晰地记得这一刻她低头伸手的时候，透明的光落在她身上有了绸缎一般的光泽，她的一缕鬓发垂下来，从此缠在了他的心上。

书生觉得自己的手脏了，不敢去碰那只柔软的手，撑着地自己站起来了，拾起地上的书卷拢回怀里，配合着南衣站到她身后："少夫人，小人耽误事了，抱歉。"

南衣转头瞪了眼岐兵："还不快滚？！我今天的事情若没办好，你们要提头去见却山公子吗？"

岐兵们见南衣如此气势，不敢再质疑，毕竟谢却山的名号在岐人中也是有威慑力的。他们连连鞠躬道歉，落荒而逃。

见那三人消失在视线里，南衣一下子垮了下来，腿一软，靠着墙才能勉强站着。她全然不顾形象，捂着胸口张口呼吸，任由凛冽的空气充满她的胸膛，这才稍稍缓过来。

在谢却山那儿吃了那么多瘪，偶尔假借他的威风，没想到这么好用。大魔王果然是大魔王啊。

南衣没有注意到，听到"却山"这个名字的时候，书生竟瞬间出了神。

书生很快便收敛好情绪，对她拱手："多谢……"言语犹疑地顿了顿，见她卸下伪装后分明是一副少女模样，似乎不像她所说的谢家少夫人，他一时不知是该称呼夫人还是姑娘，但还是很快接上了自己的话，"多谢这位夫人。"

南衣挠挠头，敏感如她，也知道这书生瞬间的犹疑是为什么，自己卸下气势后一点都不像个世家夫人，这个称呼她也有点不适应，但这背后的复杂难以解释，不必同外人道，她索性认下了。

南衣摆摆手，道："没事没事，我没那么多规矩，别跟我客气。郎君怎么称呼？"

"小人叫宋予恕，家里排行第七，夫人若不嫌弃，唤我宋七郎便可。"

说话文绉绉又慢条斯理的，难怪会被野蛮的岐人骂成腐儒。

"宋七郎，外头乱，若是岐兵看到我们分开走怕会起疑，我再送你一程吧，你住在哪里？"

宋予恕微有惶恐之色："怎好再劳烦夫人？"

"……"南衣无语，跟文人说话确实有点费劲，但又不好太粗鲁。

见南衣微微蹙眉，宋予恕立刻改口："那便多谢夫人了。小人住在江月坊。"

倒是个心思玲珑的识趣人。南衣笑了："那你带路吧。"

宋予恕在前头走着，但南衣注意到，他始终低着头，紧紧抱着怀里的经书，不愿与任何行人交流神色。

他十分有礼节，每到一个转角处，便伸手邀她先过，但每每伸手的时候，他都刻意掩住了袖袍上的脏污。

南衣忽然明白过来了，是衣冠。他自卑的是自己的衣冠脏了。

南衣鼻头莫名有点酸，看他眉目俊朗、知书达理的模样，应该也是个大户人家的儿郎。

这乱世让多少人支离破碎。

"你是外地来的吗？"南衣与他攀谈，试图打破这沉闷的气氛。

"小人从东京城流亡而来。"他言语十分谦卑。

原来是京城里的公子啊，难怪……

南衣心中感慨，忽然，宋予恕的脚步停了下来，南衣顺着他的目光望去。

一行车队也在前面巷弄的大宅前停了下来。

马车中下来一个身形魁梧的男人，一身岐人冬服，正是大岐宰相韩先旺的弟弟完颜骏。令福帝姬也从金舆中走下来，她身形消瘦，虽华服加身，仍显得伶仃。

附近并没有太多的行人，耳尖的南衣却听到一阵奇怪的窸窣声，像……

南衣狐疑地打量着，看到令福帝姬已经跟着完颜骏踏入宅门，那奇怪的窸窣声正是从她脚上传来的——她的脚上竟戴着沉重的脚镣，每走一步，便发出碰撞声。

第二十七章 帝姬耻

南衣足足愣了几秒，有些不敢相信自己的眼睛，"俘虏"这个词日日回响在耳边，听多了反而没了想象，直到这一刻，她才有了触目惊心的实感。

"夫人，人多眼杂，走吧。"宋予恕低声提醒了一下南衣。

南衣这才注意到他们在这里驻足得有些久，守卫的岐兵已经起疑看了过来。她只能挪步离开。

转过街角之前,她忍不住又朝那边望去,帝姬已经进入宅子,朱红的大门即将合上。

鬼使神差般,令福帝姬也回头深深地望了一眼,正好对上南衣停留的目光。然后那扇朱红的漆门便合上了,将那位女子哀伤、痛苦的眼神隔绝其中。

这个眼神并不激烈,却如钝棒一样一下一下捶击着南衣的胸口。

南衣难过地垂眸,注意到宋予恕的手紧紧抓着书卷的边缘,指节甚至都泛起青白。

他亦很愤怒。

"宋七郎,你从前在京城,听说过这位帝姬吗?"

"她叫徐叩月,本是东京皇城中最受宠的帝姬。"

"叩月?真好听的名字。"

"据说她出生在半夜,那晚乌云蔽月,而就在她出生的那一刻,一声响亮的啼哭传出朱檐,天上的乌云竟悉数散开,仿佛瞬间叩开了月门,挥洒月辉,故官家对这个女儿更加垂爱,赐字'叩月'。"

南衣听得感慨。寥寥数句,便能知晓她集万千宠爱于一身的过去。

她本是天上月,枝头凤,但美丽的东西都是脆弱的,战火烧过,无人幸免。

★

徐叩月随着众人一起进了宅门。完颜骏在院中停下脚步,她便不敢往前了,站在照壁处。仆从们纷纷识趣地散开,院中只留这两人。

完颜骏回头看徐叩月,神情阴鸷、冷漠:"没人看着了。"

没头没脑的一句,但徐叩月已经听明白了。

她跪在地上,脱去华丽的外袍,叠好放在身前,又一点点取下满头的簪饰、双耳的耳铛,手上的金钏、玉镯,放在外袍上,再恭恭敬敬地双手呈上。

寒冬里,她只着一件单衣,薄得像一张洁白的纸笺。显然,她是被驯化过的,才会有此刻的知趣和乖巧。

她流着泪,手依然像兰花一样轻盈,举手投足间仍是优雅的。

但完颜骏对她没有半分怜惜。看到她逆来顺受的这张面孔,更觉厌恶。他一甩袖,将她递上来的华服首饰如数拂落在地上,大步离开。

地上鹅黄的衣袍上赫然出现了一个脏污的脚印。

徐叩月习以为常,将地上的东西重新收拾好。重新整理干净了,她并没有着急起身,而是在这个四方的院子中抬头,空洞地望着故国的夕阳。

西陆蝉声唱,南冠客思深。

★

南衣将宋予恕送到江月坊后，有些失魂落魄地回到望雪坞。不过出门一日，接连撞上许多事情，她的心境比之昨日又大有不同。

可具体到底何处开始变化了，她又说不上来。

她想去找谢穗安，却得知谢穗安一回来就被陆锦绣下令软禁在了房间中，里三层外三层的人看守着。

不消多说，也知道是如今沥都府形势突变，陆锦绣怕自己的女儿惹是生非，卷入谢铸的案子当中，不得已将她关了起来。

南衣全然忘了收租的事，刚准备回柘月阁，就在院中撞见陆锦绣。

陆锦绣见她两手空空，有些狐疑：“少夫人，您是刚回来？今日收的租金呢？”

南衣低声回答：“佃农和商户们手头实在没那么多现钱……”

陆锦绣有些不耐烦：“少夫人也太天真了，那些刁民就是诡计多端，各种说辞，不肯交租罢了。”

"我免了他们三个月的租金。"

陆锦绣倒吸一口凉气："什么？！"

陆锦绣的声音太大，导致路过的女使纷纷侧目。她之前还能对南衣保持和颜悦色，这会儿实在装不下去了，语气里含了几分明显的训斥："少夫人你倒是好，出门一趟当了个大善人，你知道望雪坞上下的开支是靠什么维持的吗？府里这么多张嘴，少夫人你来养吗？"

南衣已经在暗暗皱眉了，谢家在乱世中依然是锦衣玉食，一边标榜着自己的仁义道德，一边却不肯睁眼看看这天下的疾苦。

但她还是赔着笑："这不是太夫人病了嘛，散些财，就当为太夫人积德祈福了。"

陆锦绣的话被噎了回去——世家里最重孝，但凡为了孝敬长辈，做什么都不过分，南衣轻巧的一句话反而显得是她的不是了。

陆锦绣不太和善地多看了南衣几眼，被这么一个乡下人堵住话口，她多少有些不愉快。

但绝不能再说什么了，她很知道分寸。

她时刻记得扮演世家里端庄的女人，哪怕骨子里她是一个捧高踩低、市侩的人。善恶对她来说并不重要，不过她清楚慈悲亦是一张好面具。

她迅速就改了口风："既然少夫人有心，那就回去为太夫人多抄几本佛经祈福吧。"

南衣哪敢说自己根本不识字，只能乖巧地应承下。

陆锦绣已经料想到她是个粗人，就算抄佛经，也是拿不出手的，要么根本交不出来，要么就在太夫人面前丢人现眼。扳回一局，她心里稍稍平衡了一些。

*

南衣回去后，看着佛经上密密麻麻的字就同看天书一般，只觉得头大。她现在有点后悔，以前章月回说过要教她识字，但她觉得不能马上换钱的东西就没用，懒得学，那时真是目光短浅极了，只看得到面前的几两碎银。

南衣对自己生出一种极大的挫败感。她不知道自己能干什么，有什么用。

就在她沮丧的时候，一个念头迅速在她脑海里膨胀。

等到她开始后悔打退堂鼓的时候，人已经站在了景风居屋檐下。

景风居四处都有侍卫把守，里面黑灯瞎火，谢却山今夜出去赴宴，不在房中。而对南衣来说，躲开侍卫的巡逻溜进房间并不难。

偷东西毕竟是她的老本行。

那晚鹊沙给谢却山送城防图，图应该就在他的房中。她直奔谢却山的书桌，强自镇定地在桌上翻找，手却抖得厉害，心跳如擂鼓。

她终于翻到一卷羊皮纸，上面的字她虽然不认得，但图上画着的正是沥都府城池，想来就是城防图了。她刚想细看，忽然身后传来一个声音："你在这里做什么？"

第二十八章　饴糖香

动作是下意识的，南衣飞快地将城防图藏到一堆书卷中，然后才若无其事地回头，心脏已经跳到了嗓子眼，脸上仍挤出了一个笑："公子，您回来了，我在等您。"

"是吗？"

房中未点烛火，只有淡淡的月光铺在人身上。

谢却山缓步朝南衣走近，身上的酒气弥散到她鼻中。她紧张地看着他，黑暗中，他的脸庞看得并不清晰，只隐约觉得他周身依然是平和的气息，似乎并无生出什么戒备。

离南衣只有一步之遥的时候，谢却山没有停下，继续往前走了一步。南衣下意识地后退，腰抵在桌沿，退无可退。

他垂眸看她的脸庞，一览无余地欣赏她脸上的镇定和恐惧，紧接着猝不及防地捏起她的嘴，同时藏在袖中的右手剥开一张油纸，竟将一粒不知道是什么的东西塞入了她嘴中。

南衣条件反射就想将那东西吐出来，他却先她一步反手将她的下巴抵住。

南衣被迫品尝了嘴里的那粒东西，桂花和饴糖的香甜在嘴里蔓延开——是糖！

他收了手，认真地问她："好吃吗？"

南衣愣愣地回答："……好吃。"

饴糖是王公贵族才吃得起的东西，在物价飞涨的当下，甚至能卖上几两银子一粒的高价。

南衣还记得小时候在街边遇到一个贵族少女，手里的半粒饴糖掉到了地上，沾了些许灰尘，她便不肯吃了。等她走后，南衣过去将那半粒饴糖捡起来尝，那种从未体会过的甜味，还带着一种不可得的珍稀，牢牢地留在了她的记忆里。

这还是她第一次吃到一粒完整的饴糖，她能感受到它的晶莹剔透，在她口中被包裹着，带着前所未有的触感和味觉，让她瞬间觉得甜蜜又困惑。

谢却山淡淡地笑道："是花朝阁的桂花饴糖。"

南衣有点蒙——他去花朝阁赴宴，酒酣耳热之际，竟然在袖子里藏了一粒糖带回来给她？他此举是有什么深意？

然而并非每件事都需要有深意。

今日谢却山去花朝阁赴完颜骏的接风宴，席间难免推杯换盏，虚情假意，让人厌烦。宴席上多的是一掷千金的山珍海味，这盘桂花饴糖也显不出有多高贵。

他多喝了些酒，随手拈起尝了尝这糖，脑海中莫名想起那天南衣在花朝阁的时候，看着满桌珍馐咽了口口水的模样，他忽然就觉得南衣会喜欢吃，于是藏在袖中带回一粒。

他是有一些醉了，才会做这种无聊的事情。但这么简单的用意，他并不打算告诉她，让她且猜着吧。

谢却山仍堵在南衣身前不让，倾过身点起桌上的烛火，满室的光亮让他恢复了一些清明。他的目光扫过桌上堆着的书卷，又落回她脸上："你在这里等我做什么？"

南衣故作镇定："公子，我想请你教我识字。陆姨娘让我给太夫人抄佛经，我怕我大字不识会出错。"

"翻窗户进来，就为了让我教你识字？"

"我怕被别人看到，会非议我和公子的关系，所以就偷偷进来等了。"

"那你为何紧张？"

谢却山淡淡地看着她。

"我没紧张啊。"南衣狡辩。

谢却山抓过她的手腕,她的脉搏就在他的指尖怦怦跃动,将她的心虚和紧张暴露无遗。

南衣欲哭无泪,在他面前真是一点都骗不过去!

奇怪的是,谢却山没有再在这个问题上纠缠,转而道:"可以教你识字。"

"……真的?"

"不过,纸上得来终觉浅。"

"什么意思?"南衣蒙蒙的。

"就是说,光看书还不够长记性。"

"那要……"

"跟我去一个地方。"

南衣不敢质疑谢却山的话,只能乖乖跟他走出景风居,才发现外头的守卫不知何时被撤了。但他不打算走大路出门,直接拎起她的衣服,将她带到屋檐上。

"跟好。"

谢却山扔下这么一句交代,就如仙人般轻松地向前跃去。好在南衣稍稍会一些脱身的轻功,才能勉强跟得上谢却山的脚步。

两人从房顶一路飞檐走壁出了望雪坞,落在一条偏僻的暗巷里。

谢却山表现得太过和善,让南衣已经稍稍降低了警惕,但一站定,南衣才看到暗巷里竟站着五六个蒙面黑衣人,个个都眼露凶光,来者不善。

南衣本就心虚,被吓得舌头都不利索了:"你不至于吧……你你你叫这么多人想干吗?"

谢却山回头看她,面上蒙了一层阴影,声音如修罗般冷漠:"还敢偷我的东西,是没长记性吗?"

南衣的心顿时就凉了,想必从他进门的时候就识破了她偷城防图的意图,此刻,这月黑风高夜,她又被拐到望雪坞外,怕是他起了杀心。

南衣扑通一声就跪下了,涕泪交流:"我不敢了,公子,求你别杀我。"

"杀人不过头点地,"谢却山垂眸看她,"太便宜你了。"

南衣一惊,颤抖起来:"全……全尸都不留吗?"

"再有下次,就不留了。"

再有下次?那这次……

南衣刚想松一口气,下一瞬便听到谢却山吐出毫无感情的一个字——

"打。"

黑衣人立刻朝南衣一拥而上。

★

这可真是字面意义上的给一粒糖再给一个大巴掌啊。

南衣结结实实地挨了几拳，全凭本能连滚带爬地躲了几招，此刻她心里还有一点点侥幸，哀求地看向谢却山，但谢却山站在人群外，神情冰冷：“打死为止。”

这句话一出，南衣再也不敢心存任何侥幸，她直接撒腿就跑，巨大的求生欲促使下，她竟灵活地连过几人，抓着一个空隙就冲出了小巷。

街头更声响起，已经是三更了。城中屋宅大多沉寂在暗夜里，街上看不见一个行人。

南衣不敢往大路上跑，只敢往小巷里钻，生怕会遇上巡逻的士兵。岐军入城后城中实行宵禁，被官兵抓到就说不清了。

可不管她怎么机灵地甩开身后的追兵，他们总会神奇地追上她，却总是保持着一段距离，像戏弄她似的，把她往各种角落里赶。

南衣已经跑得有点力竭了，她脑子在飞快地盘算着——谢却山把她带出望雪坞来杀，说明他也有所顾忌，望雪坞是最安全的！

她必须想办法找到路回家。

想到这里，南衣就有了方向，她爬上附近稍高一些的建筑，瞄定了望雪坞的方向，想直接从屋顶上穿过去，但很快就被迎面赶来的黑衣人堵住了路。

她又被迫跳到暗巷中，继续跟追兵们打游击战。

★

天光微亮的时候，南衣才筋疲力尽地逃回望雪坞。

一身臭汗的她不敢惊动女使，自己烧了些热水洗澡，竟直接泡在浴桶里睡着了。

第二天日上三竿，浴桶里的水已经凉透了，南衣迷迷糊糊感觉到身下的凉意，才悠悠转醒。她刚想起身，一抬眼猛地看到谢却山就站在浴桶前。

她连忙钻回去，恐惧地看着谢却山。

谢却山的语气平静却又阴森：“你怎么敢回来？”

南衣还想开口狡辩，但是谢却山已经抽出了袖中的匕首：“你觉得我不敢杀你吗？”

一道寒光闪过，匕首抹过南衣的脖颈，她张了张口，想说的话哽在喉间，再也说不出口。浴桶里的水被鲜血染得通红……

第二十九章 求生机

南衣猛地惊醒,这才真的醒了过来。她摸摸脖子,毫无异样,看看身下,还是那桶凉透了的水,并无任何血色。

南衣这才确定,自己只是做了一个噩梦。

但无事发生,不就说明谢却山放过她了吗?她看着身上的瘀青,若有所思……其实昨晚的黑衣人下手都不算重。

也许,谢却山只是想惩罚她一下?她胡乱猜测着,但心中渐渐明晰,自己应该是逃过一劫了。

她起身更衣,思索片刻后,决定去找谢穗安。

谢穗安被软禁在房中,整个人蔫了吧唧地躺在床上。

"六妹妹。"

听到南衣的声音,谢穗安一骨碌从床上爬起来。

她昨晚跟自己亲娘吵得已经不想吵了,她跟陆锦绣说家国大义,陆锦绣跟她说"你翅膀硬了",她跟陆锦绣说三叔高义,陆锦绣却说"你一个女孩子家不安分守己,以后会嫁不出去"。

实在牛头不对马嘴,难以沟通。

这会儿总算来了个自己人,谢穗安人都精神起来了,急切地握住南衣的手:"嫂嫂,外面的情况已经很糟糕了。"

南衣经常觉得,比起谢却山的不动声色,谢穗安的喜怒太过写在脸上,脑子又是一根筋,有时候给人一种过家家的错觉。但她的武功实在是高超,一颗心又太过赤诚,即便沥都府变成战场,你都毫不怀疑她会策马持枪冲在第一个。

"小六,你别急,你同我详细讲讲。"南衣想套点话,谢穗安虽然被关在房间里,但她的情报应当不会断。

"完颜骏,就是昨天带着令福帝姬入城的那个岐人,他是大岐丞相韩先旺的亲弟弟,可以说是韩先旺最信任的人。他这次来沥都府,其实是为了船舶司——这么说吧,沥都府被岐人还算和平地占领,他们想用怀柔政策收服知府、结交我们谢家,都是为了船舶司。"

"他们想要龙骨船？"

"对。"

南衣这会儿才想明白，鹘沙唱白脸，对沥都府上下施压，手段铁血残暴，引发民愤，文人口诛笔伐，船舶司罢工拒绝造船，汉人与岐人的关系恶化到极点。

这时候完颜骏入城唱红脸，他只要稍稍施恩，就显得岐人宽厚大度，又令福帝姬在身侧，便更能收买人心。

而三叔就是岐人手上的一颗棋子，折磨他能激起众人愤怒，放过他能让众人感恩戴德，几番来回，岐人便能轻而易举地换取一些利于他们的条件。

谢穗安眉目沉重道："所以三叔必须救回来，否则船舶司会受岐人掣肘，最后不得已妥协为他们造船。"

"小六，你被关在房中，这些是怎么知道的？"

"嫂嫂，你还记得在花朝阁宴上看到的那个歌伎吗？她叫长嫣，是我在秉烛司中的联络人，这些信息都是她传递给我的。旁人我不敢说，但长嫣一定不会是内奸，我们的行动，她亦能帮衬一二。"

南衣点点头，那歌伎果然也是秉烛司的人，她没有猜错。知道谢穗安在外头还有可靠的帮手，她心中稍稍有了底。

她得帮谢穗安救出三叔，这样谢穗安才能腾出手来帮她。

南衣把谢穗安拉到书桌前，要她帮自己磨墨。她根据自己的记忆画出了半幅城防图。

她的天赋便是过目不忘，即便昨晚只是匆匆在暗中看了一眼，但看到的部分，她都记下了。

虽然南衣的画技极其蹩脚，不过谢穗安对沥都府十分熟悉，稍稍理解一番，就能看懂南衣在画什么。

谢穗安十分惊讶："嫂嫂，你是怎么拿到城防图的？"

"剩下一半，我想办法去谢却山那里偷看来。不过这个任务完成之后，我要六妹妹帮我做一件事。"

"嫂嫂尽管说。"

"沥都府本不是我要停留的地方，只是没想到谢大哥忽然病逝，一切的计划都被打乱了。我本是金陵秉烛司的一员，我需要回金陵，但我如今被困在谢家……"

南衣是经过深思熟虑才决定去金陵的。

她之前初生牛犊不怕虎，还大言不惭地要北上去找章月回，但经过这一番番的波折，她才看清以自己微薄的力量根本无法对抗这个世道。

她要去一个安全的地方先安身，再慢慢寻找章月回，而新朝廷所在的金陵一定是当下最安全的地方。

谢穗安稍稍沉思，便一口应承下来："这不难，谢家如今都是妇人，只要瞒过谢却山的眼睛就行了，我会办妥此事的。"

"还有，我的身份不能被任何人知道，包括长嬷。"

★

午后，南衣便去敲了谢却山的门。

为了防止谢却山动杀心，这次她是从正门进去的，她得让谢家人看到，她去找了谢却山，如果她横死，那一定就是谢却山做的。

谢却山开了门，午后的阳光倾泻在他身上。他不邀请南衣进去，也不着急开口，就这么看着她。

看到他这番模样，虽然他什么都没有说，但南衣心里那种奇怪的感觉更加确定了——他不会杀她。

南衣深吸一口气，开门见山，单刀直入："你让我看一眼城防图，我让你再揍一顿，今天晚上，我绝对不跑。"

尽管对她的所有行为都了如指掌，但这番话还是让谢却山稍稍错愕了一下。他上下打量了她一眼："为什么？"

"秉烛司中人极其擅长隐藏，用各种不同的身份伪装成普通人藏在沥都府里，正好谢小六说秉烛司的内应正在谋划救三叔，所以我得帮他们偷城防图，他们才会尽快开始行动，这不就能帮公子您逼出他们，将他们一网打尽吗！"

南衣说得煞有介事，满脸写着为您办事的忠心。

谢却山笑："你在教我做事？"

南衣怯了一下，语气弱下去："我没有……我怕公子不信任我，这才着急向公子表达忠心。"

"我若不信任你，怎么会让你活到现在？"

呵，他怕是从来都没信过她吧，只是自信她的把戏威胁不到他而已。他就是一个喜欢把人玩弄于股掌之间、喜欢看人上蹿下跳的疯子。

她脸上还是挤出笑容："多谢公子的信任！既然公子信任我，那是不是不用揍我了，直接让我看一眼城防图呗？"

"你是在让我做你的同谋？"

……左右怎么说都不对，他到底要怎么样？！

南衣讪笑："小人不敢。"

谢却山煞有介事道:"偷看只能是你的个人行为,若是被发现了,就要接受惩罚,否则我就成了你的同谋,这会给我带来麻烦。"

南衣咬牙切齿道:"那今晚还是老地方?"

谢却山如沐春风地点点头。

*

是夜,万籁俱寂。

南衣独自一人轻车熟路地来到那条暗巷中。她看起来有点臃肿,前胸后背、膝盖、手臂处都绑了厚厚的软垫,为的就是一会儿挨揍的时候能少吃点力。

但暗巷中没有人。南衣左等右等,等得都有些困惑了,难道谢却山只是在戏弄她?

忽然,黑暗中传来破空之声,南衣警惕地抬头,一支流矢擦着她的耳边射过,钉入地中。

南衣瞪大了眼睛,连忙警惕地贴墙,下一秒,漫天的飞箭就朝暗巷射了过来。

这哪里是挨揍,这是要她命啊!

——你不仁,就别怪我不义了。南衣毫不犹豫地拔腿就跑。

她身上绑着各种软垫,极大地限制了她的动作,她不得不一边跑一边扔掉身上的累赘。

又是一夜猫追老鼠的游戏,凶险升级。

第三十章 共谋划

第二日凌晨,天幕还阴沉着,东方才将将亮,南衣筋疲力尽地回到望雪坞,连着两夜如此折腾,浑身都好似散架了一般。

谢却山坐在房中等她,见她进来,懒懒地打了个哈欠:"再不回来,鸡都要打鸣了。"

南衣累得顾不上行礼,直接拿起水壶咣咣灌水,才终于恢复了一些说话的力气,满脸怨气地看向谢却山:"你是要弄死我吗?"

"你不是没死吗?"

南衣咬牙切齿地将箭扔到谢却山身上。逃到最后的时候她才想起来捡一支箭观察一下,果然,箭头是钝的。如果她早些发现,就站在原地任他们射好了。

"我要被你折腾死了。"

南衣几乎是扑到榻上的,像死人一样直挺挺地躺着,全然忘了要在谢却山面前伏低做小。当她确定他不会杀她的时候,就会露出未经驯化的放肆,一分力气都不会多用。

谢却山从袖中掏出一卷羊皮纸,敲了下南衣的脑袋:"不想看了?"

南衣艰难地爬起来:"看!"

谢却山展开城防图,不过眨眼的工夫,就收了回去。

"你还真就让我看一眼啊?!"

"我素来言而有信。"

南衣无语地倒了回去,懒得再搭理谢却山。

谢却山起身离开:"谢小六订好计划后,来告诉我。"

南衣心想:我如实告诉你就有鬼了。但她嘴上还是乖巧地应了一声:"知道了。"

谢却山已经走到门口了,仿佛能看穿她似的,又回头看了她一眼:"若是让我发现你说谎,你就死定了。"

南衣心里还是咯噔了一下。

——得想个办法,对谢却山说的又是实话,又能确保谢穗安顺利行动。

★

拿到了完整的城防图后,谢穗安有点傻眼了。岐人布置在城墙上的兵力远超她的想象。

"这怎么杀得进去……"谢穗安苦恼地挠挠脑袋。

南衣差点失声叫出来:"你原来的计划就是杀进去?"

"对啊。"谢穗安回答得理所当然。

南衣以为谢穗安早就有了高明的后着,只要城防图一到位,就能立刻开始行动,没想到谢穗安一如既往地贯彻了她的莽夫性子。

她的计划就是拿城防图,找出岐人守卫的疏漏之处,然后杀进去,事到临头才发现有多难。

谢铸就悬在城头最显眼的位置,要在众目睽睽之下营救他,城墙是绕不过的。岐人就等着大鱼咬钩呢,自然在城墙上守得滴水不漏,几乎找不出一点死角。

由于内奸还未除,除了长嬷,谢穗安不敢调用秉烛司其他人手,可真的要单枪匹马对抗城墙上的伏兵,难如登天。可就算集结秉烛司的死士硬碰硬,也未必有胜算。

谢穗安抓抓头发,心虚地嘟哝道:"大哥去世,三叔又被抓,现在秉烛司没有首领,大家行事都没有章法,我更不是一个能拿主意的人——嫂嫂,你一定有好主意吧?"

南衣一个头两个大,她就是个滥竽充数的,哪来什么好主意?

两个人大眼瞪小眼。

屋里安静下来的时候,能听到外头有水滴砸下来的声音。

南衣探出头去,才看到屋檐上的冰凌在融化。她忽然有了灵感,若有所思道:"要说守卫,也不是完全没有死角。"

谢穗安好奇地抬头:"死角在哪里?"

"城洞里。"

谢穗安手里的笔停了下来。

"城洞的出入口只有正常的排查守卫,因为大家都认为,要救人就只能上城墙,但我们也许可以在城墙下救人。"

"不上城墙,怎么把三叔救下来呢?"

南衣顿了顿,正好有一滴融化的冰水坠落下来,发出清脆的滴答声。

"让他掉下来。"南衣笃定地回答。

谢穗安虽然脑子一根筋,但也是聪慧的,一点就通,她脸上露出极其惊喜的笑容:"嫂嫂这招高明!"

"但是还有一个问题——你怎么从这个房间里离开?谢却山可时刻盯着你呢。"

"这我早就准备好了。你帮我递封信给知府黄延坤,让他邀我出去。"

"知府也是秉烛司的人?"南衣惊了。

"怎么可能?黄延坤就是岐人忠心耿耿的狗,不过他先前几次对我示好,想娶我和谢家攀亲。若我主动递话要他邀我,他一定不会错过这个机会。"

"那你对他……"

"我只是利用他罢了!"谢穗安连忙澄清,"我可是有未婚夫的人。"

南衣好奇:"为何从没见过他来府上?"

"他不在沥都府,但我们的志向一致,等天下大定,新帝登基,我们就会成婚。"谢穗安笃定地说道。

谢穗安的笃定感染了南衣,这一刻她也相信,等天下归安,她也能圆她的梦,找到章月回,嫁给他,与他平静地共度余生。

在此之前,所有的苦难都是值得的。

*

下午,知府黄延坤的请柬就递进了谢穗安的房间。陆锦绣不敢拦知府,只好放谢穗安出门。

另一边,南衣掐头去尾地告知谢却山:"知府会带谢穗安出去共赴晚宴,席间谢穗安会装成肚子疼离开,然后去城墙处救人。"

"他们有多少人行动?"

"秉烛司的内应会配合她,他们应该会带不少人。"

谢却山皱眉:"她的计划是什么?"

"她准备了炸药,杀进去。"

谢却山沉吟片刻,看向南衣:"那你呢?你在计划中做什么?"

"她让我去准备一辆骡车,脱身后方便逃跑……不过,你们提前知道她的动向,一定会加强城墙上的守卫,她应该没办法脱身了吧?"南衣试探着看向谢却山。

谢却山没有回答。

"她可是你亲妹妹。"

谢却山斜睨了南衣一眼:"若说亲疏,应当是你跟她更亲吧?谢小六对你那么好,你出卖她的时候,怎么一点都不紧张呢?"

南衣一怔,后背浮起一层冷汗。

"还是说,你在骗我,所以一点都不紧张?"

南衣连忙假笑:"公子,我怎么可能骗您呢?我就是一个没情没义的人,只想自己活命,顾不上其他人的生死。"

谢却山不置可否。

"该做什么就去做什么吧。"

得了这句话,南衣如释重负,连忙溜之大吉。

方才南衣都是真假参半地说,炸药、骡车都是真的,作用却并非如此。

黄昏时,城里的市集关门,小摊贩们纷纷收摊回家,出城的人也会赶在宵禁前回城,那会儿出入城门的人最多最杂,且多的是装满杂物的骡车,守卫查得不会太严。

谢穗安会事先买通不知情的小乞丐,在城墙下点燃炮仗,吸引岐人的注意,降低城洞处的守备。

这时谢穗安应该已经从知府的宴上脱身，伪装一番后驾上南衣准备好的骡车，从城外入城。

长嫣会在花朝阁顶楼找到最佳的位置，朝城墙射出一箭，射断绑着谢铸的绳索。

谢铸坠落的时候，按照计划谢穗安正好经过城洞，谢铸就能落在事先准备好的骡车上。

接到人后，谢穗安便会强行闯关，带着谢铸进入城中。

这时地形复杂的城里反而比空旷无遮挡的城外要安全，要藏一个人便如水滴入海。等岐军们反应过来，以谢穗安的武功，早已顺利脱身了。

三人无法及时联系，这一切都以暮鼓声为信号，暮鼓声响，弩箭出，谢穗安必须驾着车出现在城洞处，否则，将会失败。

南衣不怕将时间、地点告诉谢却山，是因为她料想到，岐人必须当众抓住劫谢铸的人，才能将秉烛司余孽的罪名牢牢扣在那些人头上，让沥都府的百姓无处叫冤。

他们设这一局众目睽睽下的请君入瓮，意图也是如此，所以谢穗安必须出现来劫人，才能合岐人的意。她不觉得谢却山会提前阻止谢穗安。

在南衣的设想里，这个计划并没有什么明显的纰漏。

要说不确定的，顶多是万一拿捏不好时机，谢铸没有掉在谢穗安的骡车上，那倒是会麻烦一些。不过南衣并不担心谢穗安的武功，她可以迅速突围。

南衣常年在市井街头混，找一辆不起眼的骡子板车并不难，她还在板车上铺满了稻草，确保谢铸掉下来的时候能有缓冲，不至于受伤。一切就绪后，她早早地就等在了城外，等谢穗安来找她。

但黄昏将近之时，谢穗安都没有出现。

第三十一章 战鼓擂

谢穗安和黄延坤对坐在酒楼二楼临江的雅间中。

黄延坤十分殷勤地为谢穗安夹菜倒酒，面对自己不喜欢的人，谢穗安最大的客气就是脸上勉强挤出一丝机械的笑容，对黄延坤所有的话也都是"嗯嗯哦哦"地敷衍着。

看到外面天色渐暗,谢穗安放下筷子,捂着肚子,柳眉皱成一团。

"谢六姑娘,这是怎么了?"黄延坤见谢穗安不太舒服,连忙起身,想去扶她。

谢穗安抬手制止,极力让自己的声音听起来虚弱一点:"没事,可能是吃坏肚子了……我出去处理一下,您稍等。"

谢穗安想起身,忽然动作顿住了——她是真的没力气了。她反应过来,愤怒地瞪着黄延坤:"你给我下药?!"

黄延坤撕开脸上殷勤的面具,转而舒展开一个奇怪的笑容,像在昭示着胜券在握的得手。他走到窗边,将窗户关上。

"谢六姑娘,我知道你素来瞧不上我,只是在利用我,但我也是堂堂知府啊,我可以被你当刀使,但你是不是也得给我一点好处呀?"

黄延坤坐到谢穗安的身边,握住了她的手。

"无耻小人!"

"谢六姑娘,无耻在这世道才能行得远——如今这当口,我也是为了保护你啊,今晚这里才是最安全的,要是落入岐人之手,莫说你只是世家的女儿,连令福帝姬都是那样的下场……"

谢穗安恨恨地盯着黄延坤——她大意了,小人难防。

*

余晖已经晕开一大片天空,看这天色,酉时的暮鼓即将敲响了。

戴着帷帽等在城外的南衣心急如焚,她不知道谢穗安那边出什么问题了,如果谢穗安不能出现,那支箭还会射出来吗?

若是射出来了,无人接应,那营救反而成了一场笑话。这也势必会引起岐人的注意,加强城墙上的守卫,此计无法重施。

南衣是希望能成功救下谢铸的,她实实在在地着急起来——怎么办?到底发生什么事了?

南衣抬头望向城墙,看到鹃沙亲自带人在巡逻,看似寻常的一日,其实岐兵已经拉起一张大网,请君入瓮。

突然,一声突兀的炮仗声响起,不明状况的人们登时乱了起来。百姓们惊呼着躲开,守卫们分散开检查情况。

竟是有人恶作剧似的放了个炮仗,而周遭人群往来熙攘,根本抓不到始作俑者。鹃沙意识到危险,立刻警惕起来,手一抬,城墙上的士兵们立刻进入备战状态。

紧接着，暮鼓敲响了。

鼓声浑厚绵长，盘旋在夕阳和凛风中久久不散，这一瞬仿佛有一个昼夜那么漫长。

南衣觉得自己的身体仿佛被这催命般的鼓声充满了，她的心和脉搏跳动加速，她浑身的肌肉都紧绷起来——战鼓在她身体里擂响了。

哪怕她一直告诫自己，不要上任何的战场，但潜意识还是帮她做出了决定。也许她早就置身于战场之中了，只是她不曾如此认为而已。

南衣脑子一空，顾不得太多，直接硬着头皮扬鞭，驱策骡车进城。

若是谢穗安出了意外没来，也通知了长嫣，那么她顶多就是平平无奇地进个城；如果谢穗安没来得及通知长嫣，那么接应谢铸的大任就落到了她的身上。

一支弩箭从远处的高楼射出，弩箭精准地破开城墙上绑着谢铸的绳索，谢铸坠落下来，正正好掉在南衣的骡车上。

南衣心一横，不管不顾地往前冲。

鹃沙很快就反应过来，带人冲下城墙："拦住她！"

南衣看过城防图，知道城中的大致守卫情况和街巷走向，但这紧急时刻她脑子竟一片空白，什么都想不起来，全凭直觉驱车，那两个晚上被谢却山的人追着满城跑的经历却在此刻派上了大用场。

看过的地图终归只是抽象的平面，路只有自己一遍遍走过，才会了如指掌。南衣赶着车在暗巷里七拐八绕，甩开了身后的追兵。

可她只能躲藏，拖延时间，却不知道自己该去哪里。

——花朝阁？长嫣应该在那里。联系不上谢穗安，也许可以去找她。

南衣掉转方向，试图朝花朝阁去。但她驱着骡车，终归是目标太大。鹃沙发现她对地形和防卫十分熟悉，很难围堵后，就命弓箭手就位，下令直接射杀。

流箭朝南衣射来，她凭直觉躲过几箭，但也难一直有好运。眼看着一支飞箭要射中她的背心——

一道银光闪过，铛的一声，流箭被打落在地。南衣惊恐地抬头，是谢穗安来了。

蒙着面的谢穗安挡在南衣身前，周身腾起杀气，她手起刀落，利落地杀了几个先追上来的士兵。在她熟悉的需要武力的战场里，她露出了杀伐决断的那一面："嫂嫂，弃车。"

南衣还有些犹豫，谢铸毕竟是一个成年男子，没有车如何搬运他？

她显然是小瞧了谢穗安的力气。谢穗安已经从板车上将昏迷的谢铸扶起来，扛在了自己肩上。

南衣连忙上去搭把手，两人一起扛着谢铸拐入一条暗巷。

离开前，谢穗安用剑身一拍骡子的屁股，骡子嘶鸣一声，朝反方向跑开。

*

花朝阁的后门就在暗巷的附近，小门虚掩着，后院一个人都没有，三人顺利地进入花朝阁。

松了一口气，南衣才发现谢穗安的右手满是血："小六，你何时受伤了？"

谢穗安的脸色有些苍白，但满不在意地看了一眼自己的右手，道："小伤而已。"

刚才她为了从黄延坤那里离开，便用右手硬生生握住剑刃，让巨大的疼痛来帮自己对抗迷药，才得以打晕黄延坤顺利脱身。

等她想往城门处赶的时候，就发现岐人已经在追捕南衣了，她连忙追上，幸好将人救下了。

坚持至此，谢穗安已经力竭，她的身形晃了晃，却用最后一丝力气让自己强撑着："嫂嫂，我先把三叔带到长嫣那里安置，你不方便见她，便在这里等我，我们等会儿一起回望雪坞。"

谢穗安从小门上了厢房的楼梯，南衣便独自候在院子里。见岐兵一直没有追过来，她心里悬着的石头稍稍放下了。

一开始以为是难如登天的行动，她竟然做成了，在过去的她看来，这些都是不可思议的事情。她似乎比自己以为的要更厉害一些……甚至还有点莫名的成就感。

最前面的那栋主楼里遥遥传来丝竹声，南衣踮脚望去，那里灯火通明，似乎有场大的宴会，十分热闹。

她心里又隐隐有些不安……不会有什么问题吧？

第三十二章 无尘雪

花朝阁大堂，觥筹交错，歌舞升平。

外地来的年轻富商一掷千金，在今晚宴请沥都府商行有头有脸的大人物们，想要在沥都府也铺开自己的生意。没有人知道他叫什么，只晓得他姓章，大家都唤他"章老板"。

年轻富商生得英俊倜傥，八面玲珑，举手投足的做派之间透着游戏人间的潇洒，似乎是不太精明的花花公子，出来挥霍祖上的财产，大家自然都愿意同这种人打交道，好狠狠地宰他一笔。

宴至尾声，章月回于推杯换盏中虚虚地抬眼，分明看到一只手从后堂的竹帘后伸过来。那只手轻轻一弹，端酒的堂倌膝盖被什么东西打中了，冷不丁往前一扑，手里端着的酒坛碎了一地，惹出不小的动静。

啪，啪——公子爷非但不恼，反而鼓起掌来，笑道："倒像是博了个满堂彩，有赏。"

堂倌从地上爬起来，感激涕零地道谢。

坐在章月回身侧的歌伎分明就是长嫣，她见此情形，摇曳着婀娜的身姿起身："官人，那奴家再去给您拿壶酒。"

章月回的手一伸，却将长嫣揽到怀里："正好这酒也摔了，今日已经尽兴，春宵苦短，章某就先不奉陪了。"

说罢，就搂着长嫣要朝后头的厢房去。

长嫣脸色一变，但当着众人的面又不好说什么，只能半推半就地跟着章月回走。

珠帘一落，声色逐渐远去，四下无人的连廊里，章月回的神色立刻清明起来。

他袖风一起，杀气暗藏。

长嫣也非等闲之辈，立刻转开半个身位，避开了章月回的袖剑。

章月回笑："嚯，身段这么柔软的娘子，我还真舍不得下手。"

长嫣见势不妙，立刻摸出脖子上的鸣镝想要报信，可她甚至来不及抬手，身后便有一个黑影闪过。

寒光一闪，锋刃割破她洁白的脖颈。

下一秒，长嫣便瞪大了眼睛软软地倒了下去，喉中的话还没出口便已破碎。

她动脉的血溅了章月回一脸。

章月回摸摸脸上的血迹，直皱眉："下次干活的时候别弄得这么血腥。"

黑影从长嫣身后绕过来，麻利地将尸体拖到花坛后。

"诺，东家。"

再走出来时，她站在廊下的灯笼光中，赫然是一张与长嫣一模一样的脸。

端详着这张脸，章月回笑了："这人皮面具还真是天衣无缝。果然，总算没有白花钱不是。"

假长嫣面无表情道："若非长嫣在宴上帮谢铸时露了破绽，我们也寻不到这么好的机会。"

"你去接应谢六吧,别被她瞧出破绽了。之后便用长嫣的身份留在谢铸身边,探取秉烛司的情报。"

"诺。"

假长嫣转身就走。

忽然想到什么,章月回又把她喊住,道:"今日在城门口救下谢铸的人似乎并不是谢六。"

"不是她,那会是谁?谢六理应没有别的援手了,"顿了顿,她道,"我去探探。"

"还有,望雪坞里那颗暗棋似乎失联了,打听打听是怎么回事。"

假长嫣有些不解:"东家,却山公子不是就在望雪坞里,何必再费周折去打听?"

章月回扯起嘴角,低低一笑:"他啊——"

话却戛然而止,未透一词。

"去吧。"

★

谢穗安在房间里等了一会儿,才等到"长嫣"上来。

两人协力将谢铸搬到密室里,一切妥当后,谢穗安才松了口气。

她丝毫没有看出面前的"长嫣"有什么不妥。

"长嫣,那个商人章老板的底细,你可曾探出来?"

任何势力出入沥都府,都在秉烛司的观察之内。这位章老板来得如此高调,自然也引起了一些注意。

据说他是一个专发战争财的商人,什么钱都赚,什么东西都卖。

岐人、汉人,两头通吃,黑白两道都有势力,但明面上,他并不站边。

"就是个商人,立场还摸不清楚。""长嫣"将早就准备好的说辞说了出来。

谢穗安若有所思地点了点头:"还是得防着点,他就住在花朝阁,长嫣你离得近,多留意些。"

"长嫣"点了点头,故作不经意地问:"六姑娘,今日在城墙下救下谢铸大人的……似乎不是你?"

谢穗安欲言又止,想到南衣让自己对她的身份保密,犹豫了一下,道:"怎么不是我,隔得太远,你看错了吧?"

"长嫣"笑了笑:"也许是吧,我还以为是计划出了什么岔子。"

"怎么会——"谢穗安遮掩心虚,"长嬷,那我就先回望雪坞了。"

"六姑娘,小心府中的细作。"

谢穗安凝重地点了点头:"我会想办法将那人揪出来,否则我们的行动处处受限。"

从这番话里,假长嬷确定望雪坞里的细作还没有暴露,至于救下谢铸的究竟是不是谢六,她并不能完全相信谢六的话。

★

谢穗安和南衣一起从后院翻墙回望雪坞,这条路南衣也走得轻车熟路了。然而今晚有些不同……

她们一翻上高墙,似乎触动了什么机关,便有细微的风铃声响起。

很快,花园中便火光大作,有岐人守卫朝着这边来了。

鹘沙的防备并不单单布在城墙上。他猜到谢家必有人会参与行动,便在谢家后院的高墙处也设置了机关。

谢穗安和南衣已经落到地上,意识到踩中了敌人的机关,谢穗安立刻拔出剑准备迎敌。

这时,一个小巧的身影从灌木丛后钻出来。

"跟我来。"来人声音细细绵绵的,还有几分怯意,但带着十足的坚定。

南衣和谢穗安定睛一看,竟然是秋姐儿。

"秋姐儿?"谢穗安惊讶。

"我看到了,在城墙处。"秋姐儿怕生,看了一眼南衣,就迅速低下了头,自顾自道,"谢谢你们救了我爹,我一直在这里等你们回来,我知道怎么走能避开岐兵的巡逻。"

"秋姐儿,你带小六回去,我住的院子跟你们方向相反,我自己走。"

"不成!"

"都回望雪坞了,我自己可以。"南衣推了谢穗安一把,"我们三个人一块儿绕路,目标更大,快走!"

谢穗安犹豫了一下,接受了南衣的方案,她说的是对的,分开走更容易隐藏。

"嫂嫂,从花园里走,遮挡物多。"秋姐儿言简意赅。

南衣点头,与两人道别。等她们走后,南衣抬手去摸自己的左肩,摸到了一手黏稠的血。

刚才从墙上跳下来的时候,她中了一支飞镖。但她硬生生忍住了,并没有告诉谢穗安，并非她有什么高义，而是她料想到若自己拖了后腿，谢穗安为了保护她，很可能会和岐兵起正面冲突。

在望雪坞里动手，百害而无一利。她想赌一把自己的游击能力，只要能回到柘月阁就没事了。

南衣捂着肩膀的受伤处，弓身穿行在夜晚的花园中。正如秋姐儿所提示的，凭借假山、乔木和草丛作为遮掩，南衣躲开了几队搜寻的岐兵。

她刚想从一座假山后探出身，忽然，她被一股巨大的力拉了回去，那人在她惊呼出声之前就捂住了她的嘴。

南衣惊惧地看着眼前的人——是谢却山。

借着不远处廊下灯笼的微光，谢却山低头看了一眼南衣肩膀上的飞镖，伤口在往下滴血，衣襟已经红了一片。他果断地撕下她的一片裙角，衣帛撕裂声在安静的夜里显得格外刺耳。

巡逻的岐兵闻声寻了过来。

"忍住。"谢却山的手扶上了飞镖的尾柄，以不容置疑的口吻命令南衣。

南衣明白过来，他要就地帮自己拔出这支飞镖，她暂时不明白他的意图，但不敢有一点反抗，咬着唇强忍着。他的动作十分利落，拔出飞镖后立刻用刚才撕下的衣帛捂在她的伤口上，防止血迹外溅，但巨大的疼痛还是让她闷哼出声。

假山外，火光已经摇曳过来，凌乱的脚步声将至。

"谁在这里？！"首领的火把已经探进了假山。

倏忽一阵呼啸的风声响起，火把熄灭了。岐兵首领一惊，紧接着看到一颗石子落地，想必就是这颗石子飞出来打灭了火把，那人内力十分深厚。他抬头朝假山后望去，却听到黑暗中传来一个男子震怒的声音："老子月下风流，你们也要看吗？"

首领一怔，目光瞟到假山后是谢却山和一个女子，光线太暗，他看不清那女子的脸，但也迅速反应过来，难怪刚才有衣帛撕裂声和女子的呻吟声。他连连退后几步，挡住身后的士兵，低头行礼："却山公子，卑……卑职冒犯了。"

"滚！"

首领转身，招呼士兵掉头："走走走，赶紧走，你们什么都没看到，没听到。"

谢却山解下身上的大氅罩在南衣身上，将她整个人拦腰抱起，光明正大地走出假山。

南衣被他的温度铺天盖地地裹住了。夜幕飘起纷纷扬扬的雪，直奔人的眼睛而去。她第一次从这样的角度看他，他是十二月冰冷的无尘雪，冰冻了少年郎张扬的轮廓，将目光削得像冰川一样寒冷，可在某一些瞬间，他也是大雪中的薪火，火舌温暖地跃在炉中，虽不能融化千山寒，却能暖一人手。

第三十三章 花影乱

岐兵首领还有些狐疑地回头看，也只看到谢却山抱着美人离开的背影，坦坦荡荡，确实看不出什么破绽，只得去别处搜。

路过池塘，谢却山不动声色将手里拔出来的飞镖扔进水中——这有可能成为藏匿犯人的关键证物，必须在外面处理干净，绝不能带回房中。

但就连谢却山也没有注意到，不远处的走廊拐角处，有人惊讶地捂着嘴躲了回去。

正是听到动静出来查看情况的陆锦绣，她站在谢却山的斜前方，看到他怀里抱着的人似乎就是南衣——他们竟在"月下风流"？

看到这一幕的陆锦绣手都在抖，身后跟着的女使忍不住问了一句："陆姨娘，您看到什么了？"

"没什么……回去，快回去……"陆锦绣不敢相信，强行让自己忘掉刚才看到的那一幕，失魂落魄地转身，一刻不停地回到自己房中。

★

谢却山抱着南衣回到景风居，贺平只惊讶了一下，就迅速配合地找出抽屉里的药箱放在案上。

"贺平，你去外面守着。"

贺平"诺"了一声，转身出去，带好了门。风雪被隔绝在外，屋内恢复了安静和温暖。

谢却山把南衣平放在榻上，问道："三叔安全了？"

南衣犹疑了一下，还是点了点头，紧接着又找补道："今日出了意外，谢六姑娘临时改变了营救计划，我事先也不知道……而且是谢六姑娘安顿的三叔，我也不知道他人在哪里。"

说到最后，南衣有些心虚，只能转移话题："不过，你为何要救我？"

121

谢却山平静又认真地看着南衣:"谢谢你救了我的家人。"

南衣脑子嗡的一声炸开了,这句道谢颠覆了她对谢却山的认知,她惊讶地问道:"所以你跟岐人不是一伙的?"

"我虽为岐人做事,但亦不想我的家人涉险。"

南衣沉默片刻,言下之意,他依然是岐人的人。

"那你那几个晚上把我赶得满城跑……也是故意的?"

"熟悉地形,任何时候都是一个有用的技能。"

"那你为什么不早同我说?!"南衣有些懊恼。

"求生欲是最好的动力。"

南衣哑口无言,他是一个无情的老师,但不能不承认,他的方法很管用。

谢却山拿起一把剪子,准备剪开南衣受伤部位的衣服,好为她包扎伤口。

南衣连忙拦住他:"别剪!这衣服是新的,拢共没穿几次,我洗洗补补还能穿呢,你剪了就没法补了。"

谢却山愣了一下,收回了剪子:"那你把外袍脱了。"

剪开衣襟其实是最简单的法子,脱外袍难免会牵扯到伤口,但南衣为了保住这件衣服,忍着痛,一点点褪下外袍。她好不容易脱了,竟已是满头大汗。

谢却山自然地伸手接她的外袍,她也没多想,就这么递了过去。但她完全没想到,谢却山下一秒就把她的衣服丢进了火盆中。

南衣瞪大了眼睛,着急地想扑过去挽救,肩上的伤口痛得让她不得不中止动作。她怒视谢却山:"你干什么?"

"这衣服上满是血迹,你拿出去洗洗补补,生怕别人看不到你有问题?"

南衣心虚,她有时候确实局限在一个小老百姓的格局中,难免目光短浅,她总以为她可以"偷偷"地去完成一些事情,哪怕冒险一些。

南衣嘟哝:"那你刚才就该跟我说啊,我还能省了脱衣服的力气——你这不是耍我吗?"

"不痛你就长不了教训,下次你还敢为占一点便宜冒险。"

南衣说不过谢却山,只能乖乖闭嘴。

谢却山取出药箱里的酒,倒在纱布上,刚抬手准备为南衣清创,又顿了顿,从袖中拿出一方手帕,团成一团,递到南衣嘴边。

他言简意赅:"会很痛,咬着,别出声。"

南衣乖乖张嘴,咬住手帕。

浸满酒的纱布碰到伤口,一阵钻心刺骨的痛立刻蔓延至全身,南衣下意识地便揪住了离自己最近的东西。

谢却山垂眸,那只苍白瘦弱的手抓住了自己的袖子。

她很听话，一点都不敢出声，喉间哽着破碎而隐约的呻吟，胸膛不自觉地起伏着。

她未着外袍，只穿一件单薄的里衣，香肩半露，跃动的烛影在她似雪的肌肤上来来回回，像挠痒痒似的在人心上摇晃。

一瞬间，不知道怎么的，房中烛火和银炭噼里啪啦的声音变得格外清晰，眼前的声色仿佛都被放大了。

谢却山本是心无旁骛地为她处理伤口，莫名觉得胸膛血气翻涌，他深吸一口气，手里的动作快了起来。

终于为她处理完了伤口，谢却山松了口气，冷不丁抬头，看到她噙着满眼的泪。

他取下她嘴里的方帕："不许哭。"

她忍得很辛苦，眼泪还是掉了下来，嘴上嘟哝："凶死了。"

谢却山假装没看到，低头收拾药箱："今晚你先睡在这里。"

"我不能回柘月阁吗？"

"今晚你我出现在花园里，虽然当时掩人耳目了，但不可能不叫人起疑。现在景风居外有许多双眼睛盯着，你一出去，必有危险。"

南衣立刻就接受了："反正在你身边肯定是最安全的——那我睡床上还是睡榻上？"

谢却山顿了顿。她太过坦荡，显得他心里莫名的旖旎十分龌龊。他甚至有些恼，她心里就没有男女之防吗？

南衣并不知道他此刻心中的波涛，而她只是在强行表现得若无其事。她再没心没肺，也知道孤男寡女共处一室意味着什么。

虽然这是无奈之举，虽然谢却山是她惧怕的大魔头，但她也总能看到他有神秘而脆弱的一面，不管怎么说，他确实给了她很多次活下去的机会。

她是感激他的，今晚尤甚。

谢却山白了南衣一眼："做戏就要做全套，我带了一个女子回房，却让她睡在榻上，若被人看到，别人会怎么想？"

"好嘞，那今晚就委屈谢三公子了。"

南衣麻利地爬下榻，直接就往屏风后的卧房里去。

两个人各怀鬼胎，面上却极力维持着井水不犯河水的距离。

走到屏风边，南衣忽然回头，收起了面上戏谑的神情，显出几分认真："今晚才知道，原来你不是无恶不作的大坏蛋。"

"你也不是无情无义的小浑蛋。"

南衣忍俊不禁，但谢却山下一句话就让她的笑容凝固在了脸上："此事过后，我要你从谢穗安口中套出陵安王的藏身之地,若下次再有假……我会叫你笑不出来。"

今夜的月光仿佛只是一种错觉,他们只是短暂地和解了一下,又迅速回到各自的位置上。

第三十四章 共昼夜

这一夜,南衣的伤口开始发炎,她先是浑身冰冷,瑟瑟发抖,凌晨的时候又觉得燥热难消,翻来覆去。

在她迷迷糊糊的时候,她并不知道谢却山守了她一夜。她做了许多个破碎的梦,梦里有章月回,也有谢却山,甚至还有死去的庞遇、仅有一面之缘的宋予恕、被朱门隔绝的令福帝姬。

然后,她被鹊沙聒噪的声音吵醒了。

"谢却山,我倒要问问你,城防图是军中机密,只有我和你看过,但昨日逃跑的秉烛司余孽对城中兵防了如指掌,你告诉我,这他娘的是为什么?"

谢却山故作惊讶:"鹊沙将军,此言差矣,城防图可不止你我看过。"

"当然不止,怕是你泄露给了秉烛司党人吧!"

"你也不曾告诉我,城防图不能给别人看啊。我昨日便将城防图交给知府黄延坤了,秉烛司余孽要劫人,沥都府知府必然也要配合我们布防,不是吗?"

"你——"

鹊沙吃瘪。鹊沙就是怀疑谢却山,将城防图给他也是想试探他的立场,他已经十分可疑了,说的每句话都像在狡辩,但鹊沙抓不到他的一点把柄,甚至还被他带偏了思路——确实,黄延坤也不是一个完全能信任之辈。

南衣已经彻底清醒了,听着谢却山这番话,心中咂舌,他可真是个老狐狸啊,每一步都有后着。

鹊沙的面色阴沉下来:"昨晚守卫发现有人闯入望雪坞,循着踪迹找过去,却发现你在和一女子月下风流,这事倒是巧得很。"

鹊沙转脸望向屏风:"不会是同一个人吧?"

谢却山冷笑一声:"怎么,我的女人你也想看?"

鹊沙和谢却山僵持着,这一刻,比的就是谁更有底气。

躺在床上的南衣也紧张起来,若是鹃沙真的敢来检查,说不定会认出她……

谢却山先发制人,将手中的杯子往屏风上一掷,力道很大,屏风应声倒地,卧房一览无余。

南衣惊呼一声,忙背过身去,乌黑的头发散落在枕上。

"给你胆子,你敢看吗?"

鹃沙扫了一眼床上的女人,最终不冷不热地笑了起来,还是服了个软:"是我冒犯了,却山公子。"

"谢铸被劫走,鹃沙,你这个负责守卫的,不好好反省自己,却跑到我这里来胡言乱语,丞相大人那边,我很难为你说话啊。"

鹃沙咬牙切齿地拱手:"卑职以后必定恪尽职守,毕竟,谢铸只是一个饵,丢了就丢了,最后的目标,还是陵安王——我们,来日方长。"

鹃沙没讨到好,最后丢下一句半是威胁的话,气急败坏地走了。

南衣惊魂甫定地坐起身,看着谢却山:"鹃沙疑心这么重,我还能离开景风居回去吗?"

"现在还不行。"

"那要等到何时?"

谢却山走过去,不紧不慢地扶起屏风:"等着。"

★

午后谢却山就出去了。

谢铸在岐人眼皮子底下被救走的消息很快就传遍全城,人们欢呼雀跃,沥都府上下的心更齐了。据说完颜骏想要接手船舶司,却被船舶司里的那群文人骂得狗血淋头,谢却山正是为此事出门的。

南衣等得坐立难安,想跟贺平聊天,但贺平根本不理她。最后南衣蹲在院子里,百无聊赖地看着花坛里一只落单的蚂蚁,又扒开积雪,开始玩泥巴。

泥巴被塑成一个人形,南衣拿着枯树枝使劲地戳,把它当成谢却山,用以泄愤。

"不写上名字,诅咒是没有用的。"

谢却山的声音从背后传来,南衣懒得抬头,又狠狠地戳了一下小泥人:"那你教我你的名字怎么写,我咒死你。"

"对哦,我差点忘了,你说要我教你识字的。"

"……"

南衣无语地站起来,回头看谢却山:"你不会当真了吧?"

斜阳的余晖落在南衣脸上,照得她脸上的神情无比生动。

谢却山在外面奔波了一日,处理的事情无非是满城搜捕依然找不到谢铸,完颜骏被那群文人骂得跳脚又不敢大开杀戒。

乌烟瘴气,一回到院中看到披着满头乌发的少女蹲在夕阳里玩泥巴,他竟莫名觉得清爽。

谢却山笑:"反正你也无聊。"

南衣蔫头巴脑地跟着谢却山进了房间。

"洗手。"谢却山朝一旁的水盆抬了抬下巴。

南衣只将手草草在水里沾了沾,就算洗完了。

谢却山皱眉,走过去将南衣的手按回水盆里。

他从后面环着南衣,让她一瞬间有点僵硬和不知所措,只能任由他摆布。他用皂角帮她仔细地洗了三遍手,看到她那藏污纳垢的指甲,更是眉头直皱。

他不由分说地拉她到榻上坐下来,从抽屉里找出剪子。

南衣看到他拿出剪子的时候就开始犯怵了,连忙缩回自己的手:"我只是拿树枝戳小泥人,你不至于要拿剪子戳我吧?"

谢却山翻了个白眼,将南衣的手拉回来,低头开始认真地帮她修剪指甲……南衣紧张地盯了半天,发现他确实只是在帮自己剪指甲。

这双杀伐决断的手,竟然在帮自己剪指甲?

这一刻南衣有点困惑。

她抬眼看谢却山的脸,他低头垂着眼帘,从这个角度看去,原来他的睫毛很长,将他素来冰冷的目光覆盖住了,此刻的他像极了一个心无旁骛的少年郎,专注在一些无关风月的事情上,磋磨掉大把的年少时光。

南衣的手被谢却山托在掌心,他手心有微汗,房间里静得只有剪子咬合的声音。

他忽然问:"你这镯子,是谁给你的?"

他托着她的右手,她右手腕上正好戴着那只玉镯。她戴了很久,他从来没问过,不知道今日哪根筋搭错了,忽然问这个事。

朋友?心上人?

南衣却脱口而出:"未婚夫。"

她甚至不知道自己为什么要撒这个谎,她几乎是下意识地想用一些谎言拉开和他的距离。

可她和他之间能有什么奇怪的距离呢?

他动作顿了顿,抬眼看她。

南衣被看得发慌,又心虚地补充了一句:"以前的。"

"他人呢？"

"三年前他去参军了，分别前给我留了这只镯子。"

谢却山嗤笑一声："明知道乱世之中守财难，偏要给你留这种显眼又贵重的东西，怕是没安什么好心。"

南衣急了，反驳道："你胡说！他是天底下最好的人！"

"既然那么好，又怎么会让你流落街头，去做个小偷？"

南衣还想辩驳，却哑口无言。

他说得似乎也没错，他们初遇时，她就因为偷东西和身怀这只价值不菲的玉镯而显得极其狼狈，但这也只能怪世事难料。

南衣还是要扳回一局，硬是顶嘴道："你这种没有感情的人，根本就不会懂。"

谢却山不回话，继续低头帮她修剪指甲。

南衣已经有些抗拒了："你到底要做什么？"

修剪完了，谢却山才将南衣带到书桌前，让她坐下："读书写字，要身净，心静。"

南衣脑子发蒙，原来他对读书有着如此的仪式感。

谢穗安说起谢却山的过去时满是惋惜，她也曾崇拜过自己的兄长。但一谈及现在，她便恨不得将谢却山里里外外骂个遍，她说，他根本不配为士族，不配读圣贤书。

那时庞遇和客栈众人死在她面前的画面太有冲击力，她一直以为，这个人只会拿着剑，浴着血，如阎王般生杀予夺。

可她忽然想起来，初见他时，她也曾将他错认成哪个士族一尘不染的贵公子。

他身上有许多面，让她捉摸不透。他究竟是一个什么样的人，又有着怎样的信仰呢？

"你有过目不忘的能力，识起字来应该会很快。"

谢却山的声音打断了南衣的胡思乱想，他翻开一本字帖。

"你真要教我识字——为什么？"南衣真的困惑了，他看起来一点都不像在开玩笑。

"因为你用得到。"谢却山言简意赅。

但谢却山不是一位优秀的老师，他博学多识，很难理解胸无点墨之人的世界，因此对南衣的耐心很有限。

单是握笔，谢却山便教了半个时辰。端着手肘拿毛笔绝非一个舒适的姿势，南衣有自己的发力习惯，一下子手腕便垮下来了，习惯性要找个偷懒的姿势。最后逼得谢却山拔了剑，用剑刃抵着南衣的手腕。

效果立竿见影，但南衣满心都是不服，一边写，一边装可怜："我肩膀刚受了伤，根本发不了力……"

"你伤的是左肩，跟你的右手没有关系。"

"……"

南衣的小伎俩被戳穿，手中的力一重，一个粗细不一极其难看的字便诞生了。

谢却山不耐烦地叩了叩桌面："专心。"

南衣回神看向纸张。字帖里的字是谢却山写的，字形收放自如，笔锋遒劲有力，而她满纸写的都是毫无章法的图形，是的，只能称为图形，甚至算不上字。

南衣自己都感慨："这人和人的字迹，差得可真是太多了。"

"世上每个人的笔迹都不一样。"

这句话不经意间四两拨千斤地点了一下南衣，她想到谢却山荷包里的那封密信，那笔迹显然不是谢却山的，若是对照笔迹，是不是就能找出内奸？

忽然，外头传来叩门声。

贺平通报："公子，知府黄大人求见。"

"你不要出声。"

谢却山低声吩咐南衣，同时吹灭了桌上的蜡烛，屏风后的书案便陷入黑暗，也不会再透出人影了。

黄延坤进屋后，带着满脸的谄笑："却山公子，这几日府上可还好？"

谢却山没给什么殷勤的表情，淡淡道："白日里刚见过黄知府，又深夜到访，不妨省了寒暄，直说来意吧。"

"卑职确实有一件要事……谢铸被劫走那天，您的妹妹谢六姑娘偷偷出府，还将我打晕，恐怕，她与此案脱不了干系。"

"是吗？那你白天为何不说？"

"卑职毕竟也有怜香惜玉之心，谢六姑娘英姿飒爽，我对她心仪已久，怎能将她推入火坑呢？"

南衣好奇地摸到屏风后，偷看外面的情形。

"那你来找我又是什么意思？"

谢却山低头为黄延坤泡茶，动作行云流水。

"却山公子有这样一个妹妹在府中，岂不头疼？鹘沙将军多疑，如今又来了一个完颜大人，您怕是也出不得一点差错吧？卑职有个两全其美的办法，既能管束住谢六姑娘，又能保护她。"

"说来听听。"

"您不妨让谢六姑娘嫁给我——您知道我早年丧妻，家中只有一子，一直未能再娶。一来呢，我出身士族，如今又身居高位，哪怕续弦也不能将就；二来呢，我也不是那种寻花问柳之人，寻常女子很难入眼。"

谢却山微微皱眉，但没有打断。

"我三十有五，年岁也不算太大，又在沥都府里手握重兵。谢家是沥都府里的大世家，若你我两家联姻，岂不是强强结合？谢六姑娘若成了我的人，我自然会将她劫走谢铸一事牢牢藏在心中，绝不会透露半分。"

南衣心里蓦地一惊，从利弊上讲，黄知府说的话不是没有道理。谢却山不会把他妹妹卖给这糟老头吧？！

短短几句话，黄延坤便说得口干舌燥，伸手想去拿谢却山泡好的茶。

谢却山却先黄延坤一步将茶杯端起，黄延坤以为他是要递给自己，脸上已经露出了笑，但谢却山毫无停顿地将热茶如数浇在了黄延坤的手上。

黄延坤被烫得惊呼一声，几乎弹了起来，又惊又疑惑地看着谢却山。

"滚。"

谢却山只吐了一个字。

黄延坤气急败坏："你——你不怕我去鹃沙面前告发谢六吗？！"

"城防图，我只给了你，那日谢铸被劫，偏偏你也在街上，你觉得你的话，在鹃沙那里值几斤重？他不动你，是因为我在保你。"

这番话让黄延坤浑身冰冷地僵在原地，后背惊出一层冷汗。

谢却山脸色阴沉地盯着黄延坤："谢穗安是我的妹妹，想做我的妹夫，先掂掂自己的分量。"

黄延坤走后许久，谢却山都坐着一动未动。南衣从屏风后走出来，拿了一条干毛巾帮他把桌上的茶水擦干，然后在他旁边坐下来，才小心翼翼地问他："你为什么没答应啊？"

谢却山看向南衣，眼里却流露出隐约的悲伤。

他平静地叙述了一件事："谢穗安的未婚夫，是庞遇。"

南衣震惊地僵在原地。

"庞遇？可他不是……"

死在了你的面前。

第三十五章 忆往昔

半晌，南衣才从这个消息中反应过来。

她脑子乱糟糟地想着，谢却山在汴京准备科考之时，谢穗安离家出走去找自己的哥哥，而那个时候，谢却山和庞遇是至交好友，谢穗安和庞遇相识也就不奇怪了。

可庞遇已经死了，死在谢却山面前，谢穗安还不知道。

谢却山恐怕对自己的妹妹有着巨大的愧疚，才会如此保护她。

整个房间陷入死寂，南衣不知道说什么来应对这突如其来的信息。

谢却山的目光有些涣散，思绪飘到了很久以前："那年谢小六到汴京找我的时候，整日扮作男装，对外说是我的弟弟。宋牧川有七窍玲珑心，他早就看出来了，但庞遇性格忠厚，没那么多鬼点子，就他不知道谢小六是女的。他是个武痴，觉得谢小六武功高，整日就想着要跟她切磋，一开始总是被谢小六打趴在地上——当然，其实庞遇是纵着她的，他就是喜欢跟谢小六待在一起，就算谢小六总是欺负他，捉弄他，他也开心。他输给她，就可以经常以请教的名义去找她了。忽然有一天他觉得，自己怕不是断袖吧，惶惶了好些日子，整日心不在焉，甚至拒绝了家里给他介绍的所有亲事。后来，他终于知道谢小六是女儿身，你猜他是什么反应？"

"应该很高兴吧？心上人是个女子，他们在一起，也不会有世俗反对的目光了。"

谢却山笑了一下："他生气了，非常生气。"

南衣奇怪："为什么？"

"庞遇是实心眼，从不撒谎，自然也从来不觉得别人会对他撒谎。他以为自己是个断袖，内心日日夜夜做着极大的挣扎，终于接受自己的时候，发现心上人其实是个女孩，骗了他那么久，他接受不了，就再也不理睬谢小六了。"

"那后来，他们是怎么在一起的？"

"谢小六天天追着庞遇跑，硬生生把人追回来了。大哥和三叔那时也在京城，就做主让两人订下婚约……本来那时他们就该成婚的，但是庞遇说，想要考个功名。他家门户不算高，他担心自己配不上谢小六。"

"你们那时在汴京的日子，应该很快乐吧？"

谢却山点点头："宋牧川风雅，风花雪月的时候都少不了他。庞遇忠厚，最让长辈放心，什么事都可以拿他做幌子，只要说和庞遇在一起，长辈就不会再管束了。而我……"他顿了顿，平静地吐出两个字，"狡诈。"

追忆的美好急转直下，落在了这个极具贬义的词上。

南衣只觉得胸口闷得慌。

两人之间又是大片的沉默。

过了许久，南衣道："谢小六还不知道庞遇死的事。"

"别告诉她了，让他在她心里再多活一段时间。"

南衣的眼泪流了下来。

谢却山对上她的眼睛，她的悲伤在抚慰他，亦在刺痛他。他抬手捧着她的脸庞，以一个极其暧昧的姿势看着她，但他什么都没说，只是用粗粝的指腹用力为她拭去眼泪。

南衣莫名有一种错觉，他想擦去的并不是她的眼泪，而是自己的过去。

"他死的时候，你心里一定也不好受吧？"

"太在乎自己的心，就做不成事了。"他松开手，沉沉地叹了口气，语气里尽是疲惫，"去睡吧。"

这已经是第二个晚上了，谢却山还不打算放她回去。南衣困惑："你在等什么？"

半天南衣都得不到回应，她不再问，识趣地站起身，转身进入屏风后的卧房中。

谢却山注视着她的身影，此刻他竟有些庆幸，这个孤独的夜晚她在他身边，听他忆起往昔，在他心里……恍如隔世的往昔。

她没有唾弃他。

他并不在乎世人的唾弃，可也会为此刻的幸运而感到幸运。

★

很快，南衣就知道谢却山在等什么了。

第二日，谢穗安带着一个和南衣身量差不多高，穿着她衣服的人进入景风居。

谢穗安对谢却山毫无好脸色，连招呼都不愿意打，单刀直入："嫂嫂在你这里吧？"

谢铸已经被救，陆锦绣猜到自己的女儿参与其中，且全身而退，自然没理由再拘着她了。谢穗安发现南衣没回柘月阁，立刻安排了一个跟她身形相似的女子假扮她，在房中闭门不出，同时寻找她的下落。

几番打听，谢穗安才知道那天晚上谢却山"月下风流"，带了一个"女使"回到景风居。

谢穗安猜想那人应该是南衣。虽然不知道谢却山为什么护下南衣，但既然此事还没被揭发到岐人那里，想必就是还有的谈，于是她马不停蹄地带人来到景风居，要将南衣"换"回来。

谢穗安带来的这个女使是个可靠的人，可以装成谢却山的侍妾，将南衣换走后，她就可以大摇大摆地从景风居走出来，也不会引起岐兵守卫的怀疑。

南衣听到谢穗安的声音,从内室走出来。谢穗安迎上去,紧张地看着南衣:"他没对你做什么吧?"

南衣朝谢穗安宽心地笑了笑,摇摇头。

谢却山不紧不慢地喝了一口茶,瞥了一眼姐妹情深的两人:"谢小六,我保护了你的同谋,让你全身而退,你就用这个态度谢我?"

谢穗安立刻紧张地解释:"不是同谋!嫂嫂是被我逼的,一切都是我的主意,我需要一个帮手才逼迫她的。"

"事情已经发生了,你们做的事情不管是谁牵的头都不重要,毕竟是救三叔,我会睁一只眼闭一只眼。"

"我欠你一个人情,我会还你的。"

"那便现在就还。"

"你要什么?"

"告诉我,既然是你逼迫她让她做你的帮手,那你许诺了她什么事?"

谢却山疏离、冷漠的目光流连在两人身上。

谢穗安和南衣都是脸色惨白。

谢穗安是怕谢却山发现南衣"雁"的身份。

南衣只觉得如坠冰窟,她想过很多种可能,谢却山到底在等什么才能让她平安回柘月阁,她和他朝夕相处了两天,甚至有了一种他是自己人的错觉,却丝毫没有察觉到他对自己起了疑心。

她以为自己很聪明,两头都拿捏,一边稳住谢却山,一边让谢穗安帮自己离开,但她怎么也想不到,谢却山早就把她看得透透的。

他平静地和她一起等了两个晚上,竟然就是为了等谢穗安来,顺水推舟让谢穗安承这个人情,逼谢穗安说出她的真实意图!

这个人……多智近妖,深不可测!

她们谁都没有开口。谢却山放下了手里的茶杯,看着谢穗安:"不说实话,我就杀了她。"

谢穗安艰难地开口,试图拖延时间,让自己有更多的思考余地:"你怎么知道我说的是不是实话?"

"没让我满意的,都不是实话。"

南衣咬牙,先谢穗安一步开口:"我不想在谢家守寡,我让六妹妹帮我离开谢家,去金陵。"

谢却山盯着谢穗安的眼睛:"是这样吗?"

谢穗安僵硬地点头。她清楚,这是实话,但也只是一半的实话,南衣隐藏了她的身份,就是不知道谢却山会不会信。

谢却山笑了笑，目光落在南衣身上："嫂嫂，在大哥的陵墓前，我可是当着所有人的面答应你，让你为他守寡。你跑了，忠义贞烈可就没了——一条贱命，你要怎么活着到金陵？"

南衣浑身冰冷。

第三十六章 诗中意

南衣都不记得自己是怎么走出景风居的，她的脚步虚浮，还差点在门槛处跌一跤。

谢穗安心有余悸，但对她来说，事情还不是很糟糕："嫂嫂，还好谢却山信了，你别急，我会想办法把你送出沥都府的——实在不行，你就同陵安王一行人一起走，我们总要送他们上船的。"

南衣稍稍回过神来："你们打算怎么送走陵安王？"

"此事不能冒险，必须在一个有万分把握的情况下进行，否则，藏在城里就是最安全的。"

"但岐人已经占领了沥都府，怎么才算有万分把握的情况？"

谢穗安看了看周围，并没有人，她压低了声音，附在南衣耳边道："中书令密信，会派一个合适的人来接管沥都府的秉烛司，下一步计划是夺兵权。"

那就是硬拼了。

任何计谋都有泄露的时候，但硬实力才是最稳妥的保障。南衣心里稍微安定了一些，还有余地，一定还有，她不能认输。

"小六，我有一个办法，也许可以找出藏在谢府里的内奸。"南衣附在谢穗安耳边低语。

她们都没有注意到，暗处，有一双眼睛正盯着她们。

※

时近年关，这几日都风平浪静。谢却山也没有来找南衣麻烦，只是每日让贺平送来字帖，要南衣练字。

南衣不敢有违，诚惶诚恐地练。

曾经的她对谢却山还有好奇，甚至有一些共情，但现在她不敢有除畏惧以外的任何情感。

她还天真地以为，他总是挂在嘴上说要杀她只是说说而已，他其实没有那么心狠，大魔头其实也没那么坏……

他总有办法给她敲响警钟，让她知道自己的位置。她看不透哪一刻的他才是真实的，她甚至……有点伤心。

可她也想不明白，自己隐约的伤心从何而来。

贺平的话打断了她的出神："少夫人，今日主君要您练的字，是《诗经》中的《子衿》。青青子衿，悠悠我心。纵我不往，子宁不嗣音？"

南衣接过贺平递过来的一摞宣纸，上面有谢却山写好的范字。她识字音，知字义，唯一缺的就是识字，谢却山每日教她读一句话，又让她把每个字描个十来遍，她认字的速度突飞猛进。

学了几天下来，南衣发现《诗经》里的好些句子……往白了说，不就是情诗吗？

《诗经》是初学者必读的书目，世家里的五岁小儿都会读，并不稀奇。但别扭的事在于，谢却山和南衣自上次分开之后再也没见面，每日靠着贺平往来，朝起给南衣送去他写下范字的宣纸，暮时又带回去南衣写得满满当当的字帖给他检查。

也不知道怪在哪里，总之……就是有点怪，像有一条隐晦的河，在岿然不动的冰山下流动。

窗外的风不识趣地哗哗翻开桌边的书页，正好停在《诗经》的那一页："纵我不往，子宁不来？"

谢却山的笔尖停顿了很久，默然望向寂静的窗外。再也没有那个少女灵活地从窗台跳进来了。

他必须让她离自己远一点。任何距离的误差，都可能引发巨大的错误。他必须孤独地行在怒海之中，惊涛骇浪沾湿他的衣襟又何足惜？他不需要岛屿。

★

在另一座院落里，有一个人已经坐立难安了好几天。

自那个晚上仿佛看到南衣和谢却山的亲密之事后，陆锦绣便一直想要确认。若他们真有苟且之事……那实在是大逆不道！

她观察柘月阁和景风居好几天了，越发确定谢却山房里藏着的就是南衣。但当她想冲进去抓现行的时候，自己的女儿竟然带着一个神似南衣的人进了景风居，把南衣换了出来。

陆锦绣下巴都要惊掉了，没想到自己还是黄花闺女的女儿竟然也牵扯进这污秽不堪的事情中，她更要查清楚了。

这会儿她的女使急匆匆地跑回来了，带来一个最新的消息——这几日谢却山的贴身侍卫贺平在给柘月阁送东西，她假意撞倒贺平，帮他整理东西的时候瞟了一眼他送过去的宣纸，上面赫然写着："青青子衿，悠悠我心。纵我不往，子宁不嗣音？"

陆锦绣气得顾不上妇人的优雅，一拍桌子："这不就是情诗吗？！他们真是……不堪入目！不堪入目！"

但到底要怎么处理，陆锦绣也犯了难。那毕竟是谢却山，谁敢招惹他啊？

可她绝不能置之不理。望雪坞上下那么多双眼睛，难保哪一天就有人看到他们的苟且之事。

此事一旦宣扬出去，有辱谢家的门风不说，也势必会影响小六未来的婚嫁，谢家女眷在别人面前根本抬不起头。

一粒老鼠屎能坏了一锅粥，陆锦绣咬咬牙，她必须悄无声息地把这事办了。

当天下午，陆锦绣看谢却山出门了，找了个由头把谢穗安也支了出去。

确定府中彻底没有能帮南衣说话的人了，陆锦绣便带着一众女使，气势汹汹地进入柘月阁。

四个女使先堵住门，不许任何人进来，紧接着四个女使进入房中，把还没反应过来的南衣摁在地上。

南衣刚刚正在练字呢，整个人都蒙了，困惑地看着陆锦绣："姨娘，这是什么意思？"

"你还有脸问我？！虽然你和衡再没有夫妻之实，但你也坐在谢氏少奶奶的位子上，享着荣华富贵，不用去外面为争一口饭撕破脸，谢氏待你不薄吧？你竟做出这种没眼看的苟且之事来！"

南衣更蒙了："什么苟且之事？"

陆锦绣懒得跟南衣多话，朝身边的女使使了个眼色。

女使倒上一杯鸩酒。

"说多了还脏了我的嘴，若放在往常，通奸之罪那是要杖毙的！临近年关了，我不想闹得如此血腥，赏你一杯鸩酒，你识趣点，自己喝了。"

南衣急了："姨娘，你是不是误会什么了？"

"误会？那天谢三让你接管后院的时候我就开始奇怪了，好端端的，他怎么就这么护着你？"

陆锦绣打眼看到桌上的宣纸，更是一副不堪入目的神情，生怕脏了自己的手似的，拈起一角扔到南衣脸上："竟还用这《诗经》暗通款曲！实在是不要脸！"

南衣终于明白过来，她和谢却山在望雪坞的私下往来被陆锦绣误会了："姨娘，姨娘——我和他真的什么事情都没有，不信你把他叫过来，我们当面对质。六妹妹也可以给我做证——"

陆锦绣根本不听，她眼风一扫，瞪了瞪女使们："还愣着干什么啊？她不肯喝，你们不会灌她喝吗？！"

第三十七章 完璧身

女使们强行掰开南衣的嘴，南衣拼命挣扎，四个女使摁着她，她也不知道哪来那么大力气，硬生生将一众人掀开。

她拂手打破一个杯盏，捡起一块碎片，紧紧握在手里自卫，让女使们不敢再靠近。

生死之际，南衣也有点歇斯底里："没有就是没有！陆姨娘，你怎么能不分青红皂白就要杀人？"

见到南衣这副样子，众人都有点没底了。

女使低声在陆锦绣耳边道："姨娘，闹大了可就不好收场了……"

陆锦绣察觉到现在有点进退两难，但嘴上还是要挣回几分场子："她就是个街头小流氓，为了活命什么谎撒不出来？"

"你凭什么这么说我？我是穷，是身份低，我也爱撒谎，但我没有做苟且之事！我绝不会为这没有的事丢性命，你们再敢灌我毒酒，上来一个，我杀一个！"

南衣脸上露出决然的狠色。

场面僵持着，女使又出了个主意："姨娘，既然她坚持说没有，那不妨验身吧。若她还是处子身，那此事就当没发生过，若不是，那就算闹大了我们也有理。"

陆锦绣看向南衣："如何？你敢不敢验身，自证清白？"

南衣把手里的瓷片往地上一掷："我有什么不敢的？"

陆锦绣吩咐女使："去把验身的婆子请来，莫要声张。"

在此之前，南衣只听说有女子嫁进夫家却被验身的，第二天就哭啼啼地闹着要自杀，那时候她还不明白，这有什么好在乎的？

可真轮到她的时候，她才知道这是何等的耻辱。她被按在椅子上，下衣被褪走，婆子拿着冰冷的器具在她身体里检查。周围的人冷漠地看着她，她好像不是一个人，只是一根光秃秃的草。

她是个贱民，她不在乎皮囊的受苦，不在乎膝盖的软硬，她可以动不动就跪，可以低头求人，因为那些始终没有伤害到她的内里。

南衣死死咬着唇，不肯让眼泪掉下来。她活在世上二十载，体会过各种各样的寒冷，却没有任何一种胜过此刻的无助和煎熬。

时间似乎变得无比漫长，漫长到南衣以为自己要熬不到尽头了，身体里有一个她载着她的意识，逃难似的飘到了很远之外的城墙上。

她俯瞰着沥都府，时间对她来说是错乱的，她竟看到了那日夕阳下，她勇敢地救下谢铸，穿过岐兵的包围，将那群蛮人耍得团团转。

她笑了起来，原来那不是她为别人的道奋不顾身，而是她被成全了，她依附于世道、无骨的脊梁被支撑起来。这让她意识到自己不是只能被人恩赐，被人伤害，她也可以创造一些价值，她的人生还有过这样英勇的瞬间。

因为她有过那样的瞬间，才显得此刻更加狼狈。

"回姨娘，少奶奶还是完璧之身。"

婆子的话将南衣拉回了现实中。她木然地站着，她觉得很冷，想遮住身上的一些部位，但她动弹不了，她没有力气了。

她不记得陆姨娘是怎么带着那群女使浩浩荡荡地离开的，她不记得陆姨娘有没有道歉，等她回过神来的时候，自己抱着膝盖蹲在角落里，屋里一片狼藉，又空荡荡了。

她终于明白了那个哭啼啼的少女，她也好想死啊。

这个念头一出现，南衣就立刻摇了摇头——不行，她受如此的耻辱，不就是为了活吗？

她绝不允许自己舍本逐末。如果太过难过，又无法解决，那就忘掉。

南衣终于从地上站起来，草草地捡起外袍披在身上，一点一点将屋里的狼藉打扫干净。

她将地上的宣纸也捡起来放回桌上，仿佛什么都没发生过一样。

"嫂嫂！"

谢穗安人还没到，声音便从院子里传来了。

她推门进来，看到南衣这副模样，惊了一下："嫂嫂，你是刚起床吗？怎么还没收拾？"

"怎么了？"

"嫂嫂，你忘了吗？今天是小年夜呀。祖母的身子好了一些，今天大家都要去给祖母请安祝福。上回我们商量找内奸之法，你说要找个人齐的时候才好实施，不就是今日吗？"

南衣愣了愣，她全然忘了这件事。

谢穗安察觉到有点不对，觉得奇怪："嫂嫂……是出什么事了吗？"

南衣摇摇头，装作若无其事，随便绾了个发髻，穿上衣服便随谢穗安一起去松鹤堂了。

★

这日，松鹤堂的抱厦厅里支起一张八仙桌，桌上放着长长的一卷卷轴和笔墨。

谢穗安说服了谢太夫人，要召集望雪坞里的所有人，写一幅"百人佛经"，寓意团结、虔诚，齐心祈祷来年风调雨顺。

谢太夫人本是犹豫的，觉得稍显浮夸，但谢穗安说，会把这幅佛经悄悄送去给三叔，让三叔也落笔，一家人这个年也算团聚了。

这也等同于告诉谢太夫人，三叔安全。她再无拒绝的理由，立刻便答应了，命人去准备。

南衣出这个主意，就是想要不引人注意地收集望雪坞里所有人的笔迹，再对比自己看过的那封绢信上的笔迹。这样，就有可能找到那个传递消息的内奸。

此事太夫人便交给谢穗安和南衣去办了，毕竟明面上，南衣还算望雪坞的掌院。两人整日就坐在院子里，看着人来来往往，那张空白的纸亦是越来越满。

这对南衣来说，稀里糊涂成了一种有效的逃避，跟谢穗安待在一起，她感到安心。

谢却山来过，只是识趣地没有落笔。他的目光扫过南衣的脸，但南衣没有任何异样，只是温顺地行礼，喊了一句"主君"。

谢却山并不知道他不在的时候陆锦绣做过什么，南衣永远都不打算告诉他。

当然，南衣也懒得去想谢却山到底有没有识破她的小伎俩，反正只要他不阻止，她就继续干。

日暮的时候，秋姐儿来了。

她不喜欢带女使，一个人挑着人最少的时候怯生生地就来了。她小小的个子，整个人缩在毛茸茸的大氅里，像一只小狸花猫。

在宣纸上写完字，她踟蹰了一下，走到南衣跟前，塞给她一只精心包装过的匣子："嫂嫂，给你的。"

南衣注意到秋姐儿手指似乎受了伤，好几根指头都包扎着纱布，但她也没多想，看着手里的匣子疑惑道："……给我？"

"我想谢谢大嫂。里头是一方梅花坑出的端砚，下墨很快。"秋姐儿柔声道。

南衣打开匣子，里头是一方通体墨黑的砚台，砚额上雕着精致的莲花纹，砚台嵌在一块上好的温润的黄梨木底座上。饶是南衣一点都不懂，也能看出这是个贵重的物件。

谢穗安也奇怪："秋姐儿，为什么要给嫂嫂一块砚？"

"嫂嫂最近在练字。"秋姐儿与人说话的时候甚至会害羞，她不喜欢看着对话者，低着头轻声道。

"你怎么知道？"南衣惊讶。

"这几日柘月阁倒了很多洗毛笔的墨水。"

谢家人性格迥异，但都聪明得很，见微知著。

"多谢秋姐儿了。"

南衣大大方方地就收下了。

换成平时，她定会觉得受宠若惊，甚至不敢收这么贵重的东西。但现在她的心态变了，这里的人爱她也好，厌她也好，她都只是个过客，迟早都要走的。

屈辱她吞下，恩惠她自然也要收下，她才不会故作清高，走的时候一无所有。

第三十八章 故人来

花朝阁中，长案上小鼎烹长泉，清烟细细，窗格里足履渐近，投下长影纤纤。

榻上男子懒懒地跷着二郎腿，拿朱笔批着手中的账簿，坐没个坐相，却骂不了他半分粗鲁。他鼻若悬胆，眼似琉璃，倒像个不羁的谪仙人。

他笔尖一顿一落，进出的都是上万两的生意。听到动静，他抬眼瞧着来人。

"长嫣"警惕地进了门："东家。"

章月回朝身边的侍卫抬了抬下巴，骆辞立刻明白过来，到门外守着。

"谢铸醒了？"

"他身体亏得厉害，中途醒了一次，但神志尚不清醒，也问不出什么好歹来。"

不过，方才谢六来过。"

"她倒是来得勤，也不怕被发现。"

"她送来一卷卷轴，说让谢铸写什么百人佛经。属下也没瞧出什么异样来。"

"长嫣"递上卷轴。

章月回展开，来回扫了几眼。卷轴很长，字迹各异。

小鼎上的水沸了，水汽顶着壶盖咕嘟嘟地响。章月回置之不理，眉目间沉了几分："这不像谢六能想出来的主意。"

"长嫣"不解："东家，这里头有什么讲究？"

"明面上，这佛经应该是用来安慰谢家那老太太的，可若是做的人有心，他就能利用这件事收集到望雪坞中所有人的笔迹。"

"长嫣"大骇："那这佛经岂不是不能拿回去？"

"不拿回去，你的身份就会露馅。"章月回慢条斯理地将卷轴收了起来，递给"长嫣"，"就按谢六说的办，别动手脚。顺藤摸瓜，看看他们到底想干什么。"

"属下还听望雪坞里看守的岐兵说，这事是谢六和谢家新来的那个孀妇操办的。"

章月回挑眉："秦氏？"

"正是。不过先前我们就查过，秦家底细是清白的。这秦氏是个私生女，据说养在街头，行事不规矩一些，在谢家是个可有可无的人。属下也向鹘沙将军打听过，那妇人看上去唯唯诺诺，没什么胆量，就是一个寻常女子。"

"还是得仔细盯着——"章月回提起水壶，将水冲入茶盏中，"能在谢家那摊浑水里搅和的人，没有一个是简单的。越是不可能的人，越得留个心眼。"

"诺。东家，还有一事，""长嫣"犹豫了一下，道，"属下无意间在沥都府的街头，看到了一位逃亡而来的汴京故人……"

"谁？"章月回好奇起来。

"宋牧川。属下想着，他出生自匠人世家，又曾在工部任职，精通建筑、造船术，参加过督造'文鳐'龙骨船的工程，没准他能解完颜大人当下的困局。"

章月回哂笑一声，摇了摇头："他离开官场六年，早就是废人一个了。我听说沈执忠曾经给他连发好几封密信，希望他回来为朝廷效力，都如石沉大海。一个人心死了，纵有再多才干都救不了他。"

"东家的意思是，拉拢不了他？"

"这位宋七郎啊，才是真正下凡来历劫的仙人，他太干净了——"章月回嘴角挂着笑，语气却谈不上讥讽，隐约还有几分钦佩，"这个世上，怎么能允许这么干净的人存在呢？恐怕，他命不久矣。"

房中沉寂须臾。

似忆起了什么往事，章月晌半晌没说话，末了抬头，已换了个话题："我让你查的人，可有下落了？"

"东家找的那个人……""长嬷"脸上露出一丝犹疑，"有人说曾在曲绫江渡口看到过这样的女孩，但听说她遇到了一队岐兵……后来再也没人看见过她。"

"再找。"

他没半分犹豫地命令，眉宇间的从容消失了。

"长嬷"不敢再驳，在她的猜测中，一个女孩如何能逃出岐人的蹂躏？人定是死了。可她鲜少见到什么都不太在乎的东家露出这般神情，他说找，那便必须找，直到找到尸体为止。

★

此时，南衣正在街上游荡。

她是随谢小六一起出府的，谢小六借着置办年货为名上街，去花朝阁送佛经，让谢铸题字，而南衣寻了个由头，便与谢穗安分开，自己偷偷去坊间当铺。

她整理了这段日子攒的首饰和赏赐，还带上了秋姐儿送她的那方端砚，打算全部换成金银傍身，寻到时机便立刻逃走。

别的商铺生意冷清，只有当铺门庭若市，各家各户将家里最后一点值钱的东西搜刮出来，流水一般送去当铺，换来一点能填饱肚子的口粮钱。

当铺的定价自然是越来越离谱。

南衣带来的那些首饰统共只换了三十两银子，倒是那方端砚，想来成色确实非常不错，当铺的掌眼先生爱不释手地看了又看，最后却是惋惜地摇了摇头："这端砚是梅花坑的上品货，应是宫廷供料，十分罕见，若不是砚面上刻了字，我能出五十两收。"

当铺愿意给五十两，说明这砚起码能值个二三百两。

南衣困惑："刻了字怎么就不值钱了？"

"这是夫人的小姑子亲手雕刻的吧？你瞧这字迹的刻法与莲花纹的刻法一致，应是出自同一人之手。"掌眼先生将砚台递过来，指了指砚面上的字。

砚面上刻着两行清灵娟秀的字，南衣看不懂，就没太当回事："这上面写了什么？"

"'愿长嫂平安喜乐、长命百岁。'"掌眼先生又惋惜地叹了口气，"所以啊，这转手就不好再卖了呀，你说谁愿意高价买走赠别人的私有之物呢？"

南衣一愣。

她长这么大，还从没收到过这样的祝福。平安喜乐、长命百岁，每一个字眼都代表着世间最美好的东西。

她救了秋姐儿的爹，秋姐儿感谢她，不知道送她什么，又不好意思开口问，偷偷观察她，看她似乎在练字，便花了好几日的时间为她雕了一方珍贵的砚台，刻下了最真挚的祝福。

"夫人，您这砚台还当吗？"见面前的夫人在出神，掌眼先生又问了一句。

南衣将砚台收了回来："我不当了。"

饶是南衣铁了心，让自己跟世家的一切都切割开，也舍不得将这方砚台贱卖出去。

刚要出当铺的时候，南衣听到了另一个柜台前两个伙计的聊天。

"对，那书生就住在江月坊，好像姓宋……"

这人声音听着耳熟，南衣的脚步停了下来，循声望去。

伙计们正在把玩一只晶莹无瑕的天青色汝窑瓷杯。

"当时他拿这杯子来当的时候，也没说出处，我们只当是宫里的御制汝窑杯。没想到，他竟然是好多年前的登科状元，高中后的鹿鸣宴上，官家欣赏他，专门赐了他这件瓷器，让他以此物饮酒——啧，多么风光啊。"

"他要是说这是状元杯，当价可立刻翻番，他竟没说！"

"读书人脸面薄呗，哪会讨价还价？这么珍贵的东西都拿来当，想必是状元郎一路流亡而来，实在是囊中羞涩，连饭都吃不起了。"

"那怎么不去找谢家呢？谢家如此大族，定会接济他。"

"可能是太要脸面了？"

"你说这人也奇怪，这么要脸面，却去偷了一袋米，还当场被抓……啧啧啧。"

南衣站在门口听了半晌，总算将这事听明白了，他们在议论的正是她偶然认识的那位宋予恕。

宋予恕曾是风头无两的状元，不久前流浪到沥都府，落魄得和几个穷书生挤在一间破茅草屋里。

前路茫茫，不知何往，饶有满腹才学，却不得不困于眼前的苟且。他将身上能当的东西全当了，盘缠所剩无几，甚至连一口饭都吃不上了，迫不得已，铤而走险去偷了商铺的一袋米，当场被抓住。

原本城里没人在意一个穷书生，因为偷了东西，关于他的事才沸沸扬扬地传开。

议论者大都是指责和辱骂——读书人怎么能偷东西呢？哪怕饿死，也不食嗟来之食，更不能做偷鸡摸狗之事，这状元郎真是毫无风骨可言。

南衣想起和宋予恕的一面之缘，那是个甚至连自己衣冠脏污都会介意的书生，总觉得有些感慨。

她回到街上，犹豫着要不要去江月坊看看那书生，却听到不远处的河边传来一声声惊呼："有人跳河了！"

第三十九章 人间世

扑通一声，又一个身影从桥上一跃而下。

入水的瞬间，人世间所有的声音都变得缓慢而遥远，水泡从水底浮上来，南衣看到了那袭白袍。

宋牧川放弃了挣扎，闭着眼沉向水底。她奋力朝那片衣角游去。

南衣终于抓住了。

濒死之际的宋牧川感觉到有人握住了他的手，他睁开眼，看到了那个少女的脸庞。

他本心如死灰，抱着必死的心跃入河中，甚至拒绝过往所有的回忆在他脑海中如走马灯般闪现，可这一刻，似乎忽然有一丝不甘和求生欲跃入了他的四肢。

他想起了金榜题名时一日看尽长安花的风光，想起和两三挚友月下吟诗的洒脱，想起文德殿外那场大雪……

永康二十二年，惊春之变发生前七日。

他的好友谢朝恩在幽都府死战，但官家摇摆不定，想降，又怕岐人狮子大开口，犹豫不决，前线一日三道求粮求援的加急军报，都被压在了翘头案的底下。

武死战，文死谏。

彼时他是御史台文臣，长跪于文德殿外七天以求官家力战到底，增兵幽都府。

那年的冬天特别长，日近春分仍下着大雪，万物了无生机。

最后八百里加急的马蹄声掠过他的耳边，传来谢朝恩叛国的消息。

一切尘埃落定，无力扭转。

可他总想，是他没有做到文臣的使命。他若能再努力些，能劝动官家出兵，是不是就不会把谢朝恩逼到那样的境地？

此后他被罢官，拒绝了家族的庇佑，将自己放逐，改字"予恕"。

予恕，予恕，他亦不知，究竟是谁在求谁的宽恕。

流浪六年，可也总有家中接济，他仍能不愁温饱，衣冠整洁。这六年间他醉心儒书，又去了寺庙，待过道观，习八万四千法门，仍是一个放不下执念的人。

他终于累了，想要回家，却在回东京的途中，听说国破家亡。他全家人死在战火里，他这个不孝子六年未曾见父母。

南冠北望，举目无家。

他一路流亡到沥都府，听说谢却山也来了。街头巷尾都在骂这个叛臣，可他始终沉默。他骂不出口，因为其中也有他的罪过。

可他也不敢跟谢却山相认，他们已不是同路人。

他藏身市井，浑浑噩噩地度日。

家里的接济断了，他从云端跌落，第一次尝尽温饱之苦，他乱了方寸，可放不下的身段也有很多。中书令来密信请他掌沥都府的秉烛司，帮助陵安王南渡。他拒绝了，觉得自己无德无才，不配为臣。

直到跟在他身边形影不离的侍卫阿池也被连日来的饥寒交迫压垮，生了病，他没钱买药，甚至连一碗粥都买不起，他不知道自己是怎么鬼迷心窍，为什么要去偷那袋米，将读的所有圣贤书抛之脑后。

他本认了命，他就是一个万死不足惜的罪人。

可是，她在向他靠近，要将他带离幽暗混浊的水底。水面上斜射下一缕天光，她就在天光里。

她要带他共赴那缕天光时，他瞬间惊觉，他还不想死。

*

南衣终于将宋牧川拽到了岸上。

新鲜的空气涌入口鼻，宋牧川剧烈地咳嗽起来，将呛进肺中的水悉数咳了出来。

"夫人，你为何救我？"

他望向她，自怨自艾的语气里还藏着一丝希望。他亦在恳求那一点垂怜和肯定，希望听她说"你不要死""你没有那么不堪""你值得活着"这样的话。

南衣麻利地拧干衣服上的水，五官因用力而蹙在一起，动作与端庄没半分关系。她抬眼看他，平静又愤怒："我救你上来，就是想问问你，你们这种读书人，为什么看不起好死不如赖活着的人？"

"……不是。"

但宋牧川也知道自己的辩白非常无力。他不就是因为受不了一时的羞耻而寻死吗？

他若能坦然接受赖活着，就不该有这种行为。

"我凭什么不能这么活着？你看不起谁呢？"

宋牧川怔怔地望着她，似乎明白了什么。

她救他，也许是因为他们在某种相似的困境里，却做了不一样的选择。而他的选择于她而言是一种振聋发聩的指责。

"你知道吗？如果连你都要去死的话，那么这个世界上很多人都不配活着。"

他有种她脸上有泪的错觉，但他们浑身都滴着水珠，也分不清究竟是不是泪水。

"那些被世道羞辱的人，他们全都应该去死。"

他站起身，个子比她高出大半个头，却像个犯了错的小孩一样，手足无措地立着。

"但是凭什么？活着就是一件比死还要难的事，你做不到就放弃，还顺带鄙视了那些在挣扎的人。"

"夫人，不是这样——"

"我说完了。你如果还想寻死的话，找个没人的地方跳河，不要被人发现。"

说完，南衣转身要走。忽然意识到什么，她伸手去袖子里寻，却发现那个装砚的锦盒丢了。

她错愕片刻，望了一眼河面，应该是掉在河里了。

秋姐儿送她的砚台，兜兜转转，最后她还是没守住。

她又摸了摸腰侧，那装银子的荷包倒是还在，里头是刚当来的银子。她这么一个爱财如命的人，也不知道此刻抽了什么风，觉得人间的事也不过如此，没什么重要的。

她竟大手一挥，将荷包扯下，丢给了宋牧川。

"明明是这世道的错。"

她扔下最后一句话，一身轻地走了。

宋牧川怔怔地望着她的背影。

诵经三千卷，曹溪一句亡。

这么多年，他都以为是自己的错。他被困在方寸之间，捧着那些微不足道的错误，日夜惩罚自己，却忘了抬头看一看这世界。

他还是被保护得太好了，衣不沾尘，挺着无用的风骨，说着苛刻的道义，却让自己成了一个废人。

杀人放火金腰带，修桥补路无尸骸。他要去改变的是这个世道。

天不度我，但我可度世人。

回到那间茅草屋，宋牧川用南衣留下的银子给阿池买了食物和药，又翻箱倒柜从行囊里翻出一封信笺。

阿池恢复了些精神，不解地看着宋牧川："郎君，你这是要做什么？"

第四十章 何所去

南衣在外头桥边放空地坐了很久，没有再听到有人坠河的消息，想着宋牧川应该是想开了，才回望雪坞。

她是个嘴硬心软的人，天生就仰慕读书人，那些话口不择言，她担心自己说得太重，他真的再去求死。幸好没有。

不知道为何，她救了宋予恕之后，逃跑的念头又冷了下去。这乱世里，人人都寸步难行，她一只小蝼蚁，跑去哪里能活？

但回去又能怎么样？那些人喊她"少夫人"，却将轻贱鄙夷的目光砸在她身上。

她德不配位，自然没人把她当回事，没人看得起她。而谢却山不肯放她，非要榨干她的最后一点价值。

别看南衣对着宋牧川的时候字字铿锵，真回到自己身上，何尝不是迷茫。

回柘月阁的路上，她听婢女们议论说，陆姨娘丢的那个宝贝物件都找了两天了还没找到。

陆姨娘的母族百年前是前朝贵族，灭国后落魄了，但仍有宝贝传了下来，就是陆姨娘丢的那块玉佩。她正发动满府上下一寸寸地找，甚至还将院内的女使们都聚到一起搜身。

南衣脚步匆匆地回到柘月阁，刚进门的时候都没意识到房里坐着一个人。

她冷不丁抬头，看到谢却山就这么端坐在房中，脸色阴沉，让人心里顿时一凉。

南衣愣了几秒，察觉到极大的压迫感，她下意识地便想要跪下，却被谢却山一把扶住。

他的手紧紧箍着她的手腕，目光里含着怒意："我同你说过什么？"

"什么？"南衣愣了一下，很快便反应过来，心虚地回答，"除了长辈，不跪任何人。"

"还有呢？"

南衣茫然地看着谢却山，实在想不出来了。

谢却山嫌恶地丢开她的手，扔过来一句冰冷的话："把外袍脱了。"

南衣像一只惊弓之鸟往后一退，恐惧地看着谢却山。

谢却山懒得跟她多话，直接抽出腰侧的剑。剑光飞快地闪过，唰唰几下，她的腰带碎了，衣袍散开来。他什么都没说，只是拿剑尖逼着南衣，南衣无措地往后退，退到门框处，再也无处可去。他的剑尖挑开她的外袍。

她藏在外袍里的那个东西也掉了出来。

是一块成色极好、雕工精致的玉锁腰佩。

南衣身上只余一件白色中衣，里衣还没干透，皱巴巴湿黏地贴着身子。她颤抖着站在原地，害怕，更是难堪。

她是鬼迷心窍了，昨日在太夫人院落里看到陆姨娘掉的这个东西，便鬼使神差地藏在了自己的袖子里。

她半是想报复，半是想换点私房钱捏在手里，为以后出府的日子做打算。

结果今日出府的时候，就听说这玉佩是如此贵重，南衣不敢在沥都府的当铺里出手，怕追根溯源会找到她头上，只能将玉佩带了回来。

她不知道谢却山是什么时候发现的，她以为自己藏得天衣无缝。

"我是不是同你说过，把你偷鸡摸狗的那套收起来？"

"是……"

"那为什么还要偷？"

她试图辩解："我是在太夫人的院里捡的……我不知道是谁的。"

"拿了不属于你的东西就是偷！"

诚然，她是个小偷，她没改掉毛病。她是个在大染缸里沾了一身污秽的人，她有罪，她卑贱，她确实是不占理。

但她更讨厌谢却山来训斥她，她的一切苦难都是他带来的。

南衣仰头，眼眶已经通红，她觉得已经被羞辱到了极致，不管不顾地顶了一嘴："你管我！我就是小贼，我本性难改，哪有那么多为什么？我乖乖帮你盯着谢穗安不就行了！"

谢却山的语气出奇地严厉："管你？好日子不过，非要作死！你现在拥有的东西还不够你享受吗？但你若是让陆姨娘发现你偷了她的东西，你知道自己会面临什么吗？你知不知道羞耻？"

南衣朝谢却山吼了回去："你才不知道羞耻！"

谢却山脸上的表情明显一怔。

南衣也意识到自己骂了什么，但话已经说出口，今天她就是不想装了："我只能等你们的恩典，等你们的赏赐，那才是我能拥有的东西，可迟早有一天，你们会说拿走就拿走！你知道突然给一个乞丐荣华富贵是一件很残忍的事吗？因为总有一天你们这些上位者会将这一切都收回，我还是会一无所有，甚至还不如以前！"

谢却山沉默了，脸上的怒意开始偃旗息鼓。

他原本觉得，她如今在望雪坞里吃穿不愁，偷陆锦绣的玉佩纯粹是出于贪念和私心，他不想让她同以前一样把偷鸡摸狗当成习惯。

但他发现，南衣有点不对劲。

他朝她走了一步，定定地看着她："谁欺负你了？"

这简简单单的一句话，却犹如汹涌的洪水瞬间冲垮已不堪重负的破堤坝，她的眼泪放肆地在脸上纵横。

他有点无措，从前她的眼泪多半是恐惧，多半是伪装，偶尔一两滴是同情，可此刻，她是真的很伤心。

似乎在他都没察觉到的时候，她受了很大的委屈。

可南衣不觉得他会帮自己，她甚至丝毫都没想过这种可能性。这种无聊的后宅之事，怎么可能在他冰冷的心里激起水花呢？

"你走吧，求你了——"南衣把谢却山往外面推，"你要骂我，就算要杀我，明天再来好吗？让我自己安静一会儿吧。"

谢却山不肯动。

他有点生气。这是他捡回来的小野兽，他给她温饱，教她立足，教她计谋，以后还要教她读书识字，学更多的道理，让她堂堂正正地活在这个世上，不再被欺负。他对她很凶，因为他不在意她会恨他，只要她能成长就可以了——但是，到底是谁伤害了她？

这时，外面院门被人粗暴地打开，气势汹汹的脚步逼近，但停在了门口。

门口传来贺平的声音："陆姨娘，主君在里面。"

陆锦绣立刻不敢造次了，声音显得有些犹疑："我丢了个东西，有人说昨儿看到少夫人经过那里，我想来问问她。"

谢却山看了眼手里的玉锁腰佩，又看了眼南衣。

南衣肉眼可见地颤抖起来，显然，她不想被陆锦绣抓个现行，被其无尽地羞辱，可如今她的脸面、她的尊严都掌握在谢却山手里。

"让她进来。"谢却山没什么表情地说。

陆锦绣带着贴身的女使进了房间，却发现南衣似乎不在房间里，只有谢却山坐在主位，面色有点阴沉，看上去心情不好，她更不敢招惹了。

谢却山将手里的玉锁腰佩递出去："姨娘，这是你的东西吗？我还以为是嫂嫂的，跑来送一趟，却发现她不在，刚想走，你就来了。"

陆锦绣哪敢质疑，连忙上前接过："是我的东西，多谢主君。"

陆锦绣虽垂着眸子，但目光还是左右乱瞟了一下，这个小动作被谢却山看在眼里。

"主君，那我便先回去了。"

谢却山点点头，陆锦绣便忙不迭地转身要走，竟显得有些心虚。

陆锦绣当然是心虚的，她怕南衣向谢却山告状，看到谢却山在柘月阁就非常紧张。好在这会儿南衣不在房中，谢却山又没有什么异常的反应，她转念一想，也对，这种闺房里的私事，饶是再没皮没脸的姑娘，也不会往外说的。

她心里勉强松了口气，但一刻也不想在这压抑的地方多待。

她的仓促却让谢却山起了疑心，她素来是个滴水不漏的人，把礼节做得很好，但她刚才闯入院子就显得有些无礼，现在也对柘月阁的主人只字不提就匆匆要走……

"陆姨娘——"就在陆锦绣即将迈出门槛的时候，谢却山叫住了她。

第四十一章 她与海

"陆姨娘对南衣，做了什么？"

谢却山这么问其实也只是试探而已，但他的表情显得太高深莫测，让人一时摸不准，他这是询问，还是早就知悉了全局的质问？

陆姨娘哪里应付过这架势，腿立刻就软了，但她还抱着一丝侥幸，勉强挤出一个笑，道："主君问的是什么事？"

陆锦绣的这番反应让谢却山更加确定了。他的语气一下子严厉起来，反问回去："你说是什么事？！"

"都是一些误会，怕扰了主君的耳……"

谢却山懒得再跟陆锦绣纠缠，目光落在她身侧的女使身上："她不说，你来说。说不清楚的话，自己去领死。"

他的话说得很重，女使吓得伏跪在地上，哪里还敢有隐瞒？

"主君饶命！姨娘有一天晚上看走了眼，误会少夫人与您有……"女使实在是难以启齿，抬眼瞟一眼谢却山脸上的雷霆之色，只好硬着头皮说下去，"有苟且之事……又……又怕此事污了谢氏门风，对不起已逝的大公子，就带着毒酒要私下……处死少夫人。但少夫人不从，后来就叫了验身的婆子，证明了少夫人的清白，才知道是误会一场。"

"误会？"谢却山震怒，"若她不争，死于你的武断，这条人命也是误会吗？！"

陆姨娘跪倒在地上，泣不成声："是我未调查清楚就做了错误的判断，但我也是为了谢家的清白名声呀，还请主君恕罪！"

南衣坐在黑暗的寝房里，她没有再哭，平静地听着屏风外的对话，一瞬间恍惚得像在听别人的事。

她没有想到谢却山会帮她掩饰偷东西的事，更没有想到，他会刨根问底追究陆姨娘的过错，甚至还发怒了。

这还是她第一次见到谢却山发怒。

"谢家的清白？"谢却山冷笑，"既然觉得她与我苟且，那你为何不来质问我，来处罚我？"

陆锦绣被问住了，抽抽噎噎的，答不上话来。

"欺软怕硬之辈，还非要拿清白、拿礼义标榜自己。就算是当堂审案，也得问谁是受害者，谁是加害者，女子体格本就弱于男子，被迫委身也并非稀奇，可若照你这个判法，不分青红皂白，每个受害的女子都要为自己的不幸赴死吗？什么狗屁世道，竟连个女子都容不下，这是谢家哪条规矩？！"

陆锦绣脑子里嗡的一声，才知道自己是撞到了哪块铁板上——谢却山怒的，不只是南衣之事，更是他母亲的旧事！陆锦绣哆嗦着，竟连求饶的话都说不出来了。

谢却山冷着脸，道："当日参与其中的女使，杖二十，发卖出府；陆锦绣，杖二十，禁闭于房，未得令永不能踏出房门。"

★

陆锦绣和女使哭天抢地地被拖出柘月阁后，房中寂静了很久。

"谢谢你。"谢却山孤独地坐着，突然声音沉沉地开口。

过了一会儿，屏风后有窸窣声传来，南衣走了出来。她有点无措，又有点局促地站在他面前："谢我什么？"

"谢谢你，没有死。"

年少的记忆呼啸而来，是他和娘亲在逃亡的路上被土匪绑架，娘亲不肯委身土匪，要以死明志，他哭着求娘亲为了他活下来，娘亲却说清白之身没了，回去也是死。然后，他第一次杀了人。

那是十五岁的少年，锦衣玉食、无忧无虑地长大，曾经为春花秋月无病呻吟，曾经横刀立马仗剑天涯，却在这一刻成了满手是血的修罗。但他是庆幸的，土匪死了，娘亲活下来了。

那逃亡的一路胆战心惊，风餐露宿。他恨抛下他们的父亲，娘却总是劝诫他："不要怨恨，无论你的父亲对我们做什么都是对的，父是天，家族是天，我们在这天的庇佑下生活，要永远感恩戴德。"

他信了，他忍了，可后来的后来，流言依然传开了，她的娘亲用一具冰冷的尸体捍卫了那毫无用处的清白，死前她依然在感激，感激伪善的世家大宅给了她容身之地。

可那是她应得的，并不只有世家给了这些女人荣华富贵，这些三从四德的女子也撑起了世家的矜贵，他们相互成全，他们本该是平等的。

所以谢却山感激南衣，感激她的抗争，感激她没有被那些无用且害人的礼束缚，让他不必再面对一具尸体。

"有我在，我不会让你一无所有。"

他回应的是她在陆锦绣来之前说的那句话。

接连经历的事情让南衣陷入极度的不安和悲观，认为自己的一切被别人掌握在股掌之间，随时都可能会一无所有。

南衣脸上的泪无声地往下落，她极力想要控制，却关不上情绪的闸。她恨谢却山，恨死他了，可也是这个人给了她平生从未得到过的承诺。

南衣还是摇头："我不信，你只是把我当成一颗棋子而已。"

他知道她在怕什么，只要像往常一样，他用那些生死威胁她就好了。他告诫过自己，独木过江，稍错即坠。可是，他还是朝她走了一步，打破了自己的规则："不要背叛我。事成之后……我会放你离开，让你安稳地度过余生。"

他本是独来独往的人间修罗，不需要索求世间任何人的信任。但他还是垂眸，怜悯了一株小草。

这种许诺对他这样本该无情的人来说是致命的。

最好的距离本该是她一直畏惧他。

谢却山看着南衣流着泪朝自己走近，那双眼睛里像有一片雾蒙蒙的海。

海浪小心翼翼地沾湿他的衣袂。

"真的吗？"

"真的。"

他就站在原地，让那片海淹了过来。

"我可以确认一下吗？"

他顿住了，没回答，不知道她要怎么确认。

南衣直接上前抱住了他，双手环过他的腰，温香软玉便撞了满怀。

她是生在野外的一只小兽，身体里保留着野兽的本能，她听不懂语言，看不懂表情，对人心一无所知，在复杂的环境里，她只相信身体的本能感受到的东西。

所以她抱住了他，闭上眼，听到他的心脏在胸腔里有力地跳动着，然后慢慢变快，像遥远的鼓点，终于激昂地到了她的耳边。那鼓点是有温度的，温柔地环抱着她，与他平日里的冷冽截然不同。

过了许久，南衣松开了谢却山。

她终于不再躲闪地看向他，他发现她眼中的不安好像退去了。

她像一片漂泊的羽毛，落了地，安安静静地伏在那里，洁白、纯净，没有什么旖旎。

"我相信你了，我以后不会再偷东西了。"

谢却山不知道，这个拥抱到底给了她什么力量，他们在肌肤相贴的时候，她脑子想的是什么？她的逻辑是什么？

谢却山不知道。他遇到了一个难题。

相比南衣的心无杂念，他慌了。

当他在某一瞬间看不懂她的时候，似乎有什么东西偏离了既定的轨道。

谢却山极力掩饰自己的僵硬，脸上竟不自觉地浮起半抹红晕。

他试图张了张口，话却都哽在喉间，最后竟什么也没说，便逃也似的离开了。

*

到了后半夜，谢却山还觉得莫名地心焦意躁，在房间里写了半天的字静心，最后还是放过了自己，推门出去散心。

贺平跟着谢却山，察觉到了自家公子的不对劲："公子，可是有什么烦心事？"

"没有。"谢却山立刻否认。

又走了几步，谢却山停下脚步，回头看贺平："贺平，你说人为什么要拥抱？"

"表达爱意？"

谢却山立刻否认："不可能。"

"那就是交换信任？"

谢却山若有所思，这倒是有几分道理。但也不能完全解释他内心的异样。他想了想，朝贺平招了招手："你过来。"

贺平听话地走过去。谢却山试着抱了一下贺平，和那种温香软玉的感觉所差甚远，他立刻嫌弃地把贺平推开了。

贺平委屈："公子，您这是什么表情？"

"你该换身衣服了，"谢却山摇了摇头，扬长而去，"看来不是每个信任的人都能拥抱的。"

贺平嗅嗅自己衣服上的味道，也没觉得有什么不妥，一头雾水地看着谢却山离去的背影，实在是想不通——今日公子吃错什么药了？

第四十二章 菩萨心

陆锦绣被罚的事很快就传遍了望雪坞。

鲜少有人知道内情，都觉得陆姨娘当家这么多年，没有功劳也有苦劳，却被谢却山这个魔头针对了，如今落得如此下场，难免人人自危。

大家都窃窃私语地在骂，三五成群，鬼鬼祟祟。

出乎众人意料的是，谢穗安这次很安静。

她从哭哭啼啼的陆锦绣那里知道了事情的原委，也觉得母亲做得不对，纵然心疼母亲受了皮肉之苦，但秉着自己的原则还是没有出头。

只是，她忽然有点不知道怎么面对南衣了。

一来，那件事太过私密，想必南衣也不愿再提起，她若去道歉，倒显得在揭人伤疤了；二来，始作俑者毕竟是她的娘亲，她是个要脸的人。

正惆怅间，她在府里漫无目地游荡，不知何时到了前院。隐约间，她听到一阵不起眼的风铃声。

谢穗安心头一凛，在岐兵的注视下装作漫不经心地出了府，发现街头那棵大树的树梢上果然挂了一只不起眼的铜铃。

这是秉烛司的接头暗号。

★

平霖坊是沥都府中最混乱的一个街坊，与城门挨得近，流民们进进出出，下九流聚集于此，成了一个官府默认不管的地界。

街角挤着一栋不起眼的酒楼，幡旗破了一角，上头写着泛了旧的几个大字——过雨楼。

笃笃，笃笃笃，有人有规律地敲响后院木门。

正是乔装后的谢穗安。她穿着一件寻常男子的布衣，脸涂得蜡黄，还贴了两撇逼真的小胡子。

放眼望去，半个平霖坊都是这样打扮的人。她身段本就高，若非盯着看，根本瞧不出她是个女子。

片刻，有一个少年把木门拉开了一条缝，将她迎了进去。

过雨楼从外头看就是一个不起眼的小酒楼，而里面大有玄机。

谢穗安跟着少年进入地窖，穿过狭窄的通道。少年搬开障碍物，拧开机关，石门轰然打开，前方灯火通明，豁然开朗。

据说，这里曾经是南朝某个短命王爷的陵寝，被盗得只剩个空壳了，后来沥都府扩建，城墙将这荒郊野岭也围了进来。

而这空了的地宫就成了沥都府中秉烛司的据点。

偌大的地宫被分隔出许多独立的密室，每个密室各有用途，并根据保密程度，设有不同的机括。

在情报流通的环节上，谍者分为采集者、传送者和处理者，还有执行各种任务的死士们。除了专门处理情报的谍者会留守地宫，大部分谍者都是在外执事，拥有各自不同的身份和伪装。

谍者们大多时候都互不相见，也不知道彼此是谁。

但秉烛司的首领需要了解自己掌管的所有人。

上一任首领是谢衡再。但他死得突然，没留下任何安排。这些时日，秉烛司都是群龙无首，大部分暗桩都在静默。

直到今日，街头巷尾的隐秘处突然出现了许多秉烛司的接头暗号。

谢穗安心里生起猜想——不会是来了新的话事人吧？

最后一扇门被推开，少年退了回去。

谢穗安进入其中，此间墓室空旷，四周墙上整齐地排列着无数抽屉，中间置一张小案。

正中央是斑驳的壁画，壁画上巨大的神佛垂目。

一个青衫男子就站在神佛的目光下，烛光在他身上摇曳。

谢穗安觉得他的背影有点眼熟。他回过身，摘下脸上的面具，对她微笑。

"宋七哥哥！"谢穗安惊呼出声。

"谢小六，好久不见。"

谢穗安冲上去，抓着宋牧川上下看看，目光瞥到他身后翘头案上的长长卷轴——

卷轴上无字，只有一个个鲜红的手印，那是谍者们入秉烛司的仪式。

谢穗安反应过来："你——"

"我奉中书令之命，接管沥都府的秉烛司，之后，便由我来负责新帝南渡的任务。"

谢穗安眼里含泪，她与宋牧川相识十余年了，她也是把他当成自己的亲哥哥。他出走后，前几年还有只言片语的消息，后来便断了音信，她甚至不知道他是不是还活着。

她知道他这么多年都在拧巴，大家都用恨来解脱，只要恨着谢却山，那么日子就能过下去，但他不愿意。

今日重逢，他眼中有了光彩，她便猜到他一定想通了一些事，至少，找到了一种自洽的活法。

"太好了，太好了……"她激动得甚至说不出话来了，捋了捋舌头，才迫不及待地问，"宋七哥哥，我们下一步该做什么？岐人们还在到处搜三叔，要怎么把他送出城？"

"谢小六，这么多年不见，你也不问问我过得如何？"宋牧川笑。

谢穗安也笑，眼里却有几分落寞："我不敢问，这么多年，没有人过得好。"

宋牧川的神情亦黯淡下来，他想提庞遇，又把话咽了回去。

他接手秉烛司的情报后，得知不久前庞遇已死，但看谢穗安的样子，她似乎还不知道。

只要藏住这个秘密，庞遇便能一直活在她的期待里。如此……也好。

见宋牧川沉默，谢穗安以为是自己的话让他伤感了，忙安慰地拍拍他的肩膀。

"不过没关系——"谢穗安是个豁达开朗的人，不管多黑暗的地方，她都能找到一丝希望，"我们现在做的一切，不就是为了让这个世间好起来吗？"

宋牧川颔首，笑道："是。只要能助陵安王登基，长江以南一带万民归心，不说收复疆土这种大话，至少能划江而治，为江南百姓留下一方净土。"

"你有什么全盘的计划了吗？"

宋牧川正色道："你先随我来。"

他带谢穗安进入另一间密室。密室里竟放着一具被白布遮着的尸体。

宋牧川做事滴水不漏，接管秉烛司后，他要尽快掌握城内所有谍者的信息，分发暗号，召集谍者们见面，下达任务。同时，他还做了一件事，便是查最近七日内城中死去之人的尸体。

155

死人身上会留下很多信息。

掀开白布，谢穗安心底骇然。尸体应该是个女子，面容却被毁去，瞧不出一点原本的样子。

"这是……"

宋牧川托起尸体的手，尸体手指上涂着鲜红的蔻丹。他就这么看着谢穗安，并不着急说话。

谢穗安反应过来，惊得后退一步："不可能！"

"小六，"宋牧川声音沉沉的，"敌人，无孔不入。"

谢穗安缓了好一会儿才回过神来，这是长嬷的手。长嬷死了。

在花朝阁的那个女人是假的。

她时常与假长嬷碰面，甚至没有发现一点异常。

"我去把她杀了。"她后悔莫及，迫不及待地想去弥补自己犯下的这个弥天大错。

宋牧川摇摇头："不着急。"

"还等什么？她就在三叔身边，谁知道她会探去什么消息！"

"谢大人还不知道送陵安王离开的计划吧？"

"这倒是万幸，那天我还没来得及告诉三叔，他就被岐人带走了。"

"那便没什么怕的了，敌人为我们准备的这个陷阱，我们也能留给他们自己用。"

谢穗安当即便觉得危险："这太冒险了！"

宋牧川并不咄咄逼人，十分平静道："不入虎穴，焉得虎子？我已有计划，你就装作不知道，在假长嬷面前不要透露什么信息，也别露出破绽。"

谢穗安看着宋牧川，他成竹在胸，不急不躁，来了不过几日，便能在繁杂庞大的信息中发现蛛丝马迹。

她意识到，这个泡在风花雪月里伤春悲秋的少年是真的脱胎换骨了。

菩萨心肠，金刚手段。

那剑从满是锈的剑鞘里拔出，是世人从未见过的锋利。难怪中书令会选中他。

她忽然就有了巨大的安全感："宋七哥哥，我都听你的。不过有一件事，你必须帮我。"

"小六，你说。"

"我家嫂嫂帮我救下了三叔，我答应过她，要帮她离开沥都府，但家中处处都是谢却山的眼线……"

"你的嫂嫂——"宋牧川脑海中浮现出那个女子的脸庞。

"就是我大哥的孀妇。拜堂那天，大哥就去世了，他们之间并无情分。嫂嫂跟我差不多大，总不能守一辈子的寡吧。"

宋牧川沉默。

"我知道这很难——"

"好。"没等谢穗安说完，宋牧川就应下了。

谢穗安微有错愕，她似乎在宋牧川的脸上看到一种晦涩的情绪一闪而过。

"我一定送她平安离开。"

第四十三章 除夕夜

就在这涌动的暗流之下，终于迎来了除夕。

新桃符换旧桃符，一扫过往的晦气。这个年在最艰苦的岁月里姗姗而来，人人心里都寄托着许多祈盼。

一大早，车辘辘轧过青石板，一路从城门的长街拐入坊中，最后风尘仆仆的马车停在望雪坞门前。

一位年轻雅致的女子走下马车，右手牵着一个十来岁的男孩，左手抱着一个团子般呼呼大睡的女娃。

守门的小厮正睡眼惺忪，看到来人，难以置信地揉了揉眼睛。

与此同时，伏在案上的南衣猛地惊醒，桌上正摊着一卷长长的佛经。

来不及梳妆打扮，她急匆匆地就从房中冲出去——熬了一个通宵，逐字逐句地排查，她找到那个内奸了！

刚出院子想去找谢穗安，她就发现整个府里异常轰动，不知出什么事了。

谢穗安也火急火燎地往门口跑，两人正好在连廊处撞上了。

两个人其实好几日没见面了，这会儿一相见，竟然都扑哧一声笑了，略显尴尬的关系在这个笑里恢复如初。

到底都是和善的少女心性，扭捏一会儿，也都烟消云散了。

南衣拽着谢穗安的袖子，摸不着头脑："出什么事了？"

谢穗安脸上洋溢着巨大的喜色："我二姐她回来了！"

这时，南衣才听到前院传来此起彼伏又惊又喜的声音："甘棠夫人回来了！"

谢棠安是谢家长女，早早嫁入平南侯府。她的夫君乃先皇后的弟弟，她自然也与先皇后关系亲密，封为诰命夫人的时候，皇后特赐"甘棠"二字，以示荣宠。

南衣将要说出口的话吞了回去，在这个时候和谢穗安聊细作的事似乎不太应景，此事倒也没有那么着急。

*

甘棠夫人是接到谢衡再逝世的消息回来奔丧的，只是路上战火纷飞，耽误了许多时日，堪堪赶着除夕，终于到家了。

她的亲娘谢氏已经去世，府中还有她的乳母胡氏。胡氏平日里守在太夫人身边照料，深居简出，这会儿更是拉着她的手哭成了泪人。

乱世中的亲人重逢，更显珍贵。连病床上的太夫人都来了精神，抱着重外孙和重外孙女笑得合不拢嘴。

整个谢府上下都沉浸在团圆的气氛中。

南衣有点无所适从，刚想灰溜溜地缩到角落，就听到甘棠夫人爽利的声音："这位就是大哥房里的孀妇吧？"

人群的目光都落在了南衣身上。

南衣咧着一个干巴巴的笑，走出来对甘棠夫人行了个礼。

甘棠夫人怜惜地看着她："看着也还是个孩子呢，却为谢家守着寡，苦了你了。"

谢家的人都看不上南衣，认为她攀龙附凤，吃这苦也是活该。这样怜惜的话从来没人对南衣说过，南衣顿时对她充满了好感。

"听说，如今是你在掌后院？"

南衣琢磨着甘棠夫人话里的意思，应当是想把她这虚职给去了，便主动道："是的，但是我向来粗鄙，担不起这大任，还请甘棠夫人再找个能胜任的人。"

"无妨，你担得起。正好年里年外琐事多，我来帮你打理，你也能快些上手。"

她说话不急不缓，不兜圈子，也不盛气凌人，稳重又果断，叫人极其舒服。

不过南衣还是有些蒙——谢家又不是没人了，干吗非得叫她做这麻烦事呢！

只有谢穗安是高兴的："好呀，二姐，有你在，嫂嫂定能把后院打理得井井有条！"

忽然，堂中的哄闹声弱了下去。

是谢却山回来了。

他站在堂外，遥遥看着，知道自己与这阖家团圆没什么关系，进去怕是不合时宜，可不进去又显得无礼。

众人看看谢却山，又看看甘棠夫人。每个人与谢却山重逢时，都会经历那么一瞬间的尴尬。

虽是血亲，但立场截然不同，曾经有过几分亲情，如今都应该是恨大过爱了。

甘棠夫人仍是面色如常，她来的路上早就听说谢却山回来了："谢三，过来。"

南衣瞪大了眼睛——她从没见过谁敢这么随意地使唤谢却山！

偏偏谢却山没有任何不悦，竟然温顺地走了过去，拱手道："二姐。"

"既然回来了，那便好好过日子。"

堂中寂静，没人敢接话。

"好，二姐。"谢却山回答。

"我见家里的守卫都换成了岐人。"甘棠夫人微笑道。

方才她进来的时候，岐人不知道这是什么人，还不识趣地要拦，差点和家里的下人起了冲突。

大家都屏着呼吸，总觉得有一丝火药味。

甘棠夫人神色自若，朝门口唤了一声："唐戎。"

不一会儿，甘棠夫人的侍卫唐戎便从外头进来，手里捧着一个沉甸甸的木匣子。

唐戎将木匣子放在桌上，打开，里头码着整整齐齐的白银。

甘棠夫人将木匣子推给谢却山："这是一些酒菜钱，谢三，你拿去分给你的岐人兄弟们，让他们也好好过个年。"

言下之意却是在说，这个年，让那些岐兵都滚出望雪坞。

谢却山顿了顿。

这木匣子上刻着沥都府钱庄的招牌，分明是甘棠夫人回府前刚取的。银票不好分，而银子是实实在在的财物，吃人嘴软，拿人手短，岐人拿了钱，就得撤出去。看来她早就想好回来后第一件事要做什么了。

在她回来之前，谢家没敢这么做的人，或者说，没有这样拉得下脸又站得住立场的女人。陆锦绣膝盖太软，见风使舵，谢穗安性子太烈，不愿服软，剩下的老的老，小的小。至于南衣，根本不是个能话事的。

"有问题吗？"见谢却山不接话，甘棠夫人抬眼一扫，眉眼还含着笑，语气却重了几分。

众人大气都不敢出，胆战心惊地等着谢却山的反应。

"二姐，这不大好办。"谢却山十分恭敬。

"所以才叫你去安排。"她声音十分笃定。

"……好，二姐。"

南衣惊得下巴都要掉了！这还是谢却山吗？他连亲爹、亲祖母都敢忤逆，却对这姐姐毕恭毕敬。

这难道就是血脉压制？

——是的，谢却山从小就怕自己的二姐。

谢却山幼时也是调皮的，谢钧无心于他娘亲，对这个儿子自然也不太重视，偶尔想起来，便要雷厉风行地教育一番，方能显示自己的权威，但这对谢却山这个一身反骨的人来说效果甚微。

唯独在长他六岁的二姐面前，他不敢造次。二姐从不出错，识大体，懂规矩，又不像寻常世家女子那般迂腐、胆怯，做事极其大气。她对家中弟妹赏罚分明，叫人心服口服。她只要一沉眼，几个调皮的弟妹就立刻知道分寸。

这份敬重是刻在骨子里的，哪怕到今日，谢却山都不敢不听二姐的话。

谢家众人心里都是窃喜，总算有人能治住谢却山这个魔头了。

不过南衣隐约觉得，甘棠夫人忽然归家，没那么简单，也许这背后还有深意。

*

这个除夕夜，众人一起用完晚膳，又热热闹闹地聚了好一会儿才散去。

谢却山吃了几口，便早早走了。他不在，大家才能放松。

南衣也在席间告辞回房，这谢家家人团聚，跟她也没什么关系，她干坐着只会无聊。

回到房中，南衣看到案上放着一个托盘。

托盘上放着一套新的衣裳，她抖开一看，里装是鹅黄色短袄，料用得极其厚实，对襟上绣着百菊纹，下装是一条绣着点点白梅的印金百迭裙，外头还配着一件领口袖边都镶着毛的白色长褙子，通身用的都是绸缎。

南衣雀跃起来，她平日里穿的衣服是陆锦绣从谢家库房里随便挑出来拿来给她的，虽然够保暖，但多少有些寒碜，这套衣服却是花了心思的，也是她的身量。

她料想这种女儿家的东西是谢穗安送的，可再打眼往托盘上一看，底下还压着一沓宣纸字帖。

字帖的开头是他力透纸背的遒劲字体，南衣只看得懂后面三个字：年——快——乐。

头一个字她猜也能猜出来，是个"新"字。

南衣惊了，除了谢却山，还能有谁？

他竟然还记得她不舍得丢掉一件沾满血的衣服，在除夕给她送了一套新衣服。

"新年快乐。"他通过纸笺对她说。

南衣捧着衣服，埋头进去深吸了一口气。

是新衣的味道，还熏过了上好的檀香。她又仔细闻，试图闻出一丝从他手中经过的味道。

她总觉得是有的。

南衣很开心，在这辞旧迎新的夜晚竟生出一种有了着落的错觉。

可当她的目光无意间瞟到桌上摊开的佛经，一丝沉重又浮了上来。

她昨夜认认真真地比对完所有的字迹，确定望雪坞里的细作就是乔因芝。今天她没来得及告诉谢穗安，只能明天再同谢穗安商量对策。

在此之前，她观察着望雪坞里的人，有鬼祟的、可疑的，她都怀疑过，但她根本没有想过会是这个人。

南衣旁观着她对谢衡再逝去的思念和哀伤，所有人都在忙碌着新的生活，只有她走不出来，守在槐序院中。她只是一个妾，并没有人在意她过得如何。

所有人都相信她很爱谢衡再，南衣也深信不疑。

如果乔因芝不爱谢衡再，怎么会对南衣有如此大的敌意？这敌意是发自内心对夫君的维护，绝非演出来的。

可偏偏就在这张深爱的面具之下，是一个无情的谍者。是她泄露了谢衡再最重要的计划。

南衣甚至敢说，谢衡再的死也跟她有关系。

人人面上都是一张皮，贪嗔痴怨藏在内里，她能看到的不过是水面上的千万分之一。

想到这里，南衣刚热络起来的心就平静下去。

谢却山这样铁石心肠的人，就算偶尔给她一些恩惠和怜悯，恐怕也只是一种收买，作不得真吧。

第四十四章 妾心意

大伙都在甘棠夫人的院中守岁，槐序院里依然是冷清的。

往年谢衡再的身体再不好，也总归是两个人一起守岁，可今年独剩乔因芝一人与白烛对坐。

今年谢衡再的新衣早就做好了，他们的新衣用的还是同一款料子。是他亲自选的。

她虽为妾，但他待她如妻。

发呆了半响，听到子时的更声响起，旧岁已换了新年，乔因芝疲倦地准备歇息，却听到外面传来脚步声。

这么晚了，女使们都聚在一块儿守岁，不会来这里，也不知道是谁。

乔因芝披了外袍起身开门，外头空无一人。

她狐疑地往外张望，门外毫无动静，她只好关上门回到屋中，脚步却忽然一顿。

屏风后，映出一个人影。那人不知何时走到了书房里。

乔因芝站在原地，脸上那种世家妾的温顺渐渐退去，露出某种罕见的决然。她缓步走到屏风后，不动声色地行了个礼，丝毫没有慌张之色："家主。"

乔因芝缓步入内，对于谢却山的出现并不惊讶。

桌上倒了三杯茶，一杯是谢却山自己的，两杯放在对面。

"这两杯茶，一杯给大哥，一杯给你，"顿了顿，谢却山道，"一杯有毒，一杯没有。"

乔因芝坐下来，什么都没说，随手端起一杯茶，平静地饮尽。

桌边檀香烟气袅袅，过了半响，乔因芝仍安然无恙。

谢却山笑了，端过另一杯茶，打开杯盖，任由热气蒸腾出来："乔氏，看来你运气不错，在这杯茶凉掉之前，你还能有说遗言的机会。"

不过是一个简单的试探，却藏满机锋。

乔因芝若不肯喝，是个贪生怕死之辈，谢却山自会马上出剑了结她，不会再多一句废话。

人在面临死亡时的反应骗不了人。

看她此刻的神情，竟是决然而悲伤的。一个背叛者并不应该有这样的反应。

她毕竟是在大哥身边十余年的人。在大哥死后，她应该有很多机会逃跑，但她并没有，而是静静地等候在府里，此时此刻，他也想听听其中曲折。

"家主，您想问什么尽管问吧，事到如今，我定知无不言。"

"你来谢家十余年了，鹘沙是怎么说服你，让你为他卖命的？"

她平静地回答道："我本来就是个细作，起初只是朝臣安插进谢家的眼线，后来整个组织都被转手卖给了岐人，我便被安排给鹘沙将军做事了。"

"可有软肋在他手中？"

"我的孩子。"

"你嫁过人？"

"没有。"

谢却山停顿片刻。

漂泊的女子少女时就被当成细作培养，其间肮脏的事可想而知。至于那孩子的父亲是谁，恐怕她自己也不清楚。

为母则刚，难怪即便是谢衡再的庇佑，都没能动摇她的立场。

"当初接应陵安王的计划，是你传出来的？"

"是。"

"大哥是你杀的吗？"

乔因芝抬眼，眼中隐隐含泪："大郎给你留了一封信，他交代过我，若是你寻来，便将此信给你。"

一封封了蜡印的信递到了谢却山手中，蜡印上有谢衡再的私印。他的私印是谢却山亲自封入棺椁与他一起下葬的，作不得假。

这封信确实是他死前写下的。

谢却山倒是有些奇怪："你没拆开过？"

"大郎说，只能由你来看。"

谢却山拆了信，里头只有薄薄一张纸笺，纸笺上空无一字。

他试着把信笺放在烛火上烘了烘，没有任何反应。他又放到鼻下嗅了嗅味道，没有半点墨水味，就是一张空白的纸笺。

乔因芝不说话，谢却山也没问。

静坐半晌，他抓到了一缕思路，抬眼看向乔因芝："所以，大哥是自杀？"

若非预知了自己的死期，怎么会将这样一封奇怪的信交代给枕边人？

"我不知道。"

她的眼泪却落了下来。谢衡再的死因，她确实不知道，她想过很多种可能，自然隐隐有猜到是自杀，但她不敢相信这一种可能。

她宁愿自己不知道，如此便能不去面对其中隐晦的情意，直到被谢却山戳破的这一刻。

她想起虎跪山迎亲当天，谢衡再就意识到情报泄露，身边有细作。那时他就已经怀疑她了。

谢小六去支援虎跪山后，书房里就只剩他们两人。

他问她："芝娘，你背叛过我吗？"

她是个训练有素的谍者，什么严刑拷打都无法从她嘴里套出一句话。但他就这么认真地注视着她，同往常一样温和的语气，她竟直接丢盔弃甲，慌了神。

然后她勉强挤出一个笑，草草遮掩过去，连她自己都觉得蹩脚。

这是个巨大的破绽，聪明如谢衡再，一定发现了端倪。

他们相敬如宾十余年，他是一个内敛的人，体面、温和，没有太澎湃的情绪，就如细水一般流淌着。别人都以为他们之间如何相爱，但在她看来，不过是谢衡再感激她无微不至的照顾，给了她一份尊重。

她一直认为他们之间的情感建立在她伪装出的那张温顺体贴的贤妾面孔上。若是谢衡再发现她的身份，一定会处置她。

在兵荒马乱的那一天，迎亲接应计划失败，鏖战一触即发，新娘又入了谢家门，他有太多紧急的事情要处理。她以为，等这些事情结束，他就会来跟她算账。

她甚至想过逃跑，想过编出无数种说辞来遮掩。她还收到了鹘沙的密信，让她动手杀了他。

她也想过，但她下不去手。

然后，然后他就猝不及防地死了，没有留下只言片语。

"你下过毒吗？"

"头几年下过，但后来再也没下了。没想到大郎身子弱，那几年的慢性毒伤了他的根本。"

谢却山闭上了眼睛，他在思考要怎么处理面前的女子。

他本想杀她，事后推给秉烛司，便悄无声息地除去了望雪坞里的一个暗桩。

大哥知道第一个接应计划失败后，便饮下毒药，以自己的生死为局，让陵安王进城，这是他的大义。他没有杀她，用沉默保全了这个陪在他身边十余年的女子，这是他的私心。

这封空白的信……是他无声的求情。

谢衡再一生谨小慎微，自小羸弱的身体让他不敢将自己置于危险的境地中，他比旁人更计较，要将踏出的每一步的风险都降到最低。

他甚至不曾见过这女人皮囊之下的东西究竟是善是恶，却还是为她求情，将她留在望雪坞中，这是他的一场豪赌。

乔因芝也没有再辜负他的苦心，自他死后，她没有往外传出一点消息。

只可惜，他们活着的时候都不知道对方爱着自己，直到阴阳相隔，才在生死局中看到其中藏着磅礴的爱意。

谢却山没有睁眼，声音里藏着无尽的疲惫："明天一早，你就走吧。"

早就抱着必死决心的乔因芝惊讶地抬头，看着谢却山。

第四十五章 归来堂

第二日，等到谢穗安和南衣来找乔因芝的时候，却被告知乔氏昨夜匆忙回了娘家。

怎么可能这么巧？！

南衣和谢小六都不信，再一打听，才知道乔氏离开之前，谢却山来见过她。

听到这里，南衣的心瞬间凉了。

她明白过来，他定是昨晚送衣服进她房间的时候，看了她桌上的百人佛经，确定了乔因芝就是细作。在她和谢穗安接触乔因芝之前，他便把人放走了。

南衣非常恼火。

他的每一个举动都不会是平白无故的，可怜她还为他这样的随手恩赐高兴了一个晚上。

她快要气炸了。

南衣已经听不进去谢穗安在说什么了，闷头回到房间，将身上的新衣换下来，扔进了柜子的最深处。

除了这样微弱无用的抗议，她也不能冲到谢却山面前对他发火。

话说回来，这些事到底跟她也没有关系。她只要乖乖地待着，像个木偶一样任凭谢却山摆弄，到了某个时间，他就会放她离开。

在这件事上，她还是愿意相信他的。

先好好过年吧。总归家里少了个眼线，她不用再提心吊胆，这一趟辛苦也不算白费。

不只谢穗安和南衣，望雪坞上下都觉得这个年过得无比清爽。

甘棠夫人一回来，就赶走了家里讨厌的岐人，大家都松了一口气，自在不少。

除夕夜大家只是匆匆地吃了一顿年夜饭，甘棠夫人提议初五的时候，谢家再好好办一场新春宴，大家一起来热闹热闹。

看似时间还宽裕，但一场宴会，要准备的东西着实不少。市场上有专门的"四司八局"为官府贵家们置办宴席，只要出钱即可，他们会将宴席事宜安排得

165

妥妥当当，只是如今是战时，很多东西都买不到了，巧妇也难为无米之炊。

加上甘棠夫人绝非铺张之辈，此次准备宴席，核心思想还是省钱，顺便将陆锦绣管后院时庞杂的支出砍了大半，开源节流。

南衣跟着甘棠夫人打下手，本以为自己只要做个唯唯诺诺的吉祥物就好，没想到甘棠夫人是真的把她当成主母来培养，种种琐碎事务都不厌其烦地教她。

甘棠夫人是个和善但厉害的女子，她与陆锦绣的不同之处在于，陆锦绣做事的准则在于"利"，而她的准则在于"善"。

南衣打心底喜欢甘棠夫人。

府中协调的事情就够甘棠夫人忙的了，出府采买的大任就交到了南衣手上。

看到那张采买单，南衣心里泛起嘀咕。

其中的米、面、油和白糖，这些日常必需品的数量显然远超一次宴席所需的量。甘棠夫人说这是为以后考虑，乱世里多囤点东西总没错。但新年时物价高于平常，她为何不等过了元宵再囤货？

尽管心里疑惑，但南衣对这差事也不敢怠慢，带着女使满城找铺子买东西，还得货比三家，不能被坑了。

在街坊市集间，南衣第一次听说"归来堂"这个商行。

说是商行，但它们并没有铺面，更像一张流动的黑市暗网，掌握着市场上货物与钱币的流向。

据说只要愿意在归来堂花钱，没有他们买不到的东西，包括情报、人命。

南衣本不想跟黑市沾边，但无奈有些东西只能通过他们买。

比如食盐，比如白糖。看似寻常物，却是重要的战时物资，买的量一大，就需要向官府报备。

南衣猜想，不管甘棠夫人要这些东西做什么，都一定是图快；借用谢家宴会的由头采买，是不想张扬。所以南衣咬咬牙，由掌柜引荐，进了盐铺后头的堂屋。

昏暗的小屋里头，熏着让人昏昏欲睡的香。里头坐着一个账房先生，身旁立着两个佩带腰刀的彪形大汉。

南衣在契约上按下了手印，一手交钱，一手交货。没有过多的言语，也没有讨价还价的余地，不消半炷香时间，买卖就成了。

有点黑市的意思，但似乎也没那么可怕。

一进一出这么一遭，南衣后背已经浮起了薄薄的冷汗。她带着采买到的东西匆匆回了望雪坞。

而她的一举一动已经被悉数送进了花朝阁那座纸醉金迷的雅阁之中。

★

谢六身边出现的新人物都成了章月回怀疑的对象,包括谢家少夫人,还有那位甘棠夫人。

他有一搭没一搭地听着属下骆辞的禀报,目光将骆辞递上来的纸笺来来回回扫了几遍。

上头记着南衣今日从城里的铺子里分散买的东西,每家都是少量,但合起来够谢家开十次宴了。

骆辞补充道:"东家,我们的人跟她打了个照面,近距离接触后,确定她并不会武功。"

章月回将纸笺往炭盆里一扔,看着火舌舔上纸张,直至烧成灰烬。

他若有所思:"这谢家的小寡妇,究竟是被甘棠夫人当了枪使,还是深藏不露……我竟有些看不透。"

摩挲着下巴沉思半晌,章月回听到外头有嘈杂的脚步声将近,他站起身,抖了抖衣袍:"继续盯着。"

"是,东家。"

他刚应完,人就悄无声息地从窗户走了。下一秒,门被推开了。

章月回行云流水地拱手行礼,脸上从容:"完颜大人,哟,这位就是——"

完颜骏引着谢却山入内,笑道:"自然是我们大岐的王牌军师,却山公子。"他转脸对谢却山介绍道:"这位就是归来堂的东家,章月回。"

两人对视一眼,都在对方眼里嗅到了一丝危险的气息。

一个漫不经心,一个波澜不惊,皮下都是深不可测的人。

"章公子,久闻大名,幸会幸会。"

他们面上却是相安无事,相见恨晚。

完颜骏扫过二人的反应,不动声色。这位岐人高官年纪不大,如今在王庭里风头正盛,与丞相、储君关系密切,只要这回在沥都府立下大功,回去便能加官晋爵,更上一层楼。

所以他铆足了劲,必须在沥都府干出一番名堂来,造龙骨船的事他亲自操持,而抓捕陵安王主要是由谢却山和鹞沙负责。

鹞沙性子残暴,显然对造船一事并不那么热衷,若不是上头的指令压着他,他恨不得能血洗沥都府。

鲁莽之辈,不足以共谋事。完颜骏得把谢却山拉到自己的阵营里来,自然就得慷慨地分享自己的资源,所以才介绍他与章月回认识。他要成事,离不开这两人。

三人刚要落座，却见席面上有四个位子。

"章公子还有客人？"完颜骏问道。

正在这时，敲门声响起，堂倌打开门，引着鹮沙入内。

鹮沙满面春风地大步进来，看到房中还有完颜骏和谢却山，表情一下子僵住。

他还以为章月回只请了他一个人！

第四十六章 酒盈樽

"鹮沙将军，晚到的可得罚酒啊！"章月回同鹮沙也十分熟稔，自然地将人邀进来。

见大家面上都有些僵，他故作懊恼："哎呀，怪我，我想着诸位大人都是为大岐王庭做事的，又是我商会的大客户，我便自作主张，把大家都邀来吃酒——没耽误大人们的大事吧？"

"当然不耽误，"完颜骏神色如常，"我本以为鹮沙将军忙着军营里的事脱不开身，就没喊他，是我的疏忽。"

不管私心里是不是一条线上的，对外的时候他们还是得把团结的面子做全。

"是啊，早知道完颜大人也是章公子的客人，那我就从您这儿听二手消息得了，何必自己花那个冤枉钱呢？！"鹮沙也应和着。

说话间，大家都已坐下，按照地位，完颜骏自然是坐在主位。

雅阁中铜铃撞响，堂倌们鱼贯而入，提壶把盏，宴开八珍。

显然大家都想拉拢章月回这个情报贩子，不可能有人真的想听二手消息。

二手消息，那就意味着失了先机，凡事都会被动。

鹮沙最沉不住气，在席上侃侃而谈自己与章月回的交情，原来他早就开始花重金从章月回手里买情报了。乔因芝原本是章月回的人，这条线被"卖"给了鹮沙。

一个乱世里的谍子连自己的归属都做不了主，被倒手卖了好几次。

鹮沙举杯："还得多谢咱们却山公子帮忙，将乔氏放出了望雪坞。现在她就留在我身边做事，终归是个对谢家、对沥都府熟悉的人，以后能派得上用场。"

谢却山笑着端起酒杯饮尽，在杯盏后沉思。

放乔因芝走的时候,他没有过问她到底会去哪儿。她有血亲在鹘沙手中,自然也跑不了太远,回鹘沙身边,反而是个安全的地方,无可厚非。

只是他现在才知道,原来这条线的源头是章月回……一个年纪轻轻的生意人,却能翻手为云,覆手为雨,握着这么大一张情报网,能量实在是大。

这不可能是白手起家,那剩下的可能无非是贵人提拔和祖业积累。

谢却山忽然想到了什么。

"章老板,不知你同管阳章氏……可有什么渊源?"谢却山冷不丁地问道。

章月回闻言笑了,眼底却多了几分凉薄:"惊春之变后,管阳章氏因运送粮草不力被追责,满门抄斩。我嘛,正好跟我家老子怄气离了府,堪堪逃过一劫。"

宴上气氛一凝。

惊春之变,谢却山叛逃,幽都府失守,官家总得找一个人为此事负责吧,便拿章氏开刀,指责若非他们支援不及时,也不会把前线逼得叛敌。

可这粮草为何不敢运去?还不是官家自己犹豫不决。

但哪有天子的错,只有臣子的不尽心。

一粒灰落下,这世上又多了一个乱世孤儿。

偏偏这个孤儿没有悄无声息地在这世上的哪个角落死去,而是白手起家,成了昱朝如今最大的黑市东家。

章月回这话,听起来像在漫不经心地说一件寻常的事,但话中机锋暗藏。惊春之变的罪魁祸首就是谢却山,他怎么可能没有敌意?

但只僵了一瞬,章月回自己便毫无顾忌地大笑起来:"不过我家那老子,脾气暴,不讲道理,一直看我不顺眼。托你的福,死了好,再也没人管我了。"他没心没肺,颠倒人伦。

完颜骏也哈哈大笑:"原来你们二人早有渊源,那你们可得好好喝一杯。若不是却山公子当年弃暗投明,章老板怎么能挣出这么大一份产业呢?"

章月回立刻举起酒杯:"却山公子,我敬你,敬你的英明决策,给了我们这些无名之辈一个出路。"

"谢某怎敢居功,都是为大岐王庭做事的,往后还要多多仰仗章老板的产业。"

他们句句都是反话,心中各怀鬼胎。

席上几人笑哈哈地举杯共饮。

鹘沙道:"章兄这里,可是什么情报都卖,能得他相助,那以后就是事半功倍。"

"不敢说所有情报都有,但也包罗万象。力所能及的范围内,您想要知道的事,只要付足够的钱,我们都会为您打听到。"

"那不管是谁,只要拿着钱,都能从章老板这里买到消息吗?"谢却山突然发问。

这句话才实实在在地让场面冷了下来。

章月回答得滴水不漏:"在我归来堂,没有什么岐人汉人,只有客人。当然了,只要给的钱够多,也可以买断所有的消息,这还得靠各位老板看得起章某啊。"

谢却山心底发笑。这个章月回看着是个纨绔,笑脸相迎,沉迷酒色财气,却是个笑里藏刀、绵里藏针的角色。

他这样的人精,怎么会不知道鹘沙和完颜骏各怀心思?偏偏把这两人叫到同一个席上,虚情假意地说着合作团结。

一顿酒吃下来,大家都被章月回牵着鼻子走。

他谁的边都不站。饶你多少美酒下肚,也拉拢不到章月回的忠心。他不是任何人的堂下门客,而是归来堂的东家。

不管你是完颜骏还是鹘沙,有着滔天的权势或是压倒性的武力,在他这里都不管用。

他的野心绝不止做一个商人、赚一些财富那么简单,他所图到底为何?

"那不知章老板这里,可有我三叔谢铸的情报?完颜将军可是为了船舶司正焦头烂额着。"谢却山接着试探。

章月回笑道:"这很贵,不知却山公子愿不愿意花这钱。"

"就怕花了冤枉钱。"

"明白,"章月回浑身松弛,"做生意嘛,靠的还得是信任。今日与却山公子投缘,不妨送你一个情报,交个朋友,往后你可得把大生意交给我啊。"

"哦?"谢却山放下酒杯,洗耳恭听。

"你家二姐甘棠夫人忽然回沥都府,却山公子不觉得蹊跷吗?"

"二姐回来奔丧,顺便在娘家过个年,有何蹊跷?"

"禹城月前城破,平南侯投降,他的妻子甘棠夫人却带着一支精锐禹城军贪夜出城……不过如今只有甘棠夫人入了沥都府,那支禹城军呢?"

谢却山有些心惊。

禹城被岐人占领,前线的情报自然都会传回来,却没提到甘棠夫人的只言片语。谢却山原本猜想,也许是二姐前脚离了城,正好躲过一劫。又或是平南侯保下妻小平安,将他们秘而不宣地送出了城,不敢叫岐人知道。

他派去调查的人还没回来,而章月回就已经知道了。

此人,不可小觑。

"若是那支军队藏在沥都府附近,会对我们日后的行事不利,"鹘沙皱眉,语气里露出几分狠绝,"你二姐……"

谢却山抬眼,眼中杀气毕露,毫不客气地说:"我还姓着谢呢。"

话说至此,这酒喝得也不再有滋味。哪怕完颜骏在场,谢却山也依然露出了几分脾气,起身告辞:"这事,我自会摆平。别管得太宽,把手伸到我家的女眷头上。"

※

宴席不欢而散,雅阁中只剩杯盘狼藉。

章月回独自一人在席间,漫不经心地端起酒壶,一杯接一杯地喝。

有了几分醉意,和着丝竹声,他低低地唱:"未老莫还乡,还乡须断肠……"

脸上惯常的笑容不知何时消失了,他摇摇晃晃地起身,推开窗户,寒风裹着雪粒扑面而来,又在温热的脸庞上融化。

寂寥的夜晚,天地间的痕迹转瞬就被吞没了。

他有点羡慕谢却山,连这个被世人唾弃的叛国臣子都有家人。

而他呢?他什么都没有,只剩满纸算计。

他忽然就想到了那个女孩,被他弄丢的那个少女,如今在何方呢?

第四十七章 杀机现

夜已深,南衣从甘棠夫人住的三至院里出来,正好与回府的谢却山撞了个正着。

她只瞧了他一眼,立刻退了几步,恭恭敬敬地行礼。

谢却山一眼就看出来,小丫头在生气。

她定是气他放跑了乔因芝,都一天了,不知道在心里怎么骂他呢。

可是——衣服有什么错?她为什么不穿新衣服?

谢却山非常不解,难道她不喜欢新衣服?还是那衣服的款式不好看?绣娘分明说那颜色和缎料娘子们一定都喜欢。

在这无关紧要的问题上,他脑海中已经闪过了千头万绪。这世上,还有他谢却山也品不出来的事情。

"公子，我先回院子了。"见他半天不说话，南衣揣摩不出来他的心思，见势要溜。

"交给你一个任务。"他这才回神，肃然道。

"公子，我在帮甘棠夫人操办新春宴会，这些日子都特别忙。"

"明天二姐要带钦哥儿和阿芙去虎跪山祭拜大哥，你偷偷跟着他们，回来告诉我二姐都去了哪里，见了什么人。"

钦哥儿和阿芙是甘棠夫人的一儿一女，一个十二岁，一个才三岁。

南衣惊了惊，意识到谢却山在怀疑甘棠夫人，她可不想做他的帮凶，下意识地拒绝："我哪会跟踪人！公子也太瞧得起我了。"

"你就想象你要偷她的东西，但是一直没能得手，所以偷偷跟在她身后。"

"您不是不让我偷东西吗？"

"所以我让你想象。"

"可先前不是说，我只要盯着谢小六问出陵安王的所在就好了吗？"南衣还在找理由推托。

"你问出来了吗？"他反问。

南衣哑然，一时也没什么能推托的说辞了，不答应也得答应。

谢却山从袖中拿出一个小巧的袖箭，递给南衣："拿着防身。"

南衣好奇地看看手中的袖箭，还有点沉："这怎么用？"

话音刚落，咻一声，一支暗箭就朝谢却山射去，还好他反应快，立刻偏头躲过。

他的脸都黑了。

寂静了几秒，南衣丢下一句："会了会了，不用教了，多谢公子。"

然后她就以迅雷不及掩耳之势跑了。

后院刚积起来的雪，被她踩出一行松快的脚印。

*

甘棠夫人带着两个孩子去虎跪山祭拜，没带谢家任何小厮，只带了她从禹城带回来的侍卫唐戎。

像甘棠夫人这种级别的诰命夫人，身边带八个女使都无人敢置喙，但偏偏她身边带回来一个侍卫，还是家中没人见过的男子，不免让人狐疑。

不过毕竟是战乱的时候，大家都猜测，许是平南侯安排在夫人身边保护他们安全的，也就不觉得奇怪了。

光是祭祀用品甘棠夫人就带了好几个箱子，看船的吃水程度，恐怕远远不止看到的那几个箱子。

躲在暗处观察的南衣心里几乎确定了，甘棠夫人要给山里的人送物资。采购的事甘棠夫人不方便出面，所以让南衣去，她只是谢家一个不起眼的小寡妇，没人会注意到她。

但是，她到底在山里藏了什么人？

虽说只是谢却山交给南衣的任务，南衣也难免好奇起来。

甘棠夫人还留了个心眼，到了虎跪山后，进了一家食肆吃饭，却悄悄换了身衣服，将带来的物资都留在了食肆里，悄然从后门离开，生怕有人跟着她。

这份谨慎让南衣也小心起来，她果然发现有人扮作猎户，偷偷跟着甘棠夫人一行人。

不管是谁，肯定没安什么好心。

南衣摸进食肆，发现甘棠夫人把衣服都留下了，她正好换上衣服，将那群盯梢的人骗往反方向的深山，然后金蝉脱壳，抄近路追上了甘棠夫人。

倒是没费什么工夫，因为南衣躲在暗处，出其不意地出手，反而有奇效。

这么一折腾，她倒是隐隐约约摸出了一些做事的门道来，谁在明，谁在暗，都会影响局势。

她更加小心翼翼地跟着甘棠夫人。

起初他们确实是往谢衡再陵墓处去的，但到了半路，他们便拐了方向，朝着山谷的方向走。

直到南衣跟到了从前去过的那个破道观，她看到眼前的情景，大为惊讶。

那破道观俨然成了一个军寨，里头少说有几百号士兵，练兵的练兵，瞭望的瞭望。见甘棠夫人来了，众人尊敬地向她行礼。

营边飘着"禹"字军旗。这个字南衣认得，大禹治水的禹，再联想到甘棠夫人从禹城回来，不用想，也知道这支军队的来历了。

她身边的侍卫唐戎似乎就是禹城军的人，他点了一队人出列，让他们去食肆搬运物资。

南衣惊得下巴都掉了——甘棠夫人竟然在虎跪山里藏了一支军队？！

他们谢家一个个都是狠人。

南衣不敢再多看，生怕闹出一点动静会招来杀身之祸，便匆匆离开。

★

沥都府的河边渡口，支着萧条的茶摊。

冬日里根本没什么人往来，却有一个公子在漏风的茶摊里坐了好几个时辰，脸庞被大氅的连帽遮得严严实实。堂倌送茶水时，只瞧见他一双漫不经心的眼睛，像游离在这个世间之外，孤魂野鬼般的目光。

堂倌哪敢多看一眼，放下茶壶便躲到了帘后。

有一条小舟在渡口停下来，从上头走下来一个年轻男子。

骆辞匆匆走过来，附到章月回耳边轻轻道："东家，人跟丢了。"

章月回呷了一口茶，问："都丢了？"

"那谢家的寡妇原本跟在甘棠夫人身后，但她发现了我们的眼线，竟神不知鬼不觉地将人引开了……山里的障碍物实在太多，就跟丢了。"

章月回难得地蹙起眉头。

岐兵不好没有由头便大规模地搜虎跪山，因为禹城军毕竟是一支训练有素的军队，一旦打草惊蛇，双方鏖战，对沥都府的局势没有任何好处。

最好就是能神不知鬼不觉地摸到对方的位置，一举歼灭。

半晌后，章月回抬手抚了抚额头上的"川"字，表情重新舒展开，嘴角露出淡淡的笑意："好麻烦的女人。"

骆辞清楚东家的习惯，他这么说，应当是动了杀心。

"别动甘棠夫人，让这小寡妇死在虎跪山里吧。次次坏我事，烦人得很，"章月回将一锭银子留在桌上，决定既然做了，他便没必要在这里等候了，"死她一个，无伤大雅，回头，就推说是山匪所为。"

骆辞当即便明白了，若是谢家少奶奶死在虎跪山里，沥都府便能借剿匪之名派兵前往虎跪山搜查。

由头，这不就有了？

而此刻，南衣在回程的路上，满心琢磨着回去该怎么跟谢却山复命，全然没有意识到危险已经悄然降临。

打心底，南衣太崇拜甘棠夫人了。

在看到二姐秘密的那一刻，她是有所震撼的。与谢小六的快意恩仇、横刀立马不同，二姐毫不显山露水，拖家带口，看着只是个寻常的家宅女子，裙摆之下却蕴藏着如此大的能量。

所以她要帮二姐守着这个秘密，谢却山到底是站在岐人那头的。

谢小六和三叔说到底都不算大事，他顺手保全家人，无可厚非，可甘棠夫人这事不小，那可是一支军队啊！

要是被岐人发现，二姐的性命都未必保得住。

但她又要对谢却山撒谎，心里实在是没底。

要不——就说是跟丢了？

她还得做得逼真些，受点伤，才好托词说在山里跌了一跤，所以跟丢了人。

想到这里，南衣停下了脚步，环顾四周，想看看有哪个小坡适合跌跤又不至于伤得太重。

不仔细看不打紧，仔细一看，竟让她发现阳光下有一条若隐若现的丝线。

她若再往前走一步，就会踩中陷阱，成为瓮中之鳖。

南衣心中一抖——有埋伏！

她拔腿就想跑，但在行动之前，还是硬生生忍住了。她意识到既然此处有陷阱，附近也一定有眼线盯着她，她一跑，那些人就得追上来。

逃跑，就是将自己的后背交给敌人。

在谢却山潜移默化的影响下，她已经发现逃跑并不是遇事的第一选择了。

南衣装作若无其事地挠头，在身上左右翻找，像要寻什么东西。

她一边翻找，一边说："哎呀，我的荷包落在甘棠夫人那儿了！得回去拿才行。"

南衣扭头往回走，脚步如常，心跳却已经跃到了嗓子眼。

每一阵风吹过，仿佛都带着拂面而来的杀气，令人汗毛竖立。不远处是个枯木林，向天空延伸的枝丫像张牙舞爪的鬼手。

南衣一边往前走着，一边握紧了自己的右腕，腕上绑着谢却山送她防身的袖箭。

生命悬于一线，她高度紧张，大脑飞速地转动着。不管是谁设下的陷阱，无非是要抓她，或是杀她。

而她不过是一个小喽啰，她并不重要，山里藏着的禹城军才重要。她应该只是撞到了这个杀局里。

她现在一路回到禹城军扎寨之处，向甘棠夫人求助，可以保得安全，但也会在那些眼线前暴露禹城军的位置。

该怎么做？

如果是谢却山，他会怎么做？

躲在暗处，借刀杀人，斩草除根。

第四十八章　林深处

南衣忽然加快脚步，奔入枯木林中。

待到一群黑衣人追过来时，四下已经看不见人了。

他们左顾右盼，听到远处传来一阵窸窣声，立刻闻声而去，却是南衣躲在一棵参天大树上，用腕上的袖箭朝远处射了一支箭，制造出来的动静。

她在将黑衣人往林深处引。

然后她抬手，又朝远处射了一箭。

军营里，甘棠夫人正跟唐戎在营帐边交谈，忽然一支箭破空而来，深深地钉入旗杆中。

"禹"字旗拦腰断裂，骤然倒地。

动静虽不大，但令所有人都警惕起来。

唐戎立刻将甘棠夫人拦到身后，见没有第二支箭再射来，才紧张地上前检查旗杆上的细小袖箭，又望向它射来的方向。

他当机立断，指了一队士兵："你们去山中搜寻，任何鬼祟者，格杀勿论。"

南衣将黑衣人追兵引过去，又把禹城军引出来，两拨人一旦撞上，禹城军为了自保，定然会让这群不速之客再也无法走出深山。

她自己则藏在树冠中，虽然冬日叶枯，但稀疏的树枝还是能稍微将人影遮掩住。她在高处，正好能眺望到远处的情形。

凛风遥遥送来一丝血腥味。

南衣知道，战争应该结束了，她安全了。

她想从树上爬下来，刚一动作，树干便发出令人心惊的咔嚓声，缓缓向后倒去。这棵细长的杉树在经历了整个寒冬的摧残后，已经不堪一击，再被她这么一折腾，成了压死骆驼的最后一根稻草。

南衣抱着树枝，不敢再动了。

她之前的注意力全在追兵身上，跑进林中后便挑选最深处最高的一棵树爬上去，刚逃过一劫，松了一口气，却发现身后就是悬崖。

树枝若折断倒下，会将她一起带向深渊。

她也不敢往下跳，这树有三四米高，爬上来的时候绷着一股紧张，根本注意不到别的，现在往下一看，竟觉得有些眩晕。

跳下去，轻则断胳膊断腿，重则脑浆四溢，粉身碎骨。

她四两拨千斤地躲过了一次追杀，却被卡在这棵危险的树上举步维艰。她欲哭无泪，更有些恼怒。

此刻明明该是她庆祝胜利的时候！

这荒郊野岭的，叫破天也没人理她。要怪也只能怪她选了这么一棵倒霉的树。

天边日头渐沉，四周昏暗下来，时间忽然间仿佛有了实体，她除了眼睁睁地看着它狡猾地流走，却什么都做不了。

南衣心中渐渐生出一丝渺茫的绝望。

难道，要命丧于此？

她这样卑微的生命，对这世界来说可有可无，但活着一直是她不肯放弃的事情。

她以为死亡是有预兆的，会隆重地降临，只要足够小心、足够狡猾就能躲过去，却没想到死亡还爱跟人开玩笑，会猝不及防地以一张平和的面孔悄然而至。

此刻她只能卑微地祈祷各方神灵派个救世主来拯救她。

若是甘棠夫人回到家，谢却山发现她没回去，会来寻她吧？

"跳下来，我接着你。"

一个声音传来，宛如仙音降世。

南衣低头看，青衫男子站在树下，最后一缕日光斜照在他脸上，他的脸庞如玉般熠熠生辉。

她有点不敢相信，竟然是那位宋七郎？她压根没想过的人就这么出现在了她面前。

命运好会开玩笑。

"夫人，别怕。"他见她没有行动，又宽慰道。

南衣把心沉了回去，松开手，任由自己坠落。

混着林深处的风、夕阳的光，还有枯枝的松香味，最后是秀发拂过面庞，残留着些微皂角味，一并坠入他怀中。

树梢上最后一片枯叶飘落，天地仿佛都寂静了。

他像一脚踩在渺无人烟的悬崖边，垂眸看到了险峻的风景，危险才瑰丽。

这一瞬间，竟美极了。

刹那的失神过后，宋牧川连忙将南衣放下来。

他后退几步，拱手道歉："夫人，冒犯了。"

南衣打眼看到宋牧川的衣袖被自己揪出了几道难看的褶皱，很自然地上前帮他拍了拍，大大方方道："什么冒不冒犯，你救了我，我给你磕头还来不及呢。"

宋牧川却因为南衣的靠近脸上一红，又退了一步："宋某本就欠夫人两条命。"

南衣奇怪地往前一步，宋牧川再退。南衣急了，伸手直接将他拉了回来："再退你都到悬崖边了！"

宋牧川脸更红了："夫人又救了我一次。"

"别这么说，只是恰好那个时候，我遇到了你，换成任何一个人都会那么做的，我还怕上次我话说得太重，会让你生气呢。"

"夫人当日一番话，如醍醐灌顶。"

什么提壶？什么灌顶？南衣听不懂，但估摸着是句好话，她只能装作听懂，岔开了话题："不过，你怎么在这里？"

宋牧川犹疑了一下。

他当然是收到了情报，甘棠夫人可能将一支禹城军藏在虎跪山中。秉烛司派出眼线盯着虎跪山，没找到禹城军到底藏在哪儿，但意外碰到归来堂的死士们，从他们的言语中偷听到，谢家少夫人也在山中，他们计划将人杀害，以此闹大，达到搜山的目的。

消息递到了宋牧川手中，他立刻放下手头所有的事，渡江来虎跪山中寻人。

他凭借着她无意间被荆棘挂破的一片衣角，和那支为了引开死士射出的箭，用一点点蛛丝马迹一寸寸搜寻，终于找到了她。

老天垂怜，让他没有晚来一步。

但这些事关他如今的特殊身份，他不能说。

"我本想来虎跪山中采药，却意外发现了夫人。"

南衣心里还是有一点狐疑——这也太巧合了。

但可能就是这么巧合，天不亡我。她随手种下善因，就得到了一个善报。

举头三尺还是有神明的。

"那还真是我命大。"南衣笑了。

"太阳快落山了，夜晚行舟不便，我尽快送夫人回沥都府吧。"

南衣点点头，她也想快点离开这破地方："那就麻烦宋公子了。"

宋牧川的马就停在枯木林外，他扶她上马，自己却不与她同骑，只牵着马走在山路上。

南衣觉得这人可真是有点迂腐，说着赶时间，可明明一起骑马去渡口更快，非不肯同骑。但她转念一想，真要是同骑，她也会有些尴尬。

来谢家这些日子，那些烦琐的礼节让她已经悟出了一些门道。他是外男，而她如今是谢家少夫人。

想到这里，南衣心里莫名有点感动。

其实望雪坞上下都没把她当回事。她这个谢家少夫人可笑得很。

只要他稍加打听就知道，谢家少夫人是个什么样的货色。可他仍认认真真地将她放在那个位子上敬着。

"这些日子，你过得还好吗？"

借着最后一丝天光，南衣凝视着这个如瓷如玉般的男子。她隐约觉得，他似乎脱胎换骨了。

他牵着马，回头望向她，温温润润地笑道："如获新生。"

"那你未来，有什么想做的事情吗？"

"有。"

南衣等了等，没等到他的后半句话。可她依然为他高兴，在这个世道，只要有想做的事，那就会活下去，不会想着寻死了。

蓦地，他的脚步停了下来。

南衣顺着他的目光望去，不远处就是渡口了，江上一条小舟徐徐划来。舟上立着玄袍男子，他提着一盏灯笼。

江面几乎沉入黑暗，唯一的光源就是那盏昏黄的灯笼。

竟是谢却山来了。

但南衣迅速地捕捉到宋七郎脸上的异常。

她曾经在另一个人的脸上看到过相似的神情。只是宋七郎表现出来的神情比庞遇更安静。

第四十九章 不思量

谢却山下了小舟，朝他们走过来。

南衣连忙翻身下马，宋牧川伸手想扶她，却被谢却山抢先。

谢却山的动作不太温和，一把将她拉到自己身边。

宋牧川的手落了空，识趣地收了回去。

"先去船上。"他对她命令道，目光却一直停留在宋牧川身上。

南衣犹豫着，显然这两人是旧相识，也不像敌人，可庞遇的事情在先，她怕谢却山杀人。

想了想，她竟直接上前将谢却山腰侧的佩剑卸了下来。

谢却山难以置信地瞪着南衣。

南衣牢牢抱着剑，在他发火之前赶紧开溜："你们好好聊，我去船上等你们。"

宋牧川目送南衣上了船，才不躲不闪地看向谢却山。

他们之间仿佛扯着三两根绷紧的弦，谁先松手，就会弹到对方，可若不松手，弦便将手指勒得生疼。

是宋牧川先松的手。

他笑得苍白："谢朝恩，我的爹娘都死了。"

谢却山的眼眶瞬间就红了。他没想到，他们经年重逢，宋牧川对他说的第一句话竟然是这样。宋牧川，他是知道杀人诛心的。

从前在东京城，谢却山没有自己的家，便一直借宿在宋牧川家里。

宋家二老将他视如己出，对他的关怀无微不至，让他这样一个离经叛道的"逆子"在东京城里依然活得风风光光，体体面面。

179

他还大言不惭地说过，要将宋家二老当成自己的亲生父母一样来供养。

他们为什么不能等等他？为什么就这么死了？

他甚至没能跪在二老跟前，听他们痛骂他乱臣贼子。

谢却山极力克制着身上的颤抖。宋牧川手中的弦全部精准地弹在他身上，此刻他已经鲜血淋漓，遍体鳞伤。

但他不能痛苦，不能示弱。

他猩红着眼，恶狠狠地对宋牧川吐出几个字："谁让你来沥都府的？"

"走着走着，就到了。"

"滚出去，否则我会杀了你——就像杀庞遇一样。"

宋牧川的眼眶也红了，袖下的指节慢慢拢紧。

他在情报上看到过寥寥几句关于庞遇的死讯，写着庞遇死于岐兵之手。他不敢去想那种可能性，他觉得他们的谢朝恩不会做这样的事，但直到谢朝恩亲口承认的这一刻，他心底最后一丝希望被绞碎了。

"朝恩，我早该死在惊春之变的那一天。老天爷让我多活了六年，就是为了让你我重逢，好有个生死定论。"

谢却山怎么会不知道，在惊春之变前，宋牧川为了他在文德殿前跪了七天，险些废了双腿，搭进去半条命。

他亦听说过，宋牧川放逐自己，离家远行。他不敢刻意去打听关于宋牧川的消息，这都是他造下的孽。

在心底，他一点都不想跟这些经年的好友重逢。

他希望他们懦弱，他们恐惧，他们像那些软弱的人一样投降，不再反抗。可他们都不是这样的人。

宋牧川和庞遇说了一样的话，生死定论，无非就是你死我活。他们再相逢，注定就是敌人。

谢却山无话可说，在情绪泛滥前，转身就走。

他掀帘踏进船舱，抬手便拔出南衣怀里抱着的剑。

南衣一惊："你要干什么？"

谢却山抬手斩断旁边那条小舟的缆绳。

那是宋牧川留在渡口的小舟。小舟就这么顺着湍急的江水往下漂，很快便离开了河岸。

他站在船舷上，遥遥望着宋牧川，冷冷地留下最后一句话："不该你蹚的水，不要蹚。"

宋牧川站在河岸上，看着两条小舟一前一后地离开渡口。

江边，只剩他一人茕茕孑立。

★

江上明月升，墨间群山隐。

小舟的乌篷内气压极低。

谢却山沉着脸，南衣根本不敢动。小舟无人划桨，自己顺流漂下，不一会儿，便撞到了江岸。

"公子……我去划船？"

谢却山抬眼，目光里含着莫名的怒火，像要把南衣看穿："谢穗安没跟你说过宋牧川是谁吗？为什么要接近他？"

轮到南衣惊讶了："他就是宋牧川？"

谢却山皱眉。

南衣连忙补充道："他只跟我说，他叫宋予恕……我意外救了他两次，今天他也是意外救了我……"

谢却山脑子嗡的一声，已经听不到南衣在说什么了。宋雨树、宋雨漱……这两个发音有无数种可能，但他立刻就明白过来，是"予恕"，予我宽恕，这是宋牧川给自己取的字。

宋牧川手中的最后一根弦还是弹到了他身上，令他皮开肉绽。

这个世界上，如果还有一个人想拯救他，那一定就是宋牧川。

可他早就心如磐石。

忽然，冰凉的触感抚上他的脸颊，他垂眸看，是南衣的手指。

南衣好像看到谢却山落泪了，她不敢相信，试探地上前碰了碰。她刚想把手缩回去，却被他一把抓住。

他牢牢握着她的手，掌心抚过她的指节，泪痕被不动声色地抹掉了。

但南衣分明感受到了手上的湿润。

她不敢动弹，不敢说话，她好像窥见了谢却山不为人知的脆弱。

这时，小舟被水流冲得掉了个头，又开始漂流，只是他们的位置一下子颠倒了。

他背对着水流的方向，外头的景色在前进。这是一种危险的姿势，可他此刻就是不想去管小舟到底漂向哪里。这是他突如其来的任性，只有在这样无人知晓的夜空下，才能偶尔地宣泄出来。

漫长的寂静之后，他仿佛在发呆，依然没有松开她的手。

这个流过泪的证据，仿佛只要这样被牢牢握在手心，就不会被发现，仿佛这样，他就永远不曾脆弱。

莫名地，南衣有点心疼谢却山。

她试图开启一些别的话题，打破这闷死人的氛围："你……为什么会来虎跪山？"

"二姐回家了，但你还没回去。"他到底还是回答了，言简意赅，声音疲惫得很。

"我被人追杀，只顾着自己逃命，后来就把甘棠夫人给跟丢了。"她主动说出。

"什么都没发现？"

"没有……不过，我可是自己把那些追兵给甩开了！"她想让自己的语气听起来轻松一点。

谢却山没接话，眼中终于聚了神，幽幽地看向她。她心跳忽然漏了一拍，意识到自己似乎说漏了什么。

若他要刨根问底，问她是怎么甩开追兵的……岂不是就会发现她知悉甘棠夫人藏在哪里吗？

但她立刻就理直气壮起来。

她只是藏在树上，用袖箭伪造出动静，引开了追兵。至于追兵遇到了谁，被谁解决了，跟她有什么关系？

她没留下任何痕迹，反正问就是不知道。

不过，谢却山没有问，只是低低地笑了笑，终于松开了她的手："长本事了。"

他的话乍一听是夸奖，但还是让南衣后背一凉，也不知他指的是什么。

她故作自然地摆弄手上的袖箭，语气里多了几分讨好："还不是公子送的袖箭有用嘛！"

他没有接话，目光像一阵潮湿的南风，附在她身上，低沉百转："你知道我为什么会选择你吗？"

南衣一愣："为什么？"

"因为你想活，会让事情变得简单，"他沉沉地叹了口气，"不知道为什么，世上有那么多人就是想去送死。"

南衣哑然，她知道，他的思绪还沉浸在宋牧川的事情里。

她隐约察觉到，他是想救下一些人的，哪怕他站在岐人的立场上，他也不想让自己的亲友死。

但这是一个秘密。他们在这叶扁舟上共享了这个要被永远烂在肚子里的秘密，上了岸，就是泾渭分明的敌友双方了。

小舟摇摇晃晃地前行，随着月亮漂泊。

不知道过了多久，终于靠近了渡口。

南衣已经靠在谢却山身上睡着了。谢却山犹豫了一下，最终还是没有唤她，抱着她走了出去。

南衣睡得蒙蒙眬眬，感觉到身下摇摇晃晃，像在云里飘浮着似的。

"我们要回家了吗？"

她浅浅地问，半梦半醒中声音像糅着一团化不开的雾。

"嗯。"他回答。

第五十章 有客来

初四那天，一大早，甘棠夫人就若无其事地差使着家中下人们忙碌地准备春宴的事宜。

南衣昨晚子夜才归，清早打着哈欠跟在甘棠夫人身边做事，目光不时瞟过去观察这个女子。她到底还是年纪小，沉不住气，肚子里揣了一个天大的秘密，难免在脸上露出几分紧张。

而甘棠夫人一脸镇定从容，俨然一副足不出户的后宅主母模样，仿佛暗自在虎跪山里养着一支军队的人根本不是她。

也不知道她昨天那番说辞到底有没有瞒过谢却山。

她心里刚想着谢却山，他便大步流星地步入花园，眼底压着淡淡的青痕，想必昨夜也是没睡好。

他路过南衣，脚步顿了顿。南衣蓦地紧张了一下。

昨夜同舟回程，一路上并没有发生什么很重要的事情，但她脑海中挥之不去的是他紧紧握着她的手，直到她冰凉的指节被他焐热，直到手心都出了黏腻的汗。

她知道他为什么要这么做，知道其中并无暧昧，但想起来还是会面红耳赤。

后来她睡着了，她有模糊的印象，他抱着她穿过夜色浓重的长廊，将她放在榻上，他温热的指节拂过她的脸庞，拨开一缕碎发……

她再醒来时，已经是鸡鸣时分，她安然地睡在自己的房间里，仿佛昨夜的一切都是个随着水波荡漾慢慢消失的梦。

这一夜过后，他们之间的关系变得微妙。熟稔的眼神对视，彼此心照不宣，他们在大宅院的碧瓦朱甍之下共享着许多只有他们知道的秘密。

但表面上，他们是水火不容的叔嫂。

谢却山对她稍稍颔首，算是打过照面，然后便大步朝着甘棠夫人走去。

雷厉风行的他硬是好脾气地站在一边，等甘棠夫人忙完手里的事，才道：

"二姐，我有事想同你商量。"

甘棠夫人看了谢却山一眼，看他此刻的神态，也猜到这大概是件重要的事，抬手招来端水的婢子，净了净手，道："进去说。"

*

进了屋，屏退旁人，谢却山开门见山："二姐，明日的春宴，麻烦你再邀请一个人来家里赴宴。"

"你是家主，你有客人，邀来便是。"

"我邀，他不会来。"

"谁？"

"宋牧川。"

房中蓦地静了一下。

甘棠夫人的眼神扫过去，她皱眉问道："你要做什么？"

他回答得简单粗暴："叫他来吃饭，给他下药，再把他扔上船，让他离开沥都府。"

他没有工夫派说客去跟宋牧川磨磨叽叽，宋牧川也听不进去，这是最简单有效的办法。

听到这番野蛮粗暴的计划，甘棠夫人气得直接将手中的茶水往他脸上泼："谢朝恩，你发什么疯！"

"我没发疯。"他眼底幽暗，任由茶水顺着脸往下滴。

空了的茶盏往桌上重重一掼，昭示着甘棠夫人最后一丝耐心消耗殆尽，她下了逐客令："给我滚！"

谢却山仍然坐着，丝毫不为所动。

甘棠夫人顺了顺自己的气息，盯着谢却山，看他究竟还能说出个什么一二三来。

"二姐。"他开了个头，话却忽然哽住。

他抬手，抹了抹面上狼狈的茶水，嘴角露出个自嘲的笑："谢家欠我，我也欠谢家，这笔糊涂账这辈子都算不清了。你们在做什么事，有什么图谋，我最多只能睁一只眼闭一只眼，但若有一天，岐人逼着我睁开眼，我也必须睁。二姐，你懂吗？"

甘棠夫人的神情有些乱了，她故作镇定，可眼底还是露出一丝难以置信，声音里不自觉地含了一分颤抖："岐人让你手刃亲人，你也要照做吗？"

谢却山久久没说话，算是默认。

甘棠夫人竟有些怔了，饶是她再怎么处事不惊，这番大逆不道的话还是冲击到了她。她跌坐回椅子上，哑然。

"但宋七，他不欠我的。我的刀尖可以向着这世上的任何人，唯独不能向着他。沥都府不是他能搅的浑水，他必须走。"

这句话，却比先前的所有话都更让人震惊。

一个魔头说他日后要如何大开杀戒，这没什么稀奇。可一个魔头说他有一个想要护住的人，这世上还有一个他的软肋。

这很致命。

甘棠夫人望向谢却山。自她回家后，她虽然什么都没说，但也试图从一点点的蛛丝马迹中去观察自己的三弟。然后她沮丧地发现，自己根本看不穿他。

他总是滴水不漏，无迹可寻。

然而这一番话，他是在甘棠夫人面前毫不遮掩地剖白了自己尖锐的立场。

但甘棠夫人听出来了，那些极端的狠话不过是他给自己披上的铠甲，而他满篇说的竟都是自己的害怕。

她颓然地坐着，消化着他的一字一句，最后还是点了点头。

★

初五是个大晴天，阳光明媚得不像话。

接人的马车停在了江月坊街道上，谢家的家丁礼貌地从简陋的茅草屋中将宋牧川请了出来。

甘棠夫人就坐在马车里，为了保证能将宋牧川请来，她亲自跑了一趟。

这对宋牧川来说确实是有点突然。不过他如此的七窍玲珑心，立刻就在脑海中将这背后的目的盘算了一遍。

甘棠夫人请他赴春宴，多半是谢却山的主意。看来上回谢却山让他离开沥都府并不是说说而已。

谢却山只要出手，必定是有八九成把握。他如今落于下风，陷于被动，又不能拒绝甘棠夫人。

宋牧川只思忖片刻，便立刻有了主意，恭敬地对着马车拱手："多谢甘棠夫人屈尊邀请，但拜访谢府，宋某不好空手去，还请夫人稍等片刻，我去买些酒来。"

甘棠夫人知道宋牧川是个十分讲究的人，就算叫他别客气，他也不会从命，便耐着心答应了，只叫他别太破费。

宋牧川去花朝阁买了两坛好酒，然后才上了谢家的马车。

街上往来的行人不多，谢家的马车明眼人都认得，自然也好奇地多看了几眼。这一幕被花朝阁的假长嫣看在眼里，目送马车远去后，她脚步匆匆地折身离开。

※

宋牧川只是偶然出现在归来堂视线中的人，章月回认为他只是一个自我放逐的废人，并没有太把他当回事。

他先前藏匿于市井，丝毫都没有打算跟过去认识的人有任何往来，突然去谢家，这事就有些蹊跷了。

花朝阁中歌舞升平，丝竹声不绝于耳，章月回坐在二楼雅间帘后，摩挲着下巴，思忖半晌："宋牧川是以前工部尚书的儿子，师承墨家学派，是个精通机械建造的匠才。他会造船，完颜骏又需要造船的人，这条消息，应当值不少钱吧。"

"可是东家上回不是还说，此人不能用吗？"

"上回他是个死人，可他跳河没死成，这大难不死啊，说不定心态一下子就变了。"

"可是以那种古板士大夫的立场，可未必会愿意给岐人做事。"

章月回摊手："我们只负责卖消息，至于他愿不愿意，屁股到底坐哪边，与我们何干？"

丝竹声停了，一曲舞毕，楼下传来阵阵掌声。章月回一收二郎腿，掀开眼前的透明纱帘。

"好！"这纨绔也跟着鼓掌，然后将袖中的银票往空中一撒，纷纷扬扬，引得楼下人群哄乱地争抢。

犹如一粒石子扔到水中，溅起了一圈圈涟漪。人们为了一张银票抢红了眼，甚至厮打起来，场面一度混乱。

章月回居高临下，看得不亦乐乎："这池子啊，得搅浑了，我们才有更多的利能赚。"

※

望雪坞中，南衣已经被淹没在了八百件琐事里，只隐约听女使们说了一嘴，家里来了一位客人，这会儿甘棠夫人正带着人给太夫人拜年。

她根本顾不上这些不需要她参与的事，正在花园的倚轩亭中忙碌。一会儿大家从太夫人的松鹤堂里出来，会先来倚轩亭吃茶闲聊，待到傍晚才算正宴。

南衣一抬头，身边的女使们竟然都不见了。偌大的亭子里只有她一个人。

她习惯了,只要在甘棠夫人看不到的地方,这些女使便是吩咐一句才能动一下,大多数时候,她们根本不屑在她手下做事。把她一个人留下,大约就是等着她力不从心出丑吧。

好在南衣不是很在意,并非她是甘于被欺负的性子,而是她心里就是知道,自己跟这些人不是同路人。

但你要问她,她是哪路人,她也答不上来。

刚一出神,衣袖便拂到了桌边一只瓷盘,南衣堪堪伸手扶住,保下了这只盘子,但里头的点心悉数跌落,掉在了地上。

晶莹剔透的糕点摔得七倒八歪,南衣一阵心疼,抬眼见四周无人,犹豫了一下,便蹲下身,捡起还算完整的糕点,掸掸上头的灰尘,一点都不计较地送入口中。

刚出炉的点心自然是好吃的。要是被别的女使看到,定然全都嫌弃地收走扔了,她过惯了食不果腹的日子,见不得浪费一点粮食。

但是,她在望雪坞待久了,也知道这种小家子气的行为,若是被人看到,明里暗里会被笑话好一阵,故而嘴里塞得鼓囊囊的,飞快地把掉在地上的点心都捡起来吃了。

吃得有些紧张,南衣都没注意到有脚步声在靠近,听到的时候,心里一慌,连忙躲到屏风后面,抹掉嘴角的残渣,慌忙将糕点囫囵吞下。

但她心里清楚得很,这只是掩耳盗铃罢了,从那边过来的人能将她的举动看得清清楚楚,这一次,她又要叫人看轻了。

但那人的脚步只是停在屏风外,没有再往里:"夫人。"

这个熟悉的声音……南衣一愣,望向屏风,上面映出一个清瘦的男子身影。她想开口说话,但喉咙里喑得慌。

像能洞悉她心思似的,他的声音又传了过来,极其礼貌道:"夫人,我就站在外面说话。"

南衣给自己倒了杯水,润了润喉,稍稍恢复镇定:"宋公子?"

"是我,夫人。我来找您。"

"找我做什么?"南衣惊讶又好奇。

隔着屏风,阳光把人影勾勒得轮廓清晰。

宋牧川嗓音清明,坦坦荡荡:"那次在河边夫人救我的时候,掉了一样东西,我去捞回来了。上回见面仓促,忘了带在身上,今天特意带过来还给夫人。"

"真的?"南衣的声音一下子雀跃起来。她以为这方秋姐儿送她的砚台已经在河里救宋牧川的时候丢了,当时也没想着能捞回来,隐约记得自己露出了几个失落的表情。她回来之后也心疼了很久,每次见到秋姐儿都觉得愧疚极了。

没想到她什么都没说，宋牧川就意识到是她掉了东西，还专门去捞回来，真是太有心了。

"宋某怕直接托人拿给夫人，会被说成私相授受，有损夫人名节，所以避着旁人进了后院。"

听到他这句话，南衣便硬生生克制住自己想立刻走出屏风去接东西的念头，先道了个谢："那是我很重要的东西，多谢宋公子了。"

"夫人客气，宋某将东西放在这里，夫人记得拿。上回夫人给我的钱……"宋牧川犹豫了一下，将袖中的钱袋藏了回去，撒了个谎，"日后等有了钱，必定连本带息奉还。实在惭愧，这就告辞。"

宋牧川手头已经不算拮据，南衣的钱他并非还不上……而是忽然有了莫名的私心，想要留一线和她有关的牵连。他欠她钱，下次便有机会再与她说话。

"哎，那钱算了……"

没等南衣说完，屏风外的人影很快就不见了。

南衣小心翼翼地走出来，拿起桌上那只锦盒，将里头的端砚拿出来反复看看，爱不释手，失而复得的喜悦跃然脸上。

她更多的还是感动，感动于宋牧川的用心，也感动于他不动声色的体贴。

既然都寻到后院来了，哪里还需要隔着屏风见面，他分明是知道她怕被人看到捡地上的东西吃丢人，没有走进屏风让她难堪。

他就是一场润物细无声的春雨。

这一幕落在远处的谢却山眼里，却是另一番意思。

宋牧川居然自己一个人摸到后院给南衣送东西，这是送了一方砚？

他们的关系已经好到这个程度了？

谢却山站在长廊的尽头等着宋牧川。

宋牧川走近了，瞧见谢却山也不惊讶，脚步停了停，终是没什么要说的。唇枪舌剑、阴阳怪气，抑或是笑里藏刀，对他们这对多年的好友来说，还是太多余了。他既坦然来赴宴了，那便任由谢却山先出招。

宋牧川脸上不悲不喜，只虚虚地拱手作了一礼，便越过他离开。

谢却山的眉头却跟小山峰似的拢了起来。

他偷偷进了望雪坞后院，不给自己这一家之主一个交代吗？这么理直气壮，还亏得他是个读书人！

谢却山莫名气得很，但还是压下了心里头的烦躁。没事，不管宋牧川作什么妖，过了今天，他就能把宋牧川送走了。

贺平跟在一边，看着自家主人脸上流转过的神情，一时也有点狐疑。主人明明对宋郎君关心得很，不然不会在这么仓促的时间内安排他离开。可这会儿看主人面上的神情，怎么好像还生气了呢？他们明明什么话都没说……

没等贺平想明白，谢却山便拂袖，朝着反方向大步走去。

第五十一章 锦绣灰

暮色四合，这场新春宴才算开始。

在谢却山的计划里，他会把药下在宋牧川吃的最后一道甜羹里。离席的时候，宋牧川只会以为自己是吃多了酒才昏昏沉沉，被家丁扶上送他回去的马车……等他再醒来的时候，已经身在行往金陵的船上了。

但谁也没料到，大家刚三三两两地入席，还没来得及传菜，此时，一辆繁复华贵的马车在望雪坞门口停下。

不消片刻，便有家丁气喘吁吁地跑进来汇报，急得差点没喘上气："完……完……完颜大人到访！"

众人脸色俱是一沉，不知道这位不速之客所来为何。

"还带着令福帝姬！"

这下，素来不动如山的甘棠夫人脸色也唰的一下变了。

她初来乍到，还没来得及听说令福帝姬的事。

甘棠夫人的夫君平南侯是令福帝姬的舅舅，她曾在宫里小住过一段时间，跟令福帝姬关系亲密。

她本以为徐叩月同宗室一起被俘虏了，没想到徐叩月被带到了沥都府。一想到这个她疼爱无比的外甥女，她的脚步也乱了起来，竟顾不上众人，直直就要往外院走。

谢却山板着脸跟上去，怎么就这么巧，完颜骏偏偏赶在宋牧川在的时候来谢家拜年，这绝对是有所计划的。

他刚出门，便撞上完颜骏一行人。两行家丁整齐列队，手里捧着新春贺礼，一眼扫去，就连这些匣子都是精心雕琢过的，俨然是一副上门拜年的姿态。

完颜骏生得人高马大，长相倒没有寻常岐人那般粗粝，穿着打扮还有几分儒雅得体，外形算得上俊朗，但眼神里透着阴森森的狠戾。被他的目光扫过，会莫名觉得不寒而栗。

徐叩月低着头走在他身后，身着华服，而行动间脚下却传出塞窣碰撞的铁链声。

她竟毫不遮掩,将金丝囚徒的身份展现给所有人看。

甘棠夫人看到此景,倒吸一口凉气,一句话都说不上来,险些踉跄了一下,幸好被身边的女使扶住。

徐叩月抬头,遥遥看着自己的舅母,只是对她轻轻摇了摇头,示意她什么都不要做。

完颜骏却面色如常,一见到谢却山,便是一副熟稔又热情的口气:"却山兄弟,过年好——这世家里过节都比外头气派些,你家今日这么热闹,不叫上哥哥我,说不过去吧?"

"完颜大人,令福帝姬,"谢却山拱手,并未对令福帝姬有任何轻视之意,对她也行了一个臣礼,"今日不过是家里女眷们随便聚聚,本想着改日再好好宴请二位——"

这些客套话谢却山是信手拈来,他转脸看向甘棠夫人:"二姐,麻烦为完颜大人和令福帝姬准备好上座。"

说话间谢却山朝宋牧川的方向抬了抬眼,示意甘棠夫人将他带走。甘棠夫人虽然在极度震惊的心情下,稍稍迟钝了一下,但还是反应过来,敛了敛神色。

她刚转身,便听完颜骏道:"哎哟,这位公子是——"

他的目光落在了宋牧川身上。

立刻,谢却山就全都明白了。完颜骏不会无端对任何一个汉人献殷勤或是好奇,除非他早就知道那人是谁。

完颜骏看上了宋牧川的才能,要宋牧川去船舶司为他造船。

今天趁着谢家的春宴,他就是要把目的摆到台面上来,猝不及防地将谢却山一军。不管他有什么心思,也做不得一点小动作了,他必须顺着完颜骏的意。

哪怕晚一日,谢却山都已经把人送走了,可偏偏就是这会儿!

谢却山只停顿了须臾,完颜骏便似笑非笑地看向他,亦在打量他的反应。

章月回将宋牧川的消息卖给他时,还好心地提醒了他一句——"大人若一定要强扭这瓜,不知道会不会让却山公子为难,那毕竟是他昔日的好友。"

那归来堂的东家是个看热闹不嫌事大的,但他并不想跟谢却山有什么龃龉。可有根若有若无的刺偏偏就这么种下了,他当然好奇这个叛臣回到故国,屁股到底坐哪边。

谢却山非常清楚,在任何时候,自己的首要任务都是保全自己的立场。

他不动声色地笑了笑,坦然介绍道:"这位,是我昔日好友,宋牧川。"

完颜骏故作惊讶:"宋先生,久仰大名。早就听闻您出生于匠人世家,是个难得一见的匠才!"

宋牧川不卑不亢地抬手行礼："完颜大人，抬举草民了。"

"却山兄弟，这就是你的不厚道了，有如此才德的朋友，怎么不早些引荐给我呢？"

谢却山皮笑肉不笑，心里已经绷紧了弦。他深知自己此刻处于被动，任何逆着完颜骏的话都会引来完颜骏的怀疑。

而他惯会审时度势，时刻维持着那张皮的面目，于是就坡下驴，见机行事："今日不就是好机会吗？大人，帝姬，先里面请。"

大锣一响，春宴终于开席。

人人穿着簇新的衣服，对着满目的珍馐，脸上笑容却集体失踪。他们提心吊胆，大气都不敢喘。

女眷的席面设在内堂，他们本以为完颜骏会放徐叩月进来同女眷们一道用膳，但他入座后竟不放人，而是将徐叩月留在了身边。

完颜骏让她倒茶斟酒，让她端水递帕，甚至还要她起筷喂他。完颜骏则姿态肆意，不时搂过她的腰肢，或是将手搭在她的裙间，动作实在粗鄙，不堪入目。

这俨然就是将堂堂帝姬当成一个服侍的女使……连女使都不如，就是一个最低贱的侍妾，一点颜面都不留。

连谢却山都觉得自己笑得有点僵。

饶是甘棠夫人如此有修养，也被气得冷了脸。

她身边的阿芙正好不太安分地去抓桌上的吃食，打翻了骨碟，也不是多大的事，却惹得她硬生生将阿芙训了几句。

小女娃哪里懂什么局势，哇的一声哭了出来。

凄厉的哭声隐隐约约传到了外面男人们的席上，本就冷到冰点的气氛更加阴沉了。

宋牧川和完颜骏话不投机半句多，连他敬的酒都不喝，对于他的殷切邀请，更是毫不买账。

"承蒙完颜大人看得起，但草民是个被贬黜的白身，还不够格去船舶司担起大任。"不过宋牧川到底没有撕破脸，"谢大人家中有贵客，那草民就不打扰了。"

他竟是起身要走的姿态。

谢却山此刻心里反而生出一丝绝望。他非常希望宋牧川能这样走掉，宋牧川只要走到门口，他的人就会立刻将宋牧川打晕，带上船，第二天这个人就会在沥都府里销声匿迹。但他又何尝不清楚，完颜骏绝不可能就这么放了宋牧川。

宋牧川不可能走出这个门，而他谢却山在其中动摇不了一分。

果然，完颜骏的眼色已经阴沉了几分："那看来，是我的面子还不够，说不动宋先生了。徐叩月，你去同他说说。若你能说服他，我有重赏。"

一直跪坐在完颜骏身边不作声的徐叩月冷不丁被点到，一脸惊惧地抬起脸。

众人都还没反应过来这句话意味着什么，但被折磨惯了的徐叩月已经明白了。

完颜骏玩味地看着徐叩月："你想想，该怎么同宋先生说，才能打动他？"

屏风后的女眷们连一点窸窣声都没有了，大家都嗅到了火药味。

同为女人，沥都府里的女人是幸运的，不管身份高低，好歹不是俘虏。这位曾经高高在上如明珠般的帝姬却是这样的下场。

可大家都知道，什么都做不了。

连谢却山都没办法有任何的动作。

因为力量悬殊，所以才会有此刻的情况。而在这种悬殊之下，所有人都要让渡自己的人格。

徐叩月求助的目光在席间挣扎，触碰到谢却山视线的瞬间，又不自觉地黯淡下去。她知道他不会帮她。

在一片寂静中，徐叩月缓缓地挪了挪膝盖，又牵动着铁链窸窣作响。她朝宋牧川的方向跪着，声音颤抖成一条线："宋先生，恳请您……"

后半句哽在喉间，她怎么都说不出来了。

她只能任由完颜骏捏扁搓圆，但她知道，那些士人心中仍守着旧王朝，仍把她当成帝姬看。

她怎么能去求他们为岐人卖命呢？

她咬着唇，不肯再说。

宋牧川紧紧握着拳，指节用力得都泛了白。他就这么站着，不能走，可也不愿屈辱地重新坐下。

"啧，"完颜骏遗憾地摇了摇头，"看来还不成，不够打动宋先生。不知道宋先生可有什么爱好？"

没人接话，完颜骏便自言自语："——美色如何？宋先生不说话，我知道是你们文人要面子，说起来，令福帝姬应该是你们昱朝最美的那颗明珠了吧。"

完颜骏一把扯过徐叩月的外袍："不如将你的衣服一件件脱了，脱到宋先生松口为止？"

屏风后，传来一张席案被掀翻的声音。谢穗安一脚把屏风踹倒，剑已经出鞘："完颜骏，你不要欺人太甚！"

屏风倒地，内外席之间的遮挡瞬间没了，这场难堪的戏幕暴露在所有人面前。

"谢小六——"谢却山的语气从未这么严厉，"坐下！"

他的训斥却是装腔作势，色厉内荏，露出几分无力的底色。

谢穗安不服，但南衣立刻上前，硬生生地将她拽了回来。

"小六,别这样。"南衣几乎是恳求地看着谢穗安。

谢穗安眼里一下子涌出了无力的泪水。但南衣拽了几下,她还是梗着脖子坐下了。

南衣都能想明白的道理,她怎么会不明白?

她随着性子发了火,逞了英雄又能怎么样?她能把帝姬救回来吗?她能把完颜骏杀了吗?她什么都做不了,还有可能将自己置于危险的境地,赔了夫人又折兵。

完颜骏叹了口气:"这你们也不满意——那我把帝姬杀了?你们汉人不是喜欢说,士可杀不可辱吗?"

徐叩月屈服了,她的手哆哆嗦嗦地摸到衣襟,脱下第一件淡绿色褙子,又解开暗扣,松了衣襟,缓缓将自己的手臂从对襟袄子中抽出来。

这是第二件。她里头只剩了一件深色抹胸,肩颈大片的皮肤露在外面。

抹胸的带子在身后,她背过手去解,也许是颤抖得太厉害,怎么都够不到。

时间过得太慢了。

南衣攥着拳,指甲几乎嵌到了肉里。

她的内心在焦灼地呼喊着:做点什么吧,做点什么吧,可到底能做点什么呢?

忽然间,她看到谢却山对她使了个眼色,他朝窗户看了一眼,又若无其事地看了一眼烛台。

那一眼快得仿佛没发生过。

南衣脑子嗡的一声,猛地明白过来!她悄悄摸出袖箭,朝离自己最近的窗户射出一箭。

叮的一声,袖箭钉入窗框,弹射力将虚掩着的窗户撞开。外头的寒风呼啸着,争先恐后地涌了进来,瞬间将满室的烛火吹灭。

堂间一下子陷入了黑暗。

黑暗给了所有人一个缓冲的余地,也给徐叩月留下了所剩不多的体面。

半晌,传来宋牧川颓然的声音:"我应了就是。"

谢却山闭上了眼睛,叹息藏在黑暗里。他很少有觉得无力的时候,但此刻仿佛被一张看不见的网拽着走。

寒风刮在每个人的脸上,一刀一刀,像缓慢的凌迟。

烛火还没来得及被重新点亮,只听到铁链碰撞着,似乎是徐叩月在奔跑——众人立刻反应过来发生了什么。

她已经是不值得挽救的废人了,怎能让士大夫为她折腰?她不想做那把斩掉士人风骨的剑,否则她受的这些辱就真的成了耻辱。

这场隆重的春宴原本承载着美好的寓意,可每个人心里都清楚,就算皇历翻到新年，也依然无法改变任何事情。最肮脏的、最不堪的血淋淋地在众人眼前剖开，和着管乐丝竹的靡靡之音，好似满屋锦绣转眼成灰。

甘棠夫人撕心裂肺地惊呼了一声："杳杳！"

杳杳是徐叩月的小名，极其亲近的人才知道。可这一喊依然没能唤回她的决心。

她以决然的姿态一头朝柱子撞去。

目光所及之处全是黑暗，每一声动静都显得格外惊心动魄。

第五十二章 局中人

有人在奔走，有人挪开了桌案，有人惊呼。但唯独那声惨烈的撞柱声没有传来。

紧接着，女使们匆匆地点亮烛台，堂中恢复了光明。

众人惊魂未定地望过去，只见徐叩月披头散发地坐在柱边的地上，身上已经披上外袍。

这一瞬间到底发生了什么，没有人看到。

甘棠夫人什么都顾不上了，跟跄地跑过去抱着徐叩月，已经泣不成声。

完颜骏脸色一沉，刚想发火，谢却山便皱着眉头道："完颜大人不过是开个玩笑，二姐搞得哭哭啼啼的，太败兴，你带着帝姬下去换衣服吧。"

甘棠夫人搂着徐叩月逃也似的离开。

谢却山若无其事地端起酒杯，朗声对完颜骏恭喜道："完颜大人，别管这些妇人，我们继续饮酒，恭喜您将宋先生揽入麾下，造船之事便有着落了。"

完颜骏脸上的阴霾随即散去，顺着谢却山的话大笑起来，举起酒杯："宋先生，一起吧？"

宋牧川却仍不肯动杯中的酒。

"宋先生？"

宋牧川木着一张脸起身，拱手道："草民不胜酒力，回去还要整理书籍图纸，好为完颜大人的事业添砖加瓦。今日不宜再饮酒，草民告辞。"

他的目光落在桌边那道未动一口的甜羹上，然后深深地看了谢却山一眼。在旁人看来，这是一个怨恨的眼神，若非今日的东道主，他怎会陷入两难的境地？

可这一眼,让谢却山捏着杯子的手指一紧。

完颜骏倒也不拦着人,只点了两个随从,让他们以"护送之名"跟着宋牧川。

谢却山转动手中酒杯,递到嘴边,杯盏挡去他大半思索的神情。

如果没有宋牧川看他那一眼,他还不会这么快想明白今日的事情怎么就突然发展成这样。

他演得滴水不漏,可正是面面俱到,谢却山才看出来,他在演,将他那软弱的士人形象演得淋漓尽致。只有在这样的境况下,他答应为岐人做事比主动投诚更可信,没有人会怀疑他。

如果宋牧川真的不愿意接手船舶司,他会想尽办法送宋牧川走。但他此刻才意识到,宋牧川是愿意的。

他太了解自己的好友了。这个满腹经纶的文人看着懦弱,但对自己决定好的事情有着难以撼动的决心。如果他不想,即便在完颜骏如此高压的逼迫下,他依然有办法拒绝。

比如以死明志,这是他能做出来的事。

可他非但没这么做,还在这局中忍辱负重地走下去。除非……他是以猎物的姿态故意闯入这个陷阱。

谢却山的目光沉了下来。

宋牧川是铁了心要入局。宋牧川早已脱胎换骨,所图甚大,而他在面对旧友时,到底是失了分寸,被拿捏了。

谢却山饮尽杯中酒,一阵刺骨的疼扎入脑中,他皱了皱眉,抬手轻揉太阳穴,目光无意间一扫,落在窗边的少女身上。

她倾身关上窗,偷偷将钉在窗框上的袖箭拔下,藏回袖子里。她鬼祟地回眸一看,正好与他的目光撞了个满怀。

她的目光立刻黯了下来,带着不解和怨恨,但很快她就藏好情绪,若无其事地回到了自己的座位上。

看来连她都认为是他和岐人联手逼宋牧川就范的。

嗯,倒也不是件坏事。

★

里屋,甘棠夫人心疼地掀开徐叩月的裙角,她细弱的脚腕上已经被粗重的铁链磨出一圈血痕。

这曾经是个多么恣意的少女啊,在皇城的琉璃瓦间奔跑,裙摆像天边的风筝,跟着她的脚步翻飞。

甘棠夫人心疼极了，唤道："杳杳……"

听到这熟悉又遥远的呼唤，徐叩月空洞失神的脸上才有了一抹实实在在的哀色。

甘棠夫人想给徐叩月脚上的伤口涂药。

"舅母……"眼泪如断了线的珠子似的往下掉，徐叩月抬手去拦，"他不许我给伤口上药，要是被他看到……"

甘棠夫人呆了呆，脸上的表情从惊讶到心疼，再到愤怒，这瞬间千言万语掠过舌尖，却是无语凝噎。

她捧着徐叩月的脸，喃喃道："杳杳，别怕。"

可她是无力的，她怎么才能让徐叩月不怕呢？她不敢再去看徐叩月的眼睛，只悲伤地将额头抵在徐叩月的额头上，试图传递一些微薄的力量："舅母会想办法杀了那个畜生，把你救出来，你再等等舅母，好吗？"

徐叩月心如死灰："舅母，不要以卵击石。我这辈子已经如此了，我甚至都是幸运的……"

话说至此，她再次哽咽。

甘棠夫人当然明白她指的幸运是何意。大半个天家，死的死，被俘的被俘，在大岐过着暗无天日的生活，而徐叩月被带到沥都府里，好歹是回到了故国，好歹是衣食无忧……

"只要你们能好，我便没别的念想了。"

"还没到认输的时候！"

甘棠夫人这句话太过坚决，让徐叩月都不由得一愣。

"活着。"

徐叩月抬头喃喃道："方才谢……谢却山也对我说了这一句话。"

甘棠夫人愣了一下。

"方才……到底发生了什么？"

黑暗中，徐叩月决然地一头撞柱，她以为下一秒会是头破血流，没想到撞到了一个温暖的怀抱里。

他迅速将衣袍披到她身上，在周遭的混乱之中在她耳边留下两个字——"活着。"

她这才听出来，这是谢却山的声音。

"我本以为，他如今位高权重，会公报私仇，对我落井下石。"

甘棠夫人知道这件往事，徐叩月和谢却山虽然素未谋面，但有过一段不轻不重的恩怨。

谢却山考上举人后，头一年便能参加会试了，原本不会有什么差错的，偏偏他的文章被徐叩月看到了。

彼时徐叩月是个有才情的女子，拜当朝大儒为师，她的才学在东京城都赫赫有名。她偶然间看到谢却山的文章，大为欣赏，一打听却得知他离经叛道，与家族决裂，态度立刻一百八十度大转弯，认为此人有才无德，不忠不孝，不配入朝，便命人将他的名字从春闱考生名单中划去，不许他考。

这硬生生让骄傲的少年又等了三年。后来还是宋家父母和甘棠夫人在其中转圜，三年后的他才有了再次参加会试的机会。

可他上了考场，还没等到结果，便远走他乡。

自他叛逃后，徐叩月也会零星从别人嘴里听到这个人的名字，她恨透了这个逆臣，认为自己当年的判断一点都没错。

年少跋扈又被千娇万宠的她，那时哪里知道做人留一线的道理。

如今再见谢却山，他们地位颠倒，她对他又惧又怕，当年的旧怨成了她头顶的一把刀，随时都可能让她已经极其不堪的处境变得更糟糕。

但她没想到，那个在她心中颠倒伦理纲常、做事心狠手辣的男人，会出手救她，给她留了一分体面。

"朝恩他……身上到底流着谢家的血，"甘棠夫人的话打断了她的思绪，"但很多时候，我也看不透他。有时候我隐约会有错觉……三弟还是那个三弟……"

"他在大岐的地位很高……"徐叩月还是给甘棠夫人泼了盆冷水，"完颜骏十分相信他，他们都是大岐丞相韩先旺的人。"

甘棠夫人叹了口气，内忧外患的局势让她也难看到一丝希望。

这时，外头有人敲门："令福帝姬，宴席结束了，完颜大人要回府了。"

徐叩月眼中又生出那种要回到牢笼的绝望，她不敢耽误半点时间，旋即站起身。

"舅母，别挂念我。"她低声道。

别管我是死是活，只要自由的人能好好活着，便是我如今最大的心愿。

*

车厢四角上的风铃随着马车的疾驰摇晃着，铃声在夜间无人的街道上飘荡，倒像从阴曹地府传来的索魂之音。

完颜骏和徐叩月同坐在马车里，徐叩月尽量往角落里缩。

完颜骏心情甚好，丝毫没有要跟徐叩月计较的意思，眼角还有点笑意，懒懒地将她拉过来，搂到怀里。

他语气温柔道："你舅母都同你说什么了？"

徐叩月紧张地往后缩了缩，摇了摇头。

完颜骏在徐叩月面前蹲下身，拉起她的裙角，看她脚腕上的伤口。

看到伤口没有上药，他露出了一丝满意的笑容："真听话。"

平时不可一世的完颜骏就这么好脾气地蹲在徐叩月身前，从袖中拿出一支小小的药膏，极其耐心地帮她上药："你说你，今晚不就是逢场作戏嘛，怎么还当真了呢？"

徐叩月不敢说话，她摸不透完颜骏的脾气，时而对她粗暴，但有时又会很温柔，甚至会对她道歉。

"你不高兴了？我把张知存叫过来陪你好不好？"

徐叩月瞳孔骤然放大，听到这句话，像受到了极大的羞辱。

完颜骏漫不经心，语气里藏着极其刻薄的讥讽："他现在特别听话，像我养的一条狗。"

"我不想见到他！"她第一次露出这么激烈的情绪。

张知存是徐叩月的夫君——或者说，是在昱朝时的前夫。

自从他们被掳到大岐后，什么夫妻纲常、父母纲常，都被岐人踩在脚下践踏，这些高贵的天家人甚至连一块遮羞布都没了。

"哦？你不是日日都想着他吗？"

"我……没有……"徐叩月只能哆嗦着摇头，一句完整的话都说不上来。

完颜骏微微起身，阴影压在徐叩月身上。他掐着她的下巴，逼她看向自己，语气在字里行间阴沉下来："整日哭丧着脸，对我也没有好脸色，你不是在想他……那在想什么？"

不等她回答，掠夺的吻便如狂风骤雨般压了下来。

马车已经到了府邸外，但马车里的人还没有下来。车帘摇晃着，女人破碎的声音从帐子里传出来。

侍卫们习以为常，低着头在马车外等待着。

过了许久，完颜骏才扶着腰带从马车上下来，大步流星地步入府中。

人已经拐过了照壁，看不见影子了，一个颤抖的声音才从马车里传出来："请……给我拿一件衣服……烦劳。"

第五十三章 天道悲

客人都走了，但谢家的春宴还不算结束。家主不发话，女眷们哪敢散去，她们坐立不安地等着，窃窃私语。

而谢却山这会儿竟开始吃饭，方才只顾着喝酒，桌上的佳肴几乎都没怎么动。他吃得优雅，不疾不徐，仿佛全然没心事似的，谁也没法从他脸上看出一丝端倪来。

大家桌上的菜几乎都是原封不动，出了这么大一件事，谁还有心思吃饭。

唯独南衣桌上的盘子都空了，对她来说天大地大都没有吃饭的事大。扫一圈大家的席案，她心里叹了口气。

这也太浪费了。

"二姐，"谢却山停下筷子，擦拭了一下嘴角，"父亲那边，也派人去问个好吧。"

后山佛堂的那份贺岁点心，甘棠夫人自然是准备了的，但那边都是谢却山的亲兵守卫着，不经过他的首肯，她也送不进去。刚才鸡飞狗跳的，她竟忘了问，没想到还是谢却山主动提起来。

甘棠夫人看了眼谢穗安："小六，贺岁点心你去送吧，顺道去给父亲拜个年。"

谢穗安一愣，怀疑又难以置信地看向甘棠夫人。

甘棠夫人只是对她轻轻点了点头。

两人之间这微小的互动落在南衣眼里，她觉得有些奇怪。

后山佛堂难道藏了什么秘密？

★

谢穗安只身一人提着点心盒入了后山佛堂。

这里有重重府兵把守着，长宁公就被软禁在此。是因为过年，谢却山才松了口，允许外人进去。平日里，只有送食材的小厮才能进出。

谢穗安的脸色却格外紧张，脚步都不自觉地快起来。因为只有她知道，后山佛堂里到底藏着什么人。

她忧心忡忡地往前走着，心里盘算着二姐怎么会突然把这个差事派给她。

谢穗安抬起层层的食盒草草看了一眼，这里头准备的点心量不小，远不是为一个人准备的。二姐定是发现什么了。

但二姐分明没进过后山，她到底是从哪里发现的？谢穗安盯着手里的食盒，模糊间找到了一点思路——父亲礼佛，终年吃素，但陵安王又不是个居士，所以送进去的食物总会偷偷藏着荤腥。佛堂和前院的食物是分开准备的，比起谢家整个大家子的吃喝拉撒，佛堂的这些吃穿用度根本没人会留意。

但二姐心细如发，回来之后又管了家里后院的事，没准就从这些食物的细枝末节里注意到了端倪。不过幸好是二姐，若是谢却山发现……那她想都不敢想。

佛堂是一个二进的小院子，前头供着菩萨金身，饶是谢穗安平时不太信这些，也规规矩矩地拜了拜，才打帘进入后院。

谢钧就站在后院里，看到谢穗安并不惊讶。

"父亲，新年好。"

"进去吧。"谢钧对谢穗安点了点头。

谢穗安站在门前，即将推门的瞬间，她竟恍惚了一下。她为里面的人奔走，却从没见过他，不知道他的脾性和样貌。

"奴谢氏拜见殿下，愿殿下福寿安康，新春如意。"

陵安王徐昼就藏在岐人的眼皮子底下，也就是谢钧被软禁的后山佛堂里。

谢钧原本没参与到秉烛司的事里，他是到了佛堂才发现陵安王在这里，身为纯臣，自然会毫不犹豫地帮陵安王遮掩。

也得亏谢却山下令将谢钧软禁在此，他这么无心的一笔，反倒阴错阳差，让后山佛堂成了更安全的灯下黑之地，平日进出送衣食用品，都有了由头。岐兵将前头的宅院盯得滴水不漏，独独忘了后山还有漏网之鱼。

"六娘子，不必多礼，起来说话吧。"

谢穗安抬头看向徐昼，这是她第一次见到这个少年皇子。

饶是她再粗心大意，也知道在所有关于陵安王的事情上都要极其谨慎。当时接应陵安王的任务，她负责传递消息，发送信号，而贴身护送陵安王的是谢衡再亲自挑选的死士。在他进入后山佛堂后，死士们就一直守在这里。

谢穗安怕自己的行踪被人盯着，一直没敢靠近这个地方。

直到今天，她借着新年的由头，总算能来拜见这位未来的新帝，顺便将往后的安排也同他商量一番。

在此之前，陵安王被大家反反复复地提起，他更像一个符号，一面旗帜。他是什么样的人，长什么样并不重要，重要的是他身上流着正统皇室的血，于是他就成了王朝的独苗。哪怕之前他只是一个不受宠的皇子，正因为太不受宠，被排挤到封地，才逃过一劫。

然后他忽然就被捧到了一个摇摇欲坠的高位上，所有人都认为他应该百折不挠，应该逢凶化吉，应该有着钢筋铁骨，但大家都忘了，他不过是一个不到二十岁的少年。

此时此刻，他的形象才第一次在谢穗安眼里清晰起来。

长期以来的担惊受怕让他看起来有点孱弱、苍白，他并不凶悍，但眉眼之间透露出对一切的警惕。

不过，他看着谢穗安的眼神是温和的。

在进来之前,谢穗安是非常紧张的,担心自己说错什么话、做错什么事会惹这位新帝不高兴,但在见到徐昼之后,她心中的忐忑没有了。

谢穗安热络地打开了带来的食盒:"殿下,父亲礼佛,平日送进来的吃食难免要掩人耳目,简陋了一些,今日我特意选了一些点心馃子来,给殿下换换口味。"

"多谢六娘子。"徐昼只是简单地每样都吃了一点,忍不住少年心性,好奇地抬头看了看谢穗安,"今日是在办春宴吗?隐约听到了前头的丝竹声。"

"是的,殿下。"

徐昼一下子就出了神,有些艳羡:"真好,真热闹。"

"今日……令福帝姬也来了。"犹豫了一下,谢穗安还是告诉了徐昼。

"杳杳阿姐?"徐昼眼睛亮了亮,"她怎么会在沥都府?她还好吗?可有带回父皇和其他兄弟姐妹的消息?"

谢穗安不知道该怎么回答。

徐昼眼里的光暗淡下去。他已经懂了。

"殿下,您宽心。沥都府的秉烛司来了新的首领,今日他已经成功获得岐人的信任,在他的谋划之下,一定能将令福帝姬救出来,将您平安送到金陵。"

"那我能做什么吗?"徐昼急切地问出了口。

"殿下,您只要平平安安地等待就好了。"

徐昼叹了口气。

谢穗安察觉到他的沮丧,心里还是难过起来。

这个看起来柔弱不能自保的少年,寂寞地藏在这个方寸之地,担惊受怕地等待着外面递进来的情报。他身上的担子那么重,能做的事情却那么少,他一定很无助吧。

她安慰道:"剩下的事情,就交给我们,赴汤蹈火,也会渡您一程。"

这些话,徐昼听过很多次了,多到他渐渐无法被这些话鼓舞,然后陷入更大的自责中,可由这位谢六娘子说出来,他却实实在在地感受到了力量。

他不由得仔细端详她。

庞遇一直跟在他身边保护他,他们年纪相仿,自然聊的天也就多一些。庞遇经常会说起他的未婚妻谢六姑娘。

在逃亡的过程中,庞遇是他唯一一个朋友,在那些极少数不用担惊受怕的时光里,两个人偶尔还会争吵,庞遇说自己的未婚妻是全天下最漂亮的女子,他说他的王妃才是最漂亮的。

然后在这些无聊的问题上费半天口舌,他们竟觉得无比轻松快乐。

通过庞遇的那些描述,他在心中已经模模糊糊勾勒出一个女子的形象,但那个形象是死板的,直到见到人后,才一下子生动起来。

难怪庞遇那么喜欢她，她是一个叫人见了就能联想到蓬勃生机的人，她的力量是外放、充满感染力的。

可庞遇死了，他再也没有机会跟庞遇说：我见到你的未婚妻了，果然跟你说的一样好。

徐昼伤感起来。

"不要赴汤蹈火……我一点都不希望你们为我丧命。"徐昼真诚地看着谢穗安，"六娘子，节哀。"

谢穗安莫名其妙地看着徐昼："节哀？"

徐昼也是一愣，他以为谢穗安知道。

庞遇死的消息，上上下下都瞒着谢穗安，说庞遇是去别的地方执行任务了，所以暂时没有跟在陵安王身边。

没有人敢吩咐陵安王，让他也保守这个秘密。谁也没想到，他们会忽然谈到这个话题。

但徐昼立刻反应了过来："我是说……你大哥亡故，还请节哀。"

即便他回得并无问题，但谢穗安还是心里一咯噔，她隐隐约约好像抓到了什么蛛丝马迹，但那太过隐蔽，像滑不溜秋的泥鳅一样，转瞬即逝。

谢穗安大胆地看着徐昼的表情，他躲闪了一下。她慢慢地拱起手道谢："多谢殿下关心。"

又寒暄了几句，徐昼已经有些心不在焉，谢穗安便离开了。她再次路过那尊佛像，竟莫名注意到佛像的眼睛已经斑驳了。

像有某种感应似的，她心里的那个裂痕越来越大。

谢穗安直勾勾地盯着佛像，她的呼吸都急促起来。

是因为九天神佛被遮上了眼，这世道才如此颠倒不公吗？还是因为这世上根本没有神佛，被奉在这里的只是人们一遍遍的希冀而已？人们渴望血肉之躯能变成金刚不坏之身，渴望一滴露水能有起死回生之效，再不济，也渴望冥冥之中自有天道，善人能有善报，恶人能下地狱。

可若是好人先成了枯骨，恶人仍在这世间呢？

那个念头在她心里呼啸着，她想再去确认，脚步折了回去。

她刚回到院子，便听到那扇雕花门内传出少年皇子对谢钧如释重负的说话声："好险，差点在六娘子面前说漏了嘴。原来她还不知道庞遇去世的消息啊……"

轰——平地一声惊雷。

她往后退了一步，踢到院中的碎石。房中的人惊讶地打开门，一缕暖色的烛光透出来，这么一点渺小的光，怎么也笼不住这个浩瀚的夜。

第五十四章 雾色浓

回去的路上,谢穗安脚步虚浮,竟连站都站不稳了。她像个孤魂一样飘出来,在她的世界,所有的一切都开始涣散、崩塌。

那么好的少年,为什么就死了?

他死的时候有受到折磨吗?他有留下遗言吗?有人知道他葬在哪里吗?有人为他诵七天的超度经吗?他的魂魄认得回家的路吗?

她已经三年没见他了,他为了挣一份功名,他们的婚事一拖再拖,直到时局乱到由不得他们做主了。她藏着他的画像,在心里想象着他变得更成熟的模样,棱角该更分明了吧,武功该更高强了吧?

但不管他厉害成什么样,跟她切磋的时候,都得让着她。

她等着他对她说起这一路的见闻和惊心动魄。

她宁愿不知道他的死讯。

她知道的这个瞬间,他才真正地死去了。她为他哀伤,为他思悼,但这个世界上再也不会有人等他回来了。

悲到极致,她放弃了主导自己躯体的权力,任由四肢麻木地摆动着,全凭本能穿行在夜色掩映的长廊下。她不知道自己要去往哪里。

她拐过弯,竟撞上了谢却山。

谢穗安怔怔地看着他,眼泪在脸上肆意地奔流:"为什么?"

谢却山盯着谢穗安,表情渐渐严肃起来。能让谢穗安哭成这样的事情,这个世上……恐怕只有那一件。

"为什么要杀他?"她抓着谢却山的衣袖,她现在没有多余的力气去恨他,她哀求地问他,想从一片混沌之中得到一个答案。

"是谁告诉你的?"谢却山突然严厉地质问谢穗安。

像被一道惊雷劈中,谢穗安瞬间恢复了清明——她只是去了一趟后山,却知道了庞遇死的消息。陵安王身边跟着什么人都是保密的事,父亲都不可能知道,又怎么可能告诉她庞遇的死讯?

"是谁告诉你的?"谢却山又厉声问了一遍。

谢穗安一哆嗦，她从未见过谢却山这么凶狠地质问她。她脑海中一片混沌，是她的大意和失控，让事情堕向深渊。

她该怎么圆？

不，或者她根本不需要去圆谎。

他杀了庞遇，她要跟他同归于尽。

谢穗安猝不及防地就抽出腰侧的软剑，劈头便朝谢却山刺去。她招招用了十成的力气，堪称粗暴，但动作失了章法，空门大露。

谢却山只躲闪，他没带武器，出手的力道却也是不藏了。两人从廊下打到屋檐下，又从屋檐下缠斗到院中，几招过后，他终于找到了一个破绽，扣住谢穗安的手腕，卸了她的兵器，将她的胳膊反手一拧。

他已经占尽上风，但脸上最终还是露了一丝心软。可他稍一松手，谢穗安腕上的匕首就弹了出来，竟是要继续鱼死网破地打下去。

"小六！"南衣的声音急匆匆地从后头传来，打断了兄妹俩之间的剑拔弩张。

南衣扑上去拉开谢穗安的手，扶着她的肩，满脸歉意："对不起，小六，先前我没告诉你，庞遇死的时候我就在现场……我是怕你伤心，你别生我气好不好？"

这一句不动声色地解释了是谁告诉谢穗安庞遇死讯的，以及她们为何一前一后地出现。

谢穗安背对着谢却山，脸上的神情如实地暴露在南衣面前，杀气缓缓退了下去，剩了几分茫然和悲怆。

谢却山黑沉沉的目光在南衣身上流转，压得人有些喘不过气来。

南衣心里也没有底，不知道这句话能让谢却山信几分，但这已经是她情急之下唯一能找到的说辞了。

她刚从厨房忙完出来，就听到了谢穗安和谢却山的对话。几件事情联想到一起，她大概能猜到后山佛堂里藏着哪位不得了的人物了。

这要是被谢却山发现一点蛛丝马迹，真的就完蛋了。南衣知道其中的利害，所以硬着头皮也要帮谢小六遮掩。

谢小六是悲痛到发疯，但没疯的人都知道谢却山杀不得。

谢穗安猛地将自己的手抽回来，一把推开南衣："你也是谢却山的帮凶！"

半真半假地，她只能顺着南衣的话往下接。

她心里乱极了。原来这么多人都知道庞遇死了，却都瞒着她。她觉得这一刻的自己像割裂开了，一个冷静的自己在试图看清形势，一个悲伤的自己什么都顾不上，只能哗哗地流泪。

千言万语涌到喉间，最后却只汇成一个问句："他死前……都说过什么？"

这一问,廊下寂静得只有风声。

南衣抬头看谢却山,他瞳色暗得像深潭下的雨花石。

她知道,庞遇死前跟他说了一句话,但她离得太远,并没有听到。

终于,他晦涩地张了口:"他说,他从不负少时誓言。"

这就是庞遇的一生,忠诚、全力以赴。他这辈子发过的誓不多,但每一个,在他有限的一生里都用力去做了。他发誓要精忠报国,发誓要孝敬二老,发誓对谢小六矢志不渝,发誓与好友生死相托,以及发誓……再见叛徒谢却山时,你死我活。

听到这句话后,像有什么东西攫住了谢穗安的呼吸,她竟喘不上气,只剩席卷全身的酸楚。

谢却山静静地看着自己的妹妹,他造的孽终于回来找他了。若有生之年还有机会,他会一并向这些人赎罪,只是并非现在。

他淡漠地转身离开,袖袍卷入夜色中,像大雾漫海。

*

南衣陪着谢穗安回到房中,增增减减地将当日的情形对谢穗安说了一遍,自然也编了自己的身份。她只说自己是带着任务去偷谢却山的情报,后来遇到庞遇,庞遇以死掩护了她的身份,让她将消息带到沥都府。

谢穗安哭到眼睛都肿得揉也揉不得了,最后南衣没办法,让女使拿了一碗安神助眠的汤,哄着小六喝下。

她迷迷糊糊快要睡着的时候,依然紧紧抓着南衣的袖子,嘴里呢喃着什么。

南衣凑过去听,只听到她模糊的声音道:"庞遇没完成的事……我替他完成……"

即便是呓语,也饱含着坚决。

她与谢却山的关系已经无可挽回了。

虽然说到底,这跟南衣没什么关系,但她还是有点难过。她对谢却山的态度很复杂。她偶尔觉得他也没那么坏,但身边的所有人,包括他自己的所作所为,都无时无刻不提醒着她,他绝非一个善人。

她出了房门,抬头望出去,屋檐外的夜空竟透出几分乳白色。

长夜就这么过去了。

江月坊的小茅草屋外，守着两个岐兵。

他们负责看着宋牧川，等明天衙署开门，便送他去船舶司上任。

茅草屋里的烛火亮了大半宿，不时传来翻书的沙沙声，要说读书人迂腐，还真是，就算是为岐人做事，也没露出一丝敷衍的态度。

天将亮的时候，烛火才熄，宋牧川收拾了一下，似乎要睡了。两个守卫朝里头看了一眼，人背着窗子躺着，被子鼓囊囊的。他们困倦地打着哈欠，没再留意。

而此时的宋牧川已经金蝉脱壳，行走在屋内与秉烛司相连的密道里。懦弱的文人，摇身一变，就是神鬼莫测的秉烛司首领。

接应的谍者早就候在密道的尽头，将一封信笺递了过去："先生，这是中书令的回信。"

宋牧川先前给中书令去信，将自己上任后的一些事宜汇报给他，顺便问了一句……关于"雁"的身份。

宋牧川翻阅所有秉烛司谍者的资料后才发现，有一个神秘的谍者，代号为"雁"，他的行动并不受任何人支配，并且司内专门拨出一队成员，只对他一人负责。

没有人知道"雁"是何人，他与秉烛司之间有拟定好的情报传递方式，只见情报，未见人。

而就是这个"雁"，在谢衡再死后，铺下了护送陵安王入城的计划，并将他们安置到谢家的后山佛堂。

说不好奇是假的，沥都府上上下下足有几万人，任何一个人都可能是大隐隐于市的间谍。

而究竟是谁有那样大的本事？宋牧川直接便在信里问了。

中书令却回：时机未到。

这并不奇怪，这些暗中的事，若都摊开来说得明明白白，那便也不叫谍者了。

宋牧川了然地将回信放到烛火上烧了，然后从袖中拿出一张纸笺，递给接应的人。这是他今晚挑灯写下的清单。

"这单子上列好的东西，叫人去各处采买，运到城里来。"

那谍者看了一眼清单，神色一震："先生，这是……"

"蚂蚁搬家，多次少量，切莫打草惊蛇。"

"是。"谍者不敢再置喙，拱手接下这任务。

"岐人要造的船，就是他们自掘的坟墓。"他的声音清冷决然。

第五十五章 打雪仗

谢却山也是一夜没睡。

后山的眼线借着夜色来了一次，说从谢穗安和陵安王的对话里听到，秉烛司来了一个新的首领。

想必那人就是宋牧川了，宋牧川果然还是站到了与他拔剑相向的那一面。

他之所以忽然放谢穗安去后山，就是想证实一下自己对宋牧川的猜测，没想到陵安王口无遮拦，把庞遇的事也带了出来。

她越恨他，岐人就对他越放心，谢家上下和睦可不是岐人想看到的情景。

他想，自己刚才的质问应该有让谢小六警醒。要知道，若是今天她第一个撞上的不是他，而是外头安插进来的眼线，那么陵安王的藏身之处很可能就暴露了。

也不知道以谢小六这喜怒皆形于色的性子，能在这条路上走多远。

幸好南衣机灵，脑子突然钻出这么一个念头。

一开始，她只是他偶尔用来破局的棋子，不过时间一久，他们之间也有了某种默契。她是颗很好的棋子，好到……他甚至都产生了一丝依赖。

他脑海中思绪万千，也不知道就这么坐了多久，听到窗外一阵鸟啼声，才意识到天亮了。

他推开窗，散散屋里混浊了一夜的空气，却发现窗外站了个人。

那人大概踟蹰了一会儿，头发上都挂着一丝霜了，正想走呢，听到窗户的动静，抬起眼来。

夜色还在她的眸子里尚未散去，她的眼睛干净得像装了一滴清澈的露水，那滴露水微不足道地滚落，正好滴在他心上，泛起一圈浅浅的涟漪。

他莫名有点欢喜，但脸上还是淡淡的，就这么看着她，等着她开口。

犹豫了一下，她问道："你不会伤害宋牧川的，对吗？"

谢却山眼里的墨色翻涌着，但她看不穿他的情绪。屋里的暖意透过窗散了出来，迷惑了人的知觉。

他蓦地笑了一下。他笑起来是很好看的，像冰川消融，枯木逢春，少年的光彩偶然在这张素来老谋深算的脸上绽放。

可他说出来的话是极其冰冷的："我给过他机会，但他不听话。"

南衣一愣，忘了眨眼睛。

他是实实在在地有了几分怒意，只是这怒意来得莫名其妙。

宋牧川、庞遇、谢小六、三叔，甚至还有二姐……这些与他息息相关的人，她都纠缠在其中，他有太多不该让她看到的隐秘时刻。他默许了这种时刻的存在，默许了她安静地旁观着，可他不许她来怜悯，不许她来置喙。

他走什么样的路，如何对待身边的这些人，她怎么敢，又是以什么样的立场来问他？

她跟宋牧川又是什么关系，值得她大着胆子来问他这么一句？

他偏着头，嘴角依然噙着笑："他非要跟我作对，我有什么办法？我不会杀他，但我会让他在岐人手里受尽折辱，求生不能，求死不得，他的脊梁骨，我会一寸一寸打断，他在意的所有事，我都会一样一样毁掉……"

南衣呆呆地站着。

他好坏。

她一点都不想听他讲话。她扭头就走，她也不知道自己哪来这么大的胆子。

谢却山的声音戛然而止，硬生生将后半句话吞了回去——她这是给他甩脸子？

是她疯了还是他疯了？

他张了张口，想呵斥一声，把她吼回来。但那不就显得他很在意，落了下风吗？

他脑子一时有些空白，就这么盯着她的背影看，忽然发现这个从前走路东张西望鬼鬼祟祟的少女不知何时挺直了脊背，走得这样端正。

她蹲下身，不知道在捣鼓什么，然后气鼓鼓地回头，狠狠地朝他扔了个雪球。

他太惊讶了，以至忘了躲开。

她扔的雪球又准又狠，砸得他满脸狼狈。

寂静了几秒，谢却山咬牙切齿地抹了一把脸，揉碎了的雪在他脸上糊开，活像个小老头。

他雪白的眉毛下却有一双亮得惊人的眼睛，将晨光也溺在其中。

他周身腾起不加掩饰的杀气。

南衣理直气壮地跟他对视着，气势却被他一浪一浪地碾压，压得她觉得腿下发软，后知后觉地慌了。

她眨巴眨巴眼睛，拔腿就跑。

他直接跳窗来追。

谢却山像拎小鸡一样就着衣领把南衣拎了回来，随手抓起一把雪就往她后颈里塞："你这个吃里爬外的东西！是谁让你活下来的？你为了一个外人来打我？"

他素来讲究得很，很少骂这种大白话，看来是真的气急败坏了。

南衣被钻进后背的雪冰得尖叫起来，也不知道哪来那么大的力气挣脱，本能地一把推开他，弯腰抓了一把雪，在手心一攥，便朝他扔了过去："谢却山，你才是个吃里爬外的东西！你的亲人好友们哪点对不起你！谁没点伤心往事！就你矫情！就你要报复所有人！"

要论放开了对骂，南衣这个街头长大的小泼皮可没输过谁。

"嚯，合着你也想被我报复是吧？"他怒极反笑，仗着身量高，直接抓了树枝上的一抔雪，在手心揉搓成一个实在的雪球，"贱命就是贱命，好吃好喝供着你，也堵不上你的嘴。"

他挥臂一掷，南衣立刻躲开，紧接着眼前一白，被雪球兜头砸中，才意识到他刚才是个假动作。

发髻被砸松了，浑身都沾上了雪，也没什么好躲的了，南衣咬牙切齿："来啊，有本事你就弄死我！不然你就给老娘等着！"

谢却山弯腰捡雪，南衣趁势冲过去扔雪球，两人在雪地里打成一团。

什么招式，什么武功，他们一点都顾不上了，都是左右手开弓，连矮墙上的雪都要拿去。

肉搏，是人类最原始的动作。透过层层衣冠，宣泄出内心最深处的情绪——愤怒和委屈。

她是愤怒的，怒他一身恶人皮，而他是委屈的，这份委屈深到连他自己都不曾察觉，每每发作出来都伪装成了恶毒。

他的动作忽然停了下来，发现不知道什么时候自己竟把她按在雪地里，胡乱往她脸上埋雪。他半个身子倾在她身上，她的手还在地上乱扫，将能抓到的雪全拢在手心。

她的碎发垂在脸上，衣襟松松垮垮，胸脯随着她的喘息起伏，腰带上鹅黄色的结也散了一半，像一只停歇着的蝴蝶。他第一次发现原来她有着这样窈窕的腰肢。

他哈出的白蒙蒙热气若有若无地喷在她的脸上，他的眼睛就这么朦朦胧胧地望着她。

她捏着雪球刚要朝他脑袋狠狠砸去，动作却也顿住了。

他们姿势暧昧得很。

她手里的力气松了，雪球滚到地上。刚才还张牙舞爪的人，这会儿竟有些无措。

所有的知觉都回来了。她后背是冰凉的雪地，身上却是滚烫的人。

她有点冷。

鬼使神差地，她停留在半空的手竟伸到了他的脖子后。那是最暖和的地方。

她刚摸过雪的冰凉的手指激得他后背一紧，一股怪异的感觉流过全身，肌肉立刻列阵，紧绷绷地伏在她的手指下。

此刻他温顺得不可思议。

他在出神地看她的眼，但是看不清，他轻轻一吹，酥酥软软的风拂过眼，晶莹的雪花从她睫毛上飘走了。

这双清澈的眼一览无余。

有什么流淌着的情绪似乎在他们之间呼之欲出。

像冰川之下，一个谁也没见过的黑色怪物遥遥地压了过来，在那怪物即将破冰的一刻，他忽然侧身一倒，就地躺在她身边的雪地上，然后安静地看天。

一切戛然而止，却是酣畅淋漓，芥蒂全消。

南衣等着自己莫名激烈的心跳平息下去，轻轻地侧过身，看他的侧脸："我知道，庞遇是自己撞到剑上死的。你劝过他，你是想保下他的，然后找个机会把他放了。还有宋牧川，你也不想伤害他，对不对？"

他还是睁着眼看天，没回答。

"我不会告诉谢小六的。"她很认真地说。

他笑了一下，这个笑很干净，他侧过脸看她，眼里却好悲伤："你知道了我的很多秘密。"

"那怎么办，你要杀了我吗？"

她今天胆子出奇地大。

他伸手去拂她脸上的雪，到底是个习武的男子，手心一下子便热了起来，触碰过的地方像野火烧过枯草。

他说："别背叛我。"

一个背叛者，却反复对她说了好几次"别背叛我"。

南衣脸上的笑容慢慢地卸了下去，最后浮到面上，成了一个僵硬的弧度。她意识到谢却山是认真的。

可什么是背叛呢？她撒过很多谎，帮着别人欺骗他，这算背叛吗？她试图理解他，但在内心深处并不会站在他那边……这也算背叛吗？

在任何时候，她都会优先选择自己的生命，若是在某个不得已的时刻，她必须出卖他，这是背叛吗？

她开始认真思考这个问题，发现自己毫无底气。

"我的慈悲只有一次。"

晨钟撞响了，钟声在沥都府上空绵延。

像一种昭示，那个隐晦的逃生游戏又开始了，他只是有条件地赦免了她。

若她跨过雷池，被他抓住，依然是万劫不复。

第五十六章 上元节

初五春宴过后，大家都惴惴不安地以为会有什么大事发生，结果日子流水一样地过去。

宋牧川在造船，平地起高楼，短短几日也不会有什么显而易见的成果。岐人日复一日地搜城，却依然对陵安王和谢铸的踪迹一无所知。

望雪坞里还是家长里短。

谢穗安终日闭门不出，借口在房中养病，连带着把府里的那股生机都给带走了。

谢却山松了口，结束了陆锦绣的禁闭，让她去陪伴女儿。

甘棠夫人管着全家的事，俨然一副要在望雪坞长住的样子，终于有人觉得奇怪了，问了一句她什么时候回夫家——或者，平南侯什么时候来沥都府？

甘棠夫人这才说出一句石破天惊的话："我跟平南侯和离了。"

众人大骇，连太夫人都急得指着她的脸骂："这么大的事，你怎么不说？！"

到底是多了点心虚，甘棠夫人道："你们也没问我啊。"

原来禹城城破时，平南侯不战而降，甚至要将自己的夫人送给岐军首领示好。当夜甘棠夫人就留下一纸休书，偷了平南侯的符印，夤夜前往军营。

那夜的军营里灯火通明，亮得跟白昼似的，士兵们都惶惶不安，不知今夜过后自己的出路会在哪里。直到那个并不高大的身影穿过火把，站到众军之前，黑色斗篷连帽一脱，露出一张女子素净的脸庞。

她举着符印对所有人朗声道："不愿投降的，拿上你们的武器，跟我走。"

就这样，一个深居后宅的妇人，第一次迈出宅院，就拿着虎符，带着几百人的军队，翻山渡江，回到了沥都府。

当然，这一部分的事实，甘棠夫人自然是按下不表，只说与平南侯道不同，不相为谋。

老太太最终也只是沉沉地叹了几口气。仗都打成这样了，确实没什么好谈妇德和脸面了,活着就是最大的幸运。既然孙女回来了,把重外孙和重外孙女也带回来了,这就是天伦之乐。

接连经历了这么多事,老太太的心态一下子就平和了,连带着看谢却山都没那么碍眼了。

如今她心里唯一的挂念便是谢铸。

谢穗安趴在祖母的膝盖上,用厚厚的一层胭脂水粉遮住哭肿了的眼,安慰她道:"三叔一定会平安的。"

阳光下,老太太看着谢穗安鬓角悄然簪起的白花发愣,最后到底没有问出口。

就这么安安稳稳地到了上元节那天。

这段时间南衣不是在学看账本就是在读书认字,和谢却山之间也相安无事。她大概是提心吊胆惯了,安生日子过了几天,却总觉得太平静了,有点不对劲。秉烛司就这么藏着谢铸和陵安王毫无动作吗?甘棠夫人也不去虎跪山见禹城军了?岐人知不知道……若是知道的话,怎么不去搜?

这些问题时常在她心里萦绕,但没个定论。剩下不忧愁的时间,她该吃吃,该喝喝,睡足时辰,养精蓄锐。

直到上元节,谢穗安突然借口散心出门了。

在此之前,南衣已经好几天没看到她了。她看起来已经没有什么异样,只是隔墙有耳,四下并不是说话的地儿,她只神秘地对南衣留下一句话:"傍晚灯会的时候,有一条游江的花灯画舫会出沥都府,申时三刻,画舫停泊在咏归桥上客,你想办法把秋姐儿和三婶婶带到桥头上船的渡口,自会有人接应你们。"

南衣心里一咯噔,心想终于来了——应该是秉烛司要把谢铸送出沥都府了。

转而,她莫名地松了一口气,她知道,总算有一件能让小六振作起来的事情了。

*

这条画舫是归来堂的产业。

画舫是为完颜骏和那些岐人准备的。上元之夜,画舫将渡过曲绫江,船上客人们看完烟花休息一夜,第二日醒来画舫便能到长江,午后再折返沥都府。

长江对岐人来说是一道天堑,但他们已经在做打水仗的准备了,完颜骏对此非常有执念,便提出借画舫游船,先去一览长江的风光。

如此豪华的画舫,就算放在曾经的汴京城,也并不多见。目之所及,全都是珍奇宝物,但又不是金光闪闪流于俗套的物件。

这画舫是章月回的得意之作,处处装饰都彰显着他的品味。

船上有一面巨大的屏风,镶嵌着五彩斑斓透明的玻璃,据说这是西洋传来的工艺。窗外流光盈盈,打在玻璃上,折射出炫目的小斑点。

此刻的画舫还未开始上客,空空荡荡。章月回坐在玻璃屏风后抚琴,五彩的光影在他身上流转,琴声铮铮,悠远悲怆,他像与这个世界隔绝开来神鬼不近的孤魂。

远离了歌舞升平的簇拥,他独自一人的时候,脸上总有几分风尘仆仆的落寞。

听到有脚步声渐近,他也不着急抬头,拨弄琴弦的速度越来越快,和着来人的脚步声,将一曲浩浩荡荡地推到高潮。

随后他手掌一按,压住琴弦的震颤,曲声就在高潮处戛然而止。他就是这样一个不讲究章法的人。

他轻飘飘地抬眼,是"长嬷"来了。

"东家,谢六来见我了,他们今日就要安排谢铸和陵安王离开。"

章月回的眉头微不可察地蹙了一下:"给你的任务是什么?"

"送谢铸上这艘画舫,"事出紧急,"长嬷"是寻了空隙匆匆来报,话也是越说越快,透出几分焦急,"秉烛司竟然渗透进了我们归本堂,将画舫上的侍从都换成了他们的人。申时三刻,咏归桥渡口第一次上客,谢铸会上船,他们确认船上安全后,就会发出信号,到了申时六刻,画舫经过四方桥闸口,陵安王便从那里上船。他们打算借着画舫,在岐人眼皮子底下入长江。"

章月回食指轻拢慢捻,在弦上不紧不慢地拨弄着,几个不成调的音节流了出来。他在沉思,"长嬷"不敢打断他。

半响后,他道:"你回去吧,谢小六让你做什么你就做什么,别露出破绽来。"

"长嬷"大骇:"东家,不通知岐人来抓人吗?"

他眉眼之中仍是慵懒:"大鱼还在后头呢,单抓个谢铸有什么意思?先让秉烛司的人折腾着,等他们把局布好了,岐人着急起来,我们才能坐地起价啊。"

"⋯⋯是。"

"嗯⋯⋯吩咐下面的人,咏归桥第一次上客时,别查得太严。还有,把画舫上值钱的玩意儿都撤了,换些赝品上去。万一打得凶,砸了船上的宝贝,我们可就亏了。"

"是。"

尽管已经习惯了东家的作风,但"长嬷"还是觉得有点无语。敌人都把刀子伸进你被窝了,你却还想着不能划破锦缎被子。

但东家有个神奇的地方,他谋定的事没有失算的时候,至少目前为止还没有。

"今儿上元夜这画舫,就交给秉烛司唱戏了,我便只好委屈委屈,去灯会上凑个热闹。"

章月回不知从哪儿摸出一张年画娃娃的面具,面具似乎有点旧了,看做工也不是个贵重的东西，跟他惯常的品味风马牛不相及。他将面具扣在脸上，那叫一个和蔼可亲，喜气满面。

他施施然地拂袖便走了。

★

今日偏偏不赶巧，秋姐儿和三婶一大早就去了城西的娘娘庙里烧香。

谢穗安自己在外面有一堆需要处理的事，并没有提前通知她们。也是怕她们提前知晓，露出一点异样，行踪鬼祟，或是带上细软，被人察觉，很可能就走不成了。

但这个任务，既然是谢穗安托付给自己的唯一一件事，南衣就必须把人送上画舫。

未入黄昏，街道已经热闹起来了。岐人在沥都府的统治确实是刚柔并济的，为了让刚有起色的造船事业不受到阻拦，对百姓的施恩自然不能停止，所以并未禁止今年的上元灯会。

非但没有禁止，为了彰显岐人统治之下的太平盛世，反而办得更盛大。很长一段时间，沥都府都没有这么热闹过了。

大道上已经挂起了绵延的花灯。人流太大，官府在主道上禁了车马，要想去娘娘庙，只能步行。

饶是再繁华迷人眼的热闹街道，这会儿也吸引不了南衣的注意，她跟泥鳅似的闷着头往前钻，一心只想快点找到秋姐儿一行人。但路过一个面具小摊时，她的脚步还是顿了顿。

她从小摊上挂着的铜镜里看到了行色匆匆的自己，未免太鬼祟了一些。

于是她随手买了一张狐狸面具戴到脸上，将所有神情遮住。谁也不可能认出她，她肆无忌惮地往前冲，忽然就撞到了一个人身上。

她慌张地仰头，是一个戴着年画娃娃面具的人。

那男子身量很高，面具实在是喜庆得很，给人一种面具后的脸也一样和善的错觉。

这面具，竟然有点眼熟，但她没想起来在哪儿见过。

心中正着急着，没空细想，南衣连忙拱手道了个歉。周围人声鼎沸，将她的声音一并淹没了。

章月回没听清她说的话，心想左右不过是一句礼貌的道歉，他也没多在意。但那女子像在赶时间，都没等他回话，便匆匆走了。

他下意识地回首看，已经是人海茫茫。

第五十七章 花灯俏

终于钻出了最热闹的人群,南衣仰头看层层叠叠的街坊建筑,琢磨着四处有彩绸花灯遮挡,不妨直接走屋顶,也许能更快一些。

她刚打算飞上屋顶,手腕却被人扣住,那人用几分巧劲毫不费力地将她拉了过去。

南衣都不用抬头,据他扣她手腕的姿势和掌心的温度,她就知道是谁。

"去哪儿?"他连寒暄都省了。

"就……随便逛逛啊。你是怎么认出我的?"

南衣一抬头,还是吓了一跳,这热热闹闹的上元节,这人却戴着一张白无常的面具,阳间的人非要和阴间挨点边。

他嗤笑一声:"谁家好人去屋顶逛啊?"

幸好有面具,遮住了南衣百口莫辩的模样,她反驳不了。

他言语中似含了低低的笑,整个人松弛得很:"我也逛逛,一起吧。"

明明是个邀约,却带着他惯常毋庸置疑的语气,他的手没松,直接拉着她走到热闹的人群中。

南衣根本没有拒绝的余地,心里已经急得直跺脚了。

"怎么,不乐意?"似乎是感受到了她的踟蹰,他回头瞧她。

"哪敢不乐意……"南衣嘀咕。

"看上什么,都给你买。"他的语气软了软。

虽然看不见他的神情,但南衣感觉他心情不差。他应该不知道秉烛司今日的行动吧?不然怎么会优哉游哉地在逛街?

少爷心情太好也是个麻烦事,他要是没完没了地逛下去,她还怎么脱身?

宽袍之下,他依然握着南衣的手腕。南衣只当他是怕自己跑了,不敢多想,紧紧地跟在他身边。

他们戴着面具,没人能认出他们,走在街头,不过是个寻常人。

不消片刻,她头上就簪了最新式的玉兰簪,耳朵上垂着晶莹的宝石,脖子上还戴了一条金坠玛瑙璎珞,他乐此不疲地打扮她,这个好看,那个也好看,为她

215

流水一样地花着银子。

越是如此，南衣越摸不透他的行为，不敢吱声，心里却是急得如热锅上的蚂蚁。

万一没赶上将秋姐儿和三婶送到咏归桥渡口……

想至此，她心一横，反手抓住了谢却山的手。

那只柔软的冰凉的手猝不及防地钻进了他的掌心，像航行着的舟忽然触了礁，礁石的角磕到了柔软的心脏上，硬生生撞出一个伤口来，不疼，却全身发麻。

见他没反应，她的指尖又在他掌心试探地抚了抚，示意他回神。

他手心一痒，下意识握紧了她的手，不许她再动，脚步终于停了下来，隔着面具瞧她。

"公子，我累了，我们回去吧。"她装着可怜，委屈巴巴地说，柔声细语，煞是悦耳。

他面具下的脸已经露出了一个笑，但声音还是冷静的："前头有歇脚的地方。"

他还在兴头上，丝毫没有要回的打算，就这么就势牵着她的手往前走。

他们掌心贴在一起，很快就被焐得滚烫，甚至还焐出了汗，饶是这样，他也没有松开。

南衣有点蒙。她跟章月回都没牵过手呢！

这是不是有点亲密了？

这个念头刚一闪而过，南衣就一激灵，清醒了。

亲密？她和谢却山？这是一个鬼故事吧。

谢却山硬生生地把南衣拉到一个小摊前，这是一家提供各种材料让客人们手工做花灯的店。

他很有兴致地拉着她坐下，要跟她一起做一盏八角花灯。

南衣反应过来，这哪是歇脚，分明是拖时间！

谢却山是不是知道什么了？他不会就想把她扣在这儿，阻碍她行动吧？这人好歹毒的心！

南衣脑海中各色念头翻涌着。

见她没反应，他伸手在她面前打了个响指，让她回神："不想试试吗？"

她的声音勉强得像一片干涩的枯叶："想……当然想……"

"你可别骗我。"

他说着似是而非的玩笑话，却让南衣心惊。她还想仔细琢磨，他已经低头认真地选起了花灯的材料。

"公子——"南衣已经想要投降了。

"糨糊。"他专注地在做花灯，伸手让南衣给他递糨糊。

南衣心一横，索性直接起身，附到他耳边说话。

快入夜的天已经刮起了丝丝缕缕的凉风，冻得他耳朵发僵，而她凑过来说话，热气喷在他耳边，温软的声音猝不及防地钻进了他的脑袋。

"公子，晚上小六要送三叔走，我得把秋姐儿和婶婶送过去。"

说完，南衣就后悔了。万一他要破坏行动怎么办？她不就成害三叔的大罪人了吗？

"送去哪儿？"他只顿了顿，头也没抬，自己摸到了糨糊，手里的活一点都没停。

南衣咬咬牙，还是硬着头皮说了出来："画舫。"

她绞尽脑汁地准备着说辞，这件事，她还是得得到谢却山的支持。

结果一句话都没用上，谢却山简单明了地就点了头："去吧。"

"嗯？"

南衣愣住了，直接伸手扒开他的面具，非要看清楚他脸上的表情。

谢却山只是温和地看着她，丝毫没有戾气。

"你早就知道了？"

"你告诉我，我才知道。"

"那你为什么非要拖着我的时间？！"

"我乐意。"他眉梢一挑，眼底有笑意。

南衣咬牙切齿："有病！"

"别走屋顶，今晚各处望楼都有盯梢的。就沿着大路走，这会儿秋姐儿跟三婶该回程了。"

听到这话，到底还是明确了他的立场，南衣面具下的脸笑得嘴角已经咧开了。

她心里莫名地雀跃，果然，她没有选错路，她得到了谢却山的支持，那事情就变得容易多了。

南衣跑了几步，又折身回来，她飞快地从各色篮子里挑出她喜欢的宫灯小铃、喜欢的纱绢、喜欢的流苏，摆到谢却山面前："你等我回来做花灯！"

说完，她便飞快地跑开了。

呵，这人还惯会蹬鼻子上脸的。

谢却山浑身舒展开，脸上眼底是掩不住的淡淡笑意。

他猜到今晚城里这么大的动静，宋牧川必定会有行动，看到南衣在街上行色匆匆，定是要去做什么。其实他知不知晓计划，一点都不重要，这是宋牧川上任后安排的第一件事，必定都安排妥当了，他并不打算插手。

况且把三叔送走也是他希望的。

而他搞这么一出，只是想探探她会不会对自己说实话。

她如实说了，他便满足了。他真的做了一件很无聊的事情。

他希望她畏惧他，但他也发现靠着这点畏惧留不住她，于是他一点点地打开门，一寸寸地放她靠近自己，希望她信任他。

说到底，他要她在自己身边。

一点一点，所有说得出口的理由，和所有还没想明白的理由，钩织在一起，成了某种执念。

*

果然，南衣在去娘娘庙的半路上就遇到了秋姐儿和三婶。

一听到要离开沥都府，三婶就露出六神无主的模样，好在关键时刻，秋姐儿是个有主意的，稳住了自己的娘亲，踏实地跟着南衣前往咏归桥。

南衣还在思忖接应的人会是谁，能不能认出她们来……还没走到桥边，便被叫住了，随即就看到一辆藏在暗巷里的马车。

宋牧川从马车后走出，对三人拱手行礼。

南衣惊讶地看着宋牧川："你不会就是……"

宋牧川对南衣微微一笑，不置可否，随后掀开车帘，里头竟坐着一个岐人。

三婶吓得后退一步，那岐人竟还对三婶行了个汉人礼。

宋牧川解释道："婶夫人，秋姑娘，我受朋友之托，送你们二位上画舫。这位大人虽是岐军校尉，但他是自己人，一会儿你们扮作他的侍妾，便可上船与谢大人会合。"

南衣还没反应过来，这个落魄得要跳河自尽的书生怎么会是此刻的接头人呢？他不紧不慢，井井有条，将三婶她们都安排得妥妥帖帖，扶着二人安心地上了马车。

她隐隐觉得不对劲，他太从容了。她见过他的风骨，她还以为，他被岐人强迫着上任，会是一副苦大仇深的模样，而不是像现在这样游刃有余，举手投足之间还透着一种坚定。

和三婶及秋姐儿告别后，南衣还有些蒙。

宋牧川转过头看向南衣，道："夫人，今夜我也受岐人之邀，有人画舫的请帖，你随我一起上船吧。"

"你……到底是什么人？"

"夫人，宋某的过去就如你看到的那样，没有隐瞒。只是现在身处这个位子，有一些便宜行事的机会，所以受朋友之托，帮这个忙。"

也算合理，谢小六是谢却山的妹妹，庞遇的未婚妻，跟宋牧川的关系自然不会差。但如今这个当口，谢小六不会找一个普通的朋友帮忙。

难道宋牧川也被吸纳进了秉烛司？

这个念头一浮上来，南衣顿时对这个手不能提肩不能扛的书生充满敬意，明知山有虎，偏向虎山行，但同时又隐隐地担忧起来，他能保护好自己吗？

"宋先生，那我去画舫上做什么？"

"六姑娘就在画舫上，希望你去帮衬她。"

南衣犹豫了一下，想到谢却山还在等她，但她心里的天平又迅速倾向了谢小六。今天这么大的行动，谢小六一定需要人帮衬。而且宋牧川也要上船，他势单力薄，万一他有什么需要，她亦能帮个忙。

在心底，南衣将宋牧川放在了一个高山一般的位置，他是个士人，而她只是一个粗人，只要能帮上他一点忙，她就会义无反顾，甚至是受宠若惊的，觉得与有荣焉。

"好。"她应下了。

但有种奇怪的感觉涌上了她的心头。好像有许多她看不到的事正在暗中蠢蠢欲动地发生着。

第五十八章 毫厘间

入了夜，面摊支了起来，热腾腾的雾气往上飘。

一碗刚出锅的阳春面，撒上一些葱花，端到了支在路边的饭桌上。

桌角放着一张年画娃娃的面具，面具的主人也是一副笑脸可掬的公子哥儿模样，见面端了上来，忙用冰凉的手捧着面碗焐了焐，脸上露出一丝满足又简单的笑意。

章月回坐在路边正吃着面呢，忽然岐军就围了上来，粗暴地将周围的人都清了个干净。鹊沙气急败坏地坐到章月回面前："都火烧屁股了，章老板还坐这儿吃面呢？！"

章月回呼哧呼哧地吃着面条，故作一脸惊讶："鹊沙将军何出此言呀？"

鹘沙焦虑得很。

今日上元夜，人一多，一热闹，就容易有些暗度陈仓的事发生，他坚持要全城宵禁，什么花灯，什么画舫，通通不要搞。但是完颜骏的立场就不一样了，他要造船，就要拉拢很多人，上元节就必须放开大操大办。

官大一级压死人。完颜骏去画舫上逍遥了，他还得巡逻，还得守城，还得提心吊胆地加强守卫。

让鹘沙最焦心的是，他的探子来报，秉烛司有异动，目标似乎是画舫，但是他偏偏查不出来，到底那拨人在搞什么鬼。

信息一旦摸不出来，就落入了下风。

他想往画舫上增派人手，但画舫上多少人是有定数的，他的人上去了，就得有完颜骏邀请的宾客下去。那个不知好歹的完颜骏自然不许。

他便命人关了出沥都府唯一的那道闸口，任何船只出去之前，他都要检查一遍。即便如此，他还是不放心，总觉得还有什么蛛丝马迹没抓到。

鹘沙焦心，想去找章月回，也不见人影，好不容易找到了，这厮居然在吃面。

仿佛整个城里就他一个人着急似的。

鹘沙气得一拍桌子，震得面条上的油星子直往章月回脸上溅。章月回皱着眉头"啧"了一声，掏出手绢不紧不慢地擦脸："鹘沙将军，别上火呀，有事慢慢说。"

"章老板，你是不是知道点什么？你出个价，今晚的消息我都要买！"

章月回故作为难状，道："鹘沙将军，并非我不肯卖，而是有些消息，真假难辨。若是搞错了，有损我归来堂的招牌。"

"出个价。"

"不是价钱的问题。"

"三千两！"鹘沙直接从怀里摸出银票，往桌上拍。

"可若消息不真……"

"那我也自认倒霉！"

章月回捧起面碗，一大口热腾腾的骨汤入腹，叫人四肢百骸都充满了温暖，然后他才不紧不慢地抹了抹嘴，在鹘沙期盼又恳切的目光里，将银票推了回去。

"将军真当我是这贪财之人？我这归来堂，也不是什么生意都做。将军如果真的不放心……不妨就把四方桥出城的闸口守严实了，一只苍蝇也别放出去。"

这话说得分明就是知道点什么。

鹘沙急了，关闸口并非长久之计，如果搜不出什么来，完颜骏必定不愿意游长江的计划受阻，僵到最后，还得开闸。他一狠心，又掏出一沓银票，压在原先的那一沓上，推了过去："章老板，五千两如何？您收钱，我拿消息，后头的事，绝对跟您没有任何关系。"

章月回顿了顿，还是将银票推了回去，微微一笑："将军，要现银。"

奸商！

鹘沙忍着嘴角的抽搐，抬手招来一人："去，把五千两现银抬到章老板府上！——章老板，这下可以说了吧？"

章月回施施然地勾了勾手指，鹘沙像只小狗一样把耳朵凑了过去。

"据我所知，谢铸已经被秘密送上画舫了，还有一个人，今晚也会上画舫。"

"谁？"

"陵安王。"

鹘沙骤然瞪大了眼睛。这可是一个天大的消息，难怪章月回卖好大一个关子！

章月回蘸了点杯中的茶水，在桌上画了一条横线，示意为曲绫江，又在中间一点上顿了顿："这是曲绫江，咏归桥渡口在沥都府城中央，谢铸就是在这里上的船——"

他手指又划到横线的末端："这是四方桥闸口，是出城的最后一道关卡，按照计划，画舫会在这里停下，上最后一批客人，陵安王就会在此处上船，然后跟着画舫顺流直下，前往长江……不过，秉烛司党人计划周密，他们得等到船上之人发出确认安全的信号后，陵安王才会上去。"

"他们怎么才会发出信号？"鹘沙压低声音问，顿时紧张起来。

"画舫靠近四方桥时，看到闸口开着，他们就会放出信号。不过开闸毕竟是一着险棋，瓮中捉鳖，总不能先让自己的瓮有漏洞。所以我建议将军不要冒险，就在四方桥那里派重兵蹲守着，在岸上就将陵安王给抓了，船上那个人自然也是无处遁形。"

鹘沙面上闪过一丝阴狠的笑容："关了闸，船上的人就不会放信号。陵安王谨慎，看不到信号，他是不会出来的。"

章月回笑了笑："将军这是准备要放手一搏了？"

鹘沙心里有了主意，不冒险，哪来滔天的富贵？他连声音都有了底气："章老板，这消息可算我买断了啊，你别再卖给任何人。"

"自当如此。"

鹘沙提起刀就要走："一群狡猾的狗汉人，老子给他们一网打尽。"

章月回好意提醒："我也是狗汉人。"

鹘沙面色僵了僵，圆场的话也懒得讲，抱了抱拳，大步流星地走了。

★

画舫从咏归桥渡口离开，船上已经是宾客云集，热闹万分。

众人都聚集在大堂观赏沿岸的花灯风景，厢房暂时还无人光顾。船舱尽头有一个雅间，谢铸就端坐在里面。

一段时间躲藏下来，他似乎老了许多，面色也显得苍白。身上穿着灰扑扑的袍子，他是借着搬杂物的伙计身份才混上来的。

在此之前一切都很顺利，但还远没到亮刺刀的关键时刻。今晚的行动关乎他的未来，他自然是浑身紧绷，一言不发，生怕会错过什么动静。

"长嫣"候在一旁，警惕地将窗户推开一条缝，望了眼渡口的情形，回头道："谢大人少安毋躁，这会儿尊夫人与千金应该上船了，我去将她们一同接来。"

"长嫣姑娘，万事小心。"

"长嫣"朝门口走了几步，出于一个谍者的直觉，她心里一直隐隐不安。太顺利了，一切都太顺利了，如果真的按照谢六跟她说的那样发展，她扭头就出卖他们，那这个陷阱浑然天成，岐人能将这船上的秉烛司党人一网打尽，包括陵安王。

画舫在江上孤悬，他们连退路都没有。

谢穗安是个胆大没心眼的，但这么大的计划，不可能是她一个人做的，整个秉烛司都愿意这么冒险吗？

抓着那一缕异样，"长嫣"决定冒一次险。她忽然回头，盯着谢铸，语气一冷："谢大人，都是同行人，你们为何瞒着我？"

谢铸一愣，没反应过来："长嫣姑娘，你在说什么？"

其实谢铸的反应已经很快了，他迅速将眉眼之中的那缕心虚藏了起来，但还是被"长嫣"捕捉到了。

谍报，有时候就在毫厘之间。

"长嫣"回答得也是天衣无缝："此计到底有几分冒险，若是计划泄露，且不说我们会白白送死，也难保殿下的安危。谢大人明明有备用计划，为何不提前知会我一声？我好有个准备。"

谢铸露出茫然的神色："长嫣姑娘何出此言？小六告知计划的时候，我与长嫣姑娘一同在场，我哪里知道什么备用计划？再者说，岐人将城守得滴水不漏，若不稍微冒点险，如何能送走陵安王殿下？"

"长嫣"沉默了一下，眉眼间露出一缕哀伤，但很快又变成坚决："大人，长嫣知道了，今夜只能成功，不能失败。"

"长嫣"推门离开，刚一出门，她的脸色就变了。

但凡是个正常人，都会对计划的实行感到惴惴不安，而谢铸表现得太淡定了，完全顺着"长嫣"的话在解释，为什么没有备用计划——局中人，谁会纠结这个？关键明明是陵安王殿下的安危。

但奇怪的是，谢铸的重点并不在陵安王身上，而是放在了说服"长嫣"相信上。这绝对不符合谢铸的立场！

又或者，他根本就知道，陵安王不会上船，那他也就不必紧张了。

"长嫣"意识到，这是一个骗局。也许，她的身份早就暴露了，谢穗安他们只是将计就计，借她的嘴递出一个假信息。他们拿捏了岐人想做局抓陵安王的心，若是陵安王能出现，放谢铸上船又何妨，这是一个多好的诱饵啊。

他们故意弄得满城风雨，暗流涌动，把兵力都吸引到四方桥。但是，倘若秉烛司的目的只是将谢铸送走呢？

那么画舫就不会停下，趁着四方桥闸口一开，便直接顺流而下离开沥都府。出城的渡口只有一个，出去了，再追就难了。

她必须尽快将消息递给东家！

"长嫣"走在无人的走廊中，只有急促的脚步踩在木板上，发出规律的声音。忽然，她意识到有两重脚步声！

她猛地回头看，一个阴影压了过来。

第五十九章 向清溪

四方桥两岸，巡逻的岐兵依然寥寥无几，不少载着达官贵人们的马车已经停靠在岸边，就等着画舫靠岸。

各处的暗哨严阵以待，更多的士兵都乔装成平民散在各处。

鹃沙在望楼里俯瞰着街坊之中的动静。

江上的画舫即将靠近四方桥闸口，鹃沙越发紧张："弓箭手准备。"

无数弓箭手在夜色的掩映下趴在屋檐，弓箭列阵。

靠近四方桥的街道上，一辆马车慢吞吞地穿过拥挤的人群，这是沥都府知府黄延坤的马车。

马车里坐着谢穗安和黄延坤。

谢穗安掩袖嘤嘤地哭着，黄延坤面上却是得意，伸手揽着谢穗安的肩膀，做

223

安抚状:"庞大人为国捐躯,令人敬佩,但谢六姑娘的生活还得继续不是吗?今晚便随黄某一同画舫游江,就当散散心。"

说来也巧,黄延坤受完颜骏邀请上画舫,马车经过谢家附近时,险些撞上失魂落魄的谢穗安。美人受惊,黄延坤自是小心翼翼地哄着,一问才知道,庞遇的死讯今日递到了望雪坞。

这黄延坤立刻乘虚而入,便邀了谢穗安上马车。

谢穗安抬着红肿又动人的双眼,问道:"岐人不都封锁了曲绫江吗?这不知道哪来的画舫,真的能出去吗?"

黄延坤得意道:"那是自然,四方桥闸口可是我管辖的,我让他们开,他们就得开。谢六姑娘到了画舫上,便好好地歇一觉,第二天看看长江的风光,岂不美哉?"

"确实很美,"谢穗安抬起眼看黄延坤,唇角露出一个楚楚可怜的笑,眸光却已骤然变冷,"但很可惜,你看不了了。"

黄延坤意识到不对,刚想说什么,一道寒光便已闪过。

一把匕首精准地没入他的胸口,他想喊,但嘴里涌出的只有鲜血。他手脚抽搐着,不消片刻人便没了动静。

谢穗安面无表情地摘下黄延坤腰间的令牌,随后将匕首拔出来,用他的衣袍擦干净血迹,藏到自己袖中。

她眼眶分明还红着,但一系列杀人的动作行云流水。

"狗东西。"

谢穗安嫌恶地扫了一眼死去的黄延坤,轻声啐了一口。

马车摇摇晃晃,正好拐过街角,这是一个视野盲区。

一个人影从马车车窗里翻出来,悄无声息地躲进了巷子。

车夫似乎全然不知发生了什么,依然驾着车往前。

*

四方桥闸口旁的机关室,众人已经严阵以待。

此刻的闸口是开着的。

有首领穿梭其中,朗声吩咐道:"鹘沙将军有令,等江上烟花一绽放,就立刻关闸口,绝不许放一条船出去!不能早也不能晚,都给我把弦绷紧了!"

谢穗安已经换了一副士兵的装扮,出现在机关室的门口。守卫刚想拦住她盘问,她一亮黄延坤的令牌,守卫便立刻恭敬地放行了。

正如黄延坤所说,控制闸口的依然是他的人,岐人一时半会儿还搞不明白这些东西，全权交由他负责。此处军士见令牌如见知府，谢穗安只要声称自己是替知府大人来监督此处，便无人敢怠慢。

谢穗安闷头往里走，最深处的石室里就是操作闸口的机械齿轮，四下十分潮湿，地上淌着渗进来的江水。

她悄无声息地拈起一块石子，手指一弹，石子精准地卡入第二个齿轮中。

*

画舫上，依然是歌舞升平。

廊下的花灯随着船身摇晃，窗棂上的雕花任由光影切割，斑驳地投在地上。有人经过，光影便攀上那人的身，等人脚步远去，又安静地伏在地上。

南衣跟在宋牧川身后，绷紧心中的弦左顾右盼，生怕有什么可疑的人出来坏了计划。好在此处是厢房的走廊，客人大都在大堂，这里并没有几个往来的人。

南衣忍不住问："宋先生，这是要去哪儿？我能帮上什么忙吗？"

宋牧川的脚步终于停了下来，观察左右无人后，打开一扇门，引南衣入内："夫人，这里。"

这是船舱里堆放杂物的地方。

进了房间，宋牧川才郑重地拱手道："夫人，方才人多不便说话，六姑娘托我送你离开沥都府。"

南衣愣住了，她差点都忘了，谢小六答应过她，救下三叔之后送她离开沥都府。

但是那次被谢却山识破了，她默认谢小六是没办法的。她就是一个过一天算一天的人，面对困难及时放弃，再去寻找别的迂回的路。

她看向宋牧川，唯一的变数只可能是他。他也在其中出了力？

宋牧川坦坦荡荡地对上她的目光，娓娓道来："夫人不必担忧，后头的事都安排好了。望雪坞中会传出你突生恶疾的消息，你怕传染给府中人，自己移去了外头的庄子。过段时间，便说你暴毙了，没有人会再来找你。"

"可是……"

南衣忽然想到坐在花灯丛中的谢却山，她说要回去与他一起做花灯。

"谢却山那儿，夫人也可以安心，他背靠的是岐人的势力，他的手伸不到江南地界，只要到了金陵，他便不可能找到你。"

摇摆之间，南衣心动了。

她乖乖地留在谢却山身边，为的就是有一天他履行承诺，能放自己走。如今，终点就在眼前，她为何不一脚迈过去？

她没有理由拒绝。

她的心怦怦跳着,她很清楚,这么跑了就是背叛谢却山。可背叛又如何?她就是个小浑蛋,是个无情无义的墙头草,有机会她不跑,非要留在谢却山身边,她是什么受虐狂吗?

"他真的……不会找到我?"她又问了一遍。

"夫人信我。"宋牧川转身从角落的箱子里拿出一个早就准备好的包袱,"谢六姑娘已经帮夫人准备好了新的身份和公验,里头还有些许盘缠,她不能亲自来送,托我对夫人道一声谢。山高水远,望夫人珍重。"

南衣鼻子有点酸。

世界上最好的谢小六,即便自己那么悲伤,依然把阳光洒给别人。可说到底,她是靠着骗谢小六才承了这些情。

而宋牧川……虽然他说这都是谢小六的意思,但她知道,能送她走并非易事,他一定也做了很多努力。

在这个本该沾沾自喜的时刻,南衣却觉得心虚和无地自容。她这样不堪的人,何德何能得到这些高士的帮助。

"宋先生,你知道我是什么样的人吗?"

宋牧川对上她的眼神。从上船开始,她就表现得极度警惕,跃跃欲试地总想要保护他,像只时刻准备龇出獠牙的小兽。然而这一刻,他在她眼中看到了某种软弱。

他知道她是什么样的人,她是秦家的私生女,是个在市井里长大,靠坑蒙拐骗生存的女孩。他甚至能想象到,她大概在某些地方骗了小六,才能让小六这么费心地帮她。

但他并不在意。她不会知道,在任何时候,她都散发出一种懵懂而不自知的美丽,有着野草一般蓬勃的生命力,春风吹又生。

她是春风,亦是野草,有着燎原之势的美丽。

而爱美之心,人皆有之。他在这个位子的一点私心,便是守住这份光芒。

"我只知道,世道污浊,而夫人要往清溪去。"他看着她,温和又坚定道,那双干净的琥珀色眸子,像装了一泓清澈的百川水,坦荡真诚,宽厚仁慈。

他的话给了她极大的力量,她心底对前路的茫然、对未知的恐惧,还有那点对自己的失望都被这句话轻轻拂去。

他懂她内心最深处的渴望,他知道她不想与尘垢同流。

这个世上有一种人,生来就如高山清风,就是让世人敬仰和信任的。她为何要弃这能依靠的高山,回去寻那人间修罗?

"宋先生,谢谢你,请送我离开。"

宋牧川推开窗，正好一束不起眼的烟花在江上炸开。

信号已经发出去了。

南衣隐隐听到岸上传来巨大的喧嚣声，有人歇斯底里地高喊："关闸！关闸！"

但是画舫没有停下，直接朝着闸口的桥洞驶去。

这一刻，岸边的鹁沙终于反应过来，这是个声东击西的计中计，什么陵安王，不过是个噱头罢了，压根就不会出现。他们这群蠢货，拱手把大门打开，送敌人离开。

鹁沙只能寄希望于闸口快速关闭，将这条画舫拦住，但闸口没有一点动静。

有士兵气喘吁吁地跑来汇报："将军，闸口的机关好像坏了……"

鹁沙气坏了，揪着他的衣领暴躁地问："黄延坤呢？！不是他在管吗？他人呢！"

这时，那辆知府的马车才姗姗来迟。鹁沙拨开人群大步往马车走去，脚步却突然定住。

他看到有鲜血从车厢底部渗下来，滴滴答答地坠在地上。车夫掀开车帘，里面赫然是死透了的黄延坤。

鹁沙愕然，他被看不见的敌人狠狠地摆了一道！他气急败坏地命令道："给我放箭！快放箭！把画舫拦下来！"

意料之中的箭雨却没有到来，一旁的士兵哆哆嗦嗦地回话："将……将军，画舫上都是完颜大人的贵客……"

鹁沙气得一脚将士兵踹到江里，却也无计可施，只能眼睁睁地看着画舫顺流漂下，过了闸口。

第六十章 朽木折

被画舫挡住的那一侧，谢铸一家人已经沿着绳索往下，转移到了安全的小舟上。而后头还有一叶若隐若现的小舟，那是准备给南衣的。

宋牧川考虑得很周全，要帮她与谢家做切割，自然不能让她跟谢铸同行。

南衣翻出了窗户，但她没有立刻沿着绳索往下爬，手扒在栏杆边上，在船身的木楔上堪堪立住脚——她忽然又想到了一件事，必须在离开前问清楚。

"宋先生，第一次见面时你同我说的'yǔ shù'，是哪两个字？"

他愣了愣，如实回答道："给予的予，宽恕的恕。"

这两个字南衣学过，她知道怎么写，知道这是什么意思。此刻她才明白，为什么当时谢却山听说他给自己取字"予恕"的时候，会是那样剧烈的反应。

在要离开的瞬间，她还是无可避免地想起了谢却山。害怕是真的，可也有了这么久的相处，他在她的生活中已经留下了浓墨重彩的一笔。

"宋先生，能不能……不要那么恨他？"

宋牧川没想到南衣会同他说这些，登时怔住了。

"他也不想让庞遇先生死。他也许是个做过坏事的人，但他不是一个坏人。"

她没有那么讨厌谢却山。只是她太害怕了，在谢却山身边总是提心吊胆，她太想要去一个能喘息的地方。她憧憬宋牧川口中的清溪，亦想要找到她的心上人章月回。

宋牧川沉沉地点了点头："夫人，我记住了。"

"后会有期。"

南衣这才放心地沿着绳索往下爬，稳稳地落在底下的小舟上。

她站在小舟上，抬头望着那庞然大物一般的画舫。即便灯火阑珊，她依然能瞧见他的身影。

她在夜色中对那个身影用力招了招手。

江水湍急，小舟顺流而下，不一会儿便离画舫有一段距离了。

这些喧嚣终于离她远去了。她松了口气，折身进入船篷，浑身猛地一颤。

——小舟里不知何时坐了一个人。

他就这么静静地坐在黑暗里，借着岸边遥遥散来的余光，她看到他手边放着一盏没点亮的八角宫灯。他仿佛在黑暗里浸了很久，像从地狱里爬出来的恶鬼，无论多少光都到达不了他的身边。

宋牧川说，到了金陵，他便不可能找到你。但是他们都没算到，他在源头就将她拦下了。

她像是个被抓了现行的小偷。

江风拂过，令人瑟瑟发抖。

在这条小舟上，在这被夜色吞没的江面上，没有人知道谢家少夫人在这里，也没有人会在意一个叫南衣的乞丐在这里。

月黑风高杀人夜。

她身上披满黑暗，黑暗中有无数双看不见的名为绝望的触手抓住了她。

她不敢动，不敢说话，任由江风割在脸上，脑子一片空白。谢却山也沉默着。过了很久，小舟已经远离沥都府了，他从袖中掏出一支火折子，点亮了花灯。

这一点光亮洒满了整个船篷。

这盏崭新的花灯上面的铃铛、流苏，乃至灯罩的纱布，都是她选的。她竟觉得愧疚。

"我同你说过，不要背叛我，"他平静极了，微光笼在他脸上，他的神情甚至是温和的，"南衣。"

她很少听到他这么叫她的名字，她很清楚，那双幽深的眼睛里压着摧枯拉朽的怒意。

她挪过去，齿间抑制不住咯咯地打着战。但她明白，终于到了必须坦诚的时刻，以前从来不敢宣之于口的心思，此刻她只能剖白。

"你也说过要放我走的，我不想在这个游戏里再玩下去了。"

她屈膝，在他身边蹲下，她牢牢记得，他不让她跪，可她也知道自己的身份，她总是在小心翼翼地寻找着跟他相处的方式。

总是拉锯着，试探着，这很累。她就是想走。

他抬手捏起她的下巴，任由她扑簌流下的泪垂落在自己的虎口上。他一点点极有耐心地用指腹为她拂去眼泪。

"但你不相信我，转而去求宋牧川的帮助……天高路远，宋牧川总有顾不到你的时候，在我身边有什么不好？"他的语气里听不出一点杀气，像很认真、很困惑地在跟她探讨一个费解的问题。

她说不上话，只能拼命摇头。

"你又要漂泊在这世道，过了今天没明天，我给你的东西，还不够吗？"

"可我怕你，"她的神情是害怕的，但并没有退缩，她大着胆子把心里的话都讲了出来，"我就是一个小人物，我不想卷入那么复杂的纷争中去……我只要一日三餐那样简简单单地活着，你为什么……为什么不能放了我？"

他像被击中了，哑口无言。

他从没希望过得到任何人的理解，可在过去的时日里，他一点点对她打开心门，他以为他们之间是有默契的。可她还是把他当成了敌人。

他在这一刻才意识到，自己是希望与人同行的，不，是与她同行。人啊，总是因为希望才会失望，如果一开始就从未与她深交，此刻也根本不会痛。

他竟然痛到想要一切就此毁灭。世界纷纷扰扰与他何干？

甚至他有种冲动，想就此把自己的身份告诉她，让她像尊重和信任宋牧川一样对待他，让他们并肩作战。

但这个念头一出，理智便瞬间回归。他们认识不过数月，他如何能信任她？他教了她很多东西，可她依然是个小骗子，她一次次证实了这件事。

他的手掌缓缓移到了她的脖颈，滚烫的掌心贴在肌肤上，让人汗毛耸立。

她纤细的脖子脆弱而美好。

他对她的印象总是受到那个灰头土脸的乞丐模样的影响，他下意识要去忽略她的美貌，但她褪去那身褴褛，一日三餐的滋养让那具骨瘦如柴的躯壳逐渐丰盈起来，一日一日，容光在她面上焕发，唯一不变的就是那双水光盈盈的眼。

他终于想起来，初见时他救她并不全是因为她的勇敢，而是因为这双摄人心魄的美丽眼睛。

所以他一次又一次地，对着这双眼，放过了她。

但是他捡回来的这个不起眼的小乞丐，她的能量渐渐超出了他的控制，甚至连心高气傲的宋牧川都愿为她冒险，将她送出沥都府。

这一刻，他无法再忽略她的美丽。任何东西在毁灭的前一刻都是格外美好的。

他放任自己爱怜的目光垂落在她身上。他觉得惋惜。她若不跑，他们本该一起提着花灯，穿梭在上元灯会热闹的人群中，让人间烟火盈满全身。

"告诉我，禹城军藏在哪儿？"他忽然问了一个看似无关的问题。

那天她的说辞，他根本没相信。那个时候他不问，只是因为没到时候，可现在，就是逼问的时候。

他的手掌只是虚虚地覆在南衣的脖子上，但她怕极了。她以为只要自己听话，就能求到一丝希望，就像以往每一次的有惊无险那样。

她犹豫了一下，还是说了："在……在山谷里的那个破道观。"

谢却山一点都不惊讶，他笑了起来："你果然知道。"

这个瞬间，南衣猛然后悔了，她意识到自己不该说。这是一个陷阱。

在这个陷阱里，她暴露了自己的致命弱点——为了活命，什么秘密都能往外抖。

她能背叛甘棠夫人和禹城军，那就能背叛谢却山。

可这是因为她潜意识里是信任谢却山的。她并不觉得谢却山真的会出卖二姐。

但这样的反应，落在谢却山眼里是致命的。

他有那么多秘密在她手里。先前没有人联想到他们之间有关系，他才能借她的手去成一些事。可这些事，若是被她有意或是无意地说出去，将在岐人面前葬送他多年的经营，他会粉身碎骨。

这艘船可以顺流而下，逃出她说的一切纷扰，他们可以不是谢却山，不是南衣，好像也可以获得永远。

但是不行，他们都已经被这个乱世赋予了意义。他们早就是局中人了，滔滔东去的江水渡不了他们，只会把他们送到更危险的处境，一着不慎，满盘皆输。

他能深入岐人的这个位子，是因为无数人多年的艰辛攀爬与相送，甚至是牺牲，他并非他自己，而是王朝深入敌营的一把秘密的刃，肩上担着千万人的生死。

当年幽都府城破前夜，他本要与城同命，死守到最后一刻，却在军营里见到了风雪兼程赶来的老师沈执忠。

老师说，城破已是事实，昱朝式微，官家一心求和，无力与岐人久战。但求和换不来几年的太平，岐人野心甚大，总有一天会卷土重来。正面的战场无法抵抗，但背后的战场也许能博到一线生机。

老师问："朝恩，你愿意活下去吗？"

死了，便是守国忠将，名垂青史，而活着，前路是刀山火海。

从活下去的那一刻起，他便没有退路了。他只能往前，不能有私情，不能心存侥幸，不能仁慈。

他这样一个走在悬崖边的人，怎么能允许一个背叛过他的人活着离开呢？

等南衣反应过来的时候，谢却山手上的力气已经陡然增大。

朽木既不可雕，那就折了吧。

喉中的空气瞬间被剥夺，窒息感让南衣瞪大了眼睛。她真真切切地感觉到了他的杀意，这是从未有过的感觉。

这一刻，终于被逼到了生死的边缘，南衣挣扎着，她胡乱去抓他的衣襟，她呜呜地哀求着，脸庞涨得通红，然后又变得煞白，她的力气在慢慢变弱，但他不为所动。

以前他也说过要杀她的话，做过似是而非要杀她的动作，但都不是真的，可这一次，他动真格了。他麻木地看着她的生命在他手中流逝，施加着手中的力，可恍惚之间，她不知道是不是自己将死的幻觉，她竟看到他流了一滴泪。

连他也没想到，这滴泪是真实为她而流的。

他想到了不久之前，也是在这样的一叶扁舟之中，她分享了他的一滴泪。她的世界没有太多的规矩，总会露出一些出人意料的野生感。

她会对他的眼泪好奇，会看穿他的伪装，会在适当的时候沉默地陪伴，她的每一个棱角都正好弥补了他撕裂的灵魂。

他手上的力气不自觉地卸下来，两个被撕裂的他在打架，一半是血肉之躯，一半是铁石心肠，一直以来，这两个自己都和平相处，却在此刻为了这个女孩要斗到你死我活，但那都是他自己，无论谁占上风，痛的都是他。

真的没有办法了吗？

忽然，咔嗒一声，机关咬合声在黑暗中响动，一支箭从她袖中发出，射入他的肩胛。他吃痛地一缩，手臂撤了回来，南衣竟就势挣脱开来，剧烈地咳嗽起来。

凛冽的空气涌入胸腔，她又活了过来，她不敢松懈，紧接着便从袖中抽出匕首，想都没想，就朝谢却山刺去。这是她求生的本能，不反杀，就要死。

她的动作是莽撞而无章法的，谢却山却像钝住了。这一刻诡异得很，他明明可以躲开，却没有躲，任由她的匕首没入他的胸口。

那是他送她的刃与箭，是他教她的一身本事。

桌上的花灯被两人激烈的动作打翻在地，火舌舔上了布罩，一下子便烧了起来。

火光将船篷照得亮如白昼。

她愣了。

她没想到自己可以成功。她看着满手的血，抑制不住地颤抖起来。

这可是谢却山，她居然要杀那个只手遮天的谢却山？她怎么可能成功？

不对，是他没有躲……他们之间必有一个人疯了。

他要做什么？

她松了手，流着泪，想要往后退，却被他一把揽过后颈，阻止了她的动作。他们就在咫尺的纠缠间，她只要再把那匕首往里推一寸，他必死无疑。可她不敢，她浑身的力气和胆量都用完了。

伤口汩汩流着血，他明明落了下风，甚至将空门大露给她，却丝毫没有惧意。

他喘息着，含着血腥的热气喷到她脸上："南衣，好得很。"

南衣还没反应过来，只觉得后颈猛地一阵刺痛，紧接着便眼前一黑，不省人事，软软地向后瘫去。

他将指尖那根刺晕她的银针随手一扔，最后一分力气也用尽了，他瘫坐着，捂着胸口的伤，面上才显出实实在在的痛意。

船篷也燃烧起来，像江上裹着的一团火。火光中，谢却山望着这片狼藉和昏迷的南衣，他们好像要在这明月孤悬的江上共同走向毁灭。

第二卷

离亭雁归浮生艰

第六十一章 何所生

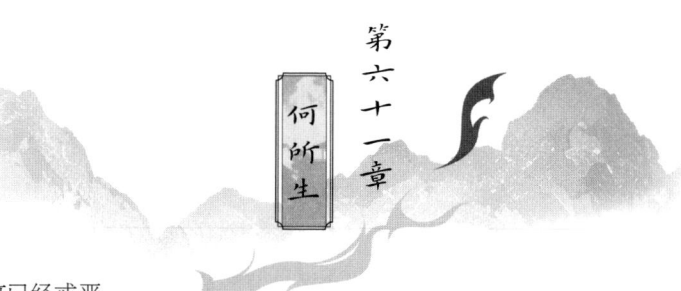

沥都府已经戒严。

前一天还歌舞升平的城，好似一阵邪风刮过，转瞬便空空荡荡，只剩来不及拆去的花灯在萧瑟的风中晃荡。

无人敢在街上乱走，生怕撞上搜捕的岐人，就会被扣上逆党的帽子，被抓去审讯。

画舫撤了回来，岐兵将船只里里外外搜了一遍，只找到一具舞女的尸体。舞女死于割喉剑伤，那尸体手里握着一条剑穗，像是无意间扯下的来自凶手剑上的东西。鹈沙总觉得那剑穗眼熟，但一时想不起来是谁的。

他再去查验舞女的身份，得知此人应该是花朝阁的歌伎，却戴着一层人皮面具。归来堂的人说，这是他们放在船上的暗桩。

凶手必然是秉烛司那一派的人，只是那剑穗的主人暂时没线索，就成了一桩悬案。

至于谢铸，早就无影无踪，那引来满城风雨的陵安王更是连影子都看不到。

当夜还死了一个大人物，沥都府知府黄延坤被人刺杀在自己的马车中。

车夫在被审讯时自杀身亡，凶手不明，没留下一丁点有用的线索。

再往下查，据说有个士兵拿着知府的令牌进了闸口机关室，但当时大家都在紧张地关注江上的动静，没人注意到那士兵的样貌，线索又断了。

城里还少了一个人——谢却山。

谢却山本来应该在四方桥上画舫，却提前在咏归桥渡口就上去了，之后便从画舫上消失了，不知所终。

事情变得扑朔迷离，沥都府上下人心惶惶。

鹈沙赔了夫人又折兵，事后像只疯了的狗一样到处乱咬，谁撞上他的怒气都得褪一层皮。

最可气的是鹈沙在章月回那里下了血本，结果竹篮打水一场空，可偏偏那个奸商事先说得清清楚楚，这消息未必是真。鹈沙也拍着胸脯承诺了，不管是真是假，都跟他没关系。

这火压根没地方发。

看似唯一的赢家章月回也并没有想象中那般开心。

花朝阁今日格外冷清，没了捧场的客人，只剩偶尔穿梭着洒扫的堂倌。

零星传来的琴声，显出几分心猿意马，潦草地拨了几个音后，章月回兴致缺缺地停了下来，他鲜少沉浸在这种深思的神情中，偏偏此刻就是。

骆辞守在一旁，他更困惑："东家，您既然早就怀疑秉烛司的计划有诈，为何还任由事情发展……"

"你说谢铸和陵安王，谁更值钱？"

"自然是陵安王。"

"我是个商人，我要做最有价值的生意。怀疑归怀疑，在没有确切的消息时，一切都是有可能的。我卖的就是陵安王会上船这一个可能性，若是我们自己把那可能性给验证为零，岂不是自断财路？"

骆辞不明白，既然东家都算好了，那还有什么是想不明白的？难道因为折损了"长嫣"这员大将？

"长嫣"的身份已经被秉烛司发觉，早就没了活路，东家这么做，也是为了让利益最大化。

章月回叹了口气，道："对方是算准了，就算我有怀疑也不会阻止，因为我是个唯利是图的人……我也是他计划里的一环，甚至是他计划成功的关键。"

骆辞这才觉得后背一凉——惯常只有东家算计别人，没有谁能算计到东家头上。

对方究竟是什么人？

章月回闭着眼，眉头微微蹙起："最奇怪的是，谢却山为何会消失？计划都已经成功了，他没道理在这个时候引火烧身。"

"对了，东家，您让盯着的那个谢家寡妇，昨日突发恶疾，挪去了外头的庄子。"

章月回哂笑一声："看来这个人也不在沥都府了。"

"他们到底在搞什么？"骆辞觉得越发困惑了。

沉默了许久，章月回依然没什么头绪。谢却山和那个秦氏一同消失，这是一件旁人未必能注意到，却十分古怪的事。

这个小寡妇到底是什么来头，怎么跟谁都能扯上关系？偏偏几次都杀不掉，棘手得很。

"先盯着谢六吧。"章月回揉开眉间的忧思，缓声道。

235

★

望雪坞中又成了岐人统治的地盘，四下都是守卫的岐人，甚至比之前更密不透风。

谢穗安平静地坐在梳妆台前，看着镜中的自己，乌黑的长发披在肩上，面上不施粉黛。她该做的事都完成了。

送走三叔一家和嫂嫂，杀了叛徒黄延坤，帮宋牧川稳住了沥都府的局势，接下来，她就只剩一件最重要的事了。

谢穗安拿起手边的剪子，一寸一寸，安静而决然地将长发剪短。

庞遇的死讯已经由一份加急的军报递进了望雪坞，所有人都知晓了。她的悲伤终于变得名正言顺。

甘棠夫人和陆锦绣刚进院，准备安慰谢穗安时，却见那扇闺房的门缓缓打开，谢穗安抱着一个牌位走了出来。

已经剪短的头发简单地绾在脑后，她一身素衣，鬓角簪着一朵白花。

陆锦绣惊得腿下一软，她意识到了什么，厉声问道："小六！你这是做什么？！"

谢穗安坚定地捧着庞遇的牌位，道："亡夫已逝，我愿入佛门，终生与青灯相伴。"

"你疯啦？！我养你这么大，不是为了看你自断前程的！你这个不孝女！你松手——又没有成亲，作不得数的！"陆锦绣疯狂地去拉扯谢穗安，瞬间失了教养，像个泼妇一样要夺她手中的牌位，但她站得纹丝不动，旁人撼动不了半分。

甘棠夫人却注视着自己的妹妹。谢家每个人都有自己的反骨，必须自己撞了南墙才行。

"值得吗？"她问。

"值得。"谢穗安答。

甘棠夫人叹了口气，道："你想好了，便去做吧。"

于是谢穗安在所有人的注视下入了后山佛堂。那是谢钧的软禁之地，她进去之后，就不可能再出来了。

但甘棠夫人知道，她是在用这种决绝的方式，接过庞遇的担子，去保护那位天下的新主。

那朵属于谢穗安的绚烂的花，还没绽放就被埋在了佛堂那扇朱门外。

这也让那些试图从谢穗安身上得到一些端倪的人，又断了线。

★

徐昼看着跪在佛像前的少女，初见时她身上那些斑斓的色彩都褪去了，只剩下一种炫目的白，像来自遥远天际的日光。

"殿下，以后就由我来保护您，直至您顺利登基，直至我死去。"对着佛像，她一字一句如同立誓一般坚定道。

徐昼觉得惋惜："谢六姑娘，何必冲动？"

"殿下，我并非冲动行事，"谢穗安苍白地笑了起来，"上回从佛堂出去后，我的失态险些暴露了殿下的藏身场所，我意识到我的性子并不适合在复杂的环境里做一个谍者。我索性便隐到黑暗里，做保护殿下的一把刀。"

"你也可以远离这一切，过着寻常女子的生活，谢家会庇佑你一生。"

"可如今还有何人护殿下？"

徐昼恍神许久，他仰头望神佛，可神佛不言语。

★

南衣再醒来时，恍惚觉得又回到了起点。

那片白雪覆盖的虎跪山是她最开始逃亡的地方，而此刻她一睁开眼，还是荒芜的山路。

她双手被反剪着捆在身后，整个人被横放在马背上，头朝下，只能看见马蹄和脚下的路。

这是一匹野马，毛色粗糙，蹄上没有马蹄铁。马驮着她不知道要去往何处。她试着动了动，没办法翻身。

但她能感觉到身后有人挡着风——马背上还有一个人。

是他吗？他没杀她？

马蹄不久便在一个荒废的猎屋前停下。

谢却山下了马，走到她身前。她的视线是颠倒的，只能看到他袖袍上的血迹和迟缓的动作。

这昭示着船中的那场搏斗是真实存在的，她伤了他。在撕破脸之后，他们之间理应没了余地。但他没有当即杀她，带她来这里做什么？

她挺着脖子艰难地仰起头，充满警惕和敌意地看向他。彼此都亮过了刀子，此刻也不必伪装了，装可怜装傻求饶什么的都不管用，他们就是敌人。

只是在面对他时，她最恐惧的是永远也猜不到他要干什么，就像在凝视那没有波澜的深渊一样。

他一言不发，将她从马上拽了下来，不由分说地拖进猎屋。

虎跪山中有不少这种猎户们临时歇脚的猎屋，这个时节山中天气恶劣，猎物少，猎屋自然也就荒废了，人迹罕至。

为了防止半夜野兽从窗户里钻进来，房中唯一一扇窗户用铁桩钉上了栏杆，像一个牢笼。

不等南衣犹豫，谢却山便粗暴地把她推到了窗边。他伤得很重，胸襟的衣袍被鲜血浸透了，显得触目惊心。

人在极端的痛意下，就成了一只野兽，他对南衣已经失去耐心，每个动作都是不留情面的。他稍稍松了一截绳子，要把她绑在栏杆上，但她并不是一个甘愿被摆弄的，感受到手上的束缚松了，便立刻挣扎起来。

他的力量仍是压倒性的，立刻用身体抵住她的动作，一只大手将她两只手腕都牢牢拢住。他余光瞥见她仍下意识地护着右手腕上的玉镯，他眸色一黯。

这里不是人人端着脸面的望雪坞，无论什么微小的情绪都会被无限放大，都可以随时释放，他霸道地抬起她的手臂举过头顶，示威似的将她的手腕往栏杆上一撞。

玉镯撞到铁栏上，发出铮的一声清脆的响声。

铁栏震颤着，余声嗡嗡，直达脑海深处，南衣仿佛一下子被定住了。紧接着绳索便缠了上来，将她的手牢牢绑在栏杆上。

这是他无声的警告，此刻她就是砧上的鱼肉，任人宰割，她连自己的命都保不住，更不要说这只小小的玉镯了。

"谢却山——你到底要做什么？为什么不杀了我？！"她绝望地对他吼。

他一激灵。

这张他看了无数遍的脸，此刻有一种陌生的神情浮在上面。她第一次对着他直呼他的大名，向他露出野兽一样的獠牙。这才是她最真实的面目吧，他不能否认，她是一个弱小却有力量的人。

让他为之心神颤动的从来都是她的这一面。

他竟生出一种隐晦的征服欲，看着她还在挣扎的手，不肯放弃挣脱绳索的动作，他硬生生地撑开她的手掌，五指滑入她的指缝，偏要与她十指相扣，让她无处可逃。

禁锢和纠缠是一体两面。

他喘息着，每一个动作都牵动着自己撕裂的伤口，伤敌一千，自损八百，但他没有动，目光肆无忌惮地将她脸上每一寸细微的神情都收入眼底。

南衣忽然觉得不安，他好像在慢慢地放出一只怪物，那只怪物在过去的好几个瞬间差点要破冰而出。她从未见过那是什么，但她知道它降临时的感觉。

他们离得太近了，近得像两只厮缠在一起的兽，丢掉了人性与体面，只剩下利爪与伤口。甚至连他们都不知道下一秒是厮杀还是拥抱。

第六十二章 欢情薄

这个时候,谢却山忽然说起一桩遥远的往事:"少年的时候,我和娘亲逃出岚州,一路流亡,遇到过一拨山匪。为了躲避他们,我们就藏在一个空的老虎洞里,有个山匪发现了我们,但他并没有声张,放过了我们。我本来很感激他……直到后来,意外得知他只是跟同伴打了个赌,赌老虎回巢时,是先吃那个女人,还是先吃那个男孩。"

南衣看着他的眼睛。

无情又悲伤,这样矛盾的目光如何能存在于一个人的眼睛里呢?

她隐隐听懂了他的话外之音,即便他不杀人,这个世道,也有无数种能让人死去的方法。

处处都是豺狼虎豹,而她如今根本没有存活的筹码。

她颤抖着问:"你要这样对我吗?"

"我是想杀了你的,"他喃喃道,"我曾以为,你活着是我的恩赐,我随时都可以收回。可是每一次,我都下不了手。"

南衣脑子嗡的一声,瞬息间仿佛看到远处无声的闪电,眼前掠过无数浮光。

以他不俗的身手,她那蹩脚的功夫如何能精准地刺中他的胸膛?除非是他自己示弱了。

可他为何要示弱?

有个答案似乎呼之欲出。

"比怜悯更多的,是什么?"他像在问她,又像在问自己。

此刻她懵懂又清明,像触碰到了某个雷区的界限,界限之外一片漆黑,她不敢迈过去,也不敢眺望,只能顺着他的话怔怔地问:"是什么?"

他们鼻息交缠,目光交织。

谢却山抬手扶起南衣的面颊。头一次,他的掌心是凉的。

然后他的吻落了下来。

轰的一声,惊雷声姗姗来迟,所有的遮羞布都被撕开,那些怪物一样的情欲从那条裂缝里涌了出来。

起初只是蜻蜓点水，吞吐着呼吸，融为同样的频率，直到她反应过来，猛烈地挣扎着，碰到了他胸膛的伤处，血又沿着撕裂的伤口往外淌。

像被痛感激起了某种侵略的欲望，他的吻倏忽变得激烈起来，恨不得要将她拆吃入腹，舌尖裹着绵血，所有抗拒都成了缠绵。

风扯着木门轰隆隆地响，远处黑山白水，头顶是一线天光。

她被迫顺着他的辗转仰头，她像他怀中的提线木偶，被一寸寸侵略，无处可逃，逼至最后，她只能莽撞而仓皇地咬了一下他的唇。

他吃痛地松开了她的唇，重重地喘息着。

"谢却山！你浑蛋！"

她的两颊生出一抹艳丽的嫣红，像生气，又像欲盖弥彰的心虚。她又何尝没有短暂地在这个吻里沉溺呢？

她心乱如麻，只能虚张声势地骂。

他丝毫不为所动，只是看着她的眼。她亦能清晰地看到他近在咫尺的眸子，恍惚之间，她有种错觉，像夕阳的余晖落在海浪上，浮光跃金，美不胜收，可转瞬之后，夜就升了起来，那片海再次成了深渊。

谢却山低声道："南衣，你要知道，人心是很恶的。男人对女人的爱，也很廉价。"

他亦在说服自己。

男女之情，不过是一己私欲，来得汹涌，去得也快。这是水中月，镜中花，美丽而无用，在这乱世之中，只能是徒增累赘。

他松了手，后退一步，语气悲悯，再无情欲："下辈子再投胎的时候，去做那鸿雁，也不要做劲草。"

她终于听明白了，他没有顾忌地展现这些秘而不宣的情感，是因为这个秘密会随着她的死永远埋在这里。

他不会亲手杀她，这源自他那么一丁点怜爱，但他也不会让她活着，这是他的理智。

"谢却山，不要这样对我。"

她是真的慌了。当一个男人坦白了他的爱意，却依然准备杀你的时候，这是个要你必死无疑的决定。

她又忍不住软弱地哀求。她就是这样一个人，在任何密不透风的死局里，只要能抓到一点缝隙，都会拼了命地往外挤。

哪怕这条缝隙只是谢却山的怜悯。

"我不会再跑了，我发誓……我很机灵，我能帮你做很多事的。再宽恕我一次……现在的后果也没有很严重对不对？我们就当什么都没发生过，"她越说越急切,甚至开始口不择言,"我可以留在你身边,我可以做你的——"

做他的什么?情妇?侍妾?

后面的话却生生吞了回去,她再也说不出口。

她终于发现有一些底线还是要凌驾于生死之上的,比如爱情,比如身体。

那些写了无数遍的字帖中藏着他教她的礼义廉耻,让她这一刻失了言。

他静静地看了她几秒,眼中有一闪而逝的怒意,他希望她不要说出口,过去那些真实的灵魂相触的时光会随着她的话而跌入泥沼,可他竟也有一个瞬间邪恶地希望她说出口。

她沉默了,她的最后一丝可能哽在喉间,怎么都成不了音节。

谢却山头也不回地离开。

木门关上,牢笼终于成了牢笼。

他一走,她就被抛弃在了这个无人问津的小屋里。她在活着的时候就已经被他宣判了死期,她只能这样,眼睁睁而又无能为力地看着自己的生命力在寒冷的冬日里慢慢流逝,直到被活活冻死。

她试图撼动窗上的栏杆,但这间猎屋是用来防狼群的,它的坚固远超她的想象。

一瞬间对死亡的恐惧占领了她所有的思想,她歇斯底里地朝着窗外喊:"谢却山!你不要走!谢却山——凭什么!你凭什么!"

她的呼喊声如石沉大海,甚至连一丝涟漪都不曾激起。马蹄声由近及远,他真的离开了。

"我恨你!"对着地上空留的马蹄印,她绝望地喊道,脸上涕泗纵横。

可寒风卷过,她渺小的呼喊声瞬间就被吹散,群山依旧巍峨,天地仍旧广袤,却容不下她这一粒尘埃。

她什么都做不了。

她是因为他才卷入这些事情中的,他绑了她,吻了她,又抛弃她,让她成了这个世上最可笑的一个玩物。她好恨,恨他的自私和霸道,恨他的心狠手辣,更恨他曾经给过她温存和希望,此刻却全盘收回。

万劫不复吗?

她终于相信了。他就是一个怪物。

*

这一日,徐叩月又承受了完颜骏的雷霆之怒。外头的事不顺,他带着气,她稍有不慎便触了他的霉头。

完颜骏当着她的面将她带来的书籍付之一炬，他说那是汉人的书，她宝贝似的珍藏着，就是还有二心。

可这些书明明是出行前他大发慈悲允许她带上的。他那时心情好，看她也顺眼，花了点心思哄她，还说："路途无聊，你不是喜欢看书吗？那便多带上几箱，解解乏。"

徐叩月心疼极了，她宁愿他打她，皮肉之苦也好过精神摧残。可他从不会在她身上留下明显的伤痕，他要她的身体洁白无瑕，所以他很会在一些别的地方折磨她，他这人心思深沉得很，惯会找人的软肋捏。

他要烧书，她也不敢拦。她要是表现得太激动，他就烧得更起劲，那她屋里藏着的那几本也保不住了。

她只能眼睁睁地看着，等他走了，才敢去将那些灰烬拢一拢，也不好弃之于角落，或是任风吹散，便在后院挖了个坑，埋了进去。

后院有个小门，鲜少有人往来。此刻忽然传来急促的叩门声，徐叩月狐疑地去开门。

见到来人，徐叩月一惊，竟然是失踪了好几日浑身是血污的谢却山。

他已力竭，扶着门框才能堪堪站稳："告诉完颜骏……禹城军的扎营地就在虎跪山中的废弃道观。"

说完这句话，他便倒了下去。徐叩月一惊，忙上前扶住他，他整个人便压在了她的肩头。

徐叩月愣了几秒，也不知道这人在山里走了多久，浑身凉得像块砖。手上似乎沾了点黏稠的东西，她低头一看，满手都是血。

她声音不自觉地颤抖起来，高呼道："快来人！"

往日肃静的府邸，今日女使、小厮们慌张地进进出出。

谢却山的伤口损及肺腑，失血过多，又在寒冷的山中走了许久，早就失温力竭。城里最好的几个大夫都被抓来了，大罗神仙轮番上阵，总算将人从阎王爷手中救了回来，也算得上一个奇迹了。

傍晚谢却山醒了一回，同完颜骏在房中说了几句话，完颜骏皱着眉头从房中走出。

他正好撞上鹘沙急匆匆地来访——鹘沙终于想起来了，那具舞女尸体手中的剑穗是谢却山的！

第六十三章 尘满面

完颜骏却一点都不惊讶："谢却山已经同我说了，他是追着一个秉烛司党人上了画舫，却被误导杀了一个舞女。是秉烛司借刀杀人，并非他有意。"

鹘沙蒙了："谢却山他不是畏罪潜逃了吗？"

"胡说什么！他现在在我府上养伤，这是绝密，不可外传。"

"他这是狡辩！"鹘沙气得差点弹起来，"他说什么你都信啊？"

完颜骏沉着脸，耐心地对鹘沙解释："他追着秉烛司党人到虎跪山，身受重伤，才消失了几日。"

"这是苦肉计！谢却山这人诡计多端，没什么事是做不出来的！"

"哪个人用苦肉计会把自己的命都算计进去？！他差点就救不回来了！"完颜骏已经不耐烦了，跟这种没脑子的莽夫说话就是累，"更何况，他以命相搏，从秉烛司党人那里获知了禹城军的藏身之处。"

鹘沙愣了："当真？藏在哪儿？"

"你还有脸问？上元节那日你莽撞行事，明明提前得知了消息，但还是放走了谢铸。你就回去好好反思，军营的事由我来接管。幸好如今是谢却山力挽狂澜，获悉了重要消息，你该去感激他才是。"

鹘沙嘴边已经冒出无数句脏话，又硬生生吞了回去——完颜骏不就是想独揽剿灭禹城军的功劳吗？

但他确实理亏，只能挤出一个笑来。

"行，等这大哥醒了，我去给他磕头！"

鹘沙扔下一句话就气呼呼地走了。

完颜骏忍无可忍地翻了个白眼。

外头的墙根处，徐叩月端着茶盘站着，此刻不知是该进去还是离开。

她听到了不该听的话，若被完颜骏发现，又免不了受折磨。她想了想，还是猫着步子走了。

243

★

消息很快便传到了章月回那里。

他只是哂笑一声，懒懒地跷起二郎腿："弃车保帅，釜底抽薪，谢却山这棋走得妙啊。"

来递消息的骆辞站在一侧，奇怪道："东家，何出此言？"

"'长嫣'手里握着的剑穗是谢却山当晚最大的失误，这会暴露他的身份，他必须想办法圆了这件事，那么最佳的方式，就是拿出一个更大更真实的信息。而且他入城后第一时间不回家，反而去找完颜骏，甚至在完颜骏府上养伤——这不就是故意把自己送到岐人的监视下吗？"

"东家似乎……并不相信谢却山的立场？"

"若他真是秉烛司埋在岐人内部最深的间谍，那么几百禹城军为他铺路也未尝不可。若他不是，那也能在岐人那里立功，左右他都不亏。"

"听说这次，他与秉烛司党人缠斗，受伤极重，差点丢了性命。"

"这就是奇怪的地方，"章月回挑眉，"秉烛司的人没道理杀谢却山。失去谢却山的斡旋，谢家上下的处境只会更糟糕，甘棠夫人也会岌岌可危——换个角度想，谢却山亲自去追人这事也不合理，他惯常是个坐镇大营的军师，纵然事出紧急，也该留点信号通知鹃沙吧？所以，在他消失的这几天，绝非像他说的那样，去追秉烛司党人了，一定还发生了一些绝不能被我们知晓的事。"

骆辞皱眉，半天也想不出个结果："那是因为东家假设谢却山有问题，若他没有问题，有些奇怪之处可能只是巧合……东家是不是想太多了？"

正是大局之下所有细微的不合理与巧合之处才可能是事情的真相。

"别看过程，看结果，"章月回的指节轻轻叩着杯盏，"我猜啊，说不定就跟消失的另一个人有关。"

"谢家的寡妇？"

章月回没回答。

骆辞不敢再问，他总觉得东家这么笃定，一定是有原因的。

是的，有一个秘密，只有章月回知道。

六年前，惊春之变发生后，谢却山叛逃，管阳章氏因运送粮草不力被朝廷追责，满门下狱，等待秋后问斩。

章月回堪堪躲过一劫，惶惶之下，想为家族寻条生路。他的父亲是沈执忠的学生，于是他想去见沈执忠，求沈执忠上书为章家陈情。

但当时沈执忠告病在家，几日未曾上朝，他只能在沈府门口守株待兔，却看到沈执忠于凌晨风尘仆仆地归来。

他留了个心眼,偷偷查看马匹上的驿牌,发现沈执忠竟是一路从幽都府赶回来的。

他去了一趟幽都府,他的学生谢却山就叛逃了。

其中隐情,呼之欲出。

章月回当即明白,沈执忠不会为章家陈情——惊春之变,是演给岐人看的一场大戏。所有卷进其中的人,都必须在他们该在的位置上受到牵连,受到惩罚,哪怕无辜。昱朝上下这些真实的极悲或极怒才是岐人相信谢却山的原因。

这个瞬间,章月回世界中的秩序彻底崩塌。

所有的士族之人,无论如何离经叛道,他们所看到的世界都该是因果分明的,所有事情总能溯起源,找到原因,寻其对错,自省自警,不再重蹈覆辙。可在这件事里,没有人有错,却有人伤亡,他不知道该去恨谁。

为了大局,他懂,可为了无辜惨死的家人,他不想懂。

他只是蜉蝣!他能否看透,甚至一点都不重要。

章月回只能无力地看着满门被抄斩,家破人亡。自此之后,他成了一个见不得光的人,逃到南方小城,整日醉生梦死。

有时他宿在酒桌上,有时甚至宿在街头,活脱儿一个流浪汉。

他以为自己余生便会一直如此,同烂泥一般,跟着世道一起烂下去,直到遇到了她。

忘了是哪一天,他宿醉后醒来,有双亮晶晶的眼睛在床边看着他:"官人,昨晚是我把你搬回客栈里的,你要付我十文钱。"

她拿到十文钱,眼睛更亮了:"下回您要喝酒的时候叫我吧,我帮您善后,便宜不贵,保证服务到家。"

他再一次去喝酒,果然叫了她。他喝得半醉就兴尽了,心里总想着在门口等他的她的那双眼睛。

他给她打包了糕点,看到她雀跃,他竟然也有些高兴。

再后来,他就不酗酒了,老老实实地跟她在街头卖起了烤红薯,做起了再普通不过的小老百姓。

他没有家,她也没有家,他们就在那个小城里相依为命了两年。

他在城郊的河边建了两个相邻的茅草屋,院子连着院子,衣服总晒在一起,飘在日光里。

他们一起在春天的花海里踏青,在夏天的大树下乘凉,在秋天的落叶中丰收,在冬日的篝火旁取暖。

老天爷垂怜他,他在遇到她之后像坠入一个美梦。

但对她,他并非全部坦诚。

他知道自己终将有一天要离开，知道自己做的是刀头舐血大逆不道的事。

——章家尚有一家商行在鹿城，这是抄家时朝廷没查到的产业，他偷偷接管，花几年时间将所有生意都隐入地下。

他要织一张黑暗中的网。不为什么，他也不想复仇，就是想让大家一起毁灭。

毁灭的时候他再现身，叫世上的人都看看，这个世道是如何把人逼疯的。

他拎得清，这些事排在南衣之前，他也不能将她拽到这种地狱里来。

所以他从来没有将山盟海誓说出口，他怕给不起。他们只是这个世上最好的朋友，他从无逾礼之处。而她懵懵懂懂，不知何为情爱，顶多有些模模糊糊的概念，想要跟他过一生。

他有七窍玲珑心，如何能不知她的憧憬？只是他心中那把火日日夜夜地烧着，是多少醉生梦死和田园牧歌也浇不熄的。

哪怕有很多个瞬间，对着她那张灿烂的笑脸，她在他心里占了上风，他觉得就这样跟她归隐田园，哪怕饥一顿饱一顿，日子也是幸福的。

她一无所有，却硬生生在他心里耕出了一亩净土。

但人总是会想方设法求索那些得不到的东西，对于那些就在眼前的，并非不知道珍惜，而是抉择之后，觉得远方也许更好。

那些未知的总是充满诱惑和可能性。

鹿城的产业做得差不多了，他需要去别的地方扩大产业，他骗她说他要参军，给她留了一只价值不菲的镯子。

他选了一块很特别的玉料，通透的翡翠上却有一道裂缝。

虽然这道裂缝降低了这只玉镯的价值，但在万千相差无几的玉镯中，它成了最特别的那只。

他知道于乱世中守着这么一只玉镯是一桩难事。他认为到了某个时候，她就会将玉镯卖了换钱，维持自己的温饱。他让手底下的商铺都留意着，只要见到这只玉镯，哪怕碎了，都要给这个女孩很多很多的银子，让她一辈子衣食无忧。

他们之间就再无羁绊了。

他以为薄情的自己根本不会将这段岁月记太久。可时间渐渐过去，他得知根本没有人来卖掉那只玉镯，他困惑了。

难道那个女孩真的在荒芜的岁月里守着那只玉镯等着他吗？这个世上怎么可能会有这样傻的人？

他坚信她会将玉镯卖掉……然后，这种遥遥的等待竟成了他的心魔。他造的孽在每一个午夜梦回的时候提醒着他，也许她还在等他。

他开始后悔，他心中的某个角落开始日夜叫嚣、发疯，他终于想要去找她，没想到她忽然离开了鹿城。

像一滴水落进了大海，此后他便丢了她的音信。

他派出许多眼线去找，无果。

他就是这个世上最厉害的情报商人，他都找不到的人，又该去哪里找？

而此刻的南衣，正在山中无人问津的猎屋里等死。

第六十四章 翠玉碎

绳索只是普通的麻绳，绑了死结，箍住双手，却让一个活生生的人一点办法都没有。

已经生生挨过一夜，南衣挣扎到力竭，最后颓然无力地靠在窗边，被迫接受了命运。

她口干舌燥，动弹不得。

脑子钝钝的，恍惚之间她想起了章月回。他们分开太久了，一个记忆中的人终究会随着时间而变得单一，能给她带来的精神支柱渐渐也变得疲软。潜移默化之间，谢却山改变了她看世界的眼光，她也开始怀疑起来，男人对女人的爱真的是廉价的吗？

这个世上，还有章月回这个人吗？如果他在意她，想见她，为何会音信全无，为何会任由她漂泊在乱世里，放任她在某个角落死去？

又或者，他也不过是她想活着的一个借口罢了。她无人可依，才想着到他身边去，可如今她必死无疑，对他的执念反而消减下来。

她想到腕上的那只玉镯，若是早些将它卖了，便能换取傍身的钱财，就不会去偷谢却山的荷包，也就没有后面的这些事了。

命运就是弄人。

想到那玉镯刚才被谢却山狠狠地撞到栏杆上，应该已经碎了吧。她试着动了动手腕，腕上一圈已经被绳子磨出血痕，随便动一动都是钻心的痛，只有被手镯包裹着的那一片皮肤稍微幸免于难。

——她脑海中忽然闪过了什么！

南衣先前的注意力都在如何逃脱上，手腕上的伤痛归痛，但在生死面前也都能忍，她现在安静下来，才感受到有些伤口是玉镯碎裂的断口尖利处在皮肤上划出来的。

对啊,这不就是一件利器吗?

她在束缚中费力地折过手指,从缠着的绳索中掏出那截断开的玉镯,在墙上来回划了几下,让断口更加锋利,随后又用断裂口一点点磨着绳索。

起初效果是缓慢的,结实的麻绳几乎纹丝不动,她高举着的手都要麻了,但她只能机械地重复着这个动作,这是她唯一的希望。

直到麻绳被磨出一个豁口,接着就变得容易起来,她的一只手很快就解脱了,三下五除二就将绳索完全褪了下来。

她重获自由,迫不及待地跑到门外,跪在地上,捧起一口雪含到嘴里。清冽的雪水滑入她喉中,所到之处,像久旱逢甘霖,焕发了新生。

南衣甚至有点恍惚,她仰头望向灰蒙蒙的天空,然后咧开干涸的嘴巴,无声地笑了起来。

她活下来了。

她活下来了!

可她笑着笑着,眼中的泪便不争气地夺眶而出。她要去哪里呢?

★

沥都府中,谢却山归来一事被藏得密不透风,在大家眼中,他如今仍是失踪。

零零散散的岐兵在虎跪山中借着搜寻谢却山的名义,实则为了提前踩点。

他们通过隐秘的侦察,确定了禹城军确实在山中的破道观里扎营。谢却山的情报没有错。

完颜骏紧锣密鼓地部署歼灭禹城军的计划,主力乃是他的亲兵。这件事他打算独揽功劳,于是将鹃沙完完全全地踢出局,半个字都没透露给鹃沙。

徐叩月在完颜骏身边进进出出,连听带猜,多少也知晓了一些事情的全貌。

关于禹城军,原本只是捕风捉影的一些说辞,有说军队藏在虎跪山,也有说早在半路就被岐兵灭了,在见到军队之前,都只是怀疑而已。

甘棠夫人先前就定居在禹城,若禹城军真的藏在虎跪山,和谁有关系,一目了然。如今是因为谢却山还在,完颜骏才不敢在明面上动他的二姐。

但若禹城军被找到,必会牵扯出甘棠夫人。

徐叩月当然是挂心自己的舅母,但又在后宅的方寸之地,无能为力,踟蹰许久,她借着送药之名进了谢却山的厢房。

她敢找谢却山,是因为那天在春宴上他救了她。她赌他心里还有一点良知。

就算谈判失败，他也没必要在完颜骏那里出卖她。

此时谢却山正好醒着，身子还虚弱得很，说是气若游丝也不为过。

徐叩月不想拐弯抹角，谢却山是何等聪明之人，情况也紧急，她就开门见山地说了："谢公子，您在其位谋其职，这无可厚非，但您把禹城军的消息告诉完颜大人，您的亲二姐定然会有危险，您真要把她推入火坑吗？"

谢却山这才松了口气——徐叩月总算来找他了。

但话他不能说得太明白："我也无能为力。有些话，帝姬该去同能作为的人说。"

"谁是能作为的人？"徐叩月急了，"我被关在后院，不能出去，谁也见不到，我总不能去求完颜骏吧？"

"帝姬想办法让完颜大人带你出门，你自然就会见到那个人。"

徐叩月愣了，完颜骏每日无非就是去军营与船舶司……

军营里都是岐兵，剩下就是船舶司？宋牧川？

宋牧川的面子也没大到可以左右完颜骏的决定，她去跟宋牧川说什么？

——不对，谢却山不可能给这么浅显的建议，他话里还有别的意思。

"为什么要找他？"

他看着她，神色是淡漠的："有时候一个消息……就是决定胜负的关键。"

徐叩月忽然有些明白了。她本来只是想保甘棠夫人，拜托谢却山出面求情，但这件事的根源其实在于禹城军是否安全。她只要将完颜骏要剿灭禹城军的消息想办法传出去，也许就能让禹城军提前转移，让完颜骏扑个空。

而她最有可能见到的宋牧川就是递消息的最佳人选。

谢却山竟对她提了这样一个建议……徐叩月觉得心惊。难怪他不肯点明，说得这般隐晦。若是被岐人知道，这便是死无葬身之地的下场。

徐叩月不敢多想，福身道谢："公子，多谢。"

"公主，我还有一事要拜托你。"

"公子请讲。"

也不知房中的人到底讲了什么，须臾之后，房中传来徐叩月的惊呼："大夫！病人又昏迷了！"

徐叩月跑出房间，正好大夫们鱼贯而入。她深吸一口气，忍住了说谎的紧张。

她在心里告诫自己——今日她一进来谢却山就昏迷了，她没有跟谢却山说过话。当然，此事得有人证才行，她才把大夫们都喊进来。

幔帐内，谢却山沉沉地闭上了眼睛。他硬生生地撑着一丝清醒，就是在等徐叩月来找他。幸好，徐叩月来得不算太晚。

交代完这件事，他总算能好好歇一歇了。

在意识即将模糊之前，他又想起了画舫那一夜。

他本该从四方桥上画舫的，本可以置身事外，不惹一身腥。但这一切失误的源头只是他看到宋牧川将南衣也带上了画舫。这可是他的人，宋牧川凭什么让她参与行动去冒险？他怕出事，于是跟了上去。

他撞上假长嫣已经识破了秉烛司的计中计，要出去报信，这完全是意料之外的事，他只能出手把假长嫣杀了。

这时他又意外地从蛛丝马迹中确认，今晚宋牧川要送南衣走。他怒火中烧，竟忘了善后，没留意自己的剑穗握在假长嫣手中。

他在那条小舟上等着，看南衣会不会来，结果她果然要逃。

可一切又从他下不了手杀她开始失控……

说到底，是他自掘坟墓。他很久没有这样做事不顾头尾，乱了阵脚。他最近过得太舒服，甚至都忘了自己是一个走在钢丝上的人，稍有不慎就会粉身碎骨。

为了一点点弥补局中的漏洞，他只能把自己弄得这般狼狈。

可他到底只是血肉之躯，身上的伤实在太疼了……他的意识渐渐飘远。

大夫们一摸谢却山的脉搏，又是一通手忙脚乱的抢救。

徐叩月也不着急了，就候在外面，大冷天的，站在院中巴巴地等着大夫抢救。

中午完颜骏从军营回来，看到这一幕，脸色就沉了下来："谢却山的事你操心什么？这里自会有人照料。"

但徐叩月不走，温声回道："毕竟谢公子是大人的贵客，我得上点心才是，不然什么都帮不上大人。"

"你同谢却山有交情？"

徐叩月嗫嚅道："从前在旧都见过几次，但也不是相熟的人。"

完颜骏哂笑一声，掐起徐叩月的脸，这双盈盈秋水般的眼睛一对上他，就露出一种心虚的神色。

她这点小心思，他难道会不知道？说是不相熟，那便是有交情了。她定是想等谢却山醒了，好进去与他谋划，怎么救出甘棠夫人。

这几天是剿灭禹城军的重要当口，他绝不允许出什么岔子。

"既然你这么闲，下午就随我去船舶司，你这帝姬出去走两圈，也好叫那群匠人更卖力。"

徐叩月脸上还挂着不知所措的神情，心却跳到了嗓子眼。以她对完颜骏的了解，她越想去船舶司，就得表现得很想留在家里。完颜骏心思多得很，对她少不了提防，为了不让她跟谢却山见面，他就会把她一直带在身边看着。

第一次在完颜骏面前使小伎俩，她的腿都有些发软。

这算成了吧？

不，这才只是第一步……徐叩月更忐忑的是，告诉宋牧川……他真的能力挽狂澜吗？

第六十五章 寻生天

表面上，沥都府中的所有人都各司其职，相安无事。死了一个汉奸知府，也不影响这座城的正常运转，反正不管谁坐上这个位子，都是一个傀儡而已。

宋牧川在船舶司上任半个月，终于在完颜骏的高压之下将龙骨船的图纸画了出来，接下来就是声势浩大的建造了。一艘主船，十艘副船，需要在三个月内完工。

完颜骏对这个孱弱无力的文人并没有太多的戒备，甚至没将他的能量放在眼里，在攻破汴京的那日，多的是这样的文人陨灭，天街踏尽公卿骨。

鹊沙和完颜骏性格大不相同，但有一点很相似，他们都极度自大。

这种自大来源于攻打都城时的势如破竹，他们的铁骑轻易地将一朝王都踩在脚底，碾成泥土，让高高在上的皇亲贵族们沦为俘虏，任谁在这种心态上，都会骄傲起来。

这种松懈给了宋牧川迅速成长的缝隙。他如今眼观六路，耳听八方，摸清了沥都府的状况。送谢铸出城这件事，他便做得很漂亮。

但上元节之后的几天，他开始惴惴不安——谢铸一路沿江而下，偶尔能收到关于他的消息，可南衣的音信断了。

谢却山的失踪也在意料之外。

还有"长嫣"之死……他本计划画舫出了沥都府再除去"长嫣"，否则会打草惊蛇，但"长嫣"在秉烛司的人动手之前就死了，是谁杀的，他不知道。

他甚至有点心有余悸。利用假长嫣做局，他是兵行险招，甚至都没有留后手。显然"长嫣"的事在那天晚上出过什么意外，但至今他对此都是一头雾水。

他必须承认，把握时机固然重要，可每一次行动都是真刀真枪，不是每个人的行动都能完全在他的控制之内，以后他的每一个计谋都必须无坚不摧才行。

上元节之后，宋牧川就在小心地观察着局势。

251

岐人那里，鹘沙被暂时夺了兵权，完颜骏兼管着军营里的事，暂时都瞧不出什么异样。

可没有异样才是最奇怪的。完颜骏这个时候控制兵权，肯定是想做什么。

局势一时间扑朔迷离。

——直到刚才，完颜骏带着令福帝姬来到船舶司。

所有的图纸、账册，匠人们的分工，每个部件铸造所需材料，铸造工期……完颜骏未必懂，但要事无巨细地全部知悉，因此每日都有一半时间会泡在船舶司中。

只是今日有所不同，徐叩月也跟在他身后。连进嘈杂的工坊，完颜骏都带着她。

到底是一国帝姬，人人见她都得行礼。而她跟在完颜骏身后低眉顺眼，隐隐地，就有了几分向船舶司众人施压的意味。

工坊里头乱得很，徐叩月无意间摔了一下，宋牧川忙伸手去扶。完颜骏打眼一看，脸色便沉了下来，一把将徐叩月拽到了自己怀里。

他霸道得很，动作大了些，竟将徐叩月的衣袍扯歪了，露出一截雪白的肩头。

宋牧川和徐叩月就在这个瞬间迅速地交换了一下眼神，宋牧川顿了顿，几乎是毫无停顿便露出了怒意："完颜大人，这样有意思吗？我已经竭力在为您造战船了，您却还要这样一而再，再而三地羞辱我！"

完颜骏一愣，赶紧帮徐叩月拢好了衣服。这回他确实是无意的。这种腐儒真是，多大点事啊……

但他面上还是和气的，宋牧川现在可是他的座上宾，他笑着打圆场："哎，宋先生误会了，我这是在担心帝姬呢。"

宋牧川义正词严，把话直接在完颜骏面前挑明了："完颜大人，您几次把帝姬带出来，却不给她该有的尊重，不就是想给众人一个下马威，侮辱我们汉人吗？"

徐叩月懦懦道："宋先生，没事的……不用为我说话……"

她这么一说反而是火上浇油，宋牧川怒意更甚，一甩袖，道："完颜大人既然这么信不过宋某，那大可寻个您觉得忠心的，恕宋某今日无法奉陪，告假回家。"

说罢，他转身就走。

完颜骏多少有点理亏，但当众被下了面子，还是有几分怒意。守卫的岐兵都在等他开口，只要他一声令下，他们就会将宋牧川拦住。

完颜骏刚准备说话，低头瞟到手里的施工图纸，画得十分精巧、细致，顿时又没了脾气，心想算了，看他工做得不错，让他发一发脾气也无妨。

"文人就是喜欢在鸡毛蒜皮的事上大做文章……"完颜骏对两个岐兵抬了抬下巴，"你们去保护好宋先生，他这弱不禁风的，别在路上出了岔子。"

宋牧川背对着众人朝船舶司大门走去，悄悄摊开掌心，里头有一张小小的纸笺——刚才徐叩月假借摔倒将一团小小的纸笺塞到了他的手中。

能让徐叩月冒险这么做的必定是重要的信息。不管字条上写的是什么，他都不能再待在船舶司里坐以待毙，故而小题大做发了一通火，合理地当着完颜骏的面走了。

他身后传来了脚步声，岐兵形影不离地跟上了他。他知道完颜骏戒心重，虽然没把他放在眼里，但基本的监视是少不了的。

他迅速地展开纸笺，扫了一眼，只见上面写着："禹城军暴露，甘棠夫人危。"

他得尽快回到秉烛司，派出暗桩去查岐军的动向。他的脚步不自觉地加快了——忽然，有人在背后拍了一下他的肩膀。

他正浑身紧绷，有些心虚，顿时吓了一跳。但他迅速掩饰好自己的异样，若无其事地回头望去。

是一个陌生的中年男子，普通船工打扮。男子手里抱着一件外袍："宋大人，您的外袍落在船舶司工坊了。"

男子将外袍递了过去，宋牧川道了声谢，不动声色地接过。他目光扫过后头跟着的岐兵，他们只是等候着，并没有对这件小事起疑。

宋牧川皱了皱眉头，可这分明不是他的外袍。

但对方应该不是认错人，船舶司里姓宋的只有他一人。船工拱手便走了，一副常人做派。

宋牧川也一派寻常，将衣服松松地搭在胳膊上，去路边一个包子铺里买了两个包子。铺主是一对夫妻，宋牧川的目光看似无意地与他们交接，对视时却是暗含机锋。

这是秉烛司安排在船舶司附近的暗桩，方便随时与宋牧川沟通，宋牧川对船工远去的方向使了个眼色，他们便知道，这是要他们去查那个船工。

更多的消息也没法当着岐兵的面说，宋牧川只能飞快地回到家中，通过密道进入秉烛司。

千头万绪，也得慢慢梳理。

派出去的暗桩有了明确的刺探方向，许多蛛丝马迹就变得有迹可寻。不多时消息便传了回来，一队岐兵已经于一个时辰前秘密渡江入虎跪山。

剿灭禹城军的行动就在今天。

宋牧川心惊，此刻完颜骏应该还不动声色地在船舶司检查造船事宜。
完颜骏远比鹋沙老谋深算，这么大的行动，一点动静都没透出来。
他纵然想救禹城军，却晚了一步。

★

虎跪山中，禹城军扎营处。
有个踉跄的身影闯进了营地，立刻被长枪团团围住。
不仔细看，还以为是个哪里来的难民乞丐，她抬起头时，众人才发现这是个清丽的少女。
她身上裹着灰扑扑的破烂衣服，神情却从容不迫，即便面对一众男人，也没有惧色。
没等他们询问，她便自报家门："我是谢家长媳。"
众人面面相觑，反应了一会儿才盘明白，谢家长媳，不就是甘棠夫人的嫂子吗？
就这小乞丐？
已经有人嗤笑起来。
"你们的位置已经被岐人知晓了，留在这里就是死。"
南衣说得义正词严，可她又实在太过狼狈、弱小，她的话很难让人相信。
营中都尉应淮也被惊动，从大营里走了出来。这是个不折不扣的军人，眼里含着正直与威严。
他上上下下打量着南衣，见她身上衣袍虽然褴褛，所用却是昂贵的缎料，想来确实是城中大户人家的女子，不知怎的落到这般田地。
"你怎么知道？"应淮警惕地问。
猜的。
但南衣总不能这么说吧？
谢却山的所作所为已经彻底颠覆了她对他的认知。他就是一个彻头彻尾的坏种！是她大意了，她把禹城军的位置告诉了他，那就等于把禹城军置于危险之中。
这是她犯下的错，所以她第一时间就跑到了这里，想要通知他们撤离。她想用自己的一点力量帮助一些人，至少不要因为她害死一些人。但她也知道，她一个人要说服这支军队很难。
南衣当众解开自己的外袍，扯开一寸衣襟，卷起衣袖。众人目瞪口呆地看着她的举动，鸦雀无声。

她在干吗?

第六十六章 暗中意

直到南衣露出脖子上的一圈乌青、手腕上的伤口,众人才面露唏嘘之意。

"怎么知道的?当然是拿命换的!看到没,我差点就死在岐人手里了——"南衣骂得泼辣,底气十足,"我是好心来告诉你们的!你们再磨蹭,就没时间走了。"

应淮不吭声,这事来得太突然了,他也拿不准要不要相信这个女子,看向南衣的目光依然是怀疑的,他缓声道:"这事……也不能听夫人一面之词,还得容我们再打探打探。"

"还打探?等你们探明白了,岐人早就来把你们的老巢都掀了。"南衣有点急了,"你觉得我是个女子,说的话不足信?过年时甘棠夫人给你们准备的粮草,那都是我弄来的!那天有人差点就跟到这里来,还是我射出一支箭提醒你们的!"

应淮愣住,她说的都没错。甘棠夫人也提到过,是借谢家办春宴之名让谢家长媳置办的粮草,而且送粮那天,确实有一支箭射入军营,他们出去查探,抓到一伙鬼鬼祟祟的探子。

但军人的警惕让应淮还是紧绷了一下:"岐人的细作也可能会知道这些——你如何证明你来自谢家?"

南衣觉得好笑地瞪着应淮:"不相信,那你杀了我好了,反正你们都得给我陪葬。"

她就这么笔直地站在应淮面前,不卑不亢。

她的心态在那一夜漫长的煎熬中有了巨大的变化,她都死过一回了,多活的时间都是她平白挣出来的,那是她向命运挣来的"利润"。既然已经保住了本钱,那利润可厚可薄,怎么都是她赚了。突然之间她就变得不怕死了,她现在对世间万物的态度可以说是嚣张,无所畏惧,爱咋咋的。

沉默半响,山风吹得军旗猎猎作响,越来越多的士兵围了过来。

应淮被面前这个女人的眼神镇住了,她太过笃定,竟在气势上压倒了他。这样的眼神,让他恍惚间想起从禹城离开的那个晚上,甘棠夫人就是这样站在众军

255

之前。

女人也有撼山之力。

应淮明白,他赌不起,挪营的风险和暴露的风险比起来,孰轻孰重,一想便知。

"拔营。"落子无悔,应淮笃定地下令。

南衣如释重负,身子也松弛下来。

"有吃的吗?"她摸摸自己的肚子。

应淮垂眸看她,一些生动而真实的神色悄然间跃上她的脸庞。她长了一张有些狡黠却很真诚的脸,这明明是种矛盾的气质。

"给她拿点干粮。"应淮吩咐一旁的士兵。

"还要热汤。"南衣补充道。

应淮有点无语,她真的是一点都不客气啊。

在等禹城军拔营期间,南衣蹲在一旁的小角落,吭哧吭哧地啃起了饼。

她真的太饿了。

禹城军训练有素,不过两炷香时间,便全部准备完毕。周围盯梢的眼线也被悄无声息地铲除了。

南衣还捧着那碗热汤咕嘟嘟地往肚子里灌,等她满足地放下碗,一抬头,便看到面前站着乌泱泱的男人们。

见她吃得心无旁骛,应淮不免放下了一丝防备。

"夫人,你跟我们走吗?"犹豫片刻,应淮问。

"自然,"南衣抹抹嘴角,"我是为了给你们传消息才落得被岐人追杀,你们得保护我。"

南衣已经想好了,这段时间她先跟着禹城军避避风头。等沥都府里安静了,谢却山认为她死透了,她再做下一步的打算。

"我们准备向山北走,那里地形复杂,便于隐藏。"

"那赶紧的吧,太阳下山了路就更不好走了。"南衣大咧咧地站起来,跟上队伍。

应淮一时语塞,他本来是想说,山路不好走,可以派人把这位夫人送回沥都府,但她丝毫没有娇滴滴的觉得行路难,反而一副跃跃欲试的样子。这哪里像个世家的少夫人,他们不会是被骗了吧?

在这个军人瞬间的停顿中,南衣意识到自己好像有点太不注意形象了,忙清了清嗓子,捏着嗓子道:"大人,请带路吧。"

此刻的南衣没地方可以去,跟着禹城军反而是最安全的。一群男人在,就算有危险,她也不会首当其冲。不过她肚子里揣着点忐忑,万一谢却山没出卖禹城军呢？那她岂不是传了个假情报？会被禹城军大卸八块吗？

他们刚走出一段山路，便有斥候来报，有四路岐军来犯，呈夹击之势。

南衣不知道该高兴还是该哭，高兴的是她的情报对了，哭的是……来得也太快了吧。谢却山还真是不让她失望。他们不会正面对上打起来吧？

"备战。"应淮皱眉，他的话素来不多，但简短、铿锵。

"等一下！"南衣忽然想到了什么，急切地拨开人群钻到应淮面前，"我想起来有个地方可以暂时藏身。先别着急打，躲一躲嘛，万一能逃呢？"

应淮下意识地就眉头一皱——笑话，军人根本就没有躲的，都是迎战，干就完了。

南衣懒得解释，径直往前走："想白白送死的话，我不拦着你们，我还不想死，我走了。"

应淮："……"

这个女人怎么这么贱？搞得好像她才是全军首领。

但他稍微冷静下来一想，硬战必定伤亡惨重，他们好不容易从禹城千里跋涉到了这里，真让兄弟们白白送死，葬身荒野，那就是愚蠢。而当下没有更好的选择，要么就是直接对上四路来犯的岐军，要么就是相信这个女人。

"跟上。"

应淮有点咬牙切齿，要是这个女人敢骗他们，他必会将她碎尸万段。

南衣领着禹城军在山里东拐西绕，带他们到了那个通往地下河道的隐蔽山洞。

那是她初见庞遇的地方。

这一刻南衣有点恍惚，庞遇死去的场面历历在目。时间不过是往前走了个把月，南衣却觉得恍如隔世。

命运像一个精妙绝伦的圆，首尾呼应。她毫不怀疑自己在命运的局里，但她此刻坦然得很。

什么狗屁命运，大不了就弄死我。

南衣大步朝山洞里走去。通过一段狭窄的过道，便是豁然开朗的地下河道，容纳百人绰绰有余。

应淮派出几个人去外面布置陷阱和障碍物，命众人原地休整。然后他忧心忡忡地打量着席地而坐的南衣。她怎么对山里的地形这么熟悉？

这合理吗？

倘若这里有埋伏，那他们真的就是自投罗网。但现在后悔也来不及了，他只能选择相信这个女子。

南衣坐在角落，托着下巴思索着。藏在这里也不是个长久之计啊……她印象中鹘沙当时为了找陵安王，连日带兵搜山，对地形肯定也熟悉了，找到这里只是时间问题。

不知道……宋牧川有没有收到她送去的信物。

★

完颜骏以为此次偷袭天衣无缝，心情颇为愉悦，就在船舶司中等着大捷的好消息，没想到他派去的人却扑了个空。

前一个晚上，禹城军还在原地。偷袭的时间他是午后才定下的，除了心腹将领，他没有告诉任何人，且封锁了江面。他把消息捂得严严实实，这本是一桩瓮中捉鳖的事——禹城军怎么会如此神机妙算，在他们杀去之前便跑了？

除非有人从中作梗，传信协助。

究竟是谁这么神通广大？！

完颜骏感到有些棘手。不仅仅是消息的走漏，更是出奇制胜的招一旦失败，就会打草惊蛇，陷入僵局。

他也不能抽调所有士兵去虎跪山追击禹城军，那样沥都府的守备就会空虚。所以他只能硬着头皮让人去搜，不惜代价也要歼灭禹城军。

虽然他未表现出雷霆之怒，不过徐叩月已经感受到他周边的气压骤然降低。

她不知道发生了什么，但能让完颜骏生气的对她来说应该是个好消息。谢却山好像真的没有骗她，是宋牧川那边起了什么作用吗？

而此时宋牧川正和一个猎户打扮的男子在虎跪山的地形沙盘前盘算。猎户也是个秉烛司的暗桩，对虎跪山的地形极其熟悉，先前就是他帮着陵安王在山中躲藏。

宋牧川在筹划，看看能不能派出一些人手，借着地形帮禹城军突围。

这时，刺探的暗桩回来了，带来禹城军已经跑了的消息，宋牧川有些愕然。

最近的事情结果都不坏，但过程远远超出他的控制，他根本摸不清，到底是谁在背后运作，这人究竟是敌是友？

暗桩又道："对了，先生，方才已经查到，给您送衣服的男子是往返虎跪山与沥都府的船工。衣服就是他从山里带来的。"

宋牧川的目光落到了搁在一边的衣服上，他再次抖开这件外袍，仔细看了看，这时生出一种奇怪的感觉。

这件衣服……像在传递什么消息。

上头脏兮兮的，袍角还有烧焦的痕迹，看这衣长，应该是女子的衣袍。他又反反复复地看了几眼，总觉得纹样和花色看着有些眼熟。

他终于想起来了，这似乎是南衣临走之前穿的那件衣服。春宴和上元节，她穿的都是这件衣服，很漂亮，衬得她容光焕发，饶是他一个从不在意女子穿着的人，都无意识地多看了几眼。

没错，就是这件外袍。

他心里一惊。她是在给他暗示，她没走，而是在虎跪山里吗？那为何不回城找他，却送了件衣袍回来？

第六十七章 豪赌局

禹城军消失，南衣莫名送了一件衣服给他，宋牧川直觉认为其中有关联。

最近每一件奇怪的事，南衣都被卷入其中。也许她就是那个重要的线索，是她知道了一些信息，传信给禹城军让他们撤离，那事情就说得通了。当时她在虎跪山中被归来堂的人追杀，恐怕也不是意外。

她早就被卷进了禹城军的事情中，但他此刻也来不及琢磨其中更细的来龙去脉了。

见宋牧川盯着这件衣服看了许久，猎户狐疑地问道："先生，这衣服可有什么蹊跷之处？"

宋牧川缓声道："这件衣服是申时四刻送到我手中的，倒推回去，船工应该是未时中从她手中接过这件衣服，从虎跪山渡口出发。她交代完衣服的事情，一刻不耽误，去找禹城军劝他们撤离，直到禹城军离开，应当不会超过申时三四刻。而这个时间里，岐兵也到了虎跪山，即便他们没有迎面撞上，禹城军也不会走得太远，应该还在原来扎营处的附近。"

猎户怔了怔，反应过来，目光望向沙盘，用手指虚虚地圈了一个范围："百来人的队伍，在这点时间内，不会走出这个范围。"

"岐兵现在如无头苍蝇一般在山里乱找，若是我们能获知禹城军的位置，那便比他们多了一点先机。依您所见，禹城军可能藏在哪里？"

猎户思索半晌后道："若是岐人在地面上搜不到禹城军，他们很可能在地下……"

他指了指一个位置："这里有一条干涸的地下河通道，倒是能容纳那么多人。这个地方很隐蔽，知道的人并不多。"

259

"但岐人开始搜山，禹城军坚持不了太久，这么多人的吃喝拉撒都是问题，行军时也会留下痕迹，迟早会暴露，一旦对上，就是恶战，"宋牧川皱紧了眉头，"如果想不费一兵一卒保全禹城军，须得用一些瞒天过海的办法才行……"

有个计划在他脑海中渐渐成形……但是，仍有一个环节无法打通。

宋牧川闭上眼，也许，他可以冒险起用那颗棋子——"雁"。

★

南衣确实是先到的渡口，托船夫去给船舶司的宋大人送去一件衣服，并想了个说辞，让船夫说这是他落在工坊的，只要帮她办了这件事，报酬是一张银票。船夫哪里见过这么多钱，立马便答应了，并保证守口如瓶。

南衣不敢递太多的消息，怕会走漏什么风声，一件衣服虽然隐晦，但宋牧川一定会觉得蹊跷，只要派人稍微一查，就能知道船工来自虎跪山，因此猜到她在虎跪山里。

虽然不知道有什么用，但南衣总觉得，让他知悉一下是没错的。他既然是秉烛司的人，那秉烛司应该有办法救禹城军吧？

就是抱着这样一个侥幸的念头，南衣在空气浑浊的山洞里昏昏欲睡。

她希望老天爷站在她这边，如果老天爷不来，她也没办法。脑子里掠过无数件事情，一时半会儿也没法有个结果，想着想着，她竟疲惫地睡了过去，甚至发出了均匀的呼吸声。

而禹城军都还在极度的紧张中，惶惶不安，多数只是合眼休息，没几个人真能睡着。

应淮看着呼呼大睡的南衣，心里暗道这可真是个奇人，这都能睡觉。处事不惊……谢家的女人果然都不是泛泛之辈。

★

入夜，偶然路过的鹰隼掠过沥都府上空，街坊渐渐冷清下去。

一顶轿子路过，徐叩月掀开轿帘，望了出去，坊门上挂着一盏不起眼的黄色灯笼。

"停一下。"

轿夫们虽停了下来，但一旁跟着的岐兵语气犹豫道："完颜大人让小人们送您直接回府。"

"今儿完颜大人的事情不顺利，那儿有个土地像，我想去拜拜。左右都没什么人，有什么不放心的？"

岐兵想了想，还是点了点头，轿夫们便把轿子放了下来。

徐叩月走到土地像前，取了前头香客留下的香，点燃后虔诚地拜了拜，上前插入香炉之中。

夜色有些深沉了，徐叩月又是背对着众人，没有人看到，她趁着插香的工夫，伸手在香灰里翻了翻，摸到了一段小小的细长竹节。

徐叩月将竹节藏入袖中，若无其事地转身，回到轿子上。

帘子一合，徐叩月就紧张地吐出一口气，心跳跟打鼓似的。

这是谢却山拜托她的一件事，晚上回来的时候，若见到坊门上挂着一盏黄灯笼，那就去土地像前的香炉里找一找，会有一段竹节藏在里面，烦请她带回来给他。

她忍不住问他："你到底是什么人？"

他只是回道："公主，我救过你一命，就当是还我一恩。"

她没有再问了，这件事，她牢牢地记在了心里，果然，坊门上挂着一盏黄灯笼。

当晚，谢却山在喝药的时候，便摸到了那段被粘在碗底的竹节。

待到房中没人后，谢却山从竹节里取出藏着的纸笺。

里头写着秉烛司联系他的情报。他没算错，宋牧川果然联系他了。

*

这一夜，对所有人来说都是煎熬的。但最沉不住气的，当数连入局资格都没有的人。

趁着完颜骏还在军营，鹘沙灰溜溜地来"看望"谢却山，实则想打听禹城军的事。

这次的行动，完颜骏捂得严严实实，完全没通知鹘沙。军营的势力也分两派，一派是鹘沙带来的，一路南下寻找陵安王，最后驻扎在沥都府，对鹘沙忠心耿耿，而另一派是随完颜骏从大岐直接过来的军队，人数上，后者居多。

平时大军都归鹘沙管，但完颜骏一旦插手，他就成了光杆司令，能调用的只有自己那队亲兵。

原本完颜骏用的是速战速决的打法，他是一点力气都使不上，可听说禹城军消失得没影了，鹘沙才急着想来抢功劳。

"要是让禹城军跑了，咱在沥都府待着，就好像头上悬了柄剑，睡觉都不安生。我这也想出点力啊，公子可有什么好建议？"

谢却山露出惊讶的神色，刚想说话，又剧烈地咳嗽起来，活脱儿一副大病初愈的模样："跑了？怎么会？"

"定是完颜骏冒进,打草惊蛇了。这下可好了,错失先机,现在天又黑下来,山路险峻,只能被迫停下休整,等天亮再行动。一晚上的时间还有许多变数,我这也是着急啊。"

"完颜大人都没办法的事,将军瞧我现在这个样子,哪能有什么建议?"

"却山公子向来都是神机妙算,完颜骏却不来跟你商量,还以养伤之名把你拘在府里,我看,这不是明摆着不信任你吗?"

鹘沙这一番捧高踩低,谢却山面上很受用的样子,心里却清楚得很,鹘沙愿意拉下这个脸,无非就是因为想把自己拉到他的阵营里去,好知道一些有用的信息。

而鹘沙的自作聪明正好入了谢却山的局。岐军看着是铁板一块,实则暗流涌动,各怀鬼胎。

谢却山顺着他的意,叹了口气:"毕竟禹城军同我二姐有着千丝万缕的联系,完颜大人不信任我也是情理之中。"

鹘沙一拍大腿,大有同仇敌忾之意:"完颜骏这也太小瞧人了,却山公子你是什么人啊,大敌当前,当然是以朝廷利益为先了。想到你我二人先前辛辛苦苦在虎跪山找陵安王,控制了沥都府,他完颜骏一来,什么事都不与我们商量,反而骑在你我的头上抢功劳,这如何能忍?"

谢却山一脸郁闷,心里却实在是想笑,也难为鹘沙了,要说这番违心的话,他就且看着鹘沙表演。

鹘沙压低了声音,凑过去道:"不过我知道,却山公子心里也放不下家人。人之常情,可以理解。不如这样——你我联手,找出禹城军的藏身之处,这头功就算公子的,我替你保下甘棠夫人,如何?"

谢却山装模作样道:"但先前鹘沙将军对我可能有点误会,我的推测,将军未必会信。"

"哎,是我那什么小人之心了,公子为了禹城军的情报差点丢了半条命,我怎么可能不信你!"

谢却山思忖许久,才低声道:"禹城军原本驻扎在山谷的一个废弃道观中,我记忆里……那个道观附近,是有地下河的。"

鹘沙恍然大悟,想起了什么:"就是那庞遇藏身的地方——"

谢却山眸色漆黑,脸上神情却毫无异样,道:"正是。"

*

鹘沙得了重要的线索,立刻回去准备。他偷偷从营中调出自己的亲兵,派他们前往虎跪山夜袭。

原先那口井所在的客栈的伙计悉数被杀，客栈也就荒废了。鹘沙的斥候先从井口入内打探，里头确实能见到人影，听到嘈杂的人声，遂大喜，认定禹城军就在其中，当即返回禀报。

然而这些动静被悉数转达给了完颜骏。

在后头等着收割的完颜骏又存了点别的心思。

一个有能力有野心的属下，对他来说却不如一个平庸而听话的属下。鹘沙的冒进与好大喜功让他觉得极度不悦，不如就趁着今晚……一箭双雕。

第六十八章 瞒天计

南衣睡得正香，却被人摇醒了。

"你的朋友来了。"有个声音在她耳边说。

南衣迷迷糊糊地打开那人的手："我没有朋友。"

"是宋先生。"

"不认识……"南衣眼睛还没睁开，脑子都是糊涂的，随便接了一句，然后忽然反应过来——宋先生？！

她一下子就醒了，腾地一下坐起来："他在哪儿？"

她的目光一下子就撞到了那个人身上。他就蹲在她身前，一袭黑色长袍，裹得严严实实，这身肃杀的装扮让他脸上也透出几分锐利来，他看向她的目光里却装着一如既往温和的笑意。

她不需要仰头看他，他永远把自己放到一个让她舒适的位置。

劫后余生，倍感亲切，瞬间，南衣不争气地眼眶都红了。她垂眸一看，自己身上破破烂烂，不修边幅，竟觉得有点局促。

"宋先生。"她低低地唤了一声。

宋牧川将自己的外袍解下，披在南衣身上，拢好，道："夫人，你的衣服我收到了，多亏了你。"

南衣心里一下子就踏实了。

"外头的情况我已经同应都尉说过了，我有一计能助禹城军瞒天过海，一劳永逸。情况紧急，安全后我再同你细说，你们随我来。"

南衣毫不犹豫地点了点头。

心底，她觉得宋牧川自从脱胎换骨后就变得非常厉害，潜伏在岐人身边，又为秉烛司做事，此人一定充满智慧，有他在，凡事都能迎刃而解。

南衣和禹城军跟着宋牧川在夜色弥漫的山路中前行，一行人不敢点亮一丝火光，硬是在黑暗里摸索，也不敢发出大的声音。

忽然，众人听到后方传来剧烈的爆炸声，火光一瞬间照亮了半个山脚。地动山摇，震得山石噼里啪啦滚落。

南衣下意识地弓身避开，然而意想之中的碎石没有砸到她身上，有人为她挡住了。她仰起头，是宋牧川用身体护着她。

南衣发现，这么大的动静，他一点都不惊讶，也不慌张。

"不要停下来，大家继续往前走，我们要尽快远离岐兵。"宋牧川坚定地对众人道。

南衣回头望了一眼，有些胆战心惊，小声问宋牧川："宋先生，下面到底发生什么了？"

"岐兵会以为，禹城军已经被炸死在地道里，全军覆没，如此才能瞒天过海，让禹城军日后不再受到追杀。"

南衣心惊，努力压下自己声音里的讶异："是你放的炸药？"

宋牧川看着南衣，脸上露出一个罕见的胸有乾坤的笑，还带着一丝可爱和狡黠："岐人自己放的——当然，我也生怕他们用的剂量不够，多加了一些助爆物。"

南衣张大了嘴巴，半天才反应过来。宋牧川帮着岐人炸了地道，为了制造禹城军死的假象？可他怎么知道岐人会用炸药……他指使的？

秉烛司还真是无所不能！南衣已经佩服得五体投地了。

她又想到了什么，担忧地问道："可是他们事后检查废墟，看到里面没几具尸体，不就露馅了吗？"

"地道的结构脆弱，一旦爆炸就会引发山体崩塌，岐人很难彻查，也没必要彻查。并且我已经让禹城军将一部分盔甲留在地道里了。而且……那里有替死鬼。"

替死鬼……谁啊？

★

鹞沙本在沥都府里等着山里传来的好消息，却没想到等来了一场爆炸的火光。他十分错愕——他并没有让手下的人带去火药啊。

难道是和完颜骏的队伍发生了激烈的交战？一伙逃兵居然有如此战力？

他心急如焚，虽然此刻他应该在家"自省"，不插手军营之事，但他还是按捺不住，直奔渡口，想去虎跪山看看究竟是什么情况。

他刚到渡口，却见完颜骏已经带着人返程了。

完颜骏脸上春风得意，俨然是凯旋的样子，让鹘沙十分错愕。

他的人呢？

完颜骏下船看到鹘沙，故作惊讶："鹘沙将军，这么晚了，你怎么在这儿呢？哦——我知道了，是想第一时间来庆祝我们剿灭禹城军吧？"

"你们剿灭了禹城军？"鹘沙难以置信。

完颜骏得意道："我们在山中一个隐秘的地道里找到了禹城军的藏身之地，为了速战速决，便直接往地道里扔了炸药，不损一兵一卒，将禹城军一举歼灭。"

鹘沙愣了。

全炸死了？要是他的人先进去了，那岂不是……

他忽然反应过来——他娘的，完颜骏这是螳螂捕蝉，黄雀在后。

他费劲地找到禹城军，派人下去狙杀，而完颜骏几管炸药就把他的人和禹城军一起葬送在了那个地道里。

狗东西！老子杀了你！

鹘沙顿时要气炸了！

他今晚派出的可是一支心腹亲兵！全军覆没了！连具尸体都没有！

鹘沙盯着完颜骏的笑脸，手按在刀鞘上，胸膛的火气马上就要忍不住爆发了。

完颜骏见鹘沙这副模样，困惑道："怎么？禹城军被灭，鹘沙将军不高兴吗？"

一旁的心腹亲兵连忙按住鹘沙，打了个圆场道："将军自然为完颜大人高兴，只是将军疑心此事可能有蹊跷……"

完颜骏道："山体塌得厉害，废墟中只找到一些铠甲碎片和血肉模糊的四肢，不过还是能证实确实是禹城军的。"

狂怒中的鹘沙还留有一丝理智，他明白了，都埋在山底下了，那这就是死无对证了。

他还没地方说理去——因为他今晚的行动，说到底也没有上报，是师出无名！追究起来，他还得受到惩戒，很可能会被调回大岐去。

他如果为了泄私愤杀了完颜骏，只会在沥都府掀起更大的波澜。到时候，要是让陵安王都逃脱了，他就彻底成大岐的罪人了。

忍住，忍住。

265

尽管如此,与完颜骏一行人告别后,见四下终于无人,鹃沙再也不想忍,无能狂怒地发泄,挥刀砍了路边的土地公公像,将那香炉都劈成了两半。

一阵不识趣的风吹过来,将地上的香灰卷起,一股脑地就朝鹃沙脸上糊。

★

完颜骏回到府中已将近凌晨,徐叩月枯等了一夜,听到外面传来脚步声,忙躺回去假寐。

一阵衣服窸窣声后,男人身上还裹着寒意,在她身后躺下,动作间并无戾气。徐叩月直觉认为完颜骏今夜的行动很顺利,可这对她来说不是一个好消息,她想知道结果,便假装被惊醒,睁开惺忪的睡眼。

"大人……您回来了。"

她一说谎,心跳便陡然升高。幸好房中昏暗,脸上的神情不易被察觉。

完颜骏确实是高兴,饶有兴致地摩挲着徐叩月的脸:"今晚剿灭了禹城军,大获全胜。"

徐叩月脸上却露出了一丝惊慌,一时间不知道要接什么。她断然是无法说出那句恭喜的。

完颜骏笑了,显然他心情很好,并不打算跟徐叩月计较:"你放心,禹城军全被炸死在山里,一个活口都没有,不会牵连到你舅母。"

徐叩月勉强顺着完颜骏的意挤出了一丝笑容,道:"多谢大人……"

完颜骏揽过徐叩月,躺了下去:"累死我了,睡觉。"

不多时,完颜骏便抱着徐叩月睡着了,但徐叩月仍心乱如麻,乱糟糟地想着,觉得其中似乎有蹊跷。

谢却山真的出卖了禹城军?

可百余人的军队全被炸死,这是一件很奇怪的事情,一个大胆又没有根据的念头闯入了她的脑海——禹城军会不会已经金蝉脱壳了?

她更愿意相信那支军队仍活在虎跪山的哪个角落里。

她就是有一种莫名的直觉,谢却山不会如此残害同胞,她帮谢却山递的那封密信一定起到了什么作用。

抱着这个念头,徐叩月忐忑地睡去。

★

禹城军又撤回原先驻扎的道观稍作休息,这里已经被岐兵搜过了,短时间内他们不会想起来再杀个回马枪。

此计里应外合,时机必须拿捏得刚刚好,不仅是斗智,还得斗人心,多一分少一分,都会引来怀疑。应淮顿时对这个夤夜赶来的文士敬佩不已,四两拨千斤,便化解了一场灾难。

宋牧川不能在此地久留,明日他还得去船舶司,稍作整顿便要回城。

他本想带南衣一同归城,却见南衣踟蹰了。

"我要留在这里。"她蹦出了一句让所有人都惊讶的话。

应淮瞪大了眼睛:"你不是谢家的少夫人吗?"

"我不是,我骗你的。"南衣倔强道,"但你们承了我的情才逃过一难,收留我一下又怎么了?我只要一日三餐就行了,我还有力气,能干点杂活,不会拖累你们的。"

"这里可是军营。"应淮张着嘴半天,组织了好一会儿语言,才蹦出这么一句。

"我知道是军营,我想留下来跟你们学学武功,等有了傍身的本事再走。"

宋牧川静静地听了半响,对应淮道:"应都尉,让我同夫人说几句话好吗?"

应淮如释重负,恨不得能立刻离开这个房间,语气里甚至都多了几分感激:"您请您请。"

应淮一走,房间里只剩下南衣和宋牧川两个人。他们怕引人注目,也不敢点太多烛火,四周有些昏黄。

"夫人,现在能告诉我,那天晚上到底发生了什么吗?"

宋牧川问得并不急迫,纵然他心中有无数疑问。

南衣无论说与不说,他都尊重。

南衣有些乱,那晚发生了很多事情,她有满腔的恨和愤怒,可当要说出口的时候,她想起那个惊世骇俗的吻,竟心虚了。

她忽然失了言,不知道该怎么回答。

第六十九章 立身本

幸好宋牧川很有耐心地等待着南衣,并不着急追问。

"我遇到了谢却山,差点被他杀了……"南衣整理好了情绪,省去中间一些令人难以启齿的过程，说得半真半假，"然后我听到他说要去歼灭禹城军，所以我伤了他，想办法脱身来报信了。宋先生，谢家我定然是回不去了，沥都府也没有我的容身之处。就算您送我去金陵，以我当下的能力，恐怕也难以立足。我是真的想学点防身的功夫，才说要留在禹城军这里的。"

隔着这样暗的光，宋牧川看向南衣。他意识到短短几日不见，她就有了巨大的变化。那个被他送上画舫的女孩是胆怯而不安的，像一株惶惶的野草，抓着一点虚无的东西，拼命地往前飘。他努力想要把她送到更安全的地方，却忽略了她不管去哪里都是无根的浮萍。

可如今，有些恐惧在她眼里消失了，他并不知道这是好是坏。好的是，她变得无所畏惧；坏的是，支撑她的东西似乎垮了。

他想到她曾经问他未来有没有什么想做的事情，他回答有，她的神情是高兴的。

在她心里，一个人有了想做的事情，才能活下去。

她心里的那件事是不是已经幻灭了？

他不敢问下去。他怕这是她的伤口。但他想给她一个去处，一个归属。

"那夫人，可想过入秉烛司？"

他这么说，便是坦诚地将自己的身份暴露在了她面前。

南衣惊讶地睁大了眼睛："我？"

"是。"他坚定地回答。

"我怎么配？"南衣惊讶地脱口而出。

"夫人如何不配？救下谢大人，找出望雪坞中的细作，无数次帮到谢六，乃至今日救下禹城军，这些事情，就足以让沥都府里所有的谍者都望尘莫及。夫人也许从未意识到自己是一块璞玉，一次两次是运气，但每一次都能化险为夷，说明你的计谋、智慧，乃至直觉与判断，并不比任何人差。"

她觉得宋牧川说的好像不是她，可每一条说的不正是她吗？

南衣从来没有站在这个角度去审视过自己，她一直以为她还是那个漂泊度日的小贼，可是从什么时候开始……她已经慢慢地站稳了脚跟。

她结交了一些以前从未想过能有交集的好友，她帮助这些人，这些人亦回馈她。

每一次死里逃生，都会带给她新的感悟和体会，每一次夹缝中生存，她都从懵懂中往外走了一步，慢慢看清这个复杂的世道和人心，她在不知不觉中完成了某些蜕变。

谢却山，这个一想到他名字都会让她哆嗦一下的人，可她生命的成长中处处都有他的痕迹。那些他带来的疾风骤雨，却成了滋养她生根发芽的甘霖，直到抽出树干，伸展枝丫的那一刻，她突然发现，她也许并不是一株草，而是一棵树。

如今的她甚至不用跪地求人，就能跟禹城军谈条件，他不让她跪，她便真的再也没有跪过，站着行走在这个乱世里。

她恨他，但她的情感亦很复杂。她说不上来那是什么，明明已经逃了，却总觉得他的绳索还捆在她身体的某一个部位，让她一想起他就如同一团乱麻，绞得心脏痛。

她恍惚了好一阵，才看向宋牧川。

"我也不想入秉烛司，"她道，"秉烛司中人都视死如归，可我没有想好，我未必愿意为此牺牲。"

宋牧川没有接话，只是温和地看着她，他没有逃避她的剖白，也没有露出任何不悦的神情。正因他的宽厚胸襟，她才能大胆地继续说下去。

"先生，我只看得到眼前的蝇头小利，我没有高义。"

"世上众生，活法各不相同，若要每个人都有高义，那太苛刻了。夫人不想入秉烛司，那可否考虑偶尔帮一帮我的忙？"

南衣有些困惑："如何帮？"

"六姑娘一定对夫人说过，送陵安王殿下出城是当务之急，沥都府的局势云谲波诡，瞬息万变，总有需要人手的时候。夫人若能帮忙，待我们顺利将殿下送往新都，助他登基，亦可为你求到朝廷的封赏。到时候，哪怕只赏赐一亩薄田，都是你背靠朝廷的底气，无论走到哪里都有立身之本。"

南衣的眼睛一点点亮了起来。

那正是她苦苦索求的东西。在那只玉镯碎的时候，她心里已经放弃了去找章月回。将希望寄托于别人，终究无法长久。跋涉的人，是靠着自己的双腿前行的。

★

谢却山到第二日才从完颜骏口中得知虎跪山中发生的事情。

鹘沙先前在军务上霸道，挡了完颜骏的路，功劳就那么几件，大家都想分，那没有人能抢到最大的，因此鹘沙其实是谢却山拱手送给完颜骏去坑的，消息也是他让人去递给完颜骏的。

宋牧川的来信将自己的谋篇布局说得非常清楚，不仅希望"雁"能帮忙挑拨离间，还希望他能促使完颜骏用炸药。但炸药的点子，谢却山最终没有提，一来完颜骏自身就是个热衷于用火药奇袭的人，二来，能迅速把两拨人摁死在地道里的，只有这一个法子。让完颜骏自己琢磨出来，比他点明要来得悄无声息。

如今完颜骏大胜，自然还要卖谢却山一个人情，允诺不会追究甘棠夫人的过错。

毕竟禹城军已经覆没了，对完颜骏来说，一个后宅女人掀不起什么风浪，而谢却山是他想要拉拢的人，谢却山比鹬沙这个莽夫可有用多了。

谢却山脸上的喜色也有几分真实。

一块沉甸甸的石头落了地。

他知道，这着险棋走成功了，他也顺利脱身，洗掉了自己身上的嫌疑，重新获得完颜骏的信任。其中每一步都必须分毫不差，最后的成功可以说是巨大的运气。

他把赌注全部押在了南衣身上。他拿准了她那顽强的求生欲，撞碎了她的玉镯，给她留下逃生的机会，他赌她一定会去给禹城军报信。只有这一步成了，后面的事情才有转圜的余地。

而她从来都没让他失望。

说到底，令人失望的是他。

他自私又小气，霸道又独裁，也许是因为他的人生里并没有什么属于他的东西，而他对她生出了占有欲，他沉溺于与她相处的点点滴滴，他就是要把她留在自己身边。

他用一个又一个秘密引她入局，让她越陷越深，让她在他身边无法逃脱。他又何尝不卑微，他以为这样她就会自觉地留下。

发现她要走的时候，他是真的怒极，想杀了她。她怎么能背叛他？他怎么能允许他培养的这把刀刀尖向着自己呢？

他应该杀了她的，以绝后患也好，斩草除根也好，但他下不了手。

因为这些都不是她的错。她是一个活生生的人，有着她的喜怒哀乐和所求所想，而他被打动的正是这些鲜活又生动的东西。他凭什么霸占着这些，逼她成为自己的提线木偶？

这一刻，他才决定放手，送她走吧，让一切回归原位。

但有些错误已经铸下了。他不能就这么简单地放人。

纵然要让她走，也要将她的未来和安全考虑周全。她在救三叔这件事情上抛头露面过，又帮着二姐偷偷置办过粮草，若是有心人从蛛丝马迹里发现了什么，她必然是危险的。而她并不知道自己在什么位置上，她只当自己是个普通人，但已经回不去了。

沥都府之外的秉烛司，顶多遵照宋牧川吩咐，到渡口接应一下南衣，更多的事，没有人会照料她，谍者们手头都有做不完的事，她又不是什么重要的人物。

更何况，到了南边，她靠什么立足？一个女子孤身一人拿着钱财，是生怕在混乱的时局中没人觊觎吗？难道要指望她那个不靠谱的虚无缥缈的未婚夫，还是指望自顾不暇的宋牧川？他更怕她被哪个油嘴滑舌的混小子骗了，落得人财两空。

禹城军的情报是他送给南衣的人情，由她来救下禹城军，禹城军护她，秉烛司敬她，宋牧川也会知道她的分量，用更周全的方式来保护她。秉烛司对常人来说并不是一个好地方，刀尖舔血，凶险万分；对已经身在局中的她来说，却是一个可靠的背景。

吃人的世道不会等她慢慢成长再刮起风雨，危机无处不在，而他只能用置之死地而后生的办法揠苗助长。他不会让她一直做浮萍，为她找到根，他才能放她离开。

而她不过是他漫长生命里的一个过客，他们同行一程，仅此而已。那些虚妄的情谊很快就会随着时间的流逝而消散。他习惯了做个坏人，因此他不需要她感激他，甚至恨和畏惧才是好的。

这样的告别才是对的。

他一直把自己当成一个死人，一具躯壳，只有这样他才能活下去，凡人的七情六欲在他这里是颠倒的，要恨其所爱，爱其所恨，才能举步维艰地走下去。这世上没有人不想得到家人、朋友乃至恋人的爱，但他就是要把这些东西都推得远远的，但凡生出一点贪念和留恋，便如千里之堤，溃于蚁穴。

这是他最后一次想起她，他希望她前程似锦，终有一天过上她憧憬的生活，然后永远永远，不要再遇到他。

第七十章 东风恶

南衣已经随禹城军一起跋涉到了山北面的深林处驻营。

她还是暂时留在了军营里，学一些傍身的功夫，强健体魄。等躲过了风头，沥都府中的人彻底将她遗忘，她再进城，帮宋牧川一起成事。

应淮兢兢业业地做起了南衣的武学师傅，他一开始还很谨慎，不清楚这位夫人到底要学到什么程度，便小心地教了一些花拳绣腿，生怕她磕到碰到，那可就冒犯了。

然后很快，他就发现南衣是来真的。每日清晨，她都会绑着沙袋去山里跑上一个时辰，回来之后便对着木桩反复练他教过的动作。天气稍微暖和了一些，但寒风依然刺骨，如今并不是战时，甚至有不少士兵都会偷懒，唯独她风雨无阻。

他素来敬佩有毅力之人，教得也上心起来，并不因她是女子而轻视她。他一视同仁，将她当成一个真正的战士来锤炼，而她不曾喊过暂停，一次次咬着牙，在泥坑里跌倒再爬起来，手上新茧覆旧茧，一日比一日坚硬。

可南衣知道，这还远远不够。她永远记得在谢却山压倒性的力量之下，她脆弱得不堪一击。女子与男子天生力量悬殊，可并不是所有人都会因为女子本弱就给予同情或尊重。

弱者总会被践踏，她想要快点变得强大起来。

日子就在一拳一脚中悄然过去，枝头先觉春，枯了一季的枝丫于不经意间萌发了芽苞。

然而，在所有人都没注意到的角落，有个不甚起眼的小兵趁着狩猎外出的间隙离开了军营。

*

一日后，他出现在沥都府的大觉寺中。大觉寺闭门七日，谢绝所有香客，要办一场盛大的佛事。

那小兵面色急切，有要事汇报，却被骆辞拦在了大雄宝殿外，示意他不可在这个时候打扰东家。

佛前铸钟敲几响，供三献，八瑞相，章月回在蒲团上端然跪坐，阖目合十。

说来好笑，他干的都是背信弃义的事，却格外信神佛，用流水般的银子供奉寺庙香火。每年在家人忌日的时候，他都会请高僧们来做一场法事，为他死去的家人们诵经加持。

法事直到黄昏才结束，待章月回出来后，那小兵才被骆辞带着上前，一行人说着话，一起往后院禅房去。

"那女子自称谢家长媳……后来，还来了一个男子，姓宋，他只跟我们应都尉说了几句，也不知道他是谁，应都尉便信了他的话，让我们往原先驻营的地方撤。走出去没多久，那地道就爆炸了。"

各地的军队中都有章月回事先安插进去的暗桩，禹城军里当然也有眼线。

尽管他早就知道禹城军藏在哪里，但岐人来问，他也只是推说没线索。

禹城军的威胁说小不小，说大也不大，这条情报卖不上什么钱，更何况里头是百来条人命，他也没丧心病狂到白白葬送这么多儿郎，太损阴德。

而且，章月回并不是什么消息都会拿出来贩卖，他喜欢把一个消息发酵到价值最高的时候再出手。

比如现在。

岐人那里的战报是禹城军一夜之间全军覆没，他却得到了截然不同的消息。这件事里搅进了谢家的寡妇，还有看似无害的宋牧川……甚至这操盘手大有可能是那个身居幕后的谢却山。

这条消息终于变得值钱起来。

沉吟片刻，章月回决定对其中最关键又最薄弱的那个地方下手。盯了那么久，也到该收网的时候了。

他吩咐道："把那个女人抓来。"

*

咻——一支箭自弓弦射出，正中靶心，震得树上的鸟纷纷离枝。静了几秒，传来少女的雀跃声。

南衣穿着男子的衣服，束着头发，乍一看还以为是个营养不良的新兵，身量比别人小了半截。脸上沾着些泥点，不修边幅，但她看上去一点都不狼狈，身上透着蓬勃而健康的生机。

练箭数日，这还是她第一次射中靶心。

应淮不自觉被她感染了，脸上也露出一丝笑意，赞许道："夫人在箭术上很有天赋。"

南衣笑道："我喜欢射箭。"

"为何？"应淮有些好奇。

她曾经有一个小小的袖箭，哪怕是睡觉，她都牢牢把袖箭绑在自己的手腕上，像一个护身符，几次帮她逢凶化吉。

每一次箭射出的瞬间，都是一个小小的赌局，你只能决定射出的那一刻，却不能决定箭在途中会遇到什么，最终会落在哪里。忐忑，期待，浑身的感官都被打开，专注在那一支小小的箭上。她喜欢这种感觉。

她必须承认骨子里她并不是一个安分守己的人，她热衷于冒险，而那个人确实送了她一件称心如意的武器。

她为什么总是会想到他？也许因为他给她留下的东西可以称为烙印，阴魂不散地影响着她的每一个举动。

很讨厌，她很想全部忘记。

南衣没有回答应淮的问题，放下了弓，忽然就变得兴致缺缺了。

"随口一说……也不是很喜欢。"南衣道，眼神闪躲了一下，"我去弄点吃的，饿了。"

说着，南衣便匆匆地离开。她走到营帐附近，听到有士兵们在议论。

"他居然要死了？"

"是啊，说是重伤不治，我去接粮的时候听说的。"

人天生就有爱听八卦的本能，尤其是听到生老病死，总是下意识就竖起了耳朵。

"上元夜他被人刺中心脏，再好的大夫也回天乏术。"

然后那个名字就猝不及防地跃入了她的脑海。

"谢却山这种卖国贼，这么死还是便宜他了，他就该被五马分尸，才解心头恨！"

南衣的脚步一下子定在了原地。

怎么可能，他那么狡猾的人，她甚至怀疑阎王爷都能被他摆一道，他怎么可能会死？

重伤不治？是她捅他的那一刀吗？难道是她杀了他？她不可能有那样的本事。

她甚至发出一声哂笑，以示自己对这个消息的不屑一顾。

他都想杀了她，他是死是活，跟她有什么关系？

南衣木然地往前走了几步，却有一种奇怪的感觉涌上来，总觉得像被人拉住了衣角，忍不住要回头张望。她脑子一团混乱，周遭的声音都化作远去的嗡嗡声，眼前的色彩都变成了奇怪的令人眩晕的图案。

她不知道是怎么回事，她不知道他的死讯为何会有这么大的力量，让她如此悲伤。

可眼睛是干涩的，她分明也不想哭，只是浑身的力气都被抽走了。

有人扶住了她："夫人，你怎么了？"

一声清朗，把她喊了回来，她依靠着应淮的力重新站起来，面色竟已惨白。

应淮关切又疑惑地看着她。

南衣强行调整了一下呼吸，道："我想去一趟沥都府。"

应淮有些惊讶："这就要走了？"

"我去一日就回来。"

"那我派人跟着你。"

"不用！"

南衣斩钉截铁地拒绝让应淮都吓了一跳——派人保护而已，她为什么这么抗拒？

察觉到自己的语气有些怪异，南衣连忙解释道："我怕军营中的人跟我出入渡口，会被岐人瞧出异样，反而暴露禹城军的位置。我一个女子，不会有人注意我的,我去一天就回来。"

南衣不想让任何人知道她是去见谢却山的。

这是一件极其荒唐的事情。她知道没有必要,甚至很危险,但她抑制不了自己向他走去的脚步。

她总是想起他,带着恨,又带着不可理喻的痛苦,她不知道要怎么解决自己的情绪。那些隐晦而不容于世的秘密日日夜夜在她胸膛里翻涌着,无法与人道。

她把他遗留在她身上的影响通通归结于恨。她就是恨极了他,所以就算死,她也要亲眼看着他死。她想看看那个万劫不复的牢笼是怎么崩塌的,她想验证那个铁石心肠的人是不是真的有着和凡人一样的生老病死。

她想看到那个终结,只有这样,她的恨才能尘归尘,土归土。

应淮总觉得此刻的南衣有些怪异,可他毕竟不是南衣的上司,干涉不了她的决定,见她十分坚决,于是派了两个人远远地跟着她,护送她到渡口。

他想着过条江就到沥都府了,那儿有秉烛司的人照应,应该不会出什么岔子。

南衣当即便起程了,一刻不停地到了渡口,上了船。

船夫只是寻常打扮,戴着一个大斗笠,遮住了面庞。

小舟朝沥都府驶去。

他们最后一次见面还是在一场寒冷刺骨的大雪中,此刻迎面而来的风竟有了几丝暖意,让人觉得恍如隔世。南衣心不在焉地发着呆,也没注意到行至半程江上往来的竟只剩这一叶扁舟,忽闻船夫道:"糟了,姑娘,船底漏了。"

南衣一惊,起身看看,刚靠近船夫,却见他手里似有银光一闪,南衣下意识一躲,却已经来不及了。

那人的动作很快,迅速将一根银针刺入南衣的后颈。南衣还想挣扎,但药效须臾间就散入四肢,她无力地闭上眼睛,晕了过去。

斗笠下,骆辞抬起了眼。

他还在愁怎么从禹城军那里把人绑出来,东家却说,人心并非一块铁板,一试便知。

于是他们做了点手脚,把谢却山将死的假消息传到了她的耳中,果然不多时,她便独自一人从军营中跑出,想回沥都府。

也不知道东家是怎么看出谢家的孀妇跟谢却山关系匪浅的——就凭他们在上元节那天一起消失了?

骆辞看着船上昏迷的女人,莫名觉得有点眼熟——他是第一次见到南衣。她毕竟是深宅命妇,露脸的次数并不多,先前他没细问过她的长相,跟踪的探子只说是个挺清秀年轻的女子。

骆辞皱着眉头端详片刻，这才想起来，竟是有点像那张画像上的女人。

但画像上的女子更为柔弱、楚楚可怜，好像一阵风就能把人吹走，而面前的这个女子，可是能跟禹城军一同在深山里扎营的秉烛司党人，这两人八竿子打不着，也只是五官有几分相似而已。他很快就打消了自己的念头，东家要找的那个旧人怎么可能是谢家的孀妇？

东家要在寺中做满一场七天的法事，外头的事情便都落在骆辞的肩上。

不过该怎么做，东家都交代好了，他只要按部就班便可。

东家说，如果谢却山的死讯能把这个女人引出来，那方向便是对的。她一定知道很多秘密，最关键的那条信息当数谢却山的立场。无论用什么手段，都要从她嘴里拷问出来。

到时候，便能将宋牧川、谢却山、秉烛司一网打尽，这是一笔报酬丰厚的生意。

当然，东家也交代了一句，毕竟是个女子，别弄得太血腥。

他也就是这么一说，该上刑还得上刑。

第七十一章 与君错

南衣好像做了一个漫长的梦。说来奇怪，她已经很久没梦到章月回了，他的样貌也变得模糊起来，却在她放弃寻找他的念头后，久违地梦回初见他的岁月。

她的娘早就死了，没人再管她吃喝，她便终日游荡在街头，捡些零碎的活计做。她已经观察这个公子好几天了，他每日都酩酊大醉，有时候掏不起酒钱，就被人从酒楼里赶出来，比街边的流浪汉还要狼狈。

酒醒之后，他又去随便当一些身上的东西换钱，接着醉生梦死。

她有点同情这个公子。在他醉后，总有手脚不干净的堂倌从他荷包里顺走碎银，甚至多算他几坛酒钱。反正他神志不清，也没法计较。

她想，这钱还不如让她赚呢。

于是在他又一次醉后，她帮他呵斥了想占便宜的堂倌，付了该付的酒钱，又费了好大的力气把他连拖带拽搬到房间里。

她想他如此挥霍，即便有钱，手头也不会太宽裕，便只问他要了十文钱的报酬。

慢慢地，他们就相熟起来。他说自己是一个不喜欢读书的书生，被家里逼着去汴京考进士，离家后一路游山玩水，花光了盘缠，没脸回去见家人，便停留在了这个小镇里。

她劝他回家，他却说，他的家人不喜欢他，巴不得他死在外面呢。

她没有再说了，只觉得他也很可怜，很落寞。

有人一起谈天说地之后，他喝的酒变少了，清醒的时间越来越多。他说他喜欢这个小城，想要在这里定居。

她很开心，因为她终于有了伙伴，终于不再是孤身一人。

人一定是需要一个依托的，孤零零在这个世上是活不好的。

他们自己搭了两间茅草屋，筑好篱笆墙，共用一个小院子。他擅长音律，哪怕只是一些锅碗瓢盆摆在一起，他也能敲出悦耳的旋律来。她便托着腮伏在案上听，任由春天的花落在面庞上。

那是她最喜欢的一段日子。

哪怕她隐隐知道，有一些事情他没有说，可她也不会问。她下意识避开了他藏起来的那一面，她直觉认为这会破坏他们的桃花源。

只要他是真心喜欢和她一起生活，那些藏起来的东西都是无伤大雅的。

谁没有一点秘密呢？

她也不会告诉他，有时候实在揭不开锅了，他们的粮钱是她去偷来的。

她真的以为日子就会一直这样下去。阳光揉碎在流水里，金沙银粉下漫山遍野都是今天。

南衣有点分不清梦境和现实了……今夕是何夕？她有种错觉，会不会是章月回走后的那些残酷岁月才是梦境呢？她只是大梦初醒，又回到了当年的桃花源里。

然后一盆冷水把她硬生生泼醒，她一激灵睁开眼，摇晃的烛光刺得眼睛生疼。

陌生而阴暗的地牢，四周弥漫着血腥的腐肉味，让人几欲作呕。墙上排列着不同的刑具，阴森可怖。

南衣四肢都被束缚着绑在架子上，她恐惧地抬起头，面前是一张陌生的脸："你是谁？"

"少夫人，我们东家想问你一些事，你若配合，如实交代，自然就不会吃苦头。"骆辞的话说得很客气。

南衣如坠深渊。这人知道她的身份，却把她这样抓来……他们想干什么？他嘴里的东家又是谁？这是她从未设想过的场景，未知的恐惧一点点蚕食她的心智，但她尽量去拖延一点时间，让自己有余地整理好思绪。

"问什么？"她假装困惑，十分配合。

"上元节那一日，夫人突生恶疾去了谢家外头的庄子，又为何会出现在虎跪山里？"

南衣盯着这人，她当然知道他想问什么，她飞快地思考着自己该用什么姿态来应对，还是像以前一样做一根墙头草吗？

她犹豫了，她不想背叛禹城军，也不想背叛宋牧川。

她找了一个蒙混过关的说辞："我不想在谢家守寡，就想了个法子脱身，逃到山里躲起来。"

"是谁在帮你？"

"没有人帮我，我自己跑的。"

"那又是如何遇到禹城军的？"

"什么禹城军？我不知道。"

"看来夫人是不愿意说实话了，"骆辞叹了口气，"那就只能看看夫人能嘴硬到什么程度了。"

骆辞手势一落，后退了一步。

行刑手面无表情地将鞭子蘸了水，凭空甩了甩，发出振空声。

她并不是没挨过打，一路也是皮糙肉厚地活过来的，她很清楚自己要面临什么。可人总是好了伤疤忘了疼，她太久没有受到过这种真切又原始的皮肉之苦了。一鞭子打下来，她浑身顿时绷紧，猛地倒抽了一口气。

空气竟像含着冷冽的刀子似的，剐着从鼻腔到胸膛的血肉。

一瞬间，她仿佛回到了衣不蔽体的从前，偷一顿吃的就要挨一顿打。

连她都以为自己会被疼痛打倒，忍不住跪地求饶，可自从披上人皮，学会了礼仪，也开始知道自矜，疼痛过后涌上来的更多是一种羞耻和愤怒。

他们以为这样就会让她低头吗？她已经不是以前那个小贼了。

她如今能承受的远比他们想象的要多得多！

这种愤怒迅速地在她身体里散开，成为支撑起她残破身体的一股力量。她已经死过一次了，无非就是再死一次。

他们休想从她口中问出一点消息。

她面色煞白，额角青筋突突地跳着，眼中涌上猩红的血色。她瞪着骆辞，咬死道："我是谢家的少夫人！你们这样不分青红皂白地动私刑，还有没有王法？！"

"谢家的少夫人已经跑了，踪迹难寻，有谁会知道你在这里？"

骆辞试图瓦解她的防线，告诉她没有人会来救她。但他在她眼中没有看到一丝恐惧。显然现在她还能怒目圆睁地抵抗，咬紧牙关忍着，说明远远还没到崩溃的时候。

骆辞看了一眼行刑手,示意继续。

鞭子一道道落在皮肉上,女子的痛呼声不绝于耳,渐渐地,她的声音变得喑哑,一点点弱了下去。

骆辞是章月回最得力的属下。章月回是个风雅的人,不喜欢这种脏活,因此这些事都是骆辞经手来做。骆辞手下拷问过的人,没有成千也有上百。情报不仅得从墙缝里听,也得从血肉里挤出来。

以他的经验来看,女子是最吃不住痛的,都被打到只剩半口气了,怎么也该松口了吧。

他命人把南衣按到水里,硬生生把她唤醒。

南衣大口地喘着气,水沿着额角滴下来,刺得她更加睁不开眼了。

"夫人,既然这个问题你不喜欢,不妨我们聊点别的吧。比如,聊聊你是怎么加入秉烛司的。"

南衣虚弱地回道:"不知道你在说什么……"

"谢却山谢大人,他可是你的联络人?"

寂静了几秒,南衣费力地抬起眼,骆辞分明从她眼中看到了一丝困惑。

南衣以为他会问宋牧川,没想到问的是谢却山。

她甚至缓了口气,说真话要比说假话容易,谢却山怎么可能是她的联络人?

"谢大人……他是我亡夫的弟弟。"

骆辞的声音陡然提高,异常严厉:"你与他同一天从沥都府消失,紧接着他回了城,你去救了禹城军,分明是你们二人在暗度陈仓!"

"那是他要杀我,我伤了他,死里逃生而已!"她提着一口气,喑哑着声音吼了回去。

"他为何要杀你?"

"一个寡妇出逃……世家怎么可能容忍,他早在他大哥下葬那天就想杀我了,只是一直没有机会。"

真假参半,南衣只能这样回答,她不知道面前的人到底是什么立场,但若追溯到谢衡再葬礼那天,必然会牵扯到陵安王进城的事。

最糟糕的是,她还知道陵安王藏在哪里。要是在哪里说漏了嘴,这些人不得一寸寸地剥皮剔骨,也要从她嘴里拷问出这些东西来?

她必须守死了,她和这些事情没有关系。

"撒谎!你一听说他的死讯,便不顾一切地前来沥都府,你和他到底是什么关系?"

他们之间的关系?怎么会有人怀疑他们的关系?

279

除去那一点不足挂齿的情谊，他们之间还有什么？他照样想杀了她。他们就是敌人啊。

这些人想查的方向从根本上就错了。

但是忽然之间，南衣捕捉到了一丝异样。他们怎么会知道她是因为谢却山的死讯才来沥都府的？

难道他的死讯只是一个诱饵？

南衣猛地抬起头，已经脱力的身体却瞬间露出凶狠的眼神："所以谢却山没有死？"

骆辞吓了一跳，他分明感觉到这眼神里饱含着浓烈的恨意："谢大人当然还好好地活着。你那么关心他的生死，是为什么？"

南衣笑了起来，脸上的表情都有些狰狞起来——没盼来他的死，倒是把自己折了进去。愚蠢的又是她。

好，好得很。

她在这里受苦，可他这样的人怎么能平安无事，长命百岁呢？！

她气得要发疯，她想把他一起拉到地狱里来，就像他对她曾经做的那样。

"我恨他！因为我只是想活，他却靠着自己凌驾于我之上的权力和能力来杀我……想看仇人死，不是很正常吗？"

骆辞被她这番话震住了。

他心里的谜团越来越大，他能感觉到，此刻她没有撒谎。她并非因为挂心谢却山而来沥都府……好像真的是想来报仇的。

她和谢却山的关系似乎并不像东家猜的那样。真相到底是什么？

骆辞皱紧了眉头，难道是这个女人太会演戏了？

一定是这样，是他小看了这个女人。

他对行刑手抬了抬眼，示意上大刑。

第七十二章 笼中鸟

每年这个时候，章月回都会消失七天。

满门抄斩的时候，他逃出了京城，没能为家人收尸。

他有一个妹妹，出事那年才七岁，团子一般的白玉小人儿，就喜欢黏着他，

"哥哥哥哥"地满院乱喊。妹妹死在大牢里，听说是被姨娘喂了毒药。

家中男人被斩首，女眷们都要被投入教坊司，沦为官奴，姨娘觉得如此余生，还不如重新投胎。

如果妹妹能活着，他现在一定有能力把她救出来，可他也无法责怪姨娘当时的决定。做决定的人只会更痛苦。

这种愧疚折磨了他很多年。

他不知道为什么，他的家人从不托梦给他。为什么没人来告诉他，他们的尸骨被遗弃在哪个荒郊野岭，给他一个做孝子的机会。

是不是在他家人心里，他永远是指望不上的那一个？

有些事，他再也得不到答案。

他只能遍寻高僧，为家人立牌位，塑宝塔，在佛前诵千万遍经文，愿他们的亡魂不要在这世间游荡，早日过黄泉，转世投胎。

年年如此，竟成了章月回的一个习惯。

然而内心深处，他知道这些体面、排场都只是亡羊补牢。这更像他送给自己的一剂安慰药，每年这个时候，他才能和那些牌位上的名字有一个近乎荒诞的重聚。

他是无家的孤魂，无人能超度他。

不……曾经也是有过的。

但他舍了那个家，走了一条离经叛道的路。他心里对这个世界有恨，那恨意逼着他往前走。而那个被他舍弃的人，仿佛人间蒸发，没有给他任何弥补的机会。

往年他从来不许愿。他天生桀骜，他想做的事，逆着天也会去做，他不需要天助。可此刻他终于察觉到一丝无力。

他跪在佛像前，许了一个愿，愿望是找到她。

不知道跪了多久，他起身离开大殿，竟见住持不知何时站在外面，合十行了一礼。

和尚望着他，眉目中似有悲悯。

他道："世上最公平的就是因果。阴错阳差，便是施主要受的苦果。"

章月回错愕，阴错阳差？可是他错过了什么？

其中玄机，他尚不能参破，但隐隐有种不安在他胸膛的柔软处泛起涟漪。

*

谢却山前些日子已经回到了望雪坞，身上的伤口熬过了最危险的时期，慢慢愈合。

长新肉的时候总是有些痒,也不能去挠,时常让他坐立不安,像无时无刻不在提醒着他伤口的存在。

他有时很难辨别,让他抓心挠肝的究竟是造成这个伤口的人,还是这个伤口。

但他并没有受其影响,该谋算的事还是继续谋算,波澜不惊。

秉烛司接下来所有的计划无非是一个方向——瓦解岐人在沥都府的兵力,才能万无一失地送陵安王南下。

宋牧川帮岐人造船,大量的人力物力都会经他的手,这里头的猫腻多着呢,而谢却山也不需要有太多的行动,为他打掩护便可。

谢却山本以为按照宋牧川往常儒雅的文士性格,做事风格应该是徐徐图之,没想到他一上任就相当激进,声东击西送谢铸,炸山护禹城军金蝉脱壳,这几件事都完成得十分惊心动魄。

士别三日,当刮目相看,内心深处,谢却山是高兴的,先前他低估了宋牧川,宋牧川绝对称得上是一个可靠又强大的战友。但连他这样的老赌徒,有时也不免为宋牧川提心吊胆,生怕宋牧川太冒进而露出马脚。

好在这段时间都还算平静。

直到归来堂忽然设宴邀请他。

★

花朝阁经过几日的冷清之后又歌舞升平起来,二、三楼的雅间都是宴客场所,但领路的小厮并没有带谢却山上去,而是步履不停,一路带着他往阁中深处走,入了酒窖,又打开最深处一扇厚重的玄铁门,门后露出一条坚固阴森的地道。

很快便有人持着一盏烛火出来迎接,是章月回身边的属下。

骆辞拱手行礼,恭敬道:"却山公子,归来堂近日抓了一个秉烛司党人,由于身份特殊,特意请您来认一认。"

谢却山的心已经悬起几分,他摸不透这是什么招数。抓了秉烛司的哪个人,他为何都没听说过?他警惕地跟着骆辞入内,下意识地观察左右,察觉到这是一个守备森严的地牢。

骆辞推开一扇小小的门,门内是一间孤室,墙上开了一扇暗窗,可以看到另一边。

谢却山忽然有种直觉,那扇窗后有着他绝对不想见到的场景。他的动作顿了顿，故作漫不经心地问："你们东家呢？"

"东家这些日子不便见客，他的意思，由我转达给大人也是一样的。东家说，为表达歉意，今日的情报都是免费的。"

骆辞做了一个请的手势，邀请谢却山去那扇暗窗前看。

狩猎的本能让谢却山意识到自己此刻是对方的猎物，他大可以转身就走，不入陷阱，但某种奇怪的感应又促使他挪动脚步，走到窗前。

然后他的目光一下子被眼前的场景牢牢钉住了。

南衣被绑在老虎凳上，身上纵横着触目惊心的鞭伤。不知被浇过多少次冷水了，她头发上的血污黏在一起，一缕缕狼狈地遮住了脸。

此时行刑手在她被绑着的腿下加了一块砖，她绷得笔直的小腿几乎要被反折过去。

她恹恹垂着的头一下子便被痛觉唤醒了，她仰着头张开嘴，浑身都在痉挛，像有一口气堵在喉间，上不去也下不来，疼痛让她几近窒息，只能发出一些喑哑的呜呜声。

"这个秉烛司党人，自称是谢家的少夫人，不知公子是否认得此人？"

谢却山含着巨大杀气的目光扫在骆辞身上，他几乎放弃了理智思考，迅速扼住了骆辞的脖子。

他布了那么大一个局，差点把自己的命都搭进去，只是为了让她平安——他们怎么敢！怎么敢这样对她？宋牧川呢？！人给他，他就是这样看着的？

"我谢家的人你也敢动？！"

骆辞被扼住了咽喉，脸色煞白，但他的手迅速去摸墙上的一条细绳，铜铃声登时一响，全副武装的守卫拥了进来，严阵以待地堵在门口，呈对峙之势。

但谢却山丝毫都没有松手的意思，此刻大概任何一个活物靠近他，都会被他的怒意碾碎。

骆辞艰难道："公子不记得了吗？……她就是上元夜将您刺伤的秉烛司党人，我们归来堂……已将此人抓捕……公子……为何恼怒？"

为何恼怒？为何恼怒？为何恼怒？！

这个问句最终还是撕开了他的大脑，让最后一丝理智闯了进来。

先前是他自己声称秉烛司党人伤了他，而他从对方口中套出了禹城军所在，死里逃生回到沥都府。

他不知道南衣到底是怎么暴露的，又在这样的大刑中招供了什么，但若归来堂如此笃定她就是刺伤他的人，他就该视她为敌人，才能把自己的谎圆上。

品出这一层意思后，谢却山立刻就意识到归来堂在用南衣试探他的立场。

关于他的立场，那是一个重磅秘密，在岐人那里，能卖到天价，又能将他置

283

于死地。

他若表现得太在意她，那就正中了归来堂的圈套。他们请他来看这出戏，不就是为了让他自乱阵脚吗？

他像被狠狠地戳到了软肋，心底的痛意弥漫至全身，但他是个熟练的猎人，他绝不可能承认自己有软肋，第一反应是立刻竖起浑身的刺，把自己包裹起来。

他根本不惧身后的刀枪，甚至不收敛面上的怒意："你们归来堂是个什么东西，发了一点战争财，还真把自己当人物了，也敢来插手我的事？！"

而此刻，骆辞是真的有点喘不上气了。

这是他第一次同谢却山打交道，先前他只从别人口中听说过这个人间修罗的铁血手腕，但他跟在章月回身边久了，事事都很如意，他大意了，并没有太把谢却山当回事。直到现在，他才意识到，这几句他以为稳操胜券的试探能唬住那些道行浅的，在谢却山这里一点都没有用。

骆辞甚至看不到他为了这个女人露出什么慌乱或是痛楚之色，他愤怒的似乎只是归来堂插手了他的事。就算像东家猜的那样，他和这个女人有什么私情，但是这一刻，他一定是毫不犹豫地就舍弃了她。

这个人……绝不允许自己站在被动的位置上。

南衣也听到了那个熟悉的声音，哪怕已经痛到意识混沌，她依然抬眼朝那个方向探索，便看到了他的脸。

像有感应似的，他亦看到了她。他们的目光在瞬间的寂静中交会。

久别却不愿重逢的这场对视，南衣心里酸透了，可她没有露出半点哀求的神色。她脸上只有麻木。

她在他脸上看到了隔岸观火的姿态。

正如她所料，他并不会在意她的生死。当她清楚她求不到他的怜悯时，她就会乖乖把力气收起来，放在更有用的事情上，比如克服疼痛。

她又闭上了眼。

她的失望是一把把无形的匕首，又一次将他捅穿。但他迅速敛了神，目光落回骆辞身上："去告诉你们那自作聪明的东家，惊春之变他死了全家，他想报复我，有本事就直接来杀我。"

谢却山松了手，放开骆辞。骆辞刚喘过气来，却感觉肩胛上一阵剧痛。

竟是谢却山随手抄了一把挂在墙上的钳子，快准狠地钉入他的锁骨，将他直接钉在墙上。

饶是骆辞再训练有素，此刻都没忍住惨呼一声。

昏暗的光影雕刻出谢却山冷峻的轮廓："至于这个女人，我早就想杀了——你们谁有这个胆子，就来替我动手。"

南衣分明听清了他的话，一字一句直冲耳膜。

她身上很疼，但脸上竟浮起一丝凄凉的笑意。

那两次，她就该在虎跪山中被他杀死，多活的这些时日像从老天爷手里平白偷来的，所以老天爷要给她一个巨大的惩罚。

谢却山硬着心没有望向她，拂袖转身。

他手无寸铁，可外头的守卫也只敢持剑对着他，没人敢动手拦他，就这么生生让出一条路来，让他扬长而去。

见人走出了门，有守卫想上去解救骆辞，但谢却山的脚步猛地停下来。

他回头，语气里含着不怒自威的压迫感："让你们东家亲自来救自己的好狗，谁敢帮一下，我杀了他。"

墙上摇曳的火光把谢却山的背影拉得细长。袖袍之下，他的拳头却已经握紧到指节发白。

他又何尝不是在用狂怒来掩饰自己的无能呢？

但他非常清楚，他对她展露出一丝一毫的关心，都会成为他们伤害她的武器。在当下被动的局势里，他只能这么做。

该做的防备，他早就做好了。他要南衣恨他、畏惧他，就是怕这一日的到来。在她心里，他是一个板上钉钉的恶人，归来堂不可能从她口中问出关于他的蛛丝马迹。

但她是因他而受罪的，他做不到袖手旁观。他得保证自己在赌桌上，才能把她赢回来。

他手里虽然毫无筹码，却虚张声势，伪装成抓了一手好牌的样子，希望对手能望而却步，丢盔弃甲。

他得救她，但他必须沉住气。

第七十三章 意中人

骆辞被钉在墙上，半只手臂已经浸满血，但就碍于谢却山那句话，没有人拿得定主意该怎么做。

连骆辞自己都不许别人帮他，只派人迅速去大觉寺请东家回来。

当然，人都走了，没有眼睛看着，谢却山不可能知道到底是谁把自己救下来

285

的，但他的目的是让东家明明白白地看到谢却山的愤怒，所以他必须老老实实地被钉在墙上，流着血等着东家来决策。

东家当时交代，若秦氏嘴里什么都问不出来，那就去把谢却山请过来，让他亲眼看到她在这里受刑。

待他走后，再去告诉完颜大人，归来堂抓了一个秉烛司党人，地位不低，秉烛司欲营救此人，请大人派兵设伏，将歹人一网打尽。

章月回笃定谢却山会救这个女人，于是为他设下一个堪称完美的陷阱。

但现在骆辞觉得，谢却山和她之间似乎并不是他们认定的那种关系。当下的局势已经超出他能控制的范围……

被人抓住了软肋，谢却山竟一点都不心虚，也不遮掩自己的愤怒——无非就是两种可能，要么就是这把柄根本挠不到他的痛点……要么就是他根本没把拿捏他的人放在眼里。

难道是东家的判断出错了？这个女人根本不是什么重要的人？

骆辞艰难地侧头，透过小窗看向刑讯室里的女人。

他很少见到这样的女人，说她嘴巴硬吧，也不全是，她痛急了的时候也会没有尊严地求饶，会大哭，会说一些胡话。但说她心志不坚吧，她也没乱说过一句有用的信息，甚至每天那两个干巴巴的馒头，她都会伏在地上没有尊严地一口一口地吃完。

她似乎永远都有一股韧劲，不肯放弃自己的身体，她要吃进去东西，才能维持一点力气。

骆辞觉得这是一个奇怪的人。人在极痛的时候，分明是察觉不到饿的，也根本咽不下东西，就算吃进去了，也会在刑讯的时候吐出来。

他不知道她在坚持什么。

这样一个女人，真的是通往那个秘密的桥梁吗？

★

行刑手把南衣从老虎凳上架下来，扔回牢里。她一动不动，双腿已经失去知觉，身上到处都是火辣辣的痛，稍微动一下都有钻心的痛。

南衣有种幻觉，时间也是不公平的，是因人而异的。

安静下来的时候，痛觉把所有感官都放大了，她偶尔能听到厚重的墙缝之间透进来隐约的丝竹声。她觉得那些人的时间应该过得很快，觥筹交错之间，几个时辰眼睛一眨就过去了。

上面有暖暖的炭火烤着屋子，有美味的佳肴，有女人丝缎一般温柔的手。锦绣的衣服堆在她们身上，维持着体面与尊严。

时间在她身上却变得无比漫长，没有白昼与黑夜，只有混沌的漫长。

那些人一直在拷问她："你是谁，你跟谢却山是什么关系？"

她不是嘴硬，她是真的回答不出来。她不知道他们到底误会了什么。她甚至还听到，他们打算用她做局，引谢却山来救。

南衣觉得很好笑，他们明明看到了啊，谢却山看到她没死，巴不得过来补一刀呢。她只能寄渺小的希望于禹城军，应淮察觉到她消失好几天了，可能会将消息递给宋牧川。宋牧川会想办法来救她的吧？

她还想再等等，不能就这么垮下。

……可是，太疼了。

她希望自己快点昏迷，这样就感受不到疼痛了。可意识偏偏顽强地缠绕着她，时而清晰，时而模糊。

不知过了多久，她似乎听到有脚步声靠近，然后顿了顿，又离开了。

*

章月回只是远远地看了一眼牢里的女人，并没有靠近。

收到来信，他就匆匆从大觉寺回来了。这两个人的反应都比他想象中要强硬得多。

所有人都不曾在任何蛛丝马迹中发现他们二人之间的端倪，但只有章月回猜出来了。

因为在大家都雾里看花的时候，只有他确定谢却山是个卧底，这才是这个局无法撼动的底层逻辑。

既然是卧底，谢却山就不可能真的和秉烛司的人厮杀，也不可能出卖禹城军，他受了那样重的伤，只可能是他自愿的。那么有什么是他折了半条命都想掩护的？

那个本该待在谢家，后来却神秘消失，又去跟禹城军报信的女人。

他们之间必然存在着某种合作的关系——甚至远超合作。那个女人，既然能让谢却山以命相搏，重要性不言而喻。

只是，在当事人承认之前，这终归只是他的推测而已。既然是推测，就有可能出错。

她可能只是谢却山用完即弃的一颗棋子，他的伤可能另有隐情。

他要继续赌下去吗？

如果坚持要布这个陷阱，就是把完颜骏也拖到局中来，事情若照着他设想的方向发展，那他赚得盆满钵满，若谢却山没有来，他将同时得罪谢却山和完颜骏。

加上先前上元夜画舫的事，他狠狠地坑了鹘沙一笔，鹘沙对他不可能没有怨气。此计一旦失败，他将得罪岐人高层的三个大人物。

最可怕的是谢却山，归来堂已经向他亮出爪牙，而他要反扑不过是动动手指的事。章月回能量再大，说到底只是一个商人，不可能与整个岐人军队为敌。届时最好的情况，是灰溜溜地离开……最坏的情况，他连命都保不住，整个归来堂产业被岐人吞掉。

这也正是骆辞无法决断，一定要将章月回请回来的原因。

若是寻常人，走到这一步，就该被谢却山的气势压得透不过气来，乖乖把人送到他面前，任由他处置，当成什么事都没发生，但章月回偏偏是个天生的赌徒。

章月回皱眉稍一用力，便将插在骆辞肩上的铁钳拔了出来。血溅了他一脸，这张风雅的脸此刻显出了不同寻常的疯狂。

骆辞闷哼一声，也顾不上自己的伤口，当即便跪下来请罪："属下办事不力，请东家责罚。"

章月回揩了揩脸上的血迹，根本擦不干净，反而糊了一脸血色。他此刻倒是笑了起来——示威吗？

好得很。

终于到了亮刀子的这一刻。那副皮囊下到底藏的是什么心，那颗心又能舍弃多少东西，赌得越大，他便将得失彻底抛之脑后，越觉得刺激。

"去将完颜大人请来。"

"东家——"骆辞惊讶地仰头，"这太冒险了，来日方长，会有更好的时机。"

"来日方长？"章月回仿佛听到了一个天大的笑话，竟大笑起来，眼底却幽深得如一潭死水，"这世上多的是来不及的事。"

谢却山说得一点都没错，惊春之变害死了他的家人，他耿耿于怀。谢却山虽不是罪魁祸首，但事情或多或少因他而起，他应该为此负出代价。

章月回就是个疯子，筹谋了这么多年，并非为了手上那些数不完的财富，而是为了终有一天将所有筹码都推上桌。

要么他独自一人毁灭……要么，大家一起毁灭。

总归是酣畅淋漓过了，这人间本就没什么值得贪恋的。

骆辞还想说什么，但他终归只是一个小卒，东家已经做了决定，便是落子无悔了。

骆辞离开后，周遭倏忽都安静了下来。

章月回走出那间孤室，静静地站在错综复杂的过道里，满室的血腥味都开始蠢蠢欲动，仿佛黑云欲摧城。

他能感知到自己的心脏在狂跳，他的血液都在沸腾——这是一个押上所有的赌徒在等待开局的那一刻。

此刻的他是空心的，掏出了所有的血肉，连一阵不知道哪里来的风都能贯穿他空荡荡的身体。

他觉得自己像一只风筝，不顾一切地要往天上的白玉京飞去，哪怕那海市蜃楼背后是地狱的入口，他也要去闯一闯。

然后他鬼使神差地望了一眼不远处的牢中——一个女人寂静地伏在地上，像没了生机，后背偶尔轻微地起伏，昭示着她还有进出的气。

这一幕突然让他热血沸腾的心落回原处，莫名地，竟有了一种尚在人间的实感。

他差点都忘了，赌注也只是一具血肉之躯。这种脆弱又把他拉回七情六欲之中。

他一直都对这个人有些好奇，到底是个什么样的人能让谢却山自乱阵脚？他甚至莫名地生出一分闲心想，她叫什么？

虽然女子的名从来都是无关紧要的。因为在那个名之上，有着她们的父族，有着她们的夫家，几座大山挡住了她们原本的模样。饶是他这样一个情报商人，都没想过去打听她的名字。他也只唤她"秦氏"，或是"谢家的孀妇"，更多的时候，就直接唤"那个女人"。

他走近几步，想看清她的模样。见那个女子浑身血污，像只小兽一样蜷缩着，乌黑的头发黏着血污，挡住了面庞，他竟心生怜悯。

他并非善茬，可也很少对女子下狠手。

见到可怜的女人，他总是会想到南衣，想到他的妹妹，心便软了三分。

但此刻，这份怜悯迅速被他扼杀了——他的对手可是谢却山。他不疯魔，怎么能有结果？

章月回退了一步，仿佛那里躺着的并不是一个失去力量的女人，而是罗刹的匣子，一旦打开就覆水难收。

第七十四章 曾记否

谢却山回到望雪坞中，衣袍上沾着血，周身笼着寒意，像个活阎王。迎面而来的女使们都吓了一跳，个个伏到地上，大气都不敢出。

他也不想说话，懒得解释，径直往自己的房间走去。

"谢却山！"

然后他被一个利落的女声喝住了。

谢却山麻木地停下脚步，回头望去，唤了一声："二姐。"

甘棠夫人走上前，皱着眉头道："衣冠不洁，像什么样子？"

说着，她便掏出帕子，抬手帮他擦手上的血污。

谢却山十分温顺，任由二姐摆弄。

"出什么事了？"甘棠夫人小声问了一句，但很快又自言自语地接道，"罢了，你的事，也不方便让我知晓。"

"二姐。"

谢却山的声音似乎是带了几分哀求，甘棠夫人疑心自己听错了，抬眼望向他的脸。

他脸上还是那副没表情的死人模样。

但甘棠夫人能感觉到，自己的弟弟遇到了一件很大的事，他这个模样，就已经是在不自觉地展露从不示人的脆弱了。

他们到底是血脉相连的家人。

"你说。"她的声音柔和几分。

"能不能帮我去找几位城里治外伤最好的大夫？"顿了顿，谢却山继续道，"不要被人知晓。"

"谁受伤了？"甘棠夫人心里一惊，只觉得不妙。

谢却山没回答，就这么站着。

"知道了，会帮你去办的。"

得了应允，谢却山才离开。做这手准备有用没有，其实他也没有底。

他一路麻木地回到自己的房间，在案前生生坐到黄昏。

若是归来堂退让了，今天之内一定会把人送回来，但是没有一丁点消息传来。谢却山的心跟着落日一起沉到了黑夜里。

他意识到，对面是一个比他还疯、还要敏锐的赌徒，不肯退一步，甚至押了更大的筹码上桌。他没有想到章月回对他的恨意这么深。

光脚的不怕穿鞋的，这个世道最不缺的就是一无所有的疯子。

那他呢？他是局中人，亦是能决定赌局走向的人，是赢是输，全凭他的决定。

可他未必能做出正确的决定。

这时，一股若有若无的焦味随风送了过来，谢却山回神。他疑惑地推开窗，却见前头的小院里升起浓烟——那是南衣曾经住过的院子。

谢却山一惊，以为是起火了，想也不想，直接从屋顶掠了过去。

竟是女使们在院中烧东西。

谢却山从屋檐落下，厉声呵斥道："你们在做什么？"

女使们连忙后退行礼，为首的那人道："家主，前些日子少夫人突生恶疾，移去了庄子，陆姨娘说，怕房中的东西也染了疫，叫奴婢们将衣服都拿出来烧了。"

他扫了一眼，火盆里烧着几件半新不旧的衣服，说话的工夫，火舌就将衣服吞没了。

谢却山烦躁得很："人又没死，烧什么！"

女使们被呵斥得不敢出声，一个个都怯怯地低着头，不知道家主忽然发的哪门子脾气。

"都下去。"

女使们转眼就撤了个干干净净，院中只剩谢却山一人。

他望着火盆发怔，心想她若知道自己的衣服被烧，该心疼死了。

谢却山别开眼，她的房门大开着，他鬼使神差地就往里面走。房间被人翻了一遍，乱糟糟的，只有微末之处还留有主人生活过的痕迹。

桌角的胭脂盒也没来得及盖上盖，木梳缝里藏着几缕长发，一切都寻常得很，仿佛主人今晚就会回来。

谢却山绕到屏风后，书桌上乱糟糟的，文房四宝没规矩地乱放着。毛笔还蘸着墨，冻得硬挺，笔搁旁放了两方砚，一方是寻常砚台，另一方却精致得有些格格不入。

谢却山想起来了，这是春宴那天宋牧川送她的砚台，他拿起来一看，却见上面刻着一行娟秀的字："愿长嫂平安喜乐、长命百岁。"谢却山愣了愣，才意识到这不可能是谢小六的手笔，应该是秋姐儿送给她的，想来是感谢她救了三叔。

但为什么会从宋牧川那里递给南衣？

有一些久远的没留意过的事悄悄在他脑海里连成了线。他之前好奇宋牧川和南衣的渊源，就派人去查过，得知宋牧川在进入秉烛司的前一天跳过河，正好被南衣所救。

也许就是那一天南衣出门的时候身上带了这方砚，然后落在了宋牧川那里。后来那次她去虎跪山是为了跟踪二姐，身上不可能带着砚。

她寻常出个门，为什么要带着这东西？而且那天，她还捡了陆姨娘的东西。

有个答案呼之欲出——为了筹到现钱。

原来在那个时候，她就铁了心想走了，却被他的话留了下来。因为他承诺她会放她离开，让她安稳地度过余生。

他也知道她未必有多相信他，但她是个没有去处的人，她只能相信他。

他却没给她带来过什么好事。

谢却山翻开桌上堆着的宣纸，歪歪扭扭都是她练的字。他都能想象到她练字时坐得七倒八歪的模样，耷拉着嘴，墨水沾到脸上，不情不愿，但还是很刻苦。

底下压着书册，他随手翻开，却发现里头夹了几张叠好的宣纸。

展开来，他的目光一震。上面竟是他的名字——谢朝恩。

她在悄悄地练他原来的名字，写得比其他字都要端正，小心翼翼地藏在书里。

他忽然想起来，她曾开玩笑说，要学写他的名字诅咒他。

那些记忆又变得生动起来，他能清晰地想起那日的夕阳打在她的脸上，照得她皮肤上的绒毛都熠熠生辉。

她的眼里盛着金灿灿的阳光，即便在回忆里，都能灼烧他的眼。

一想到她正在吃苦，他的心就被揪了起来，那正在愈合的伤口又开始痛，比她亲手把刀扎在他身上还要疼。

如她所愿，他被诅咒到了。

承认了吧，他就是爱着她。

他爱她的坚韧，爱她的柔软，爱她未被规训过的原始，爱她所刺痛到他的一切。爱就是不讲道理，来势汹汹。

他是这个世上最不适合享有爱的人，偏偏爱上了一个人。他还一直以为，这一点微不足道的爱都在他的控制之内。他太自大了。

他的脚步穿过望雪坞的亭台楼阁，末了竟站到了后山佛堂前。

他面前是紧闭的朱门，密不透风的守卫。

谢却山久久地站着，脚下犹如灌了铅，再也挪不开。

他很想问问他的君父，他该怎么做。

他是一把为帝王准备的刀，经过千锤百炼，要在最有价值的那一刻出鞘，绝非现在。但从庞遇死的那一刻开始，他的身体里就出现了一道裂缝。直至此刻，那条裂缝犹如咆哮的深渊，几乎要将他吞没。

为什么他要保护的人一个都护不住？他立下"为天地立心，为生民立命"的誓言，到底都立了什么？

救一人还是救天下，从来都不是一个孤立、矛盾的问题，它的答案随着情境时时刻刻在变化。

他知道为了那艘王朝的大船已经牺牲了很多人，从一个俯视者的角度来看，再多一个不算多，但人的局限在于他只能和芸芸众生一起沉浮，偶尔高于众人，却不能永远正确，永远睿智。

有些愚蠢亦是生而为人的可贵之处。

肉体凡胎，爱恨情仇，此消彼长，而这才是生命的星星之火。也许他的决定是错的，但他并不后悔。

他总是想尽办法在力所能及的范围内救下他能救的人。倘若此刻他任由她死去，他从一开始就无法成为那个救天下的人。

而章月回拿捏的正是谢却山的本性。这是一场注定就要输的赌局。

天幕渐渐深沉，吹过来的春风又变得冷冽起来。黑夜降临了。

谢却山缓缓地在朱门前跪下，郑重地磕了三个头。

他是个罪人，此刻他要舍弃他的君王。但请君王原谅他，他终究只是个凡人而已。

从幽都府城破那一日开始，他便不属于自己。但这个夜晚，就让他自私、卑劣一回，让他再做一次恣意的谢朝恩。

*

花朝阁里，那个为谢却山精心设计的天罗地网已经布下。

好戏即将开锣，完颜骏已经在雅间中等待。既然是章月回亲自请他设伏，想来兹事体大，他得来一趟。自然，他也很好奇今天会来哪个秉烛司的大人物，好叫他瞧瞧都是些什么人在沥都府作祟。

地牢里，章月回刚检查完机关准备上去，目光忽然瞥见外头案上的翠色一角，被一方洁白的手帕包裹着，还有女子的荷包、香囊、几张银票，无序地堆在角落。

守卫注意到他的目光，解释道："东家，这些是从秦氏身上搜出来的东西。"

终于，章月回有了某种奇怪的感知。他的目光没有办法从那抹翠色上挪开，因为那玉上隐约有一道裂痕。

他掀开那方手帕，里头是几截碎了的玉镯。

那道他亲手选择的裂痕，他自以为是划开的距离，从一开始就注定了他们之间的错过。

章月回浑身如遭雷击，怔在原地。

他是越飞越高的风筝，但始终有一根隐隐的线拽着他，不想让他离开人间。那根线牵动他的皮肉，勒得他遍体鳞伤，终于在此刻让他狠狠地坠地。

第七十五章 修罗场

章月回像失了魂似的，颤抖着手，一点一点将那玉镯拼回去。

碎掉的玉依稀可以拼出过去的圆。

浑身的血液涌向大脑,他抓着案角的手用力到几乎要将木板生生折断。

"东家……东家?"守卫奇怪地唤他。

"滚出去!"

一旁的守卫吓了一跳,方才东家脸上还是和风细雨,忽然之间就露出了从未有过的怪异神情。

他的从容被剥夺了,没有人见过他这个样子。众人狐疑地对了个眼色,不敢猜测,纷纷识趣地退了下去。

碎了的玉镯却依然被她好好地收藏着,随身带着……她也曾等着与他相遇吗?这么多年过去了,她明明应该卖了玉镯,忘了他这个薄情寡义之人的。

过道短短十几米的路,章月回走了仿佛有半辈子那么漫长。他站在牢门口,看着蜷缩成一团躺在地上昏迷的南衣,脑子一片空白。

经年重逢,竟是这样的场景。他在梦里见了无数遍的那张少女鲜活的脸庞此刻失去了生机。

他在干什么?

他怎么能对她做出这么荒唐的事情?

命运跟他开了好大一个玩笑,偏偏在覆水难收的时候,他许的愿以这样荒诞的方式实现了。

他跪在她身边,伸出手,却不知道该怎么去触碰她。

他从来都是个不回头的人,这一刻他却前所未有地感到后悔。他真的什么都不想要了,他愿意放下仇恨,回到几年前的那个南方小城,他不走了,不会将她推开,他要在那里扎根。他要告诉她,他有很多很多的钱,可以带她过好日子,她不用再漂泊了,不用偷东西,也不用害怕这狗屁的乱世。

他愿意悔过,换时光倒流,哪怕只是倒流七天,他愿意用一切去换。

但是时间就是这么公平的东西,不对任何人网开一面。

他终于意识到,赌桌之上最大的庄家是命运,他想要胜天半子,将所有人都当成筹码,而命运亦玩弄他。

分明是他的错,可为什么要惩罚她?

他想去扶她的肩,她被碰到的一瞬间却是浑身一抖。人还是昏迷的,但五官皱在了一起,神情十分不安,口中低低地呢喃:"不要打我……"

一行泪从章月回眼中垂落。他的手无措地滞留在半空,进退两难。

半昏半醒之间,南衣感觉到有人碰了她。她以为是无休无止的刑讯又要开始了,身体疲惫极了,连眼睛都睁不开,但意识先一步感受到了恐惧。

他们分明看到了,谢却山根本不稀罕她,为什么还要问?但她已经被打怕了，她很想说出点什么能让他们满意的话。畏惧疼痛的本能挤压着她，让她搜肠刮肚地去思考她和谢却山之间的关系。

她不过就是谢却山捡回来的一条狗，他高兴的时候顺顺她的毛，不高兴的时候用完则弃。察觉到她的野心和不忠，他便会毫不犹豫地杀了她。

她哪里配和他牵扯上什么关系……但是当人被剥去所有的伪装，全凭本能思考的时候，她又隐约觉得，可能还有一个答案，只是那个答案连她自己都在极力地否认和回避，藏在她心里很深很深的地方。

而现在，她已经被逼着站到了答案的这扇门前。

打开它……有个声音在催促她。那是人趋利避害生存的本能。是不是只要说出一个让他们满意的答案，她就可以不挨打了？

她猛地拉开了那扇门，背后场景却令她自己都惊讶。

她以为所见应是怒海惊涛，张着血盆大口的怪物扑面而来，可一瞬间只看见一泓清澈的池塘，春日融融，平静得仿佛世外桃源。

她终于想起来了。

见多了谢却山冰冷的眼神，却也偶尔沉溺于他温暖的掌心。她并非因为他要杀她就全心全意地恨着他，而是因为她对他是有所期待的，她以为他会是个好人，最终他却让她那么失望。

她总是觉得，他和她虽有天壤之别，却在某些方面是那么像的两个人。他对她没有那么好，却给了她遮风避雨的地方，让她活得像个人。而在这个吃人的世道，她刚站稳脚跟，就迫不及待地想要回馈他，想要给他一些东西……潜意识里，她甚至比他自己还希望他能得到一些别人的爱。

章月回察觉到她在呓语，倾过身去听。

"我只是一个小贼……却想要拯救他……"

章月回愣住了，这不就是他来之前最想听到的剖白吗？证明她和谢却山之间是有勾连的证词。但是此刻，又酸又悔的情绪涌上来，在他不在的这些岁月里，到底都发生了什么？

她跟谢却山……

他现在无比希望，他们之间不是他想象中的那种关系，他希望谢却山不要来，他可以把整个归来堂都赔进去。

他紧紧地握住了南衣冰凉的手。

南衣下意识就抓住了那只手。她像跋涉在连绵雪山里的一个旅人，人生总是在抵抗严寒，一点点的温暖对她来说都是弥足珍贵的。

她蒙蒙眬眬地睁开了眼，看到男子近在咫尺的脸庞——记忆里都有些模糊的样貌，此刻又变得无比清晰。可她只是愣了愣，脸上露出了一丝苦笑。

"怎么在我梦里，你也来得这样晚……"

她没想到这个时候还能没出息地梦到章月回。可这有什么用呢？还是别看了，徒生一些无用的念想。

她又沉沉地闭上了眼……她只想关闭五感，在一个个游荡的梦里沉沉睡去，这样就能忘了疼痛和烦恼。

章月回心里酸楚极了。他总是一个迟到的人。

这时，有个守卫打扮的人疾步跑进地牢汇报，身上有些烧焦的痕迹："东家，上头花朝阁着火了。"

章月回心里一沉——他心里百般希望谢却山是个薄情寡义的人，可谢却山还是来了。

他准备抱起南衣离开，那守卫却上前一步："东家，让小人来吧。"

那守卫声音很沉，脸上沾着污垢，人又站在黑暗里，不细看甚至都没什么存在感。

章月回背对着他沉默了很久，才起身，让了一步，只道："好。"

守卫谨慎地低着头上前，背起地上的南衣。他的动作有些过分小心了，生怕碰到南衣的伤处。

章月回扭头，朝着与地牢入口方向相反的地方走去，只扔下一句似乎咬牙切齿的话："入口危险，走这边。"

他领着路，一行人一路七拐八绕，在地牢里越走越深。

守卫的脚步如常，手却已经悄悄地按到了剑柄上。

这正是伪装后的谢却山。

谢却山只有一人一剑，所以来的时候选择了最快的一种方式，放火烧花朝阁，引得伏兵大乱。饶是如此，地牢在花朝阁最深处，一路都是埋伏，他孤军奋战，打进来依然十分艰难。

就在谢却山觉得力不从心的时候，事情又出现了一丝转机。他发现有个守卫急匆匆地往地牢去，据说章月回还在里面，于是他在阁中巧妙地脱身，跟着那人进了地牢。

谢却山已经猜到今晚的布局，伏兵大部分都设在外面，而最后一间地牢里应该布满了杀人的机关，可看那个守卫紧张、急促的神色，章月回在地牢里可能是个意外。他没想明白，章月回要干什么。

但不管里面有什么诈，刀山火海他都要闯进去。

他杀了那个去报信的守卫，换上了守卫的衣服，以这种冒险的方式进来救南衣。直到她真真切切地伏在他身上，这一瞬间，不管往后是生是死，他的心都落了下来。

若是章月回有异,他随时准备动手。

章月回领着他们进入了一间不起眼的牢房,伸手要去推墙上的一块砖。

"别动。"

谢却山将剑尖抵在章月回的后背,不安还是让他决定出手,掌握主动权。

但章月回没理睬,还是推动了那块砖。登时,便有机关转动的声音传来。

章月回迎着剑刃转过了身,眸底幽深,语气里暗含讥讽:"我还以为你能装到什么时候呢。"

谢却山面色一狠,直接将剑尖往章月回的胸膛里送了一寸:"你现在也没什么胜算。"

血从章月回的衣襟处涌出来,伤口不致死,但威胁的意味极大。

章月回不躲不闪,只是盯着谢却山,丝毫不让:"你想救她出去,还是在这里同归于尽?"

这时,机关已经转动完毕,牢房的墙分开,露出背后一个黑洞洞的地道。

谢却山皱眉,他没想到章月回会给他这样两个选项。他对当下的情形确实不解——章月回既然认出了他,为什么要把他带到这没人的地方?

就算这里有什么致命的机关,他也可以立刻杀了章月回。

这一局,他未必会活着出去,可章月回也赢不了。

这里头古怪得很。

"你到底想做什么?"

章月回哂笑一声,还能做什么?

当然是他自己做的陷阱把他自己也绕了进去,现在他进退维谷。

完颜骏还在外头等着秉烛司党人落网,他如果要转动机关抓谢却山,就势必要把南衣也交出去。

他绝不可能这么做。

尽管心里极度不舍,章月回还是迅速做出了选择。

当下在他心里最重要的还是南衣的安全,至少谢却山不会伤害南衣,哪怕暂时跟敌人握手言和,也未尝不可。

他坑了别人太多回,这回轮到他自己坑自己了。他兜了这么大一个圈子,却要把找回来的心上人拱手还给别人。

尽管想得明白,但看到谢却山背着南衣,他依然无法克制地生出了一丝怨气和嫉妒——要不是谢却山这个龟孙子,他怎么可能对南衣做出这样的事!

可他分明是知道的,这些根本怪不得谢却山,作死的是他,受惩罚的也该是他。

他的心又像坠入了一片无尽的深海,神色瞬间黯淡了,他没头没尾地道了一句:"我后悔了。"

第七十六章 大梦醒

谢却山有些品不出这话的意思,但他发现章月回并没有看他,目光落在南衣身上。

警钟一下子就敲响了,他道:"你对她做了什么?"

外头,隐隐传来杂乱的脚步声。

章月回眉头一皱,不耐烦道:"想死吗?还不趁我后悔之前快滚。"

要不是情况紧急,谢却山真想杀了这人……什么东西也敢对他吆五喝六。

但他清楚,当下为了南衣的安全,除了相信章月回,他没有更好的选择。后头就算有坑,他也得把这一关先过去。

谢却山只能忍着这口气,将手里的剑丢给章月回,转身朝着地道深处去。

章月回接过谢却山的剑,顿时明白了谢却山的意思。他望着那扇门缓缓关闭,现在他得好好想想怎么给自己清理残局了。

章月回走出去,听到仓促凌乱的脚步声已经入了地道,应该是岐人的伏兵追了进来,他扭动墙上的烛台,地牢的机关便触发了。

这能稍稍将他们拖住一会儿。

他走到方才死去的那个守卫尸体旁,将谢却山的剑丢到一旁的地上,又把守卫身上的血涂到自己的衣服上,想了想,皱着眉头在守卫尸体边躺下。

真是自作孽不可活啊。章月回闭上眼睛,沉沉地叹了口气。

★

地道果然通向一个不起眼的出口。谢却山觉得顺利得有些不可思议,仍不敢相信章月回真的一点手脚都没做。

他回头望去,花朝阁仍是浓烟滚滚,离此处已经有些距离了。

他一刻不敢停留,马不停蹄地把南衣带回了庄子里。

先前谢小六和宋牧川为了帮南衣脱身,声称谢家长媳得了恶疾,挪到了外头的庄子。阴错阳差,南衣还真的来到了这里。

这里是如今最不惹人起疑的地方。

宅子里的人本就不多，只有几个管家的女使，有些年纪了。虽不是谢却山的人，不过是谢小六安排过来的，胜在老实、忠心，不敢乱说话。

甘棠夫人准备的大夫也被贺平带过来了，早早地就候在堂中。见谢却山抱着人进门，两个大夫就立刻上前为南衣诊治。

清创的血水一盆盆地端出来，整个房中都弥漫着浓厚的血腥味和药味。南衣意识微弱，始终没醒，大夫下了猛药，好歹是没有性命之虞了。

隔着一帘纱帐，烛火烧了一宿，谢却山在外室候着，生生将黑夜坐穿成黎明。

"家主……"

一丝天光从窗外透进来，依稀传入几阵鸟啼，这时一个老仆从纱帐后走出来，为难地上前。

"怎么了？"这是一夜以来谢却山第一次开口，喉间干涩，声音哑了几分。

"夫人怎么都不肯上药……"

谢却山进入帘帐中，就见南衣紧紧地抓着被褥，不肯松手。人裹着被子，自然是不能上药。

老仆愧疚地解释道："许是老奴手重，一碰到夫人的伤口，她便抓紧了被子要躲……"

上药的时候才是最疼的，药膏抹到伤口上，就如万蚁噬心，火辣辣的疼从皮肤钻到骨头里。即便昏迷着，她依然畏惧疼痛。

沉默了会儿，谢却山道："不怪你们，出去吧。"

老仆们惊讶地看了一眼谢却山……难道要……他和她可是……

但少夫人受的这一身伤已经够可疑了，还是被家主带回来的。今晚古怪的事情实在太多了，两个老仆都是稳重的人，不敢多说什么，低着头退了出去。

谢却山仔细地净了净手，在她的床边坐下。

老仆们生怕伤了她，不敢用力，便不知道该怎么办了。但谢却山向来信奉断臂求生，她必须上药，否则伤口就会发炎，那又会是一个难过的鬼门关。

她再倔，力气也不可能大得过他。

他把她的手指一根一根掰开，将被子扯开，放到一旁，又将她扶起来，让她靠在自己的肩头。

他的双手从她臂下穿过，环抱着她，如此箍住她的身子不许她乱动。

饶是有过心理准备，但见到她背上那纵横的鞭伤，谢却山眼睛还是有点酸。少女的身体就这么不着寸缕地靠着他，此刻他心里却涌起一种奇怪的相依为命的痛感，仿佛这些伤口……都与他密切相关，此刻怒意又爬了上来——等安顿好

299

她，再去找章月回那个王八蛋算账。

他用手指挖了一点药膏，在掌心搓热揉开，随后将整个手掌覆在她的伤口上，缓缓地，极其小心地涂抹着。

但药膏一碰到伤口，南衣就剧烈地挣扎起来。

她一直处于一种混沌的状态，眼皮又很沉，怎么都睁不开。她偶尔意识是清醒的，能听到外面的声音，偶尔又开始漫无边际地做梦，灵魂游荡在不同的场景里。

她恍惚间能感知到有人喂她喝药，又苦又烫的药滑过喉间，但她知道这是能救命的，她非常配合。可有人开始摆弄她的身体，一些刺骨的痛又出现在意识的各个角落，她觉得害怕极了。

她紧紧抓着手里的东西，本能地寻找一点依靠感，她听到有人在喊家主，又听到了谢却山的声音……怎么会？她以为这是个梦，可有些触觉又是真实的。

她能感知到他霸道的力气，他抢走了她手里的东西。慢慢地，她有些清醒了，各种感官逐渐归位，她发现这不是梦，是真的……他温热的掌心游走在她后背上，带来的却是一寸寸的痛感。

她不自觉地呜咽着，手胡乱地在他后背上抓，想要挣脱。但他就像一座山一样八风不动地挡在她面前。

逃不开……她要崩溃了。她赤手空拳，离了人锻造出来的工具，她没有办法，像一只落在猎人网里的野兽，可她太痛了，只能原始而直接地一口咬住他的肩膀……她要拉他一起痛，她要拉他一起下地狱。

她咬得很重，谢却山的五官一下子便皱紧了，但依然保持着手上动作的柔和。他忍着肩上的痛，呼吸不自觉地变重了。

渐渐地，她没了力气，松开口，脑袋垂在他肩头，眼泪无声地往下掉，很快他的衣衫就濡湿一片。

终于涂完药了，谢却山松了口气，垂眸望向她的脸，却见她不知什么时候已经醒了。

"你不是要杀了我吗……"她低低而绝望地呢喃着，眼眶红得惊人。

直至这一刻，才是真正的重逢。

她现在有限的力气只能思考一些简单的事情，这样的情况对她来说还是太复杂了。她一点都不明白，谢却山到底想干什么。

杀她的是他，抛下她的是他，现在救了她给她上药的还是他。

她觉得自己就像一片被吹过来吹过去却始终落不了地的叶子。

生死也不重要了，她就想要个痛快。偏偏谢却山最会的就是钝刀子割肉。

她很累很累，连恨都恨不动了，如果她注定无法逃离谢却山，那她就想剖开他的心看看他到底想怎么样。

困惑是能与恨意比肩同样让人坐立难安的情绪。

南衣直勾勾地盯着他，可他不说话。

谢却山失了言，他不知道要从哪里开始说起。他也知道当下的场景令人费解，他本做好了决定要放走她，可兜兜转转她又回到了他身边。

他或许是个巧言令色的人，却并不是一个擅长直面自己内心的人，他习惯了戴着面具，把真心藏在假面之下。她想要个答案，他给不出来。

当下可不是什么谈情说爱的时机。就算他是舍弃一切去救她，也并非图她的原谅和感动。他只是在履行自己的承诺，护她平安，教她谋生，然后送她离开。

他从没想过什么长相厮守。更何况，两情相悦也得另一方愿意才行。

他只当那过江之舟，渡她一程。这就是他能给出来的最大的爱。

除此之外，还能有什么呢？

谢却山沉默地拉过被子，将她裹住，放到床上。

他该起身走人，可是又莫名地牢牢坐在原地，觉得要说些什么。他想了想，她既然醒了，就问问她好了。

他怕章月回放走他和南衣是放虎归山，是放长线钓大鱼，背后还有更大的陷阱。

"你跟章月回都说过什么？"他出声问道。

南衣骤然瞪大了眼睛，连呼吸都变得急促起来："章月回？"

谢却山没想到她会有这么大的反应，眸底一沉。他以为他们一定是见到了，然后发生了一些出乎意料的事，章月回才改变主意决定放了她。

但现在看来，她并不知道章月回的存在。那章月回后悔的是什么？他想起章月回看南衣的眼神……他变得迟疑起来。

谢却山迟迟不说话，让南衣意识到了什么……她见到章月回，那不是一个梦。

"东家，上头花朝阁着火了……"这句当时她听得朦朦胧胧的话，一下子也变得清晰起来。

不可能……这怎么可能？！

南衣想开口说话，胸膛却有气血剧烈地翻涌上来，她猛地咳出一口血。

都没来得及擦去嘴角的血，她便抓着谢却山的衣袖，急切地问道："玉镯……碎掉的玉镯呢？"

一瞬间，谢却山明白了。他心中百感交集，庆幸这命运的神来之笔，又厌烦这阴魂不散的缘分。

原来那个不靠谱的"未婚夫"是章月回。

第七十七章 胆小鬼

　　章月回被大夫"抢救"回来，装模作样地在完颜骏面前描述了方才地牢里瓮中捉鳖的场景，说原来秉烛司的人就是归来堂内部出现的奸细，他在地牢里与其殊死搏斗，最后将人反杀。其实之前也没有抓到什么秉烛司党人，只是传出风声，引人落网罢了。

　　完颜骏听着，脸色却越来越差。

　　这番说辞倒是都能圆上，但显然跟他想要的结果有着很大的差别。费那么大阵仗，他也损兵折将，却连个活口都没有，那守卫更是见都没见过的面孔。

　　还说什么要钓大鱼？

　　真是笑话！

　　先前四方桥渡口，也是章月回得了不实的消息，他们才被秉烛司狠狠摆了一道。他越发觉得章月回就是个骗钱的无能之辈，但他并不是一个喜怒形于色的人，此刻脸上是风雨欲来的阴沉，仍忍着没发作，端起酒壶要给章月回斟酒。

　　完颜骏要是发火还好，可他什么话都没说，反而客客气气的，这让章月回心里有点没底。他一顿，忙弓着身双手捏起酒杯去接酒，但壶嘴越过了杯盏——完颜骏并没有倒酒之意。

　　他看似无意地拿酒壶戳了戳章月回的衣襟，做出一副提点的样子："章老板啊，做买卖讲的可是信用。"

　　他戳的地方正好是章月回刚包扎好的伤口。

　　章月回忍着痛，端起一个笑："是是是，完颜大人，是我的失误，错把小卒当成了大鱼，但多少有些收获，不能说是白跑一趟。"

　　完颜骏也笑，语气却一下子就冷了下来："我要的可不是这些不入流的情报。我再给你七天，抓到活的秉烛司党人给我送过来，否则——"

　　完颜骏又将酒壶往前送了送，壶嘴戳着章月回脆弱的伤口，稍一倾斜，酒便顺着衣襟渗到绷带，再浇进伤口……章月回登时面色惨白，额角冒出冷汗。

　　他愣是没喊疼，脸上还保持着得体的笑容："行，完颜大人，七天，一定帮您把事情办妥。"

完颜骏才松了手，将酒壶放下，未置一词，扬长而去。

章月回这才一下子松懈下来，捂着伤处跌坐到椅子上，露出吃痛的表情："痛死老子了——"

外头守着的骆辞见完颜骏走了，连忙入内，看到这番情景，着急道："东家，我去叫大夫。"

章月回抬手制止。

骆辞的动作停住了，识趣地关上门，候在一旁，等着章月回发话。

"他们去哪儿了？"章月回问。

章月回勉强圆上了今晚的事故，可以说是从精神到肉体都从未如此狼狈过。但他暂时也没什么心思去处理完颜骏给他下的最后通牒，他在意的是南衣被谢却山带去了哪里。

"引路蝶飞去了城西的一处庄子，就是之前查到过，谢家说秦氏突发恶疾去的那个庄子。"

把南衣交给谢却山之前，章月回在她身上留下了归来堂特制的粉末，药粉于人而言微不可察，其气味却能被一种特殊的蝴蝶感知到，一路跟着蝴蝶，便可追踪到人的位置。

缓了好一会儿，章月回才抬头幽幽地看向骆辞："你跟了我多久了？"

骆辞愣了愣，已经明白章月回要说什么了，连忙下跪："东家，都是小人的错，硬是没认出这是东家的故人，请东家责罚。"

章月回摇了摇头，叹了口气："你跟了我三年，你所做的事都是我的决定。此事说到底还是我的错，但你也不能留在沥都府了……"

一来，章月回怕谢却山来寻仇，先遭殃的会是底下的人；二来……于章月回来说，这个失误是巨大的，结果就是如此，深深地伤害到了南衣，决定是他做的，刑是骆辞上的，谁都没错，可谁都有错，他还没想好怎么去面对这个错误，自然也无法再重用自己的心腹。

"你我主仆一场，西南的产业，就交给你去管吧。"

说罢，章月回起身出门。

骆辞对着他的背影磕了个头。

出了一片狼藉的花朝阁，街上空无一人，一直走到天蒙蒙亮的时候，章月回终于站在了谢家的庄子外，脚步却犹疑了。

*

南衣只记得自己疯了似的问谢却山那玉镯在哪里，却没有任何的回答，一直找寻的旧人终于出现了，却是在这样血淋淋的事件中重逢，巨大的冲击让她心胆俱裂，再也撑不住，又昏迷过去。等她醒来的时候，谢却山已经不在了。

他两天都没出现，至少在她清醒的时候没出现。

她的满腹疑问，他一个都没有解答，反而跑得比谁都快。她不知道这是哪里，不知道谢却山把自己关在这里做什么，更不知道章月回是什么情况。她能做的就是躺在床上吃药、吃饭、睡觉。两个老仆大概是得了谢却山的吩咐，别说是透露半点有用的信息，甚至连多余的话都不跟她说半句。

南衣困惑得想发疯，但她的身体虚弱得要命，没给她歇斯底里的机会。她明白当下最重要的就是养伤，赶紧好起来，至少让身体的主动权回到她自己手上。

伤口在愈合的时候浑身发痒，她不敢挠，便让老仆将她的手绑上睡觉，流着泪咬着牙硬忍。

粗绳绑着手腕，勒得她生疼，连老仆都于心不忍，反复确认了好几次，但她竟已经习惯了，比起身上的疼痛，这点痛已经算不上什么了。

她本以为睡一觉醒来，手腕该被勒出痕迹了，也不知道是谁在夜里把绑手的粗绳换成了柔软的缎布。她手上除了有点麻，倒也没再生出新的伤痕。

她以为是服侍的老仆做的，却在床沿瞧见了几根无意间飘落的大氅上的狐狸毛。

是有人披着夜霜赶来，看了她一眼，又在她醒之前走了。

南衣察觉到，谢却山就是在躲她，不谈自己的事情，也避而不谈章月回的事。

好好好，都把她当傻子是吧？

南衣在心里狠狠地立誓，他不跟她说话，她也绝不会跟他多说一句话！

她再次醒来的时候，外头似乎传来隐隐的喧嚣声。宅子大部分时候都十分安静，老仆们连走路都是蹑手蹑脚的，生怕惊扰到她，她很少听到这么大的动静。她竖着耳朵仔细听，似乎是好些人在吵架。她还以为是外头街上的喧嚣，可又好像是在后院。

"出什么事了？"南衣扬声问道。

老仆循声过来，回道："夫人不用操心，老奴已经在处理了。"

然后她反手把门关上了。

南衣愤愤地躺了回去，好嘛，这就是从一个牢笼到了另一个舒服一点的牢笼。她甚至觉得，除去皮肉之苦的差别，至少在牢里，她坚持不供出任何有关秉烛司的事，这是属于她自由意志的一部分。而她在这里，更像个只有躯壳的废人。

——这些自私又自大的男人，到底在盘算着什么啊？！

南衣想抓狂地大叫，但也知道这只是白费力气。她两眼一闭，也不再好奇外头发生了什么，反正都跟她没关系。

而实际上，恰恰与她紧密相关。

★

宅子的后门通往一条狭窄的小巷，小门原本被封死了，平日里几乎无人行走，此时这里却挤了十来个人。

谢却山和章月回面对面站着，剑拔弩张，火药味一触即发。

谢家外宅挨着一家酒楼的后院。酒楼没有生意，已经关门许久了。直到前日，酒楼忽然被人大手笔买了下来，仅一天时间就焕然一新。

酒楼也没有开张，酒楼的人做的第一件事就是去敲隔壁宅子的门，说要给他们送东西。

送东西的阵仗很大，清一色的女使们端着精致的食盘，怕食物凉了，每个瓷盘下面都有小炉温着，食物的香味扑鼻而来，后头还跟着几个医官打扮的女子，身上背着药箱。

里面的守卫自然不肯开门，酒楼的人就强行闯门，两拨人差点大打出手。

守卫赶紧去通知谢却山，于是就有了他与章月回对峙的这一幕。

谢却山气得牙痒，他还没去找章月回麻烦，章月回自己居然有脸找上门来。

"公子可能对我有些误会，这些礼不是送给你的——"章月回客客气气地拱手，"重新认识一下，我是南衣的心上人。"

谢却山终于忍不住，懒得跟这种不要脸的人虚与委蛇，直接一拳招呼了上去。

章月回被打得猛地后退一步，着实有些狼狈。他揩了揩嘴角的血，却仍是笑着看向谢却山，挑衅地问道："我倒是想问问，公子是以什么身份打我？"

谢却山最恨被拿捏，偏偏章月回每句话都能戳到他的死穴。

"想打你就打了，还需要身份？"

还不解气，谢却山又抄起卸下来的木条，快准狠地击中他的几处要害。

章月回差点腿一软就跪在地上，身边的人连忙扶住他。他鼻青脸肿地捂着肚子，靠在墙上，疼得龇牙咧嘴。

谢却山恶狠狠道："带着你的人给我滚。"

章月回也干脆地撕了面具，毫不客气地回道："谢却山，你别一副全天下就你能的样子，你能给她什么？就这破宅子、几个仆人、几个庸医，连个好厨子都没有，干什么事还得偷偷摸摸，能顶什么用？"

很好，章月回成功让谢却山哑口无言了。

该死的，有钱就是好。

贺平为主子抱不平，他先急了，上前一步骂道："章老板，你倒是能干，你把少夫人伤成这样，现在还在这里理直气壮地做好人——"

"开门。"谢却山从牙缝里挤出两个字，打断了贺平的话。

贺平愣了愣，不敢相信地看向谢却山——刚觉得这番话似乎把章月回的气焰骂下去几分，主人这就让步了？

"这是她的事，我做不了主，让她自己决定收不收。"

谢却山在心里激烈地挣扎之后，还是让了步。

他给她提供养伤的环境，不能说是恶劣，可也算不上称心如意。要说会享受，能弄到人间极品的药材和药膳，还得是归来堂。他心里气极，但也明白章月回确实能提供更好的条件，这对南衣养伤来说是好事。

再者，章月回给南衣送这些东西，说到底是南衣的事情，还是得看她自己的意愿。

章月回知道见好就收，乖觉地道了一声谢。

守卫开了门，女使们鱼贯而入。

章月回仍站在门外，一动不动。

谢却山挑眉："你不进去？"

他是觉得南衣和章月回怎么都得见一面，这件事他纵使想拦也拦不住。章月回这个骗子，肯定瞒了南衣很多事，他甚至有点期待章月回在她那里碰一鼻子灰的样子，然后他就可以扬眉吐气地叫章月回滚蛋。

章月回却摸摸鼻子，有点心虚："我等她好些了再去见她，我怕她情绪太激动，对身体不好。"

沉默了几秒，谢却山道："废物。"

章月回立刻反击："你也好不到哪里去。"

两个浑身上下只有嘴最硬的胆小鬼。

第七十八章 终徘徊

老仆战战兢兢地领着一众女使往房里去，隔着帐子问南衣："少夫人，归来堂送来了药膳，您要用吗？"

南衣正百无聊赖地趴在床上，忽然闻到一股香味……好香！

这两天吃的都以清淡为主，诸多禁忌，一下子闻到这么诱人的味道，南衣下意识地咽了咽唾沫，脑子钝了一下才反应过来——归来堂？

章月回找过来了？可他为什么光送东西，不来见她？以为这点微不足道的弥补就能收买她了吗？

他不该来真诚地跟她解释清楚这一切吗？

"不吃！"南衣一下子有点火大。

老仆一下子就放下心，忙不迭地应承："那老奴这就让她们把东西拿走。"

"等等……"听到脚步声都退到了门口，南衣突然喊住她们，"这些药膳拿回去，要怎么处理？"

帐子外静默了一下，老仆看看为首的女使，女使低着头恭敬地回答道："自然是倒了。"

南衣脱口而出："这也太浪费了！"

老仆不确定地问："那夫人是要……"

"人不是个好东西，但食物又没有错，我为什么不吃？"南衣理直气壮地说服自己，"端进来吧。"

以前巷弄里的老人说过，人死后得去地下把这辈子浪费掉的食物全都吃完才能去投胎。她的人生宗旨就是，绝对不跟食物过不去。

得了指令，不大的厢房很快就被这十几个训练有素的女使占领了，两个老仆被挤到一旁，彻底没了用武之地。

女使们分工明确，有铺地毯的，有摊桌布的，有按秩序上菜的，连用膳的椅子都是她们自己带来的，上头裹着极软的皮草，坐在这椅子上能尽可能少地刺激到伤口。同时两个女医官去帐子里为南衣号脉，又根据她当下的情况，为她递上一碗准备好的汤药。

一切结束后，她们才请南衣过来用膳。

南衣也有些惊了。望雪坞虽然已经是超出她想象的豪华，但平时用度也不至于如此骄奢淫逸。

她做梦一般坐到饭桌前，桌上足足有八个菜，再加一个甜羹、一碗鸡汤，每个盘子里食物的分量都刚刚好，能让她每样都吃得开心，又不至于太撑，可以说是无微不至。

南衣抬头看为首的女使："章月回这么有钱？"

女使以为终于到了炫耀东家财力的时候，甚至还有些骄傲地回答道："我们东家的产业遍布九州，用富可敌国来形容都不为过。"

南衣狠狠地把筷子插入盘里，将鸡腿掰了下来。

女使察觉到这位少夫人听到东家有钱似乎不太高兴，声音不自觉地小了下去，乖乖地闭了嘴。

不过这一顿饭，南衣确实吃得很香。

她这几日一直都吃不下饭，只能喝一点米汤，而女医官在饭前给她灌的那碗汤药有着神奇的开胃功效。本着一点都不能浪费的精神，她将桌上的食物一扫而空。

而谢却山看到从厢房里端出来吃得干干净净的杯盘，理智告诉他这很好，某种情感却让他嫉妒得发酸。

她还真是……凭什么对他就没什么好脸色，对章月回倒是既往不咎？

敢情他就是他们久别重逢有情人终成眷属中的一环呗。

亏他还下了那么大的决心，哪怕是死也要把她救出来。现在想想，其实他不去也不会有什么，章月回一样会把她照顾得妥妥帖帖。

谢却山头一回觉得自己像个跳梁小丑。

*

而被嫉妒着的章月回，也没看起来那么风光、好过。

他和完颜骏的七天之约，只剩下五天了。知道南衣至少肯接受他的安排后，也只是稍稍地缓解了一丁点愧疚之意，他还没想好怎么面对她，只能先坐下来好好盘一盘自己的事。

他并非没有选择，宋牧川的身份就是一条绝佳的消息，能帮他轻松脱身。

但章月回不喜欢被威胁。完颜骏骑到他头上来，让他很不愉快，他怎么可能乖乖送个消息给完颜骏？不然一次两次，惯得完颜骏还以为整个归来堂就该为他办事。

他素来是一个睚眦必报的人。

然而与虎谋皮，焉有其利，这次他想要脱身没那么容易……他得站住脚，还要保留实力护着南衣，就得反客为主，得让完颜骏成为落水狗，低三下四地来求他才行。

这无异于给自己上了地狱难度。

不过诡计多端的章老板怎么可能没有后手呢？

面前的棋局纵横有序，摆着半盘残局，章月回却直接撒了一把黑子上去，好好的棋盘被弄得乱哄哄，仿佛黑白子正在混战。

嗯……有些倒霉蛋可以上桌了。

★

鹘沙近日萎靡不振,闭门不出。

他的麾下少了那些士兵,自然是瞒不过去的,完颜骏还恶人先告状,狠狠地参了他一笔,说他擅自行动,差点扰乱计划,造成我军元气大伤。

奏折正在翻山越岭去向大岐王都的路上,等朝廷的批示回来,鹘沙说不定就要灰溜溜地脱了衣服,回去领罪了。

他现在干什么都打不起精神,军营也懒得去了,就在家里喝大酒,睡懒觉。

这一日,外头阴魂不散的敲门声扰了他的清梦,他披上衣服,骂骂咧咧地开了门,看到一个挂着拐杖的小乞丐,更气了,刚想破口大骂,却见那乞丐扔了拐,扑通一声跪下了,声泪俱下:"将军——"

鹘沙愣住了,揉了揉眼睛。

他娘的,还有活口啊?!是人是鬼啊?

说来也是巧了,这乞丐本是鹘沙的亲兵,那夜被秘密派往虎跪山搜寻禹城军,完颜骏炸地道的时候,他们整个队伍从井口进入,却发现地道里只有一些铠甲,并没有禹城军。他想追出去,正好已经走到靠近出口的位置,阴错阳差成了唯一的幸存者。

他从坍塌的地道里爬出来,一条腿已经失去了知觉,他硬生生地爬了几里路,想回城里给鹘沙报信,却在天寒地冻里昏迷过去。等他再醒来的时候,已经身在一个陌生的小屋中。

山里有了春色,他不知道自己昏迷了多久,也不知道是谁救了自己,为何在他醒后就隐了身……仿佛知道他什么时候能醒一样。

但他并没有太怀疑这件事,以为只是哪个猎户救了他,便把他丢在小屋里自生自灭,是他自己命硬才活过来的。当下最重要的还是尽快回城给鹘沙报信——他们在地道里并没有看见禹城军!

他还不知道那天爆炸到底是谁所为,本以为鹘沙听到这个消息会大为惊讶,没想到郁闷了好些日子的鹘沙脸上忽然有了喜色。

"你是说——地道里根本没有禹城军?死的全是我们的兄弟?!"

"将军,正是如此,这一定是禹城军用来金蝉脱壳的陷阱!请将军速派人去寻找禹城军!"

"不,不——重要的根本不是禹城军,"鹘沙不停地来回踱步,显得有些异样的亢奋,他脸上涨得通红,像寻到了什么宝藏,眼睛亮得惊人,"我们军中,一定有个细作,跟禹城军里应外合!把那个人揪出来,事情就变得容易了。"

"那将军怀疑……"

是谁能那么清楚地知道完颜骏会偷袭禹城军,是谁又知道鹘沙会去抢这个功劳……谢却山！那个主动被软禁在完颜骏府上,让所有人都忽略他,却在每个重要节点上都巧妙地出现一下的人。

被藏在冰山底下的真相,因为一个幸存者的存在,隐隐有了浮出水面的趋势。

"等我把真相查出来,非得扒了这个人的皮！不……恐怕还不止一个！老子要拿他们的脑袋盛酒才能解气,为死去的兄弟们报仇！"鹘沙咬牙切齿道,"完颜骏那个成事不足,败事有余的蠢货！居然还想着打压我——待我事成,让他也给我滚蛋！"

"将军英明！"

"那些细作都狡猾得很,不能让他们知道我们在查这件事。我会安排你秘密养伤,你回来的消息,不能走漏一点风声。"

"是,将军。"

★

连日来闷头造船的宋牧川终于嗅到一丝不对劲。

完颜骏给的工期很紧,三个月就要造出一艘龙骨战船,而这恰好也与宋牧川筹谋的最终计划不谋而合,他便没日没夜地投入其中。

禹城军藏在深山中,暂时没有暴露的危险,往常他们也不会通信,但这一日他收到应淮递给暗桩的信,询问他是否接到了南衣。

宋牧川根本不知道南衣进了沥都府！

事出有异,他连夜赶往禹城军驻营地,才知道大约十日前,南衣忽然提出要去沥都府,此后又传回消息,说城里有任务要久留一些日子。但应淮总觉得有些奇怪,这件事秉烛司并没有告诉过他……因禹城军与外界通消息不便,消息总是会滞后一些,但十日了,南衣都没有一点消息传回。

应淮一边给宋牧川递信询问,一边查自己军营里是否有异,这一查不要紧,竟还真的让他查出了一个细作。

他拷问之下才知道,这是归来堂的人,是归来堂把南衣骗进了城。

正好宋牧川这时赶到,应淮将这件事告知。

虽是初春,宋牧川后背却浸出了一层冷汗。在他眼皮子底下,他竟然弄丢了南衣！

他立刻派人去跟踪章月回。

花朝阁的副楼被烧了,近日开始修缮,而章月回依然住在花朝阁的主楼,整日花天酒地,歌舞升平,看上去没有半点异样。

归来堂像有堵铜墙铁壁,很难入侵,他们几乎探不出什么有用的消息。

直到宋牧川发现归来堂买了一座酒楼。

本来一个大商会买座酒楼,这事一点都不稀奇,但巧的是,酒楼旁边就是一座谢家的私宅——正是当时为了送南衣走,谎称她突发恶疾移到的外庄那座宅子。

宋牧川蹲守了几日,发现酒楼的人每日都会通过与宅子相连的私巷,给宅子里送膳食和汤药。谢却山也偶尔会出现在这座宅子附近。

这让宋牧川十分困惑——宅子里的人会是南衣吗?谢却山和章月回到底在干什么?

他开始想办法混入这座看似不起眼,却守得跟铁桶似的宅子。

★

然而有一个人明明能随时进入宅子,却日日在外徘徊。

章月回每天都给自己找一个今天不能进去的理由。

一靠近这座宅子,他就心乱如麻。每天都关心她恢复得如何,却迟迟不敢去见她。杀伐果断的他在这扇门前却成了一个瞻前顾后的逃兵。

直到半轮弯月都升到夜空,他还没能决定自己的脚步究竟要往前还是退后。

他想了想,觉得这么晚了,她应该是睡了,今日还是算了吧,没想到咿呀一声,木门却被打开了。

章月回抬眸望去,少女披着乌发站在月下,静静地瞧着他。

他才察觉到,墙头的玉兰花不知何时开了,暗香盈袖。

这个漫长的冬天,仿佛过去了。

第七十九章 春花别

吃了好几天的大餐,南衣觉得自己已经有力气骂人了,决定去逮章月回。

她浑身都被一股怨气充斥着,只想要一个解释,可章月回迟迟不来见她。与其坐以待毙,不如主动出击。她雄赳赳气昂昂地来,想过一见面就破口大骂这个骗子，可真当见到章月回的瞬间，她竟有些语塞。

她已经被风霜刻出了棱角，而他看起来一点都没变，养尊处优的脸庞，风花雪月里泡出来的优雅，甚至比相遇时那落魄的书生还要耀眼。这张熟悉又陌生的脸给她带来排山倒海般的回忆。

过去的时光是有魔力的，不管当下发生了什么，回望的时候总像隔着一层朦胧的月光，美得不可亵渎。

终于见到他了，她心里有点酸，竟然有一瞬间觉得这样也还不错，至少他还活着。曾有很多次她也会忐忑，想着他会不会死在哪片无人知晓的战场，被黄土覆了一层又一层。

在乱世里，活着就是最大的幸运了。而他甚至还活得相当不错。

她忽然就放下了怨气，她的身子仿佛也变得轻盈起来。

虽然落了这一身伤，但老天爷对她也还算不错，给了她一个知晓真相的机会，不然她可能到死都被蒙在鼓里。

她提了提衣摆，十分坦然地在台阶上坐下，然后抬眼看他："章月回，你不跟我说点什么吗？"

听到她发问的一瞬间，章月回的心都碎了。

他真不是个东西，都这样了，竟然还一直在躲她。

腿一软，他在她面前蹲了下来，像个做错事的孩子，直白地露出哀求原谅的神情，小心翼翼地去握她的手。

而此刻的宋牧川站在墙角，有点左右为难。

夜已深，他刚想走，就听到门开了。

这样私人的话绝不适合在墙角偷听。宋牧川立刻正直地转身走人，但他的脚步又不由自主地走得极慢。

毕竟要藏着脚步不能被发现——他在心里是这么解释的。

夜里寂静，暗巷里的声音还是隐约传了过来。他一边在心里默念"君子非礼勿听"，一边本能地竖起了耳朵。

"南衣，我错了……我骗了你，从鹿城离开的时候我没有去参军，而是辗转各地，经营归来堂。"

"你也根本不是那个花光了科考的钱，不敢回家的书生，对不对？"

"……对。"

"那你到底是什么人？你到底还瞒了我多少？"

章月回苦涩道："一家人被冤死，只留我独活，想要报仇却无处寻仇，我怨恨这世道不公，干脆便与这世道为敌，才做了这门生意。"

南衣看着他的眼，怔了怔："那，我也是你报复世界的一部分吗？"

宋牧川的脚步停了下来，他不知道怎么回事，他的手颤抖得厉害。即便隔得有些距离，他依然能听到南衣话中的悲伤。

那个倔强的生生不息的灵魂，露出了她最柔软之处，他太想要保护她免受世间所有伤害了，可他也清楚他只是一个局外人。

宋牧川不敢再听，飞快地离开。

那是她的禁地，他不能再闯，他能做的，就是在一个伤痕之上给她更多愈合的选择。

章月回沉默了很久，不知道要怎么回答。

他准备了很多向她解释的说辞，唯独没想过她会这么问。

这一句话仿佛全盘否定了他们之间的所有，也击碎了章月回的侥幸。他本以为，他死皮赖脸地道歉，哄她，就能一点点地把她哄回来……可原来她是这么想的吗？

他仿佛在眼睁睁地看着自己用力去抓一捧流沙，一种罕见的无力感涌上他的心头。

他该怎么回答才能剖白自己的心？

他否认，她会信吗？他现在就是一个毫无信用的骗子。他一边依恋着她给他带来的温暖，一边又摧毁着她赖以生存的人间烟火，才会阴错阳差地伤害到她。

她不在他的计划里，却被卷入了他的结果之中。

他甚至都没有能狡辩的空间。

南衣反而对他笑了起来，眼睛弯弯的，眼底却分明没有笑意："没关系，你现在说什么我都能接受。"

"不是这样！"

这个笑让章月回心头一紧，他立刻否认了，牢牢握住南衣的手，仿佛抓住了他在这个世上的最后一根救命稻草。

而她只是淡淡地看着他。

他意识到自己的女孩已经变了，变得无坚不摧，他甚至不知道她是什么时候开始成长的。那些他以为会伤害到她的东西只是轻飘飘地掠过了她。

他想要的却更多，他想要她的愤怒、她的责骂，想要她表现出一点点依然在乎他的痕迹，就像珍藏着那只碎掉的镯子一般。

他几近哀求地捧着她的手："我们不要提过去了好不好？南衣，我知道这么说很可笑，是我把你扔下的，我的醒悟来得太晚了。但现在我们又相遇了不是吗？一切都还来得及，我们可以重新开始。"

南衣真的认真地思考了一下章月回的提议，然后她的想法越来越清明。

她可以原谅他，但也只是能理解而已，要原谅到重新开始的程度，她做不到。甚至一想到这种可能性，她心底就涌出一股恨意。

可她不想恨他，恨也是一种投入全身力气的情感，她不要这么累，所以她坚定地摇了摇头。

"我可以什么都不要……你不是喜欢鹿城吗？我们找一片无人打扰的山水，盖更大的房子，造一个新的桃花源。"

慢慢地，南衣把自己的手从章月回手里抽了出来。他握得太紧了，让她觉得有点疼。

她垂眸看着自己空荡荡的手腕，上面还留有一圈淡淡的晒出来的痕迹，那是曾经戴玉镯的地方。

南衣忽然觉得很没意思，很快，肤色又会趋于一致，所有的痕迹都会消失："因为找不到了，那个地方才能成为桃花源。碎了就是碎了，再也回不去了。"

在她平静的目光里，章月回觉得自己在分崩离析，脸上的伪装渐渐被剥去了，竟露出几分疯狂来——他一直是一个很要体面的人，用这层体面来伪装自己的可怜。但是在她面前，他就是那么可怜。

锦衣披身，人模人样，那又如何？

"为何回不去？！"

他箍住她的肩膀，像一个要挣脱锁链的恶鬼，非要去触碰天际的佛光。他试图从她脸上找到答案，但夜色太浓，他明明在她面前，却仿佛隔了好远，什么都看不清。

为什么？怎么可能回不去？

"是因为谢却山吗？！"章月回真的慌了，甚至开始口不择言。

"章月回，你疯了吗！"南衣一惊，猛地推开他，朝他吼了回去。

章月回仿佛被击中了，脸上的神情如潮水一般退去。

他颓然地松了手。是啊，他疯了吗，竟然在这个时候拿谢却山做挡箭牌，他是在承认自己输给谢却山了吗？

绝不可能。

他不该着急的。他犯的错，他会去弥补，一朝一夕不行，那就朝朝夕夕，直到她点头为止。

南衣没想到章月回在一瞬间生出了这么长远的念头，只是回过味来，从他话里抓到一丝蛛丝马迹。她是心虚的，但她又清楚她和谢却山之间的一切分明无人知晓。

这也许事关她为何被归来堂抓。

见章月回稍稍平静下来了，南衣问道："你为什么会认为我跟谢却山有关系？"

"所以你跟他有关系吗？"他紧张地反问了一句。

"当然没有。"

章月回见南衣回答得这么干脆，松了口气："那就是我猜错了。"

南衣皱了皱眉头："你是不是知道什么？"

她其实隐约有点悟出来，在牢里的时候，归来堂认为她是秉烛司党人，又认为她跟谢却山是一伙的——那岂不是认为谢却山也是秉烛司的人？

南衣那时觉得太荒谬，但是看到章月回，她又拿不准，觉得他做事是有自己的道理的。

"我知道的不比你多。"章月回避开了她的问题。

南衣不依不饶地问："可你怎么会有那么奇怪的猜测？"

章月回没办法，只能解释道："你们二人同一天从沥都府消失，事后他回沥都府告知禹城军的位置，重获完颜骏的信任，而你去禹城军驻营地让他们撤离，最后禹城军平安地躲过一劫——单从结果来看，你们的配合天衣无缝。我以为你们是提前商量好的。"

南衣从未从这样一个抽丝剥茧的角度看过这件事，她隐约觉得自己好像错过了什么重要的线索……但是反应过来，另一件显而易见的事击中了她。

南衣的声音都颤抖了："你知道禹城军还活着？"

"是啊。"

南衣看章月回的眼神都有点恐惧起来——这么秘密的消息，他怎么会知道？那禹城军现在还安全吗？

章月回以为南衣害怕的是自己跟禹城军的关系会牵连到她，连忙哄道："我绝对不会伤害你。"

南衣的声音陡然提高："那你就能伤害别人吗？"

章月回语塞。

"你没有把禹城军的消息卖给别人吧？"

嗯……悄没声地透露给了鹘沙，也不算卖吧？他可没有收钱，还倒贴了一些医药费。

"没有，"章月回斩钉截铁地回答，"我不会让你陷入危险。"

南衣还是有点生气，此刻她才终于把章月回和那个狡诈的归来堂东家——发战争财的情报商人画上等号。

所有的事情都在提醒她，章月回根本就是一个她不曾了解过的陌生人。

"我约束不了你，只能希望你说话算话。"南衣想要起身，结束这场对话，"我走了。"

章月回却急切地挡在她面前："南衣！"他满腔的话一时间却都哽在了喉间。

他们静静地对视着，地上的影子一动不动。

月亮也屏着呼吸。

两年相识相知，三年离别，她从懵懂到情窦初开的年纪里都是他。她装得很理智，很洒脱，亦很坚强，可她藏着一个问题没有问，心底也在害怕，怕那些从未说出口却又心知肚明的情愫是错付。

但若一开始就是个错误呢？

"章月回，当时你送我那只镯子，是什么意思？"

问出口的时候，也就不必在意结果的对错了。

章月回答不上来。当年他不敢将离开的实话说出口，又想让她记着他，又想打发她，心思那么卑劣。

在这引人发疯的沉默中，南衣缓缓地露出一丝笑容："不用说了，我知道了。"

南衣笑得坦然，可那笑扎在章月回心里。

"你应该在三年前就跟我告别，那么我也不会心生妄念，想着要朝你走来，就不会有后面那么多事情……你做错的，只有这一件事。"

眼泪在眼眶里要掉不掉，南衣只觉得自己勉力维持的笑容就要坍塌了。她强迫自己盯着墙头的那个半绽放的花苞，淡淡的月光洒在上面，美得很。

她在喜欢一个人的时候，就想要把眼里看到的所有好的都捧到他面前。她有一个匣子，里面放满了收集的干花、从河里摸到的好看的石头、一片漂亮的落叶，还有几朵从被子里掉出来的棉絮，她独自观赏的一年四季，都曾想留下痕迹，与那个人重逢时一一分享。

可此刻她再看春花，只觉得这份美丽独属于自己。

蓝 星 球
BluePlanet

给 你 我 的 一 整 颗 星 球

何不同舟渡

下

羡鱼珂 著

北京联合出版公司

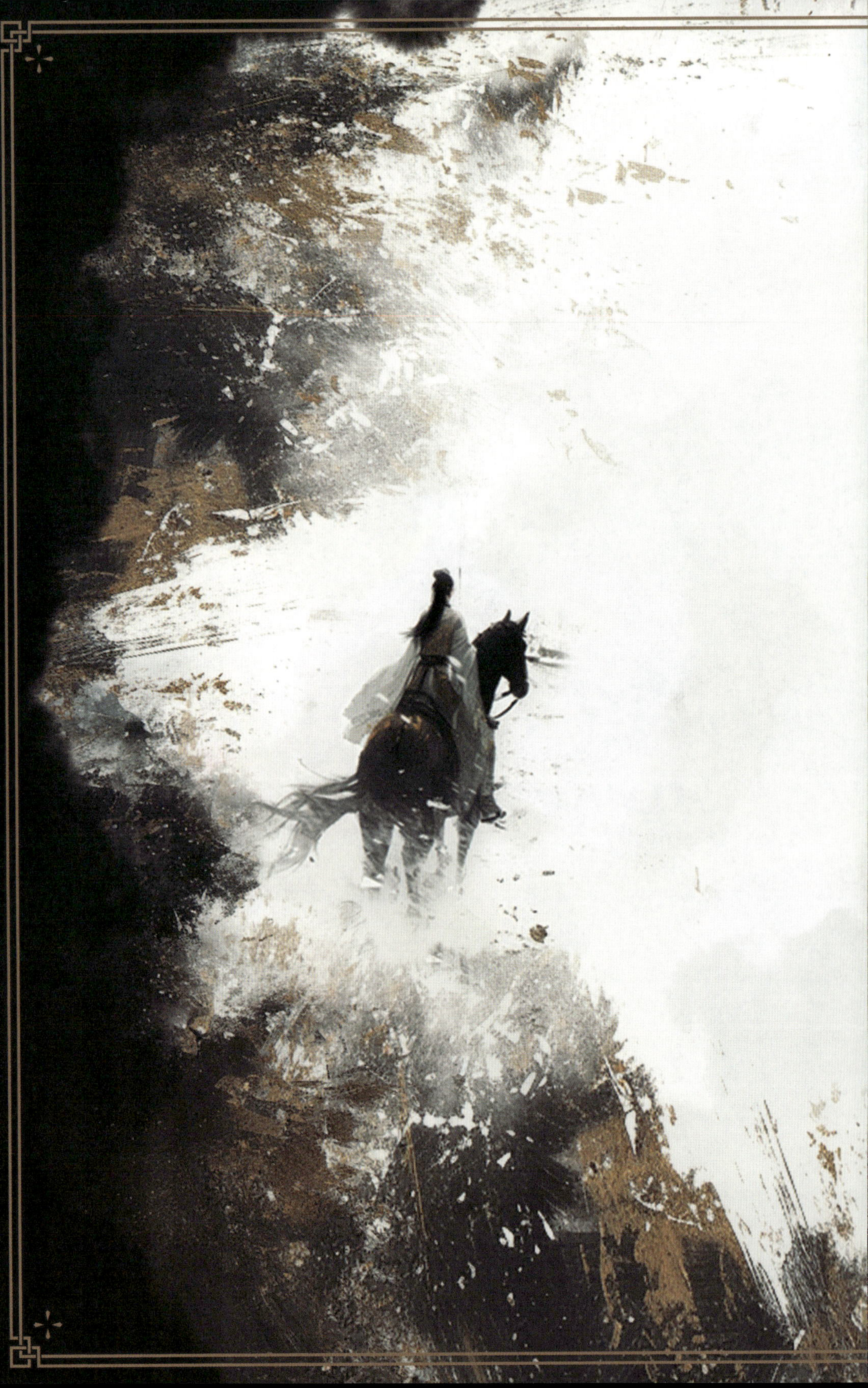

他们一起逃到了世上最小的桃花源里，春天给他们下了一场属于两个人的雨。

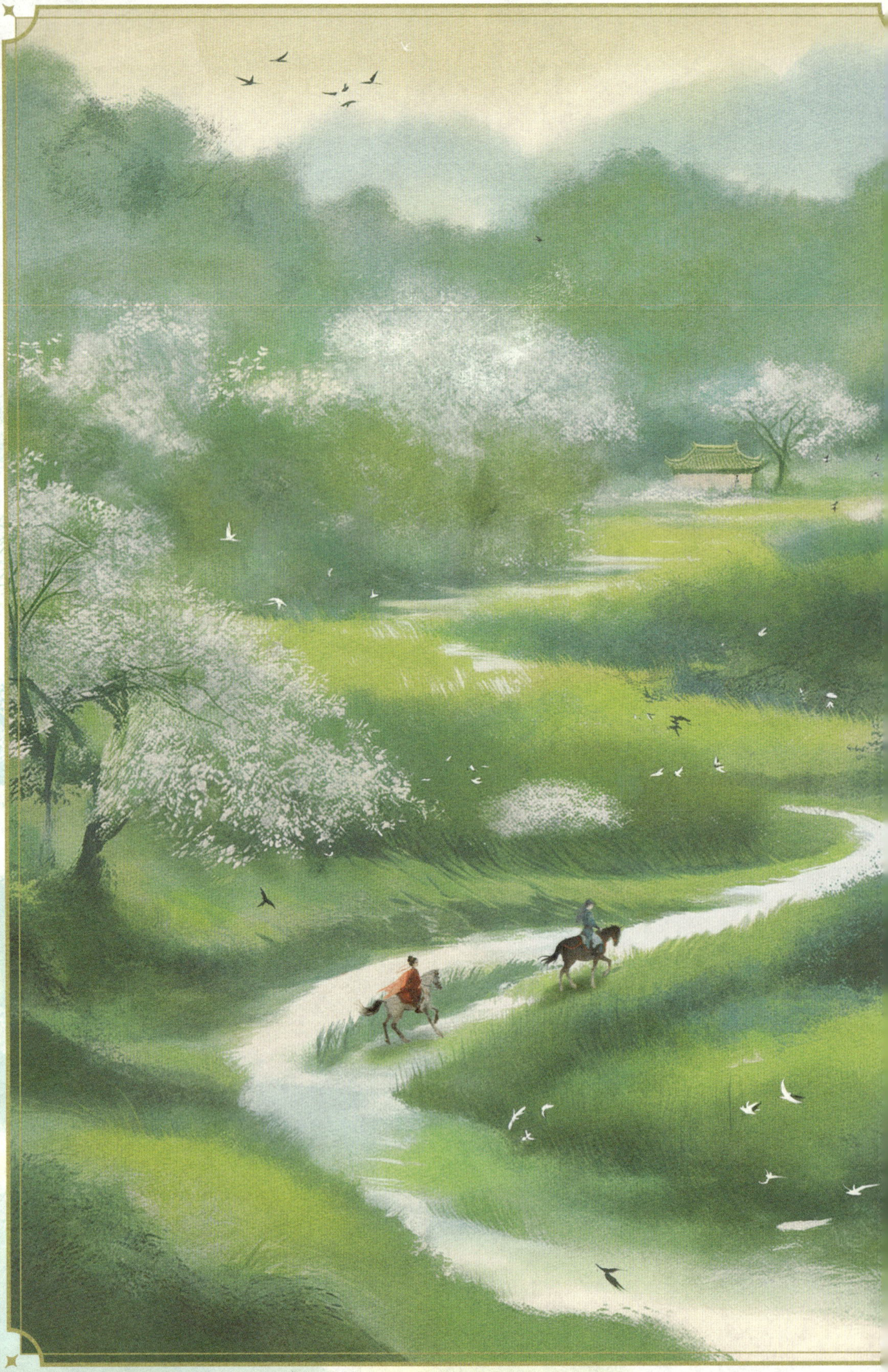

第八十章 锦帷温

春花美归美，可南衣一转身，回了屋，终于到了章月回看不到也听不到的地方，眼泪就哗啦啦地流，越想越伤心，渐渐变成号啕大哭。

她是为自己那些岁月哭泣，嘴上说着没事和释怀，心里的委屈早就翻了天，总要有个轰轰烈烈的了结。

南衣哭得惊天动地，绵延不绝，理直气壮，连谢却山什么时候进来的都没发现。

南衣冷不丁瞧见那儿坐了个人，幽深的瞳仁一动不动地看着她，她吓了一跳，停顿了一下，觉得没必要搭理他，想接着哭，突然又没了情绪。

虽然停了下来，身子还一抽一抽的，南衣觉得有些丢脸，还有点生气。

他在那儿就像看戏一样，无动于衷。

南衣走过去给自己倒了一杯水，一饮而尽，哭得嗓子都哑了，润润嗓子。她没什么好气地问他："你来干什么？"

谢却山觉得很无辜——他又没惹她，她对他发哪门子火？

他心里想的是"来看你"，但脱口而出就变成了语气不善的"我来看着你"。

看她为章月回哭得那么伤心，他也不知道能做什么。他是想安慰她的，可心底又有个小气的声音在说，她反正是属意章月回的，他在这儿说破天又有什么用？

"我又跑不了。"她牙尖嘴利地回道。

"章月回的本事大着呢，你不跟他跑？"话里话外都是酸溜溜的意味，谢公子今日说话也很没体面。

南衣狠狠地抹了把眼泪，劈头盖脸地骂道："为什么我就非要跟男人跑？让我走我就走，让我来我就来，你们这些臭男人有什么了不起的，凭什么能来安排我！我有腿，我不能自己走吗？"

"……"

你们——这些——臭男人。

为什么要把他和章月回放在一起骂？

317

但谢却山有被戳到痛处。他也很心虚。不过他心虚的时候就习惯露出一副高深莫测的样子。

南衣以为他生气了。

可她也不害怕，就这么瞪着他。

他到底弱了下来，声音稍稍缓了些："章月回不是个好东西，我是怕你被他骗了。"

——你跟人家半斤八两，凭什么说人家不是好东西？

她刚想撑回去，却见谢却山忽然神情变冷。南衣还没反应过来，就被他一把拉了过去，一双大手捂住了她的嘴。

"嗯——"她扑倒在谢却山膝上，为了保持平衡只能狼狈地抓着他的衣袖。

一下子，屋子里就静了下来。南衣听到头顶传来瓦片微动的声音，若放在平时，她只以为也许是哪只鹰隼掠过屋顶，可此刻见谢却山如临大敌，她后背惊出一层冷汗。

南衣侧脸看了看谢却山，又看了看一旁的烛火，无声地询问他要不要灭了灯。

谢却山缓缓地摇了摇头，这么做只会更加显得做贼心虚。他闭目聆听，捕捉着微不可闻的风声。

屋外，五六个黑衣人在檐上穿行，悄无声息地落在小宅的后院。黑衣人们向宅院的不同方向四散而去。

这是鹘沙派出的刺客。自从鹘沙赤裸裸地开始怀疑谢却山之后，这支隐秘的小队便昼夜不歇地暗中跟踪谢却山。再狡猾的狐狸也未必次次都能掩盖好行踪，他们终于跟到了这个小院，认为这里很有可能就是他跟秉烛司党人接头的地方。

他们要刺探清楚这院中藏着何人，在筹谋着何事，将所见所闻悉数告诉鹘沙。

两个刺客已经贴着墙根，摸到了唯一亮着灯的厢房。

谢却山不做多想，只横抱起南衣，穿过帷帐，进入内室。房中烛光将两人的身影投在窗纸上，透着旖旎。

内室没有窗，南衣才敢开口，压低了声音问："这些人是来找我的吗？"

"不，是冲我来的。"谢却山笃定道。

他将南衣放在床上，神情冷静："没事，这些人没带大兵器，想必只是刺探，不会攻击。"

南衣想到了章月回说的话，不确定地问道："岐人不相信你？"

谢却山没回答，只低声道："你安心睡吧，不用顾虑，我会处理。"

这么说也只是让南衣宽心。谢却山能做的有限，他不能直接将这些人杀了，这只会加重他的嫌疑，什么都不做反而是最安全的。

今夜并不会出事，再过几天，可就说不好了。他还不知道到底是完颜骏还是鹘沙在怀疑他，但这个宅子被盯上了，当务之急还是转移南衣。

等她睡下，他再好好想想该怎么做。

可这还怎么睡得着！南衣有点焦急。她不知道岐人为什么不相信谢却山，但既然查到了这个宅子，那很可能会查到她身上。

她到底是跟秉烛司有关系的人……她摸不准谢却山知不知道，也摸不准他此刻的平静是出于什么考虑。他也许是忠心耿耿，问心无愧，不怕岐人刺探，可她要是再落入岐人手中……她真的保不准还能不能挨过一轮刑讯。

不管谢却山是什么处境，他总归是棵大树，她得借着他掩人耳目才行。

她心一横，从床上爬下来。

谢却山摁住了她的手，疑惑地望着她。

南衣已经抓到一些头绪了。一男一女，独处一室，是可以让人有许多遐想的。她得告诉外面那些人——谢却山在外宅里没做什么鬼祟之事，只是金屋藏娇。

反正谢却山以前用过这一招，她只是学了他的皮毛而已。

南衣拂开他的手，坚决地爬下床，扶着床杆，将木床晃得咿呀响。光这激烈的声音，就足够让外头听墙脚的人浮想联翩了。

谢却山脑子已经反应过来她在干吗了，但动作僵住了，浑身气血莫名地涌向大脑，这咿咿呀呀的声音扰得人无法专注思考。

她的行为完全超出他的意料。他甚至有点分不清，自己到底是床边站着的人，还是那晃着的床——也没什么差别，反正都是她的工具。

她飞速成长的狡黠让他觉得失控。

他糨糊般转不动的脑子却神奇地思考出一个奇怪的问题——啊？她怎么这么懂啊？

说来也巧，禹城军生活虽然艰苦，但多的是血气方刚的少年，难免有人会私藏几幅春宫小图，互相传阅，或是三三两两聚在一起偷看。有一次被南衣撞到，她好奇大家在乐什么，就凑上去看了一眼……

所以南衣现在甚至能拍着胸脯大言不惭地说，她可懂得很。

晃了一会儿，南衣还觉得不够，于是抬腿翘到床沿，一边腿上发力晃着床架，又撩起裤脚，露出白晃晃的纵横着伤口的小腿来，一边一气呵成地从身上摸出药膏，往伤口上涂药。

她疼得龇牙咧嘴，喉中也不自觉地发出了一些忍痛的呻吟声。

逼真，简直逼真。

谢却山目瞪口呆，一瞬间觉得自己无处安放。

他不是没给她上过药，也不是没看过什么更旖旎的画面，此刻分明是为了误导别人，可眼前的声色有些滑稽，又让人觉得有些燥热，像哪里飘来一片羽毛，挠得人心头痒痒，他连目光都不知道落在哪里。

　　他终于忍不住，抓住了南衣的手，阻止她再发出这些让人神志不清的声音。

　　他的手心滚烫，她的手腕冰凉，无形之中，像有水火在互相侵犯着对方，又像融合在了一起。

　　南衣瞪谢却山，见他不松手，就低头吧唧一口亲了一下自己的手背。

　　这一声可以称得上嘹亮。

　　一口不够，她还多亲了几口，像小鸡啄米似的。

　　而此刻的谢却山呆得不像话，仿佛凝滞了。南衣都有点玩上瘾了，反手去挠谢却山的掌心。

　　他猛地抽回了自己的手。

　　很好，他怕痒。南衣抓到了他的弱点，直接伸手戳他的腰。他下意识地就要躲，被南衣扑倒在床上。她像个女流氓，毫不客气地对他上下其手。他不敢动作太大，怕碰到她的伤口，只能满脸涨得通红，终于忍不住哼哼了两声。

　　南衣觉得实在是好笑，还有点解气，又不敢笑出声，鼓着嘴忍得很辛苦。

　　"够了。"谢却山终于抓住了南衣的手，从牙缝里挤出两个字。

　　"这时间……够吗？"南衣有些拿不准，露出了认真的迷茫的神情。

　　谢却山深吸一口气，咬牙切齿："够。"

　　南衣心里莫名畅快了，暂时也想不起让自己伤心的事情。她拍拍屁股准备起身，忽然被谢却山往前一拽，整个人又扑倒在他身上。

　　她就这么对上了他的眼。他瞳中黑压压的，往常这么看他的眼睛，她一定是会怕得瑟瑟发抖，可这会儿竟让她想起了每天皱着眉头都要喝的中药，很苦，但是能好。

　　她眨巴眨巴眼睛，无辜地看着他，刚哭完，眼睛还肿着，里头氤氲着没散去的雾气。

　　"你完了。"他说。

　　南衣这才有点后知后觉地感到没底，谢却山这个人要报复谁，多的是坏心眼。

　　"明天你喝药，别想要饴糖。"谢却山恶狠狠地说。

　　"那我不喝了。"

　　"你敢！"他压着声音，几乎只有个口型，脸上却气急败坏得很。

　　"你这么想让我好啊？"这么近的距离，南衣几乎能从他的眼中看到自己的影子，她贴着他的耳朵低低地一字一顿道，"你是不是根本不想让我死，谢朝恩？"

　　这个在她脑海中盘旋已久的问题，甚至没有经过太多思考，就脱口而出。

第八十一章 莫回首

离乡太远的游子，会丢了自己的名字，被重新唤起时，仿佛一个叩开心门的咒语。在这个名字之下，你必须诚实地面对自己。

谢却山素来抗拒诚实，然而此刻在一个少有的劣势中，他竟有些高兴。

帷帐之下仍是安静极了，恍惚似见远方，有一滴水坠入湖泊，涌起千万层无声的涟漪。

南衣能听见自己越来越重的心跳声。

她是在为那个答案紧张吗？

章月回的话若有似无地盘旋在她心里，她不曾从那种旁观者的角度看待过这件事情。把所有的情绪都忘掉，话是会骗人的，动作也会，不要看他说了什么，而要看结果是什么。

结果就是她安全地离开，还救下了禹城军。谢却山这样一个算无遗策的人，怎么可能给她留一线生机？而玉镯偏偏就是他打碎的。

她现在想起这些细节，才觉得其中可能暗藏玄机。

他还把她从归来堂救出来，让她好生养伤。她分明能感受到他是想要她好的。

初见时她畏惧他，跪着仰视他；再见时她只想逃离他，却被逼着站在他身边平视他；而这一刻，她羽翼丰满，分明能展翅高飞的时候，独独只俯瞰着他的脸、他的眼，恨不得能看穿他。

他到底是个什么样的人？这很重要。这关系到她是因何成为现在这样的人。

"是不是你故意打碎镯子，让我去给禹城军报信的？"她怕自己问得还不够清楚，又追问了一句。

哪怕现在并不是一个开诚布公的好时机，她依然迫不及待地要问。

她的声音很轻很轻，言语间急促的热气扑在他耳边。

谢却山终于败下阵来，心虚地躲开了她直勾勾的注视，脸上却是傲娇了一下："哼，还算有悟性。"

南衣长长地舒了一口气——他承认了！她本以为要从他嘴里撬出一句真话是

件难如登天的事情。

"你吓死我了——"意识到自己的声音都不自觉大了些,她连忙克制地闭上嘴。

谢却山声音里忍着低低的笑意:"人已经走了。"

南衣瞪他:"那你还不放开我。"

谢却山气定神闲地瞧着她,手依然揽着她的腰,道:"我都'卖国求荣'了,就算真的金屋藏娇,也不过分吧?"

南衣傻眼了,她这是搬起石头砸了自己的脚吗?她又有点摸不准谢却山是什么意思,好像是调笑,好像是认真的。

她自然而然地就想到了那次最亲密的接触,可那是一个巨大的疑团,糅杂着复杂又有诸多禁忌的心情。她总是下意识地逃避,不敢去深究。

"那天……不都是假的吗?"

谢却山僵了一下。

他是在逗她,也不可能真的金屋藏娇,可他就是舍不得放手。他被今夜的旖旎迷住了双眼,在一条危险的界线边游离。而她一句话把他一下子拽了出来。

是啊,不都是一场戏吗?戏里那一点微不足道的真心何必与人说?

"当然是假的。"他坦然地承认,轻轻地松了手。

南衣感觉到腰肢上的手掌移开,束缚消失了。听他承认一切都是假的,她心里压着的负担终于也能卸下来了。木屋里的那个吻也是假的,惊世骇俗的爱也是假的,这是最轻松的一种理解方式,不是吗?

她手忙脚乱地坐起来,理了理衣襟。

假装没有中间这句玩笑,南衣故作自然地续上了前面的话题,低低地埋怨道:"你也不提前跟我串通一下,万一我跑不出去,真死在那山里怎么办?"

"你死不了。"

他也坐了起来,两个人就这么僵硬地坐在床沿,都在装若无其事。

"……那总有更周全的方式吧。"

"你不是要走吗?我周全了,你可就走不了了。"

南衣愣住了,难以置信地问道:"你愿意放我走了?"

"对,我放你走。"他语气平静,仿佛只是做了一个寻常的决定,目光却贪恋地在她的脸庞上流连忘返。

南衣嘴角嗫嚅着,半天说不出话来。她感到震惊,比她确认了他其实不想杀她还要震惊。

她以为他只是在乎亲人,像保护三叔一样保护甘棠夫人,才去救的禹城军,而她只是帮他成事的一环而已。他对她展现那副凶狠的嘴脸,是一种善后,怕她泄露他的秘密。毕竟这些事，随便哪一样，说出去都能让他身首异处。

这些她都能想明白，她就是他的一颗棋子。这些日子她在这宅子里，也开始接受这个事实。这次再落入他的手中，她恐怕很难逃掉了。她已经做好跟他斗智斗勇的准备了，他却说，在那个晚上，他的计划里竟然有放了她。

不，不仅仅是放了她，那一天，他还给了她更重要的东西。

如果那晚真的顺流而下到了金陵，她依然是惶惶不可终日不知何所依的浮萍，可正是因为救了禹城军，才让她有了更大的力量，在一夕之间变得强大起来。

"现在亦是，"谢却山缓声道，"这是我许诺过你的。"

南衣想哭。

她从来都是个不被重视的人，她也习惯了如此。她曾有过一丝念头，如果她是谢小六，就会狠狠地臭骂章月回，放下永远不原谅他的狠话，潇洒地给他一个背影，可是她不是。就算被伤害了，就算守了三年的承诺宣告是个骗局，她还是大度地原谅了他。

因为她习惯了自己的位置就是如此，她甚至下意识就理解了章月回——就算他对她有实实在在的感情，她也确实只是一个不起眼的野丫头，她再好，能好得过泼天的富贵吗？能好得过欺世的野心吗？

她的前半生就是在被轻视，放低自己，不断被轻视，不断放低自己中过来的，即便现在处境好了些，一些根深蒂固的念头还是留存在意识深处。连她也不觉得，对她的承诺是要去遵守的。

尤其是谢却山，他太有资本轻视她了，又没有签字画押，说过的话当放屁就好了。可他没有，完全没有。

这是远超一切的尊重和礼遇。

"宅子已经不安全了，要走就得尽快。明日辰时，我会把周围所有的眼线都引开，你便出门吧。"

他并不安排她，给她海阔天空的自由。她想往哪里去，就往哪里去。但他也生了小小的私心，希望她不要那么讨厌他。

南衣本已干涩的眼睛又变得酸胀起来，心里感动，又不想说什么矫情的话，勉力调笑道："谢却山，你突然这么好，我都要误会你是个好人了。"

她声音里隐隐含了几分压抑的哭腔，说到最后一个字，眼泪还是落了下来。

她低着头，泪水砸在手背上。他垂眸看到了，假装不知道，只是笑道："我这人在有限范围内，还是有点情谊的。毕竟，你也帮我成了一些事。"

"还不是被你吓下来的。"南衣的哽咽声更明显了些，手背上滴滴答答湿了一片。

原来女孩子是有这么多眼泪的。

他极力想让气氛更轻松一些："不会一出了门，就去投奔章月回吧？"

她终于破涕为笑:"我看起来有那么傻吗?"

谢却山仍是笑着的,可烛影笼罩的脸上悄然爬上几分落寞:"别回头了。"

南衣也察觉到有种奇怪的氛围在蔓延,但那看起来像远处奔涌而来的潮水,会沾湿人的衣襟。她下意识地开始一步步往后退,用玩笑话让自己看起来很轻松:"我才不会回头,我会撒腿就跑,吃香的喝辣的……你不是说还要让我安稳地过余生吗,是不是还得给我银票啊?"

"……你还挺敢要啊。"

"谢大人,您看着给吧,反正给多给少,全看您是不是大气了。"

小人得志,却也可爱得很。

"滚去睡觉。"

"得嘞,大人——希望第二天我睁开眼睛的时候,是被铜臭味给熏醒的。"

南衣麻溜地钻进被窝,闭上了眼。复杂的情绪仍在她的胸膛翻涌着,让她难以入睡,可她只能假装睡着,给她和谢却山之间留出足够体面的距离。她听到他很轻很轻地灭了灯,脚步声退了出去。他好像在帷帐外站了很久,她并不确定;等她悄悄睁开眼望出去的时候,那里已经没有人了。

*

那厢,章月回还在筹划着怎么从谢却山手里把人抢回来。

谢却山已经很警惕了,鹊沙的人能跟过来,是他在暗中推了一把。

他知道这个宅子一旦暴露,谢却山就会立刻转移南衣。只要出了这个密不透风的宅子,谢却山不能掌控的事就变得多了,这样他才有机会带走她。

他认为世上的事都去讲道理是争不来的。坑蒙拐骗,方是在乱世之中的开路之道。他根本不在乎什么破镜难重圆,一面镜子碎了就碎了,他便去打成千上万面完好的镜子,告诉她世上根本没有破镜。

他就是要得到她,那是他在这个世上最后的家了。他们有过那么好的曾经,他不相信他们之间再无可能,骂他偏执也好,顽固也罢,他就想再为他们造一个梦。

他希望她会喜欢。

果然第二日清晨,一辆捂得严严实实的马车从宅子里离开。

外头鹊沙的人立刻跟了上去。

章月回还是很警惕,认为这有可能是障眼法。果然如他所料,又有一辆送菜的车进入宅子,再出来的时候,板车上的竹筐已经盖上了盖,隐约透出一截衣角。

章月回这才跟了上去。

★

而南衣醒来的时候，宅子是寂静的，谢却山已经离开了。床头果然压着一沓银票。

满满当当，空空荡荡。

她稍作乔装，从后门离开，踏出门槛的时候，觉得前所未有地轻松，又有莫名的失落。

她脚步不敢停，一直向前。

城中有家"梁记米行"，是秉烛司和禹城军的接头点，这是南衣知道的唯一一个能联系上秉烛司的地方。

第八十二章 老狐狸

虽说当下是海阔凭鱼跃，天高任鸟飞的时候，可自由了的南衣一抬头，发现自己的海和天也不过就是方寸之大，她没有特别想去的地方。

但她还记得宋牧川对她说的话，宋牧川希望她能为秉烛司帮忙，她当时也答应了。她逐渐意识到说出口的承诺是一件很重要的事，她准备去履行自己的承诺，至少要帮宋牧川一直到平安护送陵安王出城为止。

所以南衣正在前往梁记米行的路上。在禹城军那里的时候，她知道梁记米行是秉烛司的接头点，每隔一段时间，他们就会往山里送一些物资，他们也是能直接联系到宋牧川的。她怕直接去他家或是船舶司寻他太过显眼，反而引来麻烦，就准备先去接头点。

说是米行，但这家铺子的店面小得可怜，由一对中年夫妇经营着，从城中的大商行拿粮，再零售给坊里的百姓们。

刚走到街坊附近，南衣便看到了一面显眼的招牌悬在小楼上，上头写着"梁记米行"，如今这四个字南衣都能认全了。她目光缓缓下移，定睛一看，底下一个青衣书生进入铺子。

南衣高兴起来，这不就是宋牧川吗？来得早不如来得巧，她刚想跑上去，却冷不丁瞧见街边蹲着的一个乞丐有些奇怪。

南衣太清楚一个乞丐该是什么样了。大多数乞丐都不敢抬头看人，但会盯着人的鞋子和裤脚，判断这人会不会是个大方有钱的主子，等发现合适的乞讨对象了，才敢匆匆扫一眼全貌，上前乞讨。即便乞讨的时候，他们也都是矮着身子佝偻着腰，目光绝不敢与贵人们对视。

这是这些人在经历了无数次的磋磨后刻在骨子里的对这个社会的畏惧和谨慎。

这乞丐倒好，仰头直勾勾地盯着街上往来的行人。有人往他碗里扔了几个铜板，他一副欣喜若狂道谢的样子，目光却根本看都没看自己那破碗。他好像不在乎有没有乞讨到钱。

南衣觉得这人有点奇怪，加上这条街上就是秉烛司的联络点，她难免更谨小慎微一些。

如果这人是个探子，已经盯上了梁记米行，那宋牧川进去，岂不是……南衣不敢轻视，想探一下虚实。

幸好她现在只是一个不起眼的路人。

她摸了摸自己的右腕，上面绑着袖箭。她醒来的时候就绑在了那里，想来是谢却山还给她的，正好能派上用场。

*

另一边，谢却山用障眼法摆了跟踪的人一道，等他们反应过来有诈的时候，那宅子已经人去楼空。就算有人怀疑他，找不到证据，也拿他没办法。

但谢却山想要知道的是到底是谁怀疑他。

贺平在后头帮他盯着，汇报的时候说，那几个盯梢的好像都是汉人，身法十分灵活一致，训练有素，以前在城里从没有见过。

谢却山觉得奇怪，怎么会是汉人？

总不能是章月回派来听墙脚的吧？很快他就否认了这个念头，章月回的人日日进出宅子，章月回想偷听，有更简单的办法，派这种刺客有些大材小用了。

谢却山脑海中忽然闪过一个念头，不会是……若真的如他所猜测的那样，那就棘手了。

这恐怕是从外头请来的援兵。

完颜骏现在接管了军队，权势大着呢，没必要再去向王庭要兵，这更是无能的表现，他也不会这么鲁莽，那就只剩下鹘沙了。

鹘沙必定是得了什么确切的情报，才不惜请来援兵相助，并紧紧盯着他。

能让鹘沙肯如此下血本的就只有禹城军的事了，他想利用禹城军一事翻身。

但消息不可能凭空而来，正好又在现在这个微妙的时间点上……他是怎么知道的？要说背后没有人推波助澜，谢却山并不相信。

简单的一个消息已经在他脑海中盘出了无数种可能性。

他决定去见见章月回。

花朝阁里，章月回已经发现谢却山把南衣转移走了，立刻派出无数眼线全城去找。他在心里暗骂了无数次那个老狐狸，老狐狸却不请自来了。

"章老板，做笔生意？"谢却山气定神闲地往里走，自顾自坐了下来。

章月回站在门边，依然不关门，扯着嘴角皮笑肉不笑："算命的先生说，我不适合跟姓谢的做生意，犯冲。"

他一副要让人滚蛋的架势。

"还是先谈谈价格吧。"

"我有的是钱。"

"命可就只有一条。"

章月回沉默了会儿，手一推，咣一声关上门，往桌边一坐："谁的命？"

"在你心里谁的命值钱，就谈谁的——你自己的……或者是南衣的？"

章月回脸上的笑阴沉下来："你把她送去哪儿了？"

谢却山点到为止，偏不继续说了，只道："不如你先跟我说说，完颜骏都给了你什么压力，让你如此迫不及待地要除了他？"

谢却山也是在试探，看看章月回的反应。毕竟面上，章月回可是岐人的宠儿。

但他想到地牢劫人那天，章月回应该是计划在完颜骏那里揭穿他的身份，结果竹篮打水一场空，章月回在完颜骏面前肯定也讨不到好。这事说大不大，说小不小，顶多换个别的情报给过去就是了。他不敢确定，章月回这就动了念头要动到完颜骏头上了？

章月回眯着眼打量谢却山，没回答。他不知道谢却山是通过什么蛛丝马迹推断到这一步的，但很显然，这个问题谢却山如果不知道，是不可能问出口的。

恐怕谢却山已经猜到他向鹘沙泄露了禹城军的消息，要利用鹘沙除了完颜骏，才会找上门来。

他也没必要否认，毕竟在谢却山的立场上，看岐人内斗是件好事，谢却山不可能揭穿他。

谢却山这是开始跟他打明牌了？有意思。

章月回装模作样地叹了口气，道："完颜大人是个不好应付的买家，他给我出了个难题，期限还剩一天，你说我到底出卖谁好呢？"

"我可以帮你过了完颜骏这关，但我要从你的商行里拿一样东西。"

章月回松松垮垮地往椅背上一靠，哂笑道："姓谢的，你这是瞧不起谁呢？"

"你借鹬沙的手查禹城军，查秉烛司，他查出点什么，你就上报给完颜骏交差。但我怕章老板挥挥袖子掀起的风浪太大，会重蹈覆辙。"谢却山眼底幽深，暗藏嘲讽。

章月回笑着笑着，脸庞就僵硬下去，重蹈覆辙？

——这熟悉的来自情敌的嘲讽。

他品出了些意思，气得弹起来："你把南衣送到秉烛司了？"

"你猜她可能藏在哪个据点里？鹬沙查禹城军的时候，会不会查到她？"

沉默了须臾，章月回知道自己已经在必败之地了，但嘴上不肯认输，咬牙切齿道："谢却山，你的爱也不过如此，你就是把她当棋子！"

谢却山笑："至少我的棋子不恨我。不像章老板，求也求不到人家回头。"

句句戳人心窝子。

章月回脸上的笑没了，哑了半晌，才道："你要什么东西？"

"完颜骏造船要用大量苦力，一个月前就让你帮他从外地运人，最后一批应该在路上了吧？运人的队伍，交给我接手。"

章月回还不肯松口："南衣在哪儿？"

谢却山微笑："我不知道，她是自己走的。我可管不住她。"

章月回急得踹了桌子，直接上前揪起谢却山的衣领："你这是把她送到虎口里！"

谢却山岿然不动，欣赏着章月回的表情，那叫一个目眦欲裂，彻底暴露了他的心急如焚。

"章老板，你跟她太久没见了，你早就不知道她现在是个什么样的人了。"

到底是打中了章月回的七寸。南衣的变化是他最害怕的事，他怕她因此离他越来越远。他也不知道南衣跟谢却山约定了什么，但这一次，他不敢再拿她的安全做赌注。

在他找到南衣确认她安全之前，他不可能贸然行动。

章月回颓然地松了手，退了一步。他闭目深吸一口气，维持着脸上的体面，吐出两个字："成交。"

谢却山起身，拍了拍章月回的肩膀，不忘补一句："章老板，犯冲不比送命好？"

他扬长而去，扬眉吐气。

★

南衣站在不起眼的街角，抬起手，朝店铺外悬挂着的招牌射出一箭。她现在已经有些准头了，稳稳地射断了绳子。招牌啪一下砸在地上，像是平地一声雷，引得周遭的人一惊。

南衣观察着那乞丐，招牌落下的瞬间，他便警惕地翻身滚出去好远，身手和灵敏度显然就不是一个乞丐该有的。

但当他看到落下的只是招牌之后，立刻意识到自己刚才的举动太显眼了，警惕地左顾右盼。

南衣一下子就被他的目光抓住了。

两只鹰隼一对眼，就知道对方绝非善类。南衣一惊，但知道自己绝不能在这个时候泄了底气，便装作若无其事地路过。

经过那乞丐的时候，他猛地抓住了她的裤脚，力气大到根本挣不开。

"贵人，给点钱吧。"他毫无顾忌地盯着南衣，阴森森道。

南衣已经有点腿软了，但面上还在强撑，泼辣地骂道："你这臭要饭的，弄脏了老娘的裙子，你赔得起吗？！"

南衣装成妇人做派，硬把自己的裙角扯了回来，避之唯恐不及地匆匆往前走去。

南衣不敢入米行，便一直往前走去。头也不回地走出一条街了，南衣才敢"不经意"地回头看，那乞丐没有跟上来。

她刚松了口气，身子却忽然被迫往后一仰。有人从后面偷袭了她，迅速地捂住她的嘴将她往巷子里拖去。

这一切发生得迅速而无声，南衣根本没有挣扎的空间，男人的力量是压倒性的。而他另一只手中藏着锋利的袖镖，要往南衣身上刺，南衣用两只手拼命抵住他的手臂，不让利刃刺到自己身上。

她身上那些伤口都被挣开了，她仿佛一片漏风的破布，浑身上下都流着血，但求生欲让她察觉不到痛了。她松了右手，只剩左手负隅顽抗，那袖镖往前推了一寸，几乎要割破她的衣服。

就在紧要关头，南衣反手一抬，扣下袖箭机关，朝身后的人射去。

也不知道射中了哪里，南衣只觉得那人手一松。她不敢松懈，趁着短暂的上风，便抓着他的手一扭头往他脖子上一抹——血瞬间溅了她一脸。

男人脸上插着一支袖箭，脖子上出现了一道血线。人软软地倒了下去，瞬间便没了生息。

南衣惊魂未定地喘着气，温热的血正沿着她的脸颊往下坠。她有些无措地抬起头，却见巷口站着宋牧川。

南衣有些愕然，她看看地上的尸体，再看看宋牧川，下意识地抬手去擦脸上的血，却抹了一手的嫣红。

宋牧川朝她走过来，只是平静地对她摇了摇头，示意她不用紧张。

他的声音沉稳，含着让人心安的力量："我来善后。"

第八十三章 烛光微

月黑风高无人处，一具绑着石头的尸体被投入江中。

扑通一声，溅起好大的水花，许久才平复下来。南衣怔怔地望着黑漆漆的江面，手发着抖，人还没缓过劲来。

宋牧川回头看向南衣，意识到了她的异样。

"我也杀过人。"宋牧川平静道。

他摊开自己的掌心，上面还留有一道细长的伤痕。就在前几天，秉烛司中有人叛变，要将他的身份透露给岐人。情况紧急，为绝后患，他当场用弓弦将人勒死。

这并不是一个太容易的死法。杀人的时候，人就成了野兽，什么圣贤书，什么礼义廉耻，都忘得干干净净。

南衣有些惊讶，张了张嘴，也不想窥探太多他人的隐私，只问道："那个时候……你是什么感受？会……会……"

她搜肠刮肚地想，却也形容不出来自己的感受。

"我也以为这会是一道难以逾越的坎。杀人对我来说本是件很遥远的事，那是律例里的重罪，是穷凶极恶之徒才会做的事情。"

两人沿着江岸一直往前走，宋牧川不急不缓地说着话。

是了，遥远。一路走来，南衣见到很多人在她面前死去，但这还是第一次，一条生命须臾之间在她手里被了结。

人和人是相似的，血肉都是脆弱的，善良的人都不想当那个刽子手。

"但为何……你好像很平静？"

"因为我很快就想明白，对死去的敌人可以怜悯，但对于活着的敌人慈悲，那是一种愚蠢。更多的还是后怕，如果不是占到了一点点微小的上风，死的可能就是我。所以，我非但不能停下来，还要变得更强。"

南衣没理明白的思绪，宋牧川帮她梳理得清清楚楚——在此刻的混沌里，她找到了那丝最重要的线索。

对，她要变得更强，才能护住自己的生，护住更多人的生。

隔岸酒楼的靡靡之音散在风里，灯笼的光在江上影影绰绰。

有人死去，有人活了，数以万计的生和死组成了这座城。残酷的、无情的，亦有热血的、沸腾的。

她早就在这局中了。她不是来帮忙的，她是来搏命的。那还游离什么，不如就走一条不归路，做一盏灯烛，哪怕只能发出微光，只能照亮一人的夜。

南衣停下脚步，认真地望向宋牧川："宋先生，现在，我还能加入秉烛司吗？"

寂静的夜风里，宋牧川却沉默了。

南衣以为他在犹豫，为自己解释道："这段时间，我经历了一些事，我发现自己比预想之中还要顽强。我未必是一个厉害的谍者，能派上大用场，但我一定是忠诚的，我不会成为一个背叛者。"

"夫人，我担心的不是这个。"宋牧川认真地看着她，"先前对夫人提议，是宋某考虑不周，低估了当下的时局。正如夫人所见，敌人比我们想象中要强大，就连我都不曾察觉到，用来接头的米行被盯上了，若不是夫人机敏，恐怕我就已经暴露了。局势已经越发恶劣了，敌众我寡，而坦诚来讲，我只希望夫人能平平安安。"

"没有哪个地方能有绝对的平安。"南衣平静道，"人要有信仰，才能自己活下去。我只有绵薄之力，却也想与高士们同行，见更大的天地。"

终于，南衣看到了那个按满了鲜红掌印的卷轴。

这里有庞遇、谢穗安、谢衡再、谢铸……有那些行动里擦肩而过不曾相认的人、那些隐入尘埃寂寂无名的英雄，然后，还有一个渺小的她。

*

梁记米行的人连夜撤离，铺子里的那对夫妇转移到了另一个街坊中，那里有秉烛司先前置下的小院，南衣便成了这对夫妇的"女儿"，暂时在此处安身。

男人名叫梁大，女人唤作九娘，这两人只是多年的搭档，配合默契，在城里扮作夫妻。梁大是秉烛司中经验最为丰富的谍者之一，在沥都府深耕多年，对各方信息了如指掌。

宋牧川带回了那乞丐所用的袖镖，让梁大帮忙辨认。这次抓到的细作居然是个汉人，这非常奇怪。他需要搞清楚对手是谁。

"黑鸦营。"梁大认出了这武器的归属之处。

此话一出，南衣见宋牧川的脸色竟黯淡几分，觉得奇怪："这黑鸦营……很厉害？"

梁大解释道："黑鸦营是大岐王庭专门为了昱朝培养的刺客队伍，有着惊人的侦察和刺杀能力。最重要的是，全是说中原话、习惯中原习俗的汉人面孔。当初攻破汴京城，就是黑鸦营提前在都城潜伏运作，里应外合。之后，黑鸦营就一直驻守在汴京，也不知道是谁把他们调到了沥都府……"

九娘气得牙痒痒："难怪最近城里这么多暗桩都被拔了，原来是来了狠角色。"

岐人刚清理了禹城军，志得意满，这个时候是不会自己请援军的。除非……

宋牧川皱着眉头道："禹城军的事也许出了纰漏，不太安全，近日先不要与他们联络了，以免暴露。"

"先生，禹城军一直藏在虎跪山里也不是个事，百来号人的吃喝拉撒怎么解决？把他们偷偷接进城里才稳妥，我们有了兵力也不会事事被动，您得尽快做个决断。"

"禹城军的事稍有不慎，便会牵连到甘棠夫人，此事我再想想。"宋牧川看向南衣，"南衣，接下来城里的戒备会越来越严，大部分的据点和谍者都会静默。但有一个任务，需要你去完成。"

南衣立刻坐直了身子，又有些谨慎："宋先生，什么任务？我一个人吗？是不是需要跟别人配合？"

"你就是最佳人选。"

*

为了调动黑鸦营，鹘沙是赌上了自己的家族立了军令状的，他必须在沥都府立下大功，没有退路。

但他有信心，只要有黑鸦营的相助，他必能查出禹城军的真相，把谢却山这个叛徒和完颜骏那个蠢货彻底踩在脚底。

这支秘密的队伍果真犹如一群悄无声息的黑鸦散入沥都府，他们的目标非常清晰，就是在背后筹谋一切的秉烛司。

只要揪出秉烛司中的重要人物，就能顺藤摸瓜寻到禹城军。秉烛司党人都是单线联系，彼此之间少有牵连，就算抓到一个，也很难撼动这个组织的大局，但黑鸦营擅长的正是捕捉草蛇灰线，大海捞针。

几日前，他们盯上了城中不起眼的"梁记米行"，但没有着急收网，而是想引出更大的鱼，没想到铺子里的人转移了。黑鸦营首战未捷，此后行事越发激进，但凡有可疑的，跟秉烛司可能相关的，通通不放过。

短短几日，沥都府中有不少秉烛司联络点都被连根拔起，来不及撤离的秉烛司谍者被抓的抓，杀的杀，也牵连了许多无辜的百姓。

那些能顶着酷刑一个字不吐露的硬骨头，便拉出去于菜市口斩首，以儆效尤。

血流成河，人人自危。

★

就在这一日的傍晚，甘棠夫人忽然叫上府中众人，把太夫人也请来了，开了谢家祠堂。

大家不知道是何事，面上都是茫然。

甘棠夫人平静地宣布，要把两个孩子过继到谢衡再名下。

此言一出，众人哗然。谢衡再膝下无子，就算要过继孩子撑着谢家长房，也该从宗族里找个姓谢的孩子。哪有把妹妹的孩子过继给哥哥的道理！

"胡闹！"太夫人急得拐杖直戳地，"谢棠安，你的孩子姓杨，又不姓谢！"

"祖母，我身上流着谢家的血，他们是我的孩子，就可以随我姓谢。谢家的后人，过继给大哥，有何不妥？"

"你……你……日子过得好好的，为什么非要干这种坏祖宗规矩的事？"

"祖母，您想要钦哥儿跟阿芙活吗？"

谢太夫人哑然。她在自己这个孙女眼中看到了某种似曾相识的坚决。

谢穗安头也不回地入了佛堂，去给亡夫守寡，便是这样的神情。

六姑娘是个惯会惹祸的，而她从来没操心过的这个大孙女，前半生恪守妇道，相夫教子，知书达理，可在短短的时间里把出格的事都干了一遍。

抛夫、弃子，她走的是与天下女子相悖的路。

可她问的是，想要钦哥儿跟阿芙活吗，却不说她自己。

谢太夫人的眼睛湿润了，她半截身子入土的人，难道要送一个又一个的黑发人入土吗？

"你也要舍了祖母吗……"

谢太夫人去拉她的手。

被老人纵横着皱纹的手握住，甘棠夫人再坚强，此刻也难免哽咽："祖母，世家大族受百姓敬仰，方能生生不息，枝繁叶茂。当江山无主之时，谢家就是沥都府的脊梁骨。孙女不孝，但我意已决。"

甘棠夫人知道城里乱了，她带来的禹城军迟早会牵连到她。她将自己的孩子过继到大房，若是她出事，便不会牵连到他们，谢家自有办法护住这两个孩子。

她并不参与秉烛司的行动，也不是秉烛司的人，但她知道，他们在默默扶持她，保护她。而她只想用这样的行动告诉他们，她孑然一身，无畏生死，不要让她成为禹城军乃至秉烛司的掣肘。

谢却山站在人群之末，看着自己的二姐，心中亦是动容。

甘棠夫人这时看向了谢却山："谢三，你过来。"

谢却山走过去，拱手道："二姐。"

"江山倾颓，你如今为岐人做事，择一条明路，这无可厚非。但我要你对着祖宗牌位起誓，谢家族人之中，若无其抗岐的证据，你都必须护着他们。"

谢却山提起衣袍，在牌位前下跪起誓："我……谢朝恩，于谢氏列祖列宗前起誓，谢家族人，无论立场如何，我皆护之。"

甘棠夫人也抱着两个孩子在林立的牌位前跪下，她指了指最下面的那一个牌位，道："谢钦，谢芙，以后，这牌位上头的就是你们的父亲。你们要为他供香，为他祭祀，传承他的血脉，记住了吗？"

谢芙年纪小，睁着懵懂的大眼睛，指着牌位天真无邪道："阿娘，这不是块木牌吗？它不是我父亲……"

"不许再叫我娘！"甘棠夫人严厉地呵斥谢芙，"昨晚是怎么同你们说的？！"

谢芙被娘亲这么一吼，哇哇地哭了出来，哭声揪得整个祠堂里的人心颤。

谢钦年纪稍大些，已经是个少年了，此刻他泪流满面，但咬着牙磕了个头："姑母，钦儿记住了。"

那静默了十年百年的牌位依然缄默着。没有人知道，他们是不是在冥冥之中注视着子孙们的言行，又会对子孙们做出怎样的评价。

但亡魂已无言，世人皆碌碌。

第八十四章 诏书藏

甘棠夫人回到院中已是深夜，有一人还跪在那里，像尊石雕似的。

她站在那人身后，疲惫道："回去吧。"

唐戎依然跪在那儿。少年挺着脊梁骨，没有回头，也没有起身，字字恳切又悲痛："夫人，你明明只要把所有的事情推给我就好了。如果岐人来抓你，你便说是我用孩子的性命要挟你，逼你将虎符偷出，带禹城军回沥都府，这件事全是我的主意，与你没有半点关系！"

甘棠夫人已是心力交瘁，没力气再辩论了。她缓缓地走过去，抱起裙子坐在台阶上，看着唐戎。

他曾是跟在平南侯身边的都虞侯，深受器重，却甘于扮作一个普通的侍卫守在她身边。来望雪坞这么久了，他依然没有适应世家里的生活，一直都很沉默。直到昨晚她说要将孩子过继给大房，这样她是生是死就牵连不到孩子了，他表现得异常激烈，甚至与她大吵了一架，然后就一直跪在这里，不肯离开。

她想起来了，禹城城破那天，他也是这样长跪在侯府院前，求平南侯血战到底。

在他这个充满豪情壮志的年纪，以为恳切就能改变什么，但什么都改变不了。

……不，也是有改变的。当时他听到了平南侯要将甘棠夫人献给岐人的话，他与那个深宅内的命妇未曾谋面，但他就是觉得这样不对，于是冲进内宅向她报信。

甘棠夫人哪里见过莽撞的军营男子，当时也是吓了一跳，等他说明来意，她才知道外面的局势已经这么恶劣了。

那时她愤怒极了，相伴十年的枕边人竟露出了如此丑陋的嘴脸。她为他生儿育女，与他相敬如宾，可大难临头时连各自飞都做不到，他竟要将她献给敌人以表投诚的忠心。这种愤怒让她做出了一个谁也没想到的叛逆决定——偷虎符，带兵逃跑。

只有她知道，被外人夸赞的大义和勇敢其实最初不过是怒意上脑，私藏着她想要鱼死网破的冲动。

直到真正上了路，她才知道有多么艰难。她带着两个半大的孩子，跟着禹城军一起风餐露宿。这一路他们都要躲着岐兵，多数时间都在深山田野中跋涉，偶尔途经城镇，也只敢派几个人进城买点物资。

她前半生养尊处优，行路都是前呼后拥，甚至都不曾真正地踏在这片土地上，靠自己的双脚前行。她自诩仁善，从不借权势欺人，见到行乞者都愿意施舍，此刻才发觉，这算得上什么仁善？从前更像上位者的惺惺作态。

行千万里路，所见民生凋敝，实实在在地给了她巨大的冲击。她后知后觉地意识到，自己当时冲动下做的决定误打误撞地做对了。

可信念归信念，偶尔能抵消身上的苦，却不是时时都有效。她不敢露怯，因为这是她放下的大话。她也有实在坚持不下去想要放弃的时候，路过的每一处悬崖，她都想要不跳下去算了，这世间怎么这么苦啊。

只是她每每回头，都能望见唐戎紧绷的神情，他贴身保护着她。一路上无论走到哪里，他每夜都守在她的帐子外，不许任何危险靠近她。

明明可以不这样。她是侯府夫人，可扔在乱世里，她也可以什么都不是。但少年就是那样炙热地坚持着心中的秩序，他带着禹城军尊她、敬她、护她。她慢慢才悟到，他们作为军人，一夕之间没了君王，没了主帅，他们也需要在这个乱世里找到一个精神信仰。

而为了私心偷了虎符的她，成了他们心中值得维护的高士。为了这份情义，她也要把那高士的架子端起来，说什么也不能逃，她要带着他们走出一条生路来。

做出这个选择后，她反而觉得心里轻松极了。唐戎不知道，她也成了一个战士，她心里很高兴。

只是这孩子犟得很，他不希望她涉险。

此刻安静极了，还带着点寒意的春风拂过，抖落几簇树上的花骨朵，正好落在她手背上。

甘棠夫人突兀地笑了一下。

迎着唐戎困惑的目光，她将手背递过去，那朵花正好盛开在她的虎口："唐戎，花开了。"

唐戎怔怔地望着她的脸，不明白她为什么会在经历一日的沉重之后，却对着一朵落花绽开久违的笑容。

他此刻只觉得，她仿佛不再是一个穿越过战火、经历过沧桑的妇人，她坐在这个出阁之前住了十多年的院落里，时光似乎不曾流逝，她还是那个眼里装着春花秋月的少女。

"这很美。"他喃喃道。

甘棠夫人脸上再次缓缓地绽开一丝笑容："哪怕我只是想守护这一朵春花之美呢？唐戎，你要成全我。"

唐戎不知道为什么，戎马半生，铁骨铮铮的自己竟会被这一句话戳中，眼里隐隐含了泪。

"夫人，让我们来守护你就好了！"他握着拳，不肯暴露一丝软弱。

"你们已经护着我行了万里路，平平安安地回了家。往后禹城军想做什么，就放手去做，不用顾忌我。但我……要与你们共生死，在带你们出城的那一日，我便说了的。"

"夫人！"

他情难自禁地往前膝行几步，握住了她的一片裙角。

他抓得很紧，将那片锦缎都捏出了褶皱。男儿膝下有黄金，男儿有泪不轻弹，但他对着她毫无顾忌地露出了所有的脆弱和迫切："那只是无谓的牺牲！"

"并非无谓，"她笃定地说，"天地日月，都在看着。愚公移山，也是从一粒灰、一抔土开始。"

★

在城里草木皆兵，人命如草芥的这些日子里，没有人知道天理和公道在哪儿。

鹘沙已经杀红了眼，只要把秉烛司揪出来，别说是什么禹城军，陵安王的下落也能不费吹灰之力地获得。

他如此高歌猛进，却让完颜骏措手不及。

他不知道鹘沙哪来这么大的本事，这让他隐隐坐立不安。先前在鹘沙那里碾压式的优势有了微妙的变化，他控制不了自己手下的这员大将。显然鹘沙是一只野心勃勃的猛虎，绝非落水狗。

他正愁如今的局势，这时章月回在七日之约的最后一天给他带来了一个绝密的情报。

秉烛司正在想办法与令福帝姬接头，令福帝姬身上很可能带来了昱朝皇帝的传位诏书。

完颜骏惊出一身冷汗，没有人比他更清楚，出发之前，徐叩月求了他的恩典，想去拜别父母——她跟昱朝皇帝是见过一面的！虽然那次对话在他的监视之下，但若真的有什么交接，也是防不胜防。传位诏书的事，绝不可能是空穴来风！

而这便是谢却山帮章月回过关的筹码。

章月回原本想让鹘沙和完颜骏狗咬狗，把水搅浑，自己好脱身，但这还没那么快见效。而谢却山这剂猛药迅速让章月回重得完颜骏的信任。

这甚至都让章月回有点困惑了——传位诏书如果是真，把这消息透露给完颜骏，秉烛司捞不到半点好，甚至还可能搭上一个徐叩月，无论从哪个角度看，都不是件好事。

谢却山真叛变了，还是卧底干不下去发疯了？

这么个大好机会，他为什么要卖个人情给自己？章月回觉得其中必定有蹊跷，但他也懒得琢磨。哪怕诏书的事是假，只要找不到，就如同一根钉子一样插在人心里，不止不休，对他来说并不是个亏本的买卖。

而且这说到底也与他无关，他要的还是尽快从这烂摊子中脱身，把南衣带到自己身边来。

这局里最着急的人该是完颜骏，人是他带来沥都府的，无论如何，掘地三尺，他也要把这个东西找出来。

接到情报已是深夜，完颜骏将熟睡中的徐叩月从床上拉起来，直接拎到院子里。一队士兵便拥入了房中，粗暴地开始搜查。

丁零咣啷，光隔着窗子看，都觉得胆战心惊。

初春的院子仍有些寒意，徐叩月只披了一身薄衫，站在风里瑟瑟发抖。

她一开口，都冷得齿间打战："大人……发生什么了？"

完颜骏站在她身侧，没有回答，只是静静地等待着。

不知过了多久，终于，屋里的动静结束了，士兵们列队走出，对完颜骏复命："禀报大人，没有搜到任何可疑的纸笺。"

完颜骏眸中似有墨色翻涌，半晌后竟只是道了一句："都退下。"

转眼间，人就退了个干干净净。

完颜骏将外袍脱下来，披到徐叩月身上。他紧紧地箍着她的肩膀，语气倒是出奇地温柔："阿月，你有没有瞒我什么事？"

徐叩月茫然又恐惧地摇摇头。

"你知道吗，我把你带回南边，顶着多大的压力？与你同来的那些帝姬、宫妃，哪怕是皇后，都还在洗衣院里受苦，被万人践踏，你的日子可比她们好过太多了。你若瞒了我一些事……我被牵连，就没人能保你了。"

徐叩月眼里被逼出了眼泪，她只能拼命点头，附和着完颜骏的话。

她抽噎道："我一直跟在大人的身边，一举一动都在大人眼里……大人就算不相信我，也该相信自己的眼睛吧？"

也不知道完颜骏有没有被说服，他面上还是那般深不见底的笑，宽大的手掌覆上徐叩月的面庞。

他手指缓缓收拢，勒得她骨头都生疼。他的笑容慢慢变成了阴冷的狰狞的表情。

*

而令福帝姬正是宋牧川交给南衣的任务。

潜伏在岐人王庭的秉烛司党人用性命带出了两条重要的消息。第一条便是令福帝姬身上带着传位诏书；还有一条消息，则更令人胆战心惊——大臣们南渡，于金陵组成的新班子中，有一核心重臣暗中叛岐，代号"大满"。

"大满"是一个奇怪的代号。二十四节气中，只有"小满"，并无"大满"，这是老祖宗的智慧与中庸之道，水满则溢，月盈则亏，偏偏这人口出狂言，称自己为"大满"，所图甚大，其野心可见一斑。

"大满"到底知道什么，又向岐人告知了多少，这些都是未知的，但找出叛徒到底是金陵的事，沥都府也左右不了。宋牧川要做的就是派人去跟徐叩月接头，将传位诏书带出来。

在此之前，没人知道还有传位诏书的存在。

皇帝被俘带到大岐，身陷囹圄，当时情况紧急，也没能安排任何后事。事急从权，新朝扶持陵安王，只因他是宗室之中唯一未被俘虏的皇子，但陵安王非太子，未得诏，总会有有心之人质疑他得位不正，借此扰乱朝纲。朝臣们也是顶着压力在做这件事,若能得传位诏书,那一切都将名正言顺。

身在敌营的皇帝恐怕也是想到了这一点,才费尽心思地将传位诏书交给唯一有可能去往南边的徐叩月。

但徐叩月来到沥都府,这里已经彻底沦陷,知府叛变,陵安王不知所终,放眼望去,城里竟没有一方靠得住的势力。想必她并不知道该把传位诏书交给谁,故而一直缄默,想寻找一个时机,等一个合适的人。

南衣接到这个任务的时候,也有些愕然。

她一直不明白那位帝姬为什么受着这么大的屈辱仍要活着,此刻……似乎隐隐有了答案。

她并不甘于只是靠近徐叩月,把传位诏书带出来……她想把这位帝姬也救出来。

只是完颜骏的府邸守得密不透风,她的行动不仅要稳,还要快,这简直难如登天。

第八十五章 谎言者

春寒料峭,衣衫单薄的女人被绑在后院的树上,漂亮的脸蛋被冻得青白,头恹恹地耷拉着。

谢却山路过时,脚步微不可察地停顿了一下,便无动于衷地往厅堂里走去。

完颜骏泡的茶已经有些凉了,半缕热气盘旋在杯沿。他想什么出了神,等听到脚步声才抬起头,对谢却山做了一个请入座的手势。

素来喜怒不形于色的人,这会儿看上去也有些心事重重。

"看来完颜大人的消息也挺快的。"谢却山开门见山,朝院子抬了抬下巴。

完颜骏一惊:"你也知道了?"

谢却山"哟"了一声,故作惊讶:"我是从章老板那儿得知的……"

谢却山见完颜骏眉头渐渐皱起,猜测道:"莫非那章老板把这一手消息卖给了好些人?"

轻飘飘的一句点拨正好点在了完颜骏的逆鳞上。

徐叩月是他的身边人,是他力排众议带来的,如果她藏了这么重要的东西,带到沥都府,那他也是要担责的。如今鹘沙又在他背后虎视眈眈,他当然想要在尽人皆知之前就把传位诏书找出来销毁，那便能相安无事。

但他没想到章月回竟然把同一个消息卖给了好几个人！事情一旦闹大，他会变得很麻烦。

没有或是有，都是一件好处理的事，偏偏这是一件传闻里有但实际上又没找到的东西，这便微妙了。

"这个奸商！"完颜骏怒了。

谢却山虚情假意地附和了一句："什么钱都敢赚，也不怕没命花。"

如果章月回在场的话，恐怕已经气得跳脚，恨不得直接将一杯热茶泼到谢却山虚伪的脸上。

但背后嚼人舌根，怎么能让当事人听到呢？

远在花朝阁的章月回打了个喷嚏，还没意识到谢却山已经不费吹灰之力地踩了他一脚。

"既然章月回已经卖给了你这个消息，那这件事，你是怎么看的？"

谢却山表态道："完颜大人，我自然是与您站在一边的，凡事都以朝廷的利益为先。这次前来，就是想问问有没有什么需要我帮忙的。"

韩先旺的缘故，完颜骏对谢却山并没有像对鹘沙那样充满敌意，他们算一个派系的，先前虽然谈不上信任，但几次交锋下来，他也找不出谢却山的错处，谢却山还帮了他不少忙。谢却山既然得了消息第一时间来向他投诚，那便姑且算作真。他当下也迫切地需要一个盟友。

"你说，章月回不会把这消息也告诉鹘沙了吧？"

完颜骏和鹘沙的矛盾从禹城军之事后便日益尖锐，他们隶属于大岐王庭的不同派系，大岐王起用立下战功的新贵族们南征北战，同时对内也要靠着旧贵族稳定内廷和经济。随着疆土的开拓，这两派争夺也愈演愈烈。

谢却山沉吟片刻，道："以鹘沙将军那暴脾气，他要是听说了，不得立刻上门来搜查……恐怕他还不知道。"

完颜骏觉得有道理，但又觉得有哪里不对："章月回既然能把这消息卖给你，就不可能不捞鹘沙的钱……"

但鹘沙为什么没有上门来挑衅？他最近风头正盛，这分明是个绝佳的机会。

"说到鹘沙将军，我还发觉一事，正想要来与完颜大人商量。"

"请讲。"

谢却山从怀中掏出一块被撕碎的帛布，交给完颜骏。

完颜骏仔细一看，帛布上绣着黑鸦暗纹。他神色一变："黑鸦营？"

他终于明白，鹘沙最近为何能有那么大的动作。朝廷竟越过他，直接将黑鸦营秘密调给了鹘沙！

这一块小小的帛布，让完颜骏后背惊出一层冷汗。鹘沙有了这把利剑，势必会取而代之，让他滚回大岐。

"鹘沙近日好像还在查禹城军的事……说到底是您放的炸药致使他的手下阵亡，他怕是不肯甘心，非要揪着这事找出您的错处啊……"

完颜骏勉强地笑了笑："鹘沙这人真有意思，都是同僚，他不去找陵安王，却在这儿针对我，实在是太不识大体了。"

"大人，你我都是看得清形势的，就怕鹘沙将军想不开啊，把刀尖朝着自己人……"

谢却山的每一句都若有似无地在往鹘沙身上引。

以完颜骏的多疑，他现在脑海中已经有了一个可怕的猜想。

会不会传位诏书的事根本就是无中生有，是鹘沙和章月回联手坑他而做的一个局？上次他逼了章月回，暗中已经得罪了这个奸商，鹘沙本就跟他不对付，这两人一拍即合，一边用黑鸦营查禹城军那晚的事，一边用徐叩月和传位诏书让他后院起火，转移他的注意力。

完颜骏越想越觉得有这个可能，他心不在焉地送走了谢却山，大步走到徐叩月面前。

他要被这种若有似无的可能性折磨疯了，他得从这个女人嘴里听到实话，才能做出判断。

徐叩月被绑了一日，已经奄奄一息了。

完颜骏把她从安置女俘虏们的洗衣院带回来之后，虽然监视和束缚着她，但没怎么对她动过手。

这一次是真的发怒了，他掐着她的脖子逼她仰起头。她的脑袋撞到了树干上，含着一点花香的冷冽空气涌入鼻子里，让她一下子清醒过来。

"传位诏书，到底有还是没有？！"

眼泪在她苍白的脸上簌簌地纵横着，她的意志也近乎崩溃，喉头只挤出一个字眼："疼……"

完颜骏的手不自觉地松了一些。

"求你……不要用这么荒谬的理由折磨我……求求你……杀了我吧……"

这还是她第一次如此真切地哀求他。

过去的她都是桀骜不驯，纵然身陷囹圄，还要端着几分傲骨，膝盖跪下了，但心里从来没有跪下。

可这一次她居然开口求他了，他心里被撕开了一道口子。

极怒和极惧的情绪在他心里烧着，此刻又像被一盆冷水兜头浇下，火焰骤然熄灭。他还没缓过来，甚至都不知道自己在做什么。等他回过神来，他已经解开了徐叩月的绳子。

他知道自己在冒险，可她求他了！这不是这么多年一直藏在他心底最阴暗的渴望吗？

连徐叩月都不曾记得。

他心软了。也许徐叩月没骗他，没有什么传位诏书。她虽然是俘虏，但他把她养得很好，遇事就只会哭。这种女人，一点苦头就能让她屈服。

可这些也只是猜测，他怎么敢相信徐叩月！这个女人从来就没对他动过感情，她的一切服从都是假的。

他的内心在反复挣扎，绳索虽然松了，但他紧紧地箍着徐叩月的肩："别骗我。"

他分明是这个权力游戏的绝对主宰者，语气里却隐隐像是哀求。

人心是这个世上最复杂的游戏。

你要凌驾于众人之上，便不能动情；你要动情，就别想立于不败之地。

"我不敢骗你。"徐叩月仍在抽泣。

"你要是骗我，我会让人折磨你的母亲、你的妹妹，你就算死了，我也会让士兵们来践踏你的尸体，把你扔到荒郊去喂狗，你做鬼也别想安宁！"

"好，"徐叩月眼神空洞地望着他，回道，"如果我骗你，我们就一起下地狱。"

完颜骏松了手，踉跄地退了几步。

他摆摆手，让女使们服侍徐叩月回到房间。

他暂时放过了徐叩月，他很希望徐叩月没有骗他，但事关重大，他不敢冒险，对徐叩月的监视和禁锢更甚。如果真的有传位诏书，那一定会有人来接头。完颜骏不可能完全放弃这一种可能性。

★

营救徐叩月的计划还在谋划着，南衣突然接到了一件临时的差事。

有一封密信要送给秉烛司中最神秘的谍者"雁"。

因为黑鸦营的雷霆之势，秉烛司的大部分谍者都在静默，而南衣是个新面孔，不会惹人怀疑，传信的事便落在了她的头上。

这个代号是南衣心里的一根弦。她曾在谢小六面前认下"雁"的身份，让自己有了一个安全的处境，也因为迈出的这一步，她阴错阳差真的进了秉烛司。她有些感激这个人，又有些惴惴不安，怕被揭穿。她更好奇"雁"到底是何人，他天衣无缝地策划了陵安王进城的计划，又静悄悄地蛰伏在暗处。

这根弦寂静了许久，都快要被遗忘了，忽然有人拨弄了一下，在她心里引发了一场不小的地动。

土地像前。

曾经被鹳沙劈成两截的土地公公石像已经被附近的百姓用黏土粘了回去，为了遮住裂缝，石像上缠了根藤蔓，竟有种莫名的生机感。

香炉也换了个新的，上头三三两两插着香。说来也奇怪，乱世里的神连自己的神像都庇佑不了，又谈何庇佑世人？可每一炷香上烧的都是求神者真切的无助和希望。

南衣把密信的竹节藏到了香灰里，按理说她应该马上离开，但她忍不住在附近的街角踱步，想看看到底会是谁来接头。

南衣紧张地看着街上人来人往，一张张都是陌生的面孔。

对于"雁"是谁，她心底有一个隐约的猜测……但那个猜测太过大胆和荒谬，每每一冒出来就被她自己否认了。

会是谁来呢？

第八十六章 闯龙潭

就在这时，一队岐兵忽然闯到了街上，开始暴力地抓人盘查，喧闹之中，南衣听到这些人是来查秉烛司党人的。

南衣心觉不妙，不知道是不是自己做错了什么，忙闷头往前走，想要尽快离开。

"你！站住！"

南衣听到后面一个声音喝住了她。她缓缓地停下了脚步，脑海中闪现了一些最坏的可能，正盘算着如何应付。

"军爷，舍妹顽皮，出来寻小人迷了路。"有个人挡在了岐兵面前，递上了一块船舶司的木牌，木牌下压着一锭银子，一同送了过去，"小人在船舶司当差，为完颜大人做事，还请军爷高抬贵手，让我带舍妹回家。"

南衣惊讶地回身看了一眼，是宋牧川。她立刻就反应过来，乖巧地站到了他身后，挽上了他的胳膊，委屈道："哥哥，你怎么才来接我呀？"

宋牧川手臂有些僵，但脸上的表情还在强作镇定，用了毕生的演技对南衣亲昵地笑了笑。

岐兵狐疑地打量宋牧川和南衣二人，见确实只是寻常人，又检查了木牌，不耐烦地递了回去："无关人士赶紧走，我们要盘查整条街。"

南衣虚虚地挽着宋牧川走出去好远，直到把喧嚣声都抛在身后很远，才收回了手。

宋牧川觉得半边身子都是麻的，手臂还是保持着半折的姿势，走的几步路竟都同手同脚了。

南衣没察觉到他的异样，惴惴不安地问道："宋先生，那信……不会被发现吧？"

宋牧川回过神来，强自稳定心绪，对她宽心地一笑："他能收到的。"

南衣还是忍不住问出了口："宋先生，你知道'雁'到底是谁吗？"

"不知道。"

"你不好奇吗？"

"不好奇。"

"这怎么憋得住啊……"

"那人不肯露面，必定有他的考虑。我们非要揭开他的面具，百害而无一利。"

南衣听进去了，若有所思地点了点头："说的也是，我欠考虑了。"

"相信他就好了，"宋牧川道，"不管他是何人，他一定会在暗中与我们并肩作战。"

南衣需要去理解这种信任——一个素未谋面的人，如何相信他能与自己配合得完美无缺呢？如何相信他的存在就是一种力量呢？

她想了想，有些茫然地看着宋牧川："就像信任你一样，信任他吗？"

宋牧川猛地一怔。

这样一句有着重大意义的话却如此自然而然地从她口中说出，这竟让宋牧川有了一点疯狂生长的私心。

她有多信任他呢？又是哪般信任？倘若他不是秉烛司的人，她还会如此信任他吗？

他喜悦又畏惧，竟忘了回答她的问题。

不过幸好，南衣的话更像一句自言自语，她只是在试图理解这种情义。她回头深深地望了一眼混乱的街道，路过的行人、凶悍的岐兵、酒楼里的雅客、铺子里的商户……每一张面孔都有可能是"雁"。但他究竟是谁并不重要，他一定会全力以赴奔他的使命，正如她和宋牧川一样。

南衣似乎有些明白了。是啊，那个没露面的"雁"，他们并肩作战，这就够了。

★

临街的酒楼，谢却山坐在窗边。岐兵是他喊来的，她一直在附近徘徊，他没法去接头点。

看到宋牧川带南衣走了，他才低声交代贺平："去拿信吧。"

而他的目光一直跟着南衣的背影，看着她挽着宋牧川，看着她发髻跟着她的步伐晃动，像翩跹的蝴蝶，仿佛会一下子跃到人的面前。

但那只蝴蝶越飞越远，几乎要被层层叠叠的建筑屋舍挡住。他克制了想要向她走一步的念头，只是安静地坐在这里，等待自己的心跳恢复正常的频率。

虽然只隔了几日没见，谢却山却觉得好像已经过去了很久。在他心里，他已经跟那个人道过别了，他已经接受了他们的人生不会再有交集的结局。可他依然忍不住去关注她身上发生的变化，比起初见时那个不敢抬头看人的小乞丐，她如今的步伐好像变得明快了，脊背也越发挺拔。

她应该过得很自在吧？那样就好了。

希望宋牧川能好好用用自己的脑子，周全行事。保护不好自己的谍者，就是不适合干这行的蠢货。

他不希望他们之间任何一个人有危险，否则他真的会让他们一起从沥都府滚蛋。

他刚端起酒杯，一个人就在他对面老神在在地坐了下来，给自己也倒了一杯酒。

谢却山皱眉，看着令人厌烦的章月回。

"我想到一个把南衣带回我身边的好计划，你想听吗？"

章月回遥遥地朝谢却山举酒杯，脸上露出一丝胜券在握的笑容。

谢却山本来不想搭理章月回的，但是他抛出的橄榄枝让人很难拒绝："说来听听。"

章月回愉快地饮了酒："不告诉你。"

那你是有什么毛病？！

谢却山硬生生地将骂人的话咽了回去，也举起酒杯，扯了一丝虚情假意的笑容："那祝你成功。"

章月回气定神闲道："还得借你的东风。"

什么意思？

谢却山一下子警觉起来，眯着眼盯着章月回。

章月回放下酒杯，扔给谢却山一块刻有"归来堂"字样的木牌："运苦力的队伍很快就到沥都府了，这是信物，拿着它就能接头。"

"多谢。"

谢却山起身想去拿,章月回却按住了他的手。

"谢却山,我知道你要做什么。"章月回抬眼,狭长的眸子里透着一抹危险的光。

谢却山垂眸斜睨他,不动声色。

"你让我知道了令福帝姬的事,又告诉我南衣在秉烛司,不就是用她牵制我,让我别搅浑水吗?"

"嗯,所以呢?"谢却山答得坦然。

"上一个算计我的人,坟头草约莫有……这么高了吧。"章月回松了手,还像模像样地比画了一下,笑眯眯地看着谢却山,"我会来杀你的,谢却山。"

"那就看你的本事了。"谢却山淡淡地扔下一句话,扬长而去。

★

接头的信物不多时便传到了宋牧川手里,这正是他瞒天过海的法子,让禹城军扮作苦力在完颜骏眼皮子底下进城。

百来号人无论藏在城里何处都是显眼的,而造船就是件能掩人耳目的事,正好宋牧川负责此事,也能和禹城军相互照应。

谍者行的是暗中之事,能在关键时候扭转胜负,但若手里无兵力,巧妇也难为无米之炊。他们也许能偷偷送走陵安王,但保不下沥都府。可国之疆土,就该分寸必争,怎能轻易拱手让人?禹城军的到来是个变数,秉烛司竭力保下他们,正是因为这才是最大的底牌。

王,该由军队浩浩荡荡地送往新都,而非仓皇败走,尊严扫地。

宋牧川交给"雁"的密信里,则是请求他帮忙,让完颜骏的大夫暂时消失。南衣需要等一个时机,能够堂而皇之地进入完颜府。

不过在此之前,南衣为了能让事情更顺利,已经偷偷使了一些手段。

★

完颜骏十分谨慎,加派了人手,将府邸守得密不透风。任何风吹草动都不会被放过。

但这几日,府里总有一些奇怪的动静。

有时是不知道从哪里弹进来一粒石头,在窗纸上砸出一个窟窿。守兵们立刻就全府排查,但什么都没查出来,最后只能抓出几个偷懒的士兵,将人赶了出去。

有时是天上掉下来一个纸鸢，让守卫如临大敌，里里外外检查，生怕上头传了什么消息，用各种法子检查，结果证明这只是一个普通的纸鸢。

还有一日忽然全府上下接二连三地闹肚子，起初大家都认为是后厨出了奸细，一番调查下来发现只是厨房不慎用了腐坏的食材，吃坏了肚子而已。

就这么来来回回几次，完颜骏起初还是高度紧张地绷着精神，但每次的落空似乎都在验证诏书之事的子虚乌有，无法确认的事情反复折磨着他的精神。一而再，再而三，到后来他已经有些倦怠了。

就在这个时候，徐叩月发起了高热。

完颜骏府中本是有自己的大夫的，可偏偏就是那么不巧，前几日那大夫骑马摔断了腿。他不敢用军中鹘沙的人，只好派人去请城里底子清白信得过的女医。

而秉烛司早就安排好了医馆里的档案，就这样南衣扮作女医，顺理成章地被安排进了完颜府。

但踏进那道门只是第一步。一进院子，南衣就感觉到了森严和紧张的气氛。一眼望去，三五步便有一个守卫，全副武装，严阵以待。这还已经是完颜府松懈后的结果。

真正地站在这里，南衣察觉到了现实与计划的差距。身在敌营里的巨大压迫感时时刻刻包围着她，而她已无后路，只能勇往直前，要么死，要么成功。

对于刚来府上的陌生面孔，完颜骏多少有些戒备。

在院子里南衣就被蒙上了眼睛，一个女使领着她七弯八绕地来到后院。

摘下蒙眼的缎带，南衣才看清这是一间女子的厢房，陈设有些凌乱，应该是被搜过一轮了，想来就是令福帝姬的房间。

这大白日的，房中垂着厚厚的帐子，密不透光，仅用烛火照明。

完颜骏站在屋子里，锐利的目光居高临下地打量着南衣。

女使从帐子里牵出一根红线，道："大夫，请为帝姬号脉。"

南衣知道，这是一个考验。她能不能获得完颜骏的信任，就看她的"医术"如何了。

徐叩月突发恶疾实际也是被安排的，南衣在每日送进来的果蔬上动了手脚，往上面撒了一些特制的药粉。这药物只对女子有作用，服用后会出现喜脉的脉象，并伴有呕吐、高热这些症状。

伪造喜脉就是为了让完颜骏对徐叩月的身体上心，暂时放松对她的警惕。

南衣对医术一窍不通，但关于把脉的话术，她早就背得滚瓜烂熟了。

可她并不知道，红线那头其实绑在了一个男人的手腕上。

谢却山猜到宋牧川也许会让南衣执行这一次的任务，却并不知道她哪一天会来，也不知她会以什么样的方式来。她入府这一日，谢却山正好也在完颜骏府上。

完颜骏临时想到一个法子，让谢却山来帮个忙，请他坐在帐子后，借此考考那新来的女医到底有没有真本事。如果是浑水摸鱼的，那么身份就会有问题。

谢却山也有些错愕，但完颜骏想好了非要这么做，他再推辞就显得可疑了，只好坐到帐子后。他分明听到了南衣的声音，隔着帐子看到那个模糊的人影在案前坐了下来。

他心觉糟糕，可也不能出声提醒。

南衣扶着那细细的红线，闭眼故作高深地感受脉搏的跳动。当然，她什么都感觉不出来。滥竽充数还是让人有点脊背发凉。揣度片刻，她还是决定按照教过的话术来。宋牧川说了，服了那药之后，华佗再世来把脉，那也得是喜脉。

许久，她才老练地睁开眼睛，清了清嗓子道："恭喜完颜大人，这是喜脉啊！"

完颜骏露出了一丝惊喜的笑容："是吗？如此好事，那我大大有赏！"

南衣刚想接话，却察觉到完颜骏眼里的阴森，外头似有脚步声涌来。她心中暗道不妙，果然下一秒，便有侍卫拥进房间，将她团团围住。

完颜骏敛起笑容，面有怒意地喝道："把她抓起来，仔细拷问究竟是什么人派来的！"

南衣的心脏几乎要跳到嗓子眼——怎么会这么快就被发现？究竟是哪里出了问题？

第八十七章 伪装者

南衣挺着后背不动声色。不管心里有没有底，不到最后一刻，都要装腔作势，这是她从谢却山那里学到的。

沉默了会儿，她缓缓地转身，镇定道："完颜大人，就许您戏弄小人，不许小人戏弄您吗？"

完颜骏一愣，抬手拦了拦侍卫："什么意思？"

南衣道："小人摸到的脉象尺脉常弱，寸脉常盛，帐子后，分明是个男人。"

完颜骏眯起眼打量这个女医。

南衣面上镇定，耳边却只听得到自己胸膛剧烈的心跳声。

在刚才千钧一发的时刻，她脑子飞快地运转着：完颜骏是在她说出诊断之后才怀疑她的，那就说明她的判断错了——难道是这里面的人绝对不可能有喜脉……

这时她感觉到帐子似乎动了一下。她垂眸瞄到帐子下露出半只靴子的头，似乎是男人官靴的样式，这更确认了她的猜想，才大着胆子挺直腰板跟完颜骏讲话。至于这什么尺脉寸脉，都是她先前背下的一些关于脉象的描述。

帐子后传来一声轻笑："倒是个有点本事的女医，整个沥都府敢戏弄完颜大人的，恐怕也就只有你一个了。"

这个熟悉的声音在南衣耳边如同平地一声惊雷——是谢却山？！他没认出自己吧？

南衣心里头一惊，想着自己已经伪装过了声音，都是故意粗着嗓子在讲话，隔着帐子，谢却山未必能认出来。如果他认出来她，怎么可能不来揭穿她？

他只是放了她，可没让她与岐人作对，要是发现她是秉烛司的人，在完颜骏府上扮作大夫，不得扒掉她一层皮？

南衣更小心地藏了藏原本的声音，拱手回道："小人不敢，只是以为完颜大人爱开玩笑，故而投其所好。"

她的目光紧张地盯着帐子后的那团阴影。

谢却山忍不住发笑——她不会真以为换个嗓音他就听不出来了吧？她进门一开口他就知道是谁来了。

怕吓着她，谢却山还是不逗她了，想着快些给她个台阶下吧。

"完颜大人，您觉得如何？"谢却山不再陈述，把这个问题抛给了完颜骏。

多疑者，别人越多说就越不信，必须让他自己想明白。

缓缓地，完颜骏挥手示意侍卫们退下。他盯着南衣，对这个一来就不低调的女医还是有些疑心，但又觉得这人是有几分本事的，不然哪来的这股傲气跟他叫板？

她的来历经过层层把关，都是清白的，完颜骏到底是说服了自己，反正人在自己眼皮子底下，一个小女子翻了天也不过如此，当下最重要的还是要给徐叩月看病。

"近来府上不太平，万事都得小心，大夫莫怪。只要你能治好帝姬的病，就算是汉人，我也重重有赏。"

"多谢完颜大人，小人必定竭尽全力。"

"随我来吧——却山公子，你先喝杯热茶，我去去就回。"

这时有两个女使上前，缓缓地撩开了垂下的帐子。

南衣先看到了案上那双修长的手，青色的袖边，腕上缠了一圈红线，指节随意地搭着。

沥都府何其大，两个分别的人可能再也碰不上一面。没有任何来由，南衣只觉得这种重逢让人心头涌上一阵澎湃。她想看看谢却山，可她知道她绝不能在这里被他揭穿身份。

她能被送进来，是秉烛司在背后做了极大的努力。虽然扮作大夫是过于冒险的无奈之举，但当下时局特殊，完颜府守备森严，也只有这个办法能最快速地接近徐叩月，她不能功亏一篑。

在帷帐被彻底撩起之前，南衣转身跟上了完颜骏的脚步，不再回头看。

入了里屋，南衣终于见到了高热昏迷的徐叩月。

比起上次相见，南衣觉得她又清减不少，每每见到她，心底便泛起一阵唏嘘。她总是不自觉地穷尽她的所见所闻去想象一个王朝的帝姬是如何在千娇百宠之中长成最娇艳的一朵花，再与当下的孤零相比，倍感无力。

她不敢在完颜骏眼皮子底下展露出太多情绪，放下药箱，跪在床榻边，熟练地表演那一套望闻问切的动作。趁着查看徐叩月舌苔的工夫，她将一粒药神不知鬼不觉地塞入了徐叩月的口中。

完颜骏焦急地站在南衣身后，见她一套动作终于完成，忍不住问道："帝姬如何？"

南衣原先准备的是"喜脉"的说辞，但这会儿再用就有些不合适了，于是开始故作深沉地背诵她的第二套方案："帝姬肝郁日久，邪热避遏，实乃久病而虚证。小人只能为帝姬调养，却如这烛火正弱需缓添灯油般，切不可心急。另外……"

谢却山虽然坐在外头喝着热茶，耳朵却竖起来仔细地捕捉里面的声音，听到南衣滴水不漏的回答，他吊着的心才慢慢放了下来。今天的情形实在太危险了，还好她有着过目不忘的本事，看来是临时恶补了不少话术，扮起大夫来倒是像模像样的。他心中甚是欣慰，觉得自己一开始就没看错人。

完颜骏见南衣顿了顿，催促道："你有话直说便是。"

南衣沉重地摇了摇头："帝姬气血不能运行，元阳不足，完颜大人近日切不能与她行房事。"

谢却山没忍住一口茶喷了出来，紧接着便剧烈地咳嗽起来。

谁教她编这话的啊？宋牧川？人家的床帏之事，她一个黄花大闺女怎么能说得如此一本正经又理直气壮？

谢却山咳得满脸通红，实在是狼狈。

完颜骏奇怪地望了一眼外头，被这动静闹得莫名有点心虚，仓促道："我知晓了，你尽管为她开药吧。在帝姬病好之前，你就住在府上，药方交给女使，会有人出门抓药。"

南衣起来福了福身子，道："是，大人。"

她知道完颜骏再放松警惕，也不可能允许有人天天在府里进进出出，这是他们预料之中的事。

既来之则安之，她正好借着这个工夫，探查完颜骏府上的地形和守备。虽然每次走在院中她都会被蒙上眼睛，但相同的路线多走上几次，心中也有了大概的印象。她根据不同位置的脚步声，也能推断出守备的强弱。

外面看来铁桶一般的地方，南衣身在其中，隐隐察觉到了松懈——一些微小而古怪的动静开始无法引起轩然大波，守卫们私底下三三两两地聊着闲天，吹嘘着自己的强大，而昱朝军民又是如何无能，他们能轻而易举地攻破。

看来是南衣先前一次次无中生有的干扰起了一些作用。敌人迟迟没有出现，一成不变的平静让守卫们开始觉得压根就没有任何问题。对于完颜骏的过度紧张，大家都觉得他是草木皆兵。

每日，南衣都要为徐叩月号脉三次。她的病症本身就是提前设计的，只要服解药就能转好。其他的药方都是事先准备好的，南衣记在脑子里，再默写出来，多是一些温和的补药，除了字写得丑了点，其他也看不出什么破绽来——大夫的字，丑就丑了，反正也不必让人看懂。

每次问诊之时，都会有人在外头监视，南衣同徐叩月说不了太多的话，只能往她手里塞字条，将计划一点点告知她。

徐叩月不敢露出太多的表情，她不擅长伪装，怕自己表现得太紧张会露馅，每天大部分时间都在装昏迷。而只有她自己知道，在南衣到来将字条塞进她手里的那一刻，长久以来彷徨无依的她终于有了依靠。

她从大岐王都出发的时候，父皇将那个重要之物交到她手里，让她想办法转交给可靠的人——除此之外，什么有用的信息都没有。

她要把东西交给谁？谁是可靠的人？她等待着，寻找着，甚至都觉得无望了，想着也许她的使命会以失败告终，纵然她忍辱负重地活着，也没给这个倾颓的王朝带来一点作用，徒添一些笑柄而已。

这个女医的到来，像黑暗里裂开的一条缝隙，有光洒了进来，她悬着的心放下了，她觉得自己终于可以去死了。

徐叩月要将东西交给这个谍者，让她离开，但她没要，她说："公主，我要带你一起走。"

徐叩月一点都不觉得自己需要被救出去，但谍者很坚持。徐叩月无声地对她摇头，她只是坚定地握着徐叩月的手。

她们的手都是寒冷的，竭力给彼此传递着一些温暖。她在徐叩月的手心写她的名字，告诉徐叩月，她叫南衣。

南衣，难依，一个听着就很飘零的名字。徐叩月不知道她经历了多少磨难才能走到这里。她看起来并不强壮，但徐叩月想紧紧地依靠着她，也希望自己带来的那样东西能给这些谍者一个依靠。

就这样，在无声的来回之间，三日过去，到了约定的时日。

一切都在按照计划进行。就在南衣要去为徐叩月诊脉的时辰，还没踏进门，有个刺客便趁着守卫们倦怠之时闯入徐叩月的房间，刺伤了她，并将房间翻得七零八落，最后蜻蜓点水般掠过完颜府，于远处的房檐上消失。

南衣一进门，就看到帝姬已经躺在了血泊之中。两个人对了个眼神，徐叩月闭上了眼，南衣扯着嗓子高喊"有刺客"。

府中顿时乱成一团，完颜骏匆匆赶来，见徐叩月被刺昏迷，暴怒地告诉南衣："给我救活她！不然我要你们都给她陪葬！"

南衣心想，你自己去死还差不多，不过面上不敢僭越，只能唯唯诺诺地点头。

完颜骏稍稍冷静下来，观察着房中场景，他最担心的事还是发生了。

刺客是不是找到了那样他没搜出来但是很重要的东西？是秉烛司的人吗？他们卸磨杀驴，所以拿走传位诏书后就要杀徐叩月灭口？

"大人，刺客往南边跑了！"很快，他的近卫就战战兢兢地进来汇报了。

南边就是江，刺客想坐船跑？为了万无一失，完颜骏得亲自去追，把人牢牢控制在自己手里。因为传位诏书实在太过重大，又关乎他的命运，他决不能假以任何人之手。

南衣就等着完颜骏中了他们的调虎离山之计，带走府中的大半兵力，这样她就能放出信号，让外面接应的人接她和帝姬出府。

完颜骏刚要走，门口就传来一人的声音："完颜大人，我刚路过此处，发现有刺客，就赶紧过来看看有没有什么需要帮忙的。"

这声音……是章月回！

她想做件事怎么就这么难！各路神仙都来凑热闹了？她心急如焚，盼着别出什么差错，完颜骏赶紧走才好。

第八十八章 险中逃

看到章月回走过来，完颜骏就气不打一处来。这个多嘴的商人，要不是他把消息卖了好几手，说不定这件事都没那么复杂。

完颜骏不耐烦地把人堵在门口，道："章老板别帮倒忙我就很高兴了。这里没什么需要你的，请回吧。"

章月回厚着脸皮往里看了一眼，瞥到了地上的血，面上殷勤道："大人，帝姬是受了伤吗？我那儿倒是有些珍稀的药材，服用后，再重的伤势也能即刻缓解。"

完颜骏顿了顿，他虽然对章月回有戒心，但也清楚章月回就是个八面玲珑的商人，唯利是图。背后捅人刀子，面上绝不可能撕破脸，一味药而已，他就是来献个殷勤，毕竟自己现在仍是沥都府里最大的势力，他要巴结自己。这份殷勤他倒是能收，对徐叩月的伤势一定有好处。

"那你还不去取？"完颜骏眉头一皱。

南衣在房间里头紧张地听着，总觉得章月回来没那么简单。

果然，她就听到章月回道："只是这味药用量需控制得十分精准，否则便是剧毒——府上若有最了解帝姬身体的大夫，不如让她随我一起去抓药。"

"你，过来，"完颜骏对南衣命令道，"跟章老板走一趟。"

章月回这时才跟着完颜骏的话十分自然地看向南衣。他装作不认识她，不动声色地迎上了她的目光。

南衣急得对他轻轻摇了摇头，用目光向他求助，但他视若无睹。

南衣这才明白……章月回要在这乱局里带走她。偏偏这个时候她根本无法拒绝！

要是这样跟着章月回走了，她如何带走帝姬？计划不就功亏一篑了吗？

她只能先拖一拖时间："我要先为帝姬施针，稳住她的伤势，才好跟章老板去抓药。"

完颜骏的时间紧迫，招手点了一个侍卫："你一会儿跟章老板和大夫一起，我去追刺客。"

说着，他便大步离开。

南衣飞快地进入帐中，和徐叩月对了个眼神。

徐叩月要往南衣手里塞一样东西，示意南衣直接带着东西离开，但南衣按住她的手，无声而坚决地摇了摇头。

她说过的，要把徐叩月一起救出去。

不消片刻，南衣便从帐子里走了出来。

章月回波澜不惊地对她轻轻颔首，转身领着她出门。侍卫跟在两人身后。

出了完颜府，街上已经有些乱了，刺客风波显然已经波及周围的街道。马车在闹市里行不动，只能步行前往。

章月回走得有些急切，怕南衣半路跑了，也顾不上什么，当着侍卫的面便抓住了她的手腕，拉着她沿街坊往前行。

他步伐大，南衣跟得有些踉跄。

走出去几步，章月回的脚步猛地停了下来，散漫的目光变得无比锋利，紧紧

353

盯着南衣。

这个"南衣"不自觉地往后缩了一步。

章月回已经察觉出异样,这绝对不是南衣会有的步伐和眼神。他难以置信,因为他完全没对南衣设防,更没想过她会骗自己。

他顾不上什么了,伸手要去碰她的鬓后,确认那里有没有人皮面具的痕迹,手刚伸过去,忽然被人一挡。

只见从房檐上跳下来一个黑衣人,挡在"南衣"身前,巷口也蹿出来一个人,悄无声息地从后面将跟来的那个守卫杀了。章月回的暗卫立刻出手,与那两人过了一招,但他们并不恋战,拉上"南衣"就走,转眼便消失在暗巷尽头。

暗卫还想追上去,却被章月回拦住了。

那根本就不是南衣。

他太大意了!他能弄到人皮面具,秉烛司想办法也可以弄到,他们的行动不可能没有备用方案。

刚才那个人想必是徐叩月。

那真正的南衣……还在完颜骏府上!

章月回的心情就像这逐渐暗淡的天幕一样,拦不住要往山谷坠去的夕阳,奋力一握,却只留住一抹灿烂了一瞬的余晖,然后一切都被留在了黑夜里。

他是想将计就计,带南衣离开那个危险的地方。他不在意旧朝的公主,也不在意新朝的王,这个世界清明或混沌与他无关,他只想抓住最后一点属于他的温暖。他认为这是谢却山的阴谋,是谢却山鼓惑了南衣,故意把她放在一个掣肘他的位置上,他不想让自己心爱的女孩变成纷争中的筹码。

他以为把她架到那个处境,她就无处可逃,会心甘情愿地跟自己离开。

但她竟愿意用自己换徐叩月。

这一刻他才发现,她是自愿的。

"你跟她太久没见了,你早就不知道她现在是个什么样的人了。"

谢却山的话像一种阴魂不散的诅咒,即便他不相信,他嗤之以鼻,可所有的事情都在朝着那个方向发展。

这一次,他又害了她。

他分明是想离她近一点,想要拯救她的。

章月回的手发着抖,他有点无措——他该怎么办?

★

完颜骏领人一路追着刺客,越追越觉得不对劲。一个人轻功再好,飞檐走壁这么久，体力也该下降了。但那个黑衣人行动始终矫捷，速度飞快，偶尔在屋舍之间消失，很快便蹿了出来，遛着他们满城跑，但又能让他们牢牢跟住。

完颜骏反应过来了——这根本不是一个人！这是一场有计划的"逃跑接力"，是调虎离山之计！那么此时府里空虚，徐叩月……

"回府！立刻回府！"完颜骏气急败坏地大喝。

南衣扮作徐叩月坐在帐子里，静静地等待着时间过去。

她必须等徐叩月被救走，听到同伴放出的信号声后才能逃跑，否则府里的守卫就会反应过来，去追章月回，那么计划将功亏一篑。

终于，她看到窗外一束烟花在半空中炸开，这是解救成功的信号！

南衣立刻起身，从窗子翻了出去，用腕上的袖箭悄无声息地放倒了门口两个守卫。

府里的地形，她走了无数遍，闭着眼睛都能摸出去。

然而就在一切顺利，即将看到曙光的时候，完颜骏带兵杀了回来。他发现徐叩月不在房中，但褥子还是热的，想着人一定还在府中没跑多久，立刻让人围住府邸，大规模搜查。

南衣被迫折了回去，躲在了花园里，但花园景致简单，若是完颜骏大规模搜府，她很快就会被找出来。

南衣已经被逼到末路上，奇怪的是，此刻她已经感觉不到害怕了。她反而很坦然。其实她感谢章月回的到来，至少把徐叩月平平安安地带了出去。

她的任务提前完成了。

时至今日，她终于能理解庞遇赴死时的心情了。在生和死之间，人还可以选择信仰。而她的信仰更为简单：她的死如果可以换来更大的价值，让更多坏人死，让更多好人活，就是值得的。

她就是觉得有点可惜，出发之前，宋牧川认认真真地对着她的眼睛说："不要死。"

在与徐叩月换衣服的时候，徐叩月用冰冷的手握着她的手，也含泪对她说："不要死。"还有一些她没来得及好好告别的人，想再看一眼的人。

南衣握紧了手中的匕首，准备做殊死一搏，无论生死，全力以赴。

就像哪方的神明听到了她心里的呐喊似的，她一个素来非常倒霉的人，却在这千钧一发之际迎来了一丝转机。

搜查的士兵并没有如期到来，列队的脚步在靠近花园时，又掉头回去了。

府门处，又一队士兵拥了进来，竟是鹊沙也带了人来。两拨人在院子里对上，谁都不肯相让。

其实就在刚才，鹊沙才从章月回那里知悉徐叩月可能带来传位诏书的事情。

鹡沙一琢磨，徐叩月可是完颜骏非要带来沥都府的，当时说什么能恩威并施，这会儿他的人出了事，却不见他吭一声。要是传位诏书被找到了，那他能不抢功？

必定是没找到，完颜骏故意压下了风声，或是被那美人计迷了心智，要护着自己的女人。不管是哪种，这可是能拉完颜骏下马的好机会！

鹡沙正想着怎么搞大这事呢，就听说完颜骏府上出了刺客。他立刻便带上黑鸦营的首领鸦九，气势汹汹地上门"帮忙擒拿刺客"。

鸦九和他所统领的黑鸦营是王庭真正的铁血军队，他们并不站朝廷任何派系，奉王命而来，辅佐鹡沙只是任务而已。他们的目标只有一个，为大岐的开疆拓土铺路。

一切有损王庭利益的事情，都会被黑鸦营毫不犹豫地除去。那么证明完颜骏失职这种事当然要让鸦九亲眼看到，日后向朝廷汇报时才能有个有力的人证。

完颜骏看到鸦九到来，心都凉了一截。他只能撕破同僚和睦的面具，不惜刀剑相向也要让自己的兵死守着，绝不能让鹡沙闯进去。

因为徐叩月可能已经不在府中了，要是被鹡沙查到端倪，他的为官生涯便结束了。

于是，两拨人剑拔弩张，火药味一触即发。

这就便宜了于夹缝中寻找生路的南衣，她趁着这个时候跃到屋檐上，逃之夭夭。

鸦九眼力极好，即便在夜色之中，也捕捉到了一个人影。

"有人跑了！"鸦九神情一肃，立刻轻盈地纵身一跃，跳上屋顶，追了上去。

"快追刺客！"鹡沙一声令下，带来的士兵们立刻拥了上去。

完颜骏的人还在错愕和心虚之中，就被冲散了，溃不成军。

完颜骏知道，自己完了，鸦九一出手，就什么都藏不住了。这一局，他输得很彻底。

★

南衣头也不敢回地在屋檐上狂奔跳跃，她要尽快离开岐兵布防的势力范围。她能选择的路有限，无可避免地经过了望雪坞的边界。

当然，她并不想进入望雪坞，一来会给望雪坞带来麻烦；二来……她也不想回到这个牢笼里。在望雪坞里，她是一个不受待见的卑贱的私生女，是一个带来不祥的寡妇，她被迫藏起恣意，为了迎合世家的礼节束起手脚。她好不容易挣脱了这些枷锁，她才不想回去。

然而不远处，章月回手中的弩箭对准了那个在屋檐间跳跃的少女。

他终于看清了，她是一只要飞翔的鹰。但在这遍布危险的夜空之下，她飞得越高，便越危险。

如果他留不住她，那他就去找一个能困住她的牢笼。

比起在这个世上完完全全地失去这个人，他宁愿她恨他。

他要她平安。

咻——一支箭凌空射出，正好射中了南衣的小腿。她只觉得腿上一痛，浑身失去平衡，掉了下去，正好掉在了望雪坞的后院里。

这夜正好清闲，陆锦绣带着几个女使在院子里摆弄盆栽。只听砰的一声，一个黑色的身影从天而降，把院子里的女使们吓了一跳。

众人一惊，有眼尖的认出了南衣，颤抖着道："少夫人？"

第八十九章 旧地游

陆锦绣一惊，借着灯笼火光看了一眼摔下来的女子，立刻打掉了女使手中的灯笼："什么少夫人，分明是个小贼，扭送去官府便是了。"

灯笼在地上滚了一圈，里头的烛火熄灭了。一时黑灯瞎火的，陆锦绣又说得那么笃定，也没人敢上去确认。

南衣摔了个狗啃屎，浑身都是麻的，艰难地想从地上爬起来，听到陆锦绣久违的声音，想想不如装死好了，她还不知道起来了该怎么说。

承认自己是消失已久的少夫人？只要陆锦绣否认，女使们就不敢吱声，就算逼着陆锦绣承认，她又该怎么解释自己的突然出现？她可是突发恶疾移到了庄子里只剩下半口气的人……可若真的被扭送出去，恐怕没到官府，就被岐人的追兵给扣下了，那后果更不堪设想。

南衣忽然伸手，抓住了陆锦绣的脚腕，用极其哀怨的声音幽幽道："陆姨娘……你认不出我了吗……你忘了……你都对我做过什么了吗……"

在这黑漆漆的花园里，南衣的声音飘在半空中，激得陆锦绣连连尖叫，急得跳脚，想要甩开南衣的手。

南衣像个女尸一样阴森地往前爬行。陆锦绣甩开她的右手，她的左手便扶了上去，身下还拖出一条血迹。

陆锦绣吓得花容失色，魂都没了，连连尖叫。好不容易甩开了"鬼手"，跌跌跌撞撞地跑开，却撞上了循声过来的谢却山。

火光如游龙般亮了起来。

"出什么事了？"谢却山皱眉问道。

"鬼，有鬼啊……"陆锦绣颤巍巍地指着花园的阴影处。

南衣躲到假山后头，心想完了，自己只是想吓唬一下陆姨娘，让她赶紧走，自己好脱身，可怎么把谢却山这尊神也给引过来了，他可不是个好糊弄的。

她知道自己现在这个模样非常可疑，她怕他问：你从哪里来，你要做什么？可她不想面对他，她知道自己蹩脚的谎言瞒不过他的眼睛。

而内心深处，她最不想的还是和他明明白白地站在对立面。她是抗岐的秉烛司谍者，而他为岐人效命，穿着这身衣服和他碰上，那就是敌人。

她心里乱糟糟的，只听得矫健的步伐已经朝假山靠拢，她没有地方可以躲了。

他持着火把望过来，阴影和光同时落在她身上。她跪坐在地上，拖着一条受了伤的腿，视死如归地看着他。

谢却山眼里的惊讶一闪而过，抬头望了眼高墙和那个方向，心里已经有了大概的猜测。

他平静地回头道："这里什么也没有。"

"刚才明明——"陆锦绣尖叫起来。

谢却山打断了她的话："家里既然闹鬼，明日便去请个道士来作法。陆姨娘受了惊吓胡言乱语，你们扶她回去吧。今晚莫要再出门，也莫要对任何人提及所见。"

陆锦绣有些不信，还想伸头看看，但左右的人不敢忤逆谢却山的意思，硬是将她扶走了。

南衣却不敢松这口气——他把人都遣走……是想干吗？

人终于都走干净了，花园里只剩谢却山和南衣。

谢却山克制着自己心里的怜惜。她的归来……危险却充满诱惑。他日日行走在望雪坞的亭台楼阁之中，时常会思念她的身影在其中穿梭的日子。他甚至无法控制地想，如果她一直留在他身边……他不敢多想，怕自己生出过分的私心。他已经筑好了堤坝，挡住了汹涌的潮水，不能再功亏一篑。

可今晚她猝不及防地回来了，是她自己撞到了他的网里。他可以用些手段把她留下来，但……仍有一丝理智在告诫他，她不会愿意再做这个虚假的少夫人，她必须在追兵来之前尽快离开。

"还不快滚。"谢却山垂眸，语气冷冰冰的。

"多谢。"

南衣如释重负，他到底高抬贵手了。她不敢多言，拖着受伤的腿就要往外走，却没想到迎面撞上了匆匆赶来的甘棠夫人。

甘棠夫人扫了一眼消失多日再度出现又如此装束的南衣和冷冷站着的谢却山，略有惊讶。

南衣正在想该怎么解释，也不知道怎么的，甘棠夫人一下子扑了上来，抱着她，声情并茂地哭了起来。

"天可怜见的，怎么从庄子上自个儿回来了，是不是受了什么委屈，还是又受了什么刺激？"甘棠夫人摸摸南衣的脸蛋，又望向谢却山，继续道，"我就说她犯了离魂症，她一个人去那地方肯定不行。谢三，你要不趁此机会还是让她赶紧搬回来住吧，这世道不太平，也没什么可避讳的，谢家这么大，她一个人还养不起吗？"

说着，甘棠夫人就将自己的外袍脱下来，披在了南衣身上。

南衣的半个脑袋都埋在甘棠夫人温暖的怀里，妇人身上淡淡的熏香味道撞入她的鼻子——这形势一波三折的，她有点蒙。

谢却山哑然，他也没搞明白，二姐这是唱的什么戏。他为了把南衣从望雪坞里送走费了多大的劲，现在倒好，她一个"好心"，又把人留下来了。

就在这时，喧闹声传了过来，竟是一队岐兵闯了进来，领路的竟是哭啼啼的陆锦绣。

"哪儿有异样？"

"就那儿，方才闹鬼了，吓死个人了！"

谢却山立刻反应过来了，道："后院的事我也管不着，就交给二姐处理吧。"

说着，他便大步朝岐兵迎去。

南衣也明白了，定是甘棠夫人看到有岐兵来搜，料想后院出了什么事，寻过来看看，才急中生智想了这么一招。她只觉得甘棠夫人的怀抱让人安心，甘棠夫人可真是蕙质兰心，睿智大气，她忍不住想要在甘棠夫人怀里多贴一会儿。

但谢却山……这说辞他居然也认了？

南衣心里的弦还绷着。

待谢却山一走，甘棠夫人的神情立刻就恢复了利落，她吩咐身后跟过来的唐戎："唐戎，你把这里的血迹处理一下，我先带少夫人回去。"

甘棠夫人扶南衣起来，对她露出一丝宽心的笑容："别怕，随我来。"

南衣回头望了一眼，只见谢却山拦在要闯过来的岐兵之前。

"那儿没闹鬼，是我家守寡的嫂子，脑子有些不正常，半夜在发疯。你们想追刺客，我倒是隐约看见有人影朝着那边去了。"

南衣彻底松了口气。谢家的人要保她，阎王爷都得让让步。

★

淡淡的熏香在房间里燃着,甘棠夫人仔细地帮南衣处理腿上的伤口。

万幸的是,那射过来的弩箭似乎被磨钝了,造成的伤口并不深。也许是敌人误用了一支坏的箭,让她又死里逃生一回。

南衣觉得绷了好几天的精神终于松了下来,关键时刻,幸运之神总算站在了她这边。

趁着甘棠夫人俯身过来为她涂药,她压低声音在甘棠夫人耳边道:"甘棠夫人,帝姬已经安全了。"

甘棠夫人惊讶地抬头,望向南衣,难以置信。

南衣肯定地点了点头。

甘棠夫人动容又感激地握着南衣的手,眼中泛着泪光,想问什么,却欲言又止。

这个女孩定然有不简单的身份,她先前就隐隐有所怀疑。在上元节那日南衣忽然被谢小六挪出了府,紧接着沥都府就出了几件大事。后来她想去庄子上探查,却发现那里守得密不透风。这次再见,她见南衣身上有伤,又穿着一身黑色夜行服,再结合紧接着来搜查的岐兵,有些明白是怎么回事了。

但她最终还是没有问,他们所行的毕竟是秘密之事,多告知一个人,便多一分暴露的风险。哑了许久,她才连连道了几声:"那就好……那就好。谢谢你。"

南衣也露出了一丝如释重负的笑容,比起最初见到令福帝姬时那个茫然、无力的自己,现在的她觉得踏实极了。她去帮助别人,亦有别人义无反顾地保护她。

这一晚,她终于睡了个沉沉的好觉。

第二日,南衣是被一阵喧嚣声吵醒的,睡眼惺忪地看着窗头斜进来的阳光,竟是一觉睡到了中午,也不知道外面在吵什么。

南衣有些犯懒,窝在床上不想起来。有人匆匆地推门进来,是甘棠夫人房中的女使,神情看上去有些错愕和慌张:"少夫人,甘棠夫人请您去一趟玄英堂,说是……有位客人……有重要的事找您。"

客人?

南衣有些摸不着头脑,不过还是起了床,任由女使们将她装扮好。她离开望雪坞不过月余,这段时间过的都是风吹雨打粗糙的日子,如此精致讲究的生活仿佛是先前做的一场梦。现在她又回到了梦里,头上簪了珠花,身上披了锦服,到底觉得有些束手束脚。

不过看看镜子里容光焕发的女子,南衣又沾沾自喜地觉得自己长得好像还不错,这可不就是天生丽质难自弃吗?

大事已经落定,其他的都是过眼云烟,小事一桩。什么客人,还能有她处理不了的事?她有些飘了,心情难得地轻松起来。

她没入玄英堂,就已经察觉到一丝异样。院子里堆满精致的漆木箱箧,单看箱子就觉得价值不菲,上头还都盖着红布——这是要做什么?……有人要贿赂谢却山?

不过把她叫过去做什么?

踏入堂中,南衣发现谢却山和甘棠夫人都在,往客座上一看,这不是章月回吗?

章月回对南衣灿烂一笑,这笑南衣看得心里发毛,直觉认为没什么好事。只见他起身站到她身边,拱手对谢却山和甘棠夫人道:"在下想求娶的,正是您府上的少夫人,南衣。"

"……"

大哥,这又是玩的哪一出?你别搞我啊。

第九十章 虎山行

南衣手足无措,一头雾水地看着章月回,章月回却只是对她笑,狭长的眼微微蹙起,让人觉得又真诚又狡猾。

她转而求助甘棠夫人,但甘棠夫人比她更不清楚这是什么局势。

她的目光最后才躲躲闪闪地落在了谢却山身上,他八风不动地坐着,如玉的指节摩挲着手里的杯盏。她有点希望他能说点什么,但看上去,他竟没有要开口的意思。

甘棠夫人还是出来打了个圆场:"孀妇再嫁,与普通的婚嫁不同,多少是一件要谨慎的事……而且说到底,我们也做不了这个主,还是要看南衣自己的意思。"

"章某愿以整个归来堂为聘。"

南衣彻底合不拢惊讶的嘴了,她眼里的章月回又变得模糊起来。

这是她少时的心上人,他们朝夕相处,她虽然不够了解他,但她也算得上世上为数不多了解过他的人。大部分时候他都是一个洒脱而有趣的人,不过他对事

361

物有一些奇怪的要求，任何经他手的事，都要完美、圆满、一丝不苟，但这些迹象是内敛的，他从不将这些偏执施加于他人身上。

然而世事不能次次都如人意，非常偶然地，他会露出一丝不达目的不罢休的偏执，又会很快清醒过来，将这抹情绪掩盖。从前的南衣便隐隐觉得，这可能才是真实的他。

重逢之后，她窥见了他最大的秘密，竟觉得荒诞之中也有一丝合理。原来他将惊天的执着放在了别的事情上。

她主动退了一步，大方地原谅了他，不想再细究过往的伤害。没有人是洒脱的，只是假装不去看而已，她以为他们之间尘归尘土归土了。可他一次又一次地出现，宣告着他对她的执着。

她觉得惶恐又困惑，她回忆不起来，他们之间有什么让他放不下的。

章月回终于敛了面上的笑意，认真地对上南衣的眼："只要你点头，归来堂以后再也不会跟岐人做生意，任凭秉烛司差遣调用。"

他将自己苦心经营多年的筹码彻彻底底地抛了出来，把所有的主动权都放在了南衣手里。

他就是个偏执的人，他的人生从来就没有中间地段。

堂中一片寂静。

"等一下，你说什么？"

南衣脑子嗡嗡的，忽然反应过来什么——他说秉烛司？他当着谢却山的面说秉烛司？那不是……？

"你们是什么身份，他心里都门儿清。"章月回淡定得很，对谢却山抬了抬下巴。

南衣被这几招连环冲击打得措手不及，半天憋不出一个字来。

人人都讲究话里有话，让人捉摸不透，但章月回根本就是个没顾忌的浑不吝，他喜欢把话直接甩人脸上，把遮羞布全撕了，大家都别要脸了。

秉烛司，在别人那里是禁忌，在堂上这四个人的心里，却只是心知肚明没摆到台面上的小秘密而已。

章月回就是拿捏准了，揭穿了也无伤大雅。

谢却山没法否认——他难道要装作刚知道？只会显得此地无银三百两。章月回的每一句话都在逼他，他脸上阴沉得像一片摧城的黑云。

他半天才挤出一句阴阳怪气的话："章老板真是好大的诚意。"

"我也是怕谢公子为难。毕竟您是食君之禄忠君之事，一边要在岐人那里交差，一边一家子都是抗岐的勇士。家里人私底下在做什么，您暂且能睁一只眼闭一只眼，可难保哪天不得已要出卖谁……令福帝姬带着传位诏书的事，不就是却山公子主动透露给完颜大人的吗？您是靠这在岐人跟前长了脸，秉烛司却因此被架在火上烤了。"

砰——甘棠夫人的手一抖，手中瓷盏砸在地上，像喝了个满堂倒彩。

南衣亦难以置信地望向谢却山——他怎么可能做这样的事？这不是把令福帝姬往火坑里推吗？先前的新年宴上，他分明还帮了帝姬一把。

她能理解各为其主，有时候他不得不装出一副冷漠的样子，可她一直觉得，他不会做什么真正伤害别人的事情。

"真的吗？"她盯着他，试图从他脸上看到一丝否认的表情。

不要承认，不要承认……她在心里祈祷。

"是。"谢却山淡淡地吐出一个字。

他给章月回下的套，章月回不动声色地咽下了，借着他的陷阱反过来将了他一军。而此刻，他也不得不全盘咽下。

他袖中的拳头攥紧，但面上极力端着冷漠。终于，他缓缓开了口，平静道："既然章老板把话都说开，那我再拦就显得不识趣了，南衣可以自己做决定。"

谢却山起了身，迈过地上那一片杯盘的狼藉。临到了南衣身边，他一抬眼便看到门外那抹刺眼又鲜艳的红色，又顿了顿。

他恨不得一把火将那人掏出来的真心都烧个干净，可他悲哀地发现，自己甚至连这些都给不了她。

他无法反驳章月回的话，在谢家，在他身边，绝非安稳之所。为了得到岐人的信任，又为了帮助暗中的战友，他不得不把身边的人放到危险的位置再救下来。可在南衣身上，他赌过一回，九死一生，险险过关，有了软肋，已经不敢赌了。他清楚自己必须送她走。

章月回是个有本事又自私的人，这样的人才能在乱世里立得稳，活得好。

他都已经决定放手了，她嫁给别人是迟早的事情，他又管得了什么？他袖中的拳头骤然松开，面上露出一抹苦笑，在她身畔道了一句："章老板也不一定不是良人。"

可他不想听她的宣判，说完便面无表情地拂袖径直出门。

甘棠夫人将颤抖的手拢到了袖中，面上已没了血色，语气像含了霜："章老板说得对，谢家不是什么好地方。"

她看向南衣，眼中带着悲悯："南衣，名门望族又如何，在乱世里说倾覆便倾覆了，护不了你长久，我也希望你能寻个好的安身之处。"

"难道只有男人的庇护才是好的归处吗？我不信，我不嫁。"南衣咬着牙，倔强地驳道。

刚迈出门槛的谢却山步伐顿住，回头望去。

"章月回,你想要怎么处置你的产业,你想要帮谁,这都是你的意愿。归来堂本来就跟我没有关系,我不会贪图不属于我的东西。"

章月回眼里的光暗淡了一些,但还是对她笑了笑:"没关系,你可以再想想,不用着急做决定。"

更多的话,对着章月回此刻温柔的眼,南衣竟说不出口了。她逃也似的离开。

她的回答出乎谢却山的意料,一丝喜悦从他心底生出来,却又有更大的不安盖了过来。他有些挪不动脚了,看着她走出来,目光飘忽着不敢看她,可她越过他的时候,竟抬头狠狠地瞪了他一眼。

★

宅子里没有不透风的事,富可敌国的大商户竟来求娶一个望门寡妇,这稀奇的事很快就在望雪坞里传开了。

这样下去,南衣只会越来越显眼。她必须尽快走。

隔日谢却山去给二姐递了两句话。甘棠夫人便把宋牧川请过来了。

浪荡子章月回带不走她,人畜无害的宋牧川总可以吧?这小子满脑子礼义廉耻,不敢肖想什么别的,也不会给南衣压力。他们在秉烛司配合得也很好,想来已经有了默契。

做出这些决定的时候,谢却山一点都不轻松,心里酸溜溜的。他觉得自己窝囊极了。他并不能操控全盘每一个细节的走向,当一点点的失控来临时,尤其是这些失控在南衣身上,便会放大成成千上万倍的痛苦啃噬着他的心。

他已经在某种临界点了。再不解决,他要先疯了。

但即便宋牧川来,南衣还是一样的回答:"我不走。"

宋牧川有些奇怪,他以为南衣回望雪坞只是一个意外:"为何?"

南衣沉默了许久,似在思索。

宋牧川不着急逼迫她,跟她讲了一些这两天外头的事情。

令福帝姬已经被安顿好了,不用担心。

完颜骏因为诏书之事失职,黑鸦营有先斩后奏之权,于是将人软禁扣押在府里,等待王庭的裁决。鹃沙如今独揽大权,他的风格就是铁血镇压,外头的形势越发严峻了。

不过巧的是,就在昨日,韩先旺的密信到了沥都府,提及了诏书一事,幸好他们早一步行动。

听到这里,南衣皱起了眉头,问道:"也就是说,岐人迟早会知道帝姬身上有诏书的事？"

"是。"

有一个念头在南衣心中生出，可她仍有些不敢确定。也许有的时候，打草惊蛇并不是一件坏事。

她抬头望向宋牧川，认真道："宋先生，谢却山消息灵通，我留在望雪坞里，可以从他身边打探到一些情报，必然对秉烛司的行事有帮助。"

宋牧川愕然："这可是个火坑！"

"我偏要跳。"南衣说得笃定。

★

宋牧川走后，南衣在园子里坐了许久，才让身体里莫名的沸腾安静下来。她知道自己做了一个极其冒险又有些冲动的决定，连她自己都不知道是对是错。

有千万个理由让她走，可她就是被一个近乎不可理喻的理由绊住了脚。

天暗下来，她才闷头回到自己的小阁。她刚推开门，就被一股不由分说的力量拽了过去。那人反手将门撞上，掐着她的脖子直接把她摁在了雕花门上。

她疼得轻呼一声，对上了谢却山发怒的眼。

"为什么不走？！"

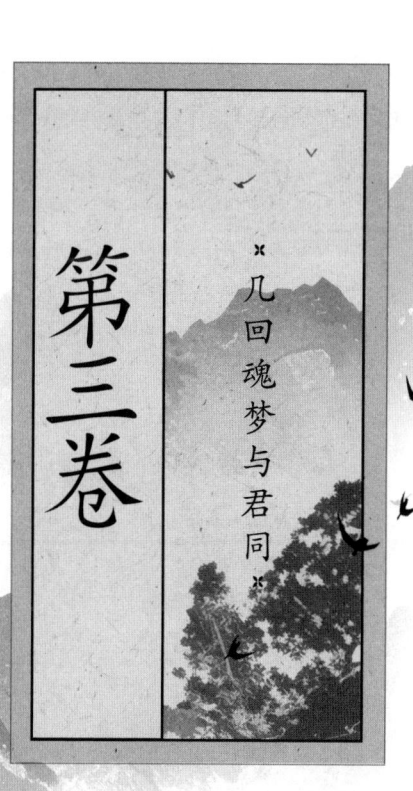

第三卷

几回魂梦与君同

第九十一章 水中月

南衣愣了愣，谢却山给了她一阵好脸色，她差点都忘了，他还有这样一张面孔。那双眼里爬上了狰狞的血丝，眸底黑得像山水画里最深的那笔墨色，将那一点点的悲悯都彻彻底底地掩去。

不，他原本就是这张修罗的面孔。

但她现在没那么怕他了。

"说话，为什么？！"他的耐心即将耗尽。

"不是你告诉我的吗，我想去哪里就去哪里，那我为什么不能回谢家？你在怕什么？"

谢却山喘息着，他在怕什么？真好笑，他有什么好怕的。他大发慈悲放她走，为她铺好后路，甚至愿意在章月回面前退让，她却不知好歹！

她不是就想活命吗？给她活路她却不要！她是跟宋牧川待久了，脑子也坏掉了吗？！

"待在谢家你就是死路一条，章月回的话你没听懂吗？"

"谢却山，你真有意思，"南衣被禁锢在方寸之间，却没有惧意，仰着脸对着他的眼睛，"你已经知道我为秉烛司做事了，你不应该把我留在你身边看着吗？就像当初你让我看着谢小六一样。你为什么要把我放出去兴风作浪？这对你来说不危险吗？你到底是谁的人？"

"我是谁的人还不够明显？非要让我把你送到岐人面前去，你才知道怕是不是？"

"我不相信！"南衣对谢却山吼了出来。

房中寂静了一瞬。

"你太会演了，谢却山。我也不知道你从哪一步就开始算了，你出卖了帝姬，可帝姬最后还是被救了出来，每一件事情都是这样！是，我没有你聪明，但我也能看出来你心口不一。我不相信你说的话，我要留在这里，我要亲眼看看你到底是什么样的人。"

他没有想到这竟然是她的理由。

像被一个巨大的海浪迎面拍过来,他慌了,又惊又惧,第一反应就是挣扎和否认。他一拳捶在门框上,试图用更凶狠的面目让她屈服:"我放你一条活路,你还真当我是个圣人?早知你这么天真,出去也活不了多久,就该让你葬到谢家的坟里,体体面面地死了算了。"

她眼睛一抬,眼里亮晶晶的,抓到了一个逻辑:"所以从殉葬的那回,就是你的算计了?你从那个时候就在救我?"

谢却山忽然哑然。

他搬起石头砸自己的脚,一下子被戳到了最隐秘的地方。

他有一个苦衷,而这个苦衷已经与他融为一体,无法分割。那层皮撕下来,也不再是那个磊落的少年,而是血肉模糊、不堪入目的。他并不知道如何活在这个世界上才能自洽,他只能用一种近乎自残的方式将自己包裹起来,最好永远也不为人知。

可她是疯了吗?她竟然要去触碰那个真相……他已经算不准她的行动了。她的聪颖和敏捷让他觉得事情正在一步步失控。

南衣没有挣扎,也没有躲避,她的手攀上他的手背,试图让他砸在门框上的手松下来。

她冰凉的手指钻入他指尖的缝隙,他察觉到丝丝缕缕的疼,这样的触感让他几欲发疯。他不敢松手,可他分明知道,这场对峙,他快要输了。

是了,这才是他怕的——他怕自己意志不坚,被她彻底地攻陷内心;他怕她无孔不入,让他一步步地丢盔弃甲,缴械投降,最后只剩一身肉体凡胎,赤手空拳地对抗这个崩塌的世界。

他怕被那个名为"爱情"的怪物吞没,最后什么都护不住。

"南衣,不要再挑战我为数不多的善心了。你承担不起后果。"他明明放出的是狠话,却更像无力的祈求。

求她,不要再往前了。走得远远的,走一条康庄大道,这是他能给她最好的东西了。

越靠近他,他越是疮痍满目。他就是愿意在黑暗里,她为什么要来与他同行?

"你不想告诉我,那也没关系。我会自己去发现的。如果你是个不折不扣的叛徒,终有一天我会拉着你一起去死。如果你不是——"南衣最终还是掰不过他的力气,她放弃了,无力却又执着地注视着他的眼睛,"那就让我到你身边来。"

这是一场甘霖。

可他怕自己贫瘠的土地给不了她一片绿洲。

谢却山松了手,退了一步,仰头闭眼,喉结翻滚着。有什么东西似要喷薄而出,他再也压制不住了。

他哑着嗓子,用最后一丝理智道:"我给你最后一次机会,给我滚。离开谢家,从此以后不要再出现在我面前。"

"我说了我不走。"

此刻寂静,几乎能听到怦怦跳动的心脏声。

他缓缓地睁了眼,眼里竟忽然平静下来:"我给过你机会了,是你自己不要。"

这一瞬间南衣才后知后觉地感到害怕。

像一盆冷水浇到了烧得滚烫通红的铁片上,面上一层冷了下去,却从内里烧起了更旺的火,一层一层的炙热又蔓延到表面。

而她不知道是什么烧了起来,只觉得他眼里有着似曾相识的东西。

记忆里那片雪山,那间木屋,藏着晦涩的真假难辨的过去。她不敢否认,也不敢去确认。

片刻的沉默后,他道:"你便是死在我手里,再也别想跑了。"

谢却山伸手按着她的后颈压过来,粗野的热吻落在单薄的水唇上。

被否认掉的一切在此刻卷土重来,犹如一句呐喊引发的一场雪崩,起初寂静无声,而后摧枯拉朽。

他贪婪地吮吸,辗转反复,浊重的气息洒在她脸上。

他袖子一拂满案杯盏,流苏锦布顺势滑落。他抱着她坐上红木案,身后悬空。她只能紧紧抱着他,无处可逃。

身体的本能竟比理智先一步接受了,被他抱起的瞬间,南衣只觉得脚下的土地不再是土地,忽然成了凶险的波涛,放眼望去是茫茫大海,她身边只有他,她只能攀住他。

她在他横冲直撞的攻势里忘了抗拒,又或者是不想抗拒。她觉得他们都疯了,某个答案却变得清晰起来。

他扯掉了她的外袍,解不开的衣带被猛地撕开,裂帛的声音催化了他凌乱的动作。寒意一下子袭上她的后背,刺激着肌肤。他滚烫的手却紧接着摩挲上来,每一个战栗的毛孔在他掌纹之下一寸寸被抚平。

他让自己扮演一个疯子,他终于成了那个疯子。他放弃了挣扎,不躲了,也不藏了,任由身体里的怪物把自己吞噬。

就这样吧,就一起沦陷吧,在这一叶孤舟上。

一起下十八层地狱,刀山火海,罪孽深重,谁也别放手,谁也别想躲。

★

笃,笃,笃——却有一阵不合时宜的敲门声响起。

南衣一惊，但被谢却山不耐烦地按住了后颈，不许她走神。可那阴魂不散的敲门声还在继续。

门外传来了章月回的声音："南衣，我有话想对你说。"

南衣脸上忽然烧了起来，想要推开谢却山，可他不肯罢休，重重地在她唇上咬了一下，才放了手。

他哑着声音在她耳畔道："告诉他，让他滚。"

南衣又羞又恼，慌忙想穿好衣服，可他摁着衣角不让她穿，也不放她从桌上下来。

"我……"南衣只好朝向门口说话，可一开口，自己都察觉到连声音都提不上气了，软得像一摊水。

"南衣？"章月回询问的声音又响了起来。

南衣一闭眼，大声地仓皇道："不想见，你走吧。"

"那我便在这里等。"

章月回没那么好打发。

南衣脸上通红，她低声哀求着谢却山："你放我下去。"

房中漆黑，唯有窗外一盏灯笼淡淡的光从雕花处透过来，他眼里晦暗不明："你还喜欢章月回吗？"

她脑子乱糟糟的，什么都理不清楚，也不知道怎么回答。

她的沉默让他生气。他抬手拔了她的发簪，任由她一头乌发散了满肩，然后欺身压了上来。她差点惊呼出声，险险地咬住了嘴唇，将要出口的声音咽了回去，只剩一声暧昧的低吟。她半个身子躺在桌上，红着脸望着他的眼。

"回答我。"他贴着她的唇瓣低声道，不依不饶，忽然像个小孩。

南衣满脑子都是羞恼。外面有人时，她才从飘飘然不知何所在的云雾里重新回到了人间，意识到这里是望雪坞，她感觉到这一切的荒诞。

他们在干什么啊，要是有人走进来……看到这惊世骇俗的场景。

真的疯了。

她试图推开他："谢却山，你冷静点……"

他眼里有些失望，老虎还要发威，声音却低下去，模模糊糊地糅在喉间，像一条流不动的河："可我有些喜欢你。"

南衣愣住了，还没反应过来，谢却山忽地起了身，将她也拉了起来，趁着她脑子蒙，帮她穿好了外袍，然后一言不发地转身出门。

南衣反应过来时，已经拦不住他了。她手忙脚乱地系好衣带，绾起一个草草的发髻。

他推开门，和章月回迎了个满面。

他示威似的，抬手一抹唇边残存的嫣红口脂，从章月回身边迈了过去。

章月回瞪大了眼睛，呆了半晌，疯了似的冲进房间。他是何等眼力，哪怕南衣端正了衣冠，故作镇定，他依然一眼就看到了她肿胀的双唇和垂在脸侧还来不及拢起的碎发。

他手里捏了一个什么东西，在桌边放下，紧接着又冲了出去，追上了谢却山。

他拽住谢却山的衣袍，一拳便挥了上去："狗东西！"

谢却山侧身一躲，抬肘反击，将乱了方寸的章月回撞到墙边。

他拢拢衣袍，狠了脸色："既然要求娶我谢家的人，那便好好求。精诚所至，金石为开——章老板。"

第九十二章 真面目

剑拔弩张的谢、章两人忽然发现长廊上还有第三个人。

刚与甘棠夫人告别的宋牧川在离开望雪坞的路上正好撞见了这一幕。

他有些尴尬，难以自处。也不知道这两人发生了什么，不过他分明看到了，这会儿走也不是，不走也不是。抱着以和为贵的心情，他上前拱了拱手："二位，君子动口不动手……"

"与你何干？！"这两人倒是出奇地一致。

宋牧川后头的话被撑了回去。他一个满腹经纶的礼貌人，这会儿倒像秀才遇上了兵，顿时哑口无言。

章月回气冲冲地拂袖离开。谢却山也冷哼一声，半点面子都不给，懒得跟宋牧川打招呼，朝反方向离开。

宋牧川一整个莫名其妙。

他迟迟没走，就是有点犹豫要不要去见谢却山。

他其实肚子里有一百个疑问想问谢却山。救下令福帝姬后，她告诉他，当时禹城军有难，是谢却山让她来船舶司找他的。谢却山为何这么做？这分明就是违背了岐人的利益。

他很想问清楚，但看到谢却山现在这副霸道的样子，又莫名来气。

"谢朝恩。"他竟略带严厉地叫住了谢却山。

谢却山停住脚步，狐疑又阴沉沉地回了头。

宋牧川认认真真地训斥道："你太无理了。"

谢却山哑然，气焰低了下来，有些尴尬，语气温顺了不少："……你怎么还没走？"

换成往常，他会觉得让天下人都以为他是一个无礼、残暴的人，这样才更好，可自从他在深渊里抓住了一缕向上的轻丝，隐隐地，他也想让自己体面一点。

两人站在廊下，遥遥地望着彼此。谢却山感到有些好笑，宋牧川就是这么一个时刻要坚守自己的底线的人，他将礼节看得很重。

这种熟悉感又让谢却山觉得莫名有一股暖流淌过心里——规训是一件好事，说明他对自己还有期待。

他的思绪一下子回到了很久以前。初到汴京的时候，他还是个刚卸甲的武夫，脾气挺冲，又常被京城的公子哥儿们嘲笑是个被家族遗弃的庶子，是个莽夫。他要面子，自尊心强，不时会跟人起冲突。

宋牧川便像个唐僧一样在他耳边念叨："君子克己复礼；礼之用，和为贵；君子不争口舌之快，不逞一时之能……"

耳朵都生了茧子，他一边嫌弃宋牧川啰唆，一边跟着宋牧川学到了一身的士人气度。不过他能和宋牧川成为挚友，反而是因为宋牧川并非腐儒。宋牧川是个有傲气的人，只对自己看得上的人恨铁不成钢；至于看不上的人，他便是客客气气地目送他们走上歧途，也绝不多说一句。他看得懂宋牧川，知道宋牧川心中的抱负，就是熟了之后话忒多了些。

谢却山也曾以此为豪，能与宋牧川并肩而立，在文章上各抒己见，势均力敌，又能把酒言欢，直抒胸臆。

他有多久都故意不去回忆这些事了？今晚的他似乎格外多愁善感。

宋牧川沉默了会儿，心中在拉锯着，最终还是放弃了询问谢却山。倘若谢却山只是偶尔发发善心，而他这么一问，却是暴露了徐叩月在他这里的秘密。他不能冒这个险。

于是他找了个敷衍的说辞，道："迷路了。"

谢却山折身回来，抬手引路，很自然道："我送你。"

宋牧川没拒绝，与他并肩往前走去。

这种熟悉的默契让宋牧川有些恍惚，他仍是冲动地想知道，谢却山身上那些属于谢朝恩的部分还在吗。

"朝恩，寒食节快到了。"他低声道。

"我不去。"不等宋牧川说完，谢却山便拒绝了。他太清楚宋牧川了，宋牧川一开口他就知道宋牧川要说什么。

邀他祭拜亡魂？他没这个脸。

373

宋牧川倒也没再勉强，笑了笑："那倘若我死了，来年寒食节，你会来祭拜我吗？"

谢却山冷着声回道："死了就死了，祭拜有何用？有本事就活着。"

谢却山的态度让宋牧川一下子就清醒了——他在期待什么？明明都站在了对立面，提这些无用的情义有何用？他心里沉沉地叹了口气。

"就送到这里吧。"

已经绕过了照壁，行至大门口，宋牧川退了一步，不动声色地拉开距离，拱手作别。

谢却山看着宋牧川离自己远了一步。而他站在原地没有动，心里有点难过。

他冷不丁道："我将子叙葬在了虎跪山的一片梅林里。去年大雪的时候，花刚开。"

宋牧川曾说过，君子如梅，当有不媚世俗之气节，傲立寒雪之风骨。

他们三人都记得。

宋牧川抬头愕然，眼中盈出热泪。

*

外头下起淅淅沥沥的夜雨，院子里静得仿佛只剩下雨声。

南衣在房间里站也不是，坐也不是，整个人都在发软，想给口干舌燥的自己倒点水，但手抖得厉害。她以为是冷，便去将房门关得牢牢的，拨上插销，拉下帷帐，又做贼心虚似的点了烛火。

房里一下子亮堂得让人觉得无处遁形，她忙将火吹熄了。

她这才看到桌上有个匣子，好像是章月回刚才进来时放下的。

她打开匣子一看，里面竟是一只镯子，用镶金包好了断裂的部分，硬生生将一只碎镯又拼成一个完美的圆。镯子就这么安安静静地躺在匣子里，昭示着某种决心。

东西像烫手似的，南衣啪的一声将匣子盖上，放回原处。

这一个两个的，都疯了吧？

南衣倒头栽到床上，闷头把自己埋在被子里。她憋了半晌气，忽然开始发疯地捶床，像只虫一样在床上扭来扭去。

*

第二日，南衣起身，思来想去，怕出去用早膳会碰到谢却山，肚子又饿得厉害，便谎称身子不适，让人把饭端到了屋里来。

她正吃着饭，一个半大的男孩领着他的妹妹就迈入了她的房间。

"母亲。"谢钦奶声奶气地行了个礼。

南衣吓得汤勺掉到了碗里，半晌没想明白，自己怎么就多了个好大儿。

"母亲。"那奶团子一样的女孩也跟着哥哥喊了一声。

女儿也是她的？！

南衣和两个小屁孩大眼瞪小眼，觉得这个世界要崩塌了。

甘棠夫人笑盈盈的声音从门外传来："南衣，吓到你了吧。"

到底是亲娘，谢芙和谢钦一下子就扑到了甘棠夫人的怀里。她揽着两个孩子坐下来，跟南衣讲了来龙去脉。

虽然两个孩子记在了大房名下，不过平日里还是甘棠夫人在教养。谢钦的学业不能落下，所以她请了宋牧川做他的授业老师。宋牧川平日里船舶司的事务繁忙，只有休沐时才能授课。甘棠夫人说一大家子事她抽不开身，希望以后由南衣亲自送谢钦上学。

南衣顿时便明白了，甘棠夫人这是寻一个合理的由头让她能跟宋牧川见面，好及时对接消息。

她如释重负，一来，她很想出府去见见徐叩月；二来，还有一部分原因，她在望雪坞里有些坐立不安。她本来是想留在这里查谢却山，就是这么光明磊落，心无杂念，可谢却山这么一搞，她反而不知道该怎么办了……谢却山不会是故意用这个手段对她施美男计吧？

还说什么喜欢她，他分明说过男人对女人的爱都很廉价！

呸呸呸，好像有什么脏东西进了脑子。

她现在一想起他，脑子里就乱得很。她想去府外找个能让自己清净下来的地方，好好想想该怎么办。

在此之前，她不想见谢却山，可偏偏怕什么就来什么。

★

望雪坞里人丁渐少，为了节约资源，自甘棠夫人来了以后，各院便撤了小厨房，三餐都是一起用的。

谢却山并不跟家里的女眷一同用膳，他知道自己一来大家都颤颤巍巍，吃得不安生，索性就不再出现。

南衣本想继续称病，听说谢却山不来，这才放心地带着一张嘴来吃饭了。可没承想，今日大家坐定，刚准备开饭时，他竟款款而来。

他甚至还换下了平常穿的深色衣服，身穿一袭月牙白圆领窄袖袍衫，倒是有几分翩翩公子的模样，像故意要让自己看起来平易近人一些。

大家战战兢兢地要起来行礼，谢却山抬手制止了："不用多礼，同寻常一样便好。"

他在南衣对面的位子坐下，目光在南衣脸上不动声色地扫过。南衣本来梗着脖子装作跟他不熟，这一下却是心跳忽然加速，脸上的红烧到了耳后根，再也不敢多看他一眼了。

南衣一边在心里暗骂自己没出息，还没出手便被对手搞得乱了阵脚，一边把头埋在碗里当缩头乌龟。

见席上气氛冷得厉害，甘棠夫人起了个话头，问谢却山道："今日怎么来了？"

谢却山笑笑，道："二姐，回家吃饭还要原因吗？"

这话连甘棠夫人都很难接，她尴尬地笑了笑，回道："嗯，好，一家人还是要在一起吃饭的。"

于是话题就此终结，一时间席上只有咀嚼声和筷子夹菜声。

南衣百感交集，心绪繁杂——他平时不来，偏偏今日来，不会是为她来的吧？

可她又觉得自作多情。这诡计多端的谢却山说不定在憋着什么坏呢！

这饭吃得也不香了，她焦虑得很，忍不住开始抖腿。

忽然感觉脚被人踢了一下，她如惊弓之鸟，停下动作猛地抬头，茫然地看向谢却山。

谢却山没看她，而是淡定地垂眸瞧着坐在他身边的谢钦，道："钦哥儿，莫要抖腿，会泄财。"

谢钦错愕地看看谢却山——他没抖腿啊。

但他是个吾日三省吾身的小君子，立刻便反思自己一定是有什么动作扰到了三叔，连忙道歉："钦儿记下了，多谢三叔教诲。"

谢却山一脸和蔼地笑笑："继续吃吧。"

天知道他的"和蔼"有多吓人。

小插曲过后，众人继续安静地低头吃饭。

南衣还没来得及收回目光，他便明目张胆地看了南衣一眼，脸上的表情八风不动，十分自然地朝窗外的竹林抬了抬下巴。

隔着一张桌子，南衣清晰地接收到了他的信息——这是邀约。

她的脑子轰一下炸了——这大庭广众之下，他怎么敢的？

南衣把脸埋到碗里，根本不敢抬头看。

谢却山仿佛什么都没发生，自如地放下筷子，称吃饱了，起身道了声别，便施施然地离开。

他一走，大家顿时如释重负，气氛一下子松弛下来。妇人们聊聊家长里短，气氛又热络起来。

可南衣这顿饭吃得极其慢，味同嚼蜡。她磨磨蹭蹭地拖着时间，在想自己要不要去。

这样逃避也不是办法，耽误正事。南衣还是决定一鼓作气，得找谢却山说清楚！

第九十三章 竹影摇

春日，枝叶逐渐茂密，花园里绿意盎然。谢却山坐在竹林深处的石桌旁，绿影映着淡淡的烛火打在他身上。

他在等南衣，看到她来，脸上盈起一丝淡淡的笑意。

他白面玉冠，剑眉星目，貌若修竹。

他们之间大部分的相处似乎都在你死我活地撕咬，她很少见到他这么平和的一面，竟然还有些赏心悦目，奇妙地抚慰了她紧张的心情。

南衣已经做好了心理准备。一路上她都在想，也许是自己那天晚上的话有问题。她也冲动了，太想从谢却山口里听到他承认自己并不是一个叛徒。

可她也没有得到那个答案，反而让事情往一个奇怪的方向发展。

她还是应该徐徐图之，让一切回归正轨。倘若她就是看走眼猜错了，再不济也能从谢却山那里偷听点对秉烛司有用的情报来。

南衣壮着胆子上前，开门见山："你是不是误会我的意思了？"

"误会什么了？"他平静地抬眸瞧她。

"我的意思是说，如果你真的是叛徒，我就跟你拼了，如果你不是——"对着谢却山气定神闲又非常困惑、纯净的眼神，南衣说着说着就开始底气不足，打好的腹稿整段垮掉，她舌头有些打结，"那我们可以……可以做……做好伙伴，好朋友。"

他偏头看她半晌，欣赏着她语无伦次的样子。

南衣以为他是认真听自己讲话，还在思虑自己有没有表达周全，该怎么与他好好辩论一番。没想到待她说完，他不紧不慢地回道："这可由不得你。"

"你这人怎么不讲道理？！"南衣有些恼了，急得想跳脚。

"我是讲道理的人吗？"他觉得好笑地反问。

下一秒他就付诸行动，猝不及防地伸手揽过她的腰，腕上一用巧劲，她便跌坐到了他的膝上。

她刚想说什么，便感到他的气息扫过耳畔。他沉声道："嘘——"

竹林外头传来轻盈的脚步声，似有几个女使走过，手里的灯笼光影影绰绰地穿过竹叶。

她的气焰被堵了回去，瞬间温顺下来，怕坐不稳，下意识地抓住了他的衣襟。

她近在咫尺。他微微仰头望着她，喉结滚动。

"听说家主跟归来堂的东家在家里打了一架。"

"当真？"

"与我同房的夏姐姐亲眼所见……打得可凶了，家主把那富商打得鼻青脸肿，差点都爬不起来。那富商还叫了人来，差点把墙都砸了。家主没讨到好，才放他走。"

流言蜚语被添油加醋地这么一传，就生出了另一张面孔。

南衣皱眉，询问的目光看向谢却山。

而谢却山半眯着眼，眸中噙着微光，脸上波澜不惊，仿佛在听与自己无关的八卦。她身上的清香盈了他满鼻，他可以在这里坐到天荒地老，外头的声音也渐渐变得可有可无起来。

"好端端的，为什么打起来？难道是因为那富商求娶少夫人？"

"我听说，那归来堂的东家跟少夫人是青梅竹马，可家主就是不让少夫人改嫁，少夫人才没嫁成。"

南衣试着挣扎了一下，但谢却山始终没松手。两人较着劲，却又不敢弄出太大的动静。

"哟，家主难不成对少夫人……有那方面的意思？"

此话一出，便寂静了一瞬，女使们谁都不敢接这话，太过惊世骇俗。

几人又往前行了几步，有个年纪小些的女使到底忍不住，道："说起来少夫人跟大公子没有夫妻之实，家主也是这么多年未成亲……"

"不会吧，他们总归还是叔嫂……这可是罔顾人伦的事！"

年长的女使训斥道："你们都有几个胆子啊，议论这些，家主要是听到，非得把你们发卖出去不可！"

南衣越听越心虚，挣扎的动作渐渐弱了下去，挨着谢却山一动也不敢动，生怕引出一点动静让大家循声过来，看到他们这般暧昧的姿势……

她只觉得满园婆娑的新叶都在看着他们，仿佛四面八方都有眼睛。她到底是未经人事，脸红得跟滴着血似的。

脚步声终于远去。

竹影落了满身，风穿过林间的缝隙。

南衣半晌才回过神来，一下子从他怀里挣脱。

这回动作太大，南衣失了平衡，栽到地上，摔了个屁墩。谢却山伸手想捞她，她却像见了鬼似的又往后退了一步："你……你别过来。"

谢却山无辜地摊手："我都没动。"

南衣瞪着谢却山，脸上的灼热还没褪去，只觉得又羞又恼。

她知道，她也必须面对，他对她有男女之情。

她也有。

在每一个肌肤相触的瞬间，她都觉得自己是一片飘浮在半空中的雪花，而他像远方的一捧篝火，散发着致命的温暖，惧怕寒冷的她总是会不自觉地靠近他。

她也想遵从身体的本能，在他滚烫的怀抱里融化。

可她已不再相信世上的情爱，这是章月回在她身上留下的烙印。错付的时光到底是深刻的，她对危险的东西有了警惕，她拒绝飞蛾扑火。

就像她认为章月回并不坏一样，她觉得谢却山骨子里应该也是个好人，但这跟讨论爱情是两码事。在谢却山漫长的一生当中，如果需要一样一样舍弃掉一些重要的东西，她会在哪一步被舍弃呢？

又或者，她甚至都算不上重要，更像他途经孤独时一个短暂的陪伴。

她直觉认为靠近他，她将会被吞噬。没有人会在意一片雪花的消失，但她自己在意。

隐隐地，她像在哀求："谢却山——你到底想干什么？"

一阵风穿过，被拉长的竹影恍惚间成了一把把锋利的匕首，在人的身上游离着。他们像被包围在满是刀尖的陷阱之中。

谢却山笑了笑，眼底的冷又一点点浮了上来："沥都府，迟早会有个胜负。这是一潭浑水，我们就一起烂在这里吧。你想干吗，只要岐人不抓你，我就不管你；我想干吗，你也管不着。"

南衣有点被绕进去了，仔细一想，这不还是没说他想干吗吗？她知道在这些文字游戏上玩不过谢却山，但她不想完全陷入被动。

她本来狼狈地跌坐在地上，干脆就地坐直了身子，倔强地注视着谢却山的眼睛："那我们要有一个游戏规则。"

谢却山微有惊讶："说来听听。"

"这不是商量。你如果不答应，我会把你所有的计划都搅得天翻地覆——你知道我可以做到。"

沉默了会儿,他并没有犹豫:"好,我答应。"

"你我之间,可以沉默,但不能有假话。"

从前插在雪地里的那支香终于燃尽了,上一个游戏已经结束。他们之间的位置发生了微妙的变化,他不再是唯一主导游戏的权力者了。

是他将她扶上了能与他势均力敌的位子,他就要承受她带来的不可控。

而他觉得这一刻她美得不可方物。世事玄妙,毒物十步之内必有解药,而她冥冥之中便是他的解药,她总有能撬开他心扉的办法。他太孤独了,他分明沉默着,却已将所有的真话倾诉。

他缓缓地朝她伸出手,她清澈的眸子望着他,将手放到他手里。他拉她起来,顺势拥住了她。

这也是真话。

他希望时间永远停留在这个晚上,漫山遍野,整个夜空下只有他们。

*

南衣的心安定了,踏踏实实地留在望雪坞里。

终于到了要送谢钦去宋牧川那儿上课的那一日,尽管此事不必保密,但南衣还是非常谨慎,尽量低调出行,不引起各方耳目的注意。

秉烛司暗中将沥都府的"地下城"挖得四通八达,宋牧川的住宅底下有暗道,能通往徐叩月安身的小院。

南衣看似进了宋牧川家中的小院,陪谢钦读书,实则要前往暗道。

宋牧川得在屋里给谢钦授课,没法陪同南衣一起去,只与她简单地寒暄了几句,知道她在望雪坞里一切都好,才松了口气。

送她进地道之前,宋牧川对她说:"帝姬很想见你。"

南衣的脚步都不自觉地快了起来。

徐叩月同梁大和九娘一起住着,顶了原本南衣的身份,这样也好相互照应。听说她得了自由后,做的第一件事情便是没日没夜地默出孤本。

昱朝重文,而摧毁文人们最简单的办法,就是烧了他们的书。当时岐人屠城时,烧了很多藏书字画,她勉强救下一些,很多最终还是难以幸免。好在有些书籍都记在她脑子里,只要得了机会,她便将书重新写出来,托秉烛司中人带往金陵收藏。

徐叩月也知道,这只是沧海一粟,亡羊补牢。但她就是想尽力做些什么,似乎这样才能对得起这些为她赴汤蹈火的人。

见到徐叩月，南衣郑重地行了一个大礼。站在这个简陋的院中，布裙荆钗的徐叩月端正地受了这个礼。

然后她笑着扶南衣起来，拉南衣进了屋，语气也轻松起来："他们一直问我，诏书到底是怎么藏的，我说必须等你来了才能揭晓。"

梁大和九娘在一旁附和："是啊，南衣娘子，今儿可算盼到你来了，我们这都好奇死了。"

这点小小的礼遇，让南衣心里乐开了花。

其实当时在完颜府，南衣和徐叩月沟通甚少，她也不知道诏书到底是怎么藏的，当时徐叩月要将一枚分量颇重的金帔坠塞到她手里。

金帔坠是昱朝命妇服上必不可少的饰物，不过她没想明白这怎么能藏诏书。

徐叩月当着几人的面打开了这枚精巧的金帔坠，里面竟折了好几折，展开之后是一张薄薄的小小的金箔："这就是诏书。"

南衣俯身仔细看，终于看清金箔上刻着的密密麻麻的字。

徐叩月缓声解释道："完颜骏带我来沥都府，便要全我衣冠，要我穿上命妇服。别的首饰都可能被扔掉，但这枚金帔坠不会，这是身份和地位的象征。这是官家亲手制的，金箔上的字，都是官家一笔一画自己錾上去的，玉玺的印也是拓上去的。錾金是我们汉人传了上千年的手艺，这些智慧，外族人永远不会懂。"

南衣被这小小的物件震撼了。

这不只是传位诏书，更是千百年来传承下来的厚重的东西，压在了这张小小的金箔上。

原来大家众志成城要守的并不只是脚下的土地、同胞的血肉，还有那些已经浸润到了衣食住行中的文化底蕴。外族人来了一批又一批，学走一些皮毛，却学不走汉人的匠心。就这样一代一代，到了这里，血脉不能断，传承亦不能。

第九十四章 不见玉

继续等待，这是南衣接到的下一个任务。

宋牧川正在筹谋着代号为"涅槃"的终局计划。而在那件事到来之前，隐藏好自己，保证安全是第一要务。

望雪坞里的生活还是太舒服了，南衣不敢松懈，偷偷在小院里扎了个木桩，自己练些拳脚功夫，时刻保持身体的紧张。

很多时间南衣都爬到柘月阁的屋顶，在这里刚好能看到谢却山所住的院落。他近来在家的时间很多。

他像故意吊着她似的，知道有人在守株待兔，不出去见人，不出去做事，吃喝拉撒，一派寻常。他大大方方地让她来监视他，仿佛这样他们便是时时刻刻在一起的。他偶尔抬头，看到她在屋顶，也不做什么，就站在春花纷飞的院墙下看她。

他自那年春分离开，这是他回故国的第一个春天。

春天，也美得很。

南衣甚至想，如果终局永远不来……是不是所有人都能一直处在这样的和平之中？不会有人死去，不会有人拔刀相向。

所以蛰伏的时间里，没有消息就是最大的好消息。

而这一天清晨睁开眼，南衣察觉到房里有人。她立刻想从枕头下摸出匕首，却听到一声熟悉的呼唤："嫂嫂。"

南衣一惊，坐起身来："小六？"

她连忙撩起帷帐，看到一身素衣的谢穗安茫然无措地站着。外头下了细雨，谢穗安身上都被打湿了，眼中雾气蒙蒙，发上沾着几片凋零的花瓣。

"发生什么了？"南衣直觉认为不妙。

她去握谢穗安的手，发现谢穗安的手凉得惊人。

"陵安王……失踪了。"

★

这段日子谢穗安的生活十分简单。一把杀人的软剑，一间修行的禅室；一尊无言的佛像，一个柔弱的君主。这些违和的组合都聚集在了这个小小的佛堂里。

空间很小，足不出户的日子很无聊，也望不到头。

她变得沉默起来，偶尔跟徐昼坐在院里聊天，两人都会刻意避开聊起那个人，小心翼翼，生怕不小心撕开疮痂，又带来新的伤口。

也会有一些突如其来的危机。

前些日子有个喝醉了的守卫醉醺醺地闯进院里，意外看到了徐昼。守卫大骇，要跑去禀报，谢穗安手起刀落将他杀了。

然而埋尸掩迹不是一件容易的事情。徐昼帮着谢穗安一起，挖坑，抛尸，掩埋，与这片土地、与生死实实在在地接触着。那晚还下起了雨，每一锹土都变得格外沉重。做完这一切后，满身泥泞和血污，像从修罗场里活生生爬出来的恶鬼，徐昼崩溃了。

弦绷得太紧,是会忽然断裂的。

明明也面对过更大的危机,他都扛过来了,可大约是连日来的提心吊胆逐渐堆积,这件不算太大的事终于成了压垮他精神的最后一根稻草。他坐在这场雨里大哭,他和所有人没什么不同。他一样是渺小的血肉,他甚至没有过人的胆识和谋略,他从小不得官家喜爱是有原因的,他大约就是资质平平的人,他连现在这般场景都觉得可怖。

他无力极了,可没有人在意,他也不敢让人发现。那么多人为他赴汤蹈火,抛头颅洒热血,他怎么敢有一丝矫情?他是谁不重要,王朝需要正统,于是才扶持他。

所有人都要他等待,所以他就安静地等待。他想象自己最好是一尊雕像,无悲无喜,无情无欲,可他到底还是一具躯壳,呼吸着浊世的空气,吃着人间的三餐,养不出一身钢筋铁骨。然后谢小六来了,每一次看到她,他都会想起死去的庞遇,他想,她应该也是如此。他们的存在对彼此来说就是一种伤害,可他们又要共生共存。

他看着她身上那些鲜活的东西逐渐消逝,她还要跟他一起被关在这个牢笼里。

他想做点什么,可他什么都做不了。

大哭了一场之后,他又恢复了平静。他像寻常一样,每日听着晨钟暮鼓,绕着四方院落顺着走一圈,逆着走一圈,一共八十一步,想象这是九九八十一难,何时才是最后一难。

然后就在几日后的今天,徐昼忽然失踪了,在这小小的一眼能望到头的四方院落里,外头是天罗地网,而这么一个活生生的人在谢穗安眼皮子底下不见了。

很快谢穗安就发现了他离开的路径。

今日是送菜和倒泔水的日子。徐昼早早地就候在了厨房里,将人打晕,换上他的衣服,运着泔水桶出去了。

一个不起眼的小家丁,在一个天都未大亮的清晨离开了望雪坞,甚至都没有人看到他往哪处走。

谢穗安火急火燎地在附近找了一圈,都没见到人,走投无路,这才来求助南衣。

这事大了,必须跟宋牧川商量。南衣当机立断,让谢穗安扮作女使跟在自己身边,随后便去将还在睡梦中的谢钦拉起来,让他立刻准备几个学业上需要宋先生解答的问题,匆匆叫女使给他套上衣服,塞上马车。

宋牧川刚要去船舶司,便在自家院门口被"好学"的谢钦给截下了。

趁着这会儿，南衣飞速把事情的始末对宋牧川讲了一遍。饶是宋牧川这般胸有成竹之人，闻言也露出了紧张之色。

现在街头巷尾查得极严，就连出入街坊都需要查看公验，若是身份可疑，当场就会被扣下。

这事还不能声张，不能满城找人，否则会引发更不可控的后果。

宋牧川迅速在脑海中捋了一遍陵安王走的大概时间，可能用的工具，推算出他现在大概会行到哪几个街坊。

划定了大概的范围，谢穗安和南衣这就出发去找。另一边宋牧川也派阿池去通知梁大和九娘，他们对城中各处地形极其熟悉，必能帮上点忙。

末了，宋牧川单独交代了谢穗安几句话："仔细想一想，殿下为什么要走，这才是找到殿下的关键。"

★

徐昼换上了家丁的衣服，推着送泔水的板车离开望雪坞。泔水需要一路送往专门的垃圾堆填处，他借此顺利地离开了街坊。

然而穿过下一个街坊的时候，他被坊门口的士兵拦住盘问。好在那家丁身上有公验，士兵并未怀疑，草草看了一眼便放人了。

不过那士兵隐约觉得这家丁有些眼熟，多看了一眼他的背影，总觉得这人推车的姿势不甚熟练，不像常年干活的人，便起了疑心。

好在这时，换班的队伍来了，他便没去追究。交班的时候他无意间扫了一眼几张需要重点搜捕人物的画像，上头有陵安王——他一下子便想起来，刚才那个他觉得眼熟的人，跟画像上的人竟有几分相似。

他再抬头望去，哪里还有那人的身影。他心里一惊，当即汇报，可首领并不相信，嘲笑他想立功想疯了，陵安王被秉烛司保护得好好的，怎么可能推个泔水车出现在街坊上？

但他越想越觉得不对，准备往上汇报，让人布下天罗地网抓捕才行。那人推着辆板车速度不快，定跑不出下一个街坊。

他匆匆往前走，迎面撞上了一人。

★

谢却山今早没有听到隔壁院落传来的晨练声，已经觉得奇怪了，用早膳时又听说南衣早早便带着钦哥儿去宋牧川那儿请教学问，便察觉到定是出事了。

还是一件突发的事情，恐怕颇为棘手，不然南衣不会突然去找宋牧川。

他借着称病已经好几日没在岐人那儿露面了。鹘沙刚扳倒完颜骏，正在风头上，又对他怀疑得紧，他最好就是安安分分地待着，别被抓到什么把柄。不过今日他必得去一趟，看看发生了什么。

他在去往驻军处的路上，便遇到了一个行色匆匆的岐兵。

那岐兵一见到谢却山，顿时大喜，迫不及待地汇报道："大人，属下方才见到一个疑似陵安王的人，朝着通济坊的方向去了，请您下令派兵捉拿！"

谢却山面上只是略作惊讶，后背已经惊出一层冷汗："当真？"

"千真万确！鹘沙将军吩咐过，宁可错杀一千，也绝不可放过一个。属下确实看到那人与陵安王十分肖像，且鬼鬼祟祟，就算抓错了，他也一定有问题！"

谢却山沉吟片刻，问道："此事还有谁知晓？"

"我汇报给了都尉大人，但他并不相信，属下自认这是件大事，便只好来寻大人了。"

"好，此事便交给你负责，你随我来调兵。"

岐兵面上一喜，抱拳道："是！"

谢却山不动声色地领他步入一条小巷，越走越深。

南衣和谢穗安已经寻到了通济坊，打听到不久之前有一个推着泔水车的家丁路过，人走得格外匆忙，差点把车子推翻了。

两人循着那人指点的方向寻去，却见小巷里有一辆被遗弃的板车。

人却不在原地了。

又晚了一步，没追到徐昼。正当两人着急的时候，忽闻不远处的隔壁街坊传来喧嚣声，两人对视一眼，连忙往那处赶去。

地上躺着一具岐兵的尸体，被人抹了脖子，从高处扔下来，引发了巨大的骚乱。

百姓们围了好几层，无不面露惊骇之色，指着尸体窃窃私语，也有几个大胆的露出了大快人心之意。附近的岐人兵力迅速被吸引了过来，街坊即将被封锁。

南衣直觉认为这事蹊跷，看似是个骇人的大案子，必定引发岐兵的搜查，可当下岐兵倘若都围过来了，那只要陵安王不在这街坊之中，他暴露的可能性就大大降低了。

有人在暗中帮她们。

她下意识地抬头张望，便看见谢却山领着一队士兵过来了。她心跳登时漏了一拍，某种预感越来越强烈。

但是谢穗安看到谢却山时，立刻拉着南衣扭头就走——她现在应该在佛堂里，不能被人发现。

385

两人跟在被驱散的百姓中离开了热闹处，稍稍松了口气。至少截至当下，陵安王的失踪还没有在岐人那里引起波澜。

他似乎是有目的地要去往某个地方。

谢穗安怎么也想不通，他要去哪里，到底为什么要走？

第九十五章 寒食节

穿过城池的曲绫江卷着落花，滚滚往前奔腾。细丝般的春雨笼罩着每一个行色匆匆的人。这雨绵密，伸手好似摸不到雨水，却沾了一身雾气。

谢穗安站在桥边，搜肠刮肚地回忆着这几日徐昼身上的每一个细节。

她没有格外留意这几日的不寻常之处，因为每天都过得差不多。她也有些浑浑噩噩，甚至丢失了时间的概念。他空闲时喜好丹青。她依稀记得这几日他在画梅，画废了好些宣纸。

她好像又想起来什么……他在画梅。这也并不稀奇，文人都偏爱开在苦寒之中的梅。他无意间提起过，在虎跪山中躲避岐人搜捕的时候，他们路过一片梅林。那时他只匆匆看了一眼便离开了，日后若有机会，他想再去看看。

他只是淡淡地提了一嘴，她也就这么一听，以为是茶余饭后的闲聊，甚至都没放在心上。一些细节又在记忆里清晰起来，她想起说话的时候，徐昼眼里有些怅然。

通济坊里正好有个渡口能前往虎跪山……谢穗安心里浮起一个隐约的猜测：他不会去山里了吧？

谢穗安当即决定要去虎跪山，让南衣继续留在城里观察情况，若是她找到人，会发出信号通知南衣。

万幸的是，谢穗安猜对了。

徐昼前脚刚踏上虎跪山，谢穗安后脚就跟了上来，在渡口附近的亭子处将他截下了。

亭子旁的桃树开了花，几根枝条斜着伸入亭子，淡淡的花香盈在身侧，和着细雨更加芬芳。

山里春色宜人，好景却无人赏。

两人迎面站着，默契地沉默了一下。

毕竟这是君主，饶是谢穗安心里有火，面上也不能发作："殿下，请随我回去。"

徐昼有些局促，像是个做错了事的小孩，但还是梗着脖子坚持道："我还不想回去。"

谢穗安深吸一口气，把涌到嘴边的火气硬生生压了下去，尽量好好说话："殿下是打算不回去了，要在山里做个野人吗？"

"就今天。"

"那殿下要去做什么？"

"我连自己想做些什么的自由都没有吗？"

"您知道您这任性一走，城里有多少人为您提心吊胆吗？！"谢穗安终于忍不住，声音大了几分。

"我不是没被发现吗？你就不能装作不知道，给我这一天的时间吗？"

"一天时间？您知道一天里可能发生什么变数吗？为了把您送进城，庞遇死了，大哥死了，还有那些你我都不认识的壮士。您倒好，自己跑回了虎跪山——您是生怕岐人眼睛瞎，要巴巴往前送是吗？"

这些都是她至亲的人，但她从未在他面前提过这些人，因为这亦是她最深的伤口。但此刻她气急了，哪怕是为了维护他们的大义，她也要臭骂他一顿。

徐昼知道自己没道理，听着训斥，脑袋垂得越来越低。

最初的时候，徐昼脑子里总有一些不切实际的幻想。幻想自己一夜之间突然有了天赐神力，神挡杀神，佛挡杀佛，他披着王者铠甲，带着他的子民们拼出一条血路，威慑四方，重振天威……然后这些幻想随着保护他的人一个个死去，他始终无能为力而慢慢破碎。他开始想不通，为什么老天爷偏偏选中他这样一个人做君主。

他不够强大，他不能保护他的子民。这是君主的原罪。

他觉得自己德不配位，无时无刻不处于惶恐之中。在想做点什么和什么都做不了之间，他快要被撕裂了。

"是，都是我的过错……我对不起这些人。"徐昼低着眼睛，声音不大，甚至有些心灰意冷、破罐子破摔的意味，"如果我被岐人抓了，那大家就都能解脱了。"

谢穗安一时竟接不上话，她又悲又怒，还有几分无力——像在水中央拼尽全力划桨，却发现身边的人与自己并不齐心，小船只能原地打转的无力。

她接受不了，她的倔脾气也上来了，盯着徐昼，面色冷若冰霜："你再说一遍。"

徐昼不去看谢穗安，目光只盯着她身后的花枝："我说，就算我被抓了，我死了，你们找个跟我差不多的人，就说他是徐昼，扶他做皇帝，不也是一样吗？"

这是什么惊世骇俗的言论，他怎么敢、怎么能说出这番话？

啪的一声，谢穗安怒极，一记耳光落在了徐昼脸上："那干脆灭了旧朝臣，建个新王朝，反正都是这片土地，都是这些人，谁来做主人有什么不一样呢？我们还奔走什么？——都让步、都妥协，骨头先软了，以后还凭什么站起来！"

谢穗安根本没控制手上的力道，徐昼被打得有些呆住了。他脑子嗡嗡的，她的话却一字不漏地在他脑海中回响，震耳欲聋。

周遭安静极了，他感觉脸颊生疼，血液往头上涌，可这种疼又让他清醒，混沌的五感也变得清晰起来。他忽然闻到了清冽的空气，混着泥土和新枝的味道，这些江山之下的一草一木好像都在此刻无声地嘲笑他。

他羞愧难当。

他纵着自己作为凡人的那一部分先崩溃了，他明知这不是他一个人的牢笼，而是所有人的牢笼。

他们都是楚河两界内的棋子，士相、车马、炮兵轮番上阵，前仆后继，将帅虽被困于方寸之间，却决定一局生死。除非战至最后一个人，否则他都要牢牢地守在自己的位置上。

天下分分合合，王朝终有一天会灭亡，人也不过几十年寿命，再用力追求的，也终会化为土、化成灰，可这并不代表当下做的一切没有意义，后人会效仿，会评说，会对照着前人的脊梁骨生活。

人活的是朝朝夕夕，也是一朝一夕。

他们愿意用生命去维护的是一种秩序，一种精神。最重要的是，臣子守臣节，君主行君道。他的臣民并不仅仅是把他当成一个符号，还祈盼他成为一个好的君主，将失去的山河一寸寸夺回。

这些东西看似虚无缥缈，却足以支撑天下黎民归心。

他不知道自己在那里沉默地站了多久。他莫名地想起自己幼时偷跑到早朝的大殿外，窥见门内群臣林立，而君主坐于高堂，肃穆森严，终有一天……那样的场景会再次出现。他已经不是门外的稚童了。他要一步步走到群山之巅，哪怕脚下踩的是臣子的白骨，他也要往前走，然后告知世人，黑暗之中都发生过什么。

见徐昼久久不说话，谢穗安强硬地梗着脖子，怒意却渐渐退了下去，心里开始打起鼓。她怎么也不该打君王啊……她有点后悔——这可怎么收场？

这时徐昼忽然抬起眼，谢穗安一惊，膝下一软要下跪请罪，还是得先给君主一个台阶下。

"是我错了。"

"是我错了。"

两人异口同声，说完都错愕了。

徐昼俯身扶起谢穗安，认真道："你再跪我，我真的要无地自容了。"

谢穗安有些惊讶，她没想到在这么难堪的情况下，徐昼都主动道歉。她吃软不吃硬，面上露出了一些愧疚之色。

她也知道，被关在一个地方三个月犹如坐牢，是个人都会发疯，徐昼压抑到今天才爆发，已经很不容易了。

起身后，谢穗安的语气明显缓和许多："殿下想去做什么，我陪您一起。只是天黑之前，我们必须回望雪坞。"

徐昼的目光缓缓地挪到谢穗安身上，眸中百感交集，似在犹豫要不要说。许久，他才低声道出今日原委："今日是寒食节，我本想寻一片梅林给庞子叙立个衣冠冢……他死在荒原之中，没有人给他烧纸，不知他能否寻到黄泉归路。"

谢穗安张了张口，却似失了声，竟连一个音节都发不出来。

前几日宋牧川给她递了一封密信，信上说，当时谢却山将庞遇的尸骨葬在了虎跪山中的一片梅林里，他准备前去祭拜，若是她愿意一起，他想办法安排。

但谢穗安假装没看到这封信，没有给出回应。她不想祭拜庞遇，这些仪式是在逼她承认庞遇真的死了，可她就是不愿意面对。

徐昼的这番话却让谢穗安清醒，会不会……亡魂一直徘徊着，在等着他们？

庞遇，你看到了吗，君主的赤子之心？

★

虎跪山里只有一片梅林，如今梅花凋尽，花瓣覆在土里，底下一层已经腐败，刚飘落的依然娇艳。

新啼痕压旧啼痕，断肠人忆断肠人。

那一个小小的土堆上立着一个新碑，上面只刻着"挚友之墓"，却没有任何人的姓名。不久之前刚有人来祭拜过，坟前的杂草被清理了，放着一坛新酒。

徐昼将带来的一幅梅枝图放入火盆中焚烧。

庞遇是全天下最好的人。庞遇奉命来护送他，他们不过是去年新识。原本他带来一支百人的队伍，一路逃亡下来，被岐人剿灭的剿灭，俘虏的俘虏，最后只剩下几个残余的部将。他都觉得无望的时候，是庞遇带着他硬生生走出一线生天。

私底下庞遇是个温和的人，体恤着他的恐惧，总是陪他聊天。

庞遇坦诚地告诉过他，喜欢梅只是附庸风雅。很久以前他有两个好友，随手作的咏梅的词都能被整个汴京城传唱；他在文采上稍逊一筹，晚上挑灯夜读，作了百十首咏梅的诗，挑出最好的那首，依然比不过他们。

他也没有觉得不服气。因为其实比起梅，他最喜欢的还是那个姑娘。

他是君子，于苦寒之中绽放出一丝希望。君子爱一人，也爱万物，君子似梅。

他们都没有说话，静得能听到火焰舔舐纸张的声音。过了许久，徐昼侧眸望去，谢穗安的眼泪无声地纵横满面。

他心中酸楚，忍了许久的泪也落了下来："谢小六，我有点讨厌你。"

谢穗安回过神来，微有错愕。

"你非要来替庞遇的缺……每每看到你，我都会想到他。"

谢穗安抹去眼泪，倔强道："那我非得与你形影不离，叫你时时刻刻都记着他，记着这些为你而死的人。他们是你必须背负的冤魂，直到你成为一个好的君主为止。"

第九十六章 无解题

天刚黑下来的时候，借着夜色掩映，谢穗安带着徐昼回了望雪坞。

她本来还发愁怎么带徐昼回佛堂，到了才发现，今日佛堂外的守卫竟悄无声息地撤了，说是奉家主之命开放佛堂一日，供家人祭奠亡魂。

谢穗安没多想怎么谢却山就偏偏在今天撤了守卫，只当是时节特殊。她松了口气，整体来说，有惊无险。

而此时，一个士兵正领着谢却山穿过幽暗的牢狱。

黑鸦营最近抓了很多人。每间牢房都是满的，哀号呻吟声不绝于耳。地上用一盆盆凉水冲走了血迹，脚下依然是湿漉漉、黏腻腻的，浓重的血腥味扑鼻而来，让人毛骨悚然。

"却山公子，今日那小兵死得蹊跷，他曾向上汇报过看到了疑似陵安王的人，但没过多久他就死了。鹊沙将军怀疑是出了内鬼，所以今日所有在场的人都要审一遍。您权当走个过场，多有得罪。"

士兵引谢却山进了一间审讯室，但过了很久，鹊沙都没有来。

不透光的房间里不知日夜，却让人昏昏欲睡，又始终吊着一颗心。

面子上他和鹊沙还是同僚，鹊沙请他过来也是公事公办，客客气气的，但进的是大狱，这就是明明白白的下马威，完全显出了鹊沙如今的猖狂。自完颜骏倒台后，鹘沙可以说是沥都府的王，大权在握，呼风唤雨，无所不为。

谢却山一直就不得他信任，现在的处境更是微妙，若是被他抓住一点把柄，恐怕再也难保自身。

谢却山其实是心虚的。陵安王的事出得突然，他是运气好撞上了，才能草草掩盖，事后更来不及撤离，只能留在现场。痕迹应该都被处理掉了，不过多少是有些顾头不顾尾。

他正想着该怎么将自己的说辞圆得更天衣无缝一些，忽然想到了什么，后背一凉。

他半眯了眼，站起身，一脚踹了面前的桌子，怒不可遏道："鹘沙到底什么时候来？！玩我呢？"

说罢，他便要往外走。

守着的士兵不大敢拦，只是挡在谢却山面前，拱手道："大人，鹘沙将军这会儿还在审人，实在抽不开身。请您稍等片刻。"

"净耽误时间——"谢却山不耐烦地往外走，"等他忙完，让他自己来找我。"

这一关其实是心理战。鹘沙手里没证据，才让他在这里等这么久。他要是安安分分地等着，甘愿被怠慢，不就是证明自己心虚吗？

他不能被鹘沙牵着鼻子走。

士兵们不敢放人，只能唯唯诺诺地挡着出路。

"让开！"谢却山眼含杀气，隐隐有要动手之势。

这时，鹘沙才姗姗来迟："都退下，你们都有几个胆子，敢拦着却山公子。"

他阴阳怪气，皮笑肉不笑。

鹘沙脸上还沾着新鲜的血迹，他满不在意地用手抹去，熟稔地和谢却山拉着家常："唉，没办法，那些刁民嘴巴实在太硬，花了点时间，让你久等了。"

谢却山抱臂，靠在墙上，看着鹘沙做戏："留我这么久，是打算审我什么？"

"走个过场而已，我还能问什么？——今天死的那士兵，是你杀的吗？"场面微妙地安静了一下，鹘沙自己先笑了起来，"当然不可能是了。"

饶是谢却山如此一个擅长拨弄人心之人，也被鹘沙这番阴晴不定的话搞得心态不稳。鹘沙只是鲁莽，但绝非愚蠢之辈，说笑之间，依然死死地盯着谢却山脸上的表情。

这么久了，他偏偏就是抓不到什么谢却山是内奸的实质证据。但他直觉认为这一次的事情也许是个突破口。

不会有这么巧的事情，关乎陵安王踪迹的人死了，偏偏好几天没出门的谢却山出现在了现场。

他要抓一条泥鳅，就是得告诉对方自己要动手，让对方提心吊胆起来，但也不能让对方知道自己什么时候动手。

谢却山不动声色，他得拿捏好回应的尺度，多说一句都可疑。

他摆出一副烦鹘沙烦得要死的模样："既然没事，我就先走了。"

鹘沙没有放人的打算："这么着急回去？不同我一起来审那些秉烛司党人？"

谢却山讥讽地笑了一声："我哪敢抢您的功劳。"

"什么我的功劳你的功劳——咱们同为大岐做事，办好了，那就是王庭的脸面。说起来，我还真是不太了解汉人，今天好像就是什么寒食节吧？牢里有几个人不肯吃热食，说要祭奠死去的同伴。这不是有病吗？"鹘沙絮絮叨叨起来，好像跟谢却山很熟的样子，"你们汉人就喜欢过节，一年到头那么多节，真能整事——哎呀，却山公子今天这么没耐心，不会是我把你拖住了，耽误你过节了吧？"

鹘沙的话在挑战着谢却山忍耐的极限，他脸上的肌肉都忍不住微微地抽搐着："我没什么人好祭奠的，冤魂厉鬼别来找我麻烦就不错了。"

"有一件事，我特佩服你，你知道是哪件吗？"

谢却山没接话，身体还在原地，魂儿已经迫不及待地飘走了，一句话都不想再跟鹘沙说。

"自然是庞殿帅死的那件事——我还以为你多少会念些旧情呢，我都准备吩咐底下人别动手了，没想到为了王庭的利益，却山公子还是铁面无私了一把。啧啧，佩服，当真是佩服啊。"

庞遇的死在谢却山心里一直是迈不过去的一道坎，偏偏鹘沙在这个伤口上又狠狠地插了一把刀，还生怕戳不到痛处，握着刀柄辗转了一下。

谢却山闭上眼，紧咬着后槽牙，颌骨似乎都锋利了几分。他再睁开时，眼里已经没了戏谑："我是个汉人，在王庭做事本就比旁人更难一些，这么努力，无非是图个功名利禄。这些追名逐利的道理鹘沙将军应该比我更明白。都走到这一步了，谁要挡我路，我便杀谁。"

他迈步往前，手背稍一用力，硬生生地推开鹘沙，径直要走。

鹘沙笑了起来，在他身后道："沥都府里，可都是你的亲朋好友啊……真要一个个都杀过去……那不得下十八层地狱啊。"

谢却山没接话，大步离开。

他一路隐忍着情绪，回到望雪坞院中，闭上门，终于忍不住，狠狠地抄起桌上的杯盏往墙上一砸，以泄心中的愤怒。

忽然听到窗口那儿传来一声细微的动静，谢却山才循声望过去，见南衣不知道何时坐在了那里，此刻正目瞪口呆地看着他。

她在这里等了很久，本就不是个安分的人，便跳到窗台上坐着，百无聊赖地晃荡着双腿，把玩着一旁瓷瓶里插着的花枝。他回来得突然，她都还没来得及出声,便见他怒不可遏地扔了一只杯子。

两人面面相觑。

谢却山尴尬地敛了怒意,自觉这副样子实在是可怖,不自然地整了整衣冠,缓和面色问道:"你在这里做什么?"

"等你。"

这两个字好像有着神奇的力量,轻易地抚平了他此刻的情绪。

南衣刚准备跳下来,却被走过来的谢却山拦住。他的手往窗台上一撑,便锁出了方寸之地,高大的身影暧昧地笼在了她身上。

他安静地看她,等着她开口。

对于这种近在咫尺的距离,南衣已经有些习惯了。她心里藏着疑问,这样的距离刚好方便她随时捕捉他面上的神色。

她问道:"你为什么要杀那个士兵?"

"哪个士兵?"

"大街上死的那个。"

"凶手还没抓到。"

他句句都避开了她的问题,没有说谎,也没有说真话。

南衣却扬起了握紧的手:"你还狡辩,分明就是你杀的人,我在现场捡到了你的东西——"

她压低声音,附在他耳畔神秘道:"幸好是我捡到的,要是被岐人发现你就完了。"

谢却山一怔,脱口而出:"什么东西?"

话一问出来,谢却山便意识到了不对劲……一个狡猾的猎人,对陷阱的感觉太熟悉了。

沉默了一瞬,南衣狡黠地眯了眼:"你承认了!"

这事如果不是谢却山干的,他根本就不会下意识地问什么东西,正是因为他心虚,才被南衣绕了进去。

他刚心力交瘁地应付完鹃沙,紧绷的心情自回家之后便放松了下来,根本没有对南衣设防。

被人乘虚而入,他有点错愕,又有点恼火。

他刚给自己披上的一副铠甲,又被她卸了下来。

他沉了眸子,面色一下子冷了下来。他盯着南衣,眼底漆黑。

南衣刚有些得意,脸上浮起笑意,可谢却山的脸色让她觉得后背一凉,有点瘆得慌……怎么有种老虎要发威的感觉?

"你说谎了。"

南衣错愕——她说什么谎?

谢却山抓住南衣的手,硬生生要掰开她的手掌,证明她掌心空空如也。

她手里分明没有东西,却骗他说有东西。

南衣还想狡辩,但发现自己好像没有什么余地。她就是想诈他一下,这个人真的太不好骗了吧。她欲哭无泪。

——不对啊,明明是她在盘问谢却山今天的事情。她觉得就是谢却山在掩护陵安王,而且他忽然开了一日佛堂,说明他知道陵安王藏在那儿。

他的立场一定没有那么简单。

她已经从谢却山嘴里确认到关键的信息了。她分明占了优势,怎么瞬息之间又落了下风?

她是说谎了,但他难道就好好遵守游戏规则了吗?她问他的话,他既不沉默,也不回答,都在顾左右而言他,让她难以判断。

南衣立刻就学到了精髓,挣脱开来,把自己握紧的拳头背到身后,阻止他再掰她的手指。只要她不摊开掌心,他就不能证明她说谎。

她要抓住这一点点优势,让他把实话说出来。

她回到自己的话题上,继续追问:"你为什么要杀那个士兵?是不是因为他看到了什么?"

谢却山没理她,坚持要去抓她的手。

她一边躲着,一边接着问:"你根本就没有叛国,你是秉烛司的人,对不对?你的代号叫什么?"

她的话一句句砸在他心上,让他心乱如麻。

他回答不了,他不敢回答。

他不能再让她问下去了。

此刻谢却山脑海中只有这一个念头。

他倾身上前,堵上了她的嘴。

第九十七章 春夜暖

这个吻来得猝不及防。

谢却山现在才发现他把事情想得太简单了。不能说谎原来是一个诅咒,诅咒他要亲手从一堆不堪的血肉里挖出他自己也没见过的真心。可他还没有这样的经验。

他想让南衣靠近，又不想让她靠得太近，世事哪有那么刚刚好的如意。她已经被他养出了獠牙，披上了铠甲，张牙舞爪，无孔不入。

他反倒像个笨拙的小孩，不会，不知道，干脆破罐子破摔。

欲盖弥彰的吻成了他最后一道城墙。

而南衣激烈地推拒着。他们接着吻，唇齿在撕咬，不肯认输，不肯让渡，各怀心思，又密不可分。

他们动作间将一旁的花瓶拂下，瓷瓶砰然落地。此时他终于抓住了她的手，手指硬生生挤入她的指缝，将她的手紧紧扣住。

他近乎执拗地要证明她的掌心是空的。

他松了唇，抵着她的额头喘息着。这场拉锯因为她的犯规，终于可以暂时结束了。

须臾间安静下来。

南衣恍惚了。她竟觉得这个吻很陌生，没有索取，没有旖旎，而是近乎祈求地中止。他堵着她一句一句往外蹦的话，一而再，再而衰，终于她的胸膛空空荡荡，什么也问不出来了。

她这才闻到他身上有很淡的血腥的味道，这种味道在咫尺的距离间被放大。她忽然意识到他应该是度过了很困难的一天。

他也很辛苦吧。

她抬眸看他。他有点不知道如何收场，缓缓地退了一步、两步，心虚地看着地上的狼藉。

红的杏，白的瓷，碎在一起。

不知道为什么，她有点难过。

刚才她坐在窗边等的时候，还在揣测他为何忽然在房间里放一枝花，这不像他的风格。可她觉得很好，春色终于到了他这里。

她蹲下身，还想去挽救那枝花。她拎起枝节，花瓣却是碎的，被水沾在地上，拢也拢不起来。

他越发心烦意乱，终于出声道："我来收拾，你回去。"

南衣没听他的话，自顾自将白瓷敛起来堆到一边，又一瓣一瓣耐心地捡起碎掉的花朵。

她不问了，不去逼他，但她就是不想让这抹亮色也草草地被抹去。

"都碎成这样了，捡起来有什么用？"

"我喜欢，你别管我。"她闷声回道。

395

谢却山一把拉开她："我说了不用——什么都不要做——走。"

她倔强地看着他："再去采一枝吧。"

牛头不对马嘴。

他们静静地对峙了几秒，他没有动，南衣自己就出了门。

谢却山叹了口气，她很少在他面前犯倔，更何况是一枝花，多么无关紧要的事情。可他隐约又知道她在较什么劲。

她好得让人心软。

他的脚步还是跟了出去。

门外小院里有堵矮墙，墙外是花园，横伸过来几根缀着花瓣的枝条。月色之下，枝条安静地伏在墙头。

他看到她站在墙下，踮脚去折枝，依然够不到。

他又没有原则地依了她，上前一步，十分自然地环抱住她的小腿，将她整个人举了起来。

南衣惊得低呼一声，失重感让她下意识地闭了眼，再睁眼时，满目花枝。

她僵硬地半倚在谢却山身上，这个高高的位置让她觉得危险，但她尝试动了动，他抱得很稳，很安全。

她抬手触碰到花枝，脸上莫名绽放出一丝笑容。

身后是黑夜，身前是春天，这一瞬她有点想不起来今夕是何夕了。

她纵着自己在这一刻忘却，忘了外面的惊涛骇浪，忘了他们之间的口不由心，忘了那些晦涩的束缚。

他们都是小偷，从这个春夜里偷来一分美丽，不可为外人道，只属于他们的美。

她没有折下枝条，而是晃动着粗枝，花瓣簌簌飘落，落在发上，落在衣裳上。

扑鼻的花香里带着一股青涩，好像未成形的甜。

她笑，低头问："谢朝恩，好看吗？"

他仰头，好像是看花，又好像是看她。

"嗯。"他回答。

他们一起逃到了世上最小的桃花源里，春天给他们下了一场属于两个人的雨。

他将她放了下来，她柔软的臂弯搭在他的肩上。

鬼使神差地，她捧着他的脸，一寸寸仔仔细细地看。他长得可真好看。她背过的一句乐府诗里说："积石如玉，列松如翠，郎艳独绝，世无其二。"用来形容这样一张脸一点也不为过。这么好看的男子，分明会有好多人爱着他，怎么让她捡了一个这么大的便宜呢？

哦，应该是他太凶了，眼底总像刚刚揉开的一团墨，要将所到之处都碾进黑夜里。

可此刻他眼里有光,有花,有她。

她似乎看透了他,又不曾看透过他。他是如何穿过那些黑夜走到了这里?他又有多少秘密只能藏在黑夜里?

她放弃了,任由那个黑夜将她吞没,缠绵也很好,那就缠绵吧。

她闭了眼,轻轻在他唇上印了一下。

一刹那,像火树银花,像百川归海,像三魂七魄冲上云霄,又瞬间齐齐归位。

世界像轰隆隆在坍塌,他在废墟里,等着毁灭,等着降临。

她打开了一扇门。

他的七情六欲杂乱地堆在那里,积了尘,蒙了灰,然后她走了进去,每走一步都唤醒他过往被刻意藏起的痛感。她的到来分明是一种伤害,可他也只能饮鸩止渴,甘之如饴。他很痛,痛到一个人再也撑不下去,才觉得自己不过是个脆弱的纸壳子,凡人凡身。

于是他紧紧地抱着她,仿佛抱着他在这个世间沉浮时唯一一根浮木。他们没有章法地接着吻,像两只懵懂的野兽在厮缠,生硬地表达着接纳。

他们从院里到房中,陷在榻上,案几被推到地上,砸出动静来,不知还推倒了什么东西,不解风情地发出噪声。

她时而清醒,时而混沌,有点想不起来怎么就这样了,一切都是突发又那么顺理成章。

世上的情爱是什么,她尚未参透,便用一个难题去掩盖上一个难题。

原来她也在逃避。她只是逼问他,却并没有做好承受那个结果的准备。她为什么非要知道他是什么人?知道了以后呢?

答案若隐若现,但现在并非思考的好时机。

她觉得快乐,她也不知道为何快乐,她想离他更近一点,再近一点。靠近火焰的时候她在熔化,也在燃烧,这从未体会过的滋味让她几乎发疯。时间成了一条流不动的河,他们共同沉溺在一种模糊的界限里。

反正这是个密不透风的匣子,装着他和她,反正也无人知晓。

哦……风。

她感觉到了从门外钻进来的风,含混不清道:"关门……"

"没人来……"他搪塞了她的话,哪里还顾得上这些细枝末节。

某种独属于倒霉蛋的不安却不合时宜地蹿入南衣的脑海,她鬼使神差地睁开眼看了一眼。

谢却山忽然感觉南衣用力地推了他一下。他没在意,去握她的手腕,阻止她的动作。她急了,猛地踹了他一下,硬生生把他踹了下去。

谢却山一屁股坐在地上,愕然。

他先看到南衣脸上难堪的神情，才顺着她的目光回头看，门口赫然站着惊讶得张大了嘴巴，像吞了一百个鸡蛋的甘棠夫人。

他有点滑稽地坐在地上，大脑转不过来。

当下的三个人都无地自容。

★

一炷香时间之前，甘棠夫人听说谢却山回了府。本来夜已深，各院之间很少走动，但甘棠夫人想了想，改日就不一定能捉到人了，还是趁这个安静的时间同他聊一些私事，聊聊南衣的事。

这几日她听到府里在传一些流言蜚语，那些桃色话题她当然是不相信的，但她心想谢却山与章月回不和，所以背地里使手段不肯让南衣再嫁，这件事倒是有可能。所以她一来是想提醒谢却山注意自己的言行，别落人口实；二来想让他点头同意南衣再嫁，别在背后给人使绊子。

结果看到了这惊世骇俗的一幕，她疑心自己搞错了，也不知道是怎么想的，滑稽地背身走了几步，再回头来看一次。

还是这个场景。

她想跑，这超出了她能处理的范畴。

她的脚步都乱了，跟跄了一下，匆匆往外走。院门口是等待她的唐戎，见她脚步不稳，好心伸手扶了她一下。

男子炙热的掌心碰到她的手臂，这本也是寻常，她此刻却只觉得大逆不道，立刻见了鬼似的躲开，还连连后退了几步。

唐戎的手僵在半空，不知道发生了什么。

"夫人，怎么了？"唐戎的目光自然而然地望向谢却山的居所。

"走。"甘棠夫人脸色煞白，失了风度，几近小跑地离开了这个地方。

★

南衣甚至都想要不连夜跑路好了，她羞愧难当，不知如何在望雪坞里自处，如何面对甘棠夫人。

她真是鬼迷了心窍，被美色冲昏了头脑。现在清醒过来，她悔得肠子都青了。

但谢却山告诉她，看都看到了，还能怎么着，当作什么事都没发生好了。

他言出必行，脸上已经没了慌张之意，甚至还帮南衣整了整衣冠，贴心地问她要不要送她回去。这个人都不会羞愧的吗？

南衣拒绝了他的好意，未来很长一段时间里她都不想跟他出现在一起。她连滚带爬地翻墙回了自己的院子，惴惴不安地等到天亮。女使请她过去用早膳，她仔细观察女使的神情，发现女使没什么异样。好像还没有人知道……

她想称病，但还是硬着头皮跟着去了。饭厅里一切如常，热热闹闹，热气腾腾。

也没人注意到她。她躲在角落里想迅速吃完饭，结果谢却山紧接着就迈入了饭厅。

她顿时僵硬在原地，如坐针毡，觉得那松软的肉包仿佛变得硬邦邦，那绵密的白粥也变成了糨糊，通通乏善可陈起来。

甘棠夫人看了一眼谢却山，脸色瞬间阴沉下来。经过一夜的思索，她已经在自己脑海里捋出了一种可能性。

这种大逆不道的事，不是谢却山主动，怎么可能发生！

说不定还是谢却山强迫的。

她踢了他的凳子，道："没准备你的早膳。"

谢却山："……"

众人都有些错愕，不知道为什么一大早甘棠夫人就对谢却山摆脸子。

谢却山心虚地笑笑，难得好脾气了一把："好，二姐，那我去衙署里吃。"

神奇的是，饭厅就这么点大，这三个人的目光竟都巧妙地避开了彼此。

第九十八章 长公主

四下门窗关得严严实实，密不透风，好似生怕走漏了一点声音。

饭后，甘棠夫人和南衣单独坐在房里，两人都显出了坐立不安的模样。甘棠夫人几次想开口，都不知道从何说起。她装模作样地喝了好几口茶，直到一杯茶都见了底，话却没说出一句。

南衣绞在袖子里的手都快搓出火星子了，低着头像等着挨训的小孩。

"你……可有什么苦衷？"

南衣没想到这是甘棠夫人的第一句话，惊讶地抬头看甘棠夫人，脸上一下子便烧了起来。

她羞愧难当，实在是羞愧难当。

要说以前，她可能还有点什么苦衷，可偏偏昨晚就是你情我愿，干柴烈火的事。

甘棠夫人又补上一句，像在帮南衣圆上一些难堪："是不是因为……要去探取什么消息？"

她没有脸。她甚至希望甘棠夫人能训斥她一顿，罚她板子，也好过现在依然在为她考虑。

南衣稀里糊涂就坡下驴地点了点头，这时候的谎言实在是无奈之举，但她又从何解释起？恐怕只有这样的答案才能将大家的脸面都勉强保住。

甘棠夫人明显松了口气："当初大哥续弦娶你进门，是没办法的办法，这本就是谢家对不起你。你若想再嫁，我绝不会让任何人说什么闲话，你在谢家来去自由。"

"我现在……还没有这个心思，"南衣声音跟蚊蚋一般，"还是等城里的形势稳一稳再说吧。"

甘棠夫人若有所思地点了点头，关切道："倘若以后还有什么为难的事，尽可来与我说——"

她停顿了一下，语气似在不经意间变得疏离了一些："谢家门风清正，谢却山就算回来，也不能让他坏了全家人的心念。"

南衣听明白了。

甘棠夫人责怪的是谢却山，可也是在告诉她，她可以自由选择任何人，但不能是谢却山。

哪怕她只是名不副实的谢家少夫人，也不能坏了人伦大礼。这是甘棠夫人守的底线。

那些未被规训过的暗流涌动的情愫，一旦拿到台面上来讲，只能是灰飞烟灭的待遇。

南衣觉得自己离端正又近了一步，可人好像也空了几分。

她迈着缓慢而沉重的步伐离开了甘棠夫人的院子，刚行到抄手游廊下，忽地便被一个人拉了过去。

"二姐同你说了什么？没有责怪你吧？"

谢却山挨得很近，南衣下意识地退了一步："你怎么还在家里？"

"我见二姐叫你过去，心里放不下。"

谢却山如今是一点嫌都不避了，语气熟稔得好似老夫老妻关起门来唠唠家常。

南衣正了正色，抬头望他，认真道："昨晚的事，就当没发生过，以后我们都不要提，也不要这样了。"

谢却山皱眉，品到了几分南衣的疏远："望雪坞的规矩，还拘不住我。"

"但是甘棠夫人对我很好,我不能在她眼皮子底下做让她难堪的事。"

谢却山有点急了,开始口不择言:"我难道对你不好吗?"

"那你想怎么样?"南衣反问。

一句话问醒了谢却山,他一时哑然。

他只是下意识地在抗拒南衣远离他的感觉,可他到底想干吗?

那点龌龊的心思他也说不出口。

南衣继续补充道:"你不是说过吗?男人对女人的爱很廉价,女人对男人的爱也高贵不到哪里去,就是一时兴起,色迷心窍,没有任何更深的含义。"

谢却山的眼神一下子冷了下来,脸上看上去还是寻常,实则已经气得七窍生烟了。

这女人好狠的心,分明昨晚还满眼怜惜和爱意地看着他!

他语气一下子也凶了起来:"我们之间只有一个规则,别的都不作数。"

但南衣好像一点都没被拿捏到,反而笃定道:"可我知道,你是个正人君子。"

谢却山:"……"

给我戴高帽?

可他一下子就被架起来,进退两难。

南衣大度地拍了拍谢却山的肩膀,故作老成道:"你也冲动过几回,咱们就算扯平了。"

她扬长而去。

走到游廊尽头,南衣觉得心里空落落的,回头望了一眼,那里已经没有谢却山了。

*

花朝阁。日上三竿。

醉生梦死的章月回卧在榻上,睡梦之中动了动筋骨,便连人带薄被一块儿翻了下去。

这下他彻底醒了,揉了揉昏沉的脑袋,起来推开了窗。

他倚在窗边,任由凉风灌进来,清醒清醒脑子,忽然看到了什么,漫不经心的他眸子微眯起来。

他轻拉房中的铜铃,便立刻有侍从入内。

"东家。"

章月回招手让他过来,吩咐了几句,很快侍从便退了下去。

花朝阁的外头多了好些盯梢的黑鸦营暗卫,扮作脚客、路人、食客……他们的目标只有一个，盯着章月回。

近来章月回最大的动作便是大张旗鼓地去求娶谢家的寡妇。这事由他做出来，倒是不显得稀奇，甚至还有些合理，也许是这个富可敌国的商人就喜欢人妻呢？

自那日后，花朝阁里安安静静，什么动作都没有。

这群暗卫自以为隐藏得很好，没想到这日花朝阁中忽然鱼贯走出一队女使，精准地找到了所有伪装的暗卫，为他们每人都送上精美的茶饮馃子，还留下话说："这是东家的意思，诸位辛苦了。"

暗卫们错愕，也不知道是该接，还是不该接。

这点把戏根本瞒不过章月回那毒辣的眼睛。

随后他焚香沐浴，拾掇了一番，在雅阁中安静地等候着，果然，不速之客现身了。

来者是个女人。

章月回确实没想到，沥都府的风竟然把她也吹来了。

这是一个身形娇小的女岐人，一袭红色厂字襟锦袍，衣襟袖间压着白狐毛，衬得人英气十足又娇艳。女人脸上只是略施粉黛，不过深邃的眉骨下有一双丹凤眼，目光就像一片羽毛扇，轻轻拂过人的脸，便已显得风情万种。

章月回难得露出谨慎的神情，起身端正地行了个礼："小人参见长公主。"

完颜蒲若是大岐如今的长公主，王的亲妹妹。虽是女子，长相甚至可以说是甜美，但她做事雷厉风行，手腕过人，丝毫不亚于男子。她在朝堂之上并无实职，却是能影响大岐王朝所有决策的幕后参政者。黑鸦营面上是由鸦九统领，可真正的实权在她手中。

须臾间，章月回就想明白这是怎么回事了。

黑鸦营入沥都府的时候，想必完颜蒲若便一起进城了。陵安王的下落迟迟没有动静，鸦沙和完颜骏的配合显然出现了问题，她定是来查沥都府这一堆烂摊子的。

只是她一直都隐在暗处没有现身，观察着沥都府里的一举一动。章月回心里突然没了底……她都了解了哪些信息？

完颜蒲若和章月回是旧相识。他能迅速打入岐人内部，将生意做大，免不了要在官场内结交一些大人物，而完颜蒲若可以说是他在大岐的靠山。

她欣赏这个商人，她认为特殊时期就是要用一些不寻常的人才。很多放不上台面的事，她都会交给章月回去做。他也总能出其不意地将事情办得很漂亮。只是他南下来到沥都府后，她对他动向的掌握便弱了很多。

这也是少有的几个章月回必须打起十分精神应付的人之一。无论是鸦沙还是完颜骏，都无法沾染归来堂的事务，但完颜蒲若不同，他手头的很多生意其实都是先前帮着她敛财才能铺开的，她对归来堂了如指掌。

完颜蒲若的目光已经将章月回上下三路盘剥了个干净，她施施然在榻上坐下："章老板，你想好了吗？"

章月回挑挑眉，松弛地表示了自己的困惑。

"上回我让你考虑考虑做我的驸马，你却转天就跑了，这一来沥都府就是几个月，也不给我传个音信——怎么，我是什么豺狼虎豹，让你避之唯恐不及？"

"长公主，实在是……"章月回一挑眉，心痛地压低了声音，"小人有隐疾。"

章月回真是个什么都敢说的。

完颜蒲若也不伤心，只是露出一丝"可惜了"的神情，看看他的下半身，又看看他那张俊俏的脸庞，惋惜道："你不早说，还叫我好生惦记，做了几番翻云覆雨的梦呢。"

女人脸上寻常得很，没半分羞怯，也是个嘴上毫无顾忌的主儿。

她忽然又想到什么，问道："那你怎么去求娶一个寡妇？"

"人虽不行，却有一些难以启齿的癖好。"章月回面不改色心不跳地回答。

完颜蒲若懂了，暧昧地点了点头："既然如此，感情是没什么好聊的了，我还是跟章老板聊聊生意吧。"

"归来堂都是长公主的，您想知道什么，尽管吩咐便是。"

章月回做狗腿也做得很熟练。

"沥都府的事，你没掺和进去吧？"完颜蒲若斜眼一挑，好似暗送秋波，分明没有半分凌厉，却让人后背一凉。

章月回如实回答："掺和了，还掺和得不少。"

"说来听听。"

"我确实是挖了一些情报，赚了鹘沙将军、完颜大人二位不少钱，但这两位似乎有些不和，导致最后事没办好。这说到底，也是我的责任，我这心里正忐忑呢。"

章月回知道自己可疑，每件事细思起来，他都在帮倒忙。

他倒并非故意，只是懒得戳破。

谁有病天天想着害同胞，他道德水准虽然不高，但良心还是有一点的。

所以他不动声色地将责任继续推到了鹘沙和完颜骏身上，必须让他们把锅背死。

完颜蒲若懒洋洋道："无论鹘沙还是完颜骏，他们都是王庭的股肱之臣，立场定不会有问题。但行事上嘛，各有私心，难免会犯错。我这趟便是来查查，他们究竟是自己犯蠢，还是受人鼓惑、蒙蔽，才做出一些不恰当的事情来。"

403

言外之意，章月回听明白了。

先前的事，他片叶不沾，独善其身，也正因站在局外人的角度，正好能将全局都看得明白。谢却山和秉烛司几次都利用完颜骏和鹘沙之间争抢功劳的不和，才能行瞒天过海之计，完美脱身。

但完颜蒲若一来，这个缝隙很快便会被堵死。

秉烛司想再做些什么，都会变得困难。难怪黑鸦营这些日子在沥都府效率如此之高，原来背后是有高人操盘。

原本他是可以不在意的，可南衣在秉烛司，他又不得不在意起来。

"先前我不问你究竟是什么立场，那是因为欣赏你、信任你，可现在局势变了——"完颜蒲若甚至还有些委屈地看着他，"你得选个立场，对我表表忠心。"

"天下之事，无非利益往来，立场有何重要？"

"不成，我已经不满足了。"完颜蒲若钩过章月回的脖子撒娇。

但这娇撒得让人没有半分享受，只感觉到威胁。

章月回眯着眼笑："这还用选吗？小人的心当然在您这儿。"

脸上表情天衣无缝，心却已经如坠深渊，章月回知道，自己必须入局了。

他想要为南衣放下一切，离开这些纷争，却还是晚了一步。此时此刻，他已经无法再置身事外。

"男人的话啊……我本是不信的，但是章老板毕竟是我的心头好，我便信你一回。"完颜蒲若松了手，眼眸微眯，露出几分冷意来，"你要是骗我……嗯……我会让你死得很惨。还有你在乎的东西——"

完颜蒲若拨弄着案上的香炉，冷不丁轻轻一吹盘中的香灰，顿时扬了章月回一脸。

"噗——通通灰飞烟灭。"

第九十九章 温情灭

鹘沙知道完颜蒲若来到了沥都府，只比章月回早了那么一个时辰。

他恨不得立刻到长公主面前孔雀开屏，向这个拥有至高权力的女人展示，他是一个多么出色的将军。

威风是有了，如今沥都府里他说一不二，就是还少了点实绩。

黑鸦营抓了不少人，大都是什么也不知道的平民，偶尔有几个能确认是秉烛司党人的，骨头都硬得很。

不过这一日，进展突飞猛进。

有一人终于扛不住招供：禹城军确实还活着，那日的炸山只是金蝉脱壳之计，禹城军与秉烛司里应外合，摆了完颜骏和鹘沙一道。他是参与了后头给秉烛司运送物资的计划，所以知道禹城军在哪儿。

鹘沙大喜，禹城军这事只要一坐实，完颜骏轻则流放，重则死罪，甚至还能将韩先旺一党都拉下水来。

他立刻要带人去围捕禹城军，脚刚踏出大牢，后头又有一个狱卒喊住了他："将军，又有人招了！"

鹘沙乐了，心想，今天真是自己的黄道吉日。

*

这一日，钦哥儿照例要去宋牧川那里上学。

宋牧川告诉南衣，禹城军已经全部进城，伪装成造船苦力，随时待命。

而先前"雁"传来消息，称禹城军一旦安全，那么炸山那夜禹城军逃脱的消息便可以放出去了。

南衣起初还不明白为什么，这岂不是冒险，但宋牧川稍一解释，她才理清其中利害。

黑鸦营查得紧，必须让他们吃到点大消息，他们才能松嘴。秉烛司自有办法让他们相信这个消息的真实性，但等到岐人集结军队再去虎跪山搜查禹城军的时候，殊不知禹城军早就到了他们眼皮子底下。

这么做也是为了让鹘沙得到更加确凿的证据，帮他咬死完颜骏。

完颜骏多疑，心思深沉，手段阴险毒辣，先把他调离沥都府，只对付鹘沙一个，之后的行事相对会容易一些。

南衣知晓了近况，心里也踏实一些，两人匆匆告别。

南衣刚牵着钦哥儿走出巷弄，却见一队岐兵列队拥进巷子。南衣心惊，但只听得里面传出几句客客气气的话，说船舶司出了点事，请宋大人去一趟。

好像是没事，可南衣依然觉得有些不安，但钦哥儿在身边，她也不能轻举妄动，只能速速先回望雪坞。

回望雪坞的路上还是风平浪静的，她安顿完钦哥儿出来之后，外头却已经变了天。

家中女眷得了什么消息，聚在甘棠夫人的院里，乱作一团，叽叽喳喳地吵得人脑子疼。

甘棠夫人终于忍不了了，呵斥了一声："都闭嘴！"

堂内鸦雀无声，南衣的脚步刚迈到门口。

甘棠夫人做头疼状，遣散了众人，让南衣陪她去内室歇歇。南衣注意到，一直跟在甘棠夫人身边没什么存在感的唐戎已经周身绷紧，不自觉地露出一些杀气。

甘棠夫人压低了声音，询问南衣："你方才从宋先生那儿回来，可有什么异常？"

"有一队岐人将他带回了船舶司，但对他还是客客气气的。"

"就在方才，我们听说整个船舶司都被岐人围起来了，说是有人招供秉烛司首领就在船舶司之中，岐人正在连夜排查。"

南衣心头一紧。

黑鸦营一直在抓人，她也担忧宋牧川的身份会不会暴露，但宋牧川行事素来小心，很少将真实身份暴露于人前，除了几个秉烛司的核心成员，并没有人知道他的身份。

但行事再缜密，也难免会留下一些痕迹，他诸多行事都围绕着船舶司，恐怕便有人猜到首领在船舶司之中，后来扛不住刑，将但凡有用的都招了出来。

这完全是意料之外的事。

现在虽然只是圈定了一个范围，并没有指名道姓地出卖宋牧川，但岐人的手段狠辣，不在船舶司中将人挖出来，绝不可能罢休。

宋牧川已经岌岌可危。

南衣脑子迅速盘算着，不能坐以待毙。她应该去找梁大和九娘，将宋牧川劫出来。或者……谢却山会不会有办法？

他先前救了三叔，救了甘棠夫人，又救了她，宋牧川是他的挚友，他一定不会见死不救。

说曹操曹操到，她脑子里刚蹦出这个人，谢却山便不请自来，迈进了房中。

此刻见到谢却山，南衣不仅把先前两个人的尴尬都抛之脑后，甚至还觉得有几分亲切，正想开口说话，声音却忽然哽住。她发现谢却山恢复了那种熟悉的冷若冰霜的面目，这段时日她偶尔能从他脸上窥见的温情已经荡然无存。

他不仅来了，还带来了守卫："二姐，少夫人这几日先住在你的院中，你们相互好有个照应。"

甘棠夫人见这架势，立刻明白了过来："谢三，你什么意思，你要软禁我们？"

唐戎闻言，立刻将手搭在了剑柄上。

谢却山扫了一眼唐戎，无动于衷："别费劲，你们消停些，大家都安生。"

"我要出去。"南衣盯着谢却山的脸。

"别费劲。"他对着南衣又言简意赅地重复了一遍。

"那你呢？你要去做什么？"南衣心里还抱有一丝希望——他是不是想自己去救宋牧川，不拖累她们？

"船舶司的事我会避嫌，我也会待在望雪坞中，一步都不出去。"谢却山平静地回答。

房里就四个人，很多事大家都心知肚明，就没必要藏着掖着了。

"那宋牧川呢？"南衣急了，对谢却山吼了出来。

"跟你有什么关系？跟我又有什么关系？"

不对，这不对……谢却山明明应该交代她什么，像前几次一样，让她去做点什么扭转局势的事情。

甘棠夫人也有些难以置信："你先前分明也想护着宋牧川。"

谢却山终于露出了一丝不耐烦之色："先前是先前，我拉了他一把，他不领情，非要蹚浑水，出事了，难道还要拖累我，拖累整个谢家吗？"

"你要看着他死吗？"南衣不相信谢却山的态度会有如此巨大的变化，他惯会演戏，她试图从他脸上看出些破绽来。

可是在她和甘棠夫人面前，他有什么好演戏的？话都说到这个份儿上了，他有什么谋划，直接说出来不行吗？他们之间这点默契总还是有的吧？

可倘若……他没有在演戏呢？

"我也要自保，不出卖他已经是看在过去的交情上了。"见南衣仍是难以置信，谢却山对着她的脸冷声威胁道，"你们若敢轻举妄动，连累到我，我亦不会再留情面。"

谢却山头也不回地走了。

南衣被这番话斥得愣了愣，见谢却山要走，下意识就奔了出去，拽住了他的手："谢却山，你答应过不对我说谎的！"

这拉扯的场景，让堂屋里的甘棠夫人和唐戎都有些出乎意料。

连唐戎都看出来了，这两人之间有些古怪。

谢却山冷淡地抬眼："拉拉扯扯，成何体统。"

南衣像被一盆冷水浇了个透。哦，她想起来了，先前是她表示要拉开距离的，他只是把她的态度都还给她了而已。

但她不肯松手，死死地绞着谢却山的袖子。她本来就不是一个多要脸的人，她之前居然还妄想做一个体面的人！呸，要什么体面，如果有什么东西在此刻能拴住谢却山，她不在乎当着所有人的面都掏出来："你救救宋牧川，我什么都答

407

应你。"

　　谢却山嘴角突兀地扯起一抹冷笑，心中竟是又悲又喜。悲的是，她先前不肯靠近他，却为了宋牧川什么都豁出去了；喜的是，他正好能将这个坏人演得淋漓尽致。

　　"你以为你是谁？滚。"

　　他甚至有几分粗暴地将她拂开了。

　　院门阖上，大锁落下。

*

　　谢却山在知道船舶司出事后，回来第一件事情就是先按住南衣，不让她有任何动作。

　　情况很棘手。

　　他不可能放任宋牧川陷入危险。宋牧川必须安全，他的"涅槃"计划必须成功，只有这样，才能万无一失地送陵安王前往金陵。

　　但如今沥都府局势急速恶化，他想刀下救人，也不会有前几次那般的幸运。这件事，恐怕他得一个人去扛，用他一命换宋牧川一命。

　　他主动去暴露身份，那么岐人所有的注意力都会集中到他身上。

　　他知道她心急如焚，但他不能让她涉险。倘若最坏的情况发生，他死了，一家子世家女眷，岐人还想维持一些面上的和平，就不会真的把她们怎么样，可她们若被逮到现行，那就是平白的牺牲了。

　　他现在只希望还能有一些时间，宋牧川没有那么快被抓出来。

　　诸方神佛，再给他一些时间。

*

　　围船舶司是鹘沙的命令，一来，要揪出那个秉烛司的首领；二来，他要将完颜骏的这摊事也拢到自己名下来。

　　但船舶司到底有几百号人，这些匠人又不能随便打杀，毕竟对造船有用。个个查过去太费时间，而且也未必管用，总有人说假话。

　　鹘沙难得冷静一回，沉下心来好好地想了想策略。他按照自己已经掌握的线索，先挑了几个重要的日子，查了查那几日里船舶司的哪些人有异样。

　　这么一对比，鹘沙便盯上了一个人。

　　这个人，他先前全然没放在眼里，觉得不过跟那些腐儒一样嘴上喊着家国，真面对刀枪时,也不得不唯唯诺诺地弯腰做事。

炸山那天,宋牧川因为跟完颜骏起了些冲突,提前离开了船舶司。

陵安王失踪那天上午,宋牧川也因故晚到船舶司两个时辰。

这两件事,单独拆开不足以说明什么,放在一起便足够可疑了。

更何况,这宋牧川还跟谢却山是旧友。鹃沙早就对谢却山怀疑入骨,想到这层关系,更觉得之前完全没被他放在眼里的一个臭书生,确实极有可能是谢却山的同党。

但是如何能利用一个宋牧川把谢却山乃至整个秉烛司都连根拔起呢?

以最近的经验来看,他和这些秉烛司党人周旋,严刑拷打成效甚微。

而他现在就想图一个快。

完颜蒲若来了。他知道她一定是来调查完颜骏和他的事。他要在她面前迅速做出点功绩来,才能将完颜骏踩在脚底,踩得死死的,让完颜骏再无翻身之地。

沥都府成了他的囊中之物,那么抓到陵安王也是迟早的事情。

此刻,鹃沙的野心开始疯长。他总认为先前自己处处被压制,施展不开手脚,那现在不就是他大显身手的时候吗?哪怕是不择手段,他也要迅速达成目的。

他脑海中开始酝酿出一个计划……

第一百章 险象生

这个坐以待毙的夜晚,月光凉如冰凌,给屋檐瓦舍都蒙了一层惨淡的白。

南衣心里生出极度的不安,这种不安来自宋牧川的生死未卜,也来自谢却山的异常。

不安到她浑身难抑发抖,在房里来回踱步。

她不知道应该相信自己的直觉,还是相信谢却山让她看到的情形。他们分明约定过,不能说谎。她总觉得谢却山要舍弃她——可能是求生的弃,也可能是求死的舍。

甘棠夫人叹了口气,看向唐戎:"唐戎,你帮帮她吧。这里拘不住她。"

"是,夫人。"

唐戎永远会遵从她的话。

策略也很简单，唐戎提着剑直接杀出去了，一副鱼死网破之态。这些守卫没料到里面的人会这么凶地反抗，应付得人仰马翻，但好歹是将唐戎挡回去了，又在院门上上了三道大锁。

南衣趁乱从院墙上翻了出去。

她也不去别的地方，她知道，自己的行动如果鲁莽了，会引发更大的麻烦。外头秉烛司还有梁大和九娘照应着，想必会迅速行动起来，将明面上的一些东西转移走，确保损失最小。

她在秉烛司的体系里还没有那么熟练，去了也没用。她的优势是不起眼，是足够机灵，而她的目标也很清晰。她留在望雪坞就是为了谢却山，她不相信他真的会袖手旁观。她说过，他若不是叛徒，她就要去做他的同伴。倘若她就是瞎了眼看错了，再不济，他那里也能打听到一些消息，总比干等着要好。

她悄无声息地摸进谢却山的房间，藏到了衣柜里。

谢却山刚换了一身夜行服准备出去，脚步迈到门口，目光不经意间望到院里矮墙上的花，忽然顿了顿。

南衣透过衣柜的缝往外看，有些紧张，她已经尽量不发出声音了，难道还是被谢却山察觉了？

可谢却山也没有回头，就这样立着，背影显得很落寞。

春花还未谢，依然开得葱茏。即便在这样一种紧张的心境里，他还是忍不住驻足多看了一眼。

就这样，远远地看一眼就够了。他庆幸自己没有与她纠缠太深。过去他沉溺于这些温存之中，差点忘了自己应该扮演的角色。他应该是个坏人，要么就是个死人。

他哪有资格谈春花秋月。

现在就很好，一整块都切割掉，干脆又利落。

谢却山耳朵忽然一动，似乎听到了什么动静。他眉头一皱，立刻折身回到房间，迅速将身上的衣服剥了。

他草草将夜行服踢到床底藏起来，外头便传来敲门声。他只着一件素色中衣，打着哈欠去开了门。

"鹘沙将军？"目光望出去，外头挤了满院的士兵，谢却山有些清醒了，奇道，"这大阵仗，是要做什么？"

鹘沙直接挤进房中，打量了谢却山一眼，面上的跋扈是一点都不藏了："你这么早就歇下了？"

谢却山露出了点火气："怎么，这也要跟你报备？"

鹘沙故作亲密地跟谢却山勾肩搭背，凑过头去神神秘秘地说："你说的是哪里的话，我可有一桩急事，要公子帮帮忙，这才深夜打扰。"

谢却山抱臂，有点不耐烦："承蒙抬举，不过——我人微言轻，哪能帮得上你的忙？"

谢却山心里清楚，他这点装腔作势，已经维持不了什么了。

找他帮忙？笑话。

这么多兵，就是直接来按他上刑场的。

要命的是，鹘沙来得太快了。他还不清楚船舶司里发生了什么，宋牧川是什么情况。他都没来得及动作，就已经在极度被动的处境里了。

"船舶司里抓到一个秉烛司的大人物——这人，还非得你亲自来审不可。"

鹘沙的嬉皮笑脸已经悄然退去，暗含了几分强势。

今天就是架也要把谢却山架走，他要牢牢盯着谢却山，不让谢却山做一点小动作。他要把这些兴风作浪的谍者、卧底都连根拔起，从此沥都府就再也没有蚊蝇蛇鼠了。

谢却山知道逃不过，再推托也显得可疑，只道："总得让我换件出门的衣服吧。"

望了眼屋内，鹘沙没看到人影，便做了一个请的动作。

南衣藏在衣柜里偷听，已觉胆战心惊——鹘沙为什么要带走谢却山？他在船舶司里究竟查出了什么，难道谢却山也自身难保？

谢却山折身回到内室，关上门。他知道这只是无用的拖延时间之计，一旦出了这道门，他的生死便由不得他了。今日他已经豁出去了，鹘沙既然来请他，反而暴露了一件事，便是鹘沙还没拿到宋牧川是秉烛司首领的实际证据。

无论如何，他都要为宋牧川把路铺平。

君子正衣冠，这也许是他生前最后一件衣服了，还是要好好穿的。

谢却山打开衣柜，目光忽然一震。

南衣已经尽力让自己缩到衣服堆里，让阴影笼罩着她，但这么大个人，多瞄一眼就能瞧出来了。

被发现就被发现了，南衣只慌了一下，很快便坦然了，大而清澈的眼直勾勾地盯着谢却山。

他确实没留意到她是什么时候进来的。

在这种无声悲壮的时候见到她，他心中百感交集，竟有些庆幸，随后又生出无限的惆怅。

老天爷还是怜悯他的，虽然这怜悯只有一丝一毫，只给了他片刻的宽慰。他静静地看着她，那样的眉眼，那样的脸庞，看了无数遍，依然觉得不够。他像个即将赴死的囚徒，在行刑的前一刻目光贪婪地攫取所见世界的美丽，仿佛这样才好挨过黄泉路，抵过孟婆汤，留下一些永不磨灭的东西。

可这世上的不朽都只是人的臆想和妄念罢了。

谢却山什么都没做，收回目光，取了衣服，便默默地关上了柜门。

他刚转身要走，裤脚却被一只手紧紧地拽住了。

柜门又被打开了，南衣执拗地看着谢却山，压着极低的声音道："告诉我该做什么。"

她声音轻到像刚浮到水面的气泡，噗一声便消散了，仿佛从未存在过一样。

他觉得好笑，她不应该是个很识趣、很知利弊的人吗？他分明站在她的对立面，分明把话说得这么直接了，她居然还来问他怎么做？

鹃沙就在外面，他只要一出声，她就完了。她就这么相信他吗？

是啊，她居然还相信他。没有什么比这种无条件的信任更直击人心了。

惊涛骇浪，她非要与他共渡。

他分明可以抽走脚步，可他的灵魂被拽住了。

他忍不住回头看她。他有点恍惚，她好像还是那个在雪地里选生死的小女贼，眼里是不肯放弃的浩浩荡荡的气势，要在他划定的一片死路里硬生生闯出一条活路。

这也感染着他，让他凭空生出一丝希冀和贪恋。

好，她非要来，那他就给她指一条路。

谢却山横下心，迅速捞起桌上的笔，在纸上写下一行小楷，随后蹲下身，将纸笺团成一团塞到南衣手里："去找章月回，把这个给他看。"

谢却山以为这就够了，但南衣还是没有松开他。

她要说话，又怕声音被外面的人听到，便心急地环过他的脖子，将他的脸又拉近了一些。

烛光透过笼纱，晦暗地落在脸上。在这个距离内，他们都逃不了，必须坦诚地看着彼此。

南衣认真地问道："你告诉我，你是不是要救宋牧川？"

谢却山皱了眉，不肯回答，执意要走。

但南衣犯了倔，就是不放手。她一定要他回答，她觉得这很重要，这跟她要去做什么一样重要："你得告诉我真话，我才能去做。"

他以前总是这样，做事的意图都藏在心里，不肯说出来，她要是猜到了，他也并不抗拒，甚至还有几分欢喜。

她觉得他很别扭。其实大可不必如此别扭，她可以成为他信任的那个人。

书里说，大音希声，大象无形，可她就是个俗人，她理解不了这种大而忘我的境界。她就是要得到他确定的话，听到他宣之于口的善意。

他孤独地走了这么多路，照亮了那么多人的黑夜，可生而为人，凭什么他要比旁人多牺牲一些？倘若都没有人知道他做过什么，这不公平。她要做这个世上看见他的人。

他们明明约定过，不能说谎。

她就是要一遍遍地问，问到他诚实为止。

谢却山终于拗不过南衣，他对上她的眼睛，便已经节节败退。刚才他还能仗着在二姐那里，理直气壮地掩盖自己的意图，可现在她逼得这样紧。

他说了出来，他心里某种沉重的东西好像也跟着卸了下来："是，我要救宋牧川。"

他不用孤独地赴死了，这个世界上还有一个人知道他要去做什么。就算他死了，也有人知道他为何而死。

人就是一种由俭入奢易，由奢入俭难的动物。在她出现前，他觉得这种理解甚至是累赘，可她出现了，他一边融化，一边重塑，在不知不觉间有了和她密不可分的一部分，他不能没有这个部分。

一晚上板着的脸松弛下来，谢却山忽地笑了一下，揉了揉南衣的脸庞。

不知道为什么，这个动作却让南衣眼中一下子涌出眼泪。她拉不住他了，她只能看着他飞快地披上衣服。

她张了张口，在他转身之前急切地说出了三个字——"不要死"。

没有声音，只有口型。

而他没有回应，便离开。等外面纷杂的脚步声彻底离开后，南衣才从衣柜里爬出来，她看了一眼手里的纸笺，上面写着"漏网之鱼"。她不明白这是什么意思，也不明白找章月回有什么用。但这是谢却山让她去做的，她顿时就觉得安心了。

她觉得他做的所有事都有后着与筹谋，他无所不能。

可南衣并不知道，谢却山给她指的路，其实根本没有几分把握。他知道她不会放弃，不甘坐以待毙，便将她送到章月回那里。不管章月回愿不愿意帮他这个忙，至少南衣都不会有风险。

第一百零一章 箭在弦

章月回站在花朝阁的屋顶眺望，入了夜的沥都府已经被笼罩在一片墨色之中，唯有东南角一片灯火通明。

那里是船舶司。

在这座巨大的城池里，计划和意外总是在争分夺秒地发生。

心思缜密如他也没有料到，有人在这个节骨眼上招供了秉烛司首领就在船舶司中这个信息。

完颜蒲若便是其中的催化剂，她的到来代表着王权的意志，大岐的臣子们会更加卖力地去争夺这座城的控制权。

第一次，章月回心中生出一种无力感。

从前满心想要毁灭的他是无所畏惧的，他没什么好怕的，大不了就是个死。可现在他有了软肋。这种无力来自，他开始像所有人一样在这片土地上匍匐前行。

完颜蒲若逼他站边，他清楚自己的违心。

可他的心想去哪里呢？他并没有一个答案。他这么一个大逆不道的人也不可能忽然生出一颗家国大义的心。

更多的，只是为了南衣。

他说把归来堂都给秉烛司，那只是一个文字游戏。他想的是和南衣一起远走高飞，没了他的归来堂就是一个空壳子，谁爱要谁拿去。

他身后传来细微的动静，是个女子轻而谨慎的步伐，并非寻常女使，也不可能是完颜蒲若。

他不动声色地摸上了扳指，上头的暗器随时准备弹出。他警惕地回头望去，见到的却是南衣。他疑心是自己看错了。风扯着灯笼乱晃，她的影子也跟着摇曳，落在他身上，他才生出了真实感。

"章月回，帮帮我。"她抢在他说话之前开口。她一路都是跑过来的，发髻乱了，碎发拂在眉眼上，带着几分楚楚可怜。

能让她主动来寻他，还能放下身段，所求一定不是件容易的事。

章月回难得地正了色："你慢慢说。"

"宋牧川有危险，谢却山被鹃沙带走了，他留了这张字条，让我来寻你。"

南衣也不避讳什么，她猜章月回该知道的都知道，她将纸笺递了过去。

这张薄薄的纸笺有点烫手。

——谢却山让南衣来找他救宋牧川。

这事单说出来都充满一股荒诞和诡异，八竿子打不到一块儿的人硬凑到了一起。

但面前的这个人是南衣，章月回还是接过来，展开来看。上面就四个字：漏网之鱼。

章月回忍住了想破口大骂的心情——你谢却山但凡多写几个字，明白点说说你的计划，我都能考虑顺手帮个忙，卖南衣一个人情。

不过转眼他就反应了过来。谢却山压根也没觉得他会帮忙，自然不可能告知得那么清楚，写模棱两可的几个字，其实只是为了让南衣安全。

他心里头有点发酸。

他第一次觉得谢却山真是个东西。

南衣焦灼地盯着章月回，他已经将这四个字反反复复看好几遍了。

"谢却山是什么意思？"她终于忍不住问了出来。

章月回其实隐隐有个猜测，但他不准备深想，这太冒险了，他只要朝那儿迈一步，就是粉身碎骨。完颜蒲若已经警告过他了。

他只遗憾地回答道："我没看明白。"

南衣失落了一下，一种执拗很快又浮到面上："不可能，你一定知道。"

谢却山不可能做无用的事情，这四个字要交到章月回手里，一定有他的意思。

章月回心里想着，反正他就是一个无耻之徒，谢却山都把人送过来了，他就顺水推舟，硬把人带走，也非常合理。

但他只是戳在那儿，什么都没有做，脑海里有两个小人儿在打架。

南衣急了，从袖中拿出了一只镯子，举到章月回面前："你要是帮我这个忙，我就戴上你送的镯子。"

章月回没想到南衣会以这个为条件，他下意识地往那个好的可能性上想了一下，心脏一下子猛烈地跃动起来，竟连思绪都滞住了，问了个蠢问题："戴上镯子，是什么意思？"

"你觉得是什么意思？"

南衣有备而来，把问题扔了回去。

章月回顿时哑然，转眼就明白过来了。

反正肯定不是他想要的那种意思。可妙的是，她什么都没承认，也什么都没否认。只要有一丝可能，他就会顺杆往上爬，谁让他欠她的。

章月回再一次被迫重新认识了南衣。他觉得自己好像被反将了一军，她用的竟然是他以前的招，甚至还颇有他不要脸的风格。

南衣是一个学习能力极强的人。她会迅速从她接触的人身上学习到一些突出的品质。比如，谢却山的狡猾，章月回的不要脸。然后活学活用地还给他们。

风花雪月的矫情，在大事面前通通可以丢掉，只要现在她能逼章月回帮忙，十只镯子她都能戴。她也不管章月回会怎么想，会不会觉得这就是破镜重圆的兆头——她可什么都没说。事后大家硬要掰扯，镯子也就是个镯子，你送的时候只说这是个礼物，可没说是定情信物。

他不清不楚地留下一只镯子，让她徒生好几年的念想，她现在拿来做做文章救人，一点都不过分吧。

章月回也知道，她就是在坦坦荡荡地利用他，可他偏偏吃这套，他真是一点办法都没有。

要强求的人，就得好好求，精诚所至，金石为开。

他认了。

章月回叹了口气，垂眸拉过南衣的手，将镯子戴到她的手腕上："你在这里等我回来，别乱跑，不然会给我添麻烦。"

章月回答应得比南衣想象中还要爽快，南衣浑身的紧张终于能稍稍松下来一些了："好。"

说罢，章月回便身轻如燕地直接从屋顶跃下，像个翩翩然的谪仙。

这小子居然还会轻功，到底骗了她多少事？南衣忍住了嘴里骂人的话。

谢却山交代的事她总算办成了。

这两个绝顶聪明的人联手，总会比常人有更多胜算吧？

南衣知道，自己能做的事只有这么点了，剩下的就是等。

正巧这时，楼底下的街道上路过一队岐兵。

"将军有令，命我们支援船舶司，都快点跟上。"

南衣竖起耳朵听，心念一动。

*

谢却山进船舶司之前被搜了一遍身，卸下了身上所带的兵器和利器。

绕过官署照壁，院里跪满了匠人和小吏。鹃沙给所有人都发了纸和笔，要他们指认秉烛司首领。不肯写的就用刑，被人指认过的便就地斩杀。一时间，船舶司成了人间炼狱，哀号声不绝于耳。

谢却山的目光扫过人群，里面并没有宋牧川。

他穿过垂花门，却看见一间烧得不成样子的小阁，火已经灭了，但浓烟依然弥散在空气里。

"你说这奇不奇怪，我刚要查船舶司，船舶司的架阁库便起了火，所有的卷宗都烧没了。"

"纵火的人找到了？"

谢却山一边回应着，一边扫一眼周围，发现整个四方院子的暗处都埋满了伏兵。

"却山公子也觉得是人为的？我也这么想，可起火只是因为一个年久失修的烛台塌了……当时架阁库里没有任何人。不得不说，做得可真是高明啊。"

鹘沙嘿嘿地笑着，推开烧了一半的门。

宋牧川就坐在废墟的桌案前，一袭白袍染尘，月光从烧穿了的房顶透进来，有种惊人的坠落感。他的手被反绑在身后，面前摊着纸和笔，纸上空无一字。

他没有写下任何人的名字，但是岐人并没有对他上刑，只是把他反绑在椅子上。

"却山公子，这位宋先生，是你的旧友吧？"

谢却山和宋牧川遥遥对视。

"早就是陌路了。"谢却山淡淡道。

"那就好办了。"鹘沙从腰间抽出一把匕首，阴恻恻地递到谢却山面前，"他就是秉烛司的首领，你把他杀了。"

"不是叫我来审审吗？"谢却山对眼前的匕首视若无睹，平静而又锋利地盯着鹘沙。

"怎么，却山公子不舍得杀？"鹘沙脸上的笑意蓦地消失了，只剩令人毛骨悚然的杀气，匕首尖直接对着谢却山的心口轻轻戳了戳，"包庇秉烛司党人，这可是重罪啊！还是说，你们是同党？"

谢却山笑了起来，接过鹘沙手里的匕首："我们要是同党，那鹘沙将军可不就立大功了吗？"

"所以说啊，这事就得找却山公子来帮我办，我能不能立大功，可就看你们二位了。"鹘沙朝宋牧川走过去，松了他手上的绳子，"当然，为了公平……宋先生如果愿意指认却山公子是秉烛司党人的话，你便可以活。"

宋牧川眼中终于有了一些波澜，难以置信地望着谢却山。

好一出自相残杀的戏码。

谢却山笑了，他终于明白过来，鹘沙针对的根本就不是宋牧川，而是他。

他若是不杀宋牧川，便是立场有问题；可他若真的杀了宋牧川……外头的伏兵就会一拥而上，将他按住，把杀人灭口的罪名扣在他头上。

到时候便说，船舶司就是鹘沙设下的一个局，为了引蛇出洞，谁有动作，谁就是内奸。

而这里都是鹘沙的人，谢却山百口莫辩。

此时，南衣已经换上岐兵的衣服溜进了船舶司，趴在对面的屋顶上观察着。那间房的门大开着，里面的声音传出来，她听得清清楚楚。

南衣心里着急，她也看到了底下的伏兵，登时明白无论谢却山杀不杀宋牧川，这都是一个死局。

她注意到谢却山握着匕首的手腕微微转动——即便隔了一些距离，但像有感应似的，她瞬间就明白了谢却山的意图。

他要杀了鹘沙!

可底下都是伏兵,他杀了鹘沙,怎么出去?

难道他想用自己换宋牧川?!

那章月回呢?他要章月回去干什么?这里的情况这么紧急,箭在弦上,一切就在瞬息之间,外面做什么能影响到这里?

第一百零二章 逆风局

时间在流逝,但南衣期待的变数并没有发生。

没有人闯进来,没有人打断这个死局。一切似乎都朝着最坏的方向发展。

南衣意识到,谢却山就是要送死,他交代章月回去做的事情,也许只是为了保宋牧川。他没给自己留后路。

可她不能眼睁睁地看着他死。

南衣脑海中有了一个惊人的念头。

她要在谢却山动手之前把鹘沙杀了。只要鹘沙是在众目睽睽之下被刺客所杀,那谢却山和宋牧川就能择得干干净净。

但她手边现在只有那袖箭。

距离有些远,她想瞄准鹘沙——可准星总在打晃。加上紧张和急切,她的手抑制不住地微微颤抖。

她不确定自己能不能杀了他。

倘若不能一击必胜,那就会打草惊蛇,满盘皆输,连带着将谢却山动手的机会都葬送了。

她是不是非得动这个手?

这一次,她不在谢却山的计划之内了,只有她自己做决定。从前只关乎她个人安危的时候,她心里想的是尽人事听天命,豁出去就行了。而此刻她的成败关乎谢却山的生死……甚至是更大的局面。

必须成功的压力一下子砸到了她的肩上。

忽然有人从后面环住了她,一手托住了她的手臂,一手将一只弩机塞到她手里。

这是岐兵的弩机,弩机发出的箭更锋利,力道更大。

"得用他们的武器,不然容易被发现哦。"调笑的轻语从她身后传来。

南衣一惊，回头一看，竟是章月回。章月回像是来玩的，面上很松弛。

他的到来让她胆战心惊了一瞬，随之又凭空生出几分安心。

她只轻轻朝他颔首，不再多语，回过头专心地端起了弩机。

章月回在夜色中端详着她，她的眉眼熟悉又陌生，什么时候她已经变成这样杀伐果决的战士？

南衣瞄定了目标，扣动扳弦——咻一声，离弦的箭刺破空气朝着鹘沙而去——噗——金属刺破血肉的声音响起，正中咽喉，一箭贯穿。

瞬息之间，局势逆转。

鹘沙睁大了眼睛，还不明白自己到底输在哪里，他分明马上就要赢了——他想破口大骂，可嗓子发不出一点声音。

他倒了下去，死不瞑目。

箭射出的同时，也暴露了南衣和章月回的位置。

谢却山闻声诧异地朝屋顶望去，隐约看见了两个人影。这时院里的伏兵也反应过来："有刺客！"

如雨的箭朝屋顶射去。

"跑！"

章月回拉着南衣就往边上跳。

鹘沙的死使得一切都变得混乱起来。谢却山作为地位最高的人，迅速接手了现场，转被动为主动："鹘沙将军被刺，船舶司由我来接管，留一队看守现场，其余人，都跟我来！"

离开之前，他揪起宋牧川，粗暴地将宋牧川捆在了柱子上。

"什么都别做。"借着近身的时候，谢却山低声警告宋牧川。

他退了一步，才命守卫上前："宋先生是重要人证，看好他。"

说罢，谢却山领人离开。

宋牧川神情复杂地望着他的背影。

*

章月回和南衣两人跃过屋顶，在后头岐兵的追逐下，慌不择路地落在一户人家的院落里，无意间打破了一个花盆。

一点动静在院子里炸开，犬吠声四起。

南衣想起身赶紧跑，却发现章月回的行动有点缓慢。她目光往下移，他小腹处中了一箭，捂在伤处的手指间渗出骇人的血。

应该是很疼，章月回的五官都挤到了一起，声音却还是那么不着调地轻松，甚至还挤出了一个难看的笑："你先走，我有办法。"

南衣心中焦急，瞪了章月回一眼："你废话真多！"

她一把拉起章月回的手臂，让他搭在自己肩上，搀扶着他往前走。

他们还没走出院门，身后就传来咿呀的开门声。

章月回和南衣都僵住了，缓缓地回头看，外头的动静把屋主人吵醒了。

屋主人错愕地看着这两人。

此时街坊外火光攒动，岐人的队伍已经朝着这边来了，声音传过来："秉烛司的刺客就落在那边！去那边搜！"

章月回脸上登时也严肃几分，一扣扳指，银戒上登时弹出一把利刃，他用只有南衣听得到的声音道："别让他出声。"

但南衣还有些犹豫，这毕竟只是普通的百姓。

她抬眼一望，发现隔壁几户人家的门窗上都探出了好奇的脑袋。这情况可不妙，这么多人都看到他们了。

那屋主人忽然别过目光，假装没看到两人，高喊起来："找刺客了！快来帮军爷们找秉烛司的刺客！"

他手上却给南衣和章月回指了后门的小路。

章月回还不放心，但南衣直接拖着他便往后门走。

这声高喊如同一石激起千层浪，周围几户人家都心领神会，默契地亮起烛火，纷纷出来制造混乱，一同喊着"找刺客"。

起初只有三两人，很快家家户户都打开了门。

章月回和南衣回头望了一眼，星光在街坊之中点亮，绵延成一条巨龙，手无寸铁的百姓们拥上街头，人潮挡住了追捕的岐兵。

大家都知道，今晚船舶司出事了，事关秉烛司。

大家都知道，被岐人追杀的一定是值得保护的义士。

秉烛司对百姓们来说并不是一个那么确切的存在，大家都当作茶余饭后的故事在听，如果不是亲眼看见，没有人相信在这个风雨飘摇的时刻，真的有这些人在负重前行。

而被守护着的百姓们，他们无知、无力，他们总是瑟瑟发抖地挤在一起，但他们亦是这片土地上的城墙。

南衣和章月回背对着众人走上一条越来越暗的路，蹒跚着一步一顿地前行。

*

花朝阁。

即便回到了自己的地盘，章月回也没有惊动太多的人，只让自己的心腹进来处理伤口。南衣注意到，他莫名变得格外话少，没了调侃，也不再嬉笑，只皱着眉头闷哼。

取出箭的时候连着血肉，看的人都心里发毛。南衣突然想到章月回以前就是格外不吃痛的那种人，一点点小口子都会疼得愁眉苦脸，而这一箭伤得还挺深，他却没有呼天抢地，似乎还有点忧郁。

她看着章月回的变化，想到了以前，觉得遥远，又好像触手可及。然后她又不可避免地想到了谢却山，这种暂时平静的氛围让她焦灼。

她想问章月回什么，但当着外人的面还是谨慎了一些。

待人包扎完，章月回才吩咐道："你带人去坊外看看，善个后。有人看到我的脸了，让他们守好秘密。"

"是。"

南衣心惊："你不会想灭口吧？"

章月回无奈地看了南衣一眼："对，把这群愚民都杀了，也不知道凑什么热闹，都嫌命太大。"

南衣听出来章月回说的是反话，语气放松了下来："若不是那些好心人帮我们挡了挡，我们哪能那么顺利脱身？"

"多管闲事。"章月回没什么好气。

章月回莫名觉得很烦。他本来认为这片土地上的子民和他们的君王一样愚蠢，可偏偏自己被他们救了。他觉得欠了一笔很大的债。

这笔仇恨的账突然算不清了。

南衣扯了扯嘴角，真想臭骂他一顿，不知好歹，可又隐隐觉得他口不由心，他一直就是个别扭鬼。此刻她有求于人，最终没多说什么，只狗腿地递上一杯茶水，才将一直担心的事问了出来："今晚还是多谢你了……他交代的事，都顺利吗？"

章月回对南衣投去一个哀怨的眼神，果然，她还是一心想着谢却山，但他不愿意露出这种争风吃醋的马脚，于是话说出来有点夹枪带棒，神色有种说不出的浮夸："都说了让你别乱跑，不然更顺利。"

"怎么说？"南衣一下子紧张起来。

"他按计划赴死，宋牧川顺利被保下——"章月回长叹一口气，"这小子命真好，都准备去阎王爷那儿报到了，硬是被你捞回来了。"

章月回知道谢却山要去送死。时间紧急，他也拦不住，他只能先去完成纸笺上示意的事情。更何况，就算他时间充裕，可他为什么要去拦？

他巴不得谢却山死。

但他还是鬼使神差地去了船舶司,他没想到,南衣不知用了什么办法居然也溜了进去,还不知天高地厚地想杀鹘沙。真是一个比一个疯,全都要他来擦屁股。

他功夫不高,靠的是身上全是精心打造过的暗器,对付一两个岐兵,抢下弩机问题不大。

他不想让她输。好在他们第一次配合,便得到不错的结果,虽然受益的是谢却山。

劫后余生,可听到章月回的话,南衣的胸口仍像被狠狠捶了一下,闷痛得慌。倘若差一点,他们是不是全都完了?

她后怕了好一会儿,才接着问道:"他说的漏网之鱼,究竟是什么意思?"

"炸山的那天晚上,鹘沙的人都死在了地道里,但有一个幸存者——被我找到了。"

南衣琢磨了一下,立刻便皱起眉头:"所以,鹘沙对禹城军的事起疑,是你一手操纵的?"

"这件事其实……"

章月回有点心虚,想给自己找补一下,但南衣其实并不在意这些细枝末节,她迅速从千头万绪中抓到了一丝逻辑,打断了他的狡辩:"谢却山也猜到了?他知道你手里有这个筹码,但一直没有戳穿,是想借着你的手去做些什么?"

"只有让鹘沙抓着这个点折腾起来,才能搞倒完颜骏。"章月回知道现在糊弄不过南衣,只能诚实地说,"如果非要在鹘沙和完颜骏中选一个对手,谁都会选鹘沙。"

南衣来不及骂章月回,因为宋牧川也是这么计划的。大家各怀心思搅在这局里,促成的结果却是一样的。

可变数就是,谁都没料到鹘沙会被一个天降的馅饼砸中,得到一个至关重要的情报。

所有的计划都被打乱了。

"可这漏网之鱼,跟救宋牧川有什么关系?"

"救宋牧川的关键,其实并不在宋牧川,也不在怎么救,而在于——到底谁在怀疑他,谁想杀他。解决掉这个人,这件事就变得容易了。"

"但鹘沙就算死了,他查出的线头也不会消失,我们只能躲过一时,却无法真正地瞒天过海。"

"所以,就得把鹘沙的对手再捞回来,让他来推翻鹘沙所有的发现。"

南衣张了张嘴,有些不确定:"让漏网之鱼……反水?"

章月回点了点头,这又到了他熟悉的领域,他露出老狐狸般的笑容:"世上万物，都有它的价格。"

第一百零三章 化敌计

完颜府。

萧条了好些日子的府邸此刻灯火通明。

完颜骏被软禁着，等待朝廷发配他的旨意，但是他没有完全放弃挣扎，还在不断地派出人寻找徐叩月的下落，试图弥补自己的过错来扭转局势。

同时，他也在盯着鹬沙——倘若能寻到鹬沙的错处，让鹬沙跌一跤，那他也还能找机会东山再起。

可惜一无所获。他甚至听说鹬沙马上就要查出炸山那日的真相了，禹城军根本就没有被炸死，死的全是自己人。

要是这件事真是这样，他就彻底完蛋了，别说东山再起，回朝就是有九条命也不够赔的。

完颜骏恨不得鹬沙能死，这样就没人再揪着禹城军和徐叩月的事不放了。但要杀鹬沙……难如登天。

直到今夜，他的眼线突然来告诉他，鹬沙死了。

完颜骏大为震惊——怎么死的？凶手是谁？

完颜骏还没搞清楚呢，紧接着谢却山就领兵来到了他的府上。起初完颜骏以为谢却山是来查鹬沙死因的，这事跟他可没有半点关系，他生怕谢却山再给他扣锅。

但谢却山十分客气，说刺客已经抓到了，此番前来是希望完颜骏和他一起去审，以正视听。

他一个已经失权失势的人，谢却山何故要给他这份面子？这橄榄枝来得突然，他觉得疑惑，便细问了现场的情况。

"宋牧川是完颜大人您一手提拔起来，负责造船事宜的人。鹬沙没有任何证据，却一口咬定他就是秉烛司党人。今夜在船舶司中，鹬沙逼我动手杀他，否则我便是叛徒。此事船舶司中诸多岐兵都有见证。"

完颜骏神色一凛，不自觉地露出一丝防备的姿态："那公子做了什么选择？"

"我若杀宋牧川，便是陷大人于不义；我不杀他，却是让自己陷入不忠。就在我纠结之时，竟有一箭凭空刺来，射杀了鹘沙将军。"

完颜骏听着谢却山的话锋，却是越听越不对劲，他品出了鹘沙死时的状况——谢却山被鹘沙怀疑是内奸，然后鹘沙就死了，恐怕谢却山此刻是非常被动的。

毕竟，还有黑鸦营在背地里看着，这件事上谢却山无论做多做少，都容易留下一些话柄。

而如今沥都府里除了完颜骏，无人更适合在这个时候出面。

想明白这些利害，完颜骏登时便精神起来——这不就是他重掌大权的最好时机吗？真是山重水复疑无路，柳暗花明又一村。

当即，完颜骏便随谢却山一起去了大牢。

凶手不是什么秉烛司党人，竟是一个岐兵。

从伤口来看，鹘沙确实是被岐军制式的弩箭射杀。

岐兵名叫阿典，先前为鹘沙手下的心腹，理应死在炸山那一天，却没想到他竟活着回来了，仔细看，他瘸了一条腿。

当谢却山看到抓到的凶手是这个人的时候，便明白，自己想得没错，这是章月回埋下的一颗棋子，他在这上头必然藏了些可做的文章。这会儿，看来章老板的钱应该是花到位了。

接下来，他只需要退到完颜骏身后，做个看戏的人便可。

阿典嘴巴很硬，人被打到半死，也不肯说为什么要杀鹘沙，一心求死。

完颜骏也不是个省油的灯，不消多时便将阿典的背景全调了出来，发现他家中有一个老母和两个弟弟，便用他家人的性命威胁。

说到这里，奄奄一息的阿典忽然悲愤道："反正我的家人都被杀了，我也没什么好怕的了！有种就直接杀了我！"

这让完颜骏起了疑心，好端端的，怎么会全家被杀？

他换了个策略，让人给阿典松绑，和颜悦色道："你有什么冤屈，尽管同我说，我来替你做主。"

这招竟起了作用，攻破了阿典的防线。完颜骏趁机加码，几番保证，这才让他说了实话。他看上去是鹘沙的心腹，实际上是在帮鹘沙做一些见不得光的腌臜事。他内心不愿，但奈何鹘沙以他家人的性命为要挟，他只能忍气吞声。偶然一次，他得知原来自己家人早就死于鹘沙之手，于是悲从中来，便想杀了鹘沙以报私仇。

而他在鹘沙身边，对鹘沙的一切行动和谋略了如指掌。他选择今晚在船舶司动手，因为今晚鹘沙做局要害谢却山和宋牧川，鹘沙身边的近卫都将注意力放在那两人身上，反而忽略了保护鹘沙这件事。

这时，一直不出声的谢却山问道："你说鹬沙要害我和宋先生，这是怎么回事？"

阿典回道："鹬沙将军这些日子在沥都府中闹得声势浩大，但始终抓不到一个秉烛司的核心人物，得到的情报也都是鸡毛蒜皮。可他调来黑鸦营的时候，向朝廷立了军令状，绝不能一无所获，空手而归。所以他就想诬陷船舶司的主事宋先生是秉烛司党人，而宋先生跟却山公子是旧友，这样便能趁机咬死他们二人是同党，就能将沥都府里所有与他抢功的人全部踢出局。"

完颜骏皱着眉，狐疑地打量阿典，并没有完全相信——这几句证词就将谢却山择得干干净净了，这也太天衣无缝了一些。

他还是觉得阿典所说自己与鹬沙的矛盾似乎有些怪异。什么样的矛盾，什么样的秘密，能让这主人和心腹自相残杀？

"你先前为鹬沙谋划的，究竟是什么事？"

阿典的眼神明显退缩和犹豫了，他低着头不肯说话。

"他要拿你全家的性命做要挟，这件事必然十分重要——你若不说，今日，你就是杀害将军的叛徒，而鹬沙会变成为国而死的义士。你家人的冤屈可就永不能见天日了！"

阿典沉默半晌，咬咬牙，才道："是禹城军的事！"

完颜骏一愣，没想到兜了一个大圈子，又绕到自己最忧虑的这件事上来。此事关乎他的身家性命，他立刻紧张了起来。

"那晚小人在地道里确实看到了禹城军，还与他们打斗了一番。忽然井口就爆炸了，但小人离爆炸点远，所以只有我一人侥幸生还……我回城去寻鹬沙将军，以为将军会念我身残，放我归乡，没想到将军十分不甘心，非要让我留在沥都府做伪证，说井底根本没有禹城军，这样便能将一切罪责都推给完颜大人。"

这是完颜骏的心魔。

这些日子以来他一直想知道，那天晚上，他到底有没有炸死禹城军，是鹬沙放出假消息害他，还是秉烛司真的摆了他一道。

显然，前者是鹬沙的错，后者是他的错。他心里当然有一个倾向的答案，他无比希望这是鹬沙的一个骗局，这样他就无罪了。此时听到如此明确的指证，他绷了那么久的弦一下子便松了下来，他必须相信！

他的一切疑虑瞬间烟消云散，随即便怒不可遏起来。

鹬沙为了抢功，还真是无所不用其极。

"接着说！"

"鹬沙将军让小人伪造了禹城军还存活的假证，这才能从王庭请来黑鸦营助他成事。黑鸦营来了，依然没有查到关于禹城军的线索。将军怕此事露馅，便再次买通一个犯人,让他谎称自己是秉烛司与禹城军接应的人,还说禹城军就藏在虎跪山的山阴处。"

至此,真相似乎非常清晰了,卸磨杀驴的事并不新鲜,这一切都是鹘沙的贪心所致,他是自作孽不可活。

谢却山心里都要为章月回鼓掌了,他只交代了章月回四个字,章月回便将事情圆得这么漂亮。章老板到底是花了多大的价钱,才能让这士兵说得有条有理,循序渐进,受刑招供的把戏也演得有几分真切,彻底把完颜骏带到了坑里。

想来小兵嘴里死去的家人,这会儿已经被归来堂转移走,好好养着呢。至于鹘沙——死人背多少黑锅又有何妨?他也不可能掀起棺材板为自己辩驳了。

这套供词最厉害的地方在于,不管完颜骏是不是全信,他想让自己在禹城军的事上脱罪,就必须认下阿典所有的话。

章月回这样的人不是朋友,却是对手,让人后怕又惋惜。

完颜骏和谢却山走出大牢。月夜清寒,两人都缓缓地松了一口气。

剩下的,就是他们之间的事了。完颜骏屏退众人,对谢却山开门见山道:"说说吧,却山公子,你到底想要什么?"

完颜骏这么多疑的人,又刚经历过如此低谷的时期,他对周围人的信任度都非常低。

谢却山在这件事上表现得太天衣无缝了。他没有参与到鹘沙和完颜骏的任何纷争里去,分明是最大的受益者,可他今晚主动来找完颜骏,等于将泼天的富贵拱手让给了别人。

看不出所求的人,才是最可怕的。以完颜骏对谢却山的了解,他可不是一只待宰的羔羊,更不是一个无私的人。

"完颜大人,我有私心。"谢却山无比坦诚地回答道。

完颜骏的态度松了下来,他直觉认为这是谢却山的真话。

可偏偏假话是和真话掺杂在一起说的。

谢却山接着道:"黑鸦营虽然是鹘沙请来的,却并非只听鹘沙的话。鸦九背后是长公主完颜蒲若,想必她正盯着沥都府里的一举一动。鹘沙先前做的荒唐事,做了便做了,幸好没有造成太大的损失。朝廷真正在意的是,谁能成事。只是无论是谁,都不能是我。我无帮无派,有功却无根基,回朝之后,日子未必会好过。"

完颜骏明白过来,大家都认为沥都府是囊中之物,在抢这座城的功劳,可倘若这功劳被一个汉人占了,朝中的新贵族旧贵族脸面何在?到时候谢却山只会成为众矢之的。

但面上,他还是要客客气气地推托几句:"你是韩丞相的心腹,他怎么会不保你？说到底，在帝姬的事情上，我确实犯了错，朝廷未必会再信任我。"

"鹃沙都能立下军令状将功补过，大人为何不能？"

而且没了鹃沙，沥都府里只能是完颜骏来管。黑鸦营只是间谍组织，完颜蒲若野心再大，也管不了一支军队。明面上依然需要一个统领者。

"我不求功劳，可以将手上实权都交予大人，只求大人一件事。"谢却山坦坦荡荡。

完颜骏面色一凝："哦？"

"沥都府毕竟是我的家乡，我的家人都在这里，人非草木，很多事情，我难保没有私心。可这怕会被有心之人大做文章，令我自身难保，鹃沙的事便是前车之鉴。而只有大人做沥都府真正的话事人，才能不让旁人指摘。我想求大人，无论沥都府形势如何，都保我家人、好友平安。"

主动将自己的软肋交出，这便是谢却山诱完颜骏信任的手段。

他要的是完颜骏到黑鸦营面前将今晚的事交代一遍。阿典是完颜骏审出来的，他的供词是有可信度的。

谢却山知道，自己的嫌疑已经很难完全洗脱了，但是可以利用完颜骏暂时拖一阵子，能拖到宋牧川成事之后，他的任务也算圆满完成。

"好，我答应你。不过……公子还要再等等。今晚整件事、船舶司、宋牧川，我都会自己彻查，包括方才这些口供，我也会再确认一遍。"

"那我就安心等大人的消息。"

谢却山彻底松下一口气。

他无非就是派人去虎跪山山阴处搜搜有没有禹城军的痕迹，再去船舶司翻一遍。

不过，禹城军早就不在虎跪山了，就算他一寸寸搜，也什么都搜不到。

至于宋牧川和船舶司……幸好宋牧川一把火烧了架阁库，他在造船一事上动的所有手脚都不会留下任何痕迹。

妙的是，这件事也能推给鹃沙。

就说他分明知道查不出任何证据，为了制造些疑点，自己烧了架阁库。反正那么多双眼睛都看到了，架阁库起火的时候宋牧川是不在场的。

当初想拿来咬死完颜骏的这些证据，如今阴错阳差都用在了鹃沙身上。虽然这是无奈之举，但也好过全盘崩溃。

经过了惊心动魄的一晚，谢却山现在非常想要回家。

他想见南衣。

可在尘埃落定之前，他还得再等等。

第一百零四章 苦昼短

南衣分明记得自己昨夜倚在榻边的雕栏上小憩，再醒来时，入眼的却是一件淡紫袍衫，是男子的肩头和胸膛。她一惊，发现自己靠在章月回肩头睡着了，猛地想坐直身子，后颈却被人按住。

"慢慢起。"章月回的声音自上方传来。

昨夜南衣不肯在章月回房里歇下，说等宵禁一解就回去。两人枯坐一夜，将船舶司的事里里外外都盘了一遍，聊到最后实在困得不行，连章月回的声音都有些气若游丝。忘了话题是在哪里断掉的，渐渐地，两人都没了声音。

脖子确实有些僵，南衣顺着章月回手上的力慢慢地坐直了身子，对上他的脸，莫名有些尴尬。

她动作里有着说不出的熟稔。

她忽然想起过去有很多个清风拂面的夜晚，两人坐在院子里的大树下乘凉聊天，聊到昏昏欲睡，她借着半分清醒半分昏沉，故意靠在他的肩上睡去。

而昨晚，显然是章月回特意坐到了她身边，还把隔在中间的小案几移开了。

他这个人浮夸起来很浮夸，让人像是雾里看花，总觉得他游戏人间，没有半分真心，可也有几个瞬间，她感知到他心里还是有着润物细无声的暖意。

南衣欲盖弥彰地站起身："天亮了，我要回望雪坞。"

"急也没用，谢却山不会那么早回去的。"章月回懒洋洋地打了个哈欠。

南衣被直接戳破了心思，狡辩道："我是怕一夜没回去，甘棠夫人着急找我。"

章月回却拉住了她的手，漫不经心地将她手上的镯子拨了一圈。

他的指节很凉，没吃过苦的手，指腹没有茧子，碰在肌肤上如玉般光滑冰凉。她忽然就想到了谢却山，他的手微有粗粝感，永远都是滚烫的。

那么不一样的两个人，而她一想到谢却山，竟有些归心似箭。

她下意识地就抽回了自己的手。

章月回的眸子黯了黯，半认真半开玩笑道："镯子不许摘掉，不然我怎么救的谢却山，就能怎么出卖他。"

南衣沉默了一下，忽然问道："这镯子上包了多少金？"

章月回一愣。他跟她说情谊，她问他价格，他的话口真是被堵得死死的。

他哑然失笑："你走吧。"

*

南衣悄无声息地回了望雪坞，先跟甘棠夫人报了个平安。她不好多说谢却山在其中都做了什么，只说宋牧川安全了。

阖府上下同往常一样，热热闹闹地用着三餐。鹘沙死的消息根本瞒不住，大家聚在一起七嘴八舌说着外头的局势，无不拍手称快。

南衣有点高兴，她完成了一个了不起的任务，但她的喜悦无人能分享，只能等着谢却山回来找他邀功。然而对于谢却山的缺席，大家都习以为常，无人置喙，无人过问。

只有南衣独自一人焦灼地等待着，从白天到晚上。

——虎跪山一来一回，一日绰绰有余。他被扣在完颜骏府上这么久，怎么还不回来？是不是又发生了什么变故？

南衣坐在矮墙头候着，从这儿一眼就能看到府门处，进进出出的人都在眼底。天气潮湿得很，像要下雨，天边却又没半点动静，厚重、沉闷的水汽蛰伏在空气里，叫人喘不过气来。

起初一点动静都能让她立刻抬眼望去，到了后来，她故意不抬头看，只仔细听着脚步声和门房的声音，倘若连脚步声都不像，门房也不曾问好，那肯定不是他。

时间在日暑上锵锵行走，这样漫长而束手无策的等待放大了南衣的感官知觉。她发觉白天的时间悄无声息地变长了，蛰伏的生机破土而出，在绿丛中竞相开放。她抬头一望，远处归雁成字，掠过天边。

天色终于暗了下来，远处廊檐下有一溜灯笼，她眼睛稍稍一眯，光便散开了，在视线里模糊成一片海。

一切都很好，一切都那么不好。

夜色越来越浓，在宅子里走动的人逐渐减少，再在外头便有些显眼了。南衣从矮墙头爬下来，到谢却山的房里去等。

春衫覆在身上，不消一会儿便出了一身薄汗。南衣等得心焦难耐，几近暴躁。她脑海中掠过了无数种可能，心悬在那儿始终无法落定。这一天像看不到头。

他还活着吗？明天他们还能相见吗？

南衣盯着房中那面空空的屏风，脑海中胡思乱想着，又很快出了神，觉得这屏风实在是寡淡得让人厌烦。子时的更声刚响过，周遭越来越寂静。

她突然就很生气，看什么都不顺眼。她研了墨，找出最大的一支毛笔，开始在那素白的屏风上乱涂乱画。

她也不知道哪来那么大的胆子。谢却山其实是一个很讲究的人，读书动笔前都要净手。可她肚子里一股压不住的怨气，她非但不洗手，还要坏搞得彻底。

谁知道这日子过完今天还有没有明天，这整整齐齐，端的是给谁看？

谢却山要是回来了，这点小事算什么，大不了就被他臭骂一顿，她可是他的大恩人；他要是没回来，那更无所谓了。

她就是掀翻屋顶，他也不会来找她算账。

想到这里，她的眼泪竟然不争气地落了下来。

委屈，真委屈。

她画了个大王八，还不解气，得写上谢却山的大名，用狗爬一样的字。

外头轰隆隆的春雷闷响，终于畅快地下起雨来，淅淅沥沥，混着泥土的味道，似有若无地飘入她鼻中。

南衣无意间回头看，呆住了——他是什么时候回来的？

他抱臂倚在门框上，似笑非笑地看着她，也不知道看了多久。

她胸口那团闷气四散开来，像打了开了一个闸口，眼泪反倒越掉越凶，索性号啕大哭起来，还不解气，直接将手里的毛笔砸了过去。

墨水砸了他一身狼狈。

她哭得上气不接下气，语气还是凶得要命："你是人是鬼啊！"

"你说呢？"

他走过去，微微眯起的眼睛盯着屏风上的杰作，透出一丝危险的光。

某种大魔王的压制还是深入骨髓的，尤其是在做坏事被抓包的时候。南衣一下子心虚了，所有的理直气壮荡然无存，眼泪都忘了抹，连忙抄起砚台，将墨都泼到屏风上，把王八和他的大名都生硬地遮去："我就是想给你房间里添幅山水画。"

"从未见过如此丑的山水。"

"……你，你平安回来就好，那我就先走了。"南衣脚底抹油想开溜。

她手腕一下子被扣住，人被拽到了一个滚烫的怀抱里。

衣衫还是湿的，他冒着雨夤夜赶回来。

完颜骏心思重，事情全部查清楚已经是夜里了，外头早就宵禁，照理说谢却山该明早再回来，可他一刻都等不了，命人连开几道坊门，径直回了家。

他不确定，她会不会在家里……还是章月回已经把她带走了。

此刻看到她平平安安在这里，哪怕房里乱糟糟，像被洗劫过一样，他也觉得没有什么比这更好的事情了。

　　他看着淋淋的墨沾上屏风，顺着屏风上轻纱的纹路往下蜿蜒，盈盈月光下，像流淌的融化的山。

　　前头山高路险，恶水急流，一低头，唯有轻舟一叶，难越关山。

　　哪怕已经转危为安，他心里依然很沉重。他并不知道明天在哪里，并不知道自己能走到哪一步，更不知道此刻的温存能停留多久。

　　放眼望去的渺茫，和此刻踏踏实实握着她手的真实感，矛盾又微妙。

　　他低头看着近在咫尺的南衣，到底是重逢的喜悦占据了上风。看她哭得脸上的胭脂水粉都花了，他竟生了一丝逗她的心思："我这屏风可贵了，你该怎么赔我？"

　　南衣急了，为自己辩解道："你这人好没良心，我可是救了你一命——呀！"

　　南衣一低头，发现自己踩到了那支毛笔上，罗袜被墨汁洇湿一片，浸到了脚底。她忙想跳开几步，整个人却被拦腰抱了起来。

　　"别乱跑，踩得我满屋都是。"他又嫌弃又无奈。

　　谢却山将她放到榻上，握着她的脚踝，脱了罗袜，又从一旁取了帕子，替她擦拭脚底的墨痕。

　　她的脚很凉，被他滚烫的手一碰，浑身便起了微小的战栗。不知是紧张还是些微地痒，南衣不自觉地蜷着脚趾。

　　他喉结滚动，莫名觉得燥热，想说点正事转移注意力："你和……"

　　他本想问问她去找章月回之后发生的事情，话还没说完，目光忽然注意到了她的手腕，上头套着一只包金的镯子。

　　又是这阴魂不散的镯子。

　　后头的话他瞬间都咽了回去，偃旗息鼓，什么都问不出来了。那一点醋意和占有欲在不动声色的皮囊下迅速膨胀，又不好发作，他只能自己生着闷气。目光偏偏在这个时候不经意地扫过她的身子。

　　她的腿搁在他的腿上，只能用手撑着榻支起上半身，胸膛微微挺着，一片饱满的山丘随着她的呼吸若隐若现地起伏着，雪白的春衫被雪一样的月光笼住了，衬得她肌肤似雪，朦朦胧胧的，像一条晶莹的河流穿过沟壑，流到了他的身边。

　　他的呼吸一下子就急促起来，脑海中无数光怪陆离的念头闪过，抓不到一点头绪，又气章月回，又气他自己。

　　她浑然不觉此刻他脑海中已有了如此多的思绪，自顾自便絮叨起来，试图打破忽然尴尬起来的气氛："你要是再不回来，我就以为你要死了……你这么一个可怕的人，居然死在我前头，真是不可思议。难道我还要来给你敛尸吗？"

谢却山听得心不在焉，全部的注意力都落在她娇小的足上。整个手掌正好全部裹住她纤细的脚腕，握在手里，像一段洁白的藕，脆弱，温软，像一捏就要碎了，又像柔韧地承受着他所有失控的力。

"幸好你回来了……不然，我就要去对二姐和小六说出你的秘密了——"她发现了他的失神，有点生气，他居然没有认真听她讲话，她的脚非常自然地往前伸了伸，踹了他一下，"哎，谢却山，你有没有在听我……"

她的声音忽然就噎住——她好像踢到了一个什么不得了的玩意儿。

轰的一下，电闪雷鸣在他身体里炸开。他猛地抬头，也忘了藏起目光，就这么赤裸裸、直勾勾地看着她，眼里是要溢出来的欲望。

他咬牙切齿地在忍，她偏偏要招惹他这么一下。

他不知道抽什么风，报复似的在她足底挠了一下。她惊呼一声，痒得要缩回腿去。他早就有预料，手上的力气一紧，直接握着她的小腿往前一拉。

这么一来一回，她就被压制在了他的身下。

热腾腾的身体贴在一起，心脏对着跳，他又从阎王手里挣来了一个昼夜。

第一百零五章 春雨骤

夜幕沉沉。

谢却山本来也只是想逗南衣一下。他一直都是一个擅长克制的人，即便眼眸里涌动着黑潮般的情欲，他也有办法戛然而止，他觉得自己有。

她大概看穿了他纸老虎的本质，因此他不得不用一些更危险的方式才能与她势均力敌，虽然这些方式经常将他自己也搭进去。

比如此刻，南衣没有躲，含着水雾的眼睛安静地看着他，浓而密的睫毛微微颤抖着，水雾聚拢了，凝出了一粒珍珠般的泪，嵌在眼尾欲坠不坠。他才看清她眼里的后怕与庆幸。原来在她心里，他是珍贵的。

他本以为那水面同往常一样风平浪静，殊不知一脚踩进去，才发现那是激烈的漩涡，将他整个人都卷了进去。

咫尺的距离间，他失去了支点，只觉得被涌动的浪潮推着走。他所有的伪装都在潮水中分崩离析，只剩下一个他自己。

他们都到了深海里，这里没有世俗的一切，只有他们。

他曾以为她是依附在自己身上飘浮的蒲草，原来她早就变成那振翅向他飞来的蝴蝶，无声而壮烈。

南衣好像预感到接下来会发生什么，她缓缓地闭上了眼睛，等待着降临。

她微颤的眼皮像藏着一个邀人共往的谜，谜底是他们的生与死，原来是一场关乎风月的双向奔赴。

她诚实地面对了自己。

那些穿在身上的漂亮衣服，教人正直的三纲五常，其实也没有那么重要。在漂泊的世道，过完今天没明天的日子里，重要的只有当下。

她披上了人皮，皮下却依然是一只原始的兽，她靠着本能生存。此刻她就是渴望着肌肤相亲的密切，好像只有这样才能填补等待的巨大空虚，才能证明失而复得的真实。

她经历了极悲的一天，就让她享受一下虚无的喜悦吧。

可她等了半晌，他都没有一点动静，只有手贴着她的腿侧滑动，力道大得有些不自然。潮湿的空气里像有无数水汽在蛰伏，一部分化成他掌心的薄汗，一部分沿着她的身体蜿蜒，和血液一起沸腾着。

她不自觉地绷紧了双腿，睁开眼茫然地看他。

谢却山嘴角似笑非笑，偏着头专心地看她："你在想什么？"

南衣的脸忽然红到了耳后根，羞恼得想跑——然后这个时候，他才不紧不慢地吻了上来。

他吻得细致缠绵，寸寸辗转，全然没了之前的霸道。她被亲得浑身发软，思路断断续续，脑海中还有最后一根弦摇摇晃晃——他什么时候这么会亲了？这诡计多端的男人，在任何时候都要占据主动，不甘心被她撩拨了一下，要反败为胜将她一寸寸点燃。

可她又隐约觉得，这个吻不同于以往他们之间的亲密。

他也好绝望，却在极力用什么办法粉饰太平，掩盖着这种无望。

肉体的靠近是一种本能，是走投无路。刀山火海，惊涛骇浪，而他们只是一粒粒微尘。他们都没有办法，只能离彼此更近一点，再近一点，仿佛这样他们就可以共享软肋与铠甲，厮缠着相互取暖，索取到足以对抗严寒的力量。

可他们只是他们而已。人的意志能抵抗得了什么？

没有人知道这叶孤舟会去往哪里，能抓住的只有彼此的手。

檐下春雨急骤。

窗内帷帐轻垂，罗衫堆在腰侧，他三下五除二剥了她的抱腹；她的手也很忙，非要把他的衣服脱下来，礼尚往来。可那玉带钩是用巧劲扣的，她不知道怎么解，越发手忙脚乱，拨弄不开。

她不着寸缕的细长手臂上只剩一只镯子晃荡着，看得人觉得碍眼。

他去抓她的手腕，不由分说地要将这镯子撸下来。

南衣一惊，脱口而出："不能摘。"声音又急又软，含了半分喘息，她紧接着想解释道，"这是……"

他哑着嗓子飞快地打断了她的话，昏暗中一双眼眸亮得像野狼："不许说，不许提他。"

她被凶了一下，有些不知所措，慢慢地又品到了什么，抬手去钩他的脖子，好看清他脸上的神色。她忍不住弯起了一个笑，意乱神迷的眼中跃上一丝狡黠："谢却山，你是吃醋了吗？"

他可不只是吃醋，他还嫉妒、小气、会发癫，很可怕。他在某种界限的边缘，所有的情绪都被无限放大，往回收一分尚有理智，再过一寸就变成野兽，恨不得将她全部占有。

她无心魅人，偏偏声音软得发嗲，像一条红线从耳畔缠到心上，轻轻那么一拉，绷得他浑身震颤。他忘了分寸，抬手就捂住了她的嘴，另一只手往裙下一探。

凉意和炙热同时入侵，她第一声失控的呻吟破碎在他指缝之中。

她再也说不出一句完整的话来，在他的攻城略地之下，喉头只能发出小兽一般的呜咽和呻吟声。钗头流苏在松垮的发髻上摇晃着，簌簌作响。

春夜熄了炭火，却仍有一丝寒意萦绕，她的肌肤凉如白瓷，不自觉地想要贴近他。

他腾出心来去吻她的眼睛，下巴新长的胡楂又青又软，刮过她的脸颊。她终于缓过神来，睁开雾蒙蒙的眼睛看他。她抬手想抱他，他的身子便配合地塌了下来，伏在她身上。

她的手掌一寸寸抚过他的肩背，指腹抚过紧实的肌肉，坚硬如铁，像一道牢不可破的关隘。

她恍惚极了，在情欲之巅竟生出一些错觉。仿佛这是他挽的每一次弓，拔的每一次剑在他身上留下的痕迹，这是他策马扬鞭，脚步踏过万水千山的每一个日夜在他身上垒起的城墙，这是他过去一切的总和，铸造成了现在的他。他的所有都诚实地展露在她面前，一下一下都糅进她的身体里。

他们在深海，他们在地狱，他们在这个秘而不宣的黑夜里共同沉沦，岂管那天下何处得秋霜。

★

直至天明，她的魂都还没归位，双腿打战，软绵绵地被他抱在怀里。可她还不想睡，总觉得有什么会稍纵即逝，最终抵不过筋疲力尽的困意，半合着的眼皮再也抬不起来。

不知睡了多久，她恍惚听到有人在外面喊谢却山，好像是有什么要紧的事。她有了些意识，但人还在睡梦中，抱着他的手不肯放。

谢却山轻吻她的额头，还是抽出了自己的手，在她耳侧道了声"天晚便回来"。

她继续陷在梦乡里，不知昼夜，直到一缕余晖落在窗棂上，她才悠悠转醒。

她的脚踩在木板上，老化了的地板发出不合时宜的咯吱声。脚步一停，这声音也跟着停下来，周遭静得不可思议，连远处几点鸟雀声都听得真切。

若非身上的酸痛，她几乎都要觉得昨晚的一切都是一场梦了。

她披起衣衫起身，停滞已久的大脑缓缓恢复运转——这里是谢却山的景风居，想必是他走得匆忙，昨夜的狼藉还没来得及收拾，衣服散在地上，钗鬓扔得到处都是，那面被涂得乱七八糟的屏风还矗立在那儿，像一片触目惊心的废墟。

南衣恍惚了一会儿才想起来，他早上走时说"天晚便回来"，可到现在他都还没回来。

她猜测完颜骏不好对付，定是有许多琐碎的事拖住了谢却山。她一件件捡起地上的衣服穿好，简单地收拾了一番，才准备悄没声地溜回自己的小院里。

要命的是，她现在连一堵墙都翻不过去，只能夹紧尾巴做人，从正门回去。她躲在墙根观察许久，趁着外头四下无人的时候，一鼓作气冲到游廊上，装作路过的样子。

她刚拐过弯来，便遇到了一队女使。大家只是寻常地对她行礼，她却一下子心虚得不得了，脸烧得通红，生怕被看出什么异样来。

她放纵的时候心里只想着破罐子破摔，毁天灭地，不顾明天，可真的到了清醒的时候，才发觉烂摊子还在那儿，甚至更烂了。

这儿到底是望雪坞，他们还得实实在在地生活在这里，低头不见抬头见的，往后要怎么办？

南衣想着，她不能以少夫人的身份再留在望雪坞了。

不过这事还得等谢却山回来之后商量，她以什么方式走才最稳妥，日后又用什么身份在沥都府里行事。

她又乱糟糟地想着，等他回来，在外人面前，她该怎么面对他呢？

熄了灯是一回事，走在明晃晃的日光下又是另一回事，绝不能露出半分异样来。

她板正了脸，朝着虚无的空气轻轻颔了颔首。

不成，这样也不好，显得太装腔作势了。大家都怕他，她要是端着些做派，岂不是会叫人起疑？

还是低眉顺眼地行个礼吧。趁大家都不注意的时候，给他使个眼色，约他相见。

不行不行，这也太不成体统了。

嘿，现在倒还想起了体统，南衣觉得自己有点好笑。

满脑子胡思乱想着，她昏昏沉沉地回到了房间。

天色又黑了下来，南衣这一日过得稀里糊涂的，烧水洗了身子，沾着床又倒头就睡。

第二天，谢却山还是没有回家。

第一百零六章 点茶道

起初南衣还有点紧张，旁敲侧击地打听了一下，才知道先前她离开望雪坞的那段日子，谢却山经常宿在外面。军营离望雪坞远，来回不便，有时候忙得顾不上，他便直接歇在军营。

南衣没再往坏处想，鹈沙的事都已经被圆得天衣无缝了，该查的完颜骏也都查明白了，还能再起什么波澜？

她只猜想着，那天晚上的一切都太突然了，他是不是也需要一点时间来整理他们之间的关系？

但她有点生气，一句话都不说就跑了是怎么回事？

她心里酸溜溜地生着闷气，暗自下定决心，等他回家了，她就得当视而不见，冷冷地从他面前经过才好。

过了一天，谢却山依然没回来。

南衣心里生出一丝不安，但她下意识地逃避了。这么一个位高权重的人，除非是自己想躲起来，否则怎么可能一点音信都没有就消失了？

今日她照例送谢钦去宋牧川那里，发现宋牧川家里里外外全是岐兵守着。岐兵拦着她，只说宋先生专心赶工期，不便见客。她没能见到他。

鹈沙到底是点燃了完颜骏的疑心，他对宋牧川起了戒备，至少在船完工之前，他都会将宋牧川看得严严实实，不允许宋牧川身上出一点岔子。

南衣故意在岐兵面前耍了个威风，搬出谢却山的名号压人，非要见宋牧川，岐兵依旧没放她进去，但话里话外客气了不少。

看这岐兵的反应，依然是尊敬谢却山的，想必他在岐人那里还没有失势。

她稍稍安了心，安慰自己现下的情形都是合理的，不会出事。谢却山可是永远能想到办法脱身的老狐狸。

街头巷尾的形势越来越紧张，出入街坊要查好几道公验，南衣不敢在外面多逗留，领着谢钦匆匆地回了家。

家里也有一队岐兵。南衣心里咯噔一下，脚步不自觉地加快了。谢却山的景风居外守着几个岐兵，门大开着，里面有人。

南衣也顾不上计划好的冷淡了，她心头萦绕的那丝困惑早已沸反盈天，只是她刻意忽视了，局面稍有什么异常，便引爆了她的焦灼。

屋里不见谢却山，只有贺平在收拾东西。

"谢……家主呢？"

贺平回头，拱手道："少夫人，家主有急事要回大岐王庭一趟，命小人回来收拾行囊。"

南衣愣了愣，这么着急？他为何不亲自回来一趟？

她张了张嘴，一肚子问题，不知道从哪里开始问，也不知道在众人面前问出口合适不合适。

"家主无恙，不日便回，少夫人放心。"贺平说着，目光故作不经意地往案几上瞟去。

南衣注意到，茶盘底下压了一张纸笺。

她悄无声息地摸走那叠得四四方方的纸笺，回到自己的房中才敢打开。

纸笺上头写着：川芎、当归、桃仁、红花、姜炭、炙甘草和芸苔子。有几个字南衣不认识，但还是很容易能辨别出来这是一张药方。

这里头一定藏了什么暗号。谢却山现在的处境想来不太好。

但是她还是想不通，什么人能把谢却山扣下？完颜骏跟他分明已经是一条船上的人了。

谢却山从来没像现在的情形一样，一点后手都没留，人便消失。他这么一个狡猾的人，到底是什么样的局面才能让他这么被动？

南衣对着纸笺苦思冥想了半天，也没琢磨出什么所以然来。翌日，她去了附近的药房，将方子默了一遍交给抓药的小厮，让他照着抓了一服。

等候的时候，南衣才漫不经心地问了一句："这药有什么功用？"

小厮打量了南衣一眼，她今日出门特意戴了帷帽，不想被人看到脸。小厮露出了一个意味不明的笑，道："夫人，这是避子药。"

像天光乍现，转瞬黑云摧城，万念俱灰。

她忽然明白过来，药方就是药方，没有任何含义。

席卷全身的酸楚从胸口蔓延开，她分明说不上有什么问题，她也不想要怀上一个孩子，可他留下的唯一的只言片语怎么会是这个？

冷静而又无情。

她不懂，不明白，可她再也抓不到他问个明明白白了。他安然自得地跑了，留她在一个残梦里。

他是不是早就知道自己要回大岐了？但是那个晚上，他没有告诉她。

南衣总觉得自己能懂他，可人和人之间永远都有看不穿的缝隙。也许他骨子里依然是一个极度冷漠的人，何况他从没承认过自己的人格，都是她猜的。

当她站到一个怀疑的角度，她所构建好的他都开始分崩离析。

南衣麻木地拖着沉重的脚步往回走。有人喊住了她，将她忘带走的药塞到她手里。

药包好像烫手，她想松手扔了，可指头依然紧紧攥着。

*

三日前的清晨，谢却山是被完颜骏叫走的，来请的人说军营里有急事。

去的路上谢却山没觉察到有什么不对，他子夜才从完颜骏府上出来，他们已经完全达成共识。完颜骏就算还有怀疑，也得睁一只眼闭一只眼，就这么短短一夜，能出什么变数？

然而到了军营，谢却山感到了异样，完颜骏显得格外紧张。

四下无人时，完颜骏才压低声音跟他通风报信："长公主来了。"

谢却山心里一沉，意识到事情没那么简单。厉害的人物来了。

先前几方势力互相压制，别人对他的怀疑都没有证据，就不能将他怎么样。可长公主想除什么人，不需要理由。

他和这位长公主没什么交情，但他能在大岐王庭站稳脚跟，却有她的推波助澜。

这位长公主是个颇有手腕的女子。与其他岐人不同的是，她并不傲慢，并不轻视昱朝，相反，她是真的欣赏汉人文化。她在各个场合不止一次说过，那些才是国祚绵延的正统之道。

她对昱朝的研究可以说是入木三分，甚至在大岐推广汉人的文化与制度，引进儒释道三教，命所有朝官都要学汉话写汉字，为日后南进做好准备。

喜欢归喜欢，但她的手段是掠夺。

知己知彼，方能百战百胜。她起用了一批与昱朝有关的寒士——如今的宰相韩先旺的父亲便是在昱朝经商的岐人，给自己取了一个汉姓为"韩"，长子便从汉姓，次子从原姓，还叫完颜。韩先旺和完颜骏这对兄弟都在汴京待过一段时间，对昱朝很是熟悉。随着他们在大岐王朝中的迅速崛起，谢却山作为一个汉人，方能受到提拔，坐到如今的高位上。

不过，用人不疑，疑人不用，完颜蒲若的风格从来都是雷厉风行，快刀斩乱麻。

谢却山独自在营帐里等了很久，这里是军营，他不可能轻举妄动。

这是一场熬鹰的软审讯。他硬生生枯坐了一夜。他几次想要小憩一会儿，便有士兵进来添烛火，将他吵醒。

算起来，他已经有三个晚上没好好睡觉了，铁打的人也经不住这么折腾，到了凌晨，他觉得有些头昏眼花，神志不清。

这会儿正是漫漫长夜即将走完，人最困倦的时候，就在这时，帘帐被掀起，完颜蒲若才姗姗来迟地进入营帐里。

她穿了一身汉服春衫，对交红色短衫、月白色罗裙，若不仔细看眉眼，只当是哪个贵族家的女眷，娇艳，矜贵。她未曾婚嫁，未育有子女，虽年过三十，却显得格外年轻。

"殿下。"谢却山起身行礼。

完颜蒲若手里端着点茶所用器具，袅袅婷婷地经过了谢却山，见他眼底有些淡淡的青痕。她坐到主位上，故作关切道："却山公子，没休息好？怎么有几分疲色啊？"

废话，一夜没睡，怎么可能不疲惫？他现在就想找张床睡觉。但他必须打起十二分精神面对完颜蒲若。

"营帐中人来人往，不便休息，臣确实很困倦，不知殿下此番前来有何示下？"谢却山坦坦荡荡地回答，丝毫没有心虚。

完颜蒲若不紧不慢地点了炉子开始煮水，又在案上排开点茶的器皿，开始碾茶做出茶粉。

这一套工序一点都不简单，谢却山不避讳地打着哈欠，等着她开口。

等到茶粉终于入罐，完颜蒲若这才抬眼望向谢却山，开门见山地问道："鹘沙死于怀疑你，对也不对？"

水正沸着，咕嘟嘟地冒着气泡。

谢却山微微皱眉。这是一个巧妙的文字游戏，完颜蒲若的汉语也算学到了精髓。他回道："鹘沙将军死在与我对峙的现场，凶手已经归案。"

完颜蒲若轻轻一笑，拎起炉子温盏，随后舀了茶粉入盏调膏，七汤点茶，手上娴熟地动作着，茶快好时，才开口说话："你知道吗？我尤其喜欢汉人的点茶之道。这过程极其烦琐，还需要不断击拂，力道不能过轻，也不能过重，最后才能呈上来这盏简单的沫子一般的东西。"

完颜蒲若放下杯盏，此时茶已点好，细腻绵密的泡沫如疏星淡月。

"也只有你们汉人，能将这浑水搅得这么漂亮。倘若不知其中门道的人，焉知这盏茶最初只是一块黑乎乎的干瘪的茶饼？——你说，沥都府如今的情形，像不像有个人在背后点了一杯绝妙的茶？让外人瞧见的，只有满眼粉饰过的太平。"

她一边说着，一边从袖中拿出一包粉末，直接撒在了杯盏上。粉末也是白色的，很快便同这杯茶融为一体。

"不知砒霜与茶融在一起是什么味道——这可是我专门为却山公子你这位点茶人准备的。"

完颜蒲若笑眯眯地将茶盏往谢却山面前推去。

第一百零七章 以命搏

几声鸡鸣从遥远的地方传来，天要亮了。

可营帐里的黑夜尚未过去。

谢却山愣了愣，随后便松快地笑了起来："殿下同臣开玩笑呢？"

完颜蒲若嘴角的弧度缓缓地收敛，这张俏丽的脸转瞬便如出鞘的剑，透出几分寒意："若非我们之中有内奸，沥都府早该是囊中之物，为何频频出岔子？鹘沙同你一路南下，他虽然鲁莽了些，但对你的怀疑不可能是空穴来风。我这人，宁可信其有，不可信其无。"

完颜蒲若盯着谢却山脸上的表情。

这杯毒药放在这里，攻讦才正式开始。

她的话里留了个口子，在等谢却山的辩解。没有人不怕死，而人一着急，就容易出错，尤其是此刻他心理防线最弱的时候。

而审讯中的攻防正是完颜蒲若擅长的，哪怕她没有证据，也能从谢却山嘴里撬出破绽来。

谢却山却怔住了，丝毫不为自己说话，倒像露出了几分无法辩驳的茫然。半晌，他苦笑一声："弃主者终被弃……既然王廷已经不相信我，我说什么也是徒然。"

说罢，他竟直接端起茶盏，仰头便饮。

完颜蒲若腾地站了起来——她没想到他什么话都不接，便直接往刀口上撞。

这是什么昏着？

完颜蒲若连忙伸手打掉了他手里的杯子，但茶到底喝进去了一部分。

谢却山嘴角渗出血来，声音也变得迟钝起来，他只感觉天旋地转，眼眶里爬上狰狞的血丝，竭力撑着桌子："士为知己者死，请殿下给韩大人带话……就说……谢某没能完成使命，无颜再见他，只能……以死明志。"

"来人！快来人！"

完颜蒲若慌了，她根本没想让谢却山死，也没料到他竟有如此死志。

谋士难求。倘若谢却山是自己人，抵得过十个鹃沙的用途。

她搞这么隆重的一出，不过是想诈出谢却山的立场——她知道谢却山不是一般人，得用点出其不意的手段。人就一条命，在一杯毒药面前，谁能稳得住心态？

谢却山轰地倒了下去。

他也在赌，赌完颜蒲若其实没有把他的死罪坐实。杀他有千百种办法，何必还来演一出戏？

但他清楚自己不能跟完颜蒲若对质，否则总会被抓到一丝马脚。怀疑的种子易种不易除，他不弄点壮烈的动静，很难洗脱嫌疑。一旦事情从他这里崩盘，一切将无法收场，宋牧川也会完蛋。

她要他活，他就得死给她看，绝不能被牵着鼻子走。

他赌完颜蒲若算不到他是一个随时可以把命放到赌桌上的疯子。

他如果真的死了，线索就会在他这里终结；倘若过了这么一遭他还活着，完颜蒲若对他的态度也会有转变，她拿不准他的身份，就需要花一些时间继续调查他。

他现在要想尽一切办法拖时间。

在完颜蒲若打掉他杯子的时候，他就知道，自己赌赢了。

血，是他硬咬舌头咬出来的；茶，他没喝多少，喝下去的那点，大多也都随着血吐出来了。

但这茶里还真是砒霜，昏迷前一刻，谢却山想，完颜蒲若果真是一个做什么都要彻底的人，这是一个难缠的对手。

哪怕是一点入口的毒，还是迅速在他身体里催发了。

*

曲绫江有一条支流，河道两边都是陡峭的高山，水流湍急，人迹罕至。江上停着一艘单层画舫，这是一艘没有动力的趸船，通常都只是固定在江上，用作达官贵人们水上玩乐的场所。

放在热闹的城里，这是一座销金窟，可在人烟罕至的江心，那便成了一座牢笼。

谢却山醒来的时候，就发现自己在这座牢笼里，四面都是汤汤江水，无处遁形。

他面前还有一个讨厌的人——章月回。

"哟，醒了，命可真大——不对，应该说你太狡猾了，演技实属上乘。"

这人跷着二郎腿，百无聊赖地嗑着瓜子。

谢却山深深地吸了一口气，五脏六腑都是通畅的，说明他还好好地活着，大概是所服毒药并不多，又救治得及时。

他无视了章月回，起身才发现右手上戴着铁链，铁链另一端钉在墙上。这便将他的行动范围限制在了这个房间里。

谢却山有点恼怒。

章月回端的一副得意的嘴脸："这地方选得不错吧？完颜蒲若让我来安置你，我心想你这么狡猾的人，放哪里都能让你有机可乘，放在这前后不沾的江心，总不会出错吧。"

"完颜蒲若去哪儿了？"谢却山懒得跟他周旋，单刀直入。

章月回微微眯眼，停顿一下，幽幽道："想解决沥都府的事，就不能只在沥都府查，有时需要跳出去，也许答案在金陵呢？"

谢却山忍不住翻个白眼，装什么深沉，直接说完颜蒲若去金陵查沥都府到底谁是最大的内奸不就完了。

完颜蒲若的思路很清楚，她是来解决问题的。沥都府如果是一团迷雾，她就跳到迷雾外去看。

金陵，确实有知道谢却山身份的人。

金陵的秉烛司更是掌握着南来北往的全部消息。

更何况，金陵已经出了一个叛徒。"大满"究竟是何人，金陵的秉烛司一直没查出来。此人极其隐蔽、高明，得到的消息又极其准确，很可能就藏在秉烛司中。

完颜蒲若去与"大满"联手，只会事半功倍。她这一招真的是快准狠。

在她确认谢却山的身份之前，他都会被软禁在这个地方。而谢却山有预感……金陵的消息传回来之日恐怕就是他的死期。

那边的事都在掌控之外，纵使他有三头六臂，也无法谋算半点。况且他现在还寸步难行，只能在这里等死。

虽然他早就抱着必死的决心了，但是……现在他尚有一挂心之人。

"你怎么跟望雪坞的人解释我去哪儿了？"

他没有提南衣的名字，但章月回知道他真正关心的是什么。

两个人心领神会，气氛微妙了一瞬。

"就说你回大岐了。你的侍从贺平会替你上路，掩人耳目。"

在见完颜蒲若之前，谢却山便察觉到自己可能回不去了，于是告诉贺平，想办法回家一趟，给南衣送一服避子药。

他不能给她留下麻烦。

这件事，贺平应该能办妥。而南衣知道他回大岐后，想来也不会再执着。这种不辞而别说不定还会让她厌恶他。

一晌贪欢，还真的就只有一晌，谢却山心中无奈地自嘲。

幸好与她在一起的每一刻，他都做好了离别的准备，此刻才不至于太措手不及。她如今已经强大，他随时都能放手。

没有什么好牵挂的了，他沉沉地叹了口气。

"我尊贵的却山公子，看看还有什么缺的，我回头叫人一起帮你置办了。殿下可吩咐了，一定得伺候好你。"章月回打断了谢却山的沉思，起身掸了掸身上的瓜子屑，想了想，他贱兮兮地道，"长夜漫漫，孤枕难眠，女人要不要？"

"滚。"

章月回的目光暧昧地在他身上扫了一圈："啧，你这么敏感——听说你在大岐就不近女色，你不会还是个……"

谢却山面上浮起几分愠怒，怎么这人什么下三烂的事都要拿到台面上来说，但转念一想，自己有什么好跟他生气的？真有意思，这个人，要真告诉他，他是不是该就地跳江了？

谢却山本不该计较，可看章月回这副小人得志的嘴脸，就是有点来气，忍不住想要打压他的气焰，反唇相讥道："你给完颜蒲若办事办得这么麻利，你不会是她的面首吧？"

章月回非但不恼，还得意地拂了拂头发："我确实有这资本。"

谢却山意识到自己被章月回这种无聊又无赖的对话绕进去了，他想迅速结束这次对话："行，我这里也没什么需要你尽心的，你帮我传个消息出去就行，想来难不倒神通广大的章老板。"

章月回脸色一滞，五官有些扭曲："不是，你还真使唤上我了？搞搞清楚好吗，我是归来堂的东家，不是你秉烛司的小喽啰！"

"鹊沙的死，你也脱不了干系，我嘴巴可不严——你想死在完颜蒲若手里？"

"狗东西。"章月回恨恨地骂道，自从跟谢却山"宣战"之后，他没捞到什么

443

报仇的爽感,倒是谢却山一直在给他挖坑,真是老奸巨猾、心肠歹毒,他瞪着谢却山半晌,最后还是道,"仅此一回。"

章月回拂袖,径直往门外走。

"不问问我传什么消息?"谢却山朝着他的背影喊。

"废话忒多。"章月回头也不回地走了,心里已经盘得门儿清。

还能是什么,无非就是把完颜蒲若秘密去金陵的消息传给秉烛司,让金陵秉烛司的人做好防备。

他章月回已经一只脚在贼船上了,多做一件事情也不算多。

就是很烦,他一点都不想为谢却山办事。

*

不过,传一条只言片语的消息,在紧张的局势里也没有那么容易。

章月回并不想暴露这个消息是从归来堂传出去的,这样一来,他能动用的资源便大大缩小了。

宋牧川还被完颜骏盯着,他的人很难靠近宋牧川。秉烛司那套传消息的体系,章月回也不了解,谢却山不会轻易告诉他,还得用他自己的法子。

他思来想去,似乎只有让南衣传这个消息才合适。她一定有办法联系到宋牧川。但他私心里又不想把南衣卷进来。

放在以前,他总会寻到一个办法绕开南衣。

可是很奇妙,虽然他不想承认自己的女孩已经同初见时判若两人了,但他也不能去阻止她做一个战士。

给战士披甲,赠她武器,才会让她高兴吧。

章月回思忖良久,还是做了决定。

第一百零八章 雨夜客

这段时日,正是南衣最颓丧的时候。

她陷入了漫无止境的等待之中。秉烛司让她静默,谢却山也杳无音信。

她总是不自觉地去想谢却山对她说的最后一句话。

谢却山说，天晚便回来。

那时她睡得迷迷糊糊，这句话分明在她耳畔一闪而过，可时间过去，他说话的声音、语气，连带着那个蜻蜓点水的吻，都越发清晰起来。

她必须用力地去想，时时刻刻去描摹那一刻的场景，才能确定那不是梦。像手里抓着一条泥鳅，一不留神就会让它滑走，手里空空如也，仿佛从没真实存在过一样。

他房里那面被涂画过的屏风被当成破损的垃圾扔了出去。她就站在廊下，看着小厮们扛着屏风经过，她没有立场去阻止。他们之间不容于世的秘密就是屏风上的污墨，触目惊心，又不堪入目。

她好像真的成了一个深闺怨妇，精神恹恹，无所事事。

一条突如其来的消息终于让她精神起来。

这条消息来得简单粗暴，毫无技巧。她出门被一个挑夫撞了一下，挑夫将纸笺塞到她手里，便匆匆地走了。

纸笺上头写着"完颜蒲若已秘密前往金陵"。

南衣不认识完颜蒲若，但完颜是岐人的大姓，她猜想这应该是个挺重要的人物。但让她疑心的是……传消息之人是什么来路？是敌还是友？又是如何认识她的？

怎么传消息传得这么草率，秉烛司也不是这个风格啊。

但南衣不敢掉以轻心，旁敲侧击地从甘棠夫人那里打听到，完颜蒲若竟是大岐手握重权的长公主。倘若消息是真，这里必然藏着大事。她觉得有必要通知宋牧川，让秉烛司去判断真假。

可宋牧川一直都被完颜骏盯得严严实实，她找不到合适的机会联络他。

同时，她心底也有一丝隐隐的疑惑开始萦绕——完颜蒲若的出现，与谢却山忽然回大岐，会不会有关系？

轰隆一声，春雷滚滚。大雨眨眼间便倾盆而下，檐下雨滴连成了线，义无反顾地扑向大地。

南衣从漫长的思绪里回神，刚准备关上窗户，忽然听到外面传来隐约的窸窣声，混在雨声里微不可闻。

有人在爬墙？第一更的锣声都响过了，这个时候怎么会有人靠近她的院子？

南衣一下子就警惕起来，缓缓从腰间摸出防身的匕首，侧身贴着墙根挪到门口。

果然，有微不可闻的脚步声在靠近。

那人刚推开门，南衣便扬起匕首，忽然听到一个熟悉的声音："是我。"

但南衣的手已经挥出去了，险险翻转手腕，利刃擦着人的面颊划过去，登时出现一道不算浅的伤口。

"宋……宋先生？"南衣又愧疚又惊讶。

雨天，翻墙，这些行为似乎和宋牧川这个翩翩君子扯不上一点关系。可此刻他就这么活生生地站在檐下。

他浑身被雨淋了个湿透，脸上还淌着血，唯有一双眼眸干净得像刚从水里捞出来的溪石。

"对不起，吓到你了。"宋牧川面露歉意。

"你快进来。"南衣手忙脚乱地拉宋牧川进门，又谨慎地往外探了探，才将门阖上。

巨大的雨声被隔绝在外，房间里像辟出了一方与世隔绝的空间，显得越发幽静。这种幽静里还带着某种令人心旷神怡的味道，并非能说得上名字的熏香，更像刚起床抖开的一床被子，还混着些微的皂角味、家具木材的幽香……

他冒犯地闯入她的私人空间，而她毫不吝啬地欢迎了他，这让他忽然有些局促，可又很安心。

他今天好不容易寻到机会，摆脱完颜骏的控制，才能来寻南衣。

他不该如此，可他还是这么做了。

船舶司那晚，他看清了在屋顶朝鹬沙射出一箭的人是南衣。可南衣从何知道的消息，又为何会出现在那里？谁在帮她收尾善后？

这些竟都不在他的谋算之中。

那晚的事情起得轰轰烈烈，结束得却悄无声息，有个小兵出来伏罪了，可那明显是替罪羊。他有太多摸不清头绪的地方，他亦惊讶于，原来在他看不到的地方，有人在默默渡他一程。是一直同行的南衣，还是表面冷漠，实则拉了他一把的谢朝恩？

若非这些日子实在身不由己，他早就该来找南衣了。可真的见到她的时候，他竟开始语塞。

他脑海中只铺天盖地地想着，乱世中的每一次相见都弥足珍贵，也许悄无声息地就没了下一次。

见宋牧川似乎有些走神，南衣拉了拉他的衣袖："宋先生，你坐下，我来帮你处理伤口。"

宋牧川温顺地坐下来，任由南衣摆弄。他平复了一下思绪，才开口说话："南衣，那晚鹬沙的死……你可知道什么隐情？"

南衣心虚地移开了目光，还没想好怎么回答，只闷头帮他先把脸上的水渍和血迹擦干净。

这要解释起来，就涉及谢却山的立场，但他一直是不愿意在宋牧川这里袒露身份的，没有经过他本人的许可，她不能随便泄露他的秘密。

而且，南衣也能猜到几分原因——宋牧川看着冷静自持，其实是一个很容易被情感左右的人。

他为人太正，心肠又软。这其实是个说谎要命的人，别人能演戏，他却很费劲。

他对谢却山怀了这么多年的复杂情感，瞬间要推翻，在这节骨眼上，谁能承担如此的后果？

就在南衣思索之间，她微凉的指节时不时擦过宋牧川的脸庞，冰凉的药膏敷在伤口上，痛意直触心底。他极力想让自己心无旁骛，眼前仿佛有无数浮光掠影，不由得心浮气躁起来。

"鹘沙是我杀的，那天我担心出事，跟去船舶司，见情况紧急才出此下策。可后来发生的事情，我都并不知晓，也算阴错阳差逃过了一劫。"

宋牧川此时但凡抬眼看南衣，就能发现她脸上的心虚，但他更心虚，他根本不敢看她。

她上完药，轻轻地在伤口处吹了吹，想让药膏快些渗进伤口。一阵柔软温热的风拂过宋牧川的睫毛，他觉得自己好像也跟那几簇睫毛一样，在战栗着、摇摆着，飘飘然地去往一个虚无之地，无法坠落。

他猛地回神，连忙起身后退了一步。

他不该来的，他好像犯了一个错误。尽管无人会指责他，可他为自己瞬间的心旌摇曳而感到卑劣。

"脸上只是小伤，并无大碍。宋某只是想来看看夫人是否安好，一并问问鹘沙的事情。深夜打扰，实在冒犯，我不能留太久的时间，该走了。"

南衣有些发愣，怎么又喊她夫人了？还这么客气？宋先生有时候突然迂腐起来，让人有点无可奈何。

"哎，你等会儿！"南衣连忙拉住着急要走的宋牧川，"我有正事要跟你说——完颜蒲若你知道吗？"

宋牧川的面色蓦然严肃起来："夫人是怎么知道她的？"

看宋牧川这反应，完颜蒲若是真来沥都府了。

"我接到一个消息，说完颜蒲若秘密去了金陵。"

宋牧川站着思索了许久，想问南衣是如何得到这个消息的，却并没有问出口。这段时日下来，他早就明白南衣并非同他想象中如白纸那般简单。鹘沙的事，她隐瞒了一些东西，但他不打算刨根问底。他信任她，清楚她的为人。她就算隐瞒，也是一种保护和无奈。

更何况，这个消息分量之重，足以扭转一些被动的局势。

447

宋牧川道："我知道了，这个消息很重要，多谢。"

南衣咬咬牙，问得有点忐忑："谢却山回大岐了，你知道吗？"

"我听说了，这件事发生得很突然。"这也是宋牧川疑心的点，鹘沙的事情一出，谢却山就被调回了大岐，同时他还得知完颜蒲若进沥都府的消息，放到一起看，怎么都是谢却山的处境微妙。

可谢却山究竟只是失了信任，还是暴露了身份，他不敢去想。

他以为南衣会知道些什么，可她只字未提。

"这背后……会不会是岐人的什么阴谋？"南衣绕着弯子问。

宋牧川皱着眉头思忖着。

南衣小心翼翼地建议："能不能派人跟着他？"

她半是私心，半是觉得蹊跷。

"我回去就遣人去探探情况，若有什么异常，我会想办法告知你。"

南衣松了口气："好。"

"对了，"宋牧川又想到些什么，"章月回的归来堂，其实是在完颜蒲若的扶持下才能迅速做大的，听说他曾来望雪坞求娶你……你若与他碰见，还是得小心一些。"

宋牧川打开了门，重新步入大雨中。

雨夜将一切密会的痕迹都掩去。

*

金陵城未曾遭受战火，鱼米之乡素来富庶，城中一派歌舞升平的太平气象。

完颜蒲若秘密南下，一路都扮作普通的商贾。她汉话说得好，又通晓昱朝文化，在打扮上稍下功夫，便与寻常汉人女子无甚差别。

她自以为隐藏得很好，却不想她一入金陵的驿站，便有人张灯结彩、敲锣打鼓地欢迎她，还高呼着欢迎大岐使节。

不日之前，宋牧川传密信给中书令沈执忠，完颜蒲若去往金陵，她想躲在暗处使诈，他们很难拦住，最好把她引到众人瞩目的位置上来。

这封信之后，宋牧川切断了与金陵秉烛司的大部分联系。完颜蒲若敢如此自信地去往金陵，那就说明，叛徒位高权重，很有可能还是金陵秉烛司的人。

沈执忠安排让已经在金陵安家的谢铸出面，用最隆重的仪式欢迎完颜蒲若，宣称长公主殿下是来出使昱朝的。

一下子，完颜蒲若便成了众矢之的，她的存在在百姓之中迅速口耳相传。

这个微妙的举动让完颜蒲若被迫站到明处，占尽先机的主动都成了被动。

第一百零九章 你和他

章月回耳目灵通，很快便听说了完颜蒲若在金陵的情况。

他幸灾乐祸起来，惯会运筹帷幄的长公主被昱朝臣子这么大张旗鼓地摆了一道，不知道会怎么发火呢。

他又莫名有些感慨。

他以为这个王朝烂到骨子里，早该散了，可偏到了江山倾颓之时，仍是万众连心，臣民上下拧成一股绳。

王朝应该感谢它的子民，何其幸哉。

只是，章月回不觉得自己是它的子民。

他也不知道自己是个啥。座下看客？那他该为谁喝彩？

想着想着，他后背开始发凉。

他愿意做看客，别人却未必愿意让他在台下稳稳地安坐着。知道完颜蒲若去金陵的人屈指可数，这消息是他传出去的，现在局势又这么僵，她迟早会把账算到他头上来。

真是一步错，步步错。

章月回很烦恼。

人活一股劲，可他觉得自己的那股劲正在慢慢地泄掉，连报仇的心性都在流失。

时至今日，他是真的想跑路了，可怎么才能让南衣心甘情愿地跟他走呢？

他正想着南衣，南衣便不请自来了。

今日秉烛司的密探传回消息告知南衣，北上的队伍里根本没有谢却山，只有他的贴身侍从贺平。

谢却山没有回大岐，那他会去哪里？难道还在沥都府？南衣不安极了，从来没有发生过这样的情况，究竟是一个什么样的困局，能让谢却山这么一个狡猾的人生不见人，死不见尸？

她实在是心慌又毫无头绪。想到这事既然跟完颜蒲若有关，而宋牧川又提醒她，章月回是完颜蒲若的人，她忍不住抓着这条头绪开始猜测，会不会是章月回出卖了谢却山？

她心底觉得章月回不是那样的人，可她现在也不敢说自己了解他。她不确定在更大的利益和压迫面前，他会做出什么选择。毕竟，他是个不折不扣的商人。

南衣也顾不上太多了，死马当成活马医，便直接跑来花朝阁寻章月回。

"你们都出去。"南衣扫了一眼房里拥进来招待她的侍从，一点好脸色都没给。

侍从们不敢动，纷纷看章月回的眼色。

章月回嬉皮笑脸地摆摆手："这是你们未来的东家夫人，她的话就是我的意思。"

"东家夫人好，小人告退。"

侍从们齐声行礼，纷纷退了下去。

南衣在心里已经狠狠地踹了章月回几脚，这个奸商，实在太口无遮拦。她刚想出言反驳，忽然意识到自己差点被他带到这些无聊的口齿之争的话题上。

她还是得迅速回到自己的阵地里，气势汹汹地问道："章月回，是不是你出卖了谢却山？！"

章月回定定地看着南衣，心想她怎么跟谢却山越来越像了，一点都不好骗。

见到南衣，他很高兴，她的到来就像一阵春风呼呼地撞开窗子，哪怕春风不为他而来。

他猜到她要问什么，这么气冲冲地过来，想必是从秉烛司那儿得到了一些情报，知道谢却山如今处境不好。秉烛司能查到他和完颜蒲若的关系，在她的视角，他确实是最有可能出卖谢却山的人。

可他还是想拖延时间，不希望她问出口。

他是个不折不扣的小人，但自他在她面前忏悔之后，他承诺给她的每一句话，都是全力以赴地在做，甚至还咬牙切齿地帮了自己的死敌谢却山。

这些事情并不是举手之劳，他也押上了身家性命。

章月回虽然是厚脸皮的浑不吝，可他此刻还是有些伤心。

他也不是什么话都能接住的。

他脸上的笑变成几分真切的苦笑："原来在你心里，我是这样的人。你既然觉得是我做的，那便将镯子砸了好了。"

南衣的气焰瞬间便退了下来。她忽然意识到，那天章月回说镯子不许摘，否则就出卖谢却山并不是一句威胁，而是一句承诺。

为了她，他不会出卖谢却山。这是他捧出来的真心。

她利用了这份真心，完事还要上去踩两脚。她顿时就有点后悔，不该这么不分青红皂白。

好像真的不是他做的。

气氛有些僵住了。

她表现出的愧疚让章月回又迅速活了过来。此时不乘虚而入，更待何时？

章月回顺势拉着南衣坐下来，略显哀怨道："你想想，鹊沙的事我也有份，我要是真出卖了谢却山，我还能这么安然坐在这里？"

"那他到底出什么事了？"南衣满脸焦灼。

章月回循循善诱："谢却山不辞而别，必然有他的原因，连你都不知道的话，说明他也根本没把你当自己人。不如趁着现在形势还可控，跟我走吧。"

南衣完全无视了那句邀约，只抓着她想抓的重点，恳求道："既然现在局势还可控，那你帮我找找他行吗？"

"我找不到。"章月回斩钉截铁地拒绝了。

"为什么？你去找过了？还是你知道他在什么地方，才说找不到？"南衣三连问，让章月回有点哑然。

章月回意识到自己太急功近利，想让南衣放弃，反而露出了一些马脚。不知道为什么，这一刻他已经非常不耐烦了，他很想快点结束这个话题。

他说得很严重，想要吓退南衣："谢却山见过完颜蒲若之后，人就消失了。完颜蒲若是什么狠角色？她想藏起一个人，就绝不可能让别人找到。"

"但是你不一样呀——章月回，你是别人吗？你了解完颜蒲若，熟悉她的风格。谢却山应该还在沥都府里，你那么神通广大，你一定能找到他的。"

章月回终于明白自己根本劝不动她，因为她每一次来见他的目的只有一个，为了谢却山；她字字句句捧他夸他，都是为了谢却山。

他忍不住变得刻薄起来："这跟我有什么关系？"

南衣着急地接了他的话："你知道谢却山的身份，他不能死。"

"这些，跟我有什么关系？"

章月回笑了一声，又一字一顿地问了一遍，这才让南衣清醒过来。

他帮她仅仅是因为她，不代表他们就是同一个立场的人。

这世上就是有形形色色的人，有一部分人被一些归属感牢牢地牵连在一起；也会有人始终游离着，落了单，冷眼旁观，不愿意插手。

这些选择都没有对错。

想明白这些，南衣有些心灰意冷。

"你不会还想着要跟他厮守吧？"章月回冷不丁问了一个要命的问题，打破了沉默。

他的问句极具攻击性，南衣一下子就听明白了他想确认什么。可人都生死未卜了，她为什么要在这里跟他纠缠这些？

南衣有些恼火，一下子反问回去："对啊，我为什么不能想？"

她承认得坦荡、利落，像拔出了一把锃亮的无往不利的刀。要命的是，这把刀是他递出去的。

他知道自己现在变得非常可笑。

他再也维持不住那副嬉皮笑脸的模样，世上多的是他控制不了的事情，他的无力也在这一刻爆发："别妄想了，你和谢却山不可能，在这乱世里，做什么痴男怨女？我告诉你，他死定了，你连他的尸骨都收不到。你省省力气吧，现在跟我走，还能保条命。"

南衣气得跳脚："章月回！这就是我跟你的不同！你怎么能将人的生死说得这么简单？他越是死定了，我越是不能跑！我要救他到救不了为止！就算他不是谢却山，是别人，是你，是谢家的任何一个人，我都会这么做！我不跟你走，因为我们根本就不是一路人！"

章月回怔住了，半响才喃喃道："……那你拉我一把。"

他的声音有点含混，南衣疑心自己听错了。

他看着她，重复了一遍："你我不同路，那你拉我一把啊。"像拯救自己的祈求，又像打碎了自己之后无望的呐喊。

南衣第一次看到章月回的脆弱。真实的喜怒哀乐从他脸上掠过。

他才是台上的戏子，浓重的色彩抹了满脸，不知道在走着谁的路，唱着谁的人生。他喜欢浮夸，喜欢极端，这样才显得热闹，才能掩饰他的不安。他是一个矛盾极了的人，非得到曲终人散的时候，他才能做回寥落的他自己。

那是个在家破人亡之时茫茫不知去处的可怜蛋。他被困在那一年，再也没出来过。

他无比希望有人能拉他一把，可真的有人伸出手时，他觉得那不可能长久，在尝试之前便自己先跑了。

这么多年过去了，他才明白，那个可怜蛋依然想要被她拉一把。把他拉回真实的人间来，有个归属，有个去处。

南衣慌了，她有点不知道该怎么处理，他们都失控了。她心里已经装了另一个人，她没法面对章月回朝她伸出的手。她匆匆起身要走，走到廊下，被院里的暖风拂过面，才稍稍清醒一些。

章月回很奇怪。按照他的性格，他就算觉得找谢却山麻烦，也会为了哄她先应下这件事，可他甚至不惜与她爆发激烈的争吵也不肯答应。

他一定知道一些她不知道的，但他不想骗她，只能回避。

南衣回头望去，目光茫然地越过窗棂，忽然注意到博古架上放着一张年画娃娃的面具，旧得跟周围那些金石古董格格不入。她想了一会儿，才从角落里翻出那段尘封的记忆。那是有一年的上元节，他们身无分文，穷逛着灯会。她觉得过节不能太寒酸，于是自己画了两张蹩脚的面具，一人一张。她的那张在颠沛流离中早不知丢到了哪里，可她没想到，他竟视若珍宝地收藏着。从这个微不足道的细节里，她终于意识到章月回对她付出了认真的感情，并不仅仅是她以为的不甘心或是愧疚。

过去的岁月，不止在她身上留下了痕迹。

她很难过，因为她不能放掉最后一丝找到谢却山的可能性，哪怕是卑劣地利用章月回的脆弱。

她折身回去："章月回，你真的不知道谢却山在哪儿吗？"

她问得极其认真，认真到章月回对着那张脸说不出谎话来。

南衣心里有了答案，笃定道："我明天还来，直到你告诉我为止。"

她并不是一个喜欢伤害别人的人，可她这一刻好残忍。

她没有办法，每个人都是遍体鳞伤，刀尖向着别人，也向着自己，搏一份生机，搏一份大义，也搏一点私心。

第一百一十章 山水间

南衣说到做到，第二天接着来花朝阁找章月回。她要带着她的问题时时刻刻出现在他面前，把他的答案逼出来为止。

章月回是个何其强大的人，再见到南衣时，他已经是一派寻常，仿佛什么事都没发生，嘻嘻哈哈，前拥后簇地带南衣在花朝阁中游玩吃宴，大赏歌舞。

南衣心里有点没底，可她还是板着脸跟紧他，任由他折腾，她都八风不动。

第三天，南衣还来。

他们之间在进行一场角力，看谁的良心熬不住先输。

不过这一日发生了一个小插曲。有个渔夫来寻章月回，章月回面色不自然了一瞬间，匆匆让人把他带走。

这一切都落在南衣眼里。

第四日，南衣没来，只给章月回递了一张纸笺。

上头龙飞凤舞地写着难看的字，昭示着南衣的愤怒：章月回！你瞒不住了！！我已经知道他在哪里了！

453

章月回一下子就紧张起来，立刻就想到了昨日来的渔夫，那是每日往返江上给谢却山送三餐的暗卫，也行监视之责，确认人好好地待在船上。每三日他都会按例向章月回汇报情况，昨日来的时候正好撞到南衣在。
　　南衣不会就是通过这人的打扮猜到了谢却山的藏身之处吧？他没想到南衣已经聪明到这般见微知著的程度了。
　　鉴于之前几次他都低估了南衣，这次他并没有多怀疑自己的判断。
　　章月回急了，他没想到事情失控得这么快。这几天他的心也是放在油锅上煎，自己都不知道该如何是好。
　　没有人不想为心爱之人实现愿望，可偏偏她的愿望是要为另一个男人飞蛾扑火。
　　他以为自己能再拖一段时间，可她忽然破了局，一头往那个牢笼撞去。
　　每一次，他都差一步，这次他不想再出一点错了。
　　他赶紧派出人去拦截南衣。

*

　　而实际上，南衣根本不知道那个渔夫是什么来路。她只是感觉章月回心虚，诈了他一下。
　　现在，她只要跟着他派出去的那两个暗卫，便能知道谢却山在哪里了。
　　南衣一路隐匿身形，跟着他们来到了江边，可竹筏行进的方向并不是朝虎跪山，她心里不免打鼓，人难道在江上不成？
　　章月回不会在耍她吧？
　　但不管是真是假，她都得亲眼去看看。
　　南衣悄无声息地潜入水中，跟上暗卫所乘的小舟，趁船上两人没有防备，出其不意地探出水面动手。南衣将一人拽下水，留了一人在船上。
　　南衣翻身上船，利索地将刀子架在他的脖子上："带路。"

*

　　对谢却山来说，在山水间等死的心情有些微妙。
　　这个与世隔绝的牢笼竟还有些诗情画意。他甚至都不太确定，这是不是章月回的好意，让他生前最后一段时光不至于过得太惨淡。
　　手上的铁链束缚了他的行动，他走不出房间的门，却能透过窗看到外面的景色。

他看着昼夜轮转之间，春意爬满悬崖，山间的十里桃林桃花绽放，春风裹着花瓣落满江。

他的人生少有这般放下谋算脑子放空的时候，他想起了很多往事。

过去他也有一段被幽禁的时光，那时他刚到大岐。他要是太轻易投诚，反而可疑。岐人喜欢有气节的汉人，又不喜欢太有气节的汉人，这个尺度十分微妙。他必须做硬骨头撑一段时间，任岐人将八百样威逼利诱、软磨硬泡的手段用在他身上，才能显出真实。

韩先旺为了磨去他的心性，故意让他被昱朝军队抓回去。边境军士恨他入骨，百般酷刑施于他身，后将他关在暗无天日的地窖里，等待押解回京。他在那地窖里待了十日有余，不曾见过一日阳光，活得人不人鬼不鬼，那是真的想要发疯。

折磨他的并非敌人，而是自己的同胞、同袍。他必须咬紧牙关，一个字都不能透露。

这也是岐人歹毒的地方。

可他知道，他得熬过这一关，让岐人以为他已经从肉体到精神都被打碎了，才能相信他会因大岐而重塑。

在他奄奄一息之时，韩先旺才姗姗来迟，救他于水火，显出皇恩浩荡。他像只狗一样跪在韩先旺面前，说出"救小人性命者便如再生父母，小人愿为大人效犬马之劳"这样毫无廉耻的话。

所以当那日大雪，南衣跪在他面前，求他饶她一命，还说出"骨气几斤重，又抵不过人命"那样的话时，他大概已经开始怜惜她了吧。

他知道庞遇一定会交代她什么，而她为了求生装出令人厌恶的软弱，他心疼这种放弃尊严的勇气，像在心疼多年前的自己。

他一直不敢回想那段日子。他也曾是一个无比骄傲的人。恩师沈执忠希望他卧底大岐时，他天真地怀揣着孤勇者的满腔热血，甚至低估了这个任务的难度。可一旦上路，便再也不能回头。

他与大岐从一段幽禁开始，到一段幽禁结束。这个任务，他应该完成得还算不错吧。

要说还有什么放不下……

不，也不能有什么放不下了。

一轮弯月已经爬上悬崖，映在水里，像一把斩水的镰刀。

他望着江面发呆，随手摸了花盆里一粒鹅卵石，对准水面一掷。扑通一声，混淆在风中，像幻听。月亮被打碎了，又很快聚拢，顽固地非要在那里。

谢却山跟那个倒影较上劲似的，又拈了一粒石子，正要脱手扔出去时，忽然看到江面上一叶随波逐流的小舟。

啪嗒——他手一松，石头落在了地板上，滚了几圈停下来。

南衣远远地便望见了江面上那艘画舫，夜色掩映下，像一个黑色的被遗弃的庞然大物。

画舫上几点零落的灯火摇晃在江风里，欲灭不灭。

一瞬间，她已经在心里想了很多种可能性。谢却山就在画舫上吧？这样孤悬于江上的牢笼，她要怎么救他出来？

南衣尚未看见船上的人影，却已觉得心脏在胸腔里猛烈地跳动起来，像靠近他而产生的共振。

她收回迫切的目光，冷冷地看着船上的暗卫："知道回去之后怎么跟你们东家说吗？"

"小人知道，小人什么都没看到，只是来巡逻了一番。"

小舟已经靠近大船的船舷，南衣收了刀子，抓着船舷上的绳索便攀上了甲板。

她浑身湿漉漉的，水滴还沿着她的衣服往下坠。浩浩荡荡的月光披在她身上，好像将水里的月影一起带了上来。

风里飘来几片娇艳的桃花，他和她隔着甲板遥遥地望着彼此。

谢却山疑心这是自己的错觉。是他砸中了水里的妖魅，妖魅幻化成人形来蛊惑他。

"水妖"带着一身潮湿扑到他怀里，用她的声音说着话："太好了，你还活着。"

这是一场漫长的报复啊。初见时他在水中救下那个将死的少女，给了她一件暖身的裘衣，她便要将他拉下凡尘，灌他以七情六欲，在他甘愿溺水之时渡他一口生气。

可他只是一具将死的躯壳。

他没有回应她的热烈，最终硬着心将她推开，含混地吐出几个字："你为什么要来？"

"我来帮你啊。"她的眼睛亮得惊人，"你就是'雁'，你是秉烛司的人。就像你力挽狂澜救别人一样，我也要救你。"

茫茫天地间，渺小的她大言不惭地说着这番话，身后是陡峭的悬崖和激流深江。

他抬起腕上的铁链，铁链哗哗作响："你告诉我，怎么救？"

"我一个人不行，那我就去秉烛司搬救兵。"

"你想害死宋牧川吗？"

"宋先生来问过我,他已经对你的身份起疑心了,但我还没有告诉他。你有没有想过,他也希望你是自己人,你们可以并肩作战?岐人都已经那么怀疑你了,你的身份藏不住了,还不如告诉他,大家一起想办法破局。活着总比死了有办法——"

"不要说,"谢却山立刻阻止了南衣的话,眼中情绪剧烈地起伏着,"永远都不要说。"

"为什么?"南衣真的不解,语气也着急起来,"现在除了秉烛司,还有谁能救你?难道你想在这里等死?"

是,他是在等死。

可面对南衣如此珍视他的眼眸,他说不出这么残忍的话:"现在这样,就是最安全的局面,不要轻举妄动。你怎么来的,就怎么回去,等事成之后,我们再见面。"

南衣怔怔地望着谢却山,一个混沌的念头在她脑海里清晰起来。

她觉得她正在失去他,在这阵凉薄的风里,在这弯残缺的月下。

她不甘心,她不愿意。

她慌乱地抓住了他的手:"谢却山,你不许说谎。"

谢却山下意识地握紧钻到他掌心的那只冰凉的手,这些细微的动作出卖了他。他缄默着,微不可察地颤抖着。

"你是救王朝于危难的英雄,你分明该被称颂,而不是悄无声息地死去。你不想让自己的苦衷重见天日吗?你不想被大家理解吗?"

这些话,在危机重重的沥都府里,她从来都不敢说,因为太假。

可现在她急了,她只能拙劣地试图唤起他的美好愿景。

谢却山淡淡地看着她,他整个人仿佛都抽离出去了:"然后呢?大家都来原谅我吗?"

南衣抓到了一丝怪异。她说的是理解,他说的却是原谅,好像所差无几,又好像天差地别。

这世上怎么会有人一点私心都没有?她试问自己能否做到,她觉得不可能。她真的不明白,他到底还有什么隐情?

"这有什么不好?"

他分明很平静,神色却像痛极了:"可庞遇已经死了。你们谁能替他原谅我?"

像平地一声惊雷,照亮了所有的过往。

原来那把杀了庞遇的剑一直插在谢却山的胸膛上,日夜辗转,不肯停歇。

她偶尔点燃过他的心火,却无法抚去他的罪恶感。

连她都在日复一日的生活中忽略了目睹少时挚友死在自己面前是怎样的心情。可他那时只是平静地坐在那截染了血的枯木上发呆。

他伪装得太好，让人误以为他天生就如此会伪装。

他硬生生将一部分的自己也杀死在了那片大雪里，那个他不配与庞遇同葬在梅林，于是日日夜夜跪在庞遇的孤坟前。

没有人见到，没有人知道，没有人来说一句：我原谅你。

他不能让宋牧川再有一点点危险了。

这是他的大义，这是他的私心。

所以他守在这艘驶向死亡的船上不肯离去，他已经为自己规划好了死去的意义。

第一百二十一章 花月夜

惨白的月光从古到今地照着，他无言地站在那头，像要到天荒地老。

原来是这样啊。

南衣心里乱糟糟地想着。

世上绝大部分人的死亡都只是一个瞬间，而有些人的死亡是一场横跨漫长岁月的凌迟。

他一定也幻想过衣锦还乡重见天日的时刻吧。在江山倾颓之时，少年临危受命，深入敌营，窃取情报，以助故国一臂之力。可黑夜终究是黑夜，在与它对抗的同时，人也会被它吞噬。然后慢慢地，连做英雄的热血心性都被磨掉了，只剩下一颗赎罪的心。

他不想再见天明了，他不需要大家对他愧疚，这只会让所有人都难以自处。他只想到此为止，所有的苦难就与他一并留在黑暗里，光明中的人坦坦荡荡地向明天走去就好。

南衣终于意识到，他已经丧失了求生的意志。

她就知道，他迟早会舍弃她，可他的舍弃让她恨不起来。她能怎么帮他呢？她一点都帮不了他。这个世上怎么会有这么无力的事情？

南衣低头盯着空白的地面，身上的水已经在地上滴成了一小片浅滩。每一滴水的坠落都是一次破碎，目光所及的一切都变得好残忍。

她放弃了思考，她逃避了。

她冷不丁地抬头望他，没头没脑地道了一句："我很冷。"

谢却山怔了一下，江风真的有点冷，他都没注意到她站在风口。

这如梦似幻的夜色里好像藏着释放悲伤的魔怪，他被迷住了心智，整个人空虚地飘在半空中。而这句简单到没有更多意义的话像一句咒语，将他的魂一下子从悲伤绝望的虚无之地拉了回来。五感重新归位，他依然实实在在地活着，而他爱的人就站在他面前。

此刻他才真正地回了神，端详着她。

他很无奈，他觉得自己不该让她留下的，可这江心茫茫，夜色暗淡，他又能让她去哪儿？他明白她在向他索求温暖，以此证明他依然是一个流着热血的人，她用这些微不足道的细节令他一叶障目。

谢却山最终一言不发地牵着她的手，引她进入房间。他有点恍惚，实际上似乎是她在牵着他，一步步走入一个黄粱美梦里。

他关上门窗，燃起炭火。

她没有带替换的衣服，只能先穿他的。

他放下帷帐让她入内换衣服，这个欲盖弥彰的动作却让两个人都手忙脚乱地脸红了一下。

衣服的窸窣声持续着，真实感越来越强烈，仿佛刚才撕心裂肺的剖白只是路过的一阵风，吹过去便过去了。

谢却山鬼使神差地望向帷帐上朦朦胧胧映出的人影，心里有些模糊而又诚实的旖旎涌上来。

人真是奇怪啊，除非头落地血流干，不然怎么都能活。即便在这样心如死灰的境况里，他还是涌起了一丝不甘和欲望。

他们依然要经历这世间的爱恨痛苦，才能修满做人的这一遭。

可他不想再拖累她了。

南衣赤着脚从帷帐里走出来，玲珑的身体藏在过分宽大的袍衫里。谢却山抬头看了一眼，便心虚地收回目光，专心地盯着面前的炉子。

她踩着厚厚的毡毯轻快地跑到了炉子前。

方才她太过紧张，也没觉得那么冷；这会儿有了实实在在的暖意，反而浑身都哆嗦起来。她把手脚伸出来烤着火，像一只伸着爪子的小乌龟，模样有些滑稽。

谢却山偶尔瞄她一眼，然后继续拨弄着炉子里的炭："章月回知道你过来吗？"

水开了，他给她沏了一杯热茶。

南衣理直气壮地回答:"他当然知道,不然我怎么可能找到这地方?"

"那明日送饭的人来,你便跟他们回去。"

"我不走!"南衣立刻坚决地表达了自己的态度。

谢却山表情仍是淡淡的。

"我跟章月回打了赌,他说你会赶我走,我说你一定愿意让我跟你待在一起。"南衣开始信口胡诌,"他要是赌赢了,我就得嫁给他,这你也乐意啊?"

"章老板这人啊……"谢却山好像十分冷静,微沉的声音像叹了口气。

南衣觉得自己要疯了,她竟连这声叹息都想抓住。她竖起耳朵等着谢却山后头的话。

"……也还不错,至少有金山银山,能让你不愁吃喝。这回看来他要赢了。"

南衣急得抢过话头:"我就是不能输!"

"那也由不得你啊。"他没什么语气地回道。

南衣气得把茶杯往地上一摔,杯子在毡毯上滚了一圈,完好无损。她猫着腰追上去想捡起来,偏偏杯子还往前滚。她心急,追得狼狈,总算把杯子捏回手里,又气急败坏地往墙上一摔,拾了一个碎片回来,塞到谢却山手里。

南衣一副视死如归、破罐破摔的架势:"谢却山,你不是让我死在你手里吗?你不是让我别想逃吗?你怎么说话不算话了?你想死是吧,那你死之前先把我杀了,我们一起死。"

南衣架着谢却山的手往自己脖子上比画了比画,又犹豫了一下,在手腕上比画了一下。

这一个停顿让节奏一泻千里,南衣自己都觉得心虚起来:"……割哪里死得比较痛快?"

"犯什么浑。"谢却山皱着眉头把瓷片一扔,抽回自己的手。

他看她,她就梗着脖子回瞪他。

"坐下。"他严肃地瞪了她一眼。

南衣瘪瘪嘴,还是勉强接受了这个不太漂亮的台阶,重新坐了下来。

"纸老虎。"南衣嘟哝。

话头又断了,气氛沉默下来,像下了一道无声的逐客令。

这种沉默让南衣抓狂,她怕话头要断,怕谢却山不跟她吵。说她胡搅蛮缠、无理取闹也好,好像这样,她就能抓住谢却山,不让他越走越远。她像一个拼了命要摘镜中花、捞水中月的痴人,毫无章法,一意孤行。

她又凶巴巴地补充道:"我告诉你,你不杀我,你就别想死——也别动脑筋想赶走我,被逼急了,我就跳江。"

"随便你。"谢却山放下拨弄炭的火钳,起身要走,不冷不热地留了一句话,

"隔壁还有厢房，你自己找地方睡。"

谢却山刚盖上被子躺下，一个敏捷的人影便闯了进来，十分熟练地迈过他跨到床里侧，钻进了被子里。

她冰凉的身子带来一股寒气，紧接着她的手就大咧咧地环了上去，大言不惭道："一起睡。"

谢却山下意识地想推开她，她耍无赖道："我冷，隔壁又没生炭火。这江上的风跟不要钱似的，能吹死个人。"

谢却山哑然，想说什么，又不想纠缠，索性闭着眼装睡。

他虽然总扮一张冷脸，身上却很烫。人的温度是诚实的。

南衣的心一下子就安定下来。她就是要牢牢地拽着这具躯壳，要他永远滚烫着。

她知道他没睡，开始絮叨道："你要杀我，也不能把我冻死吧？"

他不理她，是克制着不想给她希望，也不能给自己希望。她骂他薄情骂他寡义，他都受着，可她一直说死不死的事，他忍不住辩驳了一句："我什么时候要杀你了？"

他的接话就像拉开了一个让南衣有机可乘的闸门，即便在黑暗中他都能感觉到南衣一下子精神起来了，一骨碌从床上坐了起来。

"你什么时候不想杀我了？在虎跪山的时候，你给我写的五个字都是死，还让我选出个'生'来！你是不是铁了心要我死？我偷个城防图，你就要打死我！我想离开沥都府，你还掐我的脖子！真掐死了怎么办！"

谢却山："……"

好好好，让她骂个高兴。

她一句句地骂，却让他的心一点点充实起来。幸好这是黑夜里，没人看到他眼眶湿润。

她横冲直撞地闯入他的生命中，生动又泼辣，挥舞着小小的拳头，却能精准地找到他最脆弱的地方，一击即中，将他的壳子通通打碎。他一潭死水般的生命因为她的到来而有了春色。

他太幸运了，能遇到这样一个人。可她似乎很不幸，因为他是个糟糕的恋人。他甚至有一点点怨恨自己，将她扯进这个乱局。这场情爱中，现在看来，什么都给不了她。

"你给我留避子药是什么意思？"她忽然问。

谢却山一愣："还能有什么意思？"

"负心汉！"她咬牙切齿地骂了一句，"你看，你这不就谋杀了我们未来的孩子吗！你真冷血！"

谢却山："……这倒也不会一下就中。"

她的眼珠子狡黠地转了一圈，趁他没防备忽然俯下身，鼻尖擦着他的鼻尖，气息喷在他脸上："那——"

她的发丝蹭在他脸颊上，微微地泛起痒。

他深吸一口气，把她的肩膀推过去转了一圈，被子一裹，让她对着里头面壁。

"睡觉——"感觉到南衣还在动弹，他又威胁地说了一句，"再动把你扔下去。"

过了好久，两人的呼吸声都渐渐平和下来。南衣像做贼似的，小心翼翼地转过来，挨近他，看他没有动作，手臂才攀上了他的身体，紧紧地抱住他。

"好人才需要赎罪，坏人不需要。你就是个王八蛋，所以你就一条路走到黑，永远也别回头，"她枕在他肩窝上，很小声，却又很清晰地说道，"然后，你可以逃到我这里来。"

谢却山听到了，可他不敢回话，连呼吸都屏住了。

"我知道你所有的秘密，所以在我这里，你不用愧疚，不用有罪恶感，你想开心就开心，想难过就难过，我会守口如瓶的。"

第一百一十二章 金陵夜

谢却山清晰地感知到自己的眼泪滑过脸颊，堆在耳侧，渗进枕头里，因为不能伸手去擦，湿润的感觉越发明显了。

他闭上眼，强迫自己想点别的。

宋牧川对金陵的警告多少会起一些作用。

倘若完颜蒲若在金陵什么都没有查到，他是不是便能安全了？

他惯常不爱往好处想，凡事都要做最坏的打算，但此刻他还是抑制不住地想象着最好的那种可能性。

可金陵的那个叛徒在暗处，他到底能挖出什么，他的眼睛到底能看到何处，一切都是未知的。

谢却山以为自己会痛苦地清醒一整夜，却也在静谧的呼吸中安然睡去。

一夜无梦，大约因为他已经在梦里。

＊

而此时，远在千里之外的金陵仍是歌舞升平，夜夜不休。

宴请完颜蒲若的酒席就摆在金陵最大的飞仙楼中。今日正好是月半，集市入夜不散，人潮涌动，一派繁华之景。

在酒席开始之前，几个臣子私底下已经就如何应对完颜蒲若讨论得快要炸锅，自己人急眼，差点动手。

情形依然胶着。

完颜蒲若虽然被扣上了使臣的身份，出入都在众人的眼皮子底下，行事极度受限，但这根本维持不了几天。完颜蒲若想走，找一个理由掀了桌子，随时都能走。她再秘密地潜回来，谁也不知道。

更何况自己人里面还有个一直藏在暗处的叛徒。

众人争得面红耳赤，各自出主意，再被否定，谁也没能想到一个把完颜蒲若留下来的办法。

——总不能把人杀了吧。

——怎么就不能杀了！

有脾气冲的还真就在琢磨怎么让完颜蒲若暴毙。你一句我一句，场面一时间不可开交。

而沈执忠坐在八仙椅上，始终不发一言。

"沈大人，现下该怎么办才好，你倒是说句话啊！"终于有人注意到了中书令的沉默，着急地把他拉入战场。

沈执忠年逾半百，垂眸的时候眼角皱纹密集，略显老态。他忽然抬起眼，一双眸子明亮有神，透出一股自成的风骨来。

"谈判。"他吐出两个字。

众人面面相觑，都没明白这是什么意思。

此刻完颜蒲若已经坐着宝马雕车前往酒楼了，一路穿过街坊，看到街头熙熙攘攘，回忆起前几日还没这么多人，想来正好赶上集市了。她心中越发感慨，还是汉人会赚钱会过日子，前线打得胶着，这金陵依然花天锦地、纸醉金迷。

但金陵并非久留之地，那帮臣子千方百计拖着她的时间，今日总算到了摊开来聊聊"出使任务"的时候了。她心里早就盘算好，不管那群老不死的说什么，她全都不买账，发个火走人，得尽快离开金陵。

昱朝早就式微，这群人除了玩玩这种激起民愤的小把戏，她也想不出他们还能耍出什么花招来。

众人都已经到齐，完颜蒲若姗姗来迟，态度可以称得上盛气凌人。

"既然要和我谈，我就只有一个条件，昱朝全面投降，向我们大岐称臣，允许你们从旁支宗室里选一个人，立为封地王侯。"

完颜蒲若停顿了一下，场面一时间鸦雀无声，有人愤怒，有人惊愕，但没有人出声。

完颜蒲若见状笑了笑，一副胜券在握的模样："若诸位今日还有别的心思，那就恕我不能奉陪。"

说完，她便准备离开。

沈执忠举起酒杯，缓缓道："那商贸共通呢？"

完颜蒲若一愣，起身的动作顿住了。她忽然明白为何沈执忠要选在今日，选在这里，就是为了向她展现昱朝的商贸繁荣。

而这实实在在是大岐的软肋。

大岐靠着打仗起家，战争烧钱，壮丁都去了前线，别说商贸，连田耕都极其落后，单靠掠夺已经填不上亏空，但昱朝经济繁荣，这也是即便他们被打得节节败退，却依然能够守住一线生机的原因。

说到底，财富才是强国之本。你去抢人家的，那就是强盗，哪怕建立新王朝，捂住百姓的嘴，也依然会有声音来指摘。

大岐朝廷沉浸在战场上无往不胜的虚假繁荣中扬扬得意，但完颜蒲若看得明白，打江山容易守江山难，对汉人绝不能赶尽杀绝，得合理统治，两族融合，各取所长，才是治国的长久之计。

原本他们一鼓作气，打过长江，迅速统一中原，也就没那么多事了。百废待兴，从头开始就行了。但如今沥都府相持不下，三个月了，岐军还没抓到陵安王，看似谁都没赢，可昱朝上下抵抗的姿态愈演愈烈，天平已经开始微妙地倾斜了。

倘若昱朝始终是抵死反抗的姿态，对双方百害而无一利。

假如昱朝愿意开放商贸，对大岐称臣，两族和平融合，让大岐迅速富强起来，这是一笔划算的生意。

不得不说，沈执忠是一个极其老练的政客，几句话点明利弊，就让完颜蒲若心甘情愿地在谈判桌前坐了下来。

沈执忠是武将出身，声音亮如洪钟："想让我昱朝上下称臣绝不可能，但若长公主看重商贸，愿意共同繁荣，老臣倒是有些折中的法子。"

完颜蒲若的要求狠狠地被驳了回来。但她也不恼怒，依然是笑语盈盈，收放自如："前线在热火朝天地打着仗，我却坐在后头舒舒服服地谈折中，这有点对不起我们岐人的热血男儿吧？"

"长公主殿下是想让我昱朝耗尽国库里最后一两银，杀完最后一个兵吗？那您除了用人头换人头，可什么都捞不到。"

"中书令大人一点诚意都不给，怎么谈？"

"只要殿下答应，下令撤走沥都府的兵力，送陵安王入金陵，让昱朝建立南都，划江而治，我朝愿意交岁贡、免过税，与大岐深度通商。掠夺之财，终有挥霍尽的一日，唯有大岐自己国库充盈，藏富于民，才是长久之道。我们汉人有句话叫授人以鱼，不如授人以渔。"

完颜蒲若不着急回话，不紧不慢地吃了杯酒，垂眸掩住了深思。

"那中书令大人愿意开出什么样的价格？"

沈执忠看完颜蒲若已经软化，喝了一口酒，笑道："老臣现如今不过是代为理政，今日已算僭越之举。这具体条件自然要等一国之主登基以后，再做决断。"

话又绕了回来，逼着完颜蒲若放陵安王。

但完颜蒲若心里门儿清，不能被沈执忠绕进去。陵安王是筹码，现在之所以能谈判，是因为他还没被抓到，局势未定，双方其实都承担不了对方赢的结果，所以各退一步，寻个折中的方案，各捞一些好处。

沈执忠见完颜蒲若沉默，又道："要不这样，长公主殿下可以将您的条件摆出来，臣让户部先去测算，日后决策，也好有个依据。"

沈执忠将这球踢给了完颜蒲若。

她想知道国库里到底还有多少钱，她就能掂量开价到什么程度，如今大岐的胜利还是显而易见的，昱朝能用钱买平安，何乐而不为。

但正是因为摸不清对方心里是个什么价位，她贸然开口，价格报高了谈不拢，报低了吃亏，谈判看似僵持住了。

完颜蒲若招了招手，示意女使来给她斟酒。女使不知怎的有点手忙脚乱，不慎将她的衣裙打湿。她破天荒地没发火，借机起身去换衣服。

再回来时，她便已经胸有成竹："三十万岁贡，如何？"

沈执忠猛地将酒樽往桌上一掼。犹如一石激起千层浪，众人纷纷附和。有人面露怒意，有人猛地拍了一下桌子，还有冲动的直接出头骂完颜蒲若狮子大开口。

"长公主看来今日并不是诚心要与我等谈判，既然如此，那我们就此作别。"

沈执忠一锤定音，断然拂袖而去，连带着将一众臣子都带走了。

完颜蒲若愕然，怎么沈执忠还甩袖走人了？他不该是那个拼命想把谈判进行下去的人吗？

这下她有点不上不下了，也不能轻易离开。她直觉认为这笔交易不是亏本生意，但也不能表现得太冒进，显得她必然会应下这交易一样。她清楚自己是入了沈执忠的套，只能继续在金陵等着。

可除此之外，她还是觉得有几分蹊跷。

月黑风高，一个抱着鼓囊囊包袱的男子匆匆忙忙从家宅后院离开。他十分谨慎地左顾右盼，确定没有人看到他后，才贴着巷子的墙根慌张地往前跑。

可他刚拐出巷弄，两个人便忽地挡在了他面前。那两人人高马大，面目笼罩在夜色里，看不清楚，只瞧见各自手里拿着把大刀。

男子正是吏部尚书丁旭，心里正虚着，见到这场景，吓了一跳，下意识地往后退，自己绊了自己的脚跟，一屁股坐到了地上。

"丁大人，长公主殿下邀您一叙。"

两个侍卫架着丁旭来到一条暗巷里，一辆不起眼的马车已经等候在那里了。

车厢外挂着一盏灯笼，映出车中一个模模糊糊的人影。

心急如焚的丁旭根本不敢冒犯车中的贵族女子，扑通一声跪在地上："殿下，您得保我啊！我为您窃取情报，谁承想今晚是沈执忠做的一个局，他给每个人都报了不同的价格！我如今已是自身难保，不得不逃啊！"

马车里的人久久不说话。

丁旭心慌地看了一眼，豁出去了，又道："殿下，我还得到了一个绝密的消息——朝廷中代号为'雁'的秉烛司间谍，就是几年前叛国的谢却山！我还知道很多事情，您只要让我平安，我全都告诉您！"

"是吗？"马车中却传出一个中年男子的声音，一只手掀开了车帘，"丁尚书如此忠心，我竟全不知晓，或者，我应该叫你'大满'？"

丁旭惊讶地看着马车中的人。

几个暗卫悄无声息地拥过来，一剑刺穿了丁旭的胸膛。

谢铸眉目凝重地从马车上走下来，注视着倒在地上的丁旭。沈执忠今晚一套连环局，不仅让完颜蒲若主动留了下来，还借机揪出了细作。沈执忠让谢铸在半路拦截丁旭，并从他嘴里套出他所知悉的情报。

可丁旭方才说出的这番话……竟提到了他的侄子谢却山。

第一百一十三章 光与影

"丁旭死了？！"

完颜蒲若当夜便接到了这个消息。

　　她在房中焦灼地来回踱步，总觉得背后的情形有些扑朔迷离。

　　今夜的宴会上，她出去换衣服的间隙，正是丁旭传给她消息，告诉她沈执忠心中的条件，她才敢大胆地报出那个数字。

　　但不仅没有达到她预料中的结果，转头丁旭还死了……

　　这两件事前后脚发生，绝对有关联。完颜蒲若仔细复盘着宴上众人的一举一动，忽然反应过来——也许谈判意图是真，可谈判的内容是一场局。

　　沈执忠身边带来的臣子中有他高度怀疑的对象。他知道谈判最关键的地方便在于引她来报出岁贡的数额，而她并不知道如今的金陵有多少财力，她需要内奸去探底。沈执忠给每个人都报了不同的数字，她离席后又回来，她报出的那个数字就是在验证谁是内奸！

　　这个老奸巨猾的人！

　　想通其中曲折，完颜蒲若便明白自己被狠狠将了一军，但她并不气急败坏，反而觉得有意思起来。她并不是意气用事的人，输一些小筹码不足为惧……螳螂捕蝉，黄雀在后，她要赢的是更大的局面。

　　而每一次跟对手的过招都是一场酣畅淋漓的学习。

★

　　沈执忠正在秉烛司据点中，听暗卫汇报了现场的情况，听到丁旭死前的最后一句话，惊出一身冷汗。

　　这是他守口如瓶的秘密，甚至连宋牧川都不曾告知，可以说整个金陵知道这件事的只有他一人。他与谢却山不曾通信往来，没留下任何书面上的证据，丁旭是怎么知道这件事的？但又转念一想，只要存在过的事情必然有痕迹，他一时也摸不准到底哪里出了错……

　　正思索间，谢铸已经气冲冲地来了。他又悲又愤，人还没踏进门槛，话便劈头盖脸地砸了过来："沈大人，我侄儿竟然就是秉烛司藏得最深的那个卧底，你为何从未告知我？！我错怪他这么多年，你要我以后如何面对他！"

　　谢铸很少如此失态，跑得官帽都歪了，这会儿才着急地扶了扶，竟是连礼都顾不上了。

　　被这么一问，饶是能言善辩如沈执忠，这会儿也有些哑然，不知该如何作答。

　　谢铸见他就这么坐着一言不发，急得双手拍了拍桌子："我的天老爷啊，沈执忠，你怎么还坐得住！你说说，现在怎么办？丁旭知道了，完颜蒲若说不定也已经知道了,你必须想办法营救我家朝恩——不然,你这个做老师的,第一个对不起他!"

"谢大人,你冷静一下。"沈执忠心里也急,谢铸这番话讲得他又愧又悔,他此刻如同一团乱麻,却也不能自乱阵脚,只能先劝下谢铸,"贸然救他,会在沥都府掀起更大的波澜,还可能打草惊蛇,把局面搞得一团糟,此事须得从长计议。"

这番话等于默认了谢却山的身份。

沈执忠蹙眉深思。谢铸只能坐下来,长舒一口气,可仍是压不下心里那股滔天的情绪。他顺手端起一旁的茶喝,烫得差点一口吐出来,样子实在是狼狈。

这会儿,谢铸才察觉到自己从进门之后的失态,敛了容沉默片刻后,叹息一声:"我曾狠狠地怒斥过他……也不知道朝恩会不会记恨我。"

沈执忠方才想了半晌,脑子里却空空如也,什么对策都想不出来,听到这句话,面上浮起一丝悔意:"他最该记恨的人是我,我把他推到了火坑里……"

两个加起来快一百岁的人坐在这里对着叹气。

"丁旭已死,也无从得知他是如何知道这个消息的。当务之急,还是得盯紧完颜蒲若,切断她与沥都府的消息往来。只要陵安王平安入金陵,朝恩的任务就完成了,便能顺利回朝。"

"沥都府里你不是还派了别人吗?你传信给他们,让他们想办法,先探探朝恩的处境,务必保他平安。"

宋牧川已经暂时中断了与金陵的联络,两头其实都是孤岛,这样反而能最大程度地保证沥都府行动的安全。

丁旭是叛徒没错,但他并没有亲口承认自己就是"大满",他也有可能不是。岐人既然能在金陵安插一个人,就能安插第二个人。沈执忠对此仍抱有一丝警惕,不会因为丁旭的死就轻易放下戒备,以为就此便万事大吉了。

这个信,他其实没法传。

但沈执忠也没法把情形对谢铸说得这么详细,只能先应下来。

★

完颜蒲若的消息一日未传回沥都府,谢却山便一日被幽禁在那艘船上,等待着审判。

不过自从南衣来了以后,每日送过来的三餐肉眼可见地丰盛起来。

章月回显然已经知道南衣到了船上,可他还能怎么着?只能打碎牙往肚子里咽,伺候着姑奶奶呗。

谢却山对此未置一词,他正在变得沉默寡言。他怕被她撬开了话,便一发不可收拾地沉迷其中。

南衣已经习惯了。每天一醒来,她就开始絮絮叨叨地说话,从自己小时候说到长大,天南地北地扯,说到口干舌燥,也不管他回不回应。

她说的所有话,一字一句他都听到了,但他扮作一个又聋又哑的人。

她想救他,他却想把她赶走。他们用最温柔的方式暗暗地较着劲,试图扭转对方的决定。

江水的波涛在脚下清晰地起伏着,他们好像随波走了很远,又分明仍在原地。

船头朝着西方,每日都能清晰地看到江上的落日。

巨大的绚烂之后,便是吞噬一切的黑暗。

谢却山不怎么跟她说话。日落之后,连倦鸟都归巢了,一切变得极其安静和寂寥。

南衣开始有点讨厌夜晚的降临,她讨厌这种被吞噬却又无能为力的感觉。她每日看着太阳沉入西山,总会有种错觉,第二日太阳不会再升起。她每天都在倔强地对抗着这种感觉。

但谢却山喜欢黑夜。

只有拥衾而眠的时候,他才能借着晦暗的夜色,在她固执地钻到他怀里之后,不发一言地抱紧她。

这种沉默的时候,他可以什么都不用想,什么都不用伪装。

"谢却山,我不想看日落了,我们明天起来看日出好不好?"她忽然在他怀里低低地说。

她试图改变这种每天只能看到日落的生活。

他假装睡着了,没有回答。

第二天,谢却山是被硬生生摇醒的。

他睡眼惺忪地瞄了一眼,南衣趴在他床头,眼睛亮晶晶的,像看到了什么不得了的东西:"谢却山,太阳要出来了!"

谢却山重新闭上了眼,回话好似梦游:"所以呢?"

"你快起来,不是说好看日出吗!"

谢却山困倦地翻了个身,什么时候说好了?他忽然又模模糊糊地想到,这是什么时辰啊,他都根本睁不开眼,这里也没有日晷和滴漏,她是怎么能精准地起床抓到日出时刻的?

难道是她等了一夜?

想到这里,他有些清醒了。

些许晨旭已经透到窗棂上，像一片晶莹的浮光金粉。但船身背对着东方，在房间里是看不到日出的。

谢却山不再抵抗，顺着南衣的力被她拽了起来。

"快来！"

见他起来了，她雀跃地先跑了出去，生怕会错过片刻的日出，脚步在地板上踩得吱吱响。

谢却山毫无防备地被带动起来，嘴角忍不住浮起一丝淡淡的笑意。

"看到了吗？太阳要跳出江面了！"

南衣站在船舷边上，指着后头的江景。

谢却山的脚步停住了，还差一步他就能迈出房间，但手上的铁链已经绷到最紧。

再往外一步，他就能看到后面的日出了。可偏偏就是这一步，他跨不出去了。

像一种不祥的暗示，刚刚破晓的黎明又瞬间倒退回黑夜里。他心里的希望再次熄灭了。他就知道，这世上的一切都在阻止他走出这一步。这该死的铁链，这该死的牢笼，这该死的太阳。

他抬眼望向南衣，眼眸里黑漆漆的，了无生机。

南衣脸上的笑容也凝固住了，她一整夜要睡不睡地等着日出，却唯独遗漏了这件事。

她好像做错了什么。

她想把他从黑暗里拉出来，却忘了他需要跨过一个深渊。倘若……他跨不过来呢？

他们隔着一道门相望着，一个站在光里，一个站在阴影里，像一个谶，像一种宿命。

南衣猛地想到了什么，眼睛一下子又亮了起来："你等我一下！"

她飞快地跑到房间里，从桌上取下梳妆用的铜镜，又跑回船舷上。

她像一阵风似的，从谢却山身边呼啸过去，又呼啸回来。等谢却山回过神来时，少女已经敏捷地爬到了船舷上，半个身子仰了出去。她高高地举起铜镜，一点一点调整着角度。

一缕炫目的晨光通过铜镜折射到谢却山眼里，他下意识地眯了眼，然后在镜子里看到了半轮初升的旭日。

另外半轮旭日在她脸上。

谢却山觉得莫名地震撼。

船只在开裂，江水在倒流，逆着一切的一切，这世上有个人拼了命也要把光送到他眼里。

第一百一十四章 笑中洞

一轮赤乌跃出江面，天边霞光万丈，金色的光芒熠熠生辉地照在身上，一切仿佛都神圣极了。此处不应是人间，而是天上宫阙。

谢却山有种错觉，这并不是他偶然窥见了自然之美，而是神明专门为他上演了一场刺破黑暗的大戏。

随着旭日越升越高，光线反而柔和下来，均匀地挥洒在山川之上，这种膨胀的幻觉最终轻飘飘地平稳地落了地。

少女沐浴在日光下，眯着弯弯的月牙眼，略显得意地看着他。恍惚间，她好像在他眼里看到了晶莹剔透的东西，笑容缓缓地僵住了，有些难以置信："谢却山，你掉眼泪了。"

谢却山觉得自己快要被这太阳照得散了，照得化了。他猛地回神，下意识便否认了："没有。"

他嘴硬地转身想回房间。

"啊啊啊——"

南衣忽然一个没坐稳，整个人往后倾去，手胡乱地挥舞着，像要跌入江中。

"南衣！"

谢却山一着急，连忙回身想伸手拉住她，却只听铁链铮的一声，他的手没能够到她，只在空气中捞了一下。

他的大脑嗡的一下空白了一瞬。

结果南衣自己气定神闲地从船舷上跳了下来，趁势握住了谢却山的手，脸上露出一丝狡黠的笑容："我骗你的。"

涌上头颅的血液沸腾着在他身体里回落，他错愕地顿了顿，刚才那个瞬间，他真的以为自己抓不住她了。

而就在他毫无防备的时候，她已经凑到他面前，认真地注视着他的眼睛："你就是哭了。"

他立刻否认："是阳光太刺眼了。"

他怎么可能当着她的面落泪？他闷头往屋里走。

"你胡说。"

南衣屁颠屁颠地跟上去,弯着腰探出脑袋去看他,他偏过头不让她看。

"你不会真以为我要掉下去吧?我就是跟你开个玩笑,你生气啦?咋还不理人呢?哎,哭就哭了,这有什么不好承认的?"

"都说了没有!"他有些气急败坏,露出鲜有的情绪失控的样子。

"那我要哭了。"

谢却山:"……"

谢却山回头,见她固执地站在原地,气呼呼地看着他。她真的是说哭就能哭,眼里涌出豆大的眼泪,一颗一颗白珍珠似的往外蹦。

怎么她还反咬一口呢?

"哎……你……你别演。"

南衣本来是有点装的,可他这么一说,她忽然就真情实感起来,心里的委屈一股脑都涌了出来。

她哪演了?她分明为他提心吊胆,他居然还说她是演的!

这下好了,这句话反而让南衣越哭越凶,索性一屁股坐在地上,号啕大哭起来。

她一张梨花带雨的脸庞皱巴巴,气呼呼的,像做给他看似的,用力而夸张地抽噎着,可细看又像真的伤心。

谢却山不知道该怎么面对哭泣的南衣。他甚至都清楚这也许是她的小伎俩,但这小伎俩是为了他,他还是非常心疼。以前在他的生命里动不动就要哭的女孩还是他的妹妹谢小六,但那好像又不一样,小时候他们总是会有明确的争执,谢小六才会哇哇大哭,可现在南衣是为什么而哭呢?他有点无措,他并没有哄女孩的经验。

他绕到她面前,在她身边蹲下,小心翼翼地碰了一下她:"别哭了,好不好?"

但南衣根本不买账,一下子就地打开了他的手:"不好。"

"为什么呀?"

"你都不跟我讲话……"她嘴一瘪,想到这两天谢却山根本不搭理她,她还一直热脸贴冷屁股,顿时觉得委屈极了,才说了几个字,又哇哇地哭了起来,"你这个没良心的,亏我还带你看日出……你还凶我……"

"我没有。"谢却山觉得自己冤枉死了。

"你就有!"

这个时候,不管她说什么,都绝对不能反驳她。谢却山也不犯倔,立刻态度极好地认错:"对不起,凶你是我不对。"

"那你以后要跟我讲话!"

"好,我天天都跟你讲话。"

目的达成了!

得到这样的承诺,南衣心里有点高兴,这点高兴迅速压过了她的委屈,甚至浮到她嘴角,成了一个忍俊不禁的弧度,但又知道不能太得意忘形,否则显得太刻意,又迅速忍了下来。

但这点小小的变化还是被谢却山捕捉到了,他无奈地揉了揉她的脸蛋。

南衣虽然气消了,但自知气势不能弱,怎么能随便和好呢,她立刻把谢却山的手扯下来。

也不知怎么的,谢却山突然起了一点无聊的胜负欲,不肯松手,捧着南衣的脸使劲揉。这脸蛋白白嫩嫩,极有手感,像在揉面团。南衣打不过就加入,也报复似的伸手,一把捏起谢却山的脸。

两个人看着对方被揪得变形有点滑稽的脸,扑哧一声,不约而同地笑了出来。

彼此的目光都渐渐柔和下来,含着几分旖旎的暗波,像劫后余生的喘息。

谢却山突然又将手放了下来,暧昧转瞬即逝,很快恢复如常。

南衣忽然很认真地看着谢却山,眼中透着疑惑:"你为什么都不……不……"

起头几个字还是理直气壮的,她说到后面声音越来越小,脸颊莫名红了起来。

谢却山不知道她还有什么审判,诚惶诚恐地听着。

"……不愿同我亲近。"

最后几个字声如蚊呐,但谢却山听清了。

他的脸一下子也红了,他没想到话题会落在这么一个让人面红耳赤的地方。

他慌乱地抬眼望她,她脸上青青白白一片泪痕,底下泛出点红晕来。除了羞赧,还有真实的困惑。

他们之间从未有过山盟海誓的只言片语,但她相信爱的本能。思想、语言、神态都可以伪装,唯有本能装不出来。她通过每一次的亲密都能感受到他也是爱着她的。

可她不知道现在他怎么能这么冷淡,究竟是装出来的,还是真的?

她本羞于说出口,但在情绪崩溃的当下,她的念头和困惑越发强烈。她就是渴望爱人的拥抱与亲吻。人是动物,要先诚实地面对自己的身体。

难道他没有过这种渴望吗?

他对这个世界就没有一点留恋,包括对她也一样吗?那他们算什么?露水鸳鸯?

她知道他的艰难，可她依然有点伤心。

谢却山张嘴想辩解什么，混乱的思绪最终还是哽在喉间。

他以为只有他在痛苦地隐忍着，与自己、与外界拼命对抗，此刻他才后知后觉地意识到，这些日子她的聒噪、无畏需要多大的勇气，她心里也压抑着巨大的委屈。

实际上，她比他更勇敢。

他倾过身，近乎虔诚地亲吻了她。

这是一个临渊羡鱼的吻。

南衣扑簌而无声地流着泪。他什么都没说，可她有些明白了。

*

自那之后，谢却山从一蹶不振的沉默中缓了过来。也许是南衣日复一日地动摇感染了他，也许是因为金陵那边迟迟没有消息，昭示着事情在往好的方向发展，总之，这一点点态度的缓和让南衣觉得有希望了。

她是一个抓着一点杆就要往上爬的人，既然谢却山开始配合了，她就要在他松动之时，赶紧想办法和他一起逃出这个地方。

当务之急还是想办法打开谢却山手上的铁链。

前几天她就观察过了，这是玄铁链，砸也砸不断，只能在锁头上花功夫。

她倒是会一点难以启齿的开锁的本事，开个普通的小锁不在话下，但这可是章月回上的锁，他想要锁住一个人，绝不可能让人轻易逃脱。

锁的结构十分复杂，南衣拿铁丝捣鼓了半天，一无所获。

她甚至开始想破罐子破摔，真逼着章月回把人放了，不行就做出血溅三尺、死在他面前的架势，但她知道章月回的处境也没那么容易，能帮的他其实已经帮她了。

两个大活人还能被一把小小的锁困住不成！

南衣越挫越勇，整日就抓着谢却山的手研究锁头，这弄得谢却山也寸步难行。

这下倒好，他是想跟她说话来着，可一开口出声，她便一拧眉头要他闭嘴，她得细细聆听锁内机关咬合的声音。

谢却山耐着性子任她折腾，老老实实地坐着，连大气也不敢喘，只能拿本书看。

半晌，她一点声都没出，一直抓着他的手，保持着侧耳倾听的姿势。他有点疑惑，小心翼翼地侧头望去，发现她竟趴在他的腿上睡着了。

她手里还抓着一根铁丝，柳眉轻蹙，睡着的表情仍是一脸严肃。

谢却山忍俊不禁，轻轻抬手抚开她的眉。

他细细端详着她的脸庞，这张初见时面黄肌瘦的脸逐渐变得丰盈白润，像长开了的树，枝头争先恐后地冒出花朵，不知不觉间，原来已是满枝芬芳了。也许是他给了她阳光雨露，但她恣意地按照自己的方式在成长。生机蓬勃，真好。

他想一直活在这份春天里。

渐渐地，他的眼神却又落寞下来。

这时，南衣猛地惊醒，茫然地抬头张望了一下，都已经入夜了。她见谢却山偏着头在看她，有些不好意思起来，心虚地擦擦嘴角，还好没流口水："我可没睡过去，刚刚是在闭目思考。"

谢却山附和地点点头，也不戳破。

她故作忙碌地用手扇了扇风："哎呀，这天气是越来越闷热了，脑子都转不动了，我……我去开个窗。"

南衣跑到窗边，推开了窗，由着江风灌进来，脑子瞬间清醒不少。

她心里的焦灼又涌上来。这锁怎么都捣鼓不开。

这可不是游戏或者玩笑，这关乎谢却山的性命。她给了自己很大的压力。

她忽然安静下来，谢却山有些疑惑。

谢却山抬头望了一眼，她趴在窗沿上，只穿了一件宽大的春衫，微黄的灯笼将衣衫照得半透，窈窕的肢体摆弄出随意的曲线。风扯着她的袍衫，贴着肌肤，若隐若现，朦朦胧胧。

食色性也。

谢却山叹了口气，他都不知道自己在当什么圣人。

他走到窗边，从后面环抱住了她。

温热的怀抱覆了上来，南衣惊讶地侧脸望着他，觉得他有点反常，但又觉得自己想多了，倏忽开心地笑了起来。

她想转过身，但他就这么固执地箍着她，将下巴放在她的肩窝上，脸颊贴着她的乌发："别动。"

半晌，南衣还是好奇，问道："你在看什么？"

"看景。"

这大半夜的，外面都是黑漆漆的。

"哪来的景？"

"都在这里了。"他没头没脑地回了一句。

江风和她都在这里。

谢却山出神地发着呆，与她一起享受着静谧的此刻。

他们见天地日月，见江海山川，却也只是蜉蝣。得一刻属于彼此的安宁，竟也觉得人生已经值得。

※

金陵。

遮得密不透风的房间里，完颜蒲若展开了一张纸笺。

上面写道："已确认：代号'雁'即谢却山。"

完颜蒲若嘴角勾起一丝胜券在握的笑容。

局中博弈瞬息万变，焉知这是谁的局？

第一百一十五章 赌徒心

不过当下，有个严峻的问题摆在完颜蒲若面前。

她不可能亲自回沥都府处理谢却山的问题，她得留在金陵城里，借着如今的优势，向昱朝朝廷讨要到更大的好处。

她还不能轻举妄动，得不动声色，装成什么都不知道。否则，她埋得最深的那颗棋子就有可能暴露。

博弈在分毫之间，胜负的天平随时都会因为一个情报而倾斜。

所以，这件事她只能传信给完颜骏，让他来处理。

完颜蒲若立场上虽然足够强势，但金陵毕竟是别人的地盘，她行事难免受制于人。如今沈执忠还把她消息进出的渠道都守得密不透风，她带来的黑鸦营暗卫都在他的监视之中。这个情报该由谁传回沥都府呢？

完颜蒲若想到了归来堂。这些年来，她一起参与了归来堂的生意，她知道金陵也有他们的商行。

只是现下，她有点信不过章月回，谈不上哪些具体的疑点，更多的是一种直觉。

这种直觉在她看谢却山时也出现过。

在大岐时，他们都是异客，一张张冷漠的自私的面孔浑然天成，可回到了昱朝的地界，完颜蒲若隐约感觉到他们只是踟蹰不肯归家的游子。

汉人有句话说，人心隔肚皮。谁知道人会在哪个瞬间被改变？又或者是，他们从来没变，只是不曾露出真面目而已。

之前谢却山的事情她交给章月回处理，是因为她知道，这种摆在台面上的事情章月回不敢出岔子，也不敢忤逆她。但那些暗地里的事，随便动动手脚，根本无从查证。

可除了归来堂，在这人生地不熟的金陵，她还能用谁？

完颜蒲若有些犹豫，其实过去她和章月回算得上并肩作战的伙伴。

她闭目沉思，关于他的种种在她脑海里一帧帧掠过。

☆

章月回是做钱庄和赌坊起家的。

他一手放印子钱，一手在赌坊里让人把钱都输回去，一进一出，钱还在自己兜里，赚的全是白花花的银子。

但也不是谁都能做这种捞偏门的生意，这行当天天打交道的都是泼皮无赖、亡命之徒，你得比这些人更无赖、更心狠、手段更硬，才能镇得住场子。

谁能想到，这背后的东家是个笑容可掬的白面书生呢？

他开的赌坊，连带着消遣玩乐的酒楼，让汉人那纸醉金迷的风吹进了大岐的王都，一时神秘的归来堂声名大噪。

完颜蒲若盯上了这份产业。

彼时大岐因为南征北战而国库空虚，她正在为她的王兄想尽办法筹钱。她很快就搞明白了赌坊运作的方式和利润，深觉这是从那群王公大臣的口袋里神不知鬼不觉掏钱的好法子。

她可不是什么仁善的主儿，她想吞下这个汉人的生意，那就得给他设套。

不久赌场就出了人命，官府要来查抄，章月回终于现身。

那是完颜蒲若第一次看到归来堂的东家。她坐在对面的酒楼，并未现身，只是遥遥地观望着赌坊里的情形。

出了这么大的事，这个男人还跟刚睡醒似的那般慵懒，随意披了一件外袍，穿过赌坊的一片狼藉，往那最大的赌桌前一坐，两条长腿一架，气势独此一家。

他哂笑一声，懒洋洋道："嚯，不就是想要我的赌坊嘛，还整这么大的架势，实在是太看得起我章某了。"

他朝领头查抄的官差勾了勾手："大人，来跟我赌一局？"

那官差是完颜蒲若的手下，今日就是来替她办事的。他本以为这番阵仗下，归来堂的东家此刻该点头哈腰、卑躬屈膝地求饶了，没想到居然还有心思说赌一局。

章月回没等他点头，就顺手拿了一个骰子盒，上下翻飞地摇晃着。周遭没人敢说话，一下子便安静下来，只剩下骰子在盒中撞击的清脆声。

啪——骰子盒往桌上一按，像示威似的。

连隔了一条街坐着的完颜蒲若都觉得自己好像听到了那声音。

章月回见对方没接招，气定神闲道："看来官爷嫌这么玩没意思，行，我再加点码，我们玩点刺激的。"

"你这刁民还想拖延时间！还不速速认罪！"官差只图稳稳当当把事情办了，不想被牵着鼻子走，忙提高了声音，大声呵斥道。

"我的筹码是整个归来堂——你们若是赌赢了，都给你们；你们若是输了，那就还归我自己。"

"什么？"官差疑心自己听错了。

他们事先调查过，归来堂不止这一座赌坊、一家酒楼，明的暗的，加起来是一份不小的产业。不过他们今天的目标只有这一座赌坊而已。最差最差的情况，他今天会失去他的一座赌坊，可他居然自己押上了更大的筹码——这是什么路子？

章月回挑挑眉，示意他没听错，也懒得再说第二遍。

"你为何要赌这局？"官差没想明白，一脸困惑。

章月回笑着抬眼，目光望向对街的酒楼。

完颜蒲若分明坐在屏风后，却觉得章月回看到了她。

"但是，我要你背后的贵人来与我赌。"

官差们听到章月回口出狂言，立刻拔刀。章月回身后的伙计们也毫不相让地护了上去，登时场面剑拔弩张起来。

这时，门外围观的人群一阵骚动，一个红装女子走了进来。完颜蒲若一个人来，看上去不过是寻常打扮。入门时她抖了抖披风上的灰尘，腕上铃铛丁零作响，透出几分明艳与高调。

章月回收回了腿，施施然起身道："给长公主殿下看座。"

完颜蒲若动作一顿，他们分明没见过，他却能准确地喊出她的称呼。这人的洞察力恐怖如斯。

这激起了完颜蒲若的兴趣，她喜欢聪明人。

她泰然地在赌桌前坐下，目光将他上下打量了一遍。她总觉得这人要使诈——仅仅是赌大小，一半一半的概率，他绝无必胜的可能，怎么会一点都不紧张？

他不可能在她面前出老千，除非是命都不想要了。

外头围观的人越来越多，守卫们将赌坊围得严严实实，门窗都关上了，外头的光从木头缝里泻进来，被割成窄窄的条，像一个光做的牢笼，笼子里是他们俩。

"长公主殿下，您押大还是押小？"

正思索着，章月回的话打断了完颜蒲若的思绪。

分明赌的是那么大的筹码，可他一点都不慌，动作不紧不慢，就像玩似的。

这实在是个让人难以拒绝的谜题，完颜蒲若甚至是甘之如饴，她太想知道这个人葫芦里卖的是什么药："押大。"

"您来开。"

章月回把主动权交到了完颜蒲若手里。

完颜蒲若的动作却停顿了——她感觉到自己其实有点被动了，可这场赌局，怎么想章月回都捞不到任何好处。她抓不到蛛丝马迹，像被架在一个进退维谷的地步，这令她不想马上面对结果。

她很久没有这样强烈的纠结了，于是鬼使神差地开了口："章老板当真要赌这么大？你能承担输的后果？"

"赢了，能与公主赌上一局，那说出去，我这赌场岂不是风光无限？输了，左右不过是重来一回。归来堂里，最重要的是我，而不是这些产业。"

好大的口气。

完颜蒲若顿时就明白了，这是一场投诚。章月回引着她好奇，引着她发问，就是为了告诉她，一座赌坊，乃至整个归来堂都不足为奇，他才是那棵最有价值的摇钱树。

他赌的并不是归来堂，而是她的青睐。

这点微妙的吹捧让完颜蒲若心里有点愉快，比那些马屁精千篇一律的辞藻要舒服多了。

他在大岐做生意，需要靠山，而她想要敛财，需要人才。他们倘若合作，便能各取所需，互相成就。

完颜蒲若直接将骰子盒里的骰子捏在自己手里，朝章月回走去。

她一手撑着他的椅背，人微微俯身，居高临下地看着他。本该是不含情感的打量，但这么近的距离，又莫名多了几分男女的暧昧。

她声音微微上扬："赌博伤身，本宫想换个玩法。"

"全凭殿下吩咐。"

"你想要的，本宫都给你，以后你所有的生意，我要四成的利。"

完颜蒲若摊开手，骰子已经在她手里化作齑粉，纷纷扬扬地落在章月回的衣袍上。

光线在尘埃中有了具象的模样。

隔着飞舞的光，章月回含笑问："殿下知道我要什么？"

她直接反问："你想要什么？"

章月回的目光朝那领头的官差抬了抬："这人不行，忒粗暴，将我这里弄得乱糟糟的。"

完颜蒲若回头看向自己的手下，利落地吐出一个字："滚。"

479

★

  自那次之后，完颜蒲若便成了归来堂幕后的另一个东家。

  她所图甚大，不仅是为了至高无上的权力，更是为了建立大岐新的王朝秩序。她享受与男人们在朝堂上并肩，享受做一个野心家，与世界的棱角对抗的刺激感。

  而她知道章月回赚钱看似唯利是图，其实根本不为财，只是为了看着人们在一张张虚虚实实的赌桌前发疯的模样。

  他要做一只不一样的蝼蚁。

  偶尔，她觉得他其实很可怜。一个无家可归的人，在这个世上，他相信只有钱不会背叛他。

  因此她也知道，他不曾真正信任她。

  她也如是。

  这个男人把自己活成了一个异类，但她依然欣赏极了他。他就像他的赌坊一样，明知危险、害人，但那种赢的可能性足够吸引人。

  这些年，她确实在他身上尝够了合作的甜头。不仅仅是他为她带来的财富，还有他身上那种始终难以驯服的若即若离的气质，不断督促着她往高处攀登，让她有种微妙的征服欲。

  此时此刻，她其实已经有了一个倾向的答案。

  她还是得用章月回。

  他们之间的赌局在那颗骰子化为粉末之后才正式开始，历经了漫长的岁月，仍未揭晓谜底。

  她投入太多，已经无法撤离了。她明知有输的可能，但想的全是搏一搏，赢他个盆满钵满。此刻的她像一个红了眼的赌徒，在心里告诉自己，这是最后一次，无论成败，就此收手。

  于是她咬咬牙，推入全部筹码。

第一百一十六章 东逝水

  尽管决定冒险用章月回的渠道传消息，但完颜蒲若还是留了后手。

  她只传信给金陵的归来堂，声称自己在金陵腹背受敌，要他们秘密护送自己回沥都府。

当然，马车里的并不是她，而是一个与她身形相似的心腹女使。

她赌章月回再有异心，也不敢把主意打到她身上来。他敢来截她的车，断她的路吗？

那他是真的不想活了，落到她手里，那就是千刀万剐的死法。

这么一个自私自利的人，凭什么要为抛弃自己的王朝献身？

完颜蒲若对章月回的人格十分笃定。

而章月回收到这封密信的时候，起初也以为完颜蒲若是真的要回来。

金陵的情况他时刻都在留意着，听说沈执忠揪出了一个地位很高的内奸，如此看来，完颜蒲若的境况确实是不太好。

可他转念一想，完颜蒲若想走，大可光明正大地离开，何必要搞什么秘密护送？除非，她还想营造自己仍在金陵的假象，迷惑沈执忠那群老狐狸，自己则秘密往来一趟沥都府，递送情报。

这就说明她手里的情报很重要。

她点名让归来堂护送，更是一种警告——别打这份情报的主意。

章月回琢磨了半天，心里得出了一个结论，这趟完颜蒲若回来，谢却山大概凶多吉少。

这本来跟他就没什么关系，麻烦的是南衣在船上。其实也没那么麻烦，强抢回来就是了，但他个儿心里过不去。他觉得这么做，自己就永远输谢却山一头了。

输人不输阵，他得为自己留好翻盘的余地。

他自信地认为，在南衣心里，他和谢却山的地位是一样的。

反正谢却山这么一个不要命的人，英年早逝就是他的宿命。谢却山迟早会成为南衣的回忆，她整个后半生，都是他章月回乘虚而入的好时机。

对于谢却山，他什么都不打算做，静观其变，浑水摸鱼，对他而言是稳赚不赔的买卖。

当务之急，就是想办法把南衣骗回来。

这时，另一则密报送到了他的手里。

★

咔嗒——一声轻微的机关咬合声响起，铁链打开了。

南衣自己也没想到这次居然会成功，缓缓地，难以置信地仰头看谢却山。

"成了？"南衣张大了嘴巴，三下五除二把铁链扔到一边，不确定地摸了摸谢却山的手腕，再用力掐了一把自己的手。

很痛，是真的。

谢却山也有些惊讶："成了。"

南衣一下子雀跃起来，拉着谢却山就往外跑。他终于跨过那扇出不去的门，来到了宽阔的甲板上。

她使劲晃着他的手，再也没有讨厌的窸窣声了，她的笑脸在混着阳光的江风中熠熠生辉。

而有些事情，到了这一刻，也必须放到阳光下说清楚了。

"谢却山，那你现在是什么打算？"

南衣明媚地笑着，却也无比认真地看着谢却山。

他说他不想求助秉烛司，不想暴露身份，她理解了。有些情绪已经横亘在那里许多年，他原谅不了自己，也不想让那些旧人为难。他带着自暴自弃的念头，而她不会眼睁睁地看着他送死，所以她做了她该做的努力。

其间是渺茫的，能做到哪一步，她心里根本没有底，也刻意避开了这个尖锐的话题。但现在，铁链没了，他可以重新选择了。

"你想要什么样的未来？"谢却山没有直面她的问题。

"我不要你死。"

他偏了偏头，稍稍避开刺目的阳光："为什么？"

她回答得很认真："如果你这样死去，于我而言，这个世界的正义就崩塌了。"

从她独自一人窥见他真貌的那一刻起，她就无法置身事外了。她对这个世界的认知都被他影响着，这是他在她身上留下的烙印。

他必须重见天日，长命百岁，他必须受万众拥戴，封侯拜相，这才是这个世界最朴素的公平。

最坏最坏，也要马革裹尸，捐躯沙场，无论如何都不能默默无闻地在这里死去。

但谢却山竟沉默了。

南衣心里又有点没底，耍无赖地补了一句："总之你要对我负责。"

谢却山笑了笑："总该想想，离开这里之后要往哪儿走吧？"

这句话立刻点亮了南衣的眼睛，她清澈的眸子里还闪烁着几分幸福的诧异："你愿意一起离开？"

谢却山举起被南衣抓住的手腕："有些人这么费劲地要救我，总不能让她失望吧？"

南衣高兴极了，看着谢却山便忍不住咧嘴笑，竟连一句完整的话都说不出,在甲板上激动地转来转去,最后趴在船舷上,朝着空旷的悬崖呐喊:"看腻了——我们要走了!"

谢却山含笑看着南衣,目光里有种异样的笃定。

★

铁链一除,他们离开这艘船就变得容易起来,明日等送饭的人一来,便将人拍晕,抢他的船,趁机逃跑。

谢却山和南衣约定好了,离开这里之后,暂时不回沥都府,免得引发一些不必要的麻烦。等宋牧川的计划完成,一切尘埃落定了,他们再回去。

那时谢却山的心境也许又会有不同。南衣当然希望他能被所有人理解,得到属于他的荣光,可这些到底还是遥远的奢望。当下能活着,他们能在一起,能走一步看一步就是很好的结果了。

今夜就是船上的最后一夜了。

南衣已经很久都没这么开心过了。她觉得前路都变得明朗起来。

喝了点酒,她开始飘飘欲仙。别人的酒是喝到肚子里,她的酒却好像喝到了眼睛里。水汪汪、亮晶晶、月牙般的眼睛溢出清香的醉意,只是看她一眼,仿佛都要在那眸子里沉醉过去。

她手舞足蹈地说着话:"别人说,金陵是没有晚上的,那街上的灯笼能亮到天亮!我可从没去过那么繁华的地方。"

谢却山托着腮,也有了几分醉意,整个人温和得不像话:"我也没去过。"

南衣豪气万丈地一拍桌子:"那就必须去金陵!我们辛辛苦苦把陵安王送进城,总该分点庆功宴的肉汤喝吧?"

她一挥手,不切实际地畅想着:"到了金陵,我们天天住酒楼好不好?我听说金陵的席面跟北边的可不一样了——这么大的盘里头,只放这么一点点拳头大的菜肴,只够一人吃一口的,但这一口就好吃得不得了!那我不得连吃个十天八天?"

"这怎么够?那得吃他三两个月才行。"

"对对对,还是你谢大人格局大——到时候,必须让新官家给你封个大官——把你的功绩……都给刻在碑上……我得蹭你的风光呀——别说酒楼了,那皇宫的御席,你也得带我去吃!以后你走在路上,别人见了你,都得说一句——这就是那位忍辱负重、卧薪尝胆立下汗马功劳的谢大人!"

谢却山笑着抿了一口酒:"哪儿学的这么多成语?"

南衣拍拍胸脯:"现学现卖!"

说着说着，她感觉身子有点重，晃了一下，以为自己是喝多了，撑着桌子坐下来，不服气地看了一眼谢却山的杯盏。他的杯子也喝空了，可人还是不动如山地坐着。

她揉了揉额头："怎么我的酒量比你差这么多呢？"

谢却山温和地扶了扶她的手臂："困的话，就先去睡吧。"

眼前的重影越来越晃，她几乎要看不清谢却山的脸了。她感觉浑身轻飘飘的，使不上一点劲。

最后一点意识支撑着她……谢却山怎么会这么平静？

这不对劲。

"你……"

南衣抓紧了谢却山的袖袍，撑着最后一分力，死死地看着他。

她这才看清，他的眼里好落寞。

他陪她喝了一场离别的酒，她竟然还高兴得不得了。

她心里一下子就开始慌了，他要做什么？他们不是说好了吗？

"你……你骗我？"

谢却山扶起南衣，柔声道："你该睡了。"

"骗子……"每说一句话，都会耗去她为数不多的力气。可她还在与自己即将昏沉的意识做对抗，她不能让他得逞。

她要一直说，只要一直说话，就不会昏迷过去。

"为什么？我们就算逃跑了……被岐人追杀……也只是我们的事情……又不会影响沥都府的秉烛司……为什么？"

她的手臂用力地往上攀，捧着他的脸。她想看清楚，看得再清楚一点；哪怕视线不断被涌上来的泪模糊，她依然想要看清他。

谢却山脸上的笑容终于消失了，可他的面容依然平和。

一切都在他的计划之中。

"南衣，你得平平安安的。"

倘若他逃了，岐人的追杀将是铺天盖地的，他不想拖累她。

事情本来就没那么复杂，只要他一个人牺牲，就可以换全局的稳定。

"我不要平安，谢却山……"她快要没力气了。

她就像在悬崖边抓着一根藤蔓直至力竭的人。她明知道结局只能是脱力松手，坠入深渊，可她还是不甘心。

原来她做的一切都没有用，他只是在陪她演戏。

他果然是个王八蛋。

"我会恨你一辈子……不……恨你生生世世……你做了鬼，我也要纠缠你……我们合该……一起下地狱，你休想……休想抛下我……"

终于，南衣支撑不住，眼皮沉沉地合上，再也没睁开，整个人软绵绵地倒在了他的怀里。

"好，恨我才好。"

他静静地看着她，面无波澜。

一声微不可察的叹息融入了滚滚江水中，一丝涟漪很快就被抹平。

第一百一十七章 阿修罗

离涅槃计划还剩七天。

谢穗安紧张到了几乎是杯弓蛇影的程度，每天吃饭、睡觉都抱着把剑，把徐昼牢牢地看在自己眼皮子底下。

这一日，外头送来一封潦草的信。

上头写着："我被困于曲绫江上。"

这么难看的字，独此一家，谢穗安一眼便认出来这是南衣的字。

她一直以为南衣就是"雁"。

她怎么也不可能想到这是谢却山伪造的信，她以为的"雁"也只是谢却山让她以为的。

"雁"出了事，她不可能坐视不理，于是立刻去见宋牧川，请他帮忙救出南衣。

这是宋牧川头一回知道，南衣竟然就是那个神秘的"雁"。

他总觉得好像有哪里不对，可回忆起桩桩件件，她确实都卷在了其中，还起了不小的作用。再加上谢穗安说得那么笃定，还说这是谢衡再亲口交代过的，他便不疑有他。

原来她才是前辈，他竟还想着拉她一起进秉烛司。他内心又惭愧又着急，惭愧于自己的眼拙，着急于她的处境。

上次雨夜一别，他们再无联系。他不知道她是如何暴露的，但她既然能往外传消息，想必是还有余地。

大船马上就要竣工，他脱不开身，秉烛司的谍者们又大都在静默，营救任务他只能让禹城军的应淮帮忙。

当夜应淮便出发了。曲绫江的支流总共就那么几条，他们挨个儿排查，便在一处偏僻的悬崖下找到了那艘悬于江心的趸船。

应淮带人从悬崖上攀索而下，靠近船只，没想到船上并无守卫。

船上的房间有生活过的痕迹，饭盒里的餐食是一个人的分量，桌边还有半壶酒。

帏帐层层垂落着，里头好像有人，还飘出了丝丝缕缕的酒气。

"夫人？"应淮试探着喊了一声，帏帐里并无人回应，"您不回答的话，卑职便冒昧进去了。"

应淮缓缓地拨开帏帐，少女就安静地躺在床上。他犹豫地伸出手，探了探她的鼻息，然后松了口气。

是活的，只是怎么都摇不醒，看来是喝醉了。

应淮放出信号，接应的船很快便靠近大船，几人一起把昏迷的南衣运下船。

那叶小舟越来越远，直到在月色下看不到了，谢却山才从暗处走出来。

他淡漠极了，脸上什么神情都捕捉不到。他只是平静地走回房间，从床底拉出藏起来的铁链，重新扣到自己手腕上。

咔嗒一声，轻而易举，一切回到了原点。

他坐在床沿上，目光漫无目的地在这个小小的房间里游离着。他脸上终于出现一丝恍惚，他不确定她是不是来过，直到在床头看到一缕长长的发丝。

他们之间的一切都悬在了这缕发丝之间，易折，易碎。

忽然，门被推开，长风顿时灌满整个房间，幔帐被吹得如同群魔乱舞。

他没捏住手里的长发，发丝顺着风被卷走，一下子便没了踪影。

谢却山抬起头，看到了章月回。

目睹这一切的并非谢却山一人，还有他。

他接到信报，谢却山的贴身侍卫贺平半途逃跑，秘密去见了谢却山。

而后贺平回到望雪坞，给谢穗安递了个消息，要她救出"雁"。

章月回没有阻止这件事，他想看看谢却山到底想干什么。

这样的处境，他还想逃出生天吗？大局他不要了？要是他真有这两全其美的本事……章月回倒是可以睁一只眼闭一只眼。

然后他就品出一丝异样了。

谢却山这番动作只是为了送走南衣。

不仅如此，他还把自己的身份给了她。他扛下作为"雁"的所有风险，却把"雁"能得到的庇护全都给了她。

不知道为什么，章月回有了一种巨大的挫败感和失落感，这种感觉让他对观赏仇人的结局都失去了兴趣。他鬼使神差地来到了这艘船上。

他想看看这个大圣人是不是血肉做的。是什么菩萨转世吗？头顶合该有一轮佛光。

　　他看来看去，还是这肉体凡胎，让人实在是失望。

　　章月回哑然失笑，坐下来给自己斟了一杯酒，想了想，给对面的空酒杯也斟满。

　　江风配酒，真是惬意啊。

　　谢却山在他对面落座，无言地陪了一杯。

　　这个时候，是该心无旁骛地喝杯酒，哪怕面前坐的是敌人。

　　章月回忽然慢悠悠道："谢却山，你的私心，真是一点都不给她啊。"

　　这个人永远都是哪壶不开提哪壶，白花花的刀尖子直接往人身上捅。

　　谢却山嗤笑了一声，隐隐带着几分自嘲："你很希望我给？"

　　"你应该学学我，浑身上下都是私心，这样游戏才有意思。"

　　"没意思，都很没意思。"谢却山仰头饮尽一杯酒。

　　章月回大笑起来，笑着笑着，眸光却一寸寸黯淡下去。手上稍一用力，薄瓷做的酒杯便被握碎了，白的瓷，红的血。他的手却越攥越紧。

　　血污跟这张斯文、风雅的脸好像不太搭，他惯常都是一尘不染，端着一副谪仙人的模样。但此刻他一点都不在意手里的瓷片，仿佛流着的并不是他的血。他还是笑着，像在说一件无关紧要的事："谢却山，别那么伟大，不然我的仇都没地方报。"

　　谢却山抬了眼，眸中甚至有几分同情："你真的想报仇吗？"

　　平淡的问句让满室寂静了一瞬，章月回猛地踢了凳子，巨大的响声掩盖了他此刻的心思。

　　他大步流星地离开。

　　谢却山看着章月回带来的一片狼藉，缓缓地摇摇头：这人情绪忒不稳定，不堪大用。

★

　　自离开江心后，无限的空虚涌上章月回的心头。他很少有这样的时刻。

　　他竟然有些赞同谢却山的话。

　　都很没意思。

　　他汲汲营营，却也没收获什么愉悦。

　　就这么收尾吗？不刺激，不好玩。

　　他脑海中忽然起了一个大胆的念头——杀了完颜蒲若。

她反正是秘密离开金陵的，除了归来堂，并没有人知道。这乱世里，多的是山匪流寇，多的是山高路险。她死在半途中，大岐也怪不得金陵。谁让她胆子那么大，伪装成寻常的妇人上路？

完颜蒲若一死，情报便断在了她这里。

之前没人杀她，是因为没人敢想，没人敢做。

只是他章月回百无禁忌。他是她的心腹，反手送她一刀，并不是一件难事。

这件事会让金陵的那群老臣头疼一阵子，也会让归来堂陷入岌岌可危的境地，但也没什么不能做的。

为什么要救谢却山？不，他没有救谢却山，他只是希望谢却山死得卑劣一点，死得没有价值一点。

谢却山这么牺牲了，那他无辜枉死的家人算什么？英雄的垫脚石？

多可笑啊。凭什么？

他甚至还有一点恐惧——谢却山要是这么死了，那他一切的仇恨就将化为泡影。他是一个靠执念活着的人，别管好的坏的，这都是他与这个世间为数不多的羁绊。

他不想释怀。他要这浑水越来越浑，谁也别想得道升天，谁也别想就地解脱。

马蹄在夜色下疾行。

长风灌满他全身，细雨如针丝扑面，乌云遮住月色。他一路飞驰，直到天色破晓。

秘密北上的队伍刚刚离开歇脚的小庙，准备继续赶路。

"长公主"戴着帷帽，在女使的搀扶下坐入马车。

车辘辘碾上湿漉漉的地面，马车咿咿呀呀地摇晃着，远处传来几声鸡鸣犬吠，一切好似笼在宁静之中。

一支利箭穿雨破空而来，直直射入马车中，噗的一声，几片血迹溅在车帘上。

车队护送的人登时乱了，纷纷拔剑迎战。

远处章月回策马而来，不避不闪，迎着众人的剑尖勒马，扔了一块令牌到地上。

有些人没见过章月回，却见过这块能号令整个归来堂的令牌。众人有些慌了，不敢再动手，纷纷收了武器行礼道："东家。"

章月回下马，大步流星地朝马车走去。

一掀车帘，扯下帷帽，他却愣住了。

车里的人根本就不是完颜蒲若。

女人将将剩下一口气，嘴里大口吐着血，脸上却露出了一丝怪异的笑容，随后便咽了气。

这一瞬间，章月回心里一沉，他大意了。

完颜蒲若早就做了防他一手的准备，她不仅要传一个重要的情报，还设下了一个对他的考验。

他违背了她的命令,还杀了她的使者,就等于明确了自己的立场。他成了一个板上钉钉的叛徒,再也无法隔岸观火了。

章月回怔了半晌,脑海中思绪缓缓归拢,旋即露出了一抹自嘲的笑。

狡兔三窟,那可是完颜蒲若,怎么可能如此轻易就被他杀了?

现在好了,本来想神不知鬼不觉地杀掉一个大人物,斩草除根,现在反倒把自己赔了进去。

不过,完颜蒲若也没赢。

她知道得再多,可她的消息传不回沥都府,一切都是徒劳。

此刻的失控反而让章月回浑身的血液都沸腾起来。他甚至有些兴奋。

大雨浇在他身上,仿佛要将他身上的尘垢通通冲刷干净。

这么多年,这么多年了,他曲意逢迎,两面讨好,他见人说人话,见鬼说鬼话,连他自己都忘了自己到底是人是鬼。此刻,扯掉了所有的遮羞布,他终于可以露出真面目,不必再演,不必再装了。

一道闪电照亮贫瘠的庙宇,壁画上的阿修罗面目狰狞。紧接着一声惊雷响起,仿佛众神在嘶吼。

阿修罗易怒好斗,骁勇善战,曾多次与众神恶战。他们斗争是为了一棵名叫苏质怛罗波吒罗的神树。

这棵树的树根在阿修罗的领地内,可它成熟的果实在天上。阿修罗生出嗔恨之心,打上九重天与诸天众神对峙,要讨回自己的东西。他本性善良,原为善道,只是执着于争斗之意志,终非真正的善类,死后永堕恶道。

但阿修罗也奉佛法。

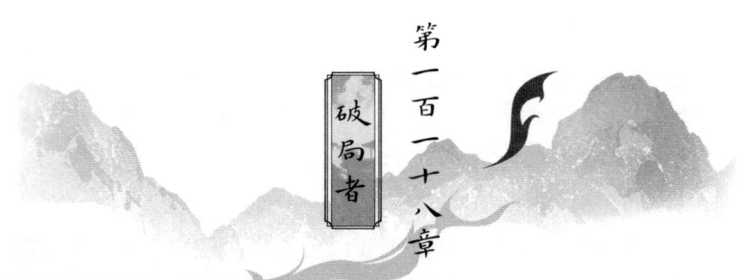

第一百一十八章 破局者

南衣终于从泥沼一般的梦魇中挣扎着醒了过来。

她一睁开眼,便看到了甘棠夫人关切的神情。

"这是被灌了多少酒呀,醉了一日才醒。"

甘棠夫人连忙伸手端过茶盏,喂南衣喝下一口热茶。

南衣茫然地环顾四周,这里分明是甘棠夫人的房间,她露出一丝疑惑。

"宋先生和应淮小将军送你回了望雪坞。他说他那里被岐人盯着，危险，怕照料不好你，思来想去，还是请我帮忙，将你藏在望雪坞里——到底出什么事了？"

南衣愣了："怎么会是他们送我回来的？"

"他们两人也神神秘秘的，只说你身份极其重要，务必要确保你的平安。知道你回来之后，连谢小六也来看了一眼。"

身份，谢小六……南衣似乎想明白了什么。

秉烛司以为自己营救了"雁"，谢却山就是这样把她送走的。

她本以为他把她迷晕，会把她交给章月回，但他给她铺的依然是自由的康庄大道。

南衣的泪一下子便落了下来："二姐……倘若谢朝恩死了，你会为他落泪吗？"

她现在只能想到他一个人孤零零地在那艘船上等死，而她独自一人回到了人间，生离死别是这个世上最残酷的事情。她有满腔的肺腑之言想倾诉，但最后脱口而出的竟是这句没头没脑的话。

甘棠夫人愣住了，她隐约从这话里察觉到了什么，可她不敢深思。

她的弟弟怎么会死呢？她想都没想过。

她甚至还想着来日方长，谢朝恩有一日会改邪归正。

甘棠夫人的脸上挤出一个自己都不信的笑："他本事大着呢，怎么会死？"

南衣心里的绝望一下子便被拉扯成了一个巨大的空洞。

他怎么不会死呢？他也只是一个人啊。

她想疯了似的呐喊，她想让所有人都知道谢却山是个什么样的人，她想让大家都去帮帮他、救救他。话几乎都涌到了嘴边，她却说不出来。

她明白，他脚下的路已经垒起太多人的血肉，他不能辜负那些因他死去的人。

这像旷日持久的瘟疫，谁沾上他，都会变得不幸，于是他把自己隔绝在人群外，拒绝药石，要与瘟疫同归于尽。

所以他很自私，甚至都不愿意冒险争取一下可能的成功。

南衣觉得自己已经病了。他在死去，连带着让她的余生成了一场恶疾。她在离他远去的路上逐渐病入膏肓，被剥夺了行动力，剥夺了求生欲。

南衣抹了把眼泪，怏怏道："二姐，我想自个儿待一会儿。"

甘棠夫人感觉到了南衣的异常，叹了口气，抚了抚南衣的肩，起身离开。

她刚推开门，唐戎便走了进来，拱手行了一礼："外面有人想见少夫人。"

★

一队不起眼的车队进了沥都府，完颜骏如临大敌，亲自相迎。

这是完颜蒲若的信使，从金陵传回了重要的情报。

情报关乎沥都府里究竟谁才是隐藏已久的内奸。

接到信使，没有人知道他们说了什么。随后完颜骏点了一队人，亲自去江上见谢却山。

对于完颜骏的到来，谢却山并不惊讶。

他早就在脑海里过完了这一遭流程。被抓之后，他不能马上死，不然完颜骏就会把怒火发在他的家人、友人身上。他要让完颜骏慢慢从他身上挖出有价值的东西，引着完颜骏往无关紧要的方向查。直到大局落定，他才能赴死。

但让谢却山惊讶的是，完颜骏一来，便对他热情相迎，客客气气的："却山公子，你可受委屈了。"

谢却山一时摸不准这是什么路数。

"今日收到长公主殿下的来信，我才知道你竟还在沥都府。殿下软禁你，实在是形势所迫，不得已而为之，好在现下一切都查清了。关于公子有异心的事根本就是空穴来风，先前多有得罪，还请公子千万不要放在心上，我替殿下给你赔个不是。"

谢却山心里虽然困惑，但还是赶紧做出一个如释重负的表情："查清了便好，只是殿下始终怀疑沥都府里有内奸……"

完颜蒲若不可能什么都没查出来，就传信回来证明谢却山的清白，若是这样，完颜骏也不会轻易相信。谢却山直觉认为他的话只说了一半。

"正是如此。内奸另有其人。"

"谁？"

这会儿谢却山是真的没底了，不会查到宋牧川头上了吧？那他就是大罗神仙也无力回天了。

完颜骏却不回答，卖了个关子，回城后，直接带谢却山去了花朝阁。

传信的人对完颜骏说的是："代号'雁'是章月回。"

昔日歌舞不休的销金窟如今成了一个百孔千疮的堡垒。

接到情报后，完颜骏立刻派人去抓章月回。据说章月回昨夜进了花朝阁就没出来。

天知道这酒楼之中到底有多少机关，军队足足攻了一个时辰才攻进去。

完颜骏破口大骂道："这狡猾的商人，还以为他只是个唯利是图的，没想到藏了这么大的祸心！现在想想，从上元夜开始，到后来令福帝姬被救走，哪儿哪儿都有他掺和在里面，我们被蒙蔽已久啊！"

谢却山没接话，花朝阁里有暗道，章月回一定不在里面。

但是，章月回怎么可能无缘无故把矛头都引到他自己身上？他丢下整个归来堂,仓皇败走,其中到底发生了什么?

谢却山心里忽然生出一种不祥的预感,匆匆跟完颜骏告辞,推说自己在船上待了多日,身体不适,想要回家休息。

踏入望雪坞的大门,他还有一丝期待,也许能见到南衣。宋牧川没有更好的地方安置她,很可能把她送回望雪坞。

他知道自己是没脸见她的,但平安后脑海中唯一的念头只有见她。这丝念头里还带着一股巨大的不安,他不觉得这有惊无险的好事能白白落在他身上。

他匆匆往里闯,迎面撞见二姐惊讶的脸庞:"朝恩?你……你何时回来的?"

"南衣呢?"

"……她走了。"

"去哪儿了?"

甘棠夫人支吾片刻,她分明从谢却山眼中看到了汹涌的情绪。他藏不住了,在终于后悔莫及想要伸手去抓的瞬间,他将所有隐晦不能为人道的情愫都在一双眼眸里道尽。

"归来堂的东家来求娶她……她……答应了,今早便跟人走了。"

谢却山愣了很久,终于点了点头,人却已经走不动路了,缓缓地在院中的台阶上就地坐下,像一座山的倾颓:"二姐,这样很好。"

时光在他身上倒退,无论多少往事沉淀,此刻他依然像一个无措的小孩。

他喃喃道:"这也是一种善终,不是吗?"

★

一辆马车在山道间飞驰,后头跟着十来个暗卫。

南衣坐在马车里,透过一扇小小的窗望着山间景色疾速倒退。春已晚,花飘零,林间绿意浓得发乌,像一片清晰的雾。

昨日章月回到望雪坞见她。他很奇怪,浑身淋得湿透,带的一匹马累瘫在后院,像赶了许多路回来,都来不及安顿便直接来找她。

她很少见他有这般风尘仆仆的模样。

他开门见山道:"我有办法能救谢却山,但是有条件。"

他把假的情报传给完颜骏,将战火都引到自己身上来。沥都府的消息传回金陵需要三天,带回完颜蒲若新的指令也需要三天,这多赢来的六天足够让谢却山翻盘。只要涅槃计划成功,他便不必在岐人那里卧底。

而六天的代价便是章月回舍掉全部身家,多年的经营与到手的荣华化为泡影,从此踏上被岐人追杀的不归路。

他的条件是，她跟他远走高飞。

他是疯了，选择这种玉石俱焚的玩法。

而南衣立刻就答应了。

一命换一命，那就换。

哪怕章月回提前知晓自己会被追杀，设计好了万全的路线，可一旦上路，依然是提心吊胆。

他计划往蜀地走，岐人的手还伸不到那里，他们隐姓埋名，小钱傍身，足以安度一生。

一旦出发，他们就再也不能回头了。这一次，跟以往任何一次都不一样，没有留任何余地，没有任何后手。

章月回用一种近乎惨烈的方式断绝了所有人的后路。

可他觉得这一局酣畅淋漓。

他杀了完颜蒲若的信使，迟早纸包不住火，他的落败已经是板上钉钉的事。到时候世人会怎么评说？谢却山会怎么看他？归来堂的东家悬崖勒马，力挽狂澜，效仿荆轲刺秦，虽失败，但全了大义。

他狼狈败逃，还成了一个放下屠刀立地成佛的英雄。

他不想要，这太好笑了。

他章月回要做一个彻头彻尾的坏蛋，强取豪夺，不讲道理，他谁也不成全，谁也别来成全他。

马蹄扬起漫天尘土，以最快的速度离开沥都府。

摇摇晃晃的马车让南衣恍惚，仿佛是大梦一场，睁眼醒来，仍然在原地。

她曾独自一人上路寻找章月回，与他共度余生是她曾经的憧憬。

倘若忘记中间发生的一切，忘记那个人，她的人生便就此圆满了。

山间的风灌进马车里，转瞬便带走了她脸上的一丝泪痕。

但是南衣很高兴，她终于还是救了他。

第一百一十九章 矫情怪

一路星夜兼程，很快便到了沥都府边界的小县城。

章月回变得非常谨慎，不仅仅是对周围的环境，也对南衣。

493

从离开沥都府开始，他就不再是一个赌徒了。他输光了所有的筹码，被迫金盆洗手，他的潇洒和超脱都烟消云散，他输不起了。他必须如临大敌地好好面对当下的每一刻。

他知道自己是用了一种卑劣的方式把南衣抢到自己的身边，他怕南衣跑了，于是寸步不离地把她看牢在自己身边。

他若是像往常那样死皮赖脸，倒也不奇怪了。

可他只是闷头赶路，甚至都不怎么跟南衣说话。

他分明抢到手了，反倒开始逃避。

或许，这甚至都不是一个经过慎重思考才做的选择，他只是在糟糕的局势中找到了一种他觉得能痛快一瞬间的方式。

那一瞬间过后，才是真正的苦海。

他们会在这个小县城里停留一宿，然后兵分三路出发，混淆追兵的视线。这种境况下，他们也不可能住驿站、酒楼，只找了一处无人的民房，草草地歇一晚。

即便在这么狭小的地方，章月回还是牢牢跟着南衣。

"我去茅房，你也跟着我？"南衣觉得好笑又好气地回头瞪章月回。

他的脚步才猛地停下来。

"这里人生地不熟的，你不要乱跑。"章月回摸摸鼻子，心虚地看看脚尖。

言外之意是，你别想逃，逃不出去的。

南衣想澄清什么，最后还是沉默了。

她是一个守承诺的人。她知道这次交易让章月回付出了多大的代价。她会知恩图报，既然决定了，就和前尘往事一刀两断。可她也知道，他们忽然进入这样一种关系里，这有多么别扭。

他不相信她，因为他并没有带走全部的她。

南衣叹了口气。她不想跟他起什么争执。

她默默地转身往黑漆漆的弄堂里拐，回来的时候，看到章月回拎着一盏灯笼在那里等她。

见到她出来，他什么都没说，自个儿慢慢在前头走，刚好能让烛火照到她脚下的路。

很久很久以前，他们住在田垄边的两间茅草屋里。水房离他们的小屋非常远，晚上要洗漱的时候，总是需要走一段很长很黑的路。

每个晚上，章月回都提着灯在田垄上等她。

她裹着湿漉漉的头发，发上的水滴在田间的泥土里，催开了那一季勃发的庄稼。

然后，过了一年又一年，庄稼都枯死了，田也荒了，又有人回来，说这里今秋要十里丰收。

于是他们重新开始犁地、播种，忙忙碌碌，哪怕心里都知道，这贫瘠的土地再也生不出绿芽。

这又是一个无眠的夜。

他们都强迫自己入睡，因为接下来将是连日不停地赶路，纵然躲得过追兵，身体也未必吃得消。

可南衣清醒极了，无数的过往交替着从她脑海里掠过。

谢却山现在如何了？应该安全了吧？涅槃计划到底是什么，宋牧川有把握成功吗？

这辈子，她是不是再也见不到这些人了？

而她和章月回能走到一个什么样的未来里？

她脑海中乱糟糟地想着，倏忽间听到门呀一声被推开，有脚步声靠近床侧，空气里掺进一丝浓郁的血腥味。

黑暗中传来章月回的声音："跟我走。"

他的声音很急促，南衣听出了一丝异样，连忙披上衣服跟上他。

章月回从后院牵了一匹马，和南衣两人一骑，悄无声息地离开。

出了县城好一段距离，南衣才出声问："发生什么了？"

章月回沉声道："我的人里出了叛徒，有人想把我们的行踪卖给岐人。"

简单的一句话，南衣从里头品出了悲凉。

人心是最不可控的，树倒猢狲散。

哪怕章月回选了自己最信得过的暗卫来护送，依然有人觉得他已失势，不如另择明主。

又或者，那叛徒本就是完颜蒲若放在章月回身边的人。

章月回再也不是那个无所不能、前呼后拥的归来堂东家了。

南衣终于有了逃亡的实感，事情的失控速度远超他们的想象，在这片土地上，没有人能独善其身。

她忽然在这一刻彻底理解了谢却山的隐忍，他在用血肉之躯竭力阻止着每一种最坏可能性的发生。

他们没有一个人敢拍着胸脯说，这时局里有什么万全之策。

月色之下，马蹄踏过崎岖的山路，暮春的晚风还混着一丝凉意。

忽然，林中一片惊鸟起，而章月回已经来不及勒缰绳了，马被藏在道路两侧的绊马索绊倒，一声嘶鸣，马上的人也被掀翻在地。

这是一片陡峭的山坡，两人抓不到任何的支撑物，无法控制住下滚的趋势。

一时间天旋地转，而章月回死死把南衣护在怀里，只觉得尘土不断扬在面上，连眼睛都睁不开。只听沉闷的一声，章月回用整个身体撞在一棵古木上，这才让他们停了下来。

章月回面上吃痛，但未出一声，紧接着山坡上便火光四起，追兵寻过来了。

暗卫中的叛徒引着岐人的追兵搜过来，只见到沙土地里有一道人滚过的痕迹，却不见陷阱中的两个人。

攒动的火光照过去，山坡下是一条湍急的河流。

*

章月回和南衣已经抓着一根浮木顺流而下，寻了一处偏僻的林子上岸。

南衣已经爬上了岸，却发现章月回扒着岸边的石头，人却一直都没上来。

南衣忙将他拽到岸上来，这才发现他右腿呈现出一个极不自然的姿势，想来是刚才撞在树上的时候，右腿承受了两个人的力，硬生生给撞折了。

可他刚才竟一声不吭。

他还是想试着站起来，南衣急了，忙阻止了他："章月回，你别逞强！"

"我能走。"他拖着那条受伤的腿往前走，话音刚落，整个人便重心不稳地往前栽去，再也站不起来了。

南衣只好扛着章月回就近找了个山洞，安置好他后，便想出去寻些木板。这是南衣从前摸爬滚打习得的一些生存经验，固定好腿，才能避免伤势的恶化。

她刚准备离开，章月回就猛地抓住了她的手："你去哪儿？"

"我找点东西，帮你处理一下伤口。"

章月回显得十分紧张："你去多久？"

南衣有些不耐烦，她怎么知道要去多久，这种事也要报备吗？话刚到嘴边又咽了回去，章月回何时如此患得患失过。

他真的什么都没了，他虽然耀武扬威地把她带走，可那种胜利者的姿势只维持了须臾。这样的境地里，她随时都能把他丢下自己跑掉。

他太害怕了，他毫无信心她能不离不弃。

南衣的态度终究是软了软，将自己袖子里的匕首交给章月回，然后把他拇指上那个能弹出暗器的扳指褪下来。她试图用这种交换武器的方式让他安心："我不走远，就算没找到合适的东西，最多一炷香时间我就回来。"

章月回稍稍安了心，沉沉地点了点头，听着她的脚步声远去。

他独自一人待在潮湿阴暗的山洞里，四周静得仿佛是深潭，所有咬着牙硬撑的情绪都浮到了水面上，而只有他在下坠。他终于只剩下他的身躯，他这才察觉到腿上传来的巨大疼痛。

额角浮起密密麻麻的冷汗,章月回疼得五官都皱到了一起。

连日来的疲惫和无望一下子都涌了上来,但章月回死咬着牙,不肯露出一点脆弱。他不能让南衣回来看到他疼得哼哼的模样。

是他要带她逃亡的,他不想承认自己搞砸了。即便提前识破叛徒,但他仍晚了一步,接下来不能按照原定的路线走了。他得立刻想些新的法子,可人越着急思绪越无法理清,再加上身体上的疼痛,让他反而有些混沌起来。

身子又冷又热,他感觉时间好像过了很久,有人在搬动他的腿,动作很轻,但还是引发了疼痛。他恍惚地再睁开眼,还是黑夜。

南衣已经回来了,点了一簇小小的篝火,跪坐在他身边,用木板和藤蔓帮他固定伤腿。

她的动作极其小心、温柔,目光垂着,长长的睫毛垂下一片阴影。那片阴影好像停在她脸上的蝴蝶,随着她目光的微动震颤着翅膀。

她无意间抬起眼,那蝴蝶便振翅高飞,隐入了黑暗中。

他连忙闭上眼睛装睡。

南衣没注意到,以为他还醒着,道:"章月回,你试着动一动,看看绑牢了吗?"

见章月回一动不动,南衣又紧张地唤了他一声:"章月回?"

她推了推他,他顺势把头靠在她的肩上。

他演得太像个死人了,南衣反而品出一丝不对——断个腿,还能把命都给折了?

她猛地把他推了回去:"别装!"

她佯怒地瞪他,却见他毫不心虚,睁着一双楚楚可怜的桃花眼,巴巴地看她:"南衣,如果我不行,你就别管我了,你自个儿走吧。倘若你对我还有一丝恩情……就把我埋在一个山清水秀的地方,也算全了你我之间过去的情义。"

南衣都被气笑了,狡猾的章月回,硬的不行,现在来软的了,不就是想逼她说一句她不会走吗?

南衣懒得理他,低头继续用藤蔓在木板上缠了一圈,绑了一个结,又拿起一根选好的木枝,削去木刺,当作临时的拐杖,塞到他手里:"起来,走。"

南衣不由分说地下了命令,章月回现在就是个做不了主的小可怜蛋,哪敢有异议,只好试着撑起拐杖站起来。

他并不想拖后腿,但这会儿竟然真的一点力气都使不上。

见状,南衣直接上前扛起章月回,带他一刻不歇地离开了这个地方。

他几乎整个身子的重量都压在南衣身上,但她什么都没有说,硬是扛着他,

497

生生靠着双腿走出了沥都府的边界。

在原本的计划里，下一站的小镇有蜀地来接应的人。只要到了那个小镇，他们就安全了。

可章月回越来越烦躁。

因为计划出错了，咫尺的距离也变得漫长起来。这一路危机四伏，后有追兵，前路未卜，她怎么会不放弃他呢？

"倘若你想扔下我，我也不会有怨言。我是个拆散你和谢却山的坏蛋，我知道你现在不一刀捅死我都算客气了。走不动就算了，我哪里值得你救我？"

他活像个怨妇。

南衣一遍遍不厌其烦地回答："不管发生什么，我都不会走。"答到最后，她终于不耐烦了，"章月回，你是不是有毛病？"

他还是那样幽怨又深情地看着她："我只是太想跟你在一起了。"

"你放屁！"南衣终于忍不住了，她非要治治他这个口是心非的矫情怪，"你真的是因为爱我才做的这个决定吗？你敢说没有掺杂任何一点别的原因？"

章月回哑然，像被戳穿了，整张脸忽然从内里烧了起来。

"我不管你是因为报复谢却山，还是本就得罪了完颜蒲若，想给自己找个垫背的一起死——我不在意。我既然答应你了，就会留在你身边，有命在就一起活，死了我就给你收尸。还有什么想说的，我一起给你答疑解惑！"

章月回哑了许久，才苦涩又可怜地吐出几个字："没有了。"

"那你就给我闭嘴，好好赶路。"

"……好。"

第一百二十章 古刹风

金陵。百年古刹。

谢照秋随父亲谢铸一起来到金陵有些时日了，还是头一回出门。她怕生，到了陌生的环境里，总需要很长一段时间适应。今日被母亲好说歹说拉着出了门，一同去古刹礼佛。

古刹后头有一片林子，绿叶正茂，落英缤纷。秋姐儿去哪儿都背着她的画筒，见到美景，便忍不住就地在简陋的石案上铺开画卷，绘一幅丹青。

林子里来了一个女人，似乎站在那里等人。她身穿一袭浅紫色褙子，梳着斜斜的堕马髻，露出一段天鹅般的脖颈。秋姐儿一眼望去，只觉得那女子气质不凡，分明在美景里伫立，却不像在赏景，倒像遗世独立的天仙，一双冷眼早已望穿了一年四季。

古刹的风穿过她的衣畔，秋姐儿觉得很美，于是那女子便留在了她的画卷上。

待作完画再抬头，秋姐儿见到女子终于等来了自己的同伴，再定睛一看，那好像她的父亲谢铸。

两人似乎说了些话，但声音很轻，她什么都听不到。

"爹爹？"秋姐儿这会儿也没多想，上前确认。

"秋姐儿？"谢铸有些惊讶，脸色不自然了一瞬。他没想到林子里还有别人，更没想到会在这里撞到自己深居简出的女儿。

"这位是……"完颜蒲若打量着谢照秋，小鹿般的女孩，带着天然的怯，没有任何的敌意。

"长公主殿下，她是犬女照秋。"谢铸恭敬地回道。

听到这个称呼，秋姐儿便明白了这个女子是谁，登时便紧张起来，如临大敌地行了个礼："殿下。"

完颜蒲若朝着秋姐儿过来的方向看了一眼，轻松道："秋姑娘方才是在那儿作画？"

秋姐儿怯怯地点了点头。

谢铸忙补了一句："犬女平日就这一个爱好，乱画罢了。"

完颜蒲若已经十分自然地朝着石桌走了过去："早就听闻谢铸大人的千金绘得一手好丹青，京城里是一画难求，可得让我开开眼界。"

秋姐儿只能硬着头皮跟上去，疑惑的目光看向谢铸。

谢铸跟上前，对着秋姐儿低声解释道："今日长公主来参拜古刹，我和你几位世叔世伯都随行陪同。殿下却在寺院里迷了路，我们找了好些地方，这才在后林寻到她。"

秋姐儿没起什么疑心，她虽在深宅中，但也听说了一些外头的局势。谈判并非每日都在进行，而空余的时间，中书令大人便作为热情的东道主，让群臣们带着完颜蒲若在金陵到处游玩，将她的行程塞得满满当当。

完颜蒲若无论走到哪儿，身后都跟着一群臣子，这也是一种变相的监视。她落单的时候倒是少见，所以秋姐儿一开始也完全没往那方面想。

传闻中这位岐国的长公主面如黑铁，满脸麻子，浑身横肉，丑陋不堪，还生活淫靡，但今日一见本人，与传闻中大相径庭，竟还有几分不合时宜的亲切。

秋姐儿一下子有种割裂感，她很难把仇恨的对象跟这个美丽、随和的女子联系在一起。然而这个念头刚一冒出，她突然有些懊恼。她站在原地，被谢铸轻拉了一把，才不情不愿地跟了上去。

完颜蒲若已经站在石桌前了。画里是一片晚春的树林，林中站着一个女子，景与人浑然天成，落在画上更是多了几分意境。

完颜蒲若原本只是随口一夸，随便来看看，这会儿眼中却有了实实在在的欣赏。

她笑着望向秋姐儿："秋姑娘，这画上的可是我？"

"小女方才不知是长公主，冒昧把您作入画中……"秋姐儿有些无措，嗫嚅道。

完颜蒲若仍是落落大方："那这幅画送我可好？"

画家都是敏感的，秋姐儿能感受到完颜蒲若是真的喜欢她的画，没有半分恭维。而且以完颜蒲若的地位，何必恭维她一个深闺少女？长公主甚至没有像其他人一样，因她是女子而看轻她的才华，反而将她的画作珍重以待。倘若她不知道完颜蒲若是长公主，甚至还会欣赏这个女人的大方与利落，身为女子却能有这般挥洒自如的风度，这些都是她不曾拥有而时常艳羡的品格。

但心底，她又不想把自己的画送给岐人。

谢铸怎会不知自家女儿的心思，毕竟完颜蒲若是金陵的贵客，连沈执忠对她都是尽量有求必应，一幅画，不值得起冲突。他忙打了个圆场道："殿下喜欢，是犬女的荣幸，怎敢拒绝？"

父亲都发话了，秋姐儿不好再多说什么，低头将画作卷起来，捧给完颜蒲若，而后忙不迭地告辞："母亲还在前头等着，小女不敢打扰父亲与长公主殿下议事，先行一步。"

"那代我向令堂问个安。"

秋姐儿行了个礼，匆匆离开。

望着秋姐儿远去的背影，完颜蒲若半分认真半分玩笑道："谢大人，你们家不愧是名门望族，真是个个都身怀绝技啊。"

不知为何，谢铸脸上不太自然，只勉强地笑笑，道："殿下谬赞了。"

完颜蒲若敛了敛面上的神情，正色道："令爱似乎并不想赠我画，却碍于我的身份不得不赠，这倒是点醒了我——谢大人方才说的事，我已经有了对策。"

秋姐儿走出去好远，又心神不宁地回头看了一眼，已经见不到长公主和父亲了，可她总觉得有什么不对，心里隐隐不安。

★

金陵谈判的风声传回了沥都府，划江而治已经是大势所趋。可沥都府在江北,恐怕会被划给岐人管辖。

这个消息在民间迅速发酵,激起了百姓们的强烈反应。真正的家国换主似乎就迫在眉睫,明哲保身已经什么都保不住了,人人自危,反岐的情绪愈演愈烈。

完颜骏一改往常的怀柔政策,延续了鹃沙暴力镇压的风格。尤其是带头闹事喊着家国情怀的太学生们,他们见一个抓一个,要将所有抗岐的言论都扼杀。

因为龙骨船即将造成,完颜骏不必再对汉人伪善。几日后就是大船的下水仪式,大军随时都能渡往金陵,再也没有什么天堑能挡住大岐的铁骑。而陵安王这个窝囊废,他最好能躲一辈子,只要他敢冒头,他们立刻就能将他拿下。

再加上沥都府里的叛徒已经被揪了出来,尽管章月回还没被抓回来,但总归无法再作乱了。

完颜骏如今已经是胜券在握。龙骨船的竣工仪式,他要搞得声势浩大,彰显国威,才能碾压那些平民的斗志,为日后统治沥都府打好基础。

可完颜蒲若截然相反的命令通过使者传回了沥都府——由于谈判进行得很顺利,为了表示谈和的诚意,她要完颜骏取消竣工仪式,龙骨船暂不下水。

这让完颜骏有些困惑——完颜蒲若怎么会做这么混的决定?

龙骨船分明是谈判的一个重大筹码,岐军能不能过江,决定了昱朝会受到多大的威胁。威胁越大,他们就会出越高的价码来买平安。

谈判就算很顺利,也不至于自断一臂吧?

片刻的愤怒上头之后,完颜骏意识到了不对劲。

这个指令是明着传回来的,也就是说,从金陵到沥都府,这条消息等于是公开的。

在谈判的来回中,双方的筹码都是严格保密的,这样公开传消息的行为,蠢得有点不像完颜蒲若。

整件事情中都透着蹊跷,完颜骏有了新的猜测——也许是完颜蒲若在金陵获悉了什么消息,必须取消竣工仪式,但由于暗中的沟通渠道都被切断,只能用这种方式,掐头去尾省略原因,才能把指令传到完颜骏手中。

竣工仪式上……难道有什么不能明说的玄机?

完颜骏立刻警惕起来。

★

五日后,秉烛司要在沥都府实施涅槃计划。

这是"大满"对完颜蒲若透露的。

但涅槃计划到底是什么,由谁来执行,一切都未可知。

完颜蒲若只能猜测，五日后是定好的龙骨船竣工仪式，也许秉烛司想趁着那个时候人多眼杂，做一些瞒天过海之事。

但不管是什么，必须先打乱对方的计划，首要之事，便是取消竣工仪式。

完颜蒲若密报出入的渠道受阻，但情况紧急，她必须把消息传出去，于是换了种让沈执忠无法阻拦难以拒绝的方式，大张旗鼓地将消息递到了完颜骏手中。

禅室是个接头的好地方，清静，无人往来，也不会引人注目。

禅室里，完颜蒲若熟练地用茶筅击拂茶汤，目光却直勾勾地盯着面前之人："说来，这个疑问在我心里很久了。汉人讲究月满则亏，水满则溢，先生为何反其道而行之，要给自己取名'大满'？"

"我有自知之明，既然逆了祖宗之道，那便一条路走到黑，不求中庸，哪怕不择手段，也要达到我心中的'大满'之境。"

完颜蒲若笑了，将点好的茶恭敬地递到了"大满"面前："尝尝，学生这杯茶可让先生满意？"

"大满"接过茶盏，品了一口："殿下这盏茶，已经点得很熟练了，我没有什么能再教您的了。"

"汉人的文化博大精深，我还有许多要学的。未来，还要仰仗先生与我一同铺平前路，共创一个新的盛世。"

"虽任重道远，但在所不辞。"

两人隔空举杯，相视一笑。

"大满"想到了什么，又问："上回同殿下说的事情，鸦九可查出些眉目了？"

*

涅槃计划前三天。

骆辞先前被章月回遣离沥都府，去接管西南的生意。章月回对手下人一直都很不错，如此做法，也不算亏待骆辞，而骆辞也是个忠心的，得知东家有难时，他正好在沥都府附近，立刻快马加鞭前来接应。

他见到章月回和南衣的时候，这两人已经形同乞丐，狼狈不堪，甚至与搜查的岐兵擦肩而过，他们愣是没认出来这就是大名鼎鼎的归来堂东家。

骆辞看到他们在一起的时候，心里就明白了大半。离开沥都府的时候，他总觉得东家会栽在这个女人手里，果不其然。

他甚至有点后悔，当初就该冒着忤逆东家的风险杀了这个女人，就不会有现在的情况了。

东家还是那个呼风唤雨的东家。骆辞对章月回不只有忠心，也有一分对强者的崇拜。

但如今想这些已经晚了，幸好西南的生意当时分割出来了，骆辞也为章月回守好了最后一份产业，随时能助他东山再起。

可千万别出什么幺蛾子了，骆辞想。

第一百二十一章 前尘旧

经历了这一遭，章月回非但没有重新振作起来，一雪前耻，反而变得忧郁了。

皮肉之苦才是最实在的教训，他切实体会到了何为颠沛流离，何为衣不蔽体、食不果腹。而这一路上，南衣展现出来的顽强的生存能力都在昭示着她过去到底吃了多少苦。

章月回觉得自己以前做的真不是人干的事，懊悔得无以复加，连带着整个人都唉声叹气的。

他动不动就托着腮，幽幽怨怨地望着南衣道："我对你做了这么糟糕的事，你不会原谅我了吧？没关系，你不用假装给我好脸色，我都知道，我就是个不折不扣的浑蛋。"

南衣对饥饿的恐惧又被这几日的流浪唤醒了，她每天都要吃到撑，生怕就没有下一顿了。她吃得狼吞虎咽，根本腾不出耳朵听他伤春悲秋，指着他跟前的面碗问："你还吃不吃？不吃我吃了。"

"……吃。"

章老板还变得节约粮食了。

但神奇的是，章月回天天这么哀怨，反而消解了南衣心中的很多愁绪。如果有个人总在拖你后腿的话，你反而得振作起来。

章月回以退为进也好，真心悔过也好，这一招确实可耻地见效了。

只是每一次见到骆辞，南衣心里都会咯噔一下，难免会想起那段痛苦的经历。然后她又无法抑制地想起谢却山，后知后觉地意识到，当时为了救她，他冒了多么大的风险，他的爱早在那个时候便有迹可循。

可他们厮守的时间太短太短。她不能恨他，也不敢想他，只能小声地在心里祈祷，他能一切顺利，能走向光明。

那些前尘往事终究是离她越来越远。

那些糊涂账，她都假装忘了。至于对待骆辞，两人低头不见抬头见，都心照不宣地装不认识。

骆辞是个忠仆，他每天都目不斜视地盯着自己的东家章月回，唯独一次单独来见南衣，是想让南衣劝劝东家，允许大夫来给东家接骨。

章月回怎么都不肯治伤。

他嬉皮笑脸地推托，一会儿说怕疼，一会儿说骨头自个儿就长好了，不用折腾，一会儿又说大夫来路不明，他不愿意见。

但断掉的腿骨若不接上，就算好了，以后也可能会落下瘸腿的毛病。

南衣起初想不通，章月回这么一个连衣领都吹毛求疵要熨得服服帖帖的人，对完美有着近乎偏执的追求，怎么会允许自己成为一个跛腿的瘸子呢？

她又觉得，会不会是他在那里耍小心思，非得让她去劝他，要她心疼他，才肯让大夫来看。

南衣本来不想惯他的毛病，但治伤到底是件大事，骨头一天天地长，要是长歪了再想治，那就麻烦了。

她还是去找了章月回。

她找了好几个地方，才找到人。章月回正在后院花园的小径上挂着拐杖练走路，疼得额头冒汗，才勉强走出去几步。

"章月回，你是真不想要你这条腿了吗？"看到这一幕，南衣莫名就来气，出声呵斥。

章月回转头望去，对南衣笑了笑，露出白晃晃的牙，也不知道在开心什么，但夜色掩映下，灯笼的光朦朦胧胧，照得人还怪好看的。

"你跟我出去，大夫就在外头候着，今天说什么也要把你这腿骨接好。"

"说了不治了。"

"为什么呀？"南衣急了。

章月回不反抗，也不辩驳，只是微笑地看着南衣："你过来。"

南衣以为章月回是要她过去扶他，便走了过去，却不料她一走近，他便冷不丁抓住她的手腕，将她拉到了自己身前。

一条腿重伤的人，做了这么一个动作，仍是用力撑着身形，不动如山地站着。南衣一抬头，便看到他额角密密麻麻的冷汗。可他仍是笑着，笑容里竟有几分落寞。

章月回一言不发，缓慢地一层一层地撩起她的袖子。他小心翼翼地捧着她的手臂，仿佛那是什么珍宝，可那只是一条丑陋的手臂，上头落着几道鞭伤，新伤和旧伤狰狞地纵横在白皙的手臂上。

他仰头看她,眼里只有澄澈的月光:"你疼吗?"

南衣猛地抽回自己的手,难以置信地后退了一步。

她有点不敢相信,他不肯治伤,难道是要切身感受她过去的痛?

骆辞来了,他什么都没有说,仿佛忘了那些事情,可其实他都记得。是他给她带来的一身伤,哪怕她原谅了,他也不愿意原谅自己。他用这样的方式在惩罚自己。

他欠了她太多,仿佛怎么都还不清。

她以为过去这么久了,他的愧疚和懊悔也该淡了,可原来他说出口的才仅仅是冰山一角,他的爱远比她想象的浓烈。

她哑口无言,只觉得浑身力气忽然被抽走,她曾期待的命运不合时宜地在此刻降临在了她的身上。在过去那些孤身一人艰难跋涉的岁月里,她无数次地希望自己的心上人从天而降,分担她哪怕一点苦难,都算一种慰藉。他终于来了,却晚了那么久,晚过那么多人。

可这世上,真心到底是穿透一切的长风。她也在桩桩件件的事情里重新认识了章月回。

她无力地摇摇头:"别这样。"

章月回歪着头笑,还是那副无赖的嘴脸:"我要是成了瘸子,那都是因为你,你不能不管我。"

南衣原本眼泪都快要夺眶而出了,被他一句话激得连伤感都烟消云散,又好气又觉得好笑道:"我以后要是想跑了,你这条腿可追不上我,你最好给我平安无事。"

"你可不是这样的人。"章月回笃定道。

歪理真的没人能辩过章月回。南衣又无奈又生气:"你到底治不治?"

"不治。"

"……"

南衣忽然上前一步,猛地夺了章月回的拐杖。章月回猝不及防失去了站立的倚靠,伤腿站不稳,只能抓着南衣的手,歪歪斜斜地往她身上倒去。

他的手不敢松开,否则便没了着力点。南衣趁势从腰间抽出一根绳子,将他的手捆了起来,嘴上大喊:"骆辞!快来!"

骆辞立刻带着人从黑暗里蹿出来,几个壮汉将章月回制伏住,南衣手忙脚乱地往他嘴里塞了一团破布。

大夫也背着医药箱一颠一颠地跑来了,顾不上地方简陋,几个人按着章月回,就地为他接骨疗伤。

南衣怕章月回反抗，紧紧按着章月回的虎口。章月回放弃了挣扎，这一瞬间他仿佛回到了过去——她得意地对他炫耀不知从哪儿听来的偏方，她说，虎口这儿有个穴位，按住就能镇静止痛。她仿佛就这一招，不管发生什么，浑身上下不管哪里痛，都习惯性地掐他的虎口。

他觉得也不是每次都奏效，只是那只小小的冰凉的手却给了他在这世上最后的家。

听得轻微的咔嚓一声，南衣感觉到章月回疼得整个人都绷直了，嘴里的布好像都快被咬破了。

但她总算松了口气。

真是只有不听话的伤者，没有治不好的伤。

★

章月回的伤腿被大夫用几个竹片固定住了，大夫还交代了，这条腿三天不能下地，南衣便像看犯人似的，牢牢地盯着他。好在这里已经离开沥都府管辖的地界，情况没有那么危急了，不必着急赶路。

章月回看着是落魄了，但归来堂到底是瘦死的骆驼比马大，有些消息仍能传到他这里。

就在南衣离开片刻的工夫里，章月回手里已经展开了青州送来的密报，眉目凝重起来："鸦九已经查到了青州崖道观。"

骆辞知道这是怎么回事，见东家神情严肃，紧张地问："东家，您不会打算管这件事吧？"

章月回脸上舒展开一个淡漠的笑："秉烛司的人，我一个个都去救，我有几条命啊？"

他手一拢，将纸笺揉成一个小团，随手一抛，正好扔进炭盆里。

骆辞松了口气。

"今天是什么日子了？"

"四月廿二。"

距离涅槃计划还有两天。

青州崖道观是个不起眼的小道观，实则是秉烛司的据点。宋牧川借着他们炼丹的名头，多次少量地买了许多硝石，秘密送往沥都府。

宋牧川做得极其隐蔽。原本章月回也完全没有注意到这件事，是因为金陵给沥都府送了一笔大额的交子钱，又借他的钱庄拆成了几笔小的，他才疑心为何沥都府要用这么多钱。顺着钱的流向，他才追到了这个小小的道观。

宋牧川借了很多名头买东西，道观只是其中之一，所有的东西汇总到一起——硝石、木炭、白糖……章月回大概猜到了他想做什么。

龙骨船竣工仪式那天，完颜骏和大部分岐兵都会上船，而宋牧川要将他们都炸死在船上。只有让岐人全军覆没，陵安王才能风风光光地回到金陵。

这就是涅槃计划。

可鸦九不知是得知了什么，直奔青州崖道观去查，那个小道观根本消化不了那么多硝石，雁过留痕，宋牧川这下是瞒不住了。

金陵就是个大筛子，什么消息都往外漏，完颜蒲若真是有点本事。

沉默了会儿，章月回听到外头南衣的脚步声在靠近，低声吩咐道："嘴把严点，要是让南衣听到风声，她一定会往沥都府赶。"

骆辞眼底闪过一丝异样，低头道了一声"好"。

第一百二十二章 天不助

沥都府中，风雨欲来。

龙骨船的下水仪式突然取消，这让准备已久的宋牧川措手不及。

完颜骏似乎察觉到了什么，把所有工匠都清走，自己带着人上去将龙骨船里里外外仔仔细细地检查了一遍。

好在宋牧川做事非常谨慎，完颜骏什么都没查出来。

但东边不亮西边亮，在另一件事情上，他倒是有了巨大的进展。

禹城军一直是他心里的一个结，甚至成了一个阴魂不散萦绕着的噩梦。当时迫于形势，他认下了那个结果，但还是觉得其中有巨大的疑点。

鹘沙的死让他隐隐察觉，沥都府这深潭之下还藏着更大的秘密。

他可以不承认，但他要知道真相。

于是他秘密派人去虎跪山的废墟里头挖掘。哪怕时间过去已久，挖掘变得十分困难，但他下了决心，无论费多大的劲，也要确认禹城军的尸体埋在这里。

这项工程耗时长久，原本也不会那么快就有消息。正好近日天降了一场暴雨，连下几日，将山里的沙石都冲了出来，露出埋在里面的尸首。

可谓人算不如天算。

一清点，他便发现废墟里只有禹城军的盔甲衣服，尸体的数量对不上。

507

这对完颜骏来说，并不是一个最好的答案，但知道真相，就是掌握了主动权。

虎跪山已经翻遍了，也没找到禹城军，那这群大活人很可能就藏在他眼皮子底下。

什么渠道能不动声色地运那么多人进城？城中哪里最好藏人？

完颜骏想了一圈，只能想到近在咫尺的这浩大的造船工程。

再联想到鹁沙死前紧咬着宋牧川不放，完颜蒲若又传信说取消入水仪式，完颜骏脑海中长久以来的淤塞终于在此刻打通了——鹁沙死时，付之一炬的架阁库就是为了掩盖这些蛛丝马迹，怕被追查出来。

原来是造船的人有问题！

★

阴雨天，土地像上都结了一层黏腻的水雾。狭窄的街道，一眼望去，仿佛只有拥挤的伞面在前行。

谢却山没打伞，肩头已经湿了一片。他正准备到土地像旁的屋檐下避雨，借机取出情报，一把伞却遮在了他的上方。

一回头，他看到了宋牧川。

人来人往，清澈的雨水坠落到地面，便与尘埃融为一体。人的脚步再踩过，彻底成为一摊泥水。

宋牧川却说："朝恩，好久不见。"

谢却山袖中的手猛然握紧——他难以置信，浑身都在微不可察地发抖。

他很久没有这么紧张过了。哪怕岐人发现他的身份，他都能保持冷静，大脑飞速运转想出对策来，可此刻他脑子一片空白。

他根本没想好怎么面对自己的旧友。

他甚至疑心自己意会错了。但隔着一片水雾，宋牧川的目光却是清晰的。

以前宋牧川就有过隐隐约约的怀疑，但没有任何实证。"雁"是南衣，他当时其实也是相信了的。

但金陵传来的情报说，章月回是"雁"，随后南衣通过名义上改嫁给章月回离开了沥都府。

别人不清楚，可宋牧川十分明白，章月回不是秉烛司的人，这情报是错的。想得浅一些，也许只会认为是章月回为救自己的心上人，不惜将自己的大好前程搭进去。

宋牧川却品出了其中的古怪。

章月回既然能换掉情报，就能拦截情报，反正都是逃亡，不必用这种玉石俱焚的方式救南衣。

除非，他们真正要救的另有其人。

必须有个人领走"雁"的名号，否则那个人就会有危险。

在完颜蒲若去金陵，到情报传回来的这段时间里，沥都府里有个人悄无声息地消失，又若无其事地回来了。就是谢却山。

在这个念头越来越强烈的时候，宋牧川整夜整夜地无法入睡，他甚至想直接冲到谢却山面前，逼谢却山回答自己："你是不是'雁'，你是不是忍辱负重了这么多年，我们还是不是一条心的挚友？"

可宋牧川最终什么都没有做，他让自己冷静下来，不要去想这件事。

他曾对南衣说过："相信他就好了。不管他是何人，他一定会在暗中与我们并肩作战。"

如果他是谢却山，那是一件雪中送炭的事情，但绝不能因为这件事，平白露出什么马脚来。

可宋牧川还是忍不住去想，这么多年，有没有人问过他："谢朝恩，你痛不痛啊？"

他本以为自己会沉默到庆功的那一天，他们能够在胜利的喜悦中重逢，过去所有的龃龉都随着巨大的胜利而烟消云散，可形势风云突变，他也被逼到了角落，他必须来见谢却山了。

*

船坞旁边有一大片平地，挤着一片临时搭建的茅草房，参与造船的工人、匠人大都住在这里。由于人数众多，茅草房的规模几乎赶上了一个街坊，其中的小路错综复杂。

完颜骏带兵包围了此处。

但奇怪的是，每间屋里都没有人。

完颜骏搜到最后，越来越生气，禹城军居然跑了？临到头他竟还是晚了一步？

忽然，一声号角不知从何处吹响，一把火烧了起来，一间茅草屋瞬间腾起冲天的火光，火势向周围蔓延开来。登时鼓声震天，无数拿着武器的士兵从屋顶藏身的茅草堆里跳下来，与岐兵厮杀起来。

是禹城军！

他们藏在人群里就是最普通不过的百姓，可拿起武器就是保家卫国的士兵，他们从未有一刻忘记自己战斗的使命。

敌变我变，计划提前了。

禹城军在得知完颜骏带兵包围的时候，已经来不及走了，脱困的办法只有杀出去。

这是一支训练有素蛰伏已久的军队，不出片刻，他们便定下战术，设好了埋伏。他们是磨了太久的刃，早就有了削铁如泥的气势，只等着出鞘的那一刻，和敌人一决高下。

完颜骏本想着杀禹城军一个措手不及，没想到反倒是自己被埋伏了。他在领兵上到底没有鹘沙熟练，一时间被杀得人仰马翻。

岐兵败势已显，但后头的援军很快就会赶到，禹城军并不恋战，趁着稍占上风迅速撤离。几百号人分散离开，流入大街小巷，转瞬便没了身影。

狡猾的汉人！

完颜骏气得咬牙切齿。

不过，跑得了和尚，跑不了庙。这偌大的沥都府都在他的控制之下，一群跑散了的蝼蚁，掀得起什么风浪？

完颜骏果断带兵掉了头，直接前往望雪坞。

这一回，他是一点都没客气，强盗似的往里冲，逢人便扣下，见物便打砸，一路闯到了后院，粗暴地将甘棠夫人拽了出来。

唐戎护主心切，当即与岐兵动了手，但到底是寡不敌众，最后被五花大绑地丢在了院子里。

望雪坞中所有人都被押到一起，院中架起刑具，审的是唐戎。

他是禹城军的一员。

谢却山这会儿才姗姗来迟，在一旁的八仙椅上施施然坐下。他眉头皱了皱，道："我家东西都不便宜，完颜大人砸了这么多——不用您赔，那功劳可得分我一份了。"

完颜骏对谢却山本有几分警惕，但谢却山这个反应，倒让他还算满意。

识时务者为俊杰。

谢却山身份是敏感，但完颜蒲若去金陵都没查出他有什么问题，完颜骏当然是相信长公主的判断。

再者说，完颜骏有点不信邪，他总共就重用了三个汉人，章月回、宋牧川，再加一个谢却山。一个两个有问题那是巧合，总不至于三个都有问题吧？那他岐人的阵营真成什么来去自如之地了吗？

绝无可能。

完颜骏这会儿也还在对宋牧川的气头上，恨不得立刻把他和禹城军通通抓回来，碎尸万段才好，对谢却山的戒备下意识地就放松了："那是自然，却山公子，答应过你的事，我也不会忘。姓谢的族人，我不会动，不过谢姓之外……"

他目光示意地朝甘棠夫人那儿抬了抬。她被迫坐在椅子上，看上去有些狼狈，不过并没有人对她用刑，只是叫她看着唐戎受刑。

这两个都是跟禹城军相关的人，杀鸡儆猴，总能套出点话来。

谢却山波澜不惊地收回自己的目光，道："完颜大人是重诺的君子。您给下官这分薄面，下官牢记于心。今天您在我家如何审，审多久，都由您高兴，我绝不打扰。"

完颜骏目光一沉，透出几分狠戾。他手势轻轻一落，那边烧得通红的烙铁便直接按进了男子的胸膛。

唐戎咬着牙闷哼，四肢都禁不住抽搐起来。烙铁冷却发出刺刺的声音，听得人心里发毛。

"甘棠夫人，您的这位忠仆要受多久的刑，全在您的一念之间。只要您告诉我，禹城军藏在哪儿，他们的最终目的是什么，一切都可以立刻结束。我也答应过却山公子，绝不会伤害您。"

完颜骏语气客客气气，却在这个情境里显得格外阴森。

甘棠夫人早已泪流满面。她知道大祸临头了，最坏的事情已经发生，这一刻人的血肉和智慧都是渺小的，做什么都是以卵击石，他们敌不过那些力量强大的怪物。

最残忍的是，敌人把停止的权力交到了她手里。她甚至恨自己活到了这一刻，她看不了唐戎这样受刑，那可是把她从泥泞里拉出来的战士啊。他是为了保护她才远离了自己的战友，远离了他战斗的军营，她怎么能眼睁睁地看着他受这么大的苦？

她浑身都跟着一起发麻发痛，可她什么都不知道，她能说什么？

就算她知道，她也不能说啊。

她坐立不安，她走投无路了。她的身体只剩下直觉，浑身的血液往脑袋上冲。她猛地挣开岐人的束缚，冲到唐戎面前，徒手抢过行刑手的烙铁，也不觉得烫。连行刑手都有些没反应过来，手上不自觉地松了，被她硬生生抢走了烙铁，用力扔出去好远。

她张开手臂挡在唐戎面前，哭着嘶吼道："有什么冲我来！"

完颜骏摸着下巴，饶有兴致地看着这一幕。

谢却山无奈地叹了口气，对甘棠夫人道："二姐，你就别往上凑了。"

甘棠夫人瞪着他，然后僵硬地朝他走了几步，喷薄的愤怒几乎要溢出来了。

谢却山以为自己起码会挨一个耳光，却没想到甘棠夫人脚下一软，连跪带爬地扑到他面前。

这个举动让谢却山都震住了。

她眼里全是绝望，她现在只有求他："朝恩，你别这样，你救救他……"

第一百二十三章 别躲

整个院子乌泱泱地跪着人，极力克制的呜咽声从人群里传出来，还有男子受刑时的哀号，除此之外，静得仿佛凝固了。无声的恐惧攫住了人心。

众人的目光都落在跪地的甘棠夫人与谢却山身上。

谢却山对于她的哀求置若罔闻，只是缓缓地将她从地上扶起来，让她坐到自己的椅子上。

他按着她的肩膀不让她动弹，缓声道："二姐，别躲。"

甘棠夫人被定在椅子上，单薄的身子发着抖，脑子瞬间有点恍惚。

她曾说过："朝恩，别躲。"

小时候，谢却山顽皮，和谢小六爬野山坡，不小心从坡上摔下来，半边手臂被荆棘扎烂了，又不敢告诉长辈，怕挨骂，最后被谢小六怏怏地带到她面前。

她给他上药，但药膏一碰到伤口，他就疼得直躲。七八岁的男孩，力气已经很大了，跟只猴似的满屋乱窜，谁也按不住他。

最后她只好无奈地对他说："朝恩，别躲，越躲越疼。"

这么混乱的时候，甘棠夫人也不知道自己怎么就想起了这段过往，也许是因为她感觉到谢却山按着她的手也在轻微地发抖。她隐约好像察觉到了什么，可又什么都思辨不出来，面前的一切仍是一片混沌。

别躲？难道就这么看着吗？什么都不做吗？

她不明白。可这丝念头还是在她脑海里留下了一个值得祈祷的口子，无能为力的当下，心里好像有个小人儿在胡乱地挥舞双臂抓着空气，总有一下能抓住一点渺茫的希望。

还有人能力挽狂澜吗？

竹篦已经被打烂了两条，夜色都深了。凉水在地上冲出一片血色的浅滩来，滩里映出唐戎不肯屈服的坚毅脸庞。

完颜骏有些不耐烦了："看来甘棠夫人的心和嘴一样硬啊。"

他起身走过去，看向谢却山："你说现在这个情况，该怎么办？"

谢却山怎么会不明白完颜骏的暗示？

他已经给足谢却山面子，但审不出结果，他现在要动谢却山的二姐了。

谢却山沉默，似乎陷入了纠结。

"我虽然答应过公子，可诚意也是有限度的。禹城军就藏在沥都府里，说不定你我一出门，就会被他们伏击，可没有时间慢慢等了……不能为了诚意，丢了大局吧？"完颜骏话里有了几分威胁的意味，"难道公子还是要不顾一切包庇罪人吗？"

甘棠夫人抬头，看着一言不发的谢却山，对方都已经把话说到了这个份儿上，她心里的希冀在一点点破灭。她抖得厉害，想抓住谢却山的手，他却后退了一步，她的手握了个空。

谢却山拱手道："天已晚，下官该去休息了，完颜大人请自便。"

说罢，他便转身走了，将场地全部留给完颜骏。

人还没走出院子，便听得一声女子的尖叫，谢却山头也没回地迈出院门。

完颜骏掐起甘棠夫人的脖子，将她按到唐戎身前："她不说，那就你来说——你的战友都躲起来了，唯独你离了群，在你的夫人身边做一条乖乖狗，难道你愿意看着她死在你面前吗？"

"——放开她！"唐戎眼里充斥着血丝，这戳中了他的软肋，他也不知道哪里还有这么大的力气，歇斯底里地对完颜骏吼着，挣得铁索铮铮作响。

完颜骏笑了，这招是下三烂了点，但架不住好用啊。唐戎是禹城军里数一数二的战士，却自愿离开军营，留在望门大宅里做一个小小的侍卫——多大的恩情值得他这么做？

也许甘棠夫人心如明镜，热血上头的年轻人可就不一定了。

"莫说她一个深宅妇人了，为了我大岐的胜利，就算屠了满城，对我来说，也不足挂齿。"

完颜骏手上的力一分分加重，甘棠夫人的面色由红转白，喉咙里已经发不出什么声音了。

"说，禹城军藏在哪里？"

唐戎急了："他们逃得匆忙，没来得及知会我！我不知道！"

"那禹城军的计划是什么？"

唐戎沉默了一瞬，这沉默昭示着他的知情和犹豫。

甘棠夫人痛苦地对他摇了摇头。

这个反应，让完颜骏当即笑了起来，手再次收紧，手背上青筋暴起："你可没有时间再想了。"

看着甘棠夫人的气息越来越弱，唐戎终于慌张地吼了出来："我们想抢走龙骨战船！"

完颜骏陡然松了手，甘棠夫人瘫软在地上。完了，什么都完了。她眼前一黑，精神和肉体的双重折磨让她再也支撑不住，晕了过去。

完颜骏面上露出几分深思。这个目的，他竟然没想到。

一直以来，他们都是在围绕陵安王作战，一路来到沥都府，反而陷入思维定势，被一叶障目，总是在想他们想要通过什么瞒天过海的办法最终送走陵安王，却忽略了近在咫尺的最佳方案。

龙骨战船本就是用于作战的，攻是一座移动的军营，守能成一座堡垒。禹城军抢走它，就能为陵安王杀出一条血路，护送他直达金陵。

难怪完颜蒲若要让他取消下水仪式，定是禹城军将抢船行动放在了那一天。

幸好他审出来了！否则花那么大力气造的龙骨船就成为他人做的嫁衣了。

完颜骏只觉得后怕，又觉得庆幸。他迅速就反应过来，禹城军一定还会盯着龙骨船，只要守住船坞，就一定能等到他们，将叛军一网打尽。

"把这两人带回大牢——"他扫了眼唐戎和甘棠夫人，顿了顿，又道，"不，还是让他们留在望雪坞里吧，免得禹城军起疑。守好这里，一只苍蝇都不能进出。"

"是！"众士兵领命。

听到这番话，站在院墙外留意着动静的谢却山总算松了一口气。

这个看起来非常合理的目的看来是骗过了完颜骏。

宋牧川情急之下来找他，就是想让他帮忙演一出戏。禹城军的事情瞒不住了，索性将计就计，让完颜骏把兵力都留在龙骨船上。

入水仪式取消了，但船一定得炸，船上要有尽可能多的岐兵，才能达成目的。无法让他们全军覆没，能消灭一部分也是好的。禹城军的人数不占优势，只有先削弱岐人的兵力，事后就算正面对战，也能有优势。

唐戎是事先就知会过的，让他来演这出苦肉计。但甘棠夫人并不知情，她其实才是这场戏的主演，她的情绪越真实，就越能增加唐戎供词的可信度。

谢却山觉得对不起二姐，把她架到那个危险的位置上，寻常妇人，怕是胆子都要吓破了，可情况危急，这是没有办法的办法。此刻虽然侥幸将假消息递给了完颜骏，但谢却山还是有点无力。一直以来，他似乎都在牺牲自己和身边的人，但是这是他不得不做的选择……他没来由地想到了南衣，可能让她离开真的是最好的选择。

最后几天了，他必须留住完颜骏的信任，不能功亏一篑。若是能提前探得一点情报，对时局都是至关重要的。章月回为他争取到几天宝贵的时间，他得在这几天内帮宋牧川完成最终的计划。

这时，子夜冰凉的更声遥遥响起。

这是涅槃计划前一天。

★

章月回百无聊赖地躺在床上想着，秉烛司成与败，跟我有什么关系。

明知不可为而为之，那本就是一条死路。人若自己不中用，大罗神仙也救不回来。

他当然是最大的赢家了，远离纷争，全身而退，还能抱得美人归。

他有什么好睡不着的？

他偏偏就是辗转反侧，难以入眠，总觉得有什么事情要发生，心里不安得很。他脑海中闪过浮光掠影，半梦半醒间，仿佛中间的这些年都不存在了，他同寻常一般回到了汴京家的老宅，一推开门，却见故里野草疯长，满目衰败。

吱呀一声，房门猛地被推开。章月回惊醒，后背压出一层冷汗，刚喘了口气，便听到骆辞紧张的声音自帐外传来："东家，岐人追来了。"

章月回想一个鲤鱼打挺坐起来，奈何一条腿使不上劲。他憋红了脸，才勉强起身，有些着急道："追上来就准备跑啊，戳在这里做什么？"

"东家，您受伤了，经不起山路颠簸，属下认为，还是伪装一番，走官道如何？"

"不成，这太危险了。"章月回立刻回绝。

"可是您这腿，无论走哪条路都行不快……倘若在荒郊野岭被追上，咱们的人都不好及时增援。您不考虑自己，也要考虑南衣娘子呀。"

章月回沉默了会儿，骆辞的说法不无道理。怪就怪在他是个伤员，拖了后腿。

骆辞小心翼翼地提议："东家，要不然……兵分两路跑？让南衣娘子从原定的路线撤离，属下护送您从官道走，到时候就在前头的胥屏县会合。"

"我肯定不能一个人走。"南衣拎着包袱走了进来，打断了两人的争执。

南衣看了骆辞一眼："我得待在你们东家身边，死也得跟他死在一起，不然他老以为我要跑。"

南衣分明说得很自然，还带着几分打趣，可这话落在章月回耳里，倒叫他脸上一红。

搞得好像他是什么偏执狂一样，明知道危险，还非得把她绑在身边。

"不用说了，骆辞，你安排南衣先走，我殿后，就这么定了。"

逗英雄嘛，谁不会啊？

他章月回还干不过区区一个完颜骏?

"你别说气话。"南衣无语地瞪了他一眼,"你要真让我一个人走,我可就自己跑了。"

"你才不会。"章月回自信满满道。

南衣还在跟他一来一回斗着嘴,像在故意缓解紧张的离别气氛:"你就这么确定?"

"你舍得吗?"章月回突然抬眼,委屈巴巴地反问。

"……"南衣哑然。

"东家,南衣娘子,还是赶紧上路吧,现在不是说话的时候。"

章月回拄着拐,艰难地朝南衣走了几步,站定在她面前,伸手抚了抚她的脸:"这里到胥屏县就一日多的路程,你可别太想我。"

出乎意料地,南衣并没有像往常一样打掉章月回的手。她半开玩笑半认真地看着章月回道:"你也别想我。我们很快……就会再见了。"

章月回嬉皮笑脸地回道:"这话怎么说得跟见不到了似的?"

南衣面上掠过一丝古怪,很快便用插科打诨的神情盖过:"我是怕你拖我后腿。我告诉你啊,就等你一日,过时不候。"

章月回笑:"你若来晚了,我会一直等你,等到你来为止。"

南衣愣了愣,他分明说得虚情假意,可好像又很认真。

她正心虚着,接不下这话了,背起包袱就大咧咧地往外走:"走了。"

"骆辞,你安顿好她,一定得派人全程护送。"

"是,东家。"

骆辞紧接着就跟了出去。

马厩里,骆辞给南衣牵了一匹马,递上一张羊皮地图:"鸦九从青州崖道观出发,现在已经快到沥都府边境了。你从这条近路追,也许能在半日内追上他。"

南衣接过地图,塞入袖中。她和骆辞联手骗了章月回。

骆辞来找她,告诉她鸦九查到了涅槃计划核心的情报,但东家并不打算管。他直言不讳地表示,希望南衣能离开东家,她有她的家国大义,但东家绝不是她的同道中人。

沥都府里有南衣的爱人、好友,还有无数无辜的百姓。倘若涅槃计划失败,所有人都会死。她不能不管,她必须在鸦九进沥都府之前拦住他。

她不想评判章月回到底是个好人还是坏人,他做什么决定都无可厚非。人不为己,天诛地灭。而且不管怎么说,他对她都是付出了真心的。她答应跟他走的时候,确实已经做好了跟他共度余生的准备。但强求来的事,终归是脆弱的。

她要食言了。现在开始,是她欠他的了。如果没有机会再见,那就等下辈子,下下辈子,她再一点点还他。

"倘若我能杀了鸦九,还能全身而退地回来,那再好不过。倘若我没回来,你就同他说,我死了。让他别等,让他余生快活。"

南衣翻身上马,一骑绝尘。

第一百二十四章 困兽斗

章月回坐在马车里,夜色披了满身,他安静得像一尊雕像。任由车身摇晃,光影斑驳,他都无动于衷。

走了吧。

这个女人可真狠心。

他闭上眼,感受着在这片土地上的颠簸,每一次起落都会给他的伤口带来疼痛。只是奇怪的是,他反而有些抽离,并不沮丧,也不失落,只是接受了。

他知道她和骆辞的计划,但他没有戳穿。他甚至还专门暗示骆辞,不要告诉南衣,生怕骆辞想不到那里去。

他在离她最近的时候,在他们最有可能在一起的时候,却选择了放手。

掩耳盗铃是一件很痛苦的事情,人可以骗千万人,唯独骗不了自己。他分明知道,在她愿意为了救谢却山跟他走的时候,他就已经一败涂地。

是他非要强求,不到黄河不死心。他本以为他们之间的龃龉会出现在南衣身上,最后发现,是他过不了自己心里这关。

他想要她自由快乐,那他怎么能先剥夺她自由选择的权利?

可拧巴的是,他又不想做一个大方的好人。他不就是强盗吗?抢都抢来了,却要做个君子,岂不好笑?

他不想当着她的面对她说"你去做你想做的事情吧,我愿意放弃",然后引得执手相看泪眼,矫情兮兮的。

他可是一个不折不扣的坏人,他才不会闲得没事去管秉烛司的烂摊子。只有这样,所有人都会认为他还是那个自私的人,她才会毫无负担地离开。

他也不是在搞什么圣人的那套作派,他就是不想要了。

对，不想要了。

一滴泪从章月回的眼角滑落，他自嘲地笑了起来。分明此刻没人看着，但他还是若无其事地抬手拂掉了这滴泪。

他反而有些如释重负，也不仅仅是对南衣，或许在内心最深处，他不想看到秉烛司输。

从利益上考虑，秉烛司赢了，能拖住岐人追杀他的脚步……也还有一些别的什么难以名状的情绪若有似无地纠缠着他。

好像是那些跨江而来北上的水汽，带来都城和故乡的潮湿，无孔不入地钻进人心里。

他想置之不理，可又抵不过内心的煎熬。

放她去杀鸦九的这一刻，往后余生，无数个午夜梦回的时候，他的良心都不必为此刻的袖手旁观而备受折磨。

看似是他成全了她，其实她也在成全他。

但他也知道，杀鸦九难如登天。他尊重她选择的命运，哪怕最后她为理想牺牲，哪怕她死了……

哪怕她死了。

章月回的拳头越握越紧，额角青筋突突地跳着，极力忍着翻涌的情绪。

她死了，那是她的选择，跟他无关了，不是吗？

★

涅槃计划，当天。

几匹黑马掠过密林。马上之人是日夜兼程赶回沥都府的鸦九和他的手下。

他在青州查到了重要的线索——沥都府的秉烛司在大量地制作火药。

他已经来不及传信给远在金陵的完颜蒲若了，他必须用最快的速度赶回沥都府报信。

但接连几天大雨，山体滑坡，滚落的巨石挡住了鸦九一行人的去路。改道会平白增加好几日时间，他当机立断，掉头去附近的村落，花钱雇村民们即刻清理山道。

也因此，鸦九在村落外的小茶棚里停留了一会儿。

茶棚里三个伙计在前后忙活着。大雨降得猛，棚顶漏了水，三人抢修，也没顾得上招待客人，只潦草地上了几壶茶。

鸦九一行人十分警觉，并不喝任何外头的东西，只是无言地坐等山路挖通。

那三个伙计叮叮当当地修着茶棚，没想到越修越漏。也不知道搞坏了什么，哗啦一声，整个茶棚从中间开裂，顶上的积水瞬间倾泻而下，浇湿了坐在棚里的客人。

伙计们惊呆了，连忙上前道歉，试图用手中的毛巾给他们擦拭水迹。

鸦九刚好沉浸在一团乱麻的思绪中没反应过来，这变故又突然又令人措手不及，在那三个伙计围上来的时候，他也只有满心的怒火。

却不想就在瞬息之间，那三人拔出藏在袖子里的武器，了结了他的两个手下。鸦九武功在众人之上，虽被偷袭落了下风，但立刻反应过来，压着桌子翻身一滚，退到三尺外。

头顶一阵锐利的风声，一个灵巧的女子从棚顶偷袭，剑光合着急速坠落的雨滴一同劈下。千钧一发之际，鸦九硬是用手臂接下了一剑，反手卸了女子的兵器。

紧接着，袖箭便朝鸦九射来。他堪堪护住命门，身上却也难免中箭。

南衣知道鸦九难缠，这些也只是为了先削弱他的实力。最后两个死士也从暗中闪出，几人与鸦九缠斗起来。

骆辞给了她五个任她调用的死士，她不敢硬拼，只能先在他们的必经之地制造一场滑坡，拦住鸦九的去路，又在这里盘下一天的茶棚，设下埋伏。

即便他们占尽上风，黑鸦营的首领依然恐怖如斯。

★

地上横七竖八的都是尸体，鸦九已经筋疲力尽，但他还是缓缓地站了起来。

终于……都死透了吧。

这是一场恶战，他手中的刀都劈到卷了刃。最后，他还是以微弱的优势赢了。

他是黑鸦营的首领，是完颜蒲若麾下最厉害的战士，想让他死，没那么简单。

鸦九拖着沉重的步伐往外走，忽然，脚踝被人扯住了。

他低头望去，那个女子竟然还有气息。她已经受了很重的伤，但仍用最后一丝力气拽住他离开的脚步："你休想……回到沥都府！"

大雨撕破天幕的一角，无数雨滴像利箭争先恐后地扑向大地。

鸦九有种错觉，这不是一个女子最后的挣扎，而是从九重天的裂缝中传来了神祇的命令。

这道命令不可违背，终会达成。

这种错觉让鸦九心里一惊。他立刻举刀，狠狠地劈下去，要把这将死之人彻底按进地狱里——

★

沥都府。

遮天蔽日的乌云掩盖了日出，夜色从万物上褪去，紧接着一层压抑的灰白便爬了上来。

望雪坞俨然成为一座巨大的寂静牢笼。

甘棠夫人终于醒来，在她意识的最后一幕里，禹城军经营已久的计划被公之于众，形势已经到了最糟糕的时候。她惊恐地坐起来，害怕自己醒来后会面临早已崩塌的世界。

但入目的只是一间狭窄的柴房，重伤的唐戎靠在柴堆上小憩，他们的手不知何时握在一起。

甘棠夫人吓了一跳，连忙松开了自己的手。

唐戎被她的动作惊醒，艰难地坐直了身子，朝她挪了挪。

这种靠近让甘棠夫人心头一虚，像有什么在拨弄边界的琴弦。她想起昏迷前的场景，他为了救她发疯般的神情。她不敢去想这背后的含义，想开口说话，嗓子却哑得厉害，发不出一个完整的音节，只能往旁边退了退。

唐戎朝门外使了个眼色，她这才看到外头站着守卫，里面稍微大声点说话都会被听到。唐戎大概是想对她说什么才挨过来的。

甘棠夫人这才不躲了，任由他靠过来，在她耳边用极低的声音道："夫人，供词是假的。"

甘棠夫人愣了愣，有些反应过来了。

是唐戎为了救她说了个假的情报，还是这本来就是一场苦肉计？

她抬手抚了抚唐戎肩头的伤口，张了张嘴，却还是发不出声音，只能用试探和困惑的目光看他。

唐戎懂了她的意思，脸上分明是忍痛的神情，但还是若有所指地回道："不疼。"

甘棠夫人颤抖着吐出一口气，忐忑的心终于稍稍安定下来。

这么说，还有胜算。

她又想到了昨晚谢却山的反应，难道，他也在配合着演这出戏？

难道他是……

过去无数个古怪的瞬间涌上甘棠夫人的脑海，她不敢相信，但她又是毫不犹豫地就相信了。

她以手掩面，悲喜交加，忽然就呜呜哭了起来。

而此时，谢却山正在完颜骏的府上。

他近乎死皮赖脸地跟着完颜骏，主动给完颜骏出谋划策。好在完颜骏的心思全扑在歼灭禹城军上，他其实不擅长领兵作战，这会儿也需要一个人一同商量。

船上如何部署，谢却山已经帮完颜骏规划好了，他塞了尽可能多的士兵上船。

却不料完颜骏忽然指着沙盘道："每一处的人，都削减至一成，能否成事？"

谢却山一惊："这是为何？禹城军可是昱朝为数不多的精兵，人少了，恐怕我们没有胜算。"

"我怕这是禹城军的调虎离山之计。人都调到船上，沥都府内兵力空虚，他们转头偷袭军营怎么办？城里必须也有充足的兵力守着，否则得了船，丢了城，那就是得不偿失了。"

谢却山的心沉了下去。完颜骏心思缜密，即便骗到他了，他也很难完全按照他们的设想行事。

倘若船上的兵力只有设想中的一成，那费这么大功夫炸船，等于白折腾。

可完颜骏态度坚决，他再劝，便显得十分可疑了。

箭已经在弦上，不得不发。

第一百二十五章 红袖刀

谢却山忽然站起身，踱步到窗边。他看了一眼窗外，几个府兵巡逻着，守卫只是寻常。

完颜骏狐疑的目光跟上他的脚步，见他十分自然地将窗户关上了。

也许是晚春气温有些低，也许是怕隔墙有耳，完颜骏并没有起疑。他的注意力此时也不在谢却山身上，而是专心地想着怎么能把禹城军一网打尽。

"大人，您想听我的实话吗？"

"却山公子但说无妨，如今这沥都府里，我能相信的人，只有你了。"

谢却山缓步朝完颜骏走近，莫名地笑了一下："承蒙大人厚爱，只是……你们对我的怀疑，并非没有道理。"

这句话有些怪异，完颜骏正皱着眉头思考，下一秒，一记手刀便劈了过来。

完颜骏失去意识的前一秒似乎看到了谢却山眼里的决心。他万分后悔，可是已经来不及了。

谢却山从腰间抽出了剑，但犹豫片刻，还是将剑放了回去。

杀了完颜骏倒是能省很多麻烦，可不用片刻府兵就会发现异样，谢却山也出不了这个门。事发突然，他没有太多善后的手段。

他还要用这个身份做事，他得是清白的。

留着完颜骏是个巨大的隐患，但为了争取到片刻的时间，他只能这么做。他将完颜骏拖到了内室，摘了完颜骏腰间的兵符，将人扔在榻上，对外头的府兵声称自己和完颜大人提前庆功，大人喝多了正在小憩。士兵探头进去见大人好好地睡着，并没有起疑。

一出府门，他先去江月坊找了宋牧川。

这处街坊看似还在岐人的管辖内，其实所有驻兵都被悄无声息地制伏。禹城军换上了岐兵的衣服，就等着浑水摸鱼上船，伺机引爆炸药。

谢却山刚一进入江月坊，就被严阵以待的禹城军警惕地拿刀剑指着。

宋牧川忙屏退众人，将谢却山带到偏僻处："你怎么来了？"自上次匆匆一别，他们甚至没时间好好叙旧，但现在这样的紧要关头，宋牧川其实并不想看到谢却山——谢却山一来，就意味着计划有变。可他这颗脆弱不堪的心已经承受不住他的挚友再出一点点问题了。

"我还需要一些时间，你们等我的信号再上船。"

谢却山说得很平静，但宋牧川还是嗅到了一丝紧迫："事情大吗？"

"尚在控制内。"

宋牧川听得出来，这是一种安慰，也是一种不达目的不罢休的决心。他不想让谢却山再涉险了，可他只能克制自己的私心，告诉自己要相信谢却山，只有这样，才能给谢却山力量。

他言简意赅："有什么需要我做的吗？"

"申时之前，你派人盯住完颜骏的府邸，倘若他出来了，无论如何，哪怕将他杀了，也不能让他出现在军营。"

这个指令太强烈了，宋牧川立刻便明白，谢却山已经彻底撕掉皮，明着与岐人叫板了。漫长岁月的卧底时间被压缩到了这几个时辰里，断臂求生，所有的铺垫都只是为了在今日争取到毫厘的胜算。

"好。"宋牧川回答得很郑重。

"走了。"谢却山一刻不停，匆匆转身离开。

看着他的背影，宋牧川忽然有点不安。

"谢朝恩。"被一股莫名的直觉驱使,宋牧川喊住了他。

那人脚步顿了顿,像有预感他要说什么,故意没回头,不想让他瞧见自己的表情。

"得胜乃还。"宋牧川对着他的背影喊道。

谢却山脸上露出久违的笑容,他摆了摆手。

宋牧川以为能听到谢却山说点什么,可他还是什么都没说,上马离开了。看着马蹄渐远,宋牧川知道,他是悲观的。

他在无言地告诉宋牧川,尽人事听天命。可宋牧川就是相信,这一次,老天爷会站在他们这边。

他心跳如擂鼓,随着谢却山的远去越来越响,那声音从他心口跃出,与这座城另一边的鼓声呼应着。

木锤子,羊皮面,赤膊的战士铿锵有力地一下一下锤击着战鼓,望楼上的号角吹响。

一道忽如其来的军令让所有士兵都如临大敌,迅速披甲列阵。

演武台上,谢却山举着手里的兵符,朗声道:"禹城军已攻破闸口,护送陵安王离开沥都府,形势危急,完颜大人特命我前来调兵——所有将士听令!即刻出发,登上龙骨船!杀了新王,攻占金陵!"

军营的守将还有些疑问,道:"可完颜大人分明让我等原地驻守——"

他刚说完,谢却山一句话不啰唆,直接拔剑将人斩杀于现场:"军令有云,所有违令者、拖延者,斩立决,谁还有异议?!"

谢却山之前跟着鹘沙一起管理军队,在众人眼中,他是算无遗策的汉人军师,在军中颇有威望,他的话是有说服力的。

天生的将帅,哪怕他手里拿着一块偷来的兵符,哪怕他的话全是胡诌的,他只要站在那里,振臂高呼,却能没来由地动人心魄,毋庸置疑。

"杀了新王,攻占金陵!"

"杀了新王!攻占金陵!"

士兵们热血上头,不疑有他,当即列兵前往。

★

山间的大雨还在持续下着。

鸦九的一刀劈下去,南衣早有预料,横过剑死命抵挡。眼见刀刃越压越下,鸦九忽然听到咔嗒一声,自己胸口一痛,竟有一支细箭趁他不备从她袖中弹出。

娘的,这女人多的是阴招。

鸦九忍住痛，爆发出最后一分力，将刀刃狠狠地嵌入她的肩胛。

一时血流如注，殷红的血色被大雨冲入泥水中。南衣的脸庞被滂沱的大雨浇得模糊了，唯有一双野兽般的眼睛死死地睁着。

鸦九快要被这双眼睛看疯了，他泄愤般狠狠踢了女人一脚，希望她快点死掉。

鸦九气喘吁吁地后退了几步，拔掉了插在胸口的细箭。她其实射得很准，由于距离近，箭射入得很深。但还好，他穿了软甲胄，并没有伤及要害，只有箭尖沾了点血。这点往常甚至算不上事的伤，这会儿却也是雪上加霜了。除了这个女人，那几个死士都是高手中的高手，将他们杀死已经消耗了他全部的体力。他勉力站着，已经是强弩之末。

杀人如麻的鸦九头一次觉得可怖，难缠的对手未必有多大的本事，但只要有不怕死的心，就能把人拖入地狱。他不想也不敢再缠斗下去了，他不知道这个女人还会不会有什么后手，逃为上策。

他拖着一身的伤，一瘸一拐跟跟跄跄地往外跑。他都跑出去好远了，回头一看，有个人影还阴魂不散顽强地跟着他。

疯子吗！

鸦九在心里暗骂。

看她的身形，她甚至都没有扑上来杀了他的力气，只能勉强不跟丢。

而他也没有反杀的力气了。

鸦九才意识到自己轻敌了，可这女子分明是刺杀者中武功最低的。

南衣深一脚浅一脚地前进，目光牢牢地盯着鸦九。

她只有一个念头，鸦九必须死。

这个时候，什么绝世武功，什么神兵利器，都不重要了，拼的是一口气。

在完成任务之前，她绝不敢倒下，因为她的身后是这片土地上千千万万的战士。她想到了在她面前一头撞向死亡的庞遇。一直以来她都不敢承认，她怕自己小小的正义撼动不了这个世道，反而显得可笑，可她又不可抑制地常常回忆起他。竟然有人可以为了理想、为了心中所持至死不渝，而她才陡然发现，那无时无刻不影响着她的人生。

庞遇是她的第一个老师。后来她有了一种猜测，庞遇愿意把情报交给她一个毫无责任感的小贼去传递，其实是一件很危险的事情，但他没有选择，只能这么做，所以他用死亡给她上了一课。而当初谢却山放了她一条生路，还教她生存之道，是不是也有这个原因？因为她是庞遇的学生，他希望她来继承那份大义。

而她……她应该没有让先生失望吧。

南衣撕下一片衣角，裹着剑柄在腕上缠了一圈又一圈，让这把剑成为她身体的一部分。

她嘶吼一声，用最后一点力气冲了上去。泥里的水花在她的脚下绽放，那是春天里的最后一朵花，无声而壮烈。

她很清楚，越过这些泥泞，她要去向哪里。

噗哧，利刃刺破血肉。

鸦九没力气躲了，他也知道躲不了了。不是这一剑，就是下一剑。不是在这里，就是在下一个山头。

人的决心是这个世上最可怕的东西。

★

船坞的闸门打开，新建成的十来艘龙骨船前后以铁索连接，一艘接着一艘缓缓入水，全营近万士兵鱼贯上船。

谢却山屏息看着一切有序地进行着，此刻已经经不起任何变故了。这是以一敌万的战斗，他需要等到人全部上船，将船开至孤悬的江心，在所有人插翅难逃的时候才能点燃引线。所有的船都连在一起，只要一艘爆炸了，前后的船只都会受到波及，接连爆炸。

而另一边，完颜骏已经醒了。

他暴跳如雷，没想到谢却山敢这么明目张胆地打晕他，还将他的兵符给偷走了。他料想谢却山拿了兵符定然要先去军营，当即召集自己所有的府兵去追，势必要拦住谢却山。

他刚出门，便有府兵忽然来报，说抓到了令福帝姬。

人已经被带到了院子里。她荆钗布裙，不施粉黛，单薄得像一张随时会飞走的纸笺。

有一段时间没见了，这个女人的容颜在他心里都有点模糊起来。

完颜骏心里顿时警觉，立刻就嗅到了陷阱的味道。

他日日夜夜地命人在城里搜，都没有搜到这对皇室姐弟的一点线索，怎么早不被抓晚不被抓，偏偏这个时候突然被抓了？

"直接杀了。"

完颜骏脸上露出一丝无情的狠戾来。

他非常清楚，他现在要做的是抓捕谢却山，他的脚步不能被任何事情绊住。

士兵已经拔出了刀，徐叩月忽然对他的背影喊道："我救过你一命，你该还我！"

完颜骏的身影猛地一颤。

她居然还记得！

他难以置信地回头望去："住手！"

刀尖离她的脖颈只有一寸之遥了，完颜骏一声喝，士兵险险停手。

明知道这有蹊跷，完颜骏还是摆摆手，让士兵退了下去。

"你记得什么？"他捏起她的脸，有些不确定地问。

徐叩月笑了起来，面对他时，她很少有这样放肆的表情："第一眼见你的时候，我便认出你了。你就是那个被人踩在地上的小商贩的儿子，声声求着官爷饶你父亲一命。"

是了，在二十年前的汴京，还是稚童的他们有过一面之缘。

完颜骏的父亲在集市兜售毡帽，却被指认用假铜钱找零，可那是前一位客人给他们的。官兵来抄了摊位，他只能下跪不断磕头哀求官爷不要把他父亲带走。

分明一查就能查清楚的事情，可官兵懒得作为，非要直接拿人。这时帝姬的卤簿仪仗正好从集市中经过，那个众星捧月般的小女童竟善良地为一只蝼蚁停下，出言帮他解了围。

他在泥土中抬头望她，他必须感激这种垂怜，可骄傲的他又厌恶这种垂怜。她的行为在他眼里像一种无声的炫耀，炫耀着上位者的善良。

于是他发誓要成为人上人，再也没有人能来摆弄他。

她越是纯洁无瑕，他就越想碾碎她，来证明他已经成功了。

完颜骏已经很久都没想起自己窘迫的出身了，这久到仿佛已经是上辈子的事情。他以为那时他们只是稚童，徐叩月不记得了。可她这番话正好戳中了他不堪的过去，这让他火冒三丈，又瞬间自卑如泥。

徐叩月看着他，仿佛知道他的心思："你知道我是怎么认出你的吗？穷人脸上，永远长着一双穷人的眼睛，看着这个世界都充满了掠夺，就好像你不去抢，就会有别人抢走一样——就算你把我踩在脚下，你的地位凌驾于我之上，你还是摆脱不了你的出身。"

她一句句刺激着完颜骏，啪的一声，完颜骏狠狠地扇了她一个耳光。

他气急了，揪着她的衣领，好像越大声地骂她，就越能掩饰他此刻的自卑："徐叩月，你现在是个什么东西？你一样得跪在地上求我！求我宠幸你，求我放过你！风水轮流转，你知道吗？"

"知道，"徐叩月平静地回答，"风水该转到你头上了。"

在完颜骏最愤怒、最没有防备的瞬间，徐叩月将藏在袖中的匕首捅入了他的心口。

第一百二十六章 终涅槃

徐叩月原本待在安全的据点里,但听说梁大和九娘得到命令,申时之前无论如何都要拦下完颜骏,她心中生出一丝不安。

要拦完颜骏恐怕不是一件容易的事情,倘若真的打斗起来,势必会牺牲一些同伴。

徐叩月想到,她可能有一些更讨巧的优势。

她趁梁大和九娘出去,主动撞到了完颜骏面前。

她太知道如何让他愤怒了,他一定会为她驻足。从他力排众议,冒着巨大的风险也一定要将她从洗衣院带出来,救下她后,却又肆无忌惮地践踏、蹂躏她的尊严,在巨大的痛苦中,她早就察觉到男人过分的占有欲。他喜爱她。

他以为他可以游刃有余,但她早就将他的弱点尽收眼底。

她只是没有时机,她只是不够强大,所以她学会了曲意逢迎,学会了口是心非。她一直都在蛰伏着。

此刻她终于送出了这一刀。她记不清在多少次神志混乱的时刻,脑海中都在幻想着这个场景。她做了一直以来想做但都无法做的事情。

她恨死他了。

"你——"完颜骏的眼眶迅速充血,五官因疼痛而显得狰狞。愤怒和后悔充斥着他濒死的意识,他没想到会是她。

"我待你不薄!"

他分明将少有的仁慈都给了她!她怎么能这样!

这无骨的女人竟然是恩将仇报的蛇蝎。

"是你教会我,以怨报德。"徐叩月麻木地看着他,将手里的匕首又推进去一寸。

完颜骏大口大口地吐出血来,他用最后一丝力气死死拽住了徐叩月的手:"你也……别想活……一起……"

完颜骏轰然倒地,士兵们惊呼着围了上来。

徐叩月坦然地闭上眼,等待着报复的刀剑降临到她身上,却听得铮的一声,刺耳的兵戈相撞声传入耳中，意料之中的疼痛并没有降临，反而是有人一把拉起了她："走。"

徐叩月茫然望去，竟是宋牧川带着人来了。

两拨人马在院中交战，宋牧川护着徐叩月逃离。她这才发现自己抖得厉害，跑了几步便一个趔趄。

这一切变化快到仿佛不曾发生过，只有满手的血迹提醒她她刚刚做了什么。人的勇气远超人所能想象的极限。那也许是女娲造人时遗留在肉体之中的一丝神力，能让人在须臾之间成为攻玉之石，可须臾的神通之后，人还是那具懦弱又平凡的躯体。

宋牧川停了下来，关切地问了一句："还能走吗？"

徐叩月不想拖后腿，可她真的有点脱力。

宋牧川也不多言，蹲下身，直接背起她往外跑。

徐叩月伏在男子宽厚的背上，这个比往常要高一些的角度让她有点恍惚。她以为自己所站的是怒海中的孤岛，原来那只是一片被涨潮淹没的土地。潮水退去，土地依然连着土地。

她望向天边，天色将暗未暗。

远远的江岸处似乎有一排庞然大物正在顺流而下。

她梦呓般惊讶道："龙骨船下水了……"

宋牧川的脚步猛然顿住："你说什么？！"

所有岐兵都已经上船，谢却山并没有等宋牧川带人上来，便直接命令舵手将船开上江。每艘船上理应都有死士去点燃引线，但情况发生了变化，来不及按照原计划实施了。他安排最大的主船在船队中央，前后各有船只包围，这样一艘主船爆炸，余波才能影响周围的船只。

他要自己引爆火药。

硝石、硫黄和木炭的混合粉末早就全部灌入了造船所用的空心竹节，从外头看，什么端倪都查不出来。整艘船就是一个巨大而精巧的火药桶。

宋牧川是个绝无仅有的匠才。

他原本做好了与自己的杰作同归于尽的准备，但有一个人替代了他。

宋牧川终于后知后觉地意识到了什么，疯了似的朝江边跑去。

龙骨船正顺流而下，离沥都府越来越远。

"谢朝恩——谢朝恩！"

宋牧川徒劳地朝着那艘船大喊，但呼唤声很快便被浩荡的江水淹没。

他又骗了所有人。

＊

谢却山进入船舱内的武器库，他看过了宋牧川的图纸，知道引爆火药的地方就在这里。宋牧川在设计的时候给逃生留下了机会，引线全部烧完大约有一盏茶的时间，倘若船外有人接应，点燃后是可以离开的。

如果一切按照原计划进行，船上举行着盛大的仪式，多一个人少一个人并不会有人注意。但现在全军戒备着，谢却山是这艘船上的最高统帅，他被所有人的视线注意着。

因此他并没有为自己准备逃跑的后路。船上的岐兵数量是压倒性的，一旦被发现端倪，将会满盘皆输。

谢却山称自己要检查武器，让人在外头守着。他独自一人步入库房，取下墙上的烛台。

火光跃动在他的瞳孔里，他一步步往里走，微颤的手暴露了他内心的波澜。

其实他也不是非要一心求死。他爱着这世上的一些人，他知道那些人也爱着他，死了就什么都没了。

只是，爱恨嗔痴，黄粱一梦，他手里依然是空的。如果一切就此结束，也许能给所有人换来一个崭新的开始。

火苗缓缓地靠近引线，火星噼里啪啦地烧了起来，蛰伏在地上的引线顿时活了过来，自己朝着深处蜿蜒。

可是在这一刻，他近乎疯狂而不甘地想起了南衣。他始料未及，那点已经被掐灭的厮守的念头会死灰复燃。

将死的瞬间，他记忆里全是她的声音和笑脸。爱欲之人，犹如逆风执炬，必有烧手之患。他尚在人间，此刻却犹如焚身火海，无尽的痛苦在他心间沸腾。

他甚至都骗过了自己，其实他也很想与她共白头，只是此刻，他没有回头的机会了。

那点微弱的火光像他的生命线，走马观花地照亮了他的来路。

忽然，传来一声巨响。谢却山一震。这比他想象中来得还要快。他闭上眼，却没有等来想象中的覆灭。只一瞬后，声响开始接二连三，外头喧嚣起来，这并不是爆炸。

他连忙推开窗户朝声响的方向看，竟是有人在江上放了巨大的烟花。

众人鲜少见如此璀璨的烟花，都被这火树银花吸引了注意。有人警惕，有人慌乱，也有人驻足，甲板上乱哄哄的。

谢却山意识到不对劲，刚要往外走，却见门口两个守卫悄无声息地倒下了。

有个人穿着岐兵的衣服，用刀鞘拄着地，一瘸一拐地靠近——这熟悉又讨厌

529

的脸庞，不就是章月回吗？

他怎么会自投罗网地出现在这里？在这荒诞的场面下，谢却山想想又觉得有点合理，除了他，没有人能有这么大手笔放如此奢华的烟花。

章月回看到谢却山，歪了歪头："交给你了。"

谢却山行云流水地出手，解决掉了章月回身后跟过来的尾巴："你怎么来了？"

章月回环视一圈武器库："就你一个人？"

谢却山不知道章月回这一句是什么意思，莫名其妙地反问："不然呢？"

章月回指了指引线："多久炸？"

"一盏茶时间。"

章月回啐了一口："穷书生，多放一截引线能抠死他啊。"

"烟花是你放的？你要做什么？"谢却山没把章月回当敌人，但他对章月回的出现实在是困惑，劈头盖脸地问。

"过来，我跟你说。"章月回站在窗边，朝谢却山勾勾手。

谢却山没多想便走了过去。

"下去吧你。"章月回猝不及防地推了一把谢却山，将他整个人推出了船舱。

扑通一声，他直接摔到了水里。这时正好一簇烟花炸开，天上的巨响掩盖了这里的动静。

章月回卸了沉重的甲，自己撅着屁股艰难地爬上船舷，也跳了下去。

江面看着平静，内里却是激流涌动，一波一波推着人往反方向去。

"筏子呢？"谢却山勉力在江面上维持住身形。

"谁还给你准备筏子，你真当我是天王老子啊？"章月回骂道，"当然是游回去！"

"有病，非得换一种麻烦的死法。"谢却山嘴上骂着，但还是没有放弃这一丝生机。他往前游去，察觉到章月回腿脚不方便，不动声色地拽住了章月回的衣服，拖着章月回一起往前。

烟花照亮了江面，他们影影绰绰地看到黑色的水面上，一艘不起眼的筏子以惊人的速度划了过来。

宋牧川孤注一掷地朝那片死域赶去，他知道这很渺茫，但他一定得做点什么。他不能让谢却山独自一人在上面死去。

就在他奋力拨水的时候，忽然感觉到筏子被一股力量拽住了。他警惕地回头看，一个人扒住了筏子的边缘："书生，还算你有点用。"

章月回气喘吁吁地爬上筏子，大概是腿使不上劲，水里还有人托了他一把，紧接着那人也探出了身子。

宋牧川从来都不是个擅长隐忍的人，看到谢却山的瞬间，两行清泪在他错愕的脸上滑过。

天知道在方才短短的时间里，他脑海里掠过了多少生与死的画面。

"发什么呆？赶紧划啊。"

筏子刚刚靠岸，人还没来得及上岸，身后就传来了巨大的爆炸声。一声响声后，连环的爆炸接踵而至，震耳欲聋。

天上烟花，水上火花。

死亡之焰在江上腾起，那是凤凰涅槃的火焰，是倾颓王朝的最后一线生机。古来无数帝王醉心的丹药之术意外炼就了火药。老祖宗们大概没有想到，他们最终还是成了一抔黄土，可对升仙的痴迷意外赋予了后人如此摧枯拉朽的力量。在血肉对抗血肉的平等厮杀中，赢弱的一方第一次将生死强弱通通颠倒。

爆炸的冲击传到岸边，掀起巨浪，水花将三个人都拍回了水里。

他们筋疲力尽地躺在岸边，甚至没有力气去看江面上的爆炸，任由江水冲刷着他们的身体。

轰隆隆的巨响还在持续，不知道过了多久，终于安静下来。这个看似不可能完成的任务是无数生命的接力，终于将力量传到了他们的手中。他们成功了。

这条滔滔东去的大江见证了今夜的生死与兴亡，江水滋养的这片土地将迎来真正的日出。

而这三个男人在一种从未设想过的情境里，短暂地站在了同一条战线上。

"南衣呢？"章月回喘着气，还带点怨气地看向谢却山。

"我还想问你呢。"谢却山又奇怪又着急道。

他有些反应过来，章月回今日出现在这里是为了南衣。章月回以为南衣跟他在一起，只是捎带手地救了他？

但他并不知道南衣在哪里。

章月回看向宋牧川："你见到她了吗？"

宋牧川困惑地摇摇头。

"要死。"章月回脸色一变，挣扎着从地上爬起来。

他本铁了心要自己去蜀地，再也不管别人的事情，但在前行不过一个时辰之后，他就火急火燎地命令骆辞掉头回去。

他真是没出息，他算明白了，自己就是口是心非，就是劳碌命。

他一路找过来，只在路上找到鸦九的尸体，没见到南衣。他以为南衣回沥都府找谢却山了，便快马加鞭地赶回来。

但显然沥都府的人都没见到她，那她人会在哪里？

此时，南衣刚刚到达沥都府城门口。她衣衫褴褛，浑身血污，活像个从山里出来的野人。

杀完鸦九之后,她累得一点力气都没有了,就近找了个山洞昏天暗地地睡了一觉。睡醒之后,她才往沥都府走,完美错过了章月回。

"南衣!"

谢却山策马赶到,看到那个小小的人影,心急如焚地下马朝她跑去。章月回紧随其后,无耻地用自己的拐杖绊了谢却山一下。

就在这两个男人争先恐后地跑向南衣的时候,一个人影猛地扑了过来,紧紧地抱住了南衣。

"嫂嫂!"谢穗安嘹亮的哭声响彻城洞,"呜呜,嫂嫂,你怎么变成这样了!"

"嗯……小六……喘不过气了……"南衣被谢穗安抱得快窒息了。

谢穗安一把鼻涕一把泪,松开南衣,半晌又破涕为笑:"太好了,你们都活着。"

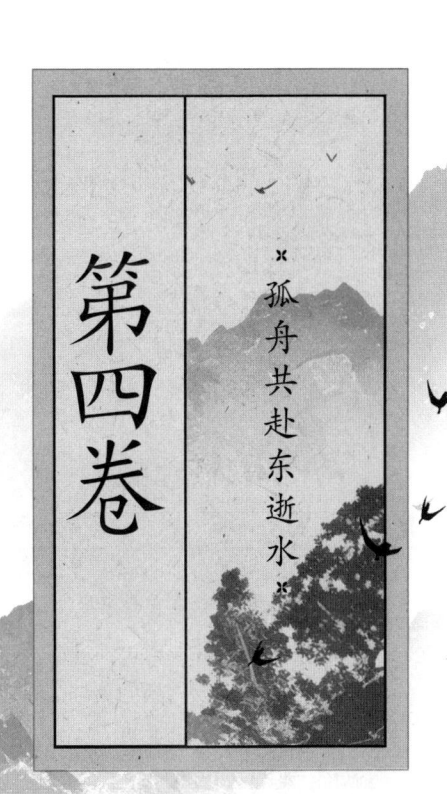

第四卷

孤舟共赴东逝水

第一百二十七章 迎春来

那几声几乎撼天动地的爆炸声让入了夜的沥都府都为之一颤。

有好奇的百姓从窗缝门角后探出脑袋，想知道到底发生了什么。

驻守城中的岐兵在这突如其来的变故中慌了阵脚。他们失去了主帅，像无头苍蝇一样往江边跑，试图搞清楚到底发生了什么。黑暗的巷子里，冲出早已严阵以待的禹城军。两方在城中厮杀。岐人的士气早就一泻千里，不多时便被杀得丢盔弃甲，落荒而逃。

天渐渐亮了，打斗声似乎平息了。这是百姓们胆战心惊的一夜，他们不敢出去确认外面的情况。这时，不知从哪里传出一声声振奋人心的高呼。

"岐人被赶跑了！"

"岐人被赶跑了！"

一间间矮房里的灯火游龙般点亮，有大胆的民众已经走出了家门。没有戒严，没有恐吓人的刀枪，只有春风游荡在空的街道。

然后越来越多的人拥上街头，雀跃着，肆无忌惮地高喊着。一扫连日来朝不保夕的晦气，他们终于扬眉吐气了一把，战无不胜的岐人居然在沥都府里败了。他们不知道力挽狂澜的英雄在何处，但他们发自内心为所有战士欢呼。

陵安王从谢家后山佛堂里被光明正大地迎到了府署，待南下的船只安排好，便能启程前往金陵。

载歌载舞的街上，章月回独自一人坐在灯火阑珊的石阶上，在等着他的手下来接自己。

南衣被谢穗安大呼小叫地带回了望雪坞，想必会被好好地照料。

谢却山的身份也藏不住了，他成为大英雄指日可待。

章月回的目光没有目的地游离着，对面曾经辉煌的花朝阁成了一片黑漆漆的废墟，几条断裂的彩绸有气无力地飘荡着。

章月回并不觉得失落，他习惯了失去。他本来以为他足够麻木，但这一刻……他竟还有些高兴。

也不知道高兴什么，大家都赚得盆满钵满，唯有他背了一身仇债。

可那火光照亮天际的时候,就还……挺爽的。

他从头到尾都不觉得,沥都府这么孱弱的百姓、秉烛司临时搭建的草台班子能撼动岐人。这世道,倘若有仇就能报,他也不至于这么扭曲地活了这些年。他对局势总是非常悲观,但没想到这次竟然真的成功了。

他觉得蛮好的,一切都蛮好的,只是与他无关。

"东家。"

一声呼唤将章月回的思绪拉了回来,骆辞终于找到了章月回。

章月回抬头瞧他,露出一丝简单的笑容,道:"我们走吧。"

骆辞扶起章月回:"东家,去哪儿?"

章月回没回答,一步深一步浅,逆着人群的光离开。

★

望雪坞里跟过年似的,女使们一大早就开始喜气洋洋地忙碌家宴了。

明日谢穗安就跟着陵安王启程去金陵了,甘棠夫人要好好给她办个饯行宴,当然,也是大家的庆功宴。

谢却山趁着二姐在忙的时候,徘徊在南衣的院门外,犹豫再三,想等着她房中没人的时候去见她,但总找不到好的时机。

他只能抓住出来的大夫,旁敲侧击地问问南衣的情况。

南衣受的伤很重,身体透支得厉害,须得好好休养。

谢却山听说她围杀鸦九的事情,既后怕又惊讶于她的独当一面。不知道从什么时候开始,他对她的判断慢慢地开始失误,总想着要把她推开,好像只有这样才能让她平安。分明在此之前,他相信她可以在各种险境中找到出路。

人想得明白,却未必做得明白。

他知道自己在船上对她做的事情很浑蛋,倘若他死了,也就不会有如今这番思考了。人在赴死的时候,也想不了以后的事情,一了百了,万般皆入土,可劫后余生,才从慷慨激昂的大义中抽离出来,直面自己一团乱麻般的私心。

虽然过去的许多阻碍已经消失了,可他也欠了章月回好大的人情。南衣分明答应过跟章月回离开,那他们……

想到这里,谢却山有些无法自处。

他正踟蹰着,谢穗安端着药碗要进南衣的柘月阁,两个人在廊下撞了个正着。

也不知道怎么的,两个人脸上的表情好像都很忙,却都不知道说什么好。

谢却山正想打个招呼,谢穗安却装作没看到他,擦着他的肩膀往院子里走去了。

谢却山尴尬地摸了摸鼻子,在心里长长地叹了口气。

他甚至觉得还不如当坏人的时候彼此之间的态度来得简单,现在倒好,剪不断理还乱,外头欢天喜地,关起门来反而无地自容。

不知所措的不止谢却山一人,还有南衣。

睡了个好觉,美美地吃了顿饭,元气一点点补回来了,她开始有力气思考眼前的事情。她已经不是望雪坞的少夫人了,她只是暂时停留在这里,总有一日要离开。她答应过章月回,她不能做个过河拆桥的小人,哪怕她的心牵挂着另一个人。

但奇怪的是,章月回没来找她,没要她兑现承诺。

久别重逢,谢却山也没来见她。她先是心跳如擂鼓地等待着,一想到他甚至鼻头都酸酸的,脑子里无一刻不在排练着见面时该如何面对他,该如何说第一句话,是不是又要告别了。等到后来那份悸动变成了气急败坏,在心里暗骂他怎么还不来。

她想得脑袋疼,觉得事情有点复杂。

谢小六来给她送药,她咕咚咕咚喝光了,只想再睡一觉。

药有安神的效果,没过多久南衣就睡着了。她没注意到小六脸上有些古怪,像在生闷气,又像在走神。

过了一会儿,甘棠夫人蹑手蹑脚地招呼小六出来,特意把她叫到外头耳提面命:"晚上家宴的时候,你可不能对你三哥摆脸色了。他这些年过得太不容易了,你得体谅他。"

谢穗安也是个倔的,一听到二姐说这些,就立刻嚷嚷着反驳:"这些都是二姐你自己猜的,他承认了吗?我凭什么要原谅他?!"

"你去了金陵,下次一家人再聚就不知道是什么时候了,就不能开开心心一个晚上吗?"

"不能!"谢穗安硬邦邦地扔下一句话,扭头走了,"有的人再也不能跟我们一起开心了。"

甘棠夫人无奈地注视着小六的背影。这中间到底还隔着一个已经入了土的庞子叙,即便这么大的胜利,所有人都高兴,有些悲伤却顽固地藏在生还的人心中,怎么都抹不去。

小六这儿说不通,要不去劝谢三晚上忍一忍?就装成没看到小六那臭脸好了……她刚这么想着,下人就来报,家主午后就出去了,一直都没回来。

甘棠夫人迭声叹气,谢三那什么都闷在心里的性子,会不会怕大家不自在,干脆躲着家宴也不来了?

★

　　谢却山此刻正策马在山中晃悠，像在找什么，又找得不是很认真。随后他将马拴在了半山亭边，站在亭中眺望着蜿蜒的山道。

　　宋牧川从后头追上来。他本来去望雪坞里找谢却山，但被告知谢却山出了城，于是便循着谢却山离开的方向找过来。

　　说实话，他很害怕谢朝恩有什么厌世的念头。看到谢朝恩安然无恙地在这里，他松了口气："怎么一个人到这里来了？"

　　"章老板一声不吭就走了，我本来想送送他，但连个人影都没瞧见。"

　　谢却山答得有几分心虚，这可能只是他的借口。他知道章月回绝不可能跟他惺惺惜别，他也没这种想法，他只是不想待在望雪坞里。他明明回家已经很久，却在这会儿有了一丝近乡情更怯的别扭。

　　但宋牧川当真了，脸上也露出一丝愧疚："章老板当真是个默默无闻的义士，我都没来得及当面感谢他。"

　　"你这么想，倒是正合他的意。"

　　谢却山笑了一声，宋牧川听出其中暗含几分讥讽："为何这么说？"

　　"他做任何事，不管意图是好还是坏，就喜欢让大家都不痛快。"

　　章月回这么潇洒地一走，什么话也没留下，看似是大方地放手了，但余下的人无论做什么，都像罪人，只能怀揣着对他的愧疚往下走。

　　没说开的话就像一根刺。

　　对于章月回的小把戏，谢却山心里门儿清，可也只能受着这根刺。

　　他要永远亏欠章月回。

　　那么南衣呢？她会不会承受不了这份愧疚，而追上他离开的脚步？

　　"你有心事？"宋牧川看出了谢却山脸上忧思重重。

　　"我没有。"谢却山当即嘴硬地否认，顿了顿，心里还是憋得慌，委婉地吐露，"我有一个朋友……"

　　"你何时还有别的朋友了？"宋牧川惊道。

　　"就只是认识。"谢却山答得支支吾吾，"他有一个心仪的女子，但那个女子……可能有跟别人的婚约。"

　　"可能？"宋牧川觉得这样的描述有点怪异。

　　"可能有吧。但我那个朋友还是想与她厮守……这会不会像个背信弃义的小人？"

　　宋牧川若有所思地沉默了半响，说出的话莫名变得苦涩起来："那你……的那个朋友，可问过这位女子的意思？"

"……我那个朋友可能……生性不善谈情说爱。"

"所以就是没问过？"

谢却山越说越沮丧："他家里的背景还有些复杂，总之……怎么看都不像女子的良人。"

宋牧川笑了笑，垂眸掩饰了眼里的落寞："这世上相爱的人，最重要的只是两情相悦而已。"

谢却山沉思良久，总觉得似乎抓到了一丝头绪，可仍旧混混沌沌。聪明了一世的人，真到了坦然面对自己的时候却像个糊涂蛋。

正在这时，贺平打老远便传过来的呼唤声打破了两人之间的沉默："公子……公子！谢六姑娘出事了！"

谢却山猛地回神，浑身一震。

第一百二十八章 雁南归

谢却山和宋牧川赶到街坊的时候，谢穗安跟妇人的厮打已经结束了。

对面的妇人脸被刮花了，发髻也被扯烂了，身上的华服被抓破了。再看看谢穗安，她也鼻青脸肿，没好到哪里去。

说起来，她也是新君身边的近卫，大世家养出来的女儿，竟在街头跟一个妇人打了起来，还愣是没用武功欺负人，手脚并用地跟人扯头花扇耳光。一时不知该说她是君子还是小人。

妇人显然是没占到什么便宜，虽然被人拉开了，但仍指着谢穗安的鼻子骂骂咧咧："我看以后谁家敢娶你这泼妇！有娘生没娘养的玩意儿！"

"跟你有关系吗？我又不嫁你家去！管好你的破嘴！再让我听到你胡说，我撕烂你的嘴！"

谢穗安此时就像个被点燃的炮仗，谁碰她一下她都得炸。

跟着的女使连拖带拽地把谢穗安拉走，两人迎面就撞上了谢却山。宋牧川正在后头当好好先生，用他最擅长的方式哄那妇人息事宁人。

谢穗安瞟谢却山一眼，明显气焰一下子就弱了下来，但还是不搭理他，故作雄赳赳气昂昂地离开。

"怎么回事？"谢却山小声问女使。

原来谢穗安和甘棠夫人不欢而散之后，自个儿跑到街上散心，听到有碎嘴的妇人在那儿议论谢却山。

百姓们只当他还是叛徒，岐兵全军覆没了，却听说他还好好地活着，话骂得很难听。

"……我看那种人啊，就该五马分尸、凌迟处死才解气！"

结果谢穗安发疯了，拦都拦不住，冲上去就跟人理论："他是哪种人啊？你见过他吗？你又知道些什么！就在这里胡言乱语，坏人声誉！"

"我怎么不知道！他不就是臭名远扬的大叛徒吗？出卖了那么多将士，他还有脸活着？你是谁啊你，为他说话，不会是他的相好吧？！"

"你给我嘴巴放干净点！"

然后她们几句不合就当街厮打在一起。

谢却山都要听傻了。

谢小六不搭理他，也没给他好脸色。他以为她也和那些人一样，希望他早点死掉。他唯独没想到，她为了他这点微不足道的声誉，居然跟人在街头打起来，笨拙又滑稽。

宋牧川看谢却山愣在那儿，推了他一把："还不快去哄小六。"

谢却山连忙快步跟上谢小六，她虽老早就往前走了，但走得也是慢吞吞的，别扭死了。

谢却山不知道该说什么，缩着步子跟在她身后。他冷不丁伸出手，又气又感动地按了一下她的脑袋。

谢穗安一下子又炸毛了，气呼呼地转过头，瞪着谢却山："你别以为我原谅你了！我很难哄的！"

凶巴巴的语气，却拖着闷闷的哭腔。

"谁要哄你？别自作多情。"谢却山笑道。

★

两兄妹回了家。饭厅里，家宴已经摆好了。

谢钧和谢老太太都来了，家里的人好久都没有这么齐过了。

席开八珍，热气腾腾。

人像站在雾里，看每个人都是模模糊糊的，只有四面八方的喧嚣纷至沓来。

"哎哟，我的姑奶奶啊，你是在哪里滚了这一身泥，哪里还有姑娘家的样子！"

"姨娘，六丫头肯定出去跟人打架了，你现在也揍不动她，就省省这个费口

539

舌的力气吧。"

"就是——我要坐红烧肘子这儿,几个月都没好好吃顿大餐了,吃斋念佛的日子真不是人过的。"

"小六,不许对佛祖无礼。"

谢穗安吐吐舌头,溜到南衣身边坐下。

"谢三,你也坐下呀。"

"朝恩,来。"谢钧对谢却山招了招手。

周遭一下子静下来了,大家都看向还拘谨地站着的谢却山。

谢却山恍惚起来,今夕是何夕?大雾在弥散,越过人群,他看到了南衣的脸庞,她疏离地坐着。

她是这个房间里唯一的客人,但她用一种热忱的目光看着他。

那是毫无保留爱一个人的目光,像一泓清澈而温暖的泉水,润物细无声地包裹着他。

这道目光给了他巨大的勇气,他是一个值得被爱的人。

不要再逃了,不要再伪装了,这里就是他的家。

他才反应过来,原来所有人看向他的目光都是温暖的。他只是有一瞬间觉得陌生,但脸上的笑容很快就变得无比自然。那些深入骨髓的记忆又被唤醒了,沸腾在他身体的每一个角落。

过去也许有很多芥蒂,细想起来依然难消,但是在今晚都可以暂时忘却。

他缓步走过去落座。

桌上又热闹起来,欢声笑语,济济一堂。

谢钧戒酒多年,今晚也破了戒,连喝几杯。他大概是想对谢却山说什么,可话到嘴边,又拉不下这个脸,到底也是没服过软的倔脾气。

谢却山主动端起酒杯:"父亲,我陪您一杯。"

谢钧惊讶,竟有些诚惶诚恐地同他碰了一下杯。

他还是不知道说什么,只仰头将杯里的酒饮尽了。

谢却山放下杯子,才看到碗里已经堆满了大家给他夹的菜。

虽然略显刻意,反倒更像一种忏悔,但所有人都在尽量用一种不动声色的方式传递。

"嫂嫂,你怎么哭了?"谢穗安忽然惊呼一声,大家才注意到南衣不知何时把脸埋在碗里,像在专心吃饭,肩膀却抖得厉害。

看到谢却山其乐融融地坐在家人之中,被簇拥着的时候,她的眼泪就忍不住扑簌往下流。

没有什么不计前嫌的矫情戏码,也没有涕泗横流的原谅,他们坐在一起,就是家人啊。

南衣为他过去吃过的苦而心痛，也为他此刻拥有的人间烟火而由衷地开心。

他终于苦尽甘来，这是世上最好的事情。

她知道在饭桌上哭很丢脸，可她怎么都忍不住，以为没人注意到自己，偏偏谢小六一下子就嚷了出来。

她不得不从碗里抬起头，想强行狡辩自己没哭，但一开口的哭腔就暴露了她的情绪。

越忍就哭得越厉害，她只好泣不成声地抓着小六的手说道："我是伤心……你出去打了一架，脸上留疤了可怎么办……那不是就毁容了吗……你这么年轻，可不能毁容啊……"

她索性号啕大哭起来。

谢却山一口水呛住，捂着嘴猛咳起来。

谢小六愣住了，又感动又愧疚，磕磕巴巴地解释道："我……我没事的，小伤，过几天就好了。"

南衣抽噎着点点头，抹了把眼泪，道："是我失态了……我回房整理一下，抱歉。"

说着她就要走，走之前还是把碗里的饭迅速地扒拉干净，然后在众人诧异的目光中飞快地逃离了现场，连看都不敢看谢却山一眼。

★

逃到花园里，南衣在水边用冷水洗了一把脸。望着水面中影影绰绰映出自己的脸庞，她才觉得滑稽极了。

怎么就当着这么多人的面哭了呢？

这些长辈都在，不会有人看出异样吧？

她虽然不是谢家妇了，但真要让人知道她与谢却山之间的猫腻，那也怪尴尬的。

但一想到谢却山，她又忍不住热泪盈眶，喜极而泣。

他在深渊之中得见天光，她比谁都要高兴。因为他是个不折不扣的坏蛋，诱她参与了他的人生，拉她进了一片泥泞的沼泽。他的阴影始终笼罩着她，只有他明亮了，她才能迎来真正的圆满。

而现在就很好，以后一定会更好。

南衣总算平静下来，抹了把脸，想想自己提前离席恐怕也不礼貌，于是又折身往前厅走去。

她刚拐过游廊，便被一股力道拉了过去，有个人在黑暗中抱住了她，温度铺天盖地。

南衣一僵，闻得些微酒气扑鼻而来，她也要醉了，融化在这个怀抱里。

"原本想，以后不会再让你为我哭了。可今晚见到你落泪，心里竟还有几分高兴。"他低声在她耳畔道。

"你这人，怎么还幸灾乐祸上了？"她声音闷在他怀里，半是打趣，半是娇嗔。

他笑，没回答，就这么紧紧地抱着她，仿佛这样就能到天荒地老一般。

久到南衣都有些紧张了，做贼心虚地拽了拽他的袖子："谢却山，这里有人往来，别被人看到了。"

"看到就看到了。"

南衣吓了一跳："你疯啦？"

"你不愿意吗？"

南衣微愣，总觉得他话里有话。愿意什么？这句话似乎有很多含义。

尽管心里在逃避，但谢却山还是告知了她："章月回走了。"

这几个字似乎有千钧重，一下子压得南衣喘不过气来，她甚至都不敢抬头看他，脑海中思绪复杂。章月回走了，那他们之间的条件交换呢？他还要她来履行吗？……还是说，他无声地放了手，一切作废，她重获自由？可他分明什么都没说，她怎么能想得如此理所当然？她简直太卑劣了。

但谢却山没有给她沉默的空间，掌心轻轻抚上她的颔角，目光贪恋地在她脸上留恋："到我这里来，我不会再放手了。"

借着稀疏的月光，南衣惊讶地抬头，以为自己听错了。

怎么会……他是在留她吗？

他从来没有说过这么笃定的话。过去他们每一次靠近、每一次亲密，都是克制之后的无可奈何，是身体的本能，是没有明天的偷欢。可他此刻眼中分明有着不加掩饰的殷切欲望，那是关乎未来的承诺。

他想为自己争取一次。

活着就是一个天大的恩赐。自私也好，背信弃义也罢，他想做这个小人，他想牢牢握住这些温暖。

得到过一次这些东西，哪怕只是一瞬，都不想再回到寒冷之中了。

她几欲落泪，颤抖着扶上他的手，她想穷尽一切触觉去感受当下的真实。哪怕心里汹涌着巨大的茫然，他们这样在一起，该怎么面对谢家，该怎么面对章月回，问题依然在那里，都没有解决，可在这个对视的瞬间，仿佛又迎刃而解。

"我们不会分开了吧？"她只想确认一件更虚无的事。

"不会。"他笃定地回答。

第一百二十九章 卷土重来

陵安王离城南渡的那一日,沥都府里万人空巷。

城中被岐人破坏过的地方还未来得及修补,残兵和禹城军激战过的痕迹依然留在断壁残垣中,但当人们踏上这片土地,勃勃的生机便盖过了所有的萧条与破败。

王的卤簿仪仗被人群簇拥着缓慢往前,车驾所到之处,百姓们如浪潮般跪拜。

而实际上,徐昼并没有在车驾里。

虽然大危机解除了,但黑鸦营的细作不知道撤了多少,也许还有流窜的些余逃兵蛰伏着,万事都得多留个心眼。所以宋牧川安排替身在显眼处,几个暗卫护送陵安王和帝姬秘密上船。

也正因如此,徐昼此刻才得以身处人潮之中。

今日上街的百姓还是超出了预计,尽管谢穗安和几个暗卫竭力护着徐昼,仍不停有人与他摩肩接踵,涌动的人群推着他往前走。

一张张真实而陌生的脸庞从他面前流水般掠过,那些对新希望的呐喊和祈求声声入耳。

"君上天威,振我大昱!"

这让徐昼有些不知所措,他下意识地转头去找谢穗安。

她的注意力全在周围,锐利的目光扫视每一个路过的行人,保持着高度的警戒。冷不丁地发现徐昼的异常,她若有所思,然后用只有他们两个听得到的声音道:"他们也并非在拜你。"

这大概是一句安慰,让徐昼别紧张,但他一下子更沮丧了。

他当然知道,此刻的万众一心并非他的功劳,甚至跟他是徐昼还是徐夜都没什么关系,只是百姓们选择了一个地方寄托希望。

而这个地方恰好是他的归路。

但呐喊的力量依然震撼人心,声浪似乎将徐昼抛向了半空。他望着连绵不绝的人群,忽然开始庆幸他没有坐在那高高在上的辇架上,那样他反而什么都听不到。

他阴错阳差地站在了人群里,周遭的人都不认得他。他也是这个王朝的子民,他和所有人一起诚惶诚恐地朝拜那份希望。

从前他对百姓的想象大都是空中楼阁,那只是户籍上的名字和数字,代表着赋税和徭役。书里说民为邦本,本固邦宁,他学得很用力,却也只是模模糊糊理解了皮毛。不过此时此刻,他又有了一些新的理解。

"总有一天,他们回想起今日,不会对我感到失望。"他握紧了拳头,暗暗道。

谢穗安听到了,但她只是深深地看了徐昼一眼,什么都没说。

"你不相信我吗?"

谢穗安笑了:"你不用向我证明什么。"

"但是你要看到,这也很重要。"徐昼无比认真地注视着谢穗安的眼睛。

这样的目光让谢穗安心里有根弦猛然绷紧了,但她下意识地忽略了这背后的含义,插科打诨地笑道:"我只负责平安送你到金陵,你可别指望我给你做女官。"

"那你有什么想做的事?"徐昼当真了,追问道。

谢穗安被问住了。

半响后她摆了摆手,打了个哈哈:"哪有时间想这个,等完成任务再说吧。"

出发的鼓擂响,船只启航。

大江滔滔西来,滚滚东去,千百年不竭,唯世人沉浮。

★

金陵。

沥都府大捷传到的那一晚,沈执忠正在书房中为他的学生谢朝恩奋笔疾书一道密折,为他历数功绩,为他澄清污名。

然而第二日女使推门进入书房中时,却发现他趴在桌上悄无声息地死去,桌上所有的折子都不见了。

这个辅佐过两代君王的老臣,即将要迎来他的新君,却在胜利前夕,不明不白地被一杯毒药结束了他波澜壮阔的为臣五十载。

★

湿热的水汽盘旋在沥都府,门窗上都结了一层水雾,走动间人便出了一身薄汗，到处都是黏糊糊的，让人心里也莫名地不太痛快。

送走小六之后，甘棠夫人便觉得一场漫长的奔跑快要到头了，前路似乎是坦荡的，只要闯过去就能松一口气，但过去的坎坷让人没法那么轻易地放下心里那块大石。

她固执地将这一切都寄托在了帮唐戎养伤上。看着他的伤势一天天好转，她就能得到一种无端的希望，好像所有的事情都是这样简单，只要药石对症，只要花时间，就能慢慢好起来。

她大概自己都没意识到，最近她找唐戎说话越来越频繁。

她没有太多可以倾诉的人。从她大逆不道休夫回沥都府之后，在所有人眼里，她就成了一个无坚不摧的人，对时局有着敏锐的判断。

其实她脆弱得很，心里只装着家人与朋友，时刻都在惶恐。所以更多的时候，她也只是在絮叨，说一些琐碎的见闻，唠一些家长里短的事，像要借此逃避心中未落定的不安。

但唐戎每一次都耐心地听着。

这会儿，甘棠夫人抱着只木碗，搅着里头用来外敷的药膏，须得搅到黏稠才能涂到纱布上。

她一边做着机械的活，一边蹙着眉头同唐戎聊着谢却山，大约是心疼自己的弟弟，语气里忍不住多了几分埋怨："中书令大人也真是舍得，从前还说朝恩是他最得意的学生，还非要挑他往火坑里推……"

她顿了顿，又叹口气："不是他，也会是别家的孩子，总会有一个不得幸福的人。"

"幸好一切有惊无险，三公子如今也算身份大白。"

"这才哪儿到哪儿？你不知道现在外头的人骂他骂得多难听。这还得等官家到了金陵，同中书令大人一同为他正名，才能叫天下人都闭嘴。"

"金陵百废待兴，恐怕不会那么快。"

"三个月？半年？这总够了吧。再这样下去，我都要同小六一样，出去跟人吵架了。"

唐戎笑了起来，大约是牵动了胸口的伤口，又嗞地倒吸了一口冷气。

"大夫都交代过让你别笑了。"甘棠夫人熟稔地凑过去，拨开纱布瞧了瞧那个伤口，见开始愈合了，稍稍松了口气，打趣道，"你得像我弟一样做个冰块脸，就扯不到这个伤口了。"

唐戎忽然有点脸红，闷声"嗯"了一声。

甘棠夫人一抬头，便望到唐戎烧到耳后根的红晕。她越是盯着，他脸红得越是厉害。

她一直把唐戎当成弟弟看待，不知道怎么的，这会儿像撞到了潜意识里的禁区，她猛地后退了一步。

唐戎看到她这副表情，忽然想到似曾相识的一幕，自以为高明地引开了话题："话说上回夫人慌慌张张地从景风居出来，是在那儿看到了什么？"

这话一问，甘棠夫人的脸腾一下也红了。

正当两人对着尴尬的时候，外头急匆匆的脚步声传来。

女使气喘吁吁地跑进来，道："夫人，夫人，金陵急报！"

"出什么事了？"甘棠夫人心觉不妙。

"中书令沈大人……去世了。"

砰——甘棠夫人错愕地松了力，抱着的木碗摔到地上，里头的药膏缓缓地渗出来。

*

宋牧川临危受命出任沥都府知府，准备将原先的府兵与禹城军重新整编到一起。谢却山有领兵之才，对这类军事正好擅长，但碍于他如今的身份不好示众，只好在背后给宋牧川出谋划策。

沈执忠的死讯传来时，他们正在一起商量军队的事情。

房间里寂静片刻，宋牧川只觉得脑子嗡嗡的，半晌都没缓过劲来。

老师怎么会突然去世？

他不相信，反反复复地看着信报上的字。简短的情报，字句清晰，没有给到其他任何可能性的余地。

那朝恩怎么办？

紧接着他便冒出了这个念头。他错愕地望向谢却山。

"金陵的细作还未除去。"

这竟是谢却山说出的第一句话。

宋牧川终于反应过来了，老师的死背后酝酿着更大的危机。

谢却山神色十分冷静，当机立断提起笔，写下一封书信："把这封信传给谢小六——殿下的行踪现在未必安全，让他们兵分两路，一路安排个替身，引开敌人，另一边秘密转陆路进金陵。"

又想到什么，谢却山急促地问："金陵的秉烛司，还有能靠得住的人来接应吗？"

"谢大人，他应当是秉烛司的接任人。"

也不知道怎么的，谢却山心里生出一种怪异的感觉，他手里的笔停顿了一下:"算了,不要跟金陵的任何人联络,谁也不能相信。得告诉殿下,他要自己入城,自己入宫,不能再依靠任何人。"

谢却山匆匆挥毫将信写就,递给宋牧川。

宋牧川接过信笺,看着谢却山的眼,一字一顿地问:"你觉得岐人下一步,会做什么?"

沈执忠的死如此蹊跷,虽然凶手尚未归案,但与岐人绝对脱不了干系。在昱朝的地盘杀中书令,这已经是狗急跳墙的行为,想必是沥都府的事情激怒了完颜蒲若,她撕破了和谈的局面。当下,岐人必须面对陵安王登基的可能性,他们的围堵失败了,那他们会做什么?

谢却山已经领会宋牧川的意思,脸上缓缓地爬上一抹阴霾。

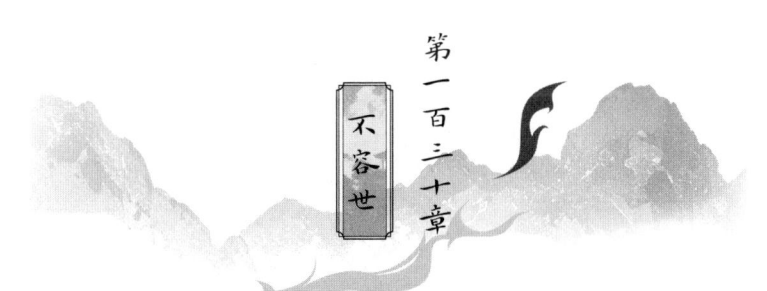

第一百三十章 不容世

谢却山从府衙出来,看到外头的石狮子旁有个少女正蹙着眉头来回踱步。

听到靠近的脚步声,南衣抬头望去,随即便满脸担忧地跑到谢却山跟前,小心地观察着他的神情:"你都知道了?"

谢却山点点头。

看到他如此平静的神情,南衣却觉得难过极了,越冷静,就说明他独自吞下的情绪越多。

可她说什么安慰的话都显得苍白无力。

"那我们回家吧。"

"好。"

谢却山一派寻常地牵起她的手,沿着街巷一直走。

两人一路都沉默着。

南衣正搜肠刮肚地寻找着话题,试图让这一路能变得轻松一些,却不想谢却山忽然开了口:"原来已经十二年了。"

南衣一愣:"什么十二年?"

"我认识老师的时间。"

横跨了他整个成长的岁月。

南衣想起来,谢小六同她提过一嘴,谢却山在带着母亲从岚州向沥都府逃亡的路上，得到过沈执忠的帮助，随后才投入他的麾下。"那时沈大人是如何帮你的？"

谢却山追忆起往事："在我杀了那窝要强占我母亲的土匪之后，我们就匆匆逃到了邻近的城里。城里正在抓流寇，官兵见我满身血污，便不由分说地将我抓了起来，要同那群真贼人一起问斩。"

南衣听得都紧张起来："那怎么办？"

"还能怎么办？磕头喊冤呗。但是喊冤的人实在太多了，真真假假，青天大老爷们也不愿意多花时间去审。巧的是那日老师领兵途经此地，无意间看了我一眼，便说——'这小子不像演的，提过来，我问问话'。"

"沈大人眼神可真好！"南衣咋舌道。

谢却山笑了笑："他眼睛可毒得很，做事也干脆利落，三言两语便厘清了我的案子，当即斥责县令失察，还给我记了一个剿匪有功的赏，让我凑够了带娘亲体面回家的盘缠。可那时，我和娘亲已经流浪了大半年，我心中有怨气，不太想回家。但我娘归心似箭，我又找不到什么合适的理由。"

"所以你便去投靠沈大人了吧？"

"我当然想啊。那时老师在我心里便犹如天神降临，浑身都散发着圣人的光辉。我脑子一热就跑去跟他说，想要跟随他，但老师当时拒绝了我。他知道我是谢家的小辈，只说让我先回家，以后的事以后再说。他不拒绝我吧，我这念头反倒没那么强烈，只是想着去碰碰运气；可他一拒绝我，我就不服气，觉得他是对我有偏见，认为我是世家里没出息的庶子，看不上我才拒绝我的。我就不依不饶地跟着他一路到了军营驻地。"

"你还真是从小就倔——那沈大人这就依你了？"

"老师说，'你若能过我三招，我便收了你。'我心里乐了——三招还不简单？我可是一个人掀了一整个土匪窝，这老头也就口才厉害，武功肯定不怎么样——"

志得意满的少年花里胡哨地表演了一个起手式，然后沈执忠一个反手就将他掀翻在地。

少年甚至都没看清楚他是怎么出招的，便狗啃屎般栽到了地上。

"再后来，我乖乖回了家。当我有信心过老师三招的时候，才再一次去找他。很久后老师才告诉我，为什么第一次不肯收我——他说，军营不是逃避的地方，而是报国的地方。"

南衣忽然有些明白，为什么谢却山坦然地接受了老师的死亡。

他们对于死亡的理解一脉相承。在这秉烛夜行的跋涉途中，生命何其脆弱。他们先接受了这种脆弱，准备好随时失去自己，失去同伴，才能使自己坚硬。

谢却山揉了揉鼻头，不知怎的，酸楚得很。他抬头望向远方，潮湿的阴天里，连落日都悄无声息。

他自言自语了一句："那么厉害的老头……还没夸过我一句呢。"

听到这句呓语般的话，南衣险些绷不住落泪。她用力吸着鼻子，不愿在这个时候给他平添悲伤。

他们就这么一直走。回家的路好像很长，这街道又繁华又荒芜。只言片语中，她从他的年少时光路过，窥见那些曾经支撑他的信仰。老师的一句话，一个没有定数不能回头的计划，他便义无反顾地投身于此。然后慢慢地，他也活成了信仰本身。

这也许就是师生之间的传承吧。

走了很久，南衣恍惚间回神，发现快到望雪坞了，但谢却山仍没松手。

"快要到家了。"

"嗯。"他好像在出神，并没有意识到南衣说的是什么。

南衣脚步突然顿住。谢却山仍往前走了两步，才意识到南衣停下来了。他奇怪地看了眼南衣，又顺着她的目光望过去。

谢钧和陆锦绣刚从回府的马车上下来。他们一同去了大觉寺上香，傍晚归家，然而才到家门口，便看到谢却山和南衣牵在一起的手。

这两人脸上的神情都跟打翻了染料桶一样精彩。

南衣有些慌了，想要抽回自己的手，却被谢却山牢牢地握住了。

谢却山坦然地打招呼："父亲，姨娘。"

谢钧惊得话都说不全了："你……你们这……这……"

"你们果然——"陆锦绣颤抖地指着这两人，失声惊叫出来。

"本来想寻个合适的时机再告诉父亲，如今正好也不用藏了。我和南衣的关系，就是父亲看到的这样。我会娶她。"

这番话别说谢钧听了浑身发抖，南衣都惊掉了下巴。

她知道他们的关系隔了一层世家伦理，处理起来会很麻烦。她还以为这事得从长计议，慢慢让谢家人接受，没想到谢却山直接就坦白了。

"荒唐！太荒唐了！"谢钧上前拉扯着谢却山进门，慌慌张张地招呼下人关上大门，生怕外面路过的人看到什么。

府门一关，他才好似稍稍松了口气："我就当你们是一时糊涂！该断的断，该了的了，这事就当没发生过。"

陆锦绣这回有谢钧跟自己同一个战线，终于能出过去那口恶气，指着南衣骂骂咧咧："这女人是个狐媚子，必须把她赶出去！"

"你动她试试！"

549

陆锦绣闭了嘴,往谢钧身后躲了躲。

"正是满城风雨的时候,再有这桩罔顾人伦的事,谢朝恩,你的脸是不想要了吗?"

虽然谢钧骂的是谢却山,但南衣脸上一阵红一阵白,实在是无地自容。

但谢却山一点都没退:"父亲,外人不知道,您还不清楚南衣和大哥的婚事是怎么回事吗?更何况,她已经不是谢家妇了。我和她不偷不抢,不曾伤天害理,我们两情相悦,有何问题?"

"这不成体统!你要世人如何评说你?"

谢却山笑了,反问道:"您看我在意吗?"

一句话就把谢钧堵得噎住。是啊,他连叛臣都当得,万人所指,八风不动,唾沫星子根本淹不死他。

他大概从来都不认识自己的儿子,他们仿佛不是从同一个根里长出来的,他们秉承着截然不同的价值观。

他奉为圭臬的东西,谢却山弃之如敝屣。此刻他已经说不出什么有力的话,也没有棍棒可以宣示父亲的权威。他已经老了,而谢却山正值壮年,无论在哪个维度,他都反驳不了谢却山。

谢却山不再多言,拉着南衣便离开了。一路小厮、女使纷纷侧目,但他面不改色,坦然自若。

南衣紧紧跟上他的脚步。她虽然无数次幻想过这样的场景,他们能够光明正大地将爱意宣之于口,但不是现在这样,用尖锐和冲突去换。他的手握得太紧了,紧到像在宣战。她忽然有点难过。

老师的死也许意味着他的身份将无法大白于天下。哪怕世人都误解他,但在望雪坞里,她比谁都希望他的家人理解他,给他温暖。

她不想在这个时候给他们的关系火上浇油。

"谢却山,你别这样。"

"南衣,我就是这样的人。"他停下脚步,却没有看她。

"我要完成的事情,不择手段也会完成。我要抓住的人,刀山火海我也不会放手。我体面不了了。"他的声音依稀有几分无力。

他终于看向她,眼眸幽寂。

他又展现出防御的姿势。

他必须无坚不摧地往前走,像以前一样。那一点可能的圆满又被他抹杀了,但这一次不同的是,他拉着她一起沉沦,他没有松手。

南衣看清了他的脸庞。没有浓烈的情绪,没有压抑的克制,他就这么安安静静地站在灯火下,他的掌心还是炙热的。

她伸手抚过他的鬓发、他的颔角。抛去那些瞬间的耻感，她才后知后觉地品味出他在他父亲面前说的那番话的分量。

他在坦荡地爱她，哪怕这份坦荡是可耻，是卑劣，是无人祝福。

那又如何？她是他在这个世上最后的盾牌。

就站在这个四面来风的游廊下，她踮起脚吻了他。

喷薄着热气的字句，含着浓烈的爱意掠过她唇畔："那我们一起。"

第一百三十一章 比翼鸟

南下之路依然危机四伏。徐昱和徐叩月半途转走陆路，简装出行，为了不惹人注目，冒险只留了四名暗卫。谢穗安带走大半的随从，继续堂而皇之地走水路，假装仍在护送徐昱。

三日后，这对宗室姐弟顺利抵达金陵。

万民相迎，百官朝拜，徐昱入主太极殿，择吉日行登基大典，拜太庙，告天地，建新朝。

然而临近登基大典，谢穗安都还没到金陵。

徐昱一天要问八百回，但得到的回答都大同小异——谢六姑娘还在路上。

他们兵分两路之后，船只按原计划南下，在停泊于龙游渡口补给物资的时候，被一群死士偷袭。为了不让追兵发觉陵安王早已金蝉脱壳，谢穗安带着暗卫引追兵入山林，在山中与他们打游击消耗时间。

不过谢穗安游刃有余，与金陵一直都保持着消息往来。

徐昱还盼着谢穗安能来得及赶上登基大典，大大小小的细节都将她考虑了进来。

殿前司侍卫理应在仪式的全程都伴随官家左右，行保卫之责，但如今徐昱能信得过的人只有谢穗安，他自然是希望她站在他的身边。他以为这事会很简单，却没想到他的要求被礼部驳回了，因为历朝都没有女子在殿前司任职的先例。再者，就算谢穗安有从龙之功，官家钦点由她护卫，但她没有任何品级、官职，她该穿什么朝服，佩带什么武器，举止仪态是否能得体，这都没有结论。没有规矩不成方圆，礼部认为她在如此盛大庄严的仪式上站在新帝身旁，并不合适。

对于臣下们的劝诫和奏报，徐昱素来诚惶诚恐，就怕自己做得不好，有德不配位之嫌，但唯独这件事，他很坚持。

没有人会感同身受地明白，谢穗安于他的意义。他讨厌她，甚至有点害怕她，可他又依赖她。

她是一把没有柄的利刃，握住刃的同时，却有割手之痛。她帮他杀敌除险，也让他遍体鳞伤。但他需要这些伤口来时刻提醒他做君王的代价。

他原本是被保护着的躯壳，直到庞遇的死撕开了一道残酷的口子，让他看到了山河之下，人们用血肉之躯结成的一张暗网。而她是那张暗网的交集，她的家人、爱人、朋友都在为他的南渡之路前仆后继地牺牲，她的存在无时无刻不在提醒他，他脚下踩着多少白骨。

他试过逃避，但被她一巴掌打醒了。

那些密不透风的保护让他没有性命之虞。她还给了他很重要的东西，使他先破后立，在浑浑噩噩中重建，大约是勇气。

所以他怀着一分偏执，一定要让谢小六以殿前司武将的身份出现在登基大典上。那是庞遇的位子，也是她的位子。

她是为了庞遇的使命而来，他要成全她。

可绝大多数人只会对他的恩宠浮想联翩，认为孤男寡女朝夕相处，也许早就在这途中有了夫妻之实。

徐昼觉得很可笑，男女之间难道只能有私情吗？

可他阻止不了这种窃窃私语。

甚至还有臣子建议，不如将谢穗安封为妃子，这样就能名正言顺地让她站在登基大典上。

人们想起女子，总以为飞上枝头做凤凰才是所有女人的终极追求。但徐昼知道，谢小六不可能被困在后宫。倘若他有那样的心思，才是对她真正的亵渎。

他想得明白，断然拒绝了这样的建议。只是不知道为什么，有一种无端的失落若有若无地萦绕着他。

君王的坚持终于让臣子们动摇了，最后由长公主徐叩月出面，领着尚衣库为谢穗安定制了一件武将的女式朝服，算是开了一个先河。

徐昼又变得热络起来，从不时询问谢穗安回来了没，到一日要去徐叩月那儿四五回瞧瞧衣服做得如何了，还亲自为那朝服上的刺绣画了样式。

徐叩月觉得自己这个弟弟有些孩子气，毕竟是要继承大统的人了，便隐晦地提醒他，君王太过热切只会引旁人疑心谢六姑娘的清白。

徐昼被点了一下，从谏如流，忽然就安静下来，温顺地任由旁人摆弄，做好登基大典上一切该做的事情。

连日赶工，徐叩月盯着绣娘剪断了最后一根丝线，这世间仅此一件的朝服在登基大典的前夜完工。可直到破晓，这件衣服的主人都还没赶回来。

徐叩月有些惋惜。

恍惚间，她就被簇拥着站在了太庙的广场前。

刺眼的日光下是绵延的旗帜，攒动的人头整齐列队，一眼望去，全是黑压压的长翅帽与各色朝服。

百官俱进，跪。

徐叩月望见徐昼坐于高坛之上，层层冕服压在他身上，让人一时有些恍惚，不知那里坐的究竟是件龙袍，还是个人。细瞧过去，徐昼未褪少年气的脸上有了一分与庙堂匹配的威严。

他似乎心无旁骛。

徐叩月心里绷着的弦稍稍松了下去。

太祝持板进于左，北向跪，念着诏文："……先皇在位二十八载，遭天下荡覆，幸赖祖宗之灵，危而复存。然仰瞻天文，俯察民心，炎精既终，行在徐氏。今复荣光荣祖，袭位，历昭明，信可知矣。承天明德，所以司牧黎元；王者承祧，所以继嗣大统……"

冗长的诏文让徐昼恍惚出了神，他又想到了那件挂在尚衣库里无人问津的新衣。谢小六，她该来看看的，这通往庙堂的路上也有她的功劳。

他只记得那一天极其繁复与漫长，他也没有意料之中的激动或胆怯，只是按部就班不出一点错误地完成了这个仪式。一切好像都很失真，人们的面孔都变得模糊起来。

他与权柄从此相依相生。

就在一日内，他这样一个平平无奇的人成了史书上浓墨重彩的一笔。而这一笔背后不知掩去了多少惨烈。

待到仪式结束，一个被捂住的消息总算要呈到徐昼跟前。

没有人敢去说，最后还是徐叩月上前。然而在她开口之前，忽然听得龙椅上的官家黯淡地开口："我知道了。"

徐叩月愣了，一瞬间想通了很多事情。他对那件朝服的热络也许只是在极力掩饰失去的预感，他近乎偏执地为她的到来做好准备，仿佛这样她就一定会回来。而临近登基时他忽然安静，破天荒地不再过问她到哪儿了，是在逼自己以帝王的姿态接受故人已逝。

徐昼很久都没有半点表情。

他们分开不过是在数日之前，透过船舷望见的波光似乎都还历历在目。

谢小六咒骂着金陵那该死的内奸，害死了中书令大人，害得他们最后半程也得小心翼翼。但又怕徐昼太紧张，还宽慰道，金陵已经不是岐人的地盘了，他们就剩下些残兵败将，掀不起什么风浪来。

徐昼也是这么想的。

岐人在南边的势力已经不成气候。

只是为了不出意外，他们才兵分两路的。

谢小六换上了他的衣服，过长的衣袖和袍角显得有些滑稽。她甩着袖子，忍不住咯咯笑了起来。她不得不戴上一顶很高的斗笠，在衣服里塞了些棉花，远远看去才像一个男人的身形。但近看还是容易露馅，她只好放弃了这个假扮的游戏，在暗卫中找了一个跟徐昼身形相似的。

不知道为什么，徐昼印象中的谢小六非常高大。他也是在那一刻才发现，她不过就是普通女子的身量。

能练成与男子比肩的武功，一定很辛苦吧。

他脑子里闪过这个念头。

当时只道是寻常。

*

与徐昼分开后没多久，谢穗安一行人就在码头被偷袭了。好在他们事先就有准备，一开始应对得并不算太手忙脚乱。

谢穗安将对方引进山林里拖时间。倘若他们发现这里根本没有陵安王，就会立刻掉转方向去陆路上围堵。

但她后知后觉地发现，对方在山林里设了埋伏。

她低估了对手的决心。这已经是他们最后的机会了，岐人调用了江南所有的死士来完成这次扑杀。每个都是顶尖的高手，招招致命。

不过谢穗安心中闪过一丝庆幸，他们早有准备，还好徐昼没有同她一路。

她望向那些阴影里隐约闪烁的银刃，竟觉得有些酣畅淋漓。这些人之中会不会有与庞遇交过手的人？她终于能够放手一搏了。

她多杀一人，多厮杀一刻，徐昼就能多一分平安，庞遇的仇就能多报一点。

很划算。

谢穗安在山中逃了两天，与敌人战到最后一刻。她的身体像一块破了洞的布，到处都汩汩往外流着血。她甚至都不应该再走得动路了，可她还是跑了很远很远。

到最后，她看向这个世界的目光里都蒙上一层血色。

不知道是眼里的血影响了她，还是这世间本就这般颜色。

她和徐昼的替身被逼到了悬崖边。停下来的时候，身体才有间歇察觉各处的痛。

她连握剑的力气都没了。真累啊，她想耍赖，甩手不干了，这样就会有个人像以前一样来哄她，自愿输给她。

一支箭射掉了男人的帷帽，他们终于发现追了一路的人并不是陵安王。

长风浩浩荡荡地穿过山林，扬起少女的鬓发。谢穗安仰着头，畅快地笑了起来："你们来不及了。"

气急败坏的敌人下令放箭。

漫天箭矢犹如绽放的烟花落到她身上。在意识停留的最后一秒，她想起永康二十年的夏天，她在东京城扮作男儿身，跟在谢朝恩身后混吃混喝，偷鸡摸狗，花天酒地，活像个混世小魔王。

那时的庞遇还在为自己是不是个断袖而烦恼。他们漫步在七夕节的烟火下，不知哪里冒出来的火星子溅到她的衣袍上，燎了她半边衣服。

她身上挂着半件衣服，窘迫地躲到行人如织的戏台后头。庞遇看着她的抹胸傻了半晌，忽然吓得叫了一声，蹿出去老远。小六以为他不回来了，没想到过了一会儿这愣头青又涨红着脸跑回来，愣是斜着眼睛不看她，将自己的外袍脱下来丢给她，才气呼呼地走了。

她哄了他好久，可这人居然连看都不看她一眼。

但谢小六知道，因为他看到她就会脸红。

他大概是这世上脑子最不会转弯的人了。他耿直得让人总忍不住要捉弄他，看他满脸涨得通红，气急败坏，半句话都说不出来，然后她才得意扬扬地收手。

他们在永康二十年的秋天相爱，他在漫天飘落的秋叶里第一次颤抖着亲吻她。

他们紧紧握住彼此的手，怀抱着天真的希望，以为一切会越来越好。那时的他们并不知道，原来那已经是最好的岁月了。

然后他死在无人问津的雪山里，然后她坠落在新朝建立的第一天。

她想，徐昼应该顺利到金陵了吧。要说唯一有什么遗憾，就是至死她没能对谢朝恩说一句：我原谅你了。

不过没关系，谢朝恩是个狠人，他有办法说服自己的。

她的使命完成了，她可以心安理得地去找庞遇了。再见面时，定要换他来哄她。她要兴高采烈地跟他比画，她有多么厉害，杀了多少敌人，现在他一定打不过她了。

年轻的帝王坐在空旷的太极殿中放声大哭，手里捏着一角被荆棘留下的衣袍，那是永康二十年被烧毁的半片衣袍，化成蝴蝶飞到了他的手里。

这是人们能寻到的关于谢穗安的最后一样东西。

第一百三十二章 千古恨

一夜之间，急风骤雨，春花匆匆谢，望雪坞悄无声息地披上了素色白幡。

新碑又添一人，满园声泪俱下。

谢却山此时还在府衙里议事。南衣恍恍惚惚地走在街上，脚步游离着，半天才走出一条街的距离，她发现自己根本没有这个勇气将谢小六的讣闻告诉他。

也许她还在期待什么，可能只要磨蹭一下，就会传来这是个乌龙的反转，鲜衣怒马的谢小六会在下一刻凯旋。

又或者，这会不会根本就是个噩梦？

周遭的喧嚣声缥缈不定，倏忽间出现了一个明亮而清晰的声音："嫂嫂！"

南衣骤然回首张望，茫茫人海，路人行色匆匆，唯独不见那一张熟悉的面庞。

幻觉却越来越强烈。

好像有少女挽着她的手，愁眉苦脸又无比认真地说："嫂嫂，接下来的任务，只会更艰难。"

小六又冲到她面前，喝出了一马当先的气势："谁也不能欺负我嫂嫂！"转而明眸善睐，含羞带怯，"等天下大定，新帝登基，我们就会成婚。"

忽然，小六困惑地回头看她："嫂嫂，你怎么哭了？"

南衣摸了摸自己的脸颊，不知何时已经泪流满面。她朝面前的小六伸出手，可一用力，幻觉就消失了。她突然又回到了这个吵闹的人间，却没有小六的身影。她的脚下终于没有力气，蹲在路边大哭起来。

南衣接受不了。她甚至都没跟小六说一句谢谢，她不堪的人生是在小六的善意之下才开始重建的。她也还来不及跟小六坦白，最早她骗过小六，她不是"雁"，"雁"是小六恨了那么多年的兄长。

她总害怕自己露馅，不敢太靠近小六，所以她们才失去了那么多亲密的机会。她们应该抱头痛哭，应该关起门来私语女孩子的心事，在一盏温暖的烛火下说着爱，说着恨，闪动的泪光在嬉笑怒骂中被抚平。

谢小六是田野里最饱满的那一株稻穗，阳光和甘霖在她身上有了具象的体现。人们一看到她，就会相信丰收的盛世终将会来临。

可是那株稻穗，怎么会先在风里消逝了呢？

南衣哭得肝肠寸断，引得路人纷纷注目，可人们只是瞥一眼便路过了。乱世里最不值钱的就是眼泪，每一日这样的哭泣都会在街头上演无数次。

生离死别好像已经成了一件寻常事。

忽地一阵马蹄声掠过，路人闪躲的惊呼声此起彼伏。

南衣鬼使神差地抬头，泪花还在眼里闪烁着，却见似乎是贺平着急忙慌地往家赶。

贺平也看到了南衣，猛勒缰绳停下："南衣娘子——"

"出什么事了？"南衣抹抹眼泪，察觉到有些不对。

贺平满面焦急："公子方才在府衙议事，得知六姑娘被岐人伏杀，坠入折江岭悬崖尸骨无存的消息后，一言不发地夺了一匹马，甚至连家里的灵堂都没有回，直接出了城门，谁也拦不住！"

他要去哪儿？他还能去哪儿？

南衣有了个猜测，连夜奔驰赶到折江岭，果然在这里看到了谢却山的马。

他要带小六回家。

这是一处险峻的悬崖，江水在此处被高耸的山峰阻拦，骤然拐弯，故名折江岭。

人若从悬崖上坠下来，掉入滔滔江水中，几乎就是粉身碎骨，踪迹难寻。

天色将明，岸边浅沙上留下一排隐约的脚印，谢却山已经从狭窄的岸边涉入水中，独自一人一寸一寸地找寻着。

岸边的枯木，江中的礁石，惊涛凿出来的洞穴，他疯了似的，一切蛛丝马迹都不放过。

虽然已经做好了心理准备，但南衣还是愣住了。她很少见到谢却山这般不顾一切偏执的模样。在经历老师的死之后，她以为他早已练就了应对死亡的本领。

原来人在生死面前依然是不堪一击的，只是用漫长的岁月做好了准备，一次次预设着最坏的场景，置之死地而后生。

可是那些没有准备好的部分呢？

谢却山绝没想到会迎来谢小六的死讯。

他可以死，但那些他竭力守护着的人……怎么能死呢？

他的妹妹一直都是幸运又勇敢的女子。她有着绝对的善良，她信奉公平、正义，她没有辜负任何人，没有做错任何事。她还在迎风绽放的最好花季，首当其冲的不该是她。

他甚至在想，是不是他身份的变化让她为难了，她不知道该恨他还是该原谅他，索性用一种决绝的方式决断。她从来都是一个没有中间地带的人。

他素来不爱表达，很多话他从来都没有说过，也不打算宣之于口。可他后悔极了，那天他应该去哄哄她的。

他应该在那天死皮赖脸地和自己的妹妹重归于好，冰释前嫌，也不会在此刻寄托于"尸骨无存"这四个字。

没有尸体，会不会还有生还的希望？

活要见人，死要见尸。

南衣望着谢却山寻觅的背影，只觉得胸膛膨胀着一股强烈的酸楚，紧接着燃起一股希望，心跳也越来越快。

她也跟着挽起裤腿，涉入江中。

她的无力感突然有了一处可以安放的地方——也许他们不用面对这残酷的离别，说是一种逃避也好，一种濒死之人抓住浮木的疯狂也好，万一呢，万一能够找到呢。

哪怕她是有理智的，知道朝廷肯定已经派人找过了，但一无所获，知道已经过了好几日，这种寻觅会有多么徒劳，但此刻这些也被抛之脑后，他们只关注着眼前的江流，在机械的寻找中获得一丝还能站起来的力量。

过去他们也拥有过被老天爷偏爱的化险为夷的时刻。

谢却山看到了南衣，他们之间已经有了共同的默契，在被放弃的每一个瞬间去寻找奇迹。他什么都没有说，只是跟她一前一后地走着，寻觅着。

江水在缓慢地退潮，露出更多的浅滩来，可依然什么都找不到。

小六啊，别躲了。

回家吧。

谢却山有种错觉：他的躯体在麻木而无望地做着寻找的动作，真实的他却飘到了很远的地方，俯视着悬崖下的他们。在山川江河前，如蜉蝣般渺小的人们，无论怎么呐喊，都得不到回答。

忽然一个猝不及防的大浪拍过来，谢却山险些没站稳。他下意识地回头看，却已经看不见南衣了。

某种失去的恐惧忽然攥住了他的心脏。他甚至都来不及思考，就疯狂地朝南衣所在的方向涉水而去。

哗啦——快到近前，才听到拨水声，南衣摇摇晃晃地从水里站起来。谢却山连忙抓住了她的手，生怕她也会被江水冲走。

他想说什么，可看到她格外悲伤的眼睛，他停顿住了。

"我好像看到了什么。"南衣怔怔道。

最后一波浪潮便在言语间悄无声息地退去，谢却山望向这片暴露的乱石滩。

有一块地方的石头支离破碎，依稀可见一个被砸出来的浅坑。乱石之中插着一支断箭，唯有箭身，不见箭头。

谢却山蹲下身，小心翼翼近乎颤抖着拾起这支箭矢残骸。这是岐人所用的兵器，上面雕刻着黑鸦营特有的花纹。箭矢已经从中间被硬生生地折断，裂口还可见渗入木芯的血迹。

那时惨烈而无声的场面竟在此处得以窥见。

谢却山的理智开始一寸一寸回归躯体，逐渐清醒过来。

这也许是谢小六坠落的地方。尸体已经被江水冲走了，只阴错阳差留下半支敌人的箭。

另外半支最尖锐的部分已经永远地留在了她的身体里。她将用血肉使其腐烂，使其磨灭。

那是她的决心。

谢却山跪在浅滩上，捧着那半支箭矢，低头悲泣。他的妹妹太绝决了，化成滚滚江水东逝去，他再也找不到她了。

南衣上前抚慰地抱住谢却山，他紧紧地抓住她，一直没有动弹。潮水一遍遍冲刷着他颤抖的脊背，他似乎想要在这种巨大的虚妄与失落中获得一丝确信。

他能抓住的东西已经越来越少了。

*

回程路上，他们都失去了策马的力气，只是缓慢地牵着马前行。

行至半途，前方有人策马疾驰而来，面色焦灼。

来者是宋牧川，他翻身下马，急急地朝他们走了几步。

谢却山已经从他的神色中察觉到了一丝紧迫。

"朝恩，前线急报，岐军以韩先旺为主帅，五万大军已过商阳关，直逼虎跪山，比我们预计中早了半个月。"

谢却山和宋牧川已经猜到岐人的下一个动作必是大军压境，开始准备守城之战，但推算岐人从汴梁发兵，无论如何都要行军二十日有余，却没想到会来得如此迅速。

恐怕完颜蒲若在得知谢却山未被除去时，便料想到沥都府有变，已经做好了第二手准备。

秉烛司在沥都府大败岐兵后，完颜蒲若便杀了沈执忠，悄无声息地从金陵离开。此后拦截官家的最后一战是她的声东击西、混淆视听。她用各种手段让南方新朝自顾不暇，无法快速集结大军，另一边则派出自己的军队向南开拔。

559

兵贵神速，她在劣势中迅速就找到了破局之法。

谢却山慢慢抬头，眼中的哀痛悉数化为凛冽的恨意。他第一次露出如此直白的杀气。

一柄饮尽血的剑，只待出鞘。

新仇旧恨，在此一役。

一字一顿，他道出决心："溥天同恨，诛之为快。"

第一百三十三章 兵家事

《昱史·本纪·昭宗》所载，甲戌年五月朔日，源宗皇帝第八子陵安王徐昼登基为昱昭宗，尊遥在北方的源宗皇帝为太上皇，改元乾定。

乾定元年五月初三，新帝的第一道诏令颁发。沥都府谢氏第六女从龙有功，赐封"忠勇夫人"，以军礼下葬，乃本朝获此殊荣第一女。

乾定元年五月初四，前线告急，五万岐军秘密行军过商阳关，欲攻打沥都府。沥都府募兵一万，以禹城军首将应淮为主帅，沥都府时任知府宋牧川为排阵使，仓促应敌。

岐军一路挥师南进，势不可当。同月望日，占潞阳镇为大本营，与沥都府外城郭仅隔一道天险斜阳谷。

斜阳谷乃一狭窄山谷，仅能容十来人并排通过。春夏之际，夹道树林枝叶繁密。若设伏其中，便如瓮中捉鳖，防不胜防。

岐军对此十分谨慎，并未贸然出兵。

沥都府守住天险，同时向金陵新朝请求支援，或再坚持十日，便可等来援军。虽然情况险急，但全军上下众志成城，只想等援军一到，便能一雪前耻。

只是这一日，大营里传来争执声，众人只听到一声"不行就是不行！"，然后便看到素来温和的宋知府气呼呼地从营中离开。

能让宋知府都急得跳脚的人似乎只有那位神秘的军师了。

那军师出现时惯常用头盔包裹得严严实实，也看不清楚长相。虽然没被授予任何军职，但神机妙算，其排兵布阵之策，总有四两拨千斤之奇效。看似岐军一路高歌猛进，但其实是我方知道敌众我寡，并不在劣势地形里正面迎战，用很少的代价切断了岐军从其他几个方位攻入沥都府的可能性，让他们只能从斜阳谷进攻。

军中关于这位军师的存在越传越神，称他有诸葛亮转世之才。

可倘若让大家知道这人是谢却山，恐怕就是另一种极端的口碑了。

谢却山费尽心思隐藏身份，就是怕自己的存在引起一些非议，扰得军中人心不稳，所以便当个幕后军师，只有宋牧川和部分禹城军知道他的身份。

他行事向来低调，今日如此与宋牧川争执，实在是因为粮草的事情已经迫在眉睫。城中粮草并不充足，岐人在沥都府掌权时，为削弱我军防御能力，早就将粮仓搬空。众将士起初还能靠士气支撑，可总让大家饥肠辘辘也不是长久之计。

谢氏将家中所有储粮都捐了出来，也带动城中富豪乡绅捐粮，但架不住兵临城下，人心惶惶，南逃者众，物资流失严重，最终也不过是杯水车薪。

谢却山提议带人绕后穿插，劫了岐人的粮应急，但此举胜算太小，被宋牧川果断驳回了。

谢却山反问——那你有什么好法子？

宋牧川也说不上来，他是没有办法，可也不能做送死的冒险之举。自古以来守城战在粮草上都是艰难的，但也只能硬守。更何况，倘若援军到了，那困城之围自然迎刃而解。他干脆做了一回独裁者，就是不同意，也不等谢却山再辩，就先跑了。

就在焦头烂额之际，谢却山收到了一封来自蜀中的信。

信中写道："却山小儿，劫我粮仓，此仇不报，恨意难消，原地等我，秋后来算！"

这显然是章月回的口气。

原来归来堂在城中尚有囤粮。谢却山哑然失笑，这小子跑到那么远的地方躲着，还是手眼通天。有钱可真好，这会儿章月回叫他小儿他也甘之如饴。有了这条线索，挨个儿排查归来堂的产业，不出半日，他们便找到储粮地。

谢却山感恩戴德地带人"劫"了粮仓，认了章月回这个"大爹"。

粮草已无后顾之忧，眼见岐人骚动频繁，看来是坐不住了，谢却山料定他们三日内定会对斜阳谷发起攻击，于是便派兵在山谷两侧的高地设伏。

果然在第三日午后，岐人的前军想要穿过山谷。伏兵在高地上发动攻击，眼见占了上风，却不料岐军早有防备，后军攀上高地与伏兵激战。这次埋伏偷鸡不成反蚀把米，昱朝军狼狈溃逃。

但完颜蒲若和韩先旺非常谨慎，怕后面仍有埋伏，及时鸣金收兵，只探了探虚实便就此作罢。

双方正面交战，实力的悬殊便显现出来。此后几次交锋，即便沥都府军占了地形的优势，却皆以大败告终。岐军的戒心终于放下，不再保守试探，直接发起猛攻，意欲夺取斜阳谷。

待到大军全都进入山谷腹地后，忽见旌旗连天，鼓角相鸣，前方的芦苇丛中杀出早就埋伏好的精锐军，个个勇武善战，以一敌十，杀得已经放松警惕的岐军措手不及。

原来先前的佯败只是谢却山的诱敌深入之计，岐人一路没受到什么挫折，难免轻敌大意。高地也重新被夺回，箭矢、滚石齐齐上阵。此时岐军想要撤退，但后军来不及掉头，一时间自乱阵脚，踩伤践踏者无数。

岐军仓皇败走回撤，此时谢却山想要领兵追击，应淮却着急地喝住了他："此战已挫敌锐气，潞阳镇中还有大军镇守，穷寇莫追。"

谢却山驻马回缰，铁甲染血，头盔下露出的那双眼睛战意坚决："要的就是让岐军带着被追击的恐惧进入潞阳镇内，只要他们有了一丝畏惧和退意，往后我们就有翻盘的可能。全军听令，随我追敌——"

此声一出，犹如阎王判词落定，昱朝军一扫往日战败的颓势，喊杀声震天。

应淮望着谢却山果断冲入敌军的背影，心中突然燃起一丝震撼。他挥出的每一剑，斩杀的都是过去的仇恨与耻辱，他恨了太多年，终于能在此刻淋漓尽致地宣告自己的立场。他是无冕之王，必定所向披靡。应淮不再犹豫，也追随着那个背影杀入敌阵中。

烈焰舔舐着荒草和芦苇丛，黑压压的士兵如潮水般拥来，铿锵的脚步声仿佛要将山谷都震上一震。两侧高耸的峭壁威严而压抑，回声放大了厮杀的惨烈，山谷仿佛成了一座极深的棺椁。

在这样的气势之下，岐军退入镇后，号称有五万大军的韩先旺竟不敢再开城门迎战。

韩先旺摸不清沥都府到底有多少士兵，在他眼里，完颜骏在那里全军覆没，而现在双方于斜阳谷对战，岐军竟又溃不成军。沥都府里似乎有着非常可怕的战斗力。

更何况，对手是谢却山。他轻敌一回，狠狠地吃了一次教训，变得更加谨慎起来。他清楚这人领兵的才能。他们曾经在幽都府守城战中对峙过，谢却山仅有一千府兵，却有来有往地跟他打了一个多月，最后因为后方粮草崩溃才被迫投降。

知道韩先旺此刻的保守，谢却山故意在军营里制造了一些兵力强盛的假象，迷惑敌人的眼线。

只要岐军暂时不敢进攻，那沥都府就能尽量减少伤亡，拖到金陵援军的到来。

此战虽然胜得漂亮，全军士气大振，但付出的代价也惨烈，死伤亦有百人。

战场的残局仿佛一望无际，空气中仍弥散着血腥的味道。谢却山与众人一起将士兵们的遗体运回掩埋，短暂的喜悦也被这种沉重掩盖。

战场的代价就是死亡。

谢却山知道，还会死更多的人。但不破楼兰终不还是他们的信念，马革裹尸是对战士们最大的敬意。

　　做完这一切再回营，已经是第二天的白日了。

　　此时谢却山将近三日不曾合眼，卸下劲来，才感觉隐隐有一丝疲惫爬上身体，但军营中的事情太多了。他还要再去盘算万一岐人回过味来，猛地再发动反扑的对策，还要应对城中依然顽固的细作……

　　他强撑着，看起来仍是安然无恙，大步往营中走去。

　　忽然，一双微凉的手握住了他的手，让他打了个激灵，一下子有些清醒了。

　　和常握在手中的剑柄是不一样的触感。他侧脸看，一个面容清秀的小士兵站在他身旁，一双手捧着他的手，轻轻晃了晃。

　　谢却山倏地泛起笑意。

　　小士兵正是南衣。她没在后宅待着，而是自告奋勇地加入了斥候营。斥候负责侦察敌情，她的敏捷和敏锐正好能派上用场。在前几次与岐人的佯败战中，都是她灵活地往返，提供前军的情报。

　　"你跟我来。"

　　此刻正是稍微能松泛些的时候，南衣也不等谢却山回话，便不由分说地拉他往山坡上走。

　　军营驻扎在沥都府外城郭的一处山坳里，后头就是郁郁葱葱的小山坡。这时山中的风还是很清爽，拂面而来，纾解了人一身的闷热。

　　南衣拉着他坐到一片树荫下，自作主张地帮他卸下了头盔。

　　谢却山任由她摆布，虽然还有很多繁杂的事务在等着他，但这一刻，他也想和她平静地待一会儿，就一会儿。

　　南衣在他身边坐下，什么话都没说，只扯出一角衣袍，为他揩了揩额角的汗。

　　"累吗？"南衣问。

　　谢却山下意识地想说不累，可在脱口而出之前，无法忽视的疲惫让他诚实地把话咽了回去。

　　"有点。"他哑着嗓子回答。

　　她歪着头笑："昨夜大胜后我就在等你回来，他们说你在清理战场，也不知道什么时候回来。等着等着我就睡着了，睡得还挺好。"

　　谢却山终于笑了，揉了揉她的脸："天塌下来你都能睡着。"

　　他心事很重，睡眠总是很浅。

　　"睡吧，我帮你守着。"

　　"嗯？"谢却山一愣，又见南衣神色笃定，他还是有些不确定，"现在？这里？"

　　谢却山以为他们多日没有一点独处的空间，她也想温存片刻，没想到她费这番功夫，单纯只是要让自己在这里睡一觉。

"对啊，若是在营里，各种事务缠身，你又一刻都歇不下去，这里没任何人打扰，你睡会儿——"谢却山没回答，南衣急了，补充道，"你再不好好休息，别说上阵杀敌了，今天就该心猝在军营里了！你是铁人吗？你别不听话，不是说磨刀不误砍柴工，你休息一会儿，什么都耽误不了。"

他看着她认真又急切的眼睛，笑了起来："好好好，我睡。"

南衣一瞪眼，眉毛一拧："那还不把眼睛闭上。"

谢却山温顺地闭上了眼睛。

但这会儿太阳已经有些刺目了，南衣从袖中扯出准备好的缎带，小心翼翼地帮他系上。

谢却山沉默地顺从了，他能感觉到她张开的手臂绕到他的脑后，动作温和又小心，不敢碰到他。分明他刚闭上眼也不可能睡着，可她把他当成瓷片似的，好像一碰就会碎了。她似乎在系着精巧的结，脸靠近了一些，气息离得很近，手指偶尔若有似无地擦过他的后颈。

缎带蒙上眼后，日光被遮去大半，她为他营造了一片安眠的黑暗，他莫名觉得心里有股说不出的熨帖。

然后她收回了手，似乎要退回去。他抬手便揽过她的腰，她一个失衡扑到了他怀里。

"别动，睡觉。"她刚要挣扎着起来，他便先发制人，大言不惭道。

南衣只好窝在他怀里，心想如果他觉得这样能睡好的话，那便这样吧，什么都依他。

偷得浮生半日闲。日光晒得人暖洋洋的，流不动的风穿梭在树叶的罅隙里。

谢却山以为自己不会睡过去，可不过片刻，他便发出了轻微的鼾声。

胜利的喜悦、爱人的陪伴让他短暂地卸下警惕，在空旷的山野间安然睡去。一切都是刚刚好，他从来没有觉得前程是如此明亮。

第一百三十四章 风波起

军营里，几个士兵聚在一起窃窃私语。应淮大步走过，瞪了众人一眼，众人连忙散去，脸上却闪烁着几分古怪。

应淮进入宋牧川的营帐后，十分谨慎地放下帘子，还左右观望了一下，确认没人在外头偷听，方才走到宋牧川案前，对他耳语几句。

宋牧川一惊："谁认出他来了？"

应淮重重地叹了口气："战场上谢三公子的头盔被敌军的长槊挑落，虽然很快就捞了回来，但周围的士兵还是看到了他的脸。"

"可认识他的人并不多，怎么就认出来了？该不会是岐人的细作故意散播的谣言吧？"

"你说这不就是巧了吗？"应淮懊恼地一拍大腿，"正好有个士兵以前在府衙的门房里任职，见过谢三公子。不过他看得也不真切，半信半疑地跟同僚讲了。结果倒好，就一会儿工夫，一传十十传百的，传得是有鼻子有眼，说他是随风就倒的墙头草，见岐人不行了就转头向昱朝投诚。"

宋牧川沉思片刻，担忧地问："他还不知道这件事吧？"

应淮挠挠头："营里也不见他人……不会是听到什么，躲起来暗自伤怀了吧？"

"他不是这样的人，"宋牧川若有所思，只是宽慰地对应淮笑了一下，"大概是去见想见的人了。"

"那这事……咱们要做点什么吗？我去下令禁止将士们传这些闲话？"

宋牧川本想说什么，可心思一转，叹了口气，哀怨道："悠悠之口，堵不住的。"

"那怎么办？"

"你我要是做得太多，反而会被说成是用人不察，分明是两面三刀、反复弃主的不忠之臣，我们还对他委以重任，帮他遮掩身份……"

"宋大人！"应淮急了，喝了一声，打断了宋牧川的话，"都什么时候了，我岂是这点质疑都担不住的人？"

"应将军不曾见过流言蜚语的恐怖啊……到时候若将士离心，军心动摇，将军能承受吗？却山正是因为考虑到这些，才隐瞒身份，他已经掂量过后果，现在的一切，想来他都能承担。"

应淮噎住，面上仍有几分不甘："他能承担是一回事，但我如何能心安理得？谢三公子是忍辱负重卧底敌国的英雄，倘若一直被污名所误，那天道正义何在？这些日子他在军中的所作所为有目共睹，今日的胜仗要是没有他，也不可能赢得这么漂亮。"

"知晓真相之人，方可知道他的不易。可多的是不知真相的人，三人成虎，众口铄金……"

"那就将他的苦衷公之于众啊！"

"就怕适得其反，倒像是欲盖弥彰。"宋牧川一反常态地显出消极的态度。

"宋大人今日怎的，这般畏手畏脚！"应淮急得脱口而出，可稍一冷静，心里也觉得宋牧川说的有几分道理，此事棘手，切不可鲁莽行事。

可应淮是个眼里揉不得沙子的人，脑子飞快地思考着，忽然眼睛一亮，道："明的不行，那来暗的总行吧？反正大家都在传，我让禹城军也传，就说是听说的，谢三公子是卧底，从未叛国，之前就帮着沥都府摆脱了岐人的控制，还冒死送出好多情报。反正是传言，哪怕不是人人都信，但只要被人听到，总会有人相信的。"

宋牧川总算听到了自己想听的话，他偶尔也会狡猾地使一下心眼。

宋牧川倒不是信不过应淮，但毕竟应淮与谢却山没有那么深厚的交情，如今又是战事胶着的时期，他完全可以不搅和到这潭浑水里。宋牧川怕自己空有强烈维护谢却山的心，但得不到应淮真正的支持，最后也只是有心无力。

所以他看似推诿，实则循循善诱，让应淮深感谢却山的不易，主动说出了对策。应淮是禹城军的首领，一呼百应，与他齐心，事情就好办多了。

他也为自己的小人之心羞愧了一瞬间，应淮坦坦荡荡，全然没有任何推诿的意思。他连忙附和道："将军果然足智多谋，我觉得此法可行。"

应淮几分热血上头，握拳道："那我即刻下令，让禹城军去传。"

宋牧川不太放心地多叮嘱了一句："别太刻意了。"

"放心，包在我身上。"

宋牧川送应淮离开。谢却山的事有着落了，可他还是有些坐立难安，一颗心怎么都沉不下来。

——早不来晚不来，偏偏在刚打了胜仗，军中上下好不容易有些希望的时候，谢却山的身份起了一些波澜。但愿这只是小风波。

——不过，这个胜仗能拖多久？会不会激怒岐人，引发更激烈的反扑？

——几日前就送出求援书，为何到了今日朝廷都还没有回音？

★

金陵。太极殿。

早朝竟意外地持续了两个时辰，至此刻才刚刚结束。

就要不要派援军至沥都府这件事，群臣唇枪舌剑，激辩数轮，大殿上的场面一度不可控。

倘若国强兵壮，死守每一寸疆土是毋庸置疑的事情，可如今金陵新朝初建，兵力有限。新都尚且不稳，划江而治已是大势所趋，沥都府又位于江北，倘若要守，得付出更高的代价。

这些是大家心知肚明的困难。

　　但支持支援的臣子们说，此战关乎民心与士气，倘若胜利，那说明昱朝还有与岐一战的能力，北归便有盼头。

　　多少人的家都在北边，被迫逃到了江南。有老臣说到归乡时泪满衣襟，引得众人无不唏嘘。

　　可感慨归感慨，反对派依然心如磐石。

　　他们搬出了一个更加有力的理由——沥都府之围，恐是陷阱。

　　说此话的是兵部侍郎胡如海。自沈执忠去世后，军中事宜便由他来接手管理。他是个直臣，还是个莽夫，虽然多与人有不和，但朝中上下都知道他为人正直，对朝廷更是忠心耿耿，是条好汉。

　　胡如海道："昨日有一队七八人的士兵九死一生逃至金陵，才对臣说了沥都府的真实情况。沥都府如今实际在叛臣谢却山的控制之下，他与岐人串通一气，迫使宋知府屈服，发布求援书，制造守城的假象，就是想引金陵大军羊入虎口，此乃兵家围点打援之计。官家，绝不可上当呀！"

　　此言一出，殿上哗然。

　　徐昼有些急了："沥都府如今正在打仗，那几人不在前线坚守，反而跑来金陵，莫不是逃兵？况且几人之言，如何能全信之？朕信得过宋大人，他的求援书不可能有假。"

　　"世人皆知，宋大人与谢却山曾是至交，当年惊春之变前，他为谢却山跪于文德殿外，求太上皇援兵幽都府——但后来呢？谢却山投了岐，他亦自我放逐，再不入朝，足可见这两人情谊！宋大人虽为官家南渡立下汗马功劳，可在昔日好友面前，也可能露出弱点，为其所利用。这件事上，他的话才是不可全信！"

　　胡如海说得慷慨激昂，句句也都是事实，群臣频频点头赞同。

　　徐昼想为谢却山说句公道话，他知道谢却山的身份，可眼下他也拿不出任何证据。他再想辩驳一句，便有臣子痛心疾首地驳道——"官家是被贼人蒙蔽了双眼啊！"

　　"倘若官家一意孤行，那老臣只能以死明志！"说罢，那人便要脱帽撞柱以示不能发兵的决心。

　　徐昼大骇，差点从龙椅上跑下来拉人，好在群臣惊呼连连，堪堪将人拦住了。

　　大殿上彻底乱了套，徐昼茫然地坐回龙椅上，望着这些臣子或慌乱或紧张或悲痛的面孔。

　　他想要救沥都府，可他在众臣眼里并不是一个很值得信赖的君王。他没有什么拿得出手的政见与政绩，所以他的每一个决定都需要仔细推敲。他能坐在现在的位子上，全靠这群臣子的依托，他不能不听大家的意见。

他可以一意孤行地发兵，但这会寒了朝臣的心。新朝初定，不能上下离心。

最后这漫长的争吵以徐昼一句疲惫的"再议"而告终。

早朝结束后，徐昼将谢铸单独留下了。

新朝众臣中，谢铸的威望最高。沈执忠死前最信任的人便是他。沈执忠在朝中拥趸者众，这些人都选择继续信任谢铸，几乎是将他当成下一任中书令。更何况，谢铸从沥都府来，新帝南渡亦有他的功劳。

而对徐昼来说，他天然信任谢家的人，而且谢铸还是谢却山和小六的叔父。他总听小六讲起自己的父亲逃避红尘，遁入空门，是个懦夫，唯有三叔仍留一身浩然正气，苦苦支撑着沥都府的文人文心。

"依谢大人所见，朕该不该发兵沥都府？"

徐昼问得很真诚，因为今日殿上谢铸一言不发，而他真的很希望这位德高望重的老臣能够给他一些答案……哪怕只是一些方向。

"想必官家心里已经有了决定，臣不敢多言。"

徐昼有些急了，都这个时候了，怎么还在打太极呢？他恨不得把话点得再透一点："谢大人，您也不相信您的侄儿是那样的人，对不对？他分明就是孤身入敌军的卧底，倘若没有他暗中相助，朕哪能平安到金陵？沥都府之困不可能有假，怕是有心人在其中搞鬼，故意让金陵听到一些混淆人心的情报。"

徐昼心里是清楚的，那些反对出兵的未必是佞臣，他们的决策也都是为朝廷负责。包括胡如海，他未必有二心，但他得到了一些情报，他就必须根据这些情报给出自己对皇帝的建议。

这些都是做臣子的本分，但怕就怕有人利用臣子们的忠心。金陵与沥都府信息往来不及时，沥都府到底是什么情况，除非徐昼亲自去看，否则都只能是道听途说。

徐昼想让谢铸表态，他不会不清楚谢却山的人品，然后用他的威望去影响朝臣的决定。

不料，谢铸当即掀袍下跪，无比谦卑道："正因谢却山乃臣的侄儿，臣对他有私心，但庙堂之高，每个决定都关乎天下人的生死，臣如何能将私心带到朝堂上？官家，此事于公于私，臣都不能多言，您的一切决定，臣都鼎力支持。"

徐昼有些傻眼，谢铸竟然要避嫌。这分明没错，瓜田不纳履，李下不整冠。

谁都没错，可他为什么救不了沥都府？

他望着谢铸叩首，长翅帽倒在地上的模样。太祖不喜臣子们走得太近，以防他们交头接耳，因而设计了长翅帽，铁翅所及范围，不能近身。端正四方，洁身自好。可徐昼突然觉得太冷漠、太遥远了，他根本近不了臣子们的心。那种在大殿上看到臣子欲死谏的窒息感又回来了。其实谢铸没有什么不同，他们都在逼他。

第一百三十五章 孤城闭

谢铸回到金陵的家中已是午后，秋姐儿在院里等父亲等了好一会儿了。她特意搜集了一些书上的疑问想找父亲解答——当然，这只是借口，实际上她忧心沥都府的局势，想问问如今是什么情况。

不久前六堂姐的死讯传来，她既伤心又震惊。之前她沉浸在书画的世界里，刻意逃避了残酷的战事，总以为她和她的家人每次都能逢凶化吉，直到死亡降临在了鲜活的六堂姐身上，她才恍然从桃花源中清醒过来。

似乎没有人能幸免于难，战争就在她的身边。

一向内向的秋姐儿开始频频出门，多去听听外头的传闻和消息。虽然她什么都做不了，但多知道一些事，对局势了解得更清晰一些，总归是没有错的。

父亲是朝中重臣，但他回家以后素来不爱说政事，她只能旁敲侧击地问："对了，父亲，我今日去外头，听街头巷尾都在议论沥都府的守城战，朝廷会发援兵吗？"

今日这么久的早朝，恐怕也是为的这件事。秋姐儿紧张地等着父亲的回答，却隐约在他脸上瞥见一丝怪异。她垂眸注意到父亲手里拿着一道折子，黄底云纹，这是御前用的东西，想来是官家手书的折子。

"此事尚未有定论，还得等官家考虑清楚。"谢铸回得很含混，"女儿家，少打听这些事。"

可秋姐儿觉得父亲分明是有答案的，但他不肯透露。近来父亲总有一些奇怪的地方。当时知道六堂姐的死讯时，父亲悲愤交加，骂了一句"没用的东西"。她不知道这是在骂谁，显然不是岐人，也不可能是六堂姐。

她自然也知道父亲没必要什么都跟家里的女流之辈透露。

短暂的疑心很快就收了回去。她本想回后院，但又被母亲叫住，让她送些补品去书房给父亲。

谢铸大约是没料到秋姐儿还会来书房，随手将带回来的折子扔到了火盆里。

秋姐儿正好站在廊下看到了这一幕，她惊得连连后退几步，父亲怎么将官家的折子烧了？她转念一想，也许就是阅后即焚的东西。

那干脆在宫里就别带出来了,怎么还要带回家里来烧?

秋姐儿不敢多想,父亲这么做总有他的道理,但她也留了个心眼,叫女使将补品送了过去,自己则装作什么都没看到,悄无声息地离开。

殊不知,这道被火焰吞噬的折子里有着徐昼所寄托的破局之法。

徐昼交代谢铸,将他的亲笔手书秘密送到宋牧川手里。他想在流言失控之前,让宋牧川带着谢却山入京澄清,告知群臣沥都府的真实情况,再直接率援军回城,解沥都府之困。

只是,这道手书的折子再也不可能被宋牧川看到了。

*

沥都府尚且风平浪静。军中上下都已知晓神秘军师就是谢却山,他又领着众人打了几场胜仗,他的作为有目共睹。大多人在听说他的卧底事迹后都深表敬佩,卧底的身份正在平稳地由暗转明。

然而好景不长,岐人大军驻守在潞阳镇上,镇上的百姓早已投降,岐人却忽然出尔反尔,将全城百姓和士兵坑杀。

这是耀武扬威般的震慑,强者对弱者可以肆无忌惮地碾压,不服者就是这样的下场。

两地仅隔一道斜阳谷,城中好多人的亲朋好友都在潞阳镇,恐惧、哀痛悄无声息地在沥都府蔓延开。紧接着,关于金陵新朝不出兵的流言先在民间传开。

都说沥都府实则在叛臣谢却山的控制之下,之前打的仗都是演戏给新朝看的,为的就是让朝廷派兵来此,再一举歼灭。朝廷已经识破岐人的诡计,知道沥都府是一个巨大的陷阱,故而不肯出兵。

沥都府早就是岐人的囊中之物,顽抗毫无作用。

半真半假,和事实也对得上,在未知全貌的人眼里,好像就变得十分合理。在如今风声鹤唳的沥都府中,流言蜚语但凡有些依据,都能掀起一些波澜。

起初军中还没把这些无稽之谈放在心上。可说的人多了,难免就会有人入了耳。仗也白打了,守城只是徒劳,谁能承受得了这种结果?

只是这种言论一出,便有士兵自发地与人辩驳,维护谢却山。英雄在儿郎心里还是有分量的,子民们也天然相信朝廷不会抛弃他们,援兵迟早会来。宋牧川起初还担心会出事,见到军中的士兵大体还是明事理,稍稍安了心。军队是最重要的防线,倘若这里的民心都散了,恐怕就是自取灭亡了。

宋牧川如临大敌,生怕会来细作扰乱军心,命人在大营附近严防死守。

就在这种严阵以待之下,军中果然抓到了一个趁夜潜入的细作。

细作身上带有密信，是送给谢却山的。密信上写：待昱朝援军入城，请谢大人假意追击，实则瓮中捉鳖，随即整师南下，事成后，即刻官拜右丞相。

如此拙劣的陷害，宋牧川都气得直呼荒唐，可架不住就是有人相信。

再加上援军日复一日地毫无音信，将士们守城的意志正在被击溃，一些质疑声在城中、在军队甚嚣尘上。

那些曾经维护谢却山的人也站不出来了，相信就是一件虚无的事情，一件轻飘飘的事，就能让天平迅速向另一端倾斜。过去他们的拥护反而成了此刻更加恼羞成怒的理由，他们的一腔热血被事实击败，愤怒来得更汹涌。

人们只能看到他们能看到的东西，愚昧有时候也会成为一种武器。

敌人很清楚，成功的攻城战都是从内部开始瓦解的。

冲突日益尖锐起来，甚至有军士们要冲入谢却山的营中让他伏法谢罪。

"我家人都在潞阳镇！今天我就是死在这里，也要为我家人报仇！"

"你说啊，潞阳镇百姓被屠杀是不是你这个奸人的计谋！"

"倘若他不是奸细，为什么躲着不敢出来？！"

"什么叫躲着？军师堂堂正正在营里议事！"

以禹城军为首的士兵则死死挡在外面，拦着混乱而愤怒的士兵往里冲。两拨人兵戈相见，眼见就要打起来了。

"他既然心里没鬼，那叫他出来以死谢罪！"

"他分明无罪，为何要死？！"

喧嚣声阵阵传入大营，营中却一片寂静。

谢却山垂首坐着，看似漫不经心，却已将每一句话都听进了心里去。过了好一会儿，他才抬起头，前几日驰骋沙场的意气消散无余，神情掩不住地落寞："我会先离开军营，避避风头，这样你们也好有个交代。"

宋牧川没接话，虽然他知道这也许是一个暂时缓解冲突的办法，可他不想最后背负骂名的总是谢朝恩。他不愿看到惊春之变再次发生，得不到援军的将军只能用屈服的方式自救。八年前的谢朝恩，八年后的谢却山，似乎在面临同一种困境。

应淮犹豫地看看宋牧川，希望他这聪明的头脑能想出什么翻盘的妙招，不然的话，眼下似乎没有什么选择。

"我不同意。"宋牧川强硬地说道，"我不会打仗，应淮也没有大战的领兵经验，你若离开军营，那情况只会更糟。现在最大的问题就是援兵不来，人心动荡。可官家不会弃沥都府不顾，我亲自去一趟金陵请兵。"

谢却山张了张口，最终却也说不出什么来。

他的胸膛依然流淌着热血，他比任何人都想在金戈铁马中杀出一条血路，为国效命。

可他的身份成了岐人拿来大做文章的弱点，从老师沈执忠的死开始，到如今这些接踵而至的谣言，这是一张早就织好的网，无论他强他弱，终会一头撞到这张网里。

就在三人沉默间，外头倏地传来一声高呼："渡口出事了！快来渡口救人！"

这一声立刻驱散了营前的火药味，众人纷纷掉头赶往渡口。

城中已经是一团乱。原本只是有些富户携家眷去往南方避难，可朝廷不救援的小道消息一出，坚定守城的百姓们也纷纷弃城南逃，不管有没有买到船票，都往船上挤，好像只要上了船，就保住了命一样。

如此疯狂的逃亡，终于闹出了人命——一艘挤满了人的船出江不过三五里，便因吃水太深而倾覆，船上之人悉数落水，有水性好的勉强游回岸边，水性不好的就这么挣扎着沉入江底。

宋牧川迅速带着士兵赶到了现场，救援落水的百姓。可即便眼前如此危险，还是挡不住百姓们逃命的心，依然有许多人在冲卡上船。为了维护城门口和渡口的秩序，减少无谓的伤亡，他不得不下令严守出口，无官府公验者，不得出城。

此令一下，连日来一直提心吊胆的百姓们情绪更为失控，抗议声不绝于耳。

"凭什么！你要我们都死在城里吗？！"

"就是！我哪怕淹死在江里，也不愿被岐人践踏！"

更有甚者，指着宋牧川的鼻子骂："你与那谢贼狼狈为奸，出卖沥都府！你不配为父母官！"

宋牧川被围在愤怒的人群里，竭力解释着："那是岐人离间民心的谣言！倘若大家信了，那就是着了岐人的道！请大家团结，相信我们，沥都府一定能守住——"

"凭什么相信你？！你若真的有诚意，就把谢贼杀了祭阵！"

谢却山站在无人注意的街角，看着义愤填膺的人群几乎要将宋牧川淹没。

他费力地在人群中转圜，呼喊声却被声浪盖过，仅剩徒劳。

谢却山心中生出一种无措的失望。他不是罪人，他的存在却是千夫所指，不容于世。

他爱的世人并不爱他。

他做了所有该做的事情，他分明问心无愧。可此时此刻，他的弦已经绷到极致。他跟所有人一样，都是这片土地上忠诚的子民，为何天道不公，所有苦难只冲他一个人来？

他有点累了。这座城是由千万人的私心与大义交织在一起的，当民心去往他无法控制的那个极端时，以他一人之力，撼动不了半分。此时此刻，说什么都是欲盖弥彰，他已经站在耻辱柱前了。

他当真想一走了之。

"谢三——谢三！"

恍惚之中谢却山听到有人在喊他，回过头一看，是甘棠夫人。

"二姐。"他勉强回神，语气仍有些心不在焉。

没想到有个人影从甘棠夫人身后蹿出来，热络地挽住了他。

"二姐特意要我带路来找你呢！"南衣说得轻松又小心，紧张地看了甘棠夫人一眼。

显然是南衣把甘棠夫人叫来的，她知道家人永远是他最柔软的地方。

那边喊着"杀了谢贼"的喧闹声沸反盈天，甘棠夫人仿佛什么都没听到，若无其事地说："回家吧，祖母想你了，说今日无论如何也要喊你回去一起用晚膳。"

二姐也找了个借口，小心翼翼地想拉他一把。

大家都知道他在悬崖边上。

谢却山心知肚明，但没戳穿，只是笑了笑，道了声好。

仿佛是最寻常的一段回家路。

第一百三十六章 人言畏

陆锦绣抱着胸前装满细软的包袱，灰头土脸地从人群里挤出来，心里暗骂晦气。

要不是出了沉船的事情，这会儿她已经在离开沥都府的船上了。她几次对谢钧建议，趁形势还没那么糟糕，尽早离开沥都府，不料谢家上下非但不走，还表示了必须死守沥都府，与城同命的决心。

自从女儿死后，陆锦绣就犹如惊弓之鸟，一会儿大骂岐人，要报杀女之仇，转眼听到什么风声，又吓得瑟瑟发抖，总觉得天马上就要塌下来。

她私自出逃并没有叫府中的人知晓，还想等人散去一些后再想办法上船，不料迎面撞上谢家的家丁。

小厮礼貌却强硬地做了一个请的动作："陆姨娘，大老爷请您回家。"

今日是走不成了，陆锦绣心里一沉。

玄英堂中，一家大半的人围坐着，谢却山也在。外头满城风雨，此处却有说有笑的，氛围有种微妙的刻意，好像都是心事重重，却又用力地粉饰太平，装作一切如常，甚至比平时都要更和睦一些。

　　谢钧在小辈们的闲聊中也不太插得进话，不过也耐心地坐在那里，拧着眉头沉默了半晌，忽然风马牛不相及道："不想打仗就不打了，回家来，家里养得起闲人。"

　　谢却山一愣，抬眼望向父亲。

　　堂中正寂静时，陆锦绣被架回来了。她模样有些狼狈，刚回来便听到这句话，原本怏怏的人忽地显出几分狰狞，扑上去揪着谢钧的衣袖："你竟要护着这个逆子？他把这个家、这座城害得还不够惨吗？！"

　　谢钧拂开陆锦绣，露出几分不悦："休要胡言！——来人，将陆姨娘带回后院去。私自出逃的事，明日再同你一并算账！"

　　"出逃？"陆锦绣被这句话激到了，猛地甩开女使架她起来的手，眼中猩红地站起身，周身充满敌意，"傻子才留在城里等死！你还以为谢家是沥都府的脊梁骨？城都要没了，你们这些人也不过都是砧板上的鱼肉，任人宰割罢了！"

　　外头那些流言蜚语穿过院墙还会再被美化一番，即便在战乱的时候，大家还是要维持着那半分面子，可平日里连大声都不敢出的贤惠妇人，此刻竟将话说得如此丑陋、直白，大家都被惊得一时语塞。

　　谢钧面不改色地坐着，一瞬间像苍老了许多。他扫了眼堂中众人，徐徐道："当年我弃岚州西逃，犯下大错，乃我一生之悔。今时今日，我绝不会弃沥都府而逃。哪怕城破了，我望雪坞如果还能守，多护一个百姓一时一刻，我都不后悔。只是没想到，倒是强人所难了……想走的人，无论身份地位，是主子还是奴仆，现在就能走，我绝不会再拦。"

　　可堂中无人起身，都平静地坐着，连下人们都垂首站着，并不动作。

　　陆锦绣疯疯癫癫地转了一圈，发现自己根本无人响应，好像只有她一人贪生怕死似的："你们都干吗？死到临头了还要假装高义，做给谁看？都想死啊？"

　　她以为大家都想活，只是装作要脸而已，她就将遮羞布都撕了，可还是没得到任何人的回应。她活像个小丑，这股怨气无处可撒，目光最后落在谢却山身上——对，"始作俑者"就是他！

　　她指着他的鼻子骂道："你害死小六不够，还要害死整个谢家！"

　　甘棠夫人忙出声呵斥："小六是被岐人所害，跟谢三有什么关系？"

　　"是他给小六写的信，让小六与官家兵分两路，引开岐人！若非如此，小六如何会死！"陆锦绣已经歇斯底里，根本没人能拉得住她。

　　信……

谢却山想起来了，小六的遗物曾被送回望雪坞，那封他写给小六的信恐怕就夹在遗物中，被陆锦绣看到了。

她说得没错，小六是他间接害死的。

谢却山滞住了，脑子一片空白，只能感觉到南衣握着他的手，慢慢地就变成他紧紧抓住那只手。

"就是他害死了小六！他还害死了庞遇！他罪大恶极！"

忽然，那只手猛地挣开了他，她的人影在晃，一下子便站到他身前，双手紧紧捂住了他的耳朵。

谢却山浑身僵硬，甚至忘了抬头去看她的脸，只瞧见她颈间的璎珞晃动着。

那尖锐的歇斯底里的骂声瞬息之间变得沉闷而遥远，可仍似有惊雷轰隆隆地响。

"我儿这对苦命鸳鸯啊，只能去地下见了！他就是个讨债鬼，要把我们全家都送到地狱里去！你们还护着这畜生！他就是该死！你们都听听啊，听听外头是怎么说的！他要是死了，沥都府才有救！"

"把她给我拉走！"谢钧面色铁青，怒斥道。

陆锦绣被往后拖去，但仍不肯罢休地抄起随手可抓之物，朝谢却山掷去。南衣的后背挡着谢却山，眼见杯子就要砸到她身上，谢却山眼明手快地拽着她往一旁一撤，杯盏落地，被砸了个粉碎。

南衣又惊又怒，回头瞪着理直气壮的陆锦绣，一下子浑身的血液都往头顶上涌，最后一点理智也被冲垮了。凭什么，她凭什么能朝谢却山扔杯子？

好啊，不就是发疯吗？谁不会啊！

她怒不可遏地冲上去指着陆锦绣的鼻子骂："你还有脸把小六拿出来当挡箭牌！你心里门儿清是谁害死了他们，你想逃就自己逃，还非要找个借口怪别人！有你这样不明事理的娘，小六倘若九泉下有知，也该为你羞愧——"

啪，一记耳光落在南衣脸上，陆锦绣被骂得又羞又恼，挣开女使，扑上去用十成的劲扇了过去。南衣脸上都被刮出了血痕，她顿了一下，疯了似的上前要挠回去。

眼见场面一发不可收拾，女使们纷纷回神，制住陆锦绣。

南衣还不肯罢休，谢却山忙拦腰揽住了她，可架不住她在气头上，四肢胡乱挣扎着，臭骂着陆锦绣："来啊，你不是挺有劲吗！既然那么想报仇，怎么不见你杀几个岐人？别说杀了，你就是去骂岐人两句我都敬你，你敢吗？！"

"你这乡下泼妇！你们——你们奸夫淫妇！罔顾人伦！"

南衣此刻的劲也大得吓人，谢却山就差将她整个拎起来抱走了，她抓着柱子不放，继续与陆锦绣对骂："什么都不敢做，你就会窝里横！你分明就知道谢却山疼爱他的妹妹，珍视他的朋友，这些话能真的伤到他，你才敢这么说！你知道他把命悬在刀尖上打赢了几场仗，你知道他为守住沥都府争取了多少时间吗？你除了见风转舵地逃跑，你有什么功劳——"

"够了，南衣。"

谢却山终于出声打断，南衣这才偃旗息鼓，回头又气又不解地看他。

他怎么能任由陆锦绣这么骂他？

被陆锦绣扇耳光的时候她都没觉得疼，可对上他安静的神情，她只觉得心都揪起来了，一下子就有股酸楚蹿到鼻头，眼眶湿润润的，豆大的泪珠挂在睫上。

谢却山抚上她挂着血痕的脸颊，面上全是无奈的痛色："真的够了。"

"他们什么都不知道，却在那里抹黑你！凭什么？！这怎么够？如何能够！"

可她的问题无人回答，堂间鸦雀无声。

南衣觉得憋屈极了，她恨不得去街头跟每个恶语相加的人都大吵一架，她想要一个是或者非的答案，而不是像现在这样黑白颠倒。她不知道要怪谁，她甚至也生谢却山的气，他怎么就白白吞下这些委屈，却不给自己叫一声冤？

南衣拂开谢却山的手，气呼呼地扭头走人。

正在这时，她跟进门的唐戎擦肩而过。

还来不及卸甲的唐戎急匆匆地跑进堂内。他如今已经归队，平日并不待在望雪坞里，突然回来，想必有急事。

"公子，朝廷来使者了，宋大人请您回军营议事。"

扫了一眼，见大家神情都有些紧张，唐戎忙解释道："应该是有好消息。"

*

来使是张知存。

他曾是长公主徐叩月的驸马，当时随宗室一起被掳到大岐，完颜骏为了羞辱他，让他做了自己的马奴。

大概是被打怕了，张知存在完颜骏面前乖得像条狗，甚至会卑躬屈膝地跪在地上，让完颜骏踩着自己上马。他成了全城的笑柄，可他索性丢掉所有的尊严，大家笑他，他也跟着笑，俨然没了当年意气风发的翘楚之姿。

然而实际上，他以如此屈辱之姿苟活着是为了酝酿一场蛰伏。他秘密加入了秉烛司，成为沈执忠在岐人内部另一条重要的情报线。"大满"的存在就是他传回来的情报。完颜骏死后，他寻到机会出逃，回到了金陵。

徐昼迟迟等不到宋牧川入京，意识到谢铸也许并没有把他的手书送到沥都府。不管谢铸出于什么考虑，他不想救沥都府的立场都已明确，可满朝文武，徐昼不知道还能信任谁。

此时徐叩月向徐昼举荐了刚刚南归的张知存,他得了官家密令,随即连夜启程赶往沥都府。

大营里,张知存向宋牧川与谢却山传了官家的口谕,希望他们一同入京自证。朝中为防岐人攻破沥都府渡江,已经集结重兵于毗邻的淮朔城中,只要朝廷同意出兵,淮朔城中的军队可立刻向沥都府开拨,届时便能有与岐军一战之力。

可此事到底已经晚了几日,最好的时机稍纵即逝,即便如今宋、谢二人入京,群臣也早已有了先入为主的观念,他们需要花更多的时间自证清白,还需面临无法成功的可能,其中会耗去多少时日?两军对阵正在关键时刻,且不说能不能等得起这些时间,军中两员要将离开,沥都府恐怕已经是岌岌可危。

又是一个两难的抉择,营中的人陷入沉思。

敌人也在争分夺秒地攻破他们的防线,似乎每一次,他们与之斗争的都是时间。又或者,这根本就是命运的把戏。

"只能赌一把啊,"应淮打破了沉默,"援军倘若不来,我们孤军奋战,根本守不住沥都府!"

"城中那么多百姓的身家性命,你敢赌吗?"谢却山问道。

应淮哑然。

三日,已经是他能守城的极限了。如今军心不稳,只怕三日都属乐观。

张知存似乎欲言又止,面上露出几分犹豫,大约是想冷静一下,又像无端地拖一点时间,他提起炉子上沸着水的茶壶往杯盏里注水,为大家点茶。

宋牧川注意到了张知存的异样,道:"张大人,您有什么想法,不妨直说。"

可张知存什么都没说,只是飞快地击拂茶汤。

谢却山看着他的动作,意外地出了神。每个人点茶的流程大差不差,可手法各有千秋。张知存大约是手受过伤,手法很快,却只用了三四分力,茶上的泡沫起得慢了些。他想起了上一次在军营里看人点茶——还是和完颜蒲若对峙的那一回。他不可避免地想起了完颜蒲若娴熟的手法,忽然,一个惊人的念头如闪电般劈入他的脑海。

太像了。

完颜蒲若的动作和他记忆里三叔的点茶动作几乎重合在了一起,而他自己的点茶之道亦是出自三叔之手,他太熟悉了。只是那个时候他的注意力全在别的地方,完全没有发现这些细枝末节。

这个念头的生出,让谢却山觉得不寒而栗。

"我三叔对沥都府的事,可有说什么?"谢却山冷不丁地发问。

"谢大人为了避嫌,一直都沉默……"张知存顺着他的话回道,但很快反应过来,在这个时候他这样发问,像有几分言外之意,"官家其实也觉得奇怪,旁敲侧击地试探过谢大人,但都没发现什么异样——你是觉得,他有问题?"

谢却山没回答,脑海中已经飞快地将一切都盘了一遍。他一直在想"大满"会是谁,到底有没有死,却独独忽略了最亲近的那个人。但此刻想通的时候,他竟然不觉得惊讶。

一切都那么合理。"大满"——他终于从这个代号里窥见了三叔的不甘与野心。三叔曾是振臂高呼的理想者,不求名利地为王朝贡献着他的力量,可从什么时候开始,他不再呐喊了?这种人的叛变是可怕的,他们生生剥夺了自己的理想,又生生创造了一个极端的新理想。这也是最防不胜防的事情,当夜晚来临,只有曾经的打更人最熟悉王朝的薄弱处。

谢却山终于知道自己的对手是谁了。但他错失了最好的时机。

若是他如师如父的三叔要他输,那他还能有几分胜算?

见谢却山久久地沉默,宋牧川也反应了过来,脸色迅速衰败下来:"谢大人,才是'大满'?"

"倘若他是,那我们进京自证的路,恐怕已经被堵死了。"

张知存低头看着手里的茶盏,这是点得极其糟糕的一杯茶,正如他的心境一般。他叹了口气,脑海中的念头几欲脱口而出。这个想法他在来的路上已经反反复复咀嚼过了,那是最后没有办法的办法。

他也曾卧底大岐,大概是少数几个能真真切切地与谢却山感同身受之人之一。只是有徐叩月为他正名,如今他能有一个一雪前耻的好结局。

他同样希望谢却山能得见天日。

只是他的法子太冒险了。

第一百三十七章 帐下春

谢却山议完事回到自己的营帐已经是深夜,南衣竟一直候在他的帐子里。

见他回来了,她反而装模作样地板起脸,心里其实早就消了气,一晚上都在暗暗关心朝廷使者来的事。

谈了这么久,应该谈出些结果了吧?

知道她惴惴不安的是什么,谢却山先对她露出一丝宽慰的笑容:"援军很快就会到。"

"真的？"南衣惊得几乎要从小矮凳上弹起来。

谢却山松快地回道："我还能骗你不成？"

南衣不太信任地看着谢却山："哪能那么容易就解决？"

"官家是相信我的，也有心要保全沥都府，这还不足以让事情变得容易吗？"

南衣半信半疑："官家要真这么想，那为何援军迟迟不来？"

"力排众议，总需要一些时间。"

"你肯定还有什么没跟我说。"

谢却山叹了口气，当真是一点都骗不过这鬼精鬼精的姑娘："说服群臣确实没那么容易，特殊时期，得用一些特殊手段。大军其实就在离江不远的淮朔城里，但未得军令不会前往沥都府。不过倘若岐人来攻，他们为了自保就会出兵……"

南衣立刻就懂了："你们想用假敌情诱他们出兵？"

谢却山点点头："待到大捷时，再向朝廷请罪，但总归是先解了沥都府的燃眉之急。"

南衣这才相信地点了点头，使者能带来这样兵行险招的计策，想来官家也是默许的。

她心里那根绷紧的弦稍稍松了松，抬眼瞅瞅谢却山，他在说着公事，目光却直勾勾地看着她。她仔细看着他的眼，真是奇怪，他眼里真的一点悲伤都没有了。陆锦绣说了那么重的话，她以为他面上没事，心里又该藏着痛了，可他从营里聊完这么一遭出来，整个人一扫阴霾，浑身通透……那一定就是援军真的要来了。她这么出神地想了一圈，突然才发现夜深人静，他们孤男寡女共处在一个帐子里。军纪严明，往常她也不会往他营帐里跑，今日是不得已而为之。她察觉到了几分暧昧，有些不好意思起来："那就好……那我走了。"

"你不想陪我一会儿吗？"他有点可怜地看着她。

南衣心里暗骂真是着了这男人的道，来的时候分明告诫自己不许给他好脸色看，可这会儿心里又软得一塌糊涂。

他有什么错呢？他明明应该是这个世上最理直气壮的人，所有人都欠他的。可他还是太体面了，他不会同她一样去跟人对骂，做一些激烈却又无用的挣扎。

算了，那她就当他的嘴，帮他将那些恶言恶语顶回去。哪怕天下人唾骂，她也要一个个去澄清。

她心里是想通了，可又忍不住享受他暗暗留她的这份窃喜，脸上还端着点不情愿和骄矜："怎么陪你啊？这里可是军营。"

他笑："你想什么呢？"

她本来也没想什么,他这么一说,倒把她的脸逼得通红。又来这套!她气呼呼地作势要走,他一把将她揽到了怀里,紧紧地抱住。

他下巴蹭了蹭她的肩头,莫名有些乖巧:"脸上涂药了吗?"

"还是二姐知道心疼我,帮我上了药。"

"我也心疼呀。"

"没有我心疼你多。"说着,南衣倒有了几分真切的委屈。她不想总是这样了,大概是太能共情到他每一刻的处境,她的一颗心都被他牵着走。她怕他哪一刻又自暴自弃,怕她拉不动他了,她好希望一切快点尘埃落定,无论如何,只能是她想看到的那种局面,她不接受别的可能。

他贪恋地抱着她:"是啊,要是没有你,我可怎么办啊?"

分明是哄人的玩笑话,含着些笑意,却让人听出了真心和脆弱。他平日里哪会说这些甜言蜜语,打仗的时候更是天天都严肃地板着脸,此刻这张嘴倒是甜得不像话。

也许是朝廷传来的好消息让他也稍微松了口气。

她被他抱得浑身都有点发烫,原本心无旁骛的她脑子忽然开始想些不合时宜的事情。

她忙阻止了自己的念头,扭了扭,从他怀里钻了出来,故作嫌弃:"我刚回望雪坞沐浴过了,你几日没洗了,再抱馊味都要传给我了。"

谢却山不确定地闻闻自己的衣袖:"有吗?"

"当然有。"

"那你先睡吧,我去河边冲个凉。"

"哎——"

她还没反应过来,他便飞快地拿了挂在架子上的衣服,离了营帐。

什么叫你先睡?在他这里睡?这成什么样子,营帐外头人来人往的,一点动静都会被听得清清楚楚,被人看到不知道又会被传什么闲话!

她才不待在这里!

而谢却山回来的时候,营中的烛火已经熄了,被子里鼓囊囊的,躺着人。他无声地咧开了嘴,轻手轻脚地钻到被子里,从后面环住她。

她心虚地假装睡着了,一动不动,可又感觉到他身上没来得及被体温焐热的衣袍贴到了她的后背,还兜了点夜风与河水的寒凉,很快那点凉意就被他焐得滚烫。他的鼻息若有似无地扑在她颈侧,他大概是小跑回来的,气息有些粗。

她心里像有一千只蚂蚁正在优哉游哉地爬过。

他也没睡着,看似老实地抱着她,手却不安分地往上游移,伸入了她的里衣。

南衣终于忍不住了，翻了个身，正对着他。

她欲盖弥彰，信誓旦旦地说："什么都不许做，只能睡觉。"

"嗯，当然了。"

他回得心不在焉，灼热的目光在黑暗中注视着她的脸庞，她像一朵近在咫尺的花。

刚答应不过一秒，他便顺势衔住了她的唇。

这个登徒子！

而抗拒的念头很快就被这个吻的旖旎冲得七零八落，丢盔弃甲。最近接连发生了太多事情，战事也连日频繁，大家精神都高度紧张，他们也很久都没有温存的时刻了，甚至没时间去想这些儿女情长，可一旦靠近，人的直觉和欲望便都被熟练地唤醒。它们像开了闸的洪水，浩浩荡荡不由分说地占领身体的每个角落。

柔软的，融化的，燃烧的，放纵的。

他们紧紧地贴在一起，黑暗中只有克制的窸窣声。

她被吻得天旋地转，脑子还坚守着最后一点理智，想着只能到这一步，不能再继续了。她的防线一层层被攻破，直到他熟练地剥掉了她的里衣，埋头轻吻，她还天真地觉得这只是浅尝辄止。

他太会撩拨了，她差点就要忘了自己身在何处："不成……不能这样了……"

他的动作才停了下来，不情不愿地仰头看她，一双漆黑的眼睛里盛满不加掩饰的索求和爱欲。她又哑口无言，再次退让阵地。

"好不好？"他附在她耳畔低声问，像乞求，又像引诱。

她只好结结巴巴地"嗯"了一声。

他侧抱着她，动作极其小心，可这也只能隔靴搔痒地解渴。

外头巡逻的火光伴随着脚步声移了过来，帐中有一瞬被火光照亮，南衣吓得忙抬起腰撑着身下要逃。

她胆战心惊地转过身对着他，眼眸含水，汗涔涔的鬓发贴着脸颊，胡乱地掐着他的手，无声地责怪他太莽撞，他只好亲吻她的脸颊安抚她。

"没事，不会有人进来……"他还妄想哄骗她。

"你只会弄出动静来……"她半是责备半是委屈，泪汪汪地推搡着。

他索性拦腰将她抱起来。

★

外头又有火光掠过，帐子也明亮起来，偷欢让人心虚又刺激，浑身的感官似乎都被打开到极限，快感比平日更甚。

火光终于闪了过去，一片黑暗里，他忽地将她抬了起来。

她像急风骤雨后被打落的梨花，瘫软地靠在他肩头。

他粗粗地喘着气，缓了半晌，才将她抱回床上，拧了一把干净的汗巾，一点点替她擦拭身上的汗水。

她一点力气都没了，只能任由他摆弄。冰凉的水拂过她的身子，缓解了浑身的灼热，舒服极了。

"等打完仗了，我们就回家……"她已经进入半梦半醒中，也不知道自己在说什么胡话，"在家里就不用偷偷摸摸了……好累……"

他笑了，自己也躺了下来，环着她合衾而眠。

在彻底陷入昏睡之前，她好像听到他轻声唤她："南衣。"

"嗯……"

"我是个烂人。"

他说得很轻，这句话也像羽毛似的在她耳边擦了过去，她已经没有几分意识去听懂言中之意了。

"嗯？"她又哼了一声，几乎已经睡过去。

过了许久，他才轻轻地拍了拍她的背："没事，忘了吧。"

※

很困，南衣眼睛都睁不开。

不知道睡了多久，南衣感觉有人在晃她。她推开了那人，还想继续睡。

没想到他不依不饶地晃她，见她不醒，便干脆欺身上来亲她。

她被亲得七荤八素，总算有几分清醒了，半眯着眼看到近在咫尺的谢却山——他这么有精力的吗？

她人还没完全醒，手已经下意识地往下面探了，却被他灵巧地隔开。

他似笑非笑地支起身子，道："一会儿斥候营会有任务，你再不回去，营里的人可就要找你了。"

这话让还迷糊的南衣足足反应了一会儿，才猛地从床上弹起来，脸涨得通红，狠狠擦了擦嘴，有些恼羞成怒："你喊起床就喊起床，你亲我干什么！"

谢却山还是笑，道："你还有半炷香时间能回去。"

南衣手忙脚乱地在床褥上摸衣服，连根衣带也找不到，顺着谢却山似笑非笑的目光望过去，才看到衣服已经被搭在架子上了。她也顾不上自己一丝不挂，急吼吼地下床跑了过去。

天光已经微亮，她身上的春光一览无余。他的目光赤裸裸、直勾勾，她多少也有些羞赧，掩耳盗铃似的挡了挡，瞪了他一眼。

她扯了衣服就往身上套，可他还要捉弄她，趁她穿衣服的时候从后头抱住她，下巴在她颈侧蹭了又蹭，叫人浑身泛起一阵酥痒。

她在系衣带，他的手却还在她衣服里拨弄。她终于忍不了了，半是训斥半是哀求："我来不及了啊！"

谢却山在她脸颊上亲了亲，终于磨磨蹭蹭地放开了她。

平时明明不是色迷心窍的人，他今天怎么这么不像话？可也来不及多想，她仓皇地穿好衣服，探头探脑地缩在帐子里观察了一会儿，才趁外头无人注意，一个箭步跑了出去。

王八蛋，吃干抹净就戏弄她！

第一百三十八章 夜宴图

"……由唐戎率斥候营先人虎跪山，避开斜阳谷岗哨，从鹰嘴崖的羊肠小道抵达潞阳镇后方，蛰伏于山谷之中。待前军对阵，以红色狼烟为号，绕后偷袭潞阳镇，使岐军腹背受敌，自顾不暇……"

沙盘前，谢却山正在讲排兵布阵之计，衣冠楚楚，不苟言笑。南衣强迫自己专注，可听着他的声音，总有些心猿意马。

谢却山扫了一眼斥候营众人，正好与南衣无意间瞟过来的目光对上，若无其事地停顿了一下。

"偷袭时，切记不可正面作战，多点围攻，岐军一回头，你们就后撤，等他们放松警惕便继续攻击，如此往复，敌军必怠。"

唐戎沉吟片刻，有些不确定："此行在山中少则五六天，多则十余天，全营都出动吗？"

唐戎问的其实是南衣，他不确定谢却山是不是要南衣也随军出任务。虽然斥候营里都是相识的禹城军，前段时间的磨合也有了默契，但南衣毕竟是女子，体力和生活上与大伙还是会有差异。

南衣也听出了唐戎的犹豫，她有点不服气，山中生存，那可是她最擅长的事情。

"是，全营出动。所有人必须一起完成这个任务。"谢却山没看南衣，坚定地回答了唐戎。

南衣登时腰杆挺得笔直。

"末将领命！"唐戎抱拳回道。

唐戎领着斥候营众人即刻出发，南衣没想到会这么紧急，连单独道别的时间都没有。

出营帐的时候，她走在最末，与谢却山对视了一眼。

他对她轻轻笑了一下，含着信任与爱意。他的笃定应该让她感觉到很安心才是，可她总觉得像忘记了什么一样，忍不住回头张望。他一个人坐在帐子里，还是一样的笑容——他好像很快乐，可一向谨慎的他怎么会在胜利之前就这么坦然呢？

这个念头掠过南衣的脑海，她突然想转身回去不顾一切地抓住他的手，可又觉得自己荒谬——怎么了，还不许他高兴吗？终于能扬眉吐气了，打赢了就能狠狠堵上那些人的嘴，这不值得高兴吗？帐子的帘子就在她停顿的瞬间落下，她再也看不到他了。

南衣跟上斥候营，此刻她是一个领了军命的战士，不该再有这些杂念。

他们很快就开始了新的跋涉，花了数个日夜，穿过虎跪山无人踏过的荆棘区，攀上险峻的岩壁，只为绕过封锁，去往敌人的后方。

他们的每一步都是在朝胜利靠近。

这是南衣每一次筋疲力尽之时的信念。

*

金陵。

宫门落锁前，秋姐儿才从宫里出来。不知怎么的，长公主徐叩月近来总是召她入宫做伴。大约是因为在沥都府承了谢家太多的情，而她家又是金陵唯一的谢氏族人，长公主对她格外青睐。

她们聊的大多是风花雪月的事情，偶尔夹杂着秋姐儿打听几句前线的战况。而徐叩月似乎又话里有话，不经意间会问起秋姐儿她的父亲谢铸最近都在忙什么，见了哪些人。

乍一听只是随意的家常寒暄，但秋姐儿最近本就有些疙瘩，这话便往心里去了。

她察觉出，长公主好像不信任她的父亲。

这难道也是官家的意思？

马车骨碌碌地载着她穿过金陵纵横的街道回到家中，暮色渐晚。

穿过前院，她才发现父亲今夜在瑶华园里宴客。父亲如今在金陵可谓德高望重，家中早就门庭若市，宾客往来络绎不绝，甚至不时还有上门给她提亲的，家中设宴已经是常事。

但秋姐儿奇怪的是，今夜的瑶华园外有不少家丁看守着。

她的疑心从一个小浅滩一点一滴蓄成了汹涌的洪水。

家贼难防，只要起了心思，秋姐儿想靠近瑶华园并不难。她的脚步鬼使神差地挪向林荫茂密处，此处在内院，无人巡防，又能遮住身形。她透过镂空窗雕，能看到园中夜宴之景。

谢铸坐于主宾之位，下首统共坐着七个男人，年龄各异，看周身穿着气度，恐怕都是王公贵族。有两人秋姐儿还认得，是常来家中的江南旧臣，其余人都是生面孔。

秋姐儿的心跳到了嗓子眼，虽然是在自己家中，可偷看的行径让本就胆小的她双腿直发软。她没看出什么蹊跷，心态已然快崩了，想转身走人，可倏忽一句话如惊雷般落入她耳里。

"千算万算，没算到谢大人的侄儿隐藏如此之深，还以为他也是自己人，那些重要的情报白白流到了他手上，都送给秉烛司做火药了！"

秋姐儿的脚步猛然就顿住了。

"沥都府虽然大败，完颜将军折戟，好在还有长公主力挽狂澜，妙用谢却山的身份做文章。现在的局势，他只要在沥都府城中一日，朝廷便不可能派兵；可他要是一走，守城战就必输无疑。沥都府已是囊中之物！如今能博得上风，大满先生也功不可没，要不是您在金陵从中斡旋，哪能这么快便釜底抽薪，扭转乾坤？"那人遥遥举杯敬谢铸。

"只是听说张驸马去了沥都府，官家不会还有什么力挽狂澜之策吧？"开口之人声音尖厉，就坐在谢铸的左边，大概是宫中身份很高的宦官。

谢铸眼眸一黯，朝那两人敬酒："我谢家为他前仆后继死了多少人，他若扶得起，我与诸公也不会坐在此处了。"

秋姐儿扶着墙，竭力让自己站稳，她所听到的每个字都在冲击着她的认知。

可她也从未像此刻这般清晰又飞速地思考着，过往很多碎片忽然有秩序地拼凑了起来。

永康二十一年，在朝为官的父亲极力主战，推行新政，却遭不利，被贬回家。人前为了几分面子，依然是处事不惊的大儒谢先生，人后日日酗酒，醉酒时还会大逆不道地痛骂朝廷——有此君主，王朝危矣。

花了好几年，父亲才接受了现状，在那个小小的船舶司中做司监，与那些太学生空谈着胸襟抱负，碌碌无为。在秋姐儿眼中，父亲是郁郁不得志的，平静的眉眼中总有一股颓丧，但他也是有骨气的，不肯趋炎附势，不肯折腰违背自己的理想。

直到永康二十八年，汴京城破前三个月，父亲因船舶司的事务出了一趟公差，再回来时，那股郁郁几年的颓丧之气一扫而空。

那时她还有些庆幸，以为父亲终于在船舶司里找到了一些人生的乐趣，能够抛却胸中愁闷，朝前看了。现在想来，也许就是那个时候，他和大岐达成了一些共识。

之后她在金陵古刹里偶然瞥见父亲与完颜蒲若密谈，中书令沈执忠死的那夜，父亲罕见地夜不归宿……

这一切都在指向一个可能。

秋姐儿也终于明白，父亲在六堂姐死后说的那句"没用的东西"，骂的是官家。

他想事更强大的君主。

秋姐儿飞快地掉头跑开，整个金陵的夜风仿佛都朝她身上灌，要将她贯穿，要把她送往更深的黑暗。前头就是忘川河，一碗孟婆汤，她喝一口，便能忘却所见所闻，再次回到从前无忧无虑色彩斑斓的美梦中。

可她不能忘。

她要牢牢记住每个人的面孔、宴上的每一个细节，用她微薄的力量做些什么。她回到自己房间，铺开画纸，以最快的速度研墨，抓起笔挥毫落纸。

直至第二日晌午，一幅栩栩如生的夜宴图已经画成。她一刻都不敢等，当即带着画进宫见长公主徐叩月。

就在她站在宫门口等待宦官入宫通报时，一匹带着加急文书前往沥都府的快马挟着御前还未散去的笔墨味掠过她的身侧。

历史正以一种偶然的方式与她擦肩而过。

★

树荫下的南衣猛地惊醒，沉重的心跳几乎要将她的四肢都钉在原地。

几天的跋涉后他们已经到达潞阳镇后方的山岗，只等着约定的信号升起，他们便能偷袭潞阳镇，和援军前后夹击岐兵。现下他们能做的就是等待和休整，趁着换岗的间歇，南衣在树下小憩了一会儿。

可就在这迷迷瞪瞪的一会儿工夫，她好像被鬼压床了似的。她是有意识的，知道自己在危机四伏的山里，也知道自己在睡觉。她想醒过来，可浑身都动不了，紧接着她竟看见谢却山朝她走了过来。

他说:"快起来,要打仗了。"

她想说话,可嘴巴也张不开。谢却山没等她,已经转身走了,她着急极了,想说"等等我啊!"。

她像陷在绵密无形的淤泥里,越挣扎陷得越深,突然心脏一阵真实的绞痛,她才醒了过来,满头虚汗。

周围还是寂静的山岭,显得蝉鸣声越发凄厉。斥候营的士兵们三三两两地休息着,依然没有任何前线的情况传来。

南衣莫名又想起了一件细枝末节的事情。她隐约记得那夜营帐偷欢之后,他在她耳边说了些什么,可她那时太困了,甚至都没把话在脑子里嚼一遍。

他到底说了什么呢?

这本来是一件不必再去追想的事情,那种情景下的话能有什么意义?可自从翻山越岭离沥都府越来越远,她脑海中便日夜滋生出一些细小的奇怪和不安的念头。

也许来自那场突如其来的欢爱,他好像把痛苦忘却得太快了,没心没肺得一点都不像他。

一件记得一半的事情是最让人痛苦的,她心里头开始打鼓,一边苦思冥想着,一边踱步到悬崖边,想借山风把自己吹清醒。

信号迟迟没来,难不成是他又在哪里骗了她?不会援军不来吧?

他把她支出去,难道是因为沥都府要沦陷了?

这个沮丧的念头一出来,南衣只觉得脚下的土地都变得虚无,她每一脚仿佛都会踩进深渊里。她不想相信这种可能,忧心忡忡地往远处看了一眼。

紧接着,南衣浑身一震。

远处山谷郁郁葱葱的树林里冒出了冲天的红色狼烟!

"红色狼烟!"她差点尖叫起来。

等到了,等到了,那是开战的信号,援军到了!他没有骗她!

第一百三十九章 大捷归

红色狼烟中冲出一只斑斓的蝴蝶,振翅飞往高空。日光下,血流成河。

而在从宫里出来的路上,谢照秋也看到了一只蝴蝶。她恍恍惚惚地跟着那只蝴蝶，想知道它要去往哪里。

她手里是空的，夜宴图已经递给了帝姬。她只记得近在咫尺的帝姬嘴唇翕张，可说出的话她一个字都没有听到。她知道自己在做什么，很快殿前司禁军就会按照这幅画去抓人，她出卖了她的父亲。

父亲一直都格外疼爱她。

她痴迷丹青，为外人所不解，认为女子要这些才情做什么，可只有父亲支持她，也不逼她嫁人，只叫她一切随心。其实最初父亲的态度并非如此。

父亲少时也爱丹青，只是画作大多平庸，唯独将用于点缀的蝴蝶画得极好，栩栩如生，仿佛要从画上飞出来一般。她的天赋远在父亲之上，但所绘蝴蝶竟与父亲画得如出一辙。父亲大约是从这微末之处看到了血脉延续的奇妙力量，她就是他在这世上的延续与体现，他的态度忽然转变，开始格外支持她的爱好。

谢照秋也一直都很骄傲，自己能有一点像父亲的地方。

她如今所秉承的信念，家与国，忠与孝，都是父亲教她的。

父亲在她心里是如天一般的存在。

可她放弃了孝，因为天平另一头是更重的砝码。

她就这么追寻着那只寻常的蝴蝶一直走，娇嫩的鞋底都快要磨破了。她一个大门不出二门不迈的闺阁小姐，从有记忆以来似乎就没走过这么多路。脚很疼，可她浑然不觉，仿佛自己也变成了一只随风翩跹的蝴蝶。

忽然，有人将她一把拽进了木门里。

"秋姐儿，你都做了什么？！"

谢铸脸上盈满愤怒。他藏得极其小心谨慎，从在沥都府时就开始做局，在鹘沙和完颜骏都不知晓他身份的情况下，便铤而走险演一出苦肉计，才让自己的身份从此立于不败之地。他没想到，步步为营走到今日，竟被自己的女儿出卖。

谢照秋看着眼前的父亲，一身布衣的他竟显得有些陌生——他是要逃跑吗？她怔怔地跪下了，泪水纵横满面。她抓住父亲的衣角恳求道："父亲……收手吧，您又做了些什么？为什么要害朝恩哥哥和六姐姐？"

"朝恩和小六都是我的小辈，我从来都没想要害他们。可他们和这个王朝一样，是自取灭亡！"

"我们是大昱的子民啊——您可以什么都不做，但为什么非要背叛？"

"秋姐儿，你糊涂啊！岐人已经势不可当，倘若汉臣皆守节殉死，那汉人之道由谁来推行？我如今所做之事，弊在当下，利在千秋！"

谢照秋愣住了，原来这就是父亲的信仰吗？

是道重要，还是节重要？

"你去宫里报信，我不怪你，要怪只怪我瞒你太久，让你一时难以接受，以后慢慢你就会懂的。金陵已经待不得了，你随我一起去汴京。"

谢铸抬腿要走。谢照秋却抱住了他的腿，阻止了他的脚步："父亲，您不能一走了之！"

谢铸急切地想要抬腿挣脱。

"朝恩哥哥还在水深火热之中，您必须去为他澄清！"

谢铸垂眸用一种怪异的目光看着谢照秋："秋姐儿，别做无谓之事。"

"六姐的死是您间接造成的，倘若朝恩哥哥再被您的构陷所害，您就如此心安理得吗？余生您如何还能安眠？！"

谢铸叹了口气："我与朝恩各为其主，早就是敌人了。更何况……已经来不及了。"

他手里已经悄无声息地摸出一块准备好的帕子，趁秋姐儿不备之时，捂住了她的嘴："大道至上，牺牲是必然的，你莫怪父亲无情。"

秋姐儿听到父亲这样说。

她没有挣扎，只是睁大了眼睛，在昏迷前看着那盘旋着的蝴蝶飞入屋檐消失不见。

这是一只飞入史书的蝴蝶，那幅仓促作下的夜宴图让后人知道了八个卖国之人的姓名与样貌，称他们为"甲戌八贼"。他们在这一日或逃跑或被捕，而无论此刻的结局如何，他们都已经永远地被钉在历史的耻辱柱上。

*

沥都府已经断粮三天了。斜阳谷沦陷。

岐军重兵攻城，来势汹汹，巨木猛烈地撞击着城门，云梯架上城墙，点燃的弩箭甚至都射进了城内的民宅。

生死存亡之际，昱朝军民抵死反抗，至第四日清晨，朝廷援军忽至。城内士气大振，战鼓震天，两军交战于城下，难分胜负。

而岐军攻城数日，士兵皆疲，意欲后撤休整，择日再战。不料潞阳镇大本营忽有伏兵偷袭，纵火烧营，岐人以为自己后方退路被断，前后夹击，已如瓮中之鳖，顾此失彼，自乱阵脚，终一溃千里。

昱朝大军乘胜追击，一路歼敌数以万计，只千余名骑兵护主帅突围，韩先旺仅以身免，向北逃遁。

沥都府大捷。

南衣随斥候营回城时已是傍晚，城池虽在连日的攻守战中疮痍满目，但一眼望去，城墙上插满了象征胜利的旗帜，让人不免为之振奋。

此战是昱朝接连丢失北方疆土节节败退后最酣畅淋漓的一场胜利。岐军折损惨重，少说一年都不会再来犯境。

战场上赢来的和平才是再无后顾之忧的和平。百姓们终于能依附着新王朝共同喘息，休养生息。

南衣早就归心似箭。

她要得意地告诉谢却山，她和斥候营有多么骁勇善战，把岐兵耍得团团转。她可一点都没辜负他的重托。

他守城死战一定也是拼尽全力，不知道有没有受伤。

援军来了，岐人被赶跑了，这下他总能得以清白，堂堂正正地成为沥都府的大英雄了吧。

思及此，她心中生出一种难以名状的雀跃。

她好想他。

在每一个穿梭于丛林的白昼与夜晚，在每一份披荆斩棘的勇敢中，在每一次提剑贯穿敌人的搏斗中，她都会想起他。

她知道，他们时时刻刻都在一起战斗。

南衣的步伐开始变得轻快，她跑了起来，一刻都不想耽误，想马上与谢却山分享此刻的喜悦。

只是他们刚穿过城门，便被热情的百姓们围得水泄不通。南衣也在欢呼声中被高高抛起，无数双陌生的手托起她，接住她，这种感觉奇妙极了。在半空中她看到了绵延的人群，那些朴素的笑容与呐喊声铺天盖地。

真奇妙啊，她也成了英雄的一部分。

远处巨大的烟火照亮了迟暮的天空。

南衣再次被抛了起来，她在高处的瞬间兴奋地环顾，望到了人群之外的城墙，残缺的城墙根上好像有一幅小小的画像——那是画在告示上的人像。

即便是隔着这么远瞥了一眼，只隐约看到了，什么都还没确认，可仿佛有感应似的，南衣此刻所有的快乐都在瞬间被一种甚嚣尘上的不安掠夺了。

她手忙脚乱地推开热情的百姓，逆着人群想挤到告示墙前。而人群像不受控制的潮水般涌来，令她进三步退两步。

这五六丈远的路，她挤了很久还没到。

但她每一次从攒动的人头里将视线投出去，便看到几个告示上的字。一点一点，关于他的真相像凌迟似的剐在她身上。

"叛徒谢却山，为求一己私利，投敌卖国，弃故土于危境，幸而罪行败露，大祸暂止。其人罪不容诛，今上告庙堂，得皇命准许，施车裂之刑，以慰天下，平万民之愤。"

告示底下盖着沥都府府衙鲜红的大印。

言之凿凿，煞有介事。

南衣猛地扑上去揭下告示，撕了个干净。

"胡说！胡说八道！"她双眼猩红，像疯狂的野兽，对着茫茫的人海嘶吼，"他不是叛徒！他被关在哪里？！"

"前些日子就处死了啊，在街头五马分尸了。"周围有好事的人奇怪地看看南衣。

"对啊，要不是将他抓起来处死，灭了岐人的阴谋，援军怎么可能会来？朝廷都说他是逆贼了，他肯定就是！"

"给我闭嘴！"南衣骤然拔出剑，明晃晃的剑刃指着说话的人。她恨不得让这些讨厌的声音通通消失，可分明片刻之前他们还共同庆祝着胜利。她有一瞬间像回到了战场上，目光所及都是敌人。

她周身腾起的杀气让百姓们吓了一跳，像看疯子似的看着她，纷纷畏惧地往后退。

"他不是叛徒，谁再说一句，我割了他的舌头！"

南衣提着剑往外走，人群自动给她让出一条路来，无数好奇的鄙夷的或是恐惧的目光落在她身上。

不可能。他不可能死。

岐人都没能杀死他，他怎么可能死在同胞手里？

这是缓兵之计吧。

她不信。

南衣抢了一匹马，不管不顾地朝军营飞驰而去，胜利的烟火在她身后的夜空如影随形，此刻却好似一种巨大的嘲讽。

弥漫着血腥味的长风贯穿她的身体，那是从斜阳谷吹来的死亡的风，那是尸山火海之上响起的弥音。她好像看到狡猾的岁月朝着她的心脏射出一箭，而她还试图在箭到达之前力挽狂澜。

她闯进宋牧川的主帅营帐里。

宋牧川坐在那儿，面上无悲无喜，好像早就在等她了。

"他人呢？"

南衣期待他回答一些什么。他们偷梁换柱了，死的并不是谢却山，这是做给百姓看的，他还好好地活在这个世上的某个角落，不过现在不那么方便光明正大地来与她相见。这是支撑她站着的最后的力量。

宋牧川没有回答。长久的沉默就已经是答案了。

那支箭射出便必会到达，她可笑的挣扎只是短暂的逃避。

她想起来了，那告示上只有宋牧川有资格盖下的代表沥都府官府的大印，昭示着他知悉所有的事情，他参与了所有的事情。

"我杀了你。"

自始至终，她脸上都没有什么表情。人在极悲的时候便放弃了对自己身体的控制权。她只有支离破碎的本能，她要为他报仇。

她朝宋牧川刺出的剑尖上，是孤悬无望的同归于尽的决心。

第一百四十章 付浊流

七日前。

那个孤月高悬的夜晚，风尘仆仆而来的张知存只是在营帐里负手沉默着，谢却山却已经明白他想说的是什么了。

只要他身死平流言，反对的大臣们便再无托词，官家就能下令出兵。

倘若他还是那个被幽禁在船上的谢却山，厌弃自己，只想以死赎罪，此刻他会毫无波澜地答应，甚至会在张知存来之前便主动提出这个办法。

可如今的他已经与以前不同了，他遇到了华佗再世一般的人，治好了他灵魂之中的恶疾，使他枯木逢春。他获得了一些前所未有的光明，他很想活下去，甚至比以往更爱惜自己的生命，为了他的家人、爱人、朋友，还有他自己。

张知存沉默着，他也沉默着。

最后张知存一咬牙，开口道："还是让我来做这个恶人吧！谢大人，解铃还须系铃人，如今风波都在你的身上，也只能从你这里破局。若你愿意为大义牺牲，我能保证让援军以最快的速度入城；若你不愿意，我也绝不为难，求生乃人之常情，你为大昱做的事情也足够多了。无论你做何决定，张某都替沥都府的全城百姓，替满朝文武，替官家叩谢你！"

说罢，张知存便掀袍在谢却山面前跪下，额头重重叩地，此情此景，竟有几分悲怆、壮烈。

"张知存！你在这儿演什么家国大义！你分明是在逼他！"沉默了一瞬，竟是宋牧川这么一个斯斯文文的人最先爆发出激烈的反对。

应淮也惊呆了，一时间对这个残酷的提议和面前的混乱不知该做何动作。

"你给我起来！"宋牧川上前拽起张知存，狠狠地推开了他，"你凭什么这么说？！一定还有其他的办法！"

张知存颓然地站着，官袍也被扯歪了，他浑然不觉狼狈，方才那番话已经耗尽了他所有的脸面和力气。他答不上宋牧川的质问。

宋牧川大声地嚷着，可他越发觉得无力，其实他知道张知存有这个资格说这番话。张知存也是个卧底，他的慷慨陈词并非空中楼阁，他亲身经历了其中艰辛，亦知此计已是走投无路之策。

但宋牧川就是饱含私心，他不想让谢却山去思考这种提议的可能性，他很害怕，因为他太了解他的挚友。他颤抖着看向谢却山，仿佛等待审判的是他。

谢却山只是平静地抬起脸，凝视着张知存的眼睛。他知道，他们是互相懂得的，如果是面临一样的遭遇，张知存也会选择赴死。

营内长久地静默，应淮手足无措地站着，见谢却山这么看着张知存，不知道在想什么——这么无理的要求，他如何能答应啊？应淮想要开口打个圆场，却听谢却山开口了："最快的速度，是多快？"

应淮愣了，他没想到这个时候谢却山问出的是这个问题。

"三日上告朝廷，准予死刑……之后，至多两日，援军就可入城。"

谢却山没回话，起身离开了营帐。

大家都想拦住他，都想跟他说些什么，可每个人仿佛都被定在了原地，什么也做不了。

最后的决定只能由谢却山自己做出。他大概需要一些时间。

可奇怪的是，从营帐里出来后，谢却山的头脑仿佛就停滞住了。他知道他需要做出决定，可他无法思考，浑身麻木。他看到了他一个渺小的生命和一座宏大的城之间毫无悬念的分量碾压，天平两侧是完全不对等的筹码，他的决定还重要吗？

他只能有一种选择。

他游荡在荒诞的月色之下，此刻只能想到在陆锦绣尖锐的谩骂声中，在众人面前执意捂住他耳朵的南衣。

这一刻他很想见她，而那么巧，她正好也在等他。

他太自私了，见到她的瞬间，他竟意外地觉得很快乐。人是有欺骗自己的本事的。他短暂地忘掉了天亮以后要面临的事情，他只享受纵情地和她待在一起。

一个属于将死之人的荒唐夜晚，他总算有时间去想想"谢却山要什么"了。

他想要踏踏实实牵着她的手看一些日出日落，要轮回一个四季，要紧紧握着的真实感觉。他想对着她的眼，望着她的脸。

他会后悔吗？

他不会。

哪怕是这样的结局，哪怕给她留下一生的伤口，他都不后悔与她相爱。

但他没有想好怎么告别，几次意欲开口，却都可耻地缄默了。要和她抱头痛哭，相约来生再见吗？还是让她忘了自己，好好过余生？这世上在乎他的人，没了他也许会悲伤一段时间，不过终究都能找到自己的归处，可他知道，她只与他相依为命，她再无归处。

她会知道吗？其实在面对她的每一秒，他都很想活下来。怎么还能故技重施呢？每次都给她留下一地鸡毛，他这个懦弱的烂人，他负了她太多回。

欲语还休，他抱着她直至天明，然后还是将她支走了。请她恨他吧，他也该亏欠点什么，来世才能寻到她。

愿她归来之日，便是大捷之时，这是他送给她最后的礼物。

目送南衣离开之后，谢却山紧接着收到了一封意料之外的信。

章月回浑不吝地在信里说——"听闻我儿战事多险阻，不妨来蜀地投奔爹爹我，管他天下谁当家，从此吃香喝辣无忧愁。"

谢却山明白章月回这正话反说的意思。他做得够多了，人事已尽，天命也听，何必还要那么逼自己，不妨丢下一切，归隐蜀地。有一个瞬间，谢却山竟对他描绘的生活有一丝向往，心中的阴霾仿佛被这封不正经的信驱散了，噙着笑给他写了封回信。

——章老板有夺妻之嫌，恕难遵从。

他刚准备将信送出，宋牧川便闯入了他的营帐，将信按了下来。

"你和南衣去蜀地，我觉得挺好。"宋牧川态度难得强硬。

"你怎么和章月回一个德行了？"谢却山笑笑，自顾自地在桌上铺开一本新的折子，递上一支笔，"我的罪状书，你来写。"

尽管早已有准备，可听到谢却山说得如此笃定，宋牧川还是无法接受地打开了谢却山的手，他此刻的表情大概是极其狰狞的："不可能！大不了，沥都府不守了。"

"真的不守了？"

谢却山反问了一句，却让宋牧川再也没法理直气壮地说第二遍。

他的眼泪落了下来。

这根本就是一个无法选择的选择。

谢却山硬要把笔塞到他手里："不是你写的我不放心。"

宋牧川攥着拳头，就是执拗地不肯接笔。

"你不写，我就将你打晕自己写。"谢却山对宋牧川笑笑，仿佛是在开一个无伤大雅的玩笑，"不过，你别以为这样你就能逃避对我的愧疚。"

谢却山越是轻松，就越让他心如刀绞。

谢却山太知道怎么让他活下去了。在他余生每一次想要破罐子破摔的时候，他都要顾及这是谢朝恩换来的。所以他必须亲自写下所有给谢却山定罪的文书，他这个执笔之人才是真正的罪人，他要永远背负罪恶活着，去守住挚友用牺牲带来的胜利。

宋牧川握着笔号啕大哭，滂沱的泪水废了好几张纸。他索性没有再去顾及字面的整洁，虽然这是他读书半生最为讲究的事情。

这是他最后一点执拗，他要让上达天听的奏折布满不合时宜的晕开的墨迹，这些墨迹将永远留在他冰冷的文字里，昭示着背后藏有巨大的隐情与谎言。

谢却山背对着他坐在营帐门口发呆，等着那本奏折封口。

宋牧川落完最后一个字的时候，谢却山回首望他，笑得淡然："予恕啊，你要往前走。"

在此之前，谢却山从来都不肯喊他的字。即便确认身份，并肩作战之后，他们都没有直面过惊春之变带来的伤痛，那六年故意被他们忽略了。但直到这一刻，才是真正地过去了。

一切都会很快，甚至不用等官家批复，他就会被处死。他早一日得到惩罚，城中军民的愤怒和不安便能早一日平息。上下团结一心，方能抵御外敌。

他轻描淡写地说："施以极刑方可让百姓解气，反正我都要死，让我死得其所。"

他还说："不要让他们来给我收尸。"

他不想让家人们看到他尸骨无存的模样。

车裂于市，在今朝判例中都已极少出现。

那是如何罪大恶极之人，才会这样死去。

行刑那日，谢却山坐在囚车里被押往刑场。长街上挤满了围观的百姓，谩骂声不绝于耳。

他静静地听着，照单全收。

他只是接受了，他依然无愧于天地。知我罪我，其惟春秋。

浩荡身前事，尽付浊流中。

示众，验身，犯由牌落地。

百姓们欢呼叫好，他们用自以为正义的言语杀死了黑暗之中他们的领路人。可谁又能说他们过河拆桥呢？

他们只是不知道罢了。

一粒飘摇的灰尘于无人处落了地。

而它引发的山崩还在持续着。

南衣的剑尖抵着宋牧川的胸襟，却怎么也推不进半寸。

"我杀了你……我杀了你！"

她终于崩溃，歇斯底里地喊着，可颤抖的声音和纵横的泪水已经暴露了她的虚张声势。

营帐里冲进来听到动静前来戍卫的士兵。

"退下！"宋牧川喝止了他们的动作。

他情愿南衣杀了他，一了百了，一命偿一命。

可南衣的冲动也仅仅是到此为止，她的动作被拉扯住了。这样的她和陆锦绣之流又有什么区别呢？他们都只是在极度的悲伤和愤怒中想找到一个可以怪罪的人。

仿佛将错误都归到一个人身上，死去的人就能回来，活着的人就能心安理得。但不是这样的。

她清楚宋牧川也一样痛苦，他们都不想看到那个人死。

可人死如灯灭，纵使她现在想做什么，也都已经来不及了，全都是徒劳。

"啊——"南衣的痛苦无处宣泄，只能转刃劈下，将桌子拦腰砍成两截。

有风吹进来，吹得地上的文书、纸笺纷纷扬扬，恍若群魔乱舞。

凌乱，破坏，她只想让一切归于无序。她扔了剑，麻木地望着一地狼藉，她好像冷静一点了，可好像还是什么都没有好。

"我恨你们，"她喃喃道，"凭什么？"

南衣木然地后退几步，整个人晃了晃，勉力支撑着身形："带我去他……行刑的地方。"

那是最大的闹市口，纵横交错的路口。如织的人群踩过土地，他的骨血，他的灵魂就这样被践踏，被忘却。南衣只能想象那时他最后一眼看到这片土地的心情，哪怕这种想象也令她生不如死。

她的爱人啊，他的身上背着一座山，那是愚公移走的山，那是精卫衔石的来处。世上没有无缘无故的伟大和神话，在世人看不到的地方，他任其索取，直至被那座山压得粉身碎骨。

她张大了嘴巴，想要歇斯底里地大叫，可她成了一个发不出声音的木偶，所有的情绪都轰然倒流灌回她的胸膛。她被击溃了，她像个异类一样跪在地上，路过的行人投来怪异的目光。她的手颤抖着摸索土地，仿佛这样就能抓到他一丝一缕的魂魄，仿佛他们依然同在一般。

终于，她也轰然倒下。

★

叛国之罪，本该株连九族，但朝廷念多年前谢家就与逆子断绝了关系，故不牵连谢氏族人。

谢家此时应该明哲保身,划清界限,保持沉默。

但甘棠夫人坚持要为谢却山出丧,迎他的牌位入宗祠。谢钧最终也顶着压力点头了。

朝廷有旨,不许为罪徒收尸,谢却山死后尸骨被扔到荒郊,故只能为他立衣冠冢。

这位不称职了一辈子的父亲在接连经历丧子之痛后变得格外沉默。他此刻才明白自己有多不了解这个儿子,大抵也是他从未好好教导过儿子,他不知道儿子是何时才有的如此忠肝赤胆,这令他痛心又惭愧。扪心自问,儿子所做之事,有几人可以做到?他自认,他做不到。他的儿子,是他的骄傲。

白发人送黑发人,谢钧亲手为自己曾经最不喜的小儿子写下了墓志铭,历数他的功过是非,封入衣冠冢中。碑上最后一句言道:扃是日而将闭,门何年而重开。

一切机缘,便留与后人,也许终有一日此门再开,历史便能真相大白。

这是谢钧想的能给谢朝恩留有的最好的结局。

但有人并不这么认为。千年万年太久了,南衣等不起,也不愿将他的清白放在后人偶然的眷顾之上。

"沥都府之围已解,但他不能背着污名,死得不明不白,"南衣跪在祠堂前,一字一顿极其坚决道,"我要为谢却山翻案。"

她还有一口未出的气尚且悬在胸膛,那是支撑她醒过来、站起来,唯一的信念。

谢钧觉得不可思议,她哪来这么大的口气?

"你以为这只是一桩冤案吗?那是天子敕令,你要翻案,如何翻?你这是要打金陵满朝文武的脸!莫要不自量力!官家分明也知道他的清白,只是需要一个契机而已!朝恩选择这么做的时候,就已经接受了盖棺论定的结局,将自己的声名置之度外,他要保沥都府,也要保官家的体面!官家初登大宝,人心浮动,他要坐稳根基,须得如履薄冰,处处都不能出错。倘若这么大的案子被推翻,你让天下百姓如何相信这位新君?满朝文武无人看到如此疏漏,又该如何自处?只为朝恩,我何尝不想他能正名,可为了大局,就只能如此!"

南衣冷笑一声,凛冽地反问道:"您怎知他接受了?您如何能居高临下地替他接受?他凭什么要比旁人多几分大义,万一他也不想这样死去呢?"

她的话掷地有声,谢钧一下子就被问住了。

只有南衣知道,他跟从前坦然赴死的心情不一样。他比谁都珍惜与过去十年来之不易的和解,他比谁都珍惜这份爱情。当她回想起最后那个夜晚,她悔恨自己的后知后觉。她该察觉到他的异样,该在他走向那个无奈的结局时拼命抓住他。

凭什么他要独自吞下一切?!

"大局,是谢朝恩挣来的,那么今日,就让这大局为他牺牲半分,又能如何?!"

第一百四十一章 登闻鼓

南衣以为，纵然千夫所指，依然有许多人都知道谢却山的冤屈，这些人一定愿意为他站出来说话。

可首先，谢家竟然选择了缄默。君臣观念到底已经深入世家的骨髓，谢钧考虑到新朝与官家如今的处境，已然经不起这样的风波。一旦朝堂不稳，那么与岐人好不容易达成的短暂和平也会被轻易打破。

那禹城军上下总能为谢却山做证吧？然后南衣又被一语点醒，那是军队。倘若应淮带着那么多禹城军入京为罪臣喊冤，那成了什么——逼宫还是谋反？

南衣对很多事情的判断原本是极其简单的，非黑即白，非好即坏，可当这些政治上的错综复杂赤裸裸地展现在她的面前，她受到了不小的冲击。她觉得憋屈极了，却又无法指责任何人。

可事情每日都在恶化，望雪坞前门被前来辱骂的百姓围得水泄不通，他们要求谢氏与叛贼割席。庄严的门头被臭鸡蛋、烂叶子、石灰膏……砸得乌七八糟。即便人已经死了，"正义"的人们还是不肯罢休。

南衣试图与他们辩驳，却发现这些人要的根本不是一个答案，而是宣泄情绪。所以她无论说什么，都会被曲解，甚至有人骂她是谢却山的骈妇，试图用荡妇羞辱让她低头。她终于明白了人言可畏，明白了谢却山那样强大的人为何自始至终都选择保持沉默，因为自证清白犹如海底捞月，非但徒劳，还会湿了自己的衣。

可就这样屈服吗？

不。

南衣一意孤行地要去金陵。这个御状，她非要告。要她认了，除非她死。

谢钧见众人该劝的都劝了，拦也拦不住她，最终无力地摆摆手，道："让她去。"

这件事已成定局，谢家什么都做不了，她一个女子，去了金陵，人生地不熟的，能做什么？谢钧以为这孩子只是接受不了老三的死，用这种偏激的方式在胡闹。

他心疼又无力，也许只有宣泄完，她才能往前走吧。那便任由她去闹，碰了壁就知道回来了。

可谢钧低估了南衣的决心，她根本就不打算回头。即便只有她一人微末的力量，她还是相信事在人为，苍天有道。

终有一日……终有一日能让他重见光明！为了那一日，虽千万人吾往矣。

南衣一人一骑离开。

行至城门外，忽听得身后有人呼喊她，嗒嗒的马蹄声追来，她以为是谢家的人反悔来抓她了，更着急地策马前行。

甘棠夫人好不容易才追上南衣，逼停她的马。

南衣心里打鼓，戒备地看着甘棠夫人。只见她匆忙下马，着急地将一只小小的包裹交到南衣手里，满目疼惜地握住南衣的手。

南衣有些错愕，显然她不是来劝自己回去的。

"南衣，抱歉，我们自己做不了什么，反而让你如此为三弟奔走。也请你谅解，父亲这么做有他的道理，自古以来，君君臣臣，我们早就被这些藩篱桎梏束缚，跳不出去了……"甘棠夫人微有哽咽，"不过今日你去金陵为三弟申冤，需要有一个身份才好方便行事。你与他虽然不曾成婚，但相信你们早已将对方视为此生托付之人。包裹里有一份新的官府文牒，你若愿意，从此以后，你就是他的妻。"

南衣眼中的泪水簌簌扑落，她不敢说，其实在上路的时候，该做什么，要做什么，她心里一点底都没有。她心慌得甚至开始风声鹤唳，听到追逐便下意识地要逃跑，而她以为要来阻止她的二姐实际上给了她一颗定心丸。

"二姐同你长话短说，关于三弟是否叛国这件事，背后的博弈更为复杂。去岁汴京被攻破之时，各地亦有豪杰拥兵起义，但江南旧臣、士族们仍支持昱朝皇室在金陵建都，一来是百年皇室正统的号召力，二来，其实也是为了让江南的利益最大化。江南富庶安乐，他们都不想打仗，说白了，一开始就不想支援沥都府。现在这个局面，是三弟牺牲自己，让那些反对者理屈词穷，官家才能力排众议出兵。但倘若天子的决定频频出错，那臣子们还会拥戴他吗？到了金陵，你且记得一件事情——你要驳的并不是天子敕令，这是难如登天的事情；你要状告的是臣子们，是有人失误才酿成了冤案，这样事情才可能有转机。"

"二姐，我记住了。"南衣用力地点头，无比感激地看着甘棠夫人。

她的到来让南衣突然间有了信心。在此之前，南衣其实对谢家很失望，但现在她意识到，他们不是不想为谢却山说话，而是没有立场，只怕行差踏错。

只有她这样一个像浮萍一样的人，才有这样不计后果的勇气和可能去做这件事。

"一路珍重，平安归来。"

★

大捷的风也吹到了金陵，官家下令开市三日，普天同庆。都城日夜歌舞不休，四处是彩灯堆簇的鳌山，锣鼓喧天，管他朝堂如何暗流汹涌，百姓们的喜怒哀乐都是简单的，一场胜仗让他们看到了安居乐业的希望。

直到沉寂已久的登闻鼓响起，鼓声浑厚连绵，传入九重深宫。

君王为表听取臣民谏议或冤情，在朝堂外悬鼓，许臣民击鼓上闻，谓之"登闻鼓"。

凡击登闻鼓者，天子下堂亲审。

此乃新朝初建破天荒的头一回，街头有好事的百姓奔走相告，说敲鼓鸣冤之人是一女子。

有人好奇地问："那她是何人？"

南衣跪于明堂之中，面朝天子，坚定道："小人乃罪臣谢却山之妻。"

"所告何事？"

"吾夫却山，不曾叛国！"

一声铿锵，令堂上众人大惊失色。有随驾臣子呵斥道："大胆悍妇，竟在官家面前胡言乱语！"

徐昼注视着南衣，道："接着说。"

他一直在等这样一个人的到来，可他想不到这天下谁还能有这般反骨。倘若小六还在的话，那个人一定是小六。但幸好，谢却山在这世上还有一位有骨气的遗孀。

"……他于永康二十二年伪装身份潜入大岐，其间为秉烛司提供多份重要情报，直至今岁四月廿四，他助秉烛司完成涅槃计划，炸毁龙骨船，令万余名岐兵葬身江中，也因此他的身份在岐人那里败露，此后他便留在军中，为守住沥都府鞠躬尽瘁，不料遭人陷害，污名。他为了大局，方才屈辱认罪，如此身死，实在不公，请官家明察秋毫，抓出奸佞，肃清朝纲！"

南衣掐着衣袖，手心已是大汗淋漓。此刻说出的每一个字，她都斟酌了无数遍，只怕不能表达得体，失之千里。

"你所说之言，与朝中获悉的事实并不相符，你可有证据？"徐昼耐心地问。

"我并无实证，但他所做之事，知晓之人并不在少数，只要官家愿意重新审理此案，便能聚集各方人证！"

显然这番说辞并不能让陪审的三司大臣满意，他们窃窃私语，频频摇头。

徐昼还在等待，他不能立刻热切地表示他想要重审此案。这口子一旦现在开了，必会激起群臣议论纷纷，讨论的重点又会变成"是否需要重新审理"，从而引申到他执政朝堂的方针策略，朝堂的格局……诸如此类，而非案件本身。天子做的每一件事都会引发许多连锁反应，绝非他随心所欲能决定的，所以他还需要一个能让所有人都闭嘴点头的有利时机。

但南衣并不能知晓徐昼此时心中所想，她绝望地感受着堂上的沉默，人虽然还跪在地上，身心却向深渊坠去。

她曾在过去的一些瞬间与这位君王擦肩而过，可她从没见过他。等她终于见到天颜的时候，少年君主就已经是这般老成威严的模样了，距离感浑然天成。她一点都没有把握，君王能否念及旧时功劳，为谢却山冒一次险呢？

可是凭什么，就凭她这几句话吗？连她自己都觉得是以卵击石，不自量力。

就在这时，有一个殿前司禁军匆匆跑入了堂中："官家！城外……"

"出了何事？"

"数百禹城军脱兵甲卸武器，身着白衣跪于朱雀门外。他们为避嫌不敢入城，但此行前来，是要为……罪臣谢却山喊冤！"

南衣惊讶地仰起头。当她开始理解朝堂之事后，她便明白一支军队如此旗帜鲜明地为一个叛臣喊冤，是一件极其冒险的事情——今日能整齐有素地喊冤，那明日是不是就要造反了？倘若触怒龙颜，那不论他们有多少从龙之功，都会变成一道催命符。可禹城军还是来了，她在城中，他们在城外，他们就是她的后盾。

有一股激流迅速充盈她的身体。她在深渊触了底，但意料之中的粉身碎骨并没有到来，有许多人托起了她，托起了他们。

公道自在人心，她并非孤军奋战。而他高风亮节的付出也没有石沉大海。

只是即便如此，官家仍没有答应立刻重审此案，只说此事还需慎重思虑，再做决议。

禹城军这么一跪，民间先炸开了锅，此事迅速流传开。信不信另谈，好奇是一定的，大伙都凑上去说一嘴，于是有越来越多的人希望能重审此案，一查真相。

南衣心急如焚地等候在驿站里，也不知道官家还在犹豫什么，她还能做点什么。第二日，却来了兵部侍郎胡如海大人家的一个小厮，说是关于谢却山的案子，请她过府一叙。

南衣不知道此人是什么来路，却听说过他是驻守江南的旧臣，当时反对出兵的臣子里数他声音最大。她心中有些忐忑，但想到自己如今是在众目睽睽之下，他总不能杀人灭口吧，更何况，她现在不能放过任何一个可能的机会，于是就硬着头皮去了。

出乎意料的是，胡大人却不是想象中那般奸险的长相，倒是个五大三粗的武夫，声音洪亮如钟，性子有些急躁。见到南衣后，他打量了她一眼，半信半疑，显然也没有太把她一个女子当回事，直奔主题地问："除了禹城军，还有没有人能佐证你说的话？"

601

南衣犹豫了下，该不会是套话想毁尸灭迹吧？但转念一想，她说出来的人物，胡大人根本动不了半分。

"令福帝姬。"南衣不避不让地盯着胡大人的眼睛，"谢却山在秉烛司的代号为'雁'，小人可以告诉您'雁'的接头方式，您只需去问一问帝姬，谢却山在完颜骏家养伤时，是不是让她代为接头。倘若接头的方式与我说的一致，那就能证明谢却山为秉烛司做事。"

胡如海没料到这个小女子的思路如此清晰。

他忽然从她身上感受到了一种凛冽的攻击欲。她所站的地方即公正，她所说的话即真理，她理直气壮，坦坦荡荡，她无所畏惧，任何靠近她的谎言和黑暗都会被粉碎。

即便还没来得及查证，胡如海便已经有了一种直觉。

——他做错了。

而帝姬的回答证明了那个女子说的是对的。

胡如海面如死灰地坐了下来，也顾不得南衣还在堂中跟他一起等待着结果。他脑子凌乱极了，他信奉并构筑好的一切都开始彻底崩塌。

不久前他便知道谢铸叛逃去往大岐，但官家压下了此事，不许声张。原因无他，倘若谢家在这个风口浪尖再出一个叛徒，那谢氏满门都将不保。官家有意偏祖谢家。

胡如海根本没想到看起来正直无私的谢大人会是个通敌的反贼。可他思及谢大人先前的态度，有些不寒而栗。对于向沥都府出兵，以及他侄儿的问题，他都未发表太多的意见，但这样的沉默恰恰证明他已经有了倾向。

谢铸是叛徒，那在他默许之下被处死的谢却山呢？

念头早就萌芽，直到今日胡如海听说有人击登闻鼓为谢却山喊冤，他心里的不安更甚，这才火急火燎地将这位夫人请过来，就是想验证谢却山到底是什么样的人，他想知道自己在朝堂上的坚持是对还是错。

此刻他才确认了，那队真真假假带着信息来的逃兵是为他而设的局，有人借他的耿直做了一把杀人的刀。当时的他生怕官家被蒙蔽，他坚定地相信他所看到的，沥都府就是个陷阱，他不能看着大军羊入虎口，所以他比任何人都更大声地反对。

他这把刀到底害死了一个忠臣良将。

那果然是沈执忠的学生，和他的老师一样，文心铁骨。

南衣没有开口打断胡大人的沉默，她只是觉得，这位大人不像坏人。

过了很久，胡如海才抬眼望向南衣："倘若沈大人还在，官家也不至于这般如履薄冰……也不会让我这等目光短浅之人左右官家的决定。这位夫人，幸好你来了。"

南衣像抓到了一丝希望："那大人愿意在此案上帮小人一把吗？"

胡如海思索良久后道:"官家不肯点头重审,是因为还不到时候,他想借民意反逼朝堂,让群臣无言反驳。官家在等一个时机。"

南衣愣了愣,她身在局中,确实没想到这一层。

这么说,胡大人也没办法?

这日离开时,南衣有些沮丧。她虽然能说服胡大人,可他们都知道,这还不够说服天下人。这件事最棘手的地方在于,它已经跟对错无甚关系了。太多知道真相的人都被迫地闭上眼睛,任由不公发生。个人与大局时时刻刻都在激烈地冲突着。

而官家等的时机到底是何时呢?

第一百四十二章 文死谏

南衣离开的时候,胡如海道了一句"夫人珍重",态度与刚见面时已俨然不同。他对她郑重、端方地行了一个君子之礼,亲自送她出门。

回到驿站,南衣发现有人已经等候她多时了。

秋姐儿见了她就红了眼眶,唤了一声"嫂嫂",便抱着她呜呜地啜泣起来。

南衣回想起上元节送秋姐儿一家离开沥都府,一别已经四月有余。时日不算长,再见面时却恍如隔世,物是人非。思及此,南衣也不禁悲从中来,两人抱头痛哭。

好不容易收拾了情绪,南衣要扶秋姐儿坐下,秋姐儿却扑通一声在她面前跪下了:"嫂嫂,对不起……"

南衣吓了一跳:"秋姐儿!"

"是我父亲,他背叛了谢家,背叛了朝廷……他就是'大满'。"

这个惊悚的信息让南衣怔在原地,浑身不自觉发起抖。

从秋姐儿口中,南衣才知道了许多先前被蒙蔽的事。

除了谢铸,朝中还有多人早就投歧。沥都府之困,便因这些人在背后兴风作浪,才使局面如此复杂。如今其余叛党已悉数落网,只有谢铸北逃,狠心将家人都留在了金陵。

"朝恩的死,他也知情吗?"南衣苦涩地问道。

秋姐儿扑簌地落着泪,点了点头。

那是谢却山的三叔啊,他生命中像父亲一般的存在。那时他为了救三叔,将三叔送到金陵,付出了巨大的代价,正因如此,后来大家在猜测谁是"大满"的

603

时候，没有任何一个人怀疑到谢铸身上。

对南衣来说更震撼的是，这亦是她的第一个任务。对她来说如此重要的一件事竟然只是全被谢铸利用。她以为自己救下的是文人风骨，她也曾望着那样挺直的脊梁，照猫画虎地学到了何为大义。

这些都是可以装出来的吗？难道他的计划从那时就已经开始了吗？

人心到底有多恶？

南衣颓然坐下，她悔恨极了，她就该在任务里出些纰漏，让谢铸去死，让他露出马脚，那么如今的结局是不是就会不一样？

忽然间，她想到了什么："叛党可有招供什么与朝恩有关的事？"

说到此处，秋姐儿神情复杂地点了点头，但面上并无喜悦。

南衣便知道，其中还有曲折。

叛党之中也有人受不住刑招供的，供词之中都有提到是如何在沥都府一事上推波助澜，又是如何构陷谢却山的，但官家在犹豫之后选择了封存这些供词，原因无他——一旦此事公开，谢却山是能得以清白，可谢铸的行径也瞒不住，谢家上下都将危矣。

谢却山之事未牵连谢家，是因为多年前谢家就泾渭分明地与他划清了界限，加上当时有沈执忠奔走保全，太上皇同意不牵连谢氏族人。可谢铸与谢钧甚至都不曾分家，在所有人眼里，他与谢氏紧密相连。真到那个时候，官家难找到说辞保全谢氏。

南衣虽执着于为谢却山正名，但在这样的选择面前，她也不会置谢家于危难中。最无奈的事莫过于此，分明知道谁是罪人，分明知道哪条路一定走得通，在诸多考量之下却只能缄默。

思绪被一片惨淡的灰蒙笼罩住了，南衣只觉得越往深处走，敌人的刀枪反而消失了，只剩防不胜防的暗箭，随处可见的禁忌。

接连的打击让她久久难言，她不知道还能做什么，分明才上路，便已经觉得望不到头了。

秋姐儿红肿着眼自责道："倘若我早些发现父亲的异常，也不至于来不及……"

后头的话，她终究是哽咽得说不出了。

若能早几日，沥都府的转机先到，谢却山便不至于被逼死。

可现在说这些如果又有什么意义呢？

两人沉默地对坐着，束手无策。不幸中的万幸是，她们现在有大把的时间可以浪费。

等待，难道只有等待吗？

窗外隐约有沸腾的喧嚣声传来，隔了几重门窗，遥远得像悬崖边的风。渐渐地，风好像吹过来了，外头的声音越来越大。忽然，有人咣咣敲门。

驿站的小厮喊道:"两位娘子,快去宫门口看看吧!"

南衣和秋姐儿对视一眼,忙往外跑去。

人群已经聚集在了宫门口,却被禁军拦下。

从议论声中,南衣和秋姐儿才知道,胡如海脱帽去袍,从宫门口三步一叩首地行至太极殿外。

他一路高呼道——臣陷害忠良,蒙蔽上听!臣有罪!臣愿万死,求官家重审谢却山案!

胡如海的声音越来越远,被喧嚣的人群盖过,几乎要听不到了。忽然,最前头的人群发出一声惊呼,声浪一波一波终于传到了南衣耳里。

"胡大人撞柱自尽了!"

南衣猛地抓住了秋姐儿的手。她是应该庆幸的。她以为胡大人也只能为谢却山叹一声惋惜,什么都做不了,却没想到他为了弥补自己犯下的错误,为了拨乱反正,竟有如此以死明志的决心。这般声势浩大的死谏该让庙堂与民间都为之一震了吧?

可她一点都高兴不起来,心里那个口子被扯得更大了,风呼呼地往里灌。

那些烟花一般的生命啊,残酷又绚烂地照着她的前路。

这个世界再糟糕,也总有人前仆后继,义无反顾,只为全一份忠义。

胡大人死了。

当死亡只是为了表达,便终于有了震慑力。

至此,民意越发高涨,每日请愿者众,要求朝廷彻查谢却山案,给世人一个说法。这好像既荒唐又合理,一夕之间言论的风向就变了,在他死后,人们又开始爱戴他。

三日后,天子诏令终于来了,此案重开卷宗,移交三司会审。

一切终于步上正轨,但这还远远不够。

公堂之上,口说无凭。

但凡秉烛司中存有半张关于谢却山的卷宗,此事也不会那么艰难,可是"雁"的身份是绝密,沈执忠并没有留下任何关于他的记录。

直到徐叩月来告诉南衣一些可能的线索:"张知存从汴京逃回来后,与沈大人有过一次密谈。沈大人也是他的老师,曾对他说,会将他与谢却山的事迹写入折子呈给朝廷,为他们请功。这也是张知存第一次得知谢却山的身份。但事后我们派人将沈大人家中翻了个底朝天,都没有找到那道折子……还有一些秉烛司的卷宗,也都不翼而飞。"

南衣心头一跳,隐隐听出了一些希望。沈执忠亲笔书写的折子,这便是最有力的物证!只要拿到这东西,谢却山的冤屈便能不攻自破。

秋姐儿想起见父亲最后一面时,父亲背着一个包袱,包袱里装的东西有棱有角,不像衣服细软,倒像一些书籍案卷。

"沈大人是父亲毒杀的。倘若这折子还在世上，那一定是他带走了……"秋姐儿推断道。

可谢铸如今已经在汴京城里了，他的行踪十分神秘，入了城之后便再无音信，恐怕是被完颜蒲若严密保护了起来。

去汴京找谢铸。

南衣立刻便做了决定。

徐叩月吓了一跳："不行！你不能再冒险了！我让官家派合适的谍者完成这次任务，你就同我们一起留在金陵等消息。"

"别人能完成的任务，我也可以，但这个世上，不会有人比我有更大的决心。"

南衣不想坐在原地空等，她更接受不了等来任务失败的消息。她并非鲁莽做决定的人，岐人刚占领汴京不到一年，城中戒备森严，处处都有重军把守，而她一个生面孔，反而好混进去。她还有一丝，也许是无路可退不管不顾的癫狂。

徐叩月意识到自己拦不住南衣。

"一定要去吗？"她喃喃地问。

私心里，她害怕再失去任何一个旧友。

南衣知道徐叩月怕的是什么，而这种关怀也在谢却山死后不断地给她力量。她莫名地柔软下来，眼泪又无端涌上眼眶。

"我不是去送死的。"她咬咬牙，笃定道。

秋姐儿一直沉默着，听到她做了如此坚决的决定之后，忽然开口道："我跟你一起去。"

南衣明白秋姐儿的意思。她是谢铸唯一的女儿，关键时刻，这个身份说不定能起上什么作用。

她面上拗不过只好答应了，却并不打算真的带上秋姐儿。秋姐儿到底是个没出过远门的弱女子，带她一起深入敌营，这太冒险了。

可当南衣深夜偷偷摸摸离开的时候，却见秋姐儿就抱着包袱蹲在马厩旁小憩，秋姐儿听到动静，立刻便惊醒了。

她没有戳穿南衣要把她留下的心思，只是同往常一样细声细语道："嫂嫂，我们出发吧。"

南衣又有点想哭。她好像变得极其容易落泪。

她知道，秋姐儿的心情与她是一样的，纵然前路是刀山火海，纵然她们只有微末的力量，那也要上路，去搏那渺茫的希望。她再也无法忽视这一份赤子之心，她不能甩掉秋姐儿，只能暗暗决定，一定要护好秋姐儿。

舟车劳顿，鲜少出门的秋姐儿确实吃不消，头一天下了马，便钻进树林里将苦胆水都吐出来了。

可从林子里出来，她虽煞白着一张脸，却始终嘴硬地说自己没事，不肯停下脚步多歇息，生怕拖累南衣。

秋姐儿与谢家众人性格大相径庭，可那股倔强是一脉相承的。南衣恍惚在她身上看到了小六的影子，甚至还有谢却山的影子。

枯燥的赶路生活，南衣时常有些恍惚。仿佛她只要用力奔赴，就能把谢却山带回来一样。

她的觉越来越少了。

她也不做梦。她不知道为什么，谢却山都不给她托个梦，是对这个世间太失望，头也不回地就过了奈何桥吗？

可她太想再看他一眼了。

她沉默发呆的时候，秋姐儿便抱着小毯子陪在她身边。秋姐儿不是个话多的人，大部分时间，她们就只是沉默。

有一个晚上下起很大的雨，她们被迫在山野之中搭起帐子休息。

看着好像没有尽头的雨，秋姐儿忽然问她："嫂嫂，你为什么走这条路呢？"

南衣不假思索地回答道："这条路比较近，而且隐蔽。"

秋姐儿没纠正南衣的错会，只是自顾自地接着说："我的意思不是说，朝恩哥哥的身后名不重要。其实就算你不做，宋大人、禹城军、公主殿下，甚至官家……终有一天，他们也会找到机会去做这件事。"

南衣沉默地枕着坚硬的岩石，望向深邃的夜空，密密麻麻的雨丝是银色的。

为什么呢？

过了很久，久到秋姐儿以为南衣睡着了，才听到她喃喃地回道："我只是在想……我要如何告诉世人，我这一身骨血和勇气，都是他的馈赠。"

第一百四十三章 尽人事

汴京。旧宫城换了新主人，岐人极力想给这座城池打上属于大岐的符号，可放眼望去尽是鸠占鹊巢的不伦不类。

七月初二是完颜蒲若的生辰。比起往年在宫中大庆生辰的声势浩大，今朝战败而归，让这位如日中天的长公主不得不低调起来。

生辰宴便放在了自己的府上，只请了一些相熟的臣子与女眷，说是宴会，更重要的是完颜蒲若能借着这个觥筹交错的场合拉拢群臣，打听各方局势。

而南衣正是要借着今日难得一次的开府宴客，混入长公主府。

她和秋姐儿入城已经有几天了，与汴京的秉烛司谍者接上了头。他们早些日子就开始盯梢了，总算抓到了谢铸的踪迹，他如今化身为完颜蒲若的幕僚，就住在她的幕府上。

岐王特许长公主开府治事，因此她的府邸不仅仅是住所，更有官衙、幕府与军营，守备自是堪比皇宫。今日即便繁杂的宾客往来，守卫也丝毫没有松懈的迹象。入府者都需查看请帖，每位受邀者的请帖都是由完颜蒲若亲笔所书，更无仿造的可能。

但总算让南衣找到了一个突破口——有位夫人正满城搜罗名贵的金石字画，她知道长公主不爱绫罗，只爱这些文人的东西，绞尽脑汁想要投其所好。

南衣便为这位夫人带来了及时雨。她送上一幅号称是王大家真迹的《江山图》，几尺长的画纸上江山连绵，气势恢宏，笔触鬼斧神工，即便是见多识广的人，也一眼就被此画震撼，直呼稀世佳作。

而这其实是秋姐儿花了五个日夜赶工临摹的赝品，虽然与原作并不一模一样，但是在不太懂字画的岐人面前，以假乱真还是可以的。

那夫人当即便要向南衣买下此画，南衣却婉拒了金银，只说自己读过一些书，听说长公主殿下是惜才之人，想要在长公主殿下麾下谋个一差半职，希望夫人能在生辰当日带她到长公主殿下面前引荐一番。

那夫人自是乐得省了一笔钱，见南衣也不像能惹出什么乱子来的人，不假思索地便答应了。

跟在这位夫人身后，南衣顺利地混入了长公主府。

南衣的目光在往来的宾客间转了一圈，看到了谢铸。他大概是还存着一点良心，知道自己的行径会给谢家带来灭顶之灾，因此还未公开身份，只是坐在并不起眼的角落里。见到他伪善又故作清高的模样，南衣就恨得牙痒痒，恨不得能立刻手刃仇人。

但现在不是意气用事的时候，南衣要趁着众人都聚集在宴会厅，赶紧找个时机溜走。

正好这时，大概是有位重要的宾客来了，人还没进来，便引发了一些轰动，不少已经落座的臣子围上去殷切地行礼。南衣听着周围的讨论，才知道来者是八王子。他是岐王的幺子，不像兄长一样跟着父王南征北战，从小就养在销金窟里，不学无术，整日花天酒地，招猫逗狗，是王庭里有名的二世祖。

八王子在簇拥下走进了宴会厅，南衣免不了好奇地望了一眼。那人简直像开屏的孔雀，头顶一个以金丝镶嵌、宝石点缀的束发冠，身着故作低调实则很显眼的墨色宽袍，大团金线绣成星图点缀于衣袍之上，行走之间，阳光在袍间流转，那一身黑当真是熠熠生辉。

确实是个金山银山里长起来的贵公子，这一身华丽气度不言而喻。

不知道为什么，南衣一恍神，差点以为自己见到了章月回。

回过神来，南衣忙趁着这个无人注意的天赐良机溜之大吉。

而带她进来的夫人只以为她去上茅房了，也并未起疑，心里更没想真的要带她去见长公主，这也太自失身份了，到时候便找个理由推说长公主不想见就搪塞过去。

南衣正是算到这夫人没想诚心帮她，才敢大胆地离开。

如今的长公主府曾经是昱朝的泰王府，府中地形与以前并无太大区别。南衣提前熟悉过地图，一路都还算顺利，鬼祟地摸到幕府处。来之前，秋姐儿告诉南衣，父亲在家中就很讲究风水排布，所住院落的屋檐下必定挂有辟邪的铜铃，门框上贴有道家符箓。这样排查，应该能很快找到谢铸的住所。

守卫大都在前院，幕府反而守卫稀疏。偷东西又是南衣的老本行，她很快就摸到了谢铸的屋子里。

一切都很顺利，又似乎有些太顺利了。

但南衣也顾不得太多了，她在谢铸的书架上飞快地找寻着。遥遥的乐声隔了几重院落起落着，显得房中越发寂静。南衣只听得到自己的心怦怦地跳着，浑身紧绷到似乎都在颤抖。

那折子到底藏在哪里了……不会根本就没有吧？

前院，宴会已至中场，完颜蒲若对于宾客的敬酒来者不拒，已经喝到酒酣耳热。这时有一个侍从疾步走来，在她耳边低语几句："殿下，卓鲁都尉的夫人今日身边带的并不是以前的女使，她一进门我们便盯着她了，只是方才一转眼，人就跟丢了……"

完颜蒲若蒙眬的醉眼中倏忽闪过一丝精光。

鱼咬钩了呀。

她接到情报，金陵秉烛司有谍者进入了汴京，目标似乎是谢铸。谢铸在她的保护之下，她料想对方一定会千方百计地靠近公主府，故而在生辰宴上早就布下了密不透风的眼线，盯着出入的每一个人。

她望了一眼谢铸。侍从立刻会意，补充道："谢大人身边并无异样。"

不是冲着谢铸来的？

完颜蒲若一愣，忽然想到了什么，那难道是冲着谢铸带来的东西？

幕府！

完颜蒲若的话还没来得及交代，八王子忽然满身酒气地端着酒凑了上来："姑姑，侄儿敬您一杯——祝您生辰欢愉——"

完颜蒲若不得不举杯先应付八王子的敬酒。八王子却像喝醉了似的，摇摇晃晃地往前一倾，一个不稳，竟将手里的酒都泼到了完颜蒲若身上："哎呀——姑姑，都怪小侄鲁莽，这可怎么办？快快快，快来人服侍姑姑换衣——"

八王子上前手忙脚乱地给完颜蒲若擦拭身上的酒水，这打断了完颜蒲若的思绪。女使们簇拥上来，隔开了前来汇报的侍从。

完颜蒲若只好仓促地给他递了一个眼色，他是个机灵的人，立刻便会意去后院搜，默不作声地退出了人群。

此时，南衣还在谢铸的房间里胆战心惊地寻找着那道关键的折子。

类似的折子堆了一摞，南衣又不能全都抱走，只能一道道翻阅。她看书识字本来就不太利索，为了加快速度，便在折子里找有没有写着谢却山的名字。

终于，她找到了压在最底下的一道折子，这里有谢却山的名字，熟悉的名字让她眼眶一热。上头的字迹与别的都不太一样，想必这就是沈执忠大人的亲笔。

进府时需要搜身，她没法带任何武器。

就在她心惊之时，听得一个有些熟悉但又陌生的声音道："自己人。"

南衣诧异地回头看，面前之人让她足足惊了一瞬。

这不是谢衡再的妾室乔因芝吗？她似乎更瘦了，还黑了些，束着利落的马尾，穿着一身府中守卫的衣服，眼里尽是凛冽的警惕之意，说她是武行出身也不稀奇，哪里像做了十年世家的妾室，脸上没有半分当时柔弱不能自理的模样。

去岁除夕的时候，南衣发现乔因芝是岐人的细作，就在她还没来得及告知小六的时候，乔因芝便被谢却山放走了。

这个人，她差点都要忘了，今日再见，过往许多回忆又汹涌地翻腾起来。

可乔因芝怎么会在这里，还说是自己人？

乔因芝拽着一脑子疑惑的南衣走入一片隐蔽的树林，观察了一下，四周无人，便开始脱下自己的衣服。

"换衣服。"她简单利索地交代南衣。

"你为什么要帮我？"尽管南衣没有放下警惕，但她还是立刻就配合着换衣服了。

这身公主府侍卫的衣服，他们在外头挤破了脑袋，花重金都求不到。不管乔因芝想干吗，她披这身皮在身上，总归不是坏事。

"不帮你，难道要帮岐人吗？"

南衣还是有些谨慎："那你把衣服给我了，你怎么办呢？"

听出南衣的犹疑，乔因芝解释道："谢三放走我之后，我无处可去，只能回到鹃沙身边，他将我放进了黑鸦营，方便听他调遣。在他死后，我便继续留在黑鸦营里，后来辗转被分配到了长公主府上做守卫。我的身份很安全，没了这身衣服，也随时都能脱身。"

"……多谢。"

"不用谢我，"顿了顿，乔因芝的语气终于柔软了一些，"谢三放过我一命，这是我还他的。"

南衣鼻头一酸，他默默做了很多事，她只剩沉默的动作。

换过衣服，乔因芝熟悉地带南衣穿过一条无人守卫的小路。

她们刚从小路尽头穿出来，便迎面遇上了一队奉命前来搜人的士兵。

为首的侍卫看到那小路钻出了人，登时警觉起来："什么人？！"

*

宴上，醉醺醺的八王子越帮越忙，只是擦个酒渍，却又不小心将小菜打翻，完颜蒲若被他搞得一团糟，这会儿全然无法召自己的近侍下来下达指令。

有人溜进了她的府邸，她还没抓到人，情况很可能在须臾之间失控。她心烦意乱，又不好对侄子发火，脸上端着点笑，连道"无妨无妨"，只想让这个酒囊饭袋赶紧滚。

然后她低头看到了他的手。

那个人有一双很好看的手。那双手曾在她面前从容不迫地将筹码全部推倒，骨节分明，修长白皙。她还见过无数次那双手翻飞如蝶地拨弄着算盘，进出便是上万两的生意。她经常盯着那双手，甚至让人有一瞬间的幻想，想要被那双手抱紧，被它们抚摸。

她不会忘的。

完颜蒲若猛地扣住这位"八王子"的手腕。紧接着广袖一翻，她从头发上拔下一根金簪，以迅雷不及掩耳之势划过他的脸。

长发将将落下，他的脸上出现了一道裂痕，但是古怪的是，裂痕上并没有血迹。他皮下还有一张皮。

第一百四十四章 洗铅华

电光石火间，章月回忽然就势拽过完颜蒲若，一把将她揽到怀里。下一秒，她紧握着金簪的手就被轻巧地一折，抵在了自己的颈间。

局势迅速逆转，章月回在须臾间劫持了完颜蒲若。

宴上登时乱作一团，侍卫呼啦啦地围了上来，黑压压的弓箭对准了章月回。

而他只是面不改色心不跳地轻笑了一声，仍端着一副处事不惊的慵懒做派，不紧不慢地撕了脸上的面具，甚至还有心情打趣道："这玩意儿可真是闷得慌——又见面了，公主殿下。"

"章月回——"完颜蒲若露出几分真切的恨意，"你倒是有胆来。"

"我思及公主一想到我，应当是咬牙切齿，夜不能寐，所以无论多远，也该来会会殿下。只是殿下的眼太尖……让这游戏不好玩了呀。"

"放开本宫，本宫尚能考虑给你一条活路。"

"啧——现在的局势，这话好像该由我来说吧？"章月回油盐不进。

"好，那你倒是说说，你想要什么？"

章月回眼眸微眯，沉默了一瞬。

他想要什么？他能争取到的时间不多，但愿够了。

而不巧撞上巡逻侍卫的南衣和乔因芝此刻还被堵在后院里。

千钧一发之际，南衣灵机一动，恶狠狠地推了一把乔因芝，做押送状："属下抓到一个可疑的婢女，正要带去让殿下审问。"

为首的侍卫狐疑地打量了一眼这两人，长公主府里有不少女侍卫，他也没能一一认全样貌，还想盘问具体的情况，这时前头传来巨大的喧嚣。

"出事了！宴席上出事了！快来人支援！"

闻言，这队士兵来不及再顾这两人，只对南衣丢下一句"把人看好"，便匆匆朝前厅赶去。

见人走远了，乔因芝才带着南衣朝一个不起眼的小门走去。南衣还在紧张前头发生了什么，会不会影响到她的计划，可乔因芝好像一点都不惊讶，她打开门先往外张望了一眼，确定没人后招呼南衣："从这里出去就安全了。"

南衣一脚迈出了门，还是有些奇怪，回头问她："你怎么知道我会来？还有别的人在帮我吗？"

乔因芝的目光闪烁了一下，她没回答，用力地将南衣推了出去，旋即便关上了小门。

宴席上的剑拔弩张丝毫没有缓和的迹象。

章月回吊儿郎当地回答道："殿下如此追杀我，叫我不痛快了，我可不是能忍的人，当然要以牙还牙了。"

他手上的动作一点都不怜香惜玉，稍一用力，金簪便刺入完颜蒲若的皮肤，血珠沁了出来。

"本宫今日若是死在这里，方圆十里的汉人都得陪葬——你不是一个人来的吧，你敢动手吗？"完颜蒲若竟也没有露出惧色，厉声质问。

　　章月回笑得宛若一个妖物："与我何干？"

　　就在他陡然发力的时候，他已经看到远处屋顶上一支利箭朝他破空而来。他知道自己不会成功了，他也不打算成功，但鱼死网破的瞬间，他觉得过瘾极了。

　　他就是一个人来的，他的目的只是刺杀完颜蒲若，他没有同伴。

　　那支利箭不过瞬息的工夫便精准地刺入他的肩胛。

　　与此同时，完颜蒲若狠狠地屈肘撞向他的肋骨，他被迫松了手，金簪只在她脖颈上划出一道血痕，便应声落地。

　　全副武装的侍卫们立刻上前，四面八方的刀刃将他团团围住："殿下，如何处置此人？"

　　完颜蒲若捂着脖子上流血的伤处，居高临下地看着被按住无法动弹的章月回。她以为他该慌张了，可都大难临头了，他还是玩世不恭地笑着。

　　完颜蒲若一下子被问住了。她总以为对他的追杀会是一场漫长的追逐，今日来得太过突然，她都没认真想过，如果抓到他，该如何处置。

　　杀了他吗？那太简单了，还不够解恨。

　　就在她沉默的时候，有人匆匆来禀报："殿下，幕府进了贼，谢大人的房间有被撬过的痕迹。"

　　谢铸面如土色地跟在侍从后面。

　　完颜蒲若心觉不妙："先生，丢了什么？"

　　谢铸只能上前，低声道："那封沈执忠所写的，关于谢却山身份的陈情书。"

　　"不是早就让先生销毁了吗？！"

　　谢铸答不上来，他到底藏了一点私心。人心是肉长的，他和谢却山虽然道不同不相为谋，但好歹是亲叔侄，曾经也是良师益友。平心而论，他钦佩谢却山，但也畏惧谢却山，做出迫害谢却山的决定亦是极其艰难的。他想这道折子该是他们之间存在过情谊的唯一证明，所以下不了狠手销毁它，总归人都死了。没承想他都逃到了汴京还能出事，此刻懊悔也来不及了。

　　完颜蒲若有些急了，这可不是一件小事——谢却山的身份绝不能公之于众！因为这场沥都府的败仗，她和韩先旺在王庭中的地位开始变得微妙。倘若谢却山是卧底的事再被昱朝公布，那他们用人不察导致损兵折将的罪名就会板上钉钉，她不得不接受惩罚。别的贵族本对于她手里握的权力虎视眈眈，一旦钻到空子，就会像饿虎扑食般上来瓜分。

　　她绝不能让那折子回到昱朝。

　　完颜蒲若吩咐左右："立刻封城门，设关卡，无官衙批文者，谁都不许进出。"

她这才反应过来，章月回闹这么一出，是为了吸引众人注意，从而掩盖真正的目的，为偷取折子的人拖延时间。难怪他现在一点都不慌，因为他们想要的东西已经被带走了。

一股无名之火蹿了上来，他一而再，再而三地背叛她，她恨不得将他吸骨敲髓，挫骨扬灰，才好解气。

"章老板，你的游戏结束了。接下来，该我说了算。你和你的同伴，一个都别想跑。"完颜蒲若凛冽地扬起眸子，再无任何怜悯，吩咐道，"将人送去八王子府上赔礼道歉吧。"

八王子此刻还不知道被章月回五花大绑地塞在哪里呢。娇生惯养的八王子哪被如此对待过，性子本就暴虐无度，睚眦必报，章月回落到他手里，自是会被好好地折磨一番。

交代完这一切，完颜蒲若才被簇拥着进入屋内包扎伤口。

宴席上杯盘狼藉，宾客纷纷离席，没人再去管谢铸，他有些茫然地站着，心中莫名地有了一丝背井离乡、寄人篱下的孤独感。然后不经意地一瞥，他看到了那幅挂在画架上的画。

大概是哪个达官贵人送给长公主的生辰礼，王大家的真迹，想必是花了些心思的。

他鬼使神差地朝那幅画走去。没有任何来由，这画让他觉得熟悉。

忽然，他注意到藏在山水之间的一只蝴蝶。他浑身一震。

——不，不可能！这是秋姐儿的画！

秋姐儿的画怎么会出现在汴京？难道偷折子的人是她？

脑海中混乱的思绪纠缠在一起，他下意识颤抖着触碰那只蝴蝶。他已经察觉到了不对劲，整幅画秋姐儿都故意隐藏了自己的笔风，刻意临摹王大家的风格，为何会在这只蝴蝶上忽然裸露身份？难道她知道他会看到？

可他还是低估了秋姐儿的决心，就在触碰到蝴蝶的瞬间，他感觉到一阵刺痛，画上竟隐藏着微小的木刺，扎伤了他的手指，一颗血珠渗了出来。

这个微不足道却又精准的陷阱让谢铸跟见了鬼似的往后退，秋姐儿没有出现，可他已经从这种锋利的疼痛中感受到了女儿的恨意。

一步，两步，三步，四步，五步。

不过走出去五步，谢铸便轰然倒地，口吐白沫，浑身抽搐。

这只蝴蝶是用含有剧毒的箭毒木汁液画成的，毒素只要沾到伤口，便会沿血脉行至心脏，人在五步之内必定暴毙。

意识快速消逝的瞬间，谢铸脑海中甚至没来得及走马观花地回顾他的一生，只有一个铺天盖地的念头——他亲手养育的这朵花终于毫不犹豫地化作利刃穿透他的心脏。

他害同胞，血亲亦害他。

他苦苦追求"大满"的境界，终究在无法圆满中结束了他的一生。

★

南衣一从公主府离开，就立刻回了藏身点，准备带上秋姐儿撤离。

秋姐儿却在一夕之间病了，病得根本走不动路，面色苍白得像一张纸，躺在床上气若游丝："我身子本来就弱，许是水土不服……嫂嫂，你先走，城里很快就会戒严，你得先把折子送出去呀……"

南衣心里在挣扎，再晚可能就离不开汴京城了，可她把秋姐儿带来，怎么能把秋姐儿丢在敌人的城池里呢？

"我没在宴席上露过面，不会有人认出我的……这里很安全，等我养好了身子，嫂嫂再来接我回去……这样什么也不耽误。"

南衣也以为秋姐儿是长途跋涉后又熬了好几个通宵作画，身子才突然垮了，秋姐儿的提议并非没有道理。出发之前，宋牧川便告诉她们，回程的路必定凶险，他会借换俘之名，在距离汴京城八十里的燕庐城等她。她只要快马加鞭将折子送出去，就立刻回来接秋姐儿。

她交代这里的秉烛司同僚们好好照顾秋姐儿，自己骑了一匹马，飞快地往城门赶。

送走了南衣，秋姐儿才坦然地闭上了眼睛，眼泪却静静地淌了下来。

父亲死了，她亦在他乡安静地等死。

这样够了吗？够赎罪了吗？向死去的那些人。

南衣策马疾驰，她还不知道谢铸死的消息，她更不知道秋姐儿突如其来的病，是因为秋姐儿也中了毒。尽管她没碰到毒素，可亲手调制颜料，将毒素以一种只有谢铸能察觉的方式混入画中，日日与毒物相伴，她也难免受其侵害。

南衣赶到城下，城门已经封锁了。

汴京城下起急雨来，可让人不悦的闷热丝毫没有被驱逐，雨滴沿着屋檐往下坠，滴答，滴答，像无处不在的计数，有什么藏在时间身后的庞然大物正在悄然降临。

★

章月回好像也听到了雨声，又或者只是从他发丝往下坠的水珠给他带来了一

615

些恍惚的错觉。

花孔雀似的披在身上的华服已经被打得稀烂,鼻青脸肿,全然看不出原本的清俊,他只是一团被倒挂在梁下的可怜的血肉。

八王子出够了气,扬眉吐气地走了。

刑房里静得可怕,章月回却总算能稍稍松一口气,持久的折磨终于暂停了。

来的时候,章月回以为自己可以持续地抽离,维持那张镇定自若的面孔。

他甚至有一瞬间觉得荒诞,他这么不可一世的人怎么可能沦为阶下囚。而痛觉是所有人都无法逃避的最原始的感觉。鞭子落在身上,木棍砸在脊背,滚烫的烙铁按在皮肤上,仿佛将骨头都要烙穿。痛苦不会因你有多少财富权势而敬你几分,人人平等。

他和所有卑微的生命一样,在哀号,在抽搐,他不可避免地在这种肉体的疼痛中想起了过去他无数次高高在上碾过别人生命的瞬间。

这也许就是他的报应。

终于,有人进来了。章月回艰难地睁开眼睛,长时间的倒吊让血液都往头部淤积,高肿的右眼已经让他有些看不清眼前了。

"放他下来。"

他听到了完颜蒲若的声音。

有人将他放了下来,让他靠住墙根,这个姿势舒服多了,他竟心生一丝解脱的感激。

很快,左右的侍从便走了,偌大的刑房中只剩下两个人。

完颜蒲若望着浑身血污的章月回,折磨他并没有让她有多高兴,不过重要的是,一切又回到她的掌握之中,她牢牢地拿捏住了这个狡猾至极的男人:"章月回,你可真厉害啊,从我眼皮子底下偷了东西,还神不知鬼不觉地杀了谢先生。"

谢铸死了啊。

章月回刚知道这件事情。

"不过城已经封了,一只苍蝇都飞不出去,你的同伴很快就会来陪你了。"

章月回一只耳朵进一只耳朵出。他心想:你可太小瞧她了,她一定有办法离开的。

他相信。

完颜蒲若在这里趾高气扬,不就说明外头还没找到人吗?

他整个人松弛下来,想来南衣的任务很顺利,她一定能得偿所愿,那他在这里吃苦便是值得的。

完颜蒲若蹲下身,带着一种胜利者的松弛与幸灾乐祸,试图从他脸上看出一丝忏悔的情绪:"章月回,你后悔吗?"

他竟还有心思扯起一个难看的笑，反问道："我后悔的话……殿下就会原谅我吗？"

　　"我这个人极有原则，背叛我的人，都得死。"

　　"那给个痛快吧。"章月回疲惫地闭上了眼。

　　完颜蒲若抬手轻抚他的面颊："但你又有些不一样……你知道吧？我一直都想得到你，无论是身还是心，可你太难驯服了，竟叫我还有些不甘心。"

　　完颜蒲若说得坦然极了。男女之情，对她来说只是取悦自己的方式，没什么好扭捏的。

　　章月回这会儿是真的笑了起来，笑容牵动了脸上的伤口，让他的神情变得有些扭曲。他对上完颜蒲若的眼，淡淡道："有点恶心。"

　　完颜蒲若眉头一挑，他的忤逆激起了她的胜负欲："你干的不一直都是恶心的事情吗？我就当你偶然泛滥的家国情怀是误入歧途，只要你愿意悔改——只要你说，你恨透了你的故乡，恨透了你的同胞，你就是个卑鄙无耻的小人，你以后只效忠于我，我马上就能放了你。"

　　她不可能真的放了他，只是抛出一个高位者的诱饵罢了。她意识到自己想要得到他真正的屈服，除此之外，都不能解他背叛之恨。

　　章月回的笑容越发讥讽，喉间又有一丝血腥涌上来，他咳出一口血来，缓了缓，才慢慢开口："我在蜀地的时候……大部分时间都待在寺院里……我问方丈师父……何为解脱……"

　　他的声音近乎气若游丝，完颜蒲若不得不靠近他，才能听得清楚。

　　她认为他在倾诉什么真心话，听得格外认真。

　　她隐约察觉到一丝可悲，也许心底，她希望得到一个不一样的答案。在所有博弈的情绪背后，她对他有过一丝真挚的感情。

　　"他说……待我静心听完三千六百次木鱼声……再来思考这个问题……然后我就跪坐在大殿的蒲团上……一声、两声、三声……十五声……四十声……"

　　他含着血腥味的气息扑在她耳侧，她听了很久，不敢相信他真的只是在数数，他竟完完全全忽视了她难得的悲悯。

　　她怒不可遏地后退了几步："来人！"

　　很快便有侍从鱼贯走了进来，有人端来了药，要往章月回嘴里灌。

　　章月回太清楚这是什么了，他闭上嘴不肯喝，但还是被强行灌入了大半碗药。

　　这不是毒药，而是补药，给他补充一些生命力，好再去接受新的折磨。

　　他不知道哪来这么大的力气，猛地挣开了身上的束缚，抢过药碗摔在地上，捡起一块瓷片就往腕上划。

但他的手被完颜蒲若一脚踩住了。

"这就受不了了吗？"她面无表情地看着他。

"我不会杀你，我会将你流放到漠北做苦役，每个漠北的奴，都会被铁链穿透琵琶骨，像狗一样拴在墙上。奴隶主会在白天将你们放到渺无人烟的荒原上，你要日日夜夜劳作，将硬土一锄一锄开垦成田野，倘若做得不好，就会受到严苛的刑罚。在那里，你叫天天不灵，叫地地不应，没有人认识你，没有人见过你锦绣的过去，你背离了故乡，故乡也背弃你。章月回，你将以最卑贱的方式活着。"

第一百四十五章 归去遥

完颜蒲若真正做的远比她说的更狠。

以彼之道还施彼身，她最后一次来见章月回的时候，带来了一个跟他长相别无二致的男人，甚至比现在的他更要像章月回。

嘿，又是一张人皮面具，这还真是他最擅长用的欺骗人的把戏。

完颜蒲若告诉章月回，这人会去引走接应他的忠仆，从此，这个世上不会再有人知道真正的章月回在哪个角落。

她轻而易举地碾碎了章月回最后的退路。

但章月回心中好像也没什么波澜，骆辞确实在城外接应他，但汴京不是他的地盘，他们没这个能耐兴风作浪。落到完颜蒲若手里，那断头的铡刀便已经落下一半，他早就放弃挣扎了。

完颜蒲若把他扔进流放漠北的犯人之中，不日出发。

他现在只是有点想睡觉。

他有一些洁癖，这比身上的疼痛更要命。他已经开始有种地上的脏污泥水都在往他身上灌的错觉，那些阴沟里的蛇虫鼠蚁朝他蜂拥而来。但现在的环境不容许他犯这些臭毛病，他索性闭上眼，装作什么都看不到，什么都感受不到，似乎就能自欺欺人。

假寐着，人便真的昏昏沉沉地睡了过去。他浑身冷得厉害，脑海中的思绪也在纷杂地交织着。半梦半醒间，他好像看到一片一望无际的雪原，而他只穿着单衣，赤着脚，独自行走在雪原中。

恍惚之间，章月回听到有人在轻轻呼唤他的名字。

有人拨开漫天的风雪朝他走近。

是个女囚。女囚却长着南衣的脸。

章月回心里嘀咕，怎么还出现幻觉了呢？

她说："我们一起离开。"

还出现幻听了。

章月回对她傻笑着，心里膨胀起一股虚无的酸楚。

他的人生从不回头看，他走的每一步都是落子无悔，他是个骄傲得不得了的人。

可是他真的不后悔吗？

不是的。他悔死了。他好想抓住那段他真实拥有的时光，那个曾陪在他身边的真心人。他做了一件足以懊悔一生的事，他为此努力弥补过了，可依然在拼命追逐的过程中一点点地失去她。

他所有的叫嚣都是他的害怕，他梗着脖子强调自己是个坏人，怕自己就算成了一个好人，也依然等不到她回头。

算了，他接受了自己一败涂地的结局。

"别来，快走。"他在风雪里对她说。

他已经去不了桃花源了。

南衣看着章月回迷迷瞪瞪地醒了一下，说了几句胡话，又昏睡过去。她探了探他的额头，他正发着高烧。

她亦被这个破碎的躯体冲击到了，她从没见过章月回这么狼狈的样子。涅槃计划之后，他们有很久都没见面了。那时章月回悄无声息地离开，没有逼她履行承诺，她也就可耻地逃避了。内心深处，她感激章月回的放手；与此同时，她亦怀着深深的亏欠，每每想起他，都会在心里诚惶诚恐地祈祷，他要过得逍遥自在，那样她的愧疚就能少几分。她以为他正在蜀地快活，避世而居，万万没想到，他会以这样的面目再次出现在她的面前。她真想问问他，为什么？

自从谢却山死后，她执拗地踏上要为他争一个身后名的路，这个过程中她得到了太多出乎意料的帮助，唯独没有料到分明能置身事外的章月回却出现在这里，在最重要的时刻付出这么大的代价帮了她一把。

他仅仅是为了她吗？还是，他也认同她所坚守的信念？

关于章月回的一切终于在南衣眼前清晰，这个亦正亦邪的人啊，总是叫人雾里看花，连她一度都觉得，他就是一个没有立场的人。南衣开始懊悔，过去她对章月回说，他们不是同路人——又或许，他那浑然一体的喧哗与张扬才是假的，只是他嘴硬，口是心非，只是他怕忠诚再次被辜负，其实他们早就殊途同归，其实他是一个顶好顶善良的人。

619

她一定要带章月回离开这个鬼地方。

死境，亦是生机。

几日前，她离出城只有一步之遥，却因突然戒严被困在城里。她这时才听说长公主府上抓了一个假扮成八王子的刺客。

她想到那日所见的八王子，心里有了一种预感，回头去找乔因芝，逼乔因芝说出了实情。

章月回原本就是乔因芝的东家，她虽被鹘沙买走，一度为岐人效力，但依然是归来堂散在外面的眼线。而章月回一路暗中跟着南衣北上，猜到她会在完颜蒲若的生辰宴上行动，于是提前找到乔因芝，让乔因芝帮忙接应。

乔因芝在岐人那里无非是为了保命和糊口，早就没有忠诚可言了。但此事到底凶险，章月回如今失去了大半个归来堂，如果她不愿意，他也差使不动她，只是思及谢家过去予她的恩惠，她毫不犹豫地便答应了。

章月回还交代过，不要叫南衣晓得他的存在，所以那时乔因芝只字未提。

南衣这时才知道章月回竟为她做了这么多，她无论如何都不能把章月回扔下。她们打听到，完颜蒲若不日就要将章月回流放到漠北。

她突然有了主意，让乔因芝帮忙让她顶替女犯的身份，混入队伍中。这样既能救章月回，又能借着这支押送犯人的队伍在森严的戒备中离开汴京城。

但乔因芝当即便拒绝了："被流放到漠北的犯人都是罪大恶极之人，为了防止他们半途发动暴乱或是逃跑，每一个犯人在出发前都会被铁环穿透琵琶骨，用铁链锁在囚车内。"

见南衣没反应，乔因芝又强调道："你知道这意味着什么吗？无端要受剜骨噬心之刑！你如何承受？"

出乎乔因芝意料，南衣平静地回答："所以，只有做到这种程度，才不会有人注意到这支出城的队伍。"

乔因芝忽然语噎。

南衣说得没错，没人会想到有个疯子会用这样的代价出城。

值得吗？

她忽然想起了谢衡再，他值得吗？他本可以多活些时日。那是一杯毒药啊，他清晰地感受着五脏六腑慢慢被侵蚀，才倒了下去，他没有责备她，而是选了一条对自己最残忍的路——值得吗？

世上的事似乎不该用值不值得来衡量，只有愿意或不愿意。

乔因芝的声音不自觉地发颤："就算出了城，你又要怎么逃跑呢？"

"只要出去，我就有办法。"南衣笃定道。

无非就是用一条命去搏。那么多路都走过来了，她只剩下最后决定成败的八十里，她所带出的并不是一道简单的折子，而是无数条生命的接力。他们飞蛾扑火般朝着那虚无的光撞去，不为任何回报，只为了还一个冤屈之人清白。而她，哪怕是爬，也要爬到终点。

她已经不害怕这世上所有的尖锐和伤害了。在他死去的瞬间，她最痛的那一部分也跟着他一起消散了，剩下的那部分是没有痛觉的，是无所畏惧的。

一具躯壳而已，她任其破碎，但她灵魂不灭。

她被行刑者按在墙上，淬过火的铁环贯穿脆弱的琵琶骨，生生在她的身体里凿出空洞。她发出野兽般的哀号，铁环从后背穿出，血浸透了半件衣衫。

南衣冷汗淋漓地喘息着，却像个疯子一样痴痴地笑了起来。她觉得痛极了，可她那只靠一口气、一股劲活着的身体忽然在这一刻有了实感。

没有人知道，接受他死亡的过程其实非常虚无，连疼痛都变得过分空虚，她看似平静而坚定地为他奔走的外表下，实则沸腾着徒劳无功的崩溃，她什么都抓不住。而那些虚无的感受终于在此刻得以释放，她得走一遭他走过的刀山火海，尝一遍他所经历的苦楚，在自己身上留下真实的烙印，仿佛这样才能证明他真的存在过。

没有人知道，她有多想他。

*

流放的队伍出城时，完颜蒲若就站在城墙上目送着队伍远去。章月回伤得太重了，她怕他死在半路，暂且免了他的锁刑，将他扔进了囚车里。

远远望去，排列的囚车颠簸着缓缓前行，车里的每个人都失去了面孔。她也认不出哪个人才是他。

骄傲者折翼，高贵者堕尘。

背叛她的人，下场只能是不得好死。

她从来不委屈自己。

完颜蒲若决然地转头离开，她以为自己还是胜利者，而百密终有一疏，就在她的眼皮子底下，她满城追捕的小偷逃走了。

章月回看到南衣的时候，以为自己还在梦境里。

可他知道自己不会做这么局促、狼狈的梦，怎么梦里还会被关在一辆四方的囚车里？

这是真的。

这个被铁环穿透肩胛，与他同在一辆囚车里的人就是南衣。

他迟钝半晌才反应过来，这是她逃离汴京的方式。

那些落在他身上的刑罚似乎并没有真的伤到他，可他看着贯穿她身体的血洞，才觉察到彻骨的几乎要将他撕碎的疼。

他好恨，恨自己没有多为她拖一点时间，恨他没有更大的本事平安地送她出城，恨他不是只手掀翻天地的阿修罗，不能荡平这世间的不公，却要她一次又一次地只身闯龙潭虎穴，用遍体鳞伤换一点胜利。

大概是他眼里太痛了，她对上他的神情，只能沉默而安慰地看着他。她整个人扑在灰里，暗淡得看不出神采，唯有眸子亮如星辰。

他看到了她眼里明知不可为而为之的决心，他的斗志亦被点燃。

他无声地对她点了点头。

入夜，趁着众人都倦怠，章月回故意发出动静引衙差前来，待人走近便用手里的铁链猛地将人勒住，使其发不出半点声音。

紧接着南衣便利落地用匕首了结了他的性命——每个囚犯起程前都会被搜身检查，但给南衣搜身的人正是乔因芝，乔因芝将防身的武器和那道折子悄悄放到了她的身上。

南衣摸走了衙役身上的钥匙，悄无声息地打开了铁链和囚车的门，趁着惊扰到其他人之前，和章月回一同离开。

几乎是废人的两个人靠着双脚一路往南逃，互相搀扶着横穿一片渺无人烟的荒原。

路，远比他们想象的更远。

第一百四十六章 同舟渡

长夜未明，渺小的人们恍若行走在神祇深邃的眼眸之下，仰头却只望到漆黑。

"我在蜀地的时候，路过一个名叫望川谷的地方……"

章月回一直在断断续续地跟南衣说话，试图转移她的注意力，让她不那么疼。他能察觉到，她的体力正在迅速流失。

"嗯，然后呢？"南衣有气无力地回道，脚本能而麻木地往前迈着步子。

"山谷里有一条河流，河里矗立着一块嶙峋的怪石，怪石中央有个巨大的孔洞……当地的人说，那是很久很久以前，与仙娥相爱的凡人男子化成的。他与仙娥的爱情为天地所不容，仙娥受到惩罚，永堕黑夜，哪怕与情郎近在咫尺也不得相见。情郎日日夜夜等候着，最终化为山谷中的石头。"

"……可纵然化作石头，他等的人还是看不到他啊。"

"神奇的事情发生了，每年冬至日前后，夕阳的余晖正好照在孔洞的侧壁上，使得那怪石仿佛都洒满金光，熠熠生辉。只有在那一日，仙娥才能借着光芒，来与她的爱人相见……而有幸看到这一景象的人，所许愿望都能成真，哪怕是枯骨生肉、时光倒流。"

他说着一个遥远的传说，她仿佛看到了那美丽的山谷涓流、那一缕斜阳金光。

一切都美得很，等待和守望跨越时间，终究得到了结果。

她轻轻地笑了起来，人们需要一些虚幻的美丽来支撑起钝重的现实。不自觉间，她又往前走了很远的路。

可当她看向章月回，心里忽然生出一股愧疚："你在蜀地……应该过得很好吧……"

说完她便后悔了，简直是哪壶不开提哪壶。

"不太好。"他却回道。

"为何不好？"

"离家太远了。"

她的心脏像被钝击了一下。

这时，章月回的脚步蓦地停了下来，指着远处欣喜道："城池！"

南衣抬起头，东方终于露出鱼肚白，微亮的天色下，目光越过荒原的地平线，他们看到了人烟。

快要到了！就在眼前了！

希望跟着日出一起冉冉升起。

然而，站在简陋的城门下，两人都傻了眼。

这并不是燕庐城，而是一座甚至连名字都没听过的偏僻小镇。

他们走错了方向。

他们提着紧张的心，生怕后头有追兵赶上，只顾趁着夜色匆忙赶路，却不小心在黑夜里迷失了方向，现在甚至不知道是在哪一步就开始走错。

南衣再也站不住了，沿着墙根一屁股坐下来，绝望地喃喃道："我要死了。"

跋涉之后的无果几乎将她的意志击垮，咬牙死守的堤坝崩溃，迟到的痛楚弥漫至四肢百骸。她想让自己重整旗鼓，再次上路，可身上搜刮不出一点力气。

章月回也瘫坐在她身旁，他们像极了墙根的烂泥，甚至没有力气想接下来该怎么办。

章月回喃喃道："我们需要一辆马车……或者，一匹马。"

"没钱。"

出发前太过仓促，能够嘱咐乔因芝在验身的片刻将武器和折子塞回身上已是极限，她也没想到剩下最后一点程路竟然还需要用钱。

她默默地流下泪，她本想软弱一瞬间，不想把情绪扩大，影响到章月回，可一旦打开这个口子，所有的绝望都在这一刻不争气地爆发。

"没钱……"眼泪越流越凶，可她甚至不能哭出声，胸腔的起伏会牵扯到琵琶骨上的伤口，她只能窝囊地哽咽，"我没带钱……"

一斗米难倒英雄汉。

南辕北辙，她那么用力，却离目标越来越远。

她要怎么做，她还能怎么做？

章月回艰难地撑起身，伸手轻轻擦拭她的脸庞，安慰道："没事，还没到末路呢。"

她泪眼蒙眬地望着他："我没有力气了，章月回。"

在此之前，她从没有过会失败的念头——又或者是，某种意志支撑着她绝不望向深渊。可她只要望一眼，就会被深渊吞噬，坠落。

"哪怕有一个铜板就够了。"

下坠好像停止了。

南衣突然像想起了什么，但她的手已经动不了了，便让章月回从自己身上摸出一个荷包。章月回拆开之后，拨开里面七七八八的零碎小物，赫然露出一串铜板。

"哪来的？"章月回惊了。

南衣也一脸愣怔："连着钥匙，从那衙役身上顺的。"

纯粹只是出于应对危机的本能，南衣顺走了那人身上的所有东西，还好，天无绝人之路。

"……"

章月回头一次觉得，这点微不足道的铜板比金山银山还要闪耀。

钱生钱，对他来说是小菜一碟。

"嘿，等我回来，我们就有马车坐了。"他颠了颠手里的铜板，又恢复了她所熟悉的嬉皮笑脸。

这让南衣疲惫的精神一下子就缓解，她觉得章月回是无所不能的。

章月回披上从路边捡来的麻袋，遮掩住满是血污的衣服，钻进了小镇的赌场。

赌桌就是他的地盘，他依然是纵横四方的王。

一个时辰后，章月回拎着一袋沉甸甸的钱出来了。

他要去驿站订一辆马车，再去药馆给南衣买几服药。

章月回太过心切，没有注意到赌场门口蹲着的几个贼眉鼠眼的流氓盯上了他的钱袋。

他习惯了高高在上地俯视人间，几乎失去了野兽的本能。他还是太骄傲了，从没有真正地接受自己已经被丢进了人间的最底层，曾经他弹指一挥的尘埃，对如今的他来说，都可能是一座山。

他只想着眼前的危机即将解除，脚步甚至都有些轻快起来。

当他踏进小巷的时候，才后知后觉身后跟了人。

他一扭头，面前也有围堵的人。

章月回抓紧手里的钱袋，试图化解这场矛盾："诸位好汉，我只是暂时流落此地，我在中原有很多钱，你们放我一马，钱，我可以都分给你们。"

他一说完，他们便哄笑起来。

没有人相信。他现在看上去连乞丐都不如。

"你爷爷我也有很多钱，都烧给你！"

有人毫不客气地扬起一拳挥在章月回脸上，他被打了个措手不及，差点连站都站不稳。

这一辈子，他都是一个见人说人话，见鬼说鬼话的奸商。可在这个时候，无论人话鬼话全都无用，他只是一具任人宰割的血肉之躯而已。

被褫夺了一身神力的阿修罗来到了由他一手创造的修罗场里。

他成了猎物。

除非放下钱财，求得一命。

可那是南衣的生路。

章月回不肯松手。他生出一种极不真实的荒诞感。他和太多的高手过过招，有来有往，有赢有输，他自成乾坤，掠夺别人的风云，却从来都没想过，这几个地痞流氓竟然会成为决定他生死的最重要的敌人。

章月回拼尽全力挥舞着拳头反抗，可他一身的伤，力量悬殊，很快便彻底在几人的围殴中败下阵来。

拳脚雨点般落在他身上，他不觉得疼，甚至浑身都是轻飘飘的。他一度在恍惚间飘到半空看到了自己，穷凶极恶的歹徒按着他，将他的头狠狠往墙上撞，试图让他松手。

血从他的身体里溢出来，他像一块残破的布，四处都呼呼地漏着风。是夏天的风，温热、湿润，像母亲的手，抚去他的痛。

"松手吧。"有个声音对他说。

"再撑一撑吧。"另一个声音对他说。

可他的身体已经不属于他了，有人贴近他，尖锐的匕首往他身体里扎。他所有的意志都注入死死蜷起的手指里，这好像是他唯一能握住的东西，他唯一能握住唯一能给南衣的东西。

哪怕人已经没了气息，手都掰不开。

流氓索性用小刀划开钱袋，取走了里头的钱，末了还狠狠地踹了一脚地上不再动弹的人："晦气。"

他那锦绣高歌的一生，坐拥富可敌国的财富，却在此刻为了一辆马车的钱，不明不白狼狈地结束在了这个无人问津的小巷。

章月回似乎都能想象到后人的唏嘘，但不会再有人知晓他在这时竟松了一口气。还好他是这样荒诞地结束了他的生命，而不是像一个英雄一样流芳百世，不然他会浑身不自在。以后有人再提起他，只会觉得他是个倒霉的坏蛋。

只是，他唯一愧对的就是南衣，他愿意将他在这个世间所有的祈盼都留给她，希望她能逃出生天，好好活着，完成她心中所愿。

人在将死的时候才能明白"好死不如赖活着"这句话的含义。以前他不怕死，他只想报复所有人，巴不得把所有人拉下地狱；现在他却好想活着啊，可他真的坚持不下去了。

闭上眼的最后一个瞬间，章月回看到巷外挂起的彩灯，今天原来是七夕啊。

他们也曾在七夕的夜晚挨着坐在一起，遥望着城池里升起的烟火。东风夜放花千树，更吹落，星如雨。

她在晦暗的光里笑着对他说："等你有钱了，给我放个大的。"

好啊，等我。

下辈子，我做个好人，我先来找你，绝不放手。

终章

乾定元年秋，前中书令沈执忠的亲笔手书重见天日，沸沸扬扬半年之久的"谢却山叛国案"终于得以平反，他在危急时刻为沥都府的存亡献身的真相也终于被揭开，昭帝亲自为他立碑正名，追封光禄大夫，赐谥号文正，以告天下。

连带着前朝的章氏贻误军机案一并重审，为章氏一族平冤。

章月回和他的家人一同葬回了故乡。

即便已经过去有些时日了，可南衣总会梦到章月回死去的那一天。她和宋牧川找到他的时候，他浑身冰冷地躺在地上，手里攥着一个破钱袋，怎么也叫不醒。

南衣执拗地捂着他的伤口，坚持说他不会死。她抱着他的尸体，哭着问宋牧川这个奸商是不是吃了什么假死药在逗她。

宋牧川只来晚了一步。

南衣没有按照原计划出现，他意识到她出了意外，轻骑孤身追上去，找到囚车的时候，他们刚逃走没多久。

可他在去燕庐城的路上并没有找到他们，又折身往另一个方向找，才找到南衣。

南衣一路上近乎疯癫地要带上章月回的尸体，为他寻医问药，直到第一只苍蝇落到他的身体上，她才忽然意识到他死了。这么要体面的人，怎么会允许这些虫蝇靠近？

那个妖孽一样百毒不侵的人，是真的用一种近乎戏谑的方式离开了她。

她安葬了他，踩着白骨铺成的路，和宋牧川将那道折子带回了金陵，公之于众。

在那些人接连死去之后，一切开始变得顺利起来，可面对所有的封赏、赞美和歌颂，南衣都变得越来越麻木。

她只是活着，替他们活着，她才不能死去。

一切尘埃落定后，也许是宋牧川见南衣太过空洞，莫名地对她提议——不妨去蜀地走走吧。

这时候已经入冬了。南衣鬼使神差地答应了，她想去看看章月回说的望川谷。

她想知道，如果看到金光穿洞的奇观，是不是真的能许下传说中应的愿望，虽然她没想好要许什么愿。她被太多的遗憾充斥着，可是什么都做不了，她的躯壳和灵魂渐渐分离，快要活成行尸走肉了。

蜀地多阴天，她等了几日，别说金光穿洞，连阳光都没见着。她坐在寒冷的小舟里，望着河流缠绕着那块怪石，平静又残酷。这世上是没有神话的，那突兀的石孔只是像被掏空了的肺腑。

她在想，老天爷可能就是要跟她对着干。

她这个人生来凄苦，一生飘摇，所求所爱，皆得不到。

为了阻止她的妄想，仙娥也不能来见她的情郎了。上天真是好恶毒。

她就这么闭目坐着，想象自己也变成一块石头，不用吃喝，没有悲喜。她没

627

有在等待，也不必守望，她只是一块最普通的石头。

起风了。

不知过了多久，她感受到一缕夕阳落在脸上，刺眼，灼热。

她不敢诧异，怕那只是幻觉，可还是试探着睁开了眼，这一刻，意外看到了拨云见日的一幕。

夕阳大盛，河面上浮光跃金。

光痕缓慢地挪向那嶙峋的石头。

南衣屏住了呼吸，这微不足道的奇迹仿佛是一种昭示，让她有了一种古怪的预感。她听到身后有脚步声传来，紧接着，一个再熟悉不过的声音响起："会摇橹吗？可愿渡我一程？"

南衣蓦然回首，金光穿过石孔，轻舟已过万重山。

番外篇

浮云散尽平生欢

番外一　月落乌啼霜满天

蜀地，是章月回几度上路，却从未到达过的梦。

其实他根本没有离开，一直都藏身在沥都府。他到底是操着不该操的心，不能放下这乱局自己去逍遥。

但他还是给自己找了个合理的理由，他是为南衣留下来的。

谢却山只会冲锋陷阵，不懂怜香惜玉，喜欢把人往火坑里带，那就是个不负责任的浑蛋。但他不一样，他可是靠谱的什么烂摊子都给人兜底的无所不能的章老板。

唉，他看那个男人左右都不顺眼，哪儿哪儿都比不上自己。

可满城风雨之时，他还是替谢却山感到不值。

他花了很多年，让自己接受了这个世界的规则，哪有什么天道公平，只有小鬼横行，弱肉强食。

所以他先殉了道，让自己成了一只无法无天的伥鬼。

他假装不知道那些善良而愚蠢的人在坚持些什么。

改朝换代看得还少吗？扶起倾颓的王朝跟他有关系吗？山河不是他的，故乡也不是他的，他不食君禄，为何要忠君之事？

可这世上怎么会有那样的人啊？世人要用最恶毒的方式杀他，他还坦然接受。装什么圣人？

依他看，谢却山就是承受不了那些骂名，想死了一了百了，把一地鸡毛变成哀悼他的眼泪。这人到最后都这么狡诈。

他想，活该。等谢却山死了，他就把南衣抢回来。

可章月回表面这样恶意地揣度着，却还是假装从蜀地赶回来，派人给谢却山送了一封信，问他要不要逃跑。他没开玩笑，他是真的想过，如果谢却山愿意的话，他可以大发慈悲地帮帮忙，左右也不是第一次救谢却山的命了。

谢却山那个卑鄙的人，却用拒绝他再次彰显了自己的高贵。他恨得牙痒痒。

合着什么圣人的事都让谢却山做了，显得余下的世人都很不堪。

他恨到坐立难安。

他太想做点什么破坏这种神圣但自以为是的献祭了——劫狱？把人绑走？

但说到底，那一切都只是为了让援军进城，他要是这么做了，沥都府就完了。想到这里，他又受不了山河在眼前破碎的场景。

　　谢却山把他也拖入那种左右为难的泥沼中。他不能不管不顾地放纵自己的私心。

　　然而行刑前夜，宋牧川找到了他："章老板，请你帮忙救他，无论花多少钱，我都会还给你。"

　　章月回一直都看不上这一板一眼的书生，他倒要听听，书生能怎么救。

　　"验身这一关是瞒不过的，只能在验身之后行刑以前，把他换出来。我能在马匹上做手脚，让马在行刑前失控。换马的时候人多眼杂，倘若再能有一些混乱，吸引百姓们的注意，同时用一具尸体替换掉谢却山，将他带走，此时验身已经结束，行刑不过须臾的工夫，不会有人再去注意那里还是不是本人。只是我手里能调用的人，无非是秉烛司和禹城军，但这件事，不能叫太多人参与和知晓，否则还会出乱。"

　　他以为书生做不出这种大逆不道的事情，没想到他一开口，计划已经如此完整，听下来全是欺上瞒下要掉脑袋的事。

　　章月回默了半晌，抬眼扫他："这是欺君之罪啊。"

　　"我来担。"

　　宋牧川这一生都是克己复礼，正直清白，甚至连撒谎都会为难，但他学到的所有规矩，那些让他不能逾矩出格的教条，那些君子不立于危墙之下的训诫，甚至是他可能要面临的身败名裂，都抵不过挚友的生命重要。

　　章月回莫名有点鼻酸，这书生难得让他高看了一眼。他故意背过身去，不太友善道："我有条件。"

　　"我都答应。"宋牧川迫不及待地表明了态度。

　　"事成之后，谢却山我带走，你就当他死了，对谁也别说，南衣也不行。"

　　宋牧川错愕了一瞬。

　　他想问为什么，可方才自己已经满口答应了，生怕露出一丝反悔的意思章月回便拒绝他，他哽住了。

　　"喊我帮忙可以，但我可不是一个大方的商人，断没有做事得不偿失的道理，更别说平白成全谢却山。他醒着太麻烦，我得先让他昏迷个一年半载，再寻一粒能忘却前尘往事的丹药给他喂下，叫他永远不能再见南衣。"

　　宋牧川听得眼泪汪汪。

　　章月回敲敲桌子，让宋牧川回神，又摆出一副潇洒的模样："你要觉得不行也没关系，那我便不插手了。"

　　"我答应！"

　　现在他能求助的只有章月回，也只有这个人能有本事与他里应外合，从刑场

631

上神不知鬼不觉地将人救走。

宋牧川擅自便替谢朝恩做了决定，都这个时候了，再谈那些虚无的风花雪月显得多余，人活着才是最重要的，只要谢朝恩能活着，他做多卑劣的人都无所谓。

"宋大人，你须得守约，不然我能随时反悔，将他杀了，再告你一个欺君之罪。"章月回扔下狠话，准备离开。

"章老板——"宋牧川喊住了他。

他没防备地回头看，以为宋牧川还要跟他讨价还价，却见宋牧川忽然悲壮地跪了下来，咚咚咚给他磕了三个头："章老板高义，大恩大德，宋某没齿难忘！"

章月回错愕地连连后退几步，甚至都有点语无伦次："你……你别给我来这套——一码归一码，你我各取所需，就是桩生意。"

章月回手忙脚乱逃也似的跑了。

真是受不了一点这迂腐的书生。

但章月回对书生的人品放心，哪怕他心里可能在诽谤自己这个棒打鸳鸯的坏人，但他只要答应了，就一定会守口如瓶。

章月回也觉得这样最简单，他不必向别人解释他还有什么良苦用心。

甚至也称不上什么良苦用心，他做事从来循的都是他的私心。

在这个飘摇的王朝，什么事都得不到圆满。他烦了，他就想看点绝境生花、枯木逢春的美梦。

哪怕章月回不愿意承认，但事实就是这样，谢却山身上好像有一种震撼人心的力量，他把自己活成了神像，那些看到他的人都会成为他的信徒。

倘若世上最后一座神像坍塌了，远古的洪荒卷土重来，那人们千百年来的智慧、勤劳和勇敢，人们用血肉之躯维护和传承的精神，都将被颠覆，不值一提。

人要活着，也不仅仅要活着。

章月回自己都觉得可笑，可他无法忽视自己内心深处同千万人一样最朴素的愿望。

这世界，得讲点公平啊。好人得长命百岁啊，不然十八层地狱里的孤魂们挤破头要投胎做人有什么劲。

可他们每个人的立场都不同，宋牧川已经妥协了一部分，他只要谢却山活着就够了，他能做的就那么多，但对章月回来说，谢却山的清白很重要。

他不是在帮谢却山，而是在救六年前的自己——那个只是有一些叛逆，但无伤大雅的少年。他还在做着鲜衣怒马一朝风流满京城的梦，然后就被无处可喊冤的不公碾进了泥土里。

他太困惑了，他的家人做错了什么吗？若是没有错，为什么会是那样的结局？他想不明白，也找不到答案，他只能让那个生出满心怨怼的少年消失，才能满不在乎地活下去。是他杀了他自己。

其实他恨的从来都不是谢却山,而是只能打落牙齿和血吞的冤屈,在这个时刻,他终于发现了,承认了。

他找到了自己病入膏肓的症结,他也想救救那个少年。

但章月回很清楚,人要与时局斗,便如蚂蚁撼山,得付出千倍万倍的努力,更不要说争的还是一份最虚无的清白。

可能只是被一点泥污了衣袍,世人却会说,除非黄河水清,否则不足以自证。

谢却山得"死"了,才能引发那些振聋发聩的呐喊。

他亦知道,有一个人跟他一样,哪怕喊到声嘶力竭,也要在千万人的唾骂中擂响反对的鼓点。

章月回狠了心,让她去,甚至用一碗药让谢却山一直昏睡下去。他一旦醒来,就不会允许南衣这样不顾一切地为他的身后名奔赴,所有人只会在他的意志下沉默、妥协。

好人总吃亏就是因为这样,都愿意牺牲自己,成全别人。

那让他来做这个坏人。

后来,在南衣一意孤行要去汴京之际,宋牧川终于忍不住来问他,为什么还不能告诉南衣?

因为还不够。

哪怕所有人都以为,她只是蒲草,她做不到,但这条路,她得走啊。不然,他们以后要怎么活?

独自吞下世道的不公,背负着污名,却什么都做不了,如过街老鼠一般活在哪个角落吗?

他比任何一个人都清楚,那样活着是什么感觉。这世上的可怜人那么多,就不必再多一个了。

他想要他们得救,想要这世道的黑是黑,白是白,想要南衣的余生能够苦尽甘来,如愿以偿。

然后他才能得救。

他又跟命运赌了一局,他要和她一起赴一场没有后路的冒险。

不,或许那根本不是赌局,而是一场面向命运虔诚的献祭和祈愿,他押上了所有,甚至是自己的生命,不计利益,不求回报。

倘若失败,那这世界本就没什么好活的。

可他很对不起她,他每一次癫狂地推入所有筹码时,总会给她平白带去苦难。她不知道,她为谢却山奔赴的这一切里亦有他的偏执。

但她太勇敢了,那么难的路,她依然闯了出来。他曾误以为她只是渺小的飞蛾,后来才发现,原来她就是火光本身。

他在无边的苦海里被照亮了,他终于在那曲折的世事里低下了骄傲的头颅,他放下了手里那两头都是刃的兵戈，他放弃了伤害别人，也不再伤害自己。他很爱她，因为她是一个足够好的人，好到他能将一切别扭藏起的情绪都寄托到她的身上。

他以爱她为幌子悄悄爱着这个世界，她是他在这个世上唯一的出口。

他不必占有她，她已经拉了他一把，而他也早已有了归来的方向。

他其实如愿以偿。

但他还是要做那望川谷里的小神仙，他就是那道斜阳的奇迹，他在这片他从未踏足的土地上同他们玩了个恶作剧。

他们要怀念他。他才是那个狡猾的人。

嘿，这人间，不算白来一遭。

番外二　奔流到海不复回

乾定四年春，新上任的中书令宋牧川终于要成婚了。

年逾三十才头一次娶亲，这在昱朝的男子中实属罕见。新朝初建的时候，他说边境未定，无暇顾及儿女私情，于是一头扎进了朝廷的事务里，兢兢业业，鞠躬尽瘁地辅佐着新帝。

这几年，除了重振百废待兴的朝纲，最紧要的还是与岐人周旋，寻求停战议和的时机。

双方几度谈不拢掀了桌，岐人打到长江边上，却在昱朝的奋起抵抗下无功而返，于是几度又坐到一起，开始新的谈判。

岐人内部也出现了巨大的矛盾，自谢却山的身份被公之于众，重用他的韩先旺便被定罪流放，本如日中天的长公主完颜蒲若因重用汉臣而遭到质疑，纵然是宗室血亲，仍免不了被削去职权。

再加上议和这件事，完颜蒲若和在朝中占据半壁江山的旧贵族们秉持着截然不同的态度。完颜蒲若一改先前愿意谈判的态度，力求集结军力再战，一来是不敢小觑昱朝的战力，为了斩草除根，不能给他们休养生息、偏安一隅的机会，否则便是养虎为患；二来亦是她自己想要一雪前耻。但旧贵族们认为占领北方就够了，打仗是劳民伤财的事情，连年征战国库也越发空虚，此时应当求稳，不冒进。况且疆土一旦南扩，势必要与汉人融合共治，推行汉制汉法，反而会引火烧身。

更多一部分人，只是为了反对完颜蒲若而反对。

偌大的王庭终究是容不下一个能与男人们分庭抗礼的女人。

她只要出现一丁点失误，就会引来更大的反噬。她本可以就此放手，退回去做她安逸的长公主，可她放不下自己的政治理想，仍想奋力一搏。她挣扎过了，试图力挽狂澜，最终兵败如山倒，于乾定三年的秋天被幽禁于公主府，一个月后离奇去世。

有人说她是抑郁自杀，也有人说她是被政敌刺杀，最终成了一桩宫闱秘案，外人再也无从考究。但归根结底，她是死在自己人的刀戈之下，惨淡收场。

在完颜蒲若死后，和谈的阻力才彻底被清除。

在此期间，被岐人俘虏的太上皇郁郁而终，宋牧川力主迎回先皇灵柩，并要求岐人归还宗室。两方就此条款不断拉锯，终于在长江以北的琅屏郡签订和约，划定边境界限，史称"琅屏之盟"。

次月，宋牧川亲任使节，率军迎回部分宗室与先皇灵柩，举国大丧。

这一次回来的还有谢照秋。

那年她随南衣一起去往汴京，设计毒杀父亲谢铸后，自己却因中毒无法及时撤离，此后被完颜蒲若找到。也许是因为过去的一画之缘，完颜蒲若并没有怪罪她，反而寻名医为她解毒疗伤。

此后，秋姐儿一直被软禁在完颜蒲若府上。

完颜蒲若并不伤害她，也没有必要伤害她，但是不能放人。她那样要强的性子，绝不可能将任何到手的猎物拱手相送，哪怕只是手无缚鸡之力的谢照秋。

谢却山和南衣几次跟宋牧川商量如何救秋姐儿出来，可是那时正值双方谈判的阶段，稍有不慎，可能会引起更大的麻烦，而秋姐儿也几次三番送回书信称自己性命无虞，他们只得将计划搁置，等局势稳定后再徐徐图之。

直到乾定三年的夏天，大约是觉察到大势已去，一生要强的完颜蒲若已在穷途末路，却大发慈悲地放走了秋姐儿，让她随归还的宗室一起回去。

谢却山和南衣随军出发，接阔别三年的家人回家。

自此，昱王朝的内忧外患总算有所平息，宋牧川在其中居功至伟，一路官至中书令，而他的宗族长辈之中再次出现了催促他婚娶的声音。连昭帝都会不时过问一下他的亲事，吞吞吐吐地询问他是否有什么难言之隐。

宋牧川到底是朝臣之首，行事不能太过离经叛道。

更何况，不孝有三，无后为大，对他来说亦是山一样的压力。

他再无推托的理由，一松口，事情便轰轰烈烈地推动起来，婚约那头，是一个哪儿哪儿都好的江南世家女子。

而下聘之前，宋牧川去了一趟沥都府。

南衣和谢却山依然住在沥都府里，藏身市井，做着最寻常的一对夫妻。这两人都不是能闲得下来的性子，如今正着手帮秉烛司建立一套更为完善的情报系统。

岐人依然在北边虎视眈眈，谁也不能保证他们不会撕毁盟约卷土重来，而在此之前，他们要做好防备。

　　同往常一样，他们还是聊公事。

　　意见相左的时候，宋牧川与谢却山争得面红耳赤，可等到一切敲定要走的时候，又觉得一阵空空落落。

　　谢却山已经习惯了每次告别时宋牧川泪满衣襟的这套流程，搞得像他们就此别过这辈子都不见面了一样。

　　但他每次都不厌其烦地把宋牧川哄走，他的耐心源自他的愧疚，上一次离别，大概是给宋牧川留下了太深刻的阴影。

　　不过这回略有不同的是，谢却山送完人回来，递给南衣一只匣子，说这是宋牧川还她的。

　　南衣打开一看，里头码着整整齐齐的银子。

　　她错愕地想了好一会儿，才记起在宋牧川最落魄的时候，自己曾借给他一笔银子。

　　这么不值一提的钱，以他们如今的交情，还需要还吗？

　　宋大人总是很客气，她甚至觉得……有些过分地见外。

　　但他都还回来了，她也不至于追出去塞回他手里，只能将这烫手的银子收下了。

　　她一抬眼，看到谢却山晦暗不明的目光，他大约是想问什么，但最终欲言又止。

　　离开沥都府的路上，宋牧川听到街头巷尾都在说着坊间越吹越神的一则流言：有一位章姓富商的生意曾遍布大江南北，岐人长公主想要吞并他的财富，那章老板不畏权贵，与当时一手遮天的长公主赌了一把，只见他不紧不慢地连设十局，道自己只要输一局，便将所有家业拱手让给长公主。

　　长公主心觉荒谬，欣然同意，而后骰子盒一一打开，章老板竟十把都押中，堪称奇迹，不仅保住了自己的家业，还让岐人狠狠地吃了一个瘪。

　　百姓们听此奇闻，奉章公为"气运之神"，追捧章公的风潮从赌场刮进了千千万万户普通百姓的家中，甚至有虔诚者立像设祠，求章公保佑，好运眷顾。

　　宋牧川只是微微一笑，他自然知道谁是这些流言的始作俑者。

　　章老板生前喜欢热闹，她便用最热闹的方式，用他最喜欢的言语，让他被人们深深地记住。

　　她一直都是一个很温暖的人——不，是近乎炙热的人，有着一颗闪闪发光的赤子之心，那些靠近她的人都会被她点亮。

　　宋牧川很为自己的挚友高兴，他那饱经风霜的半生最终落在了一个温暖的归宿里。

　　他很高兴。谢朝恩值得。

　　可不知怎的，他离去的脚步停驻在了那座桥下，经年的往事已经变得淡薄，却仍历历在目。曾经自暴自弃的他一头扎进冰冷的江水里，被她救了上来，一语喝醒。

他对那双拽着他往上的手生出过不该有的妄想。

那些面对她时面红耳赤的瞬间，那些被她的勇气感染的时刻，那些伸手可触又唾弃自己所思非君子的懊恼，他从没告诉过任何人，看似平静的举止下藏着多少暗涌。在他心里，世上没有比她更好的女子。

他以为自己能等到机会将爱意宣之于口，他忠于从小所学的礼义廉耻，将自己拘泥于方寸之间，总以为当下不是最好的时机。而自从谢却山对他晦涩地倾诉心事后，他便明白了，谢却山和南衣之间才有着更为深刻命定般的缘分。

他怅然若失，又如释重负，对于自己这点微不足道的情愫，他一直都很努力地想忘掉。

可他依然近乎虔诚又卑劣地握着他们之间为数不多的羁绊，迟迟未归还她借给他的那笔银子，就是想有一个能再去找她的契机。

时至今日，这些不见天日的私心，也该随着江水奔流到海，永不回头。

*

大婚那天，宋牧川府上宾客云集，觥筹交错。而宴席上摆着一张上满佳肴、斟满酒，却无客落座的桌子。

那是为庞遇，为谢小六，为章月回，为谢却山和南衣准备的。他的挚友们，有的再也来不了了，而有的是不能来。谢却山还活着是一个仅寥寥几人知晓的秘密。

人人看到那张桌子，都面露感慨之色。如今大局已定，生活安稳，可每一个空了的位子都在昭示着过去的惨烈。

喜庆之日，到底添了一抹哀色。

酒过三巡，有人酒意上头，望着那张空桌子，感慨起当年汴京城中意气风发的"烟雨三杰"。在座多是北地旧臣，无不潸然泪下，念起当年王朝盛世。而如今的北方，是大家望穿了眼再也回不去的故乡。

没有人知道，汉人的马蹄是否还能踏过长江、黄河，回到故土。

庆贺的酒混着几分思怀和不甘，滚入喉间，一饮而尽。

夜半宾客散尽，已有几分醉意的宋牧川独坐于那张空桌前。

此去经年，好像只有他一人站在了山巅，高处不胜寒。

他对着空气落寞地遥遥举杯，这满目喜庆的红海也不过只是荒芜，他终于忍不住潸然泪下，却忽闻一道爽朗的声音响起："独酌多没意思。"

宋牧川泪眼蒙眬地抬头望去，南衣和谢却山出现在门口："也不等等我们。"

春风拂面，他们执手而来，这是世上最好的事情。

番外三　也无风雨也无晴

宋牧川的婚宴上，张知存喝得酩酊大醉。

外人都以为驸马是个体面人，而只有徐叩月知道，他每日都喝成这样，只是今夜触景生情，喝得格外酣畅淋漓。

回去的马车上，徐叩月不得不照看着他，轻轻地叹了口气。

她的手忽然被他握住，力气是绵弱的，只是虚虚扣着她的掌心。他右手在被俘的时候被打伤过，没有好好养，从此落下病根，便使不上什么劲了。

"杳杳。"

徐叩月浑身起了细小的战栗，忘了有多久他没有这样亲昵地喊过她的小名了。

他们已经和离了。

虽然在外人眼里，他们仍是相濡以沫的夫妻，家里却已筑起高墙，分院别住。

马车里弥漫着浓厚的酒气，让她不由得恍惚……思绪飘到了很久以前。

国破家亡之前，他们是天造地设、男才女貌的一对伉俪，直到被俘虏之后，她被完颜骏带走，完颜骏要她做他的姬室，她以死明志，完颜骏便把张知存也带过来，在她面前折磨他，让他求生不能，求死不得，只能低头顺从。

完颜骏要张知存跪在外面守夜，他要张知存听着。

张知存差点疯了，硬生生折断一条桌腿，冲进去要跟完颜骏拼命，不出所料，被打得半死。

她只能哭，那些不值钱的眼泪哗哗往胸膛里灌。

那是一段地狱般的回忆。

他们看着彼此狠狠坠落，如同草芥被践踏。

在一日日绝望的折磨中，张知存终于找到了能跟徐叩月说话的机会。

他说："杳杳，我们一起死吧。"

她哭着点头。

可真的要赴死，那何其艰难。他们的前半生都是锦绣富贵，高高在上，谁也没见过死亡。他们都懦弱，都卑怯。

然后沈大人的密信便悄无声息地送到了他们手里，沈执忠希望徐叩月能把传位诏书带回沥都府，而张知存能获得岐人的信任，传回一些有用的情报。

这封信好像给了他们一个活下去的信念，或者是，以大义之名给了他们一个懦弱的借口。

在完颜骏眼里，张知存是被打怕了，他成了完颜骏身边最乖巧的一条狗，什么屈辱都默默咽下，哪怕夺妻之仇都能忍受。完颜骏让他去做最卑贱的马奴，他也逆来顺受。

徐叩月一度以为这样的日子不会有尽头，她会在完成任务后的某一刻解脱地死去，而曙光是一点点出现的，那一个个战士撑起了王朝的脊梁骨，胜利来得比她想象的还要快，她也得救了。

不久后，张知存便从北边逃回来了。

戏合该到这里就落幕，他们是所有人眼里的患难夫妻，于风雨飘摇之际完成了各自的大义，守得云开见月明。

但他们都把久别重逢想得太简单了，他们是对方荣耀的见证者，也是痛苦的亲历者。横亘在他们之间的是她和完颜骏之间不伦不类的关系，是她目睹他从一个天之骄子变成卑躬屈膝的奴。

落差打碎了他们初见彼此时的光环。他是汴京城里风头无两圣眷正浓的新科状元，而她是皇室最明亮的那颗珍珠，他们哪见过丑陋和阴暗，轰轰烈烈地爱着对方身上最光鲜的那个部分，一帆风顺地成婚，收获万千祝福。只是如今他们的脸上再也难寻昔日的光彩。

他们都受不了，无法岁月静好般与过去和解、自洽，当支撑他们的伟大信念已然到达终点，他们的生活只剩下一地鸡毛。

他回来后，他们度过了很尴尬的一段时日，莫名变得拘谨、不熟。他们不知道在分开的这段时间对方都经历了什么，他们也都不想讲述，不想询问。因为每次回忆，都要触及那些屈辱的伤口。

于是他们都变得小心翼翼，言辞间只字不提过去的事情，却分明能从对方脸上见到那种刻意的逃避。

有些更琐碎更实际的问题浮到了水面上——他们是不是还要同枕而眠？他们该如何像从前一样亲密？他们之间还有感情吗？

张知存借口自己需要养伤，独自住在书房。徐叩月松了一口气，就当他是真的要养伤，不去细想，不去深究，就这样默契地保持着距离。

再后来，张知存去了一趟沥都府，带回谢却山要被车裂的消息。徐叩月愤怒极了，那是张知存回来后他们第一次发生激烈的争执。

那种愤怒让徐叩月口不择言，她骂张知存假君子真小人，她说："你怎么不替谢却山去死，这么恶毒的计谋你怎么说得出口……"张知存也不回嘴，就这么受着。可骂完之后，一种巨大的无力感浮上了徐叩月的心头。她什么也改变不了，王朝护不住它最忠诚的子民，而她身为庇佑在战士羽翼之下的幸存者，甚至更没有立场骂张知存。

她知道在她不曾亲眼见过的那段日子里，张知存又何尝不是生不如死，如果在同样的境遇下，他一定也会慷慨赴死。或许是想到这一点心生愧疚，又或许是想到可能只差一点他们也会阴阳相隔的后怕，她抱着张知存号啕大哭。

从那之后，张知存开始酗酒，若不喝醉，他便整夜整夜地无法入眠。他以养伤为由拒绝了出仕，过着醉生梦死的日子。

得知谢却山依然活着，他的状态总算有所好转，但酒已经喝上瘾，戒不掉了。他试过努力让自己从这种颓丧中走出来，去书院给太学生们讲经。他戴上儒士的面具，可回到家后，他依然是个酒鬼。他已经在这种似梦似幻的状态中找到了甜头，只有这样的时刻他可以遵从自己的内心，选择不那么清醒。

他能看到徐叩月眼里的失望和麻木。

他等待着，终于等到一个风和日丽的午后，她对他说："我们和离吧。"

他过了很久才回道："只是，能不能不要让人知道？我不能再没有驸马的身份。"

有那么一刻，徐叩月心里溢满了酸楚。

她很希望自己能因此厌恶他，可她又太清楚他的为人——驸马对他来说，有什么重要的？和离后，他甚至还能再娶妻生子，但他放弃了新人生的可能性，因为公主和离的事情一旦公开，就会有人窃窃私语，提起完颜骏，那些或许没有恶意的猜测会成为一把利刃刺在她身上。她在提出和离之前就想过了这种后果，可她觉得他们的感情已经到了末路，非得有个决断，才能让他们摆脱这种无解的痛苦。

她唯独没想到他仍想着保护她免受流言蜚语的困扰。

她流着泪道："但我死不与你同穴。"

"好。"他说。

张知存知道，哪怕她从未承认过，但她是有一点点恨的。

谁不曾幻想过冲破一切阻力矢志不渝的爱情呢？

可他没能给出那样热烈的爱情。他受不了明月的陨落，他恨自己的无能为力。

他介意，介意得快要发疯，又毫无立场。

张知存想，他们大概就要一辈子这样纠缠在一起，做不了夫妻，也会做家人。他那么懦弱，那么不堪，但他依然想做她退到最后依然在的后盾，这应该是他唯一能为她做的事了。

他们已经分居很久了，除了在人前装装样子，同进同出，常常根本连面都见不到。

若非宋牧川大婚，他们都不会共乘一车回家。

也许是今夜的酒太过香醇，也许是难得的喜事让人忘却烦恼，他抓着她的手，不自觉地喊着她的小名："杳杳……"

"你醉了。"她望着他的脸，她很久很久没有这样认真地端详他了。她不敢看他，每一次看到他都是在撕裂已经试图愈合的血痂。

她想，他应该也是如此。

他们都不是故意的，可求生欲让他们完全没办法靠近彼此。

但这一刻她凝视他，也许是借着几分酒意，她忽然想不起来很多事情了，只注意到他鬓角多了几丝白发。

他们从年少夫妻走到如今，已经不再年轻了。

"杳杳。"他又低低地唤了一声，眼中好似含着泪，唇角却扬了起来，他笑得毫无杂念，有一瞬间，仿佛仍是那个神采飞扬的驸马爷，"我没醉……我们成婚那天，我喝得比今晚还要多。"

有什么在这个悄无声息的春夜里死灰复燃地滋长。

他们经历了一场猝不及防的失控、一场久违的靠近，是压抑已久的放肆，是无路可逃的茫然，那种熟悉的感觉如温柔的潮水一般将快要溺死之人重新托上水面。

可他们依然在海里沉浮，他们并没有得救。

一夜之后，他们又心照不宣地恢复了原状。

他们都心知肚明，他们不够勇敢，不够相爱，但他们之间依然有着一种难以描述的感情，它深厚但锋利，无声又悲凉。

就这样，竟也到了白头。

出版番外一　绿酒一杯歌一遍

乾定八年迎来了一个罕见的严冬，连长江都结了冰，像一条流不动的白练，一头系着归心似箭的游子，另一头是年味愈浓的家。

望雪坞里早早就张罗开了。这一日小年祭灶，廊下众人忙碌地穿梭，呵出的白气好似连绵丝云。终于到了妇人们大显身手的时候，她们使出浑身解数，一点都马虎不得；男人们也只有乖乖听话的份，让干什么便干什么，生怕一个大意便犯了辞旧迎新的忌讳。

唯有谢却山是个闲人，翘首以盼地站在照壁旁，望着朱红大门。新贴的神荼郁垒相对而立，底下人来人往，唯独没有他想见的那位。

他在等人。

腊月里南衣有紧急的公务去了金陵，本来算好了时间，小年前一定能回来，但天气骤冷，江面冰封，船只停航，只能换陆路走，那必定会耽误时间，今日能不能到家还是个未知数。

每年只有这个时候，谢却山和南衣才会回望雪坞住些时日，难得的团圆，谁也不想缺了一个人。更何况，这些年这对小夫妻如胶似漆，两人分开从来不会超过三日，这回一去就是十来日，谢却山想念媳妇都快想出毛病来了。

不知何时，谢却山身边多了个小不点，谢续煞有介事地蹲坐在空花盆上，歪头望着宅门。

一大一小两个影子投在照壁上，像一个模子里刻出来的一样。谢续煞有介事地叹了口气，谢却山才发现他。

谢却山低头瞅瞅这六岁的小男孩："你不做功课，蹲在这里干什么？"

男孩也看一眼他，有点害怕，但立刻就虚张声势地哼了一声，小小的脑袋一扬，理直气壮。

"你管我！"

谢却山觉得好笑："谢续你是长大了一岁，皮子也松了一寸是吧？"

谢续立刻条件反射地抱头，做防备状："灶神爷说了，今天不许打小孩！"

"那还不如实招来。"

"你在这里干吗，我就在这里干吗。"

谢却山脸上总算露出了一丝笑容："我等媳妇，你也有媳妇啊？"

谢续托着腮，巴巴地看着谢却山："那南衣嫂嫂到底什么时候回来呀？"

乾定二年的时候，谢府迎来了第七个孩子。谢钧大概是想开了，指望自己儿子传宗接代是指望不上了。那年北上，南衣大伤元气，从此落下病根，难以受孕。谢却山也坚决不肯让南衣为了延续香火到鬼门关上走一遭，便自己到祠堂里向祖宗谢罪，立下今生无后的誓言，态度十分坚决，自是无人敢到他面前多劝一句。更何况，也没必要，这对苦命鸳鸯好不容易相守，只要他们把日子过得开心了，其他的，有便是锦上添花，没有也已经是上天垂怜了。

可谢钧还是个俗人，心里还得想着怎么跟祖宗交代。他终于接受了自己本来就不是什么有大本事大悟性的人，纵然天天跪在佛前念经也加不了什么功德，索性回到红尘，纳了两房姨娘，还得靠自己努力让谢家香火兴旺。

谢七的出生给整个寂寥的望雪坞突然注入了活力……谢钧给他起名单字"续"。谢续，谢续，大家在喊这个名字的时候，仿佛都会透过他看到一些故人。众人倾注了所有的爱和期待在谢续身上，众星捧月地陪着他长大……于是，谢续才三岁的时候，俨然有了混世魔王的架势。

幸好，谢钧在望子成龙这方面还算清醒，见谢续在望雪坞快养废了，便隔三岔五就送去给谢却山养。

谢却山可不是一个太有耐心的老师，谁敢在他面前当魔王啊？

于是谢续在四岁的时候开始悬崖勒马，成了一个知礼节爱读书的乖小孩。他看到自己的哥哥谢却山就犯哆嗦，但他喜欢南衣嫂嫂。因为南衣在的时候，谢却山的脾气就格外好，说话都温柔，耐心也多了一倍，连带着爱屋及乌对他都会好一些。南衣不在的这些日子，除了谢却山，谢续也好似度日如年。

南衣嫂嫂快回来啊——

谢续虔诚地在心里祈祷。

心声刚落，宅门外便传来急促的勒马声，谢续还没来得及反应过来，谢却山就跟一阵风似的闪了过去。

府里忙碌的众人听到动静以为是南衣回来了，一窝蜂地拥出来。

门外来的却是驿站的马，送来年前的最后一封信。

信里说，前几日下了一场冻雨，官道结冰，无法行路，沿途驿站纷纷关闭，南衣仍被困在金陵，暂时回不来，得等道路通行才能出发，若赶不上除夕，或许会留在京城令福帝姬府中过年。

过了许久，谢却山仍未从信里抬头，她的字已经练得炉火纯青了，笔锋与他的如出一辙，他试图从这些蛛丝马迹中找到思念已久的她。

"没事，留在金陵好歹安全，现在南衣要是在路上，天寒地冻的，指不定会出什么事。"甘棠夫人见谢却山失落，宽慰道，"不过就是耽误几天，初二三肯定能回来，家里新春宴就往后推推，等南衣回来再办。"

谢却山点点头，像是答应了。

日暮时，阖府上下都来到祠堂祭拜祖宗，独独不见谢却山。甘棠夫人以为他还在独自郁闷，忘了时辰，差人去叫他，不料来的是贺平。贺平支支吾吾地说公子非要去金陵，拦都拦不住，这会儿已经出发了。

谢却山已经很久没做这种不辞而别的事了，这些年，他如此任性还是头一遭。

甘棠夫人愕然："就这么急，这几日都等不得？怎么还跟个毛头小子似的……"

"真不像话！"谢钧却是无奈地摇了摇头。

谢续在一旁学嘴："就是就是，不像话！"

但也只能随他去了。

*

淮朔城是冻雨受灾最严重的地方，路面处处覆着一层薄薄的冰，看着寻常，

643

实则冻得瓷实，极难铲开，马一踏上去便四蹄打滑，根本行不了几步。官府派人守着所有的路口，禁止通行，生怕百姓私自上路会出人命。

这也挡住了谢却山赶赴金陵的脚步，他只得先在淮朔城找个客栈住下来，再打听去金陵的办法。他听闻有个商户赶着去沥都府交割货物，刚沿着小路从金陵赶过来，他欲花重金雇下商队的车夫，带他原路折回金陵，却被告知雇主无论多少钱都不肯回去，哪怕他愿意买下雇主所有的货物。

除夕夜越来越近，而淮朔城仍困着来自四面八方的游子。谢却山仍想赶在过年前见到南衣，他不愿再等了，于是想方设法去见商队的雇主，试图说服雇主。

牙人在门口好说歹说，那雇主显然心如磐石，不肯开门见客，甚至连唇舌都不愿多废。谢却山已经觉得无望，刚准备离开，便听到里头的雇主道了句抱歉，还说愿意送他一桌酒菜，聊表歉意。

声音隔着屏风和花窗飘出来，遥不可及，又似近在咫尺。谢却山整个人定在原地，已经听不清里头在说什么了，忽然像魔怔了似的就往房间里闯。

牙人惊得差点要扑过去拦人："哎，公子！"

可他拦都拦不住。

"呀——"里头的女子看到一个人影直直朝着屏风而来，也是吓了一跳，赶忙抓起手边的一把扇子遮脸，一手已经探到怀里去抓防身的匕首了。

但他已经一把握住了她的手腕，她脑子嗡的一声，熟悉的掌纹与温度比视线先确认了来人。

南衣难以置信。

本来灾情严重，路途堵塞，南衣已经答应在令福帝姬那儿过年，可还是归心似箭，不回到谢却山身边总觉得坐立不安，于是费了好大劲才在金陵找到能去沥都府的商队，今日在淮朔城稍作休整，便准备出发。

可他们怎么会在这里相遇啊？他们就该在向对方奔赴的途中相遇。

她任他卸了她手上的劲，移开她的扇子。

扇面后那双含笑的眉眼，不正是她归心似箭想见的人吗？他从前不苟言笑，板着一张肃正的脸，而这些年越发圆润起来，大约是爱笑了，眼角也爬上许多细纹，她总是抚着这些细纹，调笑着说——谢却山，你老了。

这像是她的勋章，是她将他拉回到人间喜乐之中的勋章。此刻见之，她雀跃得心跳都如擂鼓般。

而这个动作已经是第三次了。

上一回是在洞房里。烛光跃动的帷帐下，他轻轻移开她遮面的扇子，她已经憋笑很久了——就是觉得好笑，两人早就熟得天天在一块儿吃喝拉撒了，还非要走这些煞有介事的流程。

但谢却山非常坚持，一定要给南衣办一场明媒正娶的婚礼。他要与她盛装并立，告祭天地祖宗，他们结为夫妻，此生不渝。

那时看她笑，他也跟着笑，忽生一句感慨："第一回却扇的时候，怎么也想不到还会有第二次。"

第二次的时候，他也想不到会有第三次。

两人四目相对，忽而默契地相视一笑，觉得既荒谬又合理。

南衣脸上掩不住笑容，却装模作样地打趣道："公子这么急去金陵，是要做什么呀？"

有些日子没见了，谢却山仔细端详着南衣，连日奔波让她看起来瘦了些，望着日思夜想的人，她亮晶晶带着笑意的眼睛似乎是一种邀请。

"不急了，也不去了。"谢却山只觉得喉头燥得很，连带声音也有些哑，回头不耐烦地望了一眼傻在原地的牙人。

牙人回过神来，意识到再不消失这公子像是会杀了自己，立即识趣地给他们关上门。

谢却山欺身一步上前，熟练地揽过南衣的腰肢，迫不及待地吻了下去。

*

除夕夜，虽不得归乡，但年不能不过。异乡的街道格外热闹，悬挂的灯火数以百计，从窗子望出去，灯棚层叠堆垛，鲜妍辉煌，有如星火倾倒。

烟花映在窗纸上，炉子将房间烤得暖洋洋。谢却山终于打开了他那捂得严严实实的包袱，里面是一套送给南衣的新衣。南衣有些错愕，才明白他为什么不顾一切非要来她身边陪她一起过年。

每年他都会为她准备过年的新衣，今年自然也不能例外。经历过那些生离死别的时刻之后，他不想再有任何缺席的可能，他想要让当下相爱的每分每秒都不留遗憾。

当那些辉煌又坎坷的传奇岁月逐渐远去，他们回到芸芸众生之中，沉溺于柴米油盐、春夏秋冬，这便足够。

二月二，龙抬头，在异乡小城过完整个年，又突发闲情携手游山玩水的南衣和谢却山才启程归家。

入沥都府时，乘舟而上，两岸春暖花开。

小船轻幌，净几暖炉，酒盏旋煮，素瓷静递。靡靡歌声自江畔、自山间遥遥而来，谢却山和南衣对饮小酌，好不惬意。

喝得微醺，南衣不胜酒力，枕在谢却山的腿上睡着了。

不知为何，她又梦到了乾定元年的蜀地，她万念俱灰地坐在望川谷等待那一

645

缕夕阳的奇迹。

南衣猛地惊醒,恍惚间不知今夕何夕。舟过了江心,水波围绕着他们,举目四眺,都是粼粼水光,她怔怔地看着眼前的谢却山,八年的时间仿佛没有在他脸上留下痕迹,她忽然觉得心一下子被揪紧了,她以为自己还在那年从蜀地与他一起乘舟东归的那一日。

她以为久别重逢,她该一直看着他,怎么都看不够,可她太疲惫了,竟在他身边沉沉睡了一觉。醒来时,她如梦初醒地望着日夜思念的爱人,眼泪像断了线的珠子似的无声往下坠。

"朝恩,这是梦吗?"

"是我。"

出版番外二　欲买桂花同载酒

永康二十年。

车辘辘缓缓地在驿站门前停下,扮成少年模样的谢穗安迫不及待地从马车里探出个头,好奇地张望着东京的街景。

"谢小六!"

听到有人唤自己,谢穗安惊喜地回头,瞧见谢朝恩就倚在驿站门口,双手抱臂,似笑非笑地望着她。

少年身姿挺拔,一身扎眼的月白长衫配一件同色褙子,阳光下整个人好似镀上了一层淡淡的光晕,往那儿一站便引得过路女子纷纷注目。

谢穗安激动地跳下马车,朝谢朝恩飞奔过去:"哥!"

她屁颠屁颠地跟在谢朝恩身后,喋喋不休:"哥,你在东京过得好吗?听说你住在宋世伯家里,他们待你如何?"

谢朝恩叹了口气,脸上浮起一抹忧愁:"唉,世伯再好,也总归是寄人篱下……"

谢穗安一听,兴奋的眉眼便垮了下来,心疼地看着谢朝恩:"哥——你受苦了——"

"没事,不过就是处处都得小心翼翼罢了,手头也偶尔拮据。"

谢穗安开始认真地翻自己随身的小荷包。

谢朝恩假装没注意到她的动作,继续大步往前走,余光却盯着她荷包里的银票。

"出门时娘给我塞了银票,大约有几百两吧——哥,都给你,你住别人家里,送礼打点总需要银子，你再吃点好吃的，别委屈自己。"

谢朝恩推托："使不得使不得，我堂堂男子汉吃点苦又能如何？怎么能要妹妹的钱呢？"

"不行！你不拿就是不认我这个妹妹了！而且我是跟着大哥一起来的，我没钱花了就去问他要银子。"

"那……好吧。"谢朝恩实在推托不过，才勉为其难地收下。

谢穗安哪里注意到，这"老狐狸"嘴角正拼命忍下一丝狡黠的笑——还是亲妹妹的钱好骗啊。

没见过人间险恶的谢穗安被人卖了还觉得高兴，见她那"苦命"的哥哥收下了钱，她一下子又开朗起来，脑子里想的全是怎么在这繁华的东京城里玩个痛快。

"哥，你今天带我去哪儿玩？"

谢朝恩目光有些躲闪："你这次来待多久？"

"想待多久就待多久。"

"你娘同意？"

"反正她逮不着我，我好不容易离开沥都府了，不得在外面玩高兴了再回去？"谢穗安得意地展示了一下自己的男装，"你瞧我扮得像不像个小少爷——哥，你不是说你交了两个很好的朋友吗？快带我去见见他们！"

"我们今天都有功课要做——"谢朝恩一本正经，"你长途奔波也累了，好好休息，改日等他们都得空，我再带你认识他们。"

谢穗安撇着嘴："我不累，我浑身都是劲……"

"不，你累了——"

谢朝恩安顿好谢穗安，转眼便跟他那两个"忙于学业"的朋友碰头。

宋牧川和庞遇早就在街角的茶馆等他多时了。显然，这三人那心照不宣、鬼鬼祟祟的模样不像是去刻苦学习的。

"怎么不带你弟弟一起到樊楼玩？今天有百戏，可热闹了。"庞遇素来是最热心的。

谢朝恩轻叹一声，摇头道："我这个弟弟吧——有些娇贵，樊楼毕竟是勾栏瓦舍之地，不太适合他去。"

庞遇被说服了，毫不怀疑地点了点头。

宋牧川却若有所思地看了谢朝恩一眼，眼中闪过一丝狐疑。但被谢朝恩一搭肩膀，催促道"快走快走，再晚没好位子了"时，那少年老成的模样立刻破功，脚步亦轻快起来。

夜幕降临，樊楼灯火通明。

三人穿过华丽的彩楼欢门，步入楼内。飞桥栏槛间，珠帘绣额下，笙歌不绝于耳，灯烛映得楼内恍如白昼。他们刚踏入樊楼，便有文人雅客围了上来。

"谢公子，您新做的文章真是妙笔生花，读之行云流水，令人叹服！"一位文人拱手称赞，眼神中满是钦佩。

谢朝恩谦逊一笑，拱手回礼："张兄过奖了，不过是随手涂鸦，不值一提。"

他目光一转，指向不远处的歌舞，笑道："宋七，那不是你作的花间词吗？怎么，今日竟有人唱了出来？"

宋牧川脸色微变，压低声音道："低调些，这次我用的是别名。若让我父母知晓，少不了家法伺候。"

这时，一位商贾凑了过来，满脸堆笑："哎哟，这不是谢公子和宋公子吗？'烟雨三杰'今日怎么只来了两位？庞公子呢？我家迁新居，正想求一幅他的墨宝呢！"

此言一出，周围人纷纷附和："是啊，我们也想求庞公子的墨宝！"

宋牧川与谢朝恩对视一眼，四下张望："刚刚还在呢……人呢？"

此时，庞遇早已悄无声息地翻身上了二楼，躲在一处帷幕后，手里抓着一把瓜子，悠闲地看着楼下的皮影戏，乐得直笑。

忽然，窗外翻进一道身影，轻盈如燕，正是谢穗安。她气鼓鼓地环顾四周，嘟囔："好你个谢朝恩，居然骗我！说什么学堂不适合我来，原来是跑樊楼来逍遥快活了！"

她没注意到帷幕后有人，径直闯了进去，冷不防撞到了庞遇。

庞遇一惊，回头见是个眉清目秀的小少爷，无奈地叹道："唉，想躲个清闲都躲不了。你也是来要我墨宝的？"

谢穗安警惕地后退一步，眉头微蹙："你是谁啊？"

庞遇摆摆手，语气中带着几分无奈："罢了，随我来吧，写给你就是了。不过，你可别告诉别人我在这儿。"

"……"谢穗安一脸茫然，眼神中满是疑惑。

庞遇见她不动，更无奈了："小兄弟，这时候就不用欲拒还迎了。我都说了给你写，走吧，早些写完，早些回来看戏。"

说着，他伸手去拉谢穗安的衣袖。

谢穗安一惊，反手就是一拳，直击庞遇胸口："流氓！"

楼下的宋牧川和谢朝恩听到动静，抬头望去，顿时脸色一变。

谢朝恩抚额："完了完了。"

片刻后，三个大男人垂头丧气地站在谢穗安面前，像极了做错事的孩子。

谢穗安双手叉腰，在三人面前来回踱步，怒火几乎要从眼中喷出。她的脸颊因愤怒而微微泛红，眼中闪烁着凌厉的光芒。

谢朝恩低声对两位好友解释道："这是我家六弟，谢随安。"随即他又讨好地朝谢穗安笑道："小六，这是我的两位朋友，庞遇、宋牧川。"

谢穗安冷哼一声："听说你们三人并称'烟雨三杰'是吧？"

宋牧川干笑两声，拱手道："谬赞，谬赞而已。"

谢穗安瞪向谢朝恩，语气咄咄逼人："樊楼是吧？"

谢朝恩连忙摆手，脸上堆满讨好的笑容："我是真的不想来，实在是两位兄弟盛情难却，推托不得，才勉为其难地过来——"

庞遇也讪讪地道："小兄弟，对不住——"

谢穗安打断他："太过分了！"

三人绝望地对视一眼，心里想的都是完了，他们仨混迹樊楼的事长辈都不知情，这会儿被谢家弟弟抓了个正着，想必他会去告发他们不务正业。

谢穗安却突然一跺脚，怒道："这么好玩的地方，居然不带我玩！"

三人一愣，面面相觑。

嘿，原来是同道中人。

从此，"烟雨三杰"中硬挤进一个沥都府来的小少爷，四个人好得像连体婴，吃喝拉撒都在一起。

谢穗安索性不回沥都府了，以上太学为由留在东京城里。山高皇帝远，沥都府的爹娘都管不着她，再加上有大哥谢衡再、三叔谢铸撑腰，她在东京城简直就是撒开了脚丫子胡闹。

※

学堂是一个月前就去了的，书还是崭新的。

做男子打扮的谢穗安坐在学堂最最角落的窗边，这是夫子不会注意的位子。她听得无聊，打了个巨大的哈欠。看到前头谢朝恩和宋牧川都听得津津有味，她随手团了一张纸，砸中了庞遇的脑袋。

庞遇错愕地回头，见她懒散地坐着，严肃地比了一个噤声的动作。

谢穗安龙飞凤舞地在纸上写下三个歪歪扭扭的大字——"听不懂"，举起来给庞遇看。

庞遇无奈地提起自己的笔。他的字矫若惊龙，入木三分，确实好看，写的却是——"心诚则灵"。

谢穗安翻了个大白眼。

好不容易下了课，谢穗安钻进了庞遇、谢朝恩和宋牧川三人之间，与他们勾肩搭背。

"今晚？"

谢朝恩愁眉苦脸地回道："去不了了。"

"为什么？！小爷我有钱，花我的！"

"庞遇不去了。"

谢穗安捅了捅庞遇的手："呆子，为何不去？"

"先生说我的文章写得没他俩的好，乡试将近，我得用功些了。小六，你经学基础本就薄弱，也该用功些，别老想着玩。"

谢穗安闻言不搭理庞遇，嬉笑着看向谢朝恩："那别带他呗，咱仨去。"

"子叙为人稳重，长辈们向来放心。只有说是与子叙同行，他们才会毫不迟疑地放我们出来。"宋牧川回道。

"那就再编个别的谎呗！"谢穗安不懂，这些都不是问题啊。

谢朝恩摇头，朝宋牧川努努嘴："你宋七哥哥不会撒谎。"

"嘿，真好笑——你们之前去樊楼玩，不都是撒谎溜出来的吗？"

宋牧川答得一板一眼："随安兄弟，必须纠正你的说法，我们没有说谎，我们只是没有说去哪里，但我们确实是跟子叙在一块儿。"

"你这就是狡辩。"

宋牧川义正词严道："总之，说谎是不对的，我们没有说谎。"

三人默契地点了点头，颇以为然。

苍天啊。谢穗安无语凝噎。

结果第二日的学堂上，谢朝恩和谢穗安困得躲在书册后呼呼大睡。到底是爱护自己的妹妹，谢朝恩舍命陪君子，半夜偷偷带她去玩了个痛快。

少年时光就是这样无忧无虑，最大的烦恼便是干了坏事怕被长辈发现。

什么是坏事呢？在少年的眼里，无非是逛逛樊楼，偷喝烈酒，哪怕掀翻了天的事，也不过就是谢穗安女扮男装被那呆子庞遇发现，他竟不理人了。

但那也持续不了七天，他还是别别扭扭地在放学的路上给她拎书箱。

庞遇最讨厌骗他的人——但这不是他生气不理谢穗安的原因。他永远都不会告诉她，他气的是连宋牧川都看出来了，但他竟从没怀疑过随安兄弟是个女子。他甚至在夜里无数次辗转反侧后，决定跟长辈坦白自己是个断袖，喜欢上了同窗。

偷心的那个人永远都不知道自己有多可恶，还整天嘻嘻哈哈笑得没心没肺。

在那个落叶缤纷的秋天，庞遇气得将谢穗安拉进无人的巷弄里，笨拙而颤抖地堵住了她的嘴。

他们被这一片秋叶障目，眼里再没有哪个春夏秋冬比此刻更璀璨。

寒来暑往，又到了一年的春闱。

学子们都回家备考了，学堂里空无一人，正中放着一张桌子，桌上、地上零散地撒着一些铜钱和碎银。

那是上一科状元宋牧川曾用过的书桌，如今成了学子们的许愿池，考试前大家都来投个铜板，沾沾喜气，许愿自己高中。

谢朝恩、庞遇、宋牧川三人扒在窗栏上往里看。

庞遇看看自己身边朝夕相处平平无奇的宋牧川，又瞥向学堂里那张被奉若神明的书桌，有种如今朝廷的栋梁怎么会是那个跟我一起花天酒地的朋友的荒谬感。

"这感觉真奇怪。"

谢朝恩接话道："是吧？我也觉得。"说着，他竟从袖中掏出了一块碎银，"看着啊，我一出手，必然扔中桌子正中。"

宋牧川笑："你不是不信吗？"

谢朝恩想了想，将碎银换成了一枚铜板："一枚铜板，不试白不试。"

"不如直接把钱给我。"

"那不行——"庞遇也掏出了一枚铜板。

叮，叮，两枚铜板脱手，果然扔到了桌子正中。

"你说我俩这次春闱能高中吗？"庞遇满怀期待地问宋牧川。

"以朝恩之才华，只要不在考卷上骂考官，必定能进前三甲。"

"那我呢？"

"你那一手字，若是考官喜欢，说不定也能高中。"

"宋七，你偏心！！"

"宋某实事求是，你虽是宋某的挚友，但你的文章确实没有你的武艺好。"

"那我改年去考个武状元。"

谢朝恩揶揄："你连小六都打不过。"

庞遇急了："那是我让着她的！"

三人笑作一团。

安静下来，庞遇的目光落在窗边的那张桌子上，恍惚间，仿佛看见谢穗安坐在那里，眉梢含笑，眸光如星，一颦一笑皆鲜活如初。

"我告诉你啊，庞子叙，你想娶我妹妹没那么容易。"谢朝恩有些咬牙切齿。哪怕庞遇是自己最好的兄弟，他也觉得庞遇配不上自己的妹妹。

"这次我肯定能考取功名，到时候就去你家提亲，谢朝恩，你可得帮我说话。"

"那要看你给大舅哥多少好处了。"

庞遇低声问道，目光中带着期待："你说这次春闱，小六会从沥都府回来吗？"

"当然会回来！"

一道清亮的声音从门外传来，几人齐齐回头，只见谢穗安大步踏入，裙裾飞扬，眉眼间尽是张扬的笑意。

那是永康二十二年，是他们最恣意的青春，哪怕在此之后山河破碎，各奔东西，但少年之心永不湮灭。

图书在版编目(CIP)数据

何不同舟渡：全二册 / 羡鱼珂著. -- 北京 ：北京联合出版公司，2025. 7. -- ISBN 978-7-5596-8454-7

I. I247.5

中国国家版本馆CIP数据核字第2025M1E740号

何不同舟渡：全二册

作　　者：羡鱼珂
出 品 人：赵红仕
出版监制：辛海峰　陈　江
特约监制：殷　希　穆　晨
产品经理：朱静云　澍　澍
责任编辑：龚　将　刘　恒
特约编辑：王苏苏　丛龙艳
营销支持：肖　瑶　祁　悦　陈淑霞
特约印制：赵　聪
内文排版：刘龄蔓
封面设计：吴思龙 @4666啊 @Recns
版式设计：@Recns

北京联合出版公司出版
（北京市西城区德外大街83号楼9层 100088）
联合读创（北京）文化传媒有限公司发行
天津中印联印务有限公司印刷　新华书店经销
字数810千字　　710毫米×1000毫米　1/16　41.5印张
2025年7月第1版　2025年7月第1次印刷
ISBN 978-7-5596-8454-7
定价：85.00元（全二册）

版权所有，侵权必究
未经书面许可，不得以任何方式转载、复制、翻印本书部分或全部内容。
如发现图书质量问题，可联系调换。质量投诉电话：010-88843286